À PROPOS DE L'AUTRICE

Depuis qu'elle a commencé à écrire, Kristi Gold a constamment recherché à étoffer ses histoires et ses personnages. Aujourd'hui, elle est l'autrice à succès de romances riches en émotions et en rebondissements, régulièrement récompensées par des prix tels que le *Romantic Times Award*.

Seconde chance pour Savannah

*

Un Noël plein de promesses

*

Les fleurs de l'espoir

KRISTI GOLD

Seconde chance pour Savannah

INTÉGRALE

LES SECRETS DU MISSISSIPPI

Traduction française de
SVENDSEN ANNE

SAGAS

HARLEQUIN

Collection : SAGAS

Titre original :
THE ONE SHE LEFT BEHIND

Ce roman a déjà été publié en 2012

HARPERCOLLINS FRANCE
83-85, boulevard Vincent-Auriol, 75646 PARIS CEDEX 13
Service Lectrices — Tél. : 01 45 82 47 47 - www.harlequin.fr
ISBN 978-2-2804-5039-3 — ISSN 2426-993X

Composé et édité par HarperCollins France. Achevé d'imprimer en août 2021.
par CPI Black Print - Barcelone - Espagne
Dépôt légal : septembre 2021.

FSC www.fsc.org MIXTE Papier issu de sources responsables FSC® C159065

Pour limiter l'empreinte environnementale de ses livres, HarperCollins France s'engage à n'utiliser que du papier fabriqué à partir de bois provenant de forêts gérées durablement et de manière responsable.

1

Dès les premières notes de la mélodie, tout son passé revint à la mémoire de Savannah Greer. La ballade pleine de nostalgie la transportait en un autre lieu et à une autre époque, jetant un pont sur le fleuve traversé des années auparavant, et qu'elle avait cru oublié.

Perchée sur un tabouret au comptoir du petit restaurant, elle jeta un coup d'œil par-dessus son épaule, s'attendant presque à voir « l'homme de son passé » assis dans un des box, sa vieille guitare à la main, une expression dure sur le visage — aussi dure que les mots qu'il lui avait lancés à la figure plus de dix ans plus tôt. Mais elle ne vit qu'un fermier replet debout devant l'antique juke-box, le coupable qui d'une pièce négligemment introduite dans une fente venait de la jeter dans un trouble dont elle se serait bien passée.

Savannah se retourna vers le bar, but une gorgée de sa *root beer* et fronça les sourcils. Elle n'avait jamais eu de penchant particulier pour ce soda aromatisé aux extraits de plantes, ni pour la nostalgie. Alors pourquoi, tout à coup, s'était-elle arrêtée chez Stan avant de se rendre à la ferme ? Sans doute avait-elle voulu repousser le moment d'affronter le chagrin que lui causait le décès de son père… Se retrouver à la maison allait être une nouvelle épreuve, d'autant qu'elle n'était pas pressée de revoir sa mère. Mais un retard ne ferait qu'aviver la réprobation dont celle-ci l'entourait depuis déjà longtemps.

Sur cette conclusion, Savannah attrapa son portefeuille, en sortit deux billets de un dollar et les tendit à la serveuse — une jeune femme au visage juvénile qui devait avoir à peu près le même âge qu'elle lorsqu'elle avait laissé derrière elle cette petite ville perdue du delta du Mississippi. La serveuse glissa cinquante cents sur le comptoir et dit en souriant :

— Bonne soirée.

— A vous aussi, répondit Savannah.

Elle aurait voulu pouvoir conseiller à la jeune fille de fuir Placid pendant qu'il en était encore temps ; avant que l'endroit ne lui enlève toute sa joie de vivre.

Abandonnant sa monnaie sur le comptoir, elle se dirigea en hâte vers la porte, soudain pressée de se retrouver à l'air libre — mais c'est son passé qui la heurta de plein fouet lorsque la porte s'ouvrit soudain avant qu'elle ait eu le temps de l'atteindre.

Il pénétra dans la salle avec cette prestance insolente qu'il avait toujours eue, ses cheveux noirs juste assez longs pour être jugés *trop* longs dans cette petite communauté conservatrice. Il la dévisagea un moment et, lorsqu'il l'eut reconnue, un sourire moqueur releva les coins de sa bouche.

— Çà alors ! s'exclama-t-il.

Un rire sourd roula dans sa gorge tandis que ses yeux bleu foncé s'étoilaient de petites rides fines, rappelant à Savannah tous ces fous rires qu'ils avaient partagés autrefois. Il repoussa la visière de sa casquette de base-ball et l'examina des pieds à la tête avec toute l'impudence du gamin de dix-sept ans qu'il n'était plus.

— Notre Savy de retour en ville !

Les pieds de Savannah refusaient de bouger. Elle ne pouvait pas faire un pas, pas un seul, car, bien sûr, ce pas l'aurait rapprochée de lui alors qu'elle aurait mieux fait de tourner les talons sur-le-champ.

« *Tu n'es plus une enfant, Savannah*, se dit-elle pour s'encourager. *Pars et ne te retourne pas.* »

Serrant son sac à main contre sa poitrine, elle le salua d'un bref « Bonjour, Sam », puis passa devant lui sans le regarder et sortit précipitamment.

Elle traversait le parking dans la chaleur moite du début de soirée afin de rejoindre sa voiture quand la voix bien trop familière l'interpella :

— Tu t'enfuis de nouveau, Savannah ?

Ignorant l'attaque, elle pressa d'abord le pas, puis, tout en sachant qu'elle commettait une erreur, s'arrêta une seconde pour jeter un coup d'œil par-dessus son épaule. Sam, nonchalamment appuyé contre la portière d'une camionnette noire garée devant l'entrée du restaurant, les bras croisés sur la poitrine, semblait s'attendre qu'elle coure vers lui.

Elle rencontra son regard et aussitôt ses oreilles bourdonnèrent sous l'effet d'un afflux sanguin inattendu.

Mais qu'est-ce qui n'allait pas chez elle ? Elle se conduisait comme une gamine qui a voulu voir un film d'horreur et qui, bien que terrorisée, ne peut s'empêcher de regarder l'écran, comme s'il lui fallait absolument affronter ses peurs. En l'occurrence, ici, celles que suscitaient Sam et les souvenirs qu'il faisait resurgir dans sa mémoire.

Elle s'installa à son volant, le cœur battant un peu trop vite. Sans doute un reste de la vision idéaliste qu'elle avait de l'amour lorsqu'elle était adolescente... Mais il lui suffisait de se remémorer les mots sur lesquels lui et elle s'étaient quittés autrefois pour reprendre pied dans la réalité.

« *Va-t'en Savannah*, avait-il dit. *Et surtout ne reviens jamais.* »

Cependant, elle était revenue — et elle était en train de découvrir que les sentiments que l'on avait éprouvés pour quelqu'un des années auparavant dormaient au fond de soi jusqu'à ce que, beaucoup plus tard, par un soir de juin, ils se réveillent, chamboulant toutes vos perspectives. Interrompant le cours tranquille de votre vie. Menaçant de vous briser le cœur de nouveau.

Cette soudaine prise de conscience frappa Savannah en pleine poitrine. Tout comme le fait de réaliser que ce qu'elle avait toujours redouté était en train de se produire. Même après douze ans, Samuel Jamison McBriar, son premier amour, était encore capable de la déstabiliser.

Comme si le temps avait tout à coup fait volte-face, Sam regarda Savannah s'éloigner une nouvelle fois, le laissant seul devant le petit restaurant, aux prises avec une montagne de souvenirs et autant de regrets.

Revoir Savannah lui avait causé un véritable choc ; cependant, il ne pouvait s'en prendre qu'à lui-même car il aurait très bien pu ne pas s'arrêter lorsqu'il avait remarqué la voiture immatriculée dans l'Illinois garée sur le parking du restaurant. Il aurait pu retarder la rencontre jusqu'au moment de lui présenter ses condoléances le lendemain. Il aurait pu attendre un jour de plus pour satisfaire sa curiosité. A quel point avait-elle changé ? Voilà ce qu'il avait eu hâte de savoir. Et la réponse était : pas beaucoup. Elle avait sans doute pris quelques kilos, ce qui n'était pas une mauvaise chose étant donné qu'elle avait été une adolescente plutôt maigrelette. Et elle était aussi jolie que dans son souvenir. Elle avait toujours ce beau regard noisette et ses cheveux étaient aussi blonds qu'autrefois, bien que plus courts. Il aurait parié qu'elle était toujours aussi volontaire, qualité qui l'avait attiré chez elle alors qu'il était encore un tout jeune homme incapable de résister au désir de séduire les filles — surtout celles qui ne s'en laissaient pas conter.

Perdu dans ses pensées, Sam ne remarqua pas la voiture qui s'était garée à côté de la sienne avant d'entendre résonner un joyeux « Papa ! », suivi du bruit des pas de sa petite fille de six ans qui courait sur le gravier. Il eut à peine le temps de se ressaisir avant qu'elle ne se précipite sur lui, accrochant ses bras autour de sa taille avec tant de force qu'il en fut presque déséquilibré.

— Waouh, Joe ! s'exclama-t-il en la prenant dans ses bras.

Elle déposa un petit baiser sur son menton, puis sourit,

découvrant l'espace laissé par ses deux incisives du haut qu'elle avait perdues et qui étaient encore là un mois plus tôt.

— Pas Joe, papa. Je m'appelle Jamie.

— Je sais, trésor, dit-il en la reposant par terre. C'est moi qui ai choisi ton prénom. On dirait que tu as oublié une ou deux quenottes à la maison, dis donc.

Elle mit un doigt sur sa gencive.

— La petite souris m'a apporté cinq dollars.

— Qu'elle a dépensés en bonbons alors que je le lui avais défendu, dit une voix dans leur dos.

Sam se tourna vers *l'autre* blonde de sa vie. Correction : la deuxième blonde qui l'avait quitté — même si, il le reconnaissait, il avait été pour beaucoup dans cette séparation-là.

— Hello, Darlene. Je pensais que tu ne serais pas là avant encore une heure au moins.

Cette dernière posa une petite valise violette sur le sol, aux pieds de Sam.

— Depuis l'instant où elle s'est levée ce matin, Mlle Jamie n'a pas cessé de m'asticoter pour que nous partions tôt. Par chance, j'ai aperçu ta voiture sur le parking et n'ai pas fait tout le chemin jusqu'à la ferme pour rien !

Jamie tira sur la main de Sam pour attirer son attention.

— Est-ce que je peux avoir un milk-shake au chocolat, papa ? J'ai déjà dîné.

D'ordinaire, il aurait donné sa permission sans même y penser, mais il avait appris à solliciter l'avis de Darlene lorsque celle-ci était présente, pour éviter tout différend.

— Oui. Si ta maman est d'accord.

— Je n'ai pas d'objection, dit cette dernière. Ta gourmandise va être le problème de ton père ces prochains jours, plus le mien !

Sam retint Jamie par le bras avant qu'elle ne s'éloigne.

— Assieds-toi près de la fenêtre, que je puisse te voir, lui dit-il. Et ne parle pas aux étrangers.

Comme si c'était susceptible d'arriver ! Les étrangers étaient rares à Placid, mais Sam préférait être prudent.

— Je te rejoins dès que j'aurai dit au revoir à ta maman.

— D'accord, p'pa, lança-t-elle en courant vers la porte du restaurant.

Il attendit que Jamie s'installe à l'endroit qu'il lui avait indiqué, puis se tourna vers son ex-femme.

— J'aurais pu venir la chercher à Memphis, si tu préférais.

— Mais non, j'avais l'intention de passer voir mes parents de toute façon. Je te l'avais dit, tu ne t'en souviens pas ?

A vrai dire, Sam avait un peu de mal à se rappeler quoi que ce soit à cet instant, hormis sa rencontre avec Savannah et le curieux mélange d'amertume et d'attirance qu'il avait ressenti en la revoyant.

— Ça va, Sam ? s'enquit Darlene comme il ne répondait pas.

— Oui, pourquoi ?

— Parce que, quand nous sommes arrivées, tu avais l'air de quelqu'un qui vient de voir passer un fantôme.

Ce qui n'était pas si éloigné de la vérité ! Un fantôme du passé. Savannah était apparue si brusquement et avait disparu si vite qu'il se demandait s'il n'avait pas été le jouet de son imagination.

— Je viens de croiser Savannah Greer, expliqua-t-il franchement. Elle est venue à l'enterrement de son père.

Darlene se rembrunit.

— Ah, ceci explique cela, commenta-t-elle d'un ton froid.

Il n'avait pas besoin de lui demander ce qu'elle entendait par là. Durant leurs années de mariage, elle l'avait souvent accusé d'avoir gardé des sentiments pour sa petite amie de lycée. Ce qui était faux. A cette époque-là, il tremblait encore de colère au souvenir du mépris de Savannah à son égard, et c'est bien plus tard que Darlene et lui avaient finalement décidé de se séparer, quand ils s'étaient rendu compte qu'ils étaient davantage amis que mari et femme.

Préférant changer de sujet, Sam remarqua en pointant son index vers le ventre proéminent de Darlene :

— Tu es certaine que ce bébé n'est attendu que pour octobre ?

Elle posa une main sur ses rondeurs et fit la grimace.

— C'est exactement ce que mon mari m'a dit hier soir. Il semble trouver le temps un peu long.

Sam rit.

— Dis-lui qu'il a toute ma sympathie, et préviens-le que ton humeur ne s'améliorera pas avant la naissance — qu'il compte même une heure au moins après l'accouchement, pour être sûr. Mais tu as aussi de bons moments, non, quand tes hormones te travaillent, si je me souviens bien ? ajouta-t-il avec un sourire en coin.

Elle sourit à son tour, un peu à contrecœur.

— Oui, il s'en est rendu compte aussi, je crois. Mais en parlant de Brent… je ferais mieux d'y aller. A vendredi alors ?

— O.K., à vendredi.

Il hésita, puis ajouta :

— Je suis content que tu sois heureuse avec Brent, Darlene. Tu le mérites.

— Merci, Sam. C'est vrai, je suis heureuse. Et je souhaite que tu rencontres quelqu'un qui te rende heureux toi aussi, dit-elle avec sincérité. Mais je crains que cela ne soit difficile dans cette petite ville. Toutes les femmes sont soit trop jeunes, soit trop vieilles, soit déjà mariées…

Comme si elle lui apprenait quelque chose ! Néanmoins, Sam n'aimait pas rester seul trop longtemps, et il avait deux ou trois « copines » aux alentours qui étaient toujours prêtes à sortir lorsqu'il le leur proposait.

— J'ai la ferme pour m'occuper, et je vais bien, dit-il pour éluder le sujet.

Elle le regarda d'un air sceptique.

— Je ne connais pas d'homme qui n'ait pas envie de la compagnie d'une femme de temps à autre. Enfin, puisque Savannah est de retour en ville, je suppose que tu auras l'occasion de remédier à ça.

Décidément, elle semblait décidée à s'accrocher à sa vieille jalousie comme un chien à son os !

— C'est de l'histoire ancienne, Darlene. Il y a douze ans que je ne l'ai pas vue. Je n'ai aucune idée de ce qu'elle est devenue.

— J'imagine qu'elle est mariée.

— Bien sûr que non !

Darlene lui décocha un sourire moqueur.

— Aucune idée de ce qu'elle est devenue, hein ?

Plus cette conversation se prolongeait, plus il risquait de se trahir, car bien sûr, les parents de Savannah lui avaient souvent donné de ses nouvelles.

— Je crois que je ferais mieux d'aller retrouver Jamie avant qu'elle ne commande un deuxième milk-shake, dit-il en jetant un coup d'œil vers la vitrine.

— Oui, tu as raison, approuva Darlene en ouvrant sa portière.

Elle grimpa dans sa voiture, puis baissa sa vitre et ajouta :

— Fais en sorte qu'elle garde ses chaussures.

— J'essaierai, lança-t-il comme elle démarrait.

Mais il n'avait pas l'intention de beaucoup insister. Rien n'était plus agréable que de marcher pieds nus dans la terre fine et noire du delta, ainsi qu'il l'avait dit à Savannah la première fois qu'ils s'étaient rencontrés. Comme si cette rencontre datait de la veille, il se rappelait exactement ce qu'elle portait ce jour-là — un short blanc qui révélait ses longues jambes, un débardeur bleu marine et blanc et… pas de chaussures. Dès l'instant où il avait posé les yeux sur elle, il avait été fichu.

C'était étrange qu'il se rappelle ces détails. Ou peut-être pas si étrange, après tout. Il se souvenait de beaucoup de choses, et en particulier de ce jour où il l'avait délibérément blessée, dans ce même restaurant, lorsqu'elle lui avait annoncé son départ.

Il y avait longtemps qu'il avait appris que tout le monde finissait toujours par partir. Pourtant, même après toutes ces années, il sentait de nouveau monter en lui un intense ressentiment à l'égard de Savannah. Et s'il avait un tant soit peu de bon sens, il se tiendrait loin d'elle. Malheureusement, il n'avait jamais fait preuve de beaucoup de jugeote dès lors qu'il était question de Savannah Greer. Toutefois, il n'était plus un gamin, et l'homme qu'il était aujourd'hui n'avait nul besoin d'elle.

Devant la maison de bardeaux blancs — qui appartenait à la famille de sa mère depuis trois générations —, Savannah, aussitôt happée par l'atmosphère familière, fit une courte pause pour écouter le joyeux chant des sauterelles et humer le parfum suave des magnolias en fleur mêlé à l'odeur piquante de la terre fraîchement retournée. Elle n'avait pas toujours aimé cette vieille demeure, il lui avait fallu du temps pour commencer à l'apprécier. Ils y avaient emménagé l'été de ses quatorze ans et elle avait détesté quitter Knoxville et ses amis. Elle avait même pensé que sa vie était finie ! Et sans le soutien de son père, elle aurait peut-être même sérieusement songé à fuguer.

« *Tu apprendras à aimer cet endroit*, Savannah, disait-il. *Tu verras, je te le promets.* »

La voix de son père murmurait à son oreille, faisant resurgir l'image de ses doux yeux verts à jamais gravée dans sa mémoire, comme celle des papillons qu'il lui avait appris à capturer entre ses paumes et à reconnaître. Elle les avait toujours relâchés après avoir examiné leurs ailes. Si seulement elle avait pu en faire autant du chagrin que lui causait la mort de son père… Et des souvenirs douloureux qu'elle gardait du mépris de sa mère.

Elle était revenue à Placid pour dire un dernier au revoir à son père, mais maintenant qu'elle y pensait, il y avait longtemps déjà que, d'une certaine façon, celui-ci l'avait quittée. La petite fille en elle l'aimait toujours, mais son cœur de femme adulte ne pouvait pas oublier qu'il n'avait jamais tenu tête à sa femme, qu'il n'avait jamais pris sa défense même lorsque sa mère s'était montrée injuste envers elle. Il n'était tout simplement *jamais* intervenu dans leurs querelles.

Mais tout cela n'avait plus d'importance à présent. Son père n'était plus là, et elle n'était plus la petite Savannah de Placid. Elle était une femme indépendante désormais, qui vivait à Chicago. Et elle était de taille à affronter tout ce qui lui permettrait de tourner la page sur son passé.

Elle prit une profonde inspiration, ouvrit la porte et entra dans le vestibule. La rumeur d'une conversation filtrait de la pièce devant elle. Savannah posa ses sacs au pied de l'escalier et pénétra dans le séjour, où les voix se turent aussitôt. Par chance, le premier visage qu'elle vit fut celui, accueillant, de sa tante.

— Savannah !

La sœur de sa mère traversa la pièce et toucha sa joue du bout des doigts d'un geste hésitant, comme si Savannah était une apparition et qu'elle doutait de sa présence réelle.

— Oh ! mon Dieu, te voilà ! Et plus jolie que jamais !

Savannah l'attira à elle pour l'enlacer.

— C'est si bon de te voir, tante May.

Cette dernière sortit un mouchoir brodé de sa poche et tamponna ses yeux humides.

— Regarde, Ruth, ton bébé est de retour.

Savannah tourna la tête vers sa mère, qui se tenait debout devant la cheminée, aussi raide que le lampadaire posé derrière elle. Leurs regards se rencontrèrent, mais Savannah ne décela pas la moindre trace de chaleur dans ses yeux, si semblables aux siens.

— Tu es *en retard*, Savannah.

Son expression et le ton de sa voix exprimaient toute l'étendue de son déplaisir.

— Oui, maman, je suis en retard, admit-elle. Mais je suis venue.

— Oui, cette fois, rétorqua sa mère.

L'échange s'arrêta là. Il n'y avait rien à ajouter — tout était dit.

Un raclement de gorge nerveux brisa le silence. Savannah se tourna vers le fauteuil inclinable qui avait été le préféré de son père et d'où son oncle Bill était en train de s'extraire.

— Bonjour, Savannah. Ta tante a raison, tu es magnifique. Et cette couleur te va à ravir.

Savannah lissa les manches de son tailleur bleu-gris.

— Merci, oncle Bill. Tu as l'air en forme. Le temps n'a pas de prise sur toi.

— C'est gentil à toi de dire ça, Savannah. Je me porte

plutôt bien, c'est vrai, dit-il en passant ses pouces sous ses bretelles d'un air satisfait.

D'expérience, Savannah savait qu'il n'y aurait pas beaucoup d'amabilités échangées ce soir-là, du moins entre sa mère et elle.

— Il y a plein de choses à manger dans la cuisine, ma chérie, dit sa tante tout en chiffonnant nerveusement son mouchoir. Les voisins ont été vraiment charmants, ils nous ont apporté des plats qu'il suffit de réchauffer, ainsi que des gâteaux, et je viens tout juste de faire du café. Va donc te servir quelque chose et reviens t'asseoir avec nous, que nous puissions bavarder un peu.

— Je pensais aller au salon funéraire…

— Les visites sont terminées depuis une heure, dit Ruth d'une voix dédaigneuse. Je t'ai appelée pour te donner les horaires.

C'était un de ses nombreux défauts aux yeux de sa mère. Celle-ci détestait que l'on soit en retard, autant qu'elle détestait manquer une de ses parties de bridge du lundi soir. Et on était lundi. Peut-être était-ce la cause de sa mauvaise humeur ? Encore qu'elle n'avait jamais eu besoin de raison pour se montrer désagréable…

Décidée à préserver la paix, Savannah répondit calmement :

— Je suis désolée, maman. J'ai dû donner des instructions de dernière minute et faire reporter deux audiences avant de pouvoir me mettre en route.

Soudain, elle redevenait l'adolescente qui fait amende honorable, toujours prête à faire plaisir, mais n'en faisant jamais assez pour y parvenir.

— Je crois que je vais aller me chercher cette tasse de café, reprit-elle en laissant tomber son sac sur le tabouret de piano. Quelqu'un veut-il quelque chose ?

Sa mère se détourna tandis que sa tante portait une main tremblotante à son cou grassouillet.

— Non merci, ma chérie. J'ai déjà bien trop mangé. Vas-y, prends ce qui te tente.

Savannah s'empressa de quitter la pièce. Elle étouffait

déjà. Et dire qu'elle avait envisagé de rester quinze jours si nécessaire. Elle avait promis d'être là pour la lecture du testament et pour mettre en ordre ce qui devait l'être, tout du moins du point de vue légal. Sa mère avait dû se souvenir qu'elle était avocate.

Ayant traversé le couloir lambrissé sur les murs duquel étaient accrochées quantité de photographies, elle s'arrêta devant la petite table du hall et caressa le napperon de dentelle jauni par les ans. Rien n'avait changé ; le vase au motif de vigne était toujours là, parfaitement centré sous la photo de mariage de ses parents. Dans un accès de colère, elle l'avait cassé un jour, après que sa mère lui avait ordonné de cesser de voir Sam qui, d'après elle, ne voulait « qu'une seule chose». L'endroit où il avait été recollé était toujours visible. Savannah s'était coupée en ramassant les morceaux ce jour-là, et elle en avait gardé une cicatrice au genou qui, chaque fois qu'elle la regardait, lui rappelait les reproches de sa mère. Oui, certaines choses ne changeaient jamais — et apparemment, sa mère avait eu raison, Sam n'avait voulu « qu'une seule chose ».

Savannah entra dans la cuisine silencieuse et alla se verser une tasse de café. Puis elle tira une chaise et s'assit, soulagée de pouvoir rester seule un moment. La mort de son père, puis le choc de sa rencontre avec Sam, tout cela était trop pour elle. Mais elle ne pleurerait pas.

Pas maintenant en tout cas. Pas avant de se retrouver dans son lit, seule avec son chagrin.

Une dizaine de minutes plus tard, May fit irruption dans la cuisine, portant deux verres qu'elle posa dans l'évier avant de se tourner vers Savannah.

— Il y a plus de cinq ans que tu n'étais pas venue, ma chérie. Je crois que tu devrais tout de même essayer de te réconcilier avec ta mère, aussi bien pour elle que pour toi, et en souvenir de ton père.

Savannah avait abandonné tout espoir de ce genre alors qu'elle n'était encore qu'une adolescente, et il ne s'était pas écoulé cinq ans, mais sept, depuis sa dernière visite — ce que, bien sûr, elle n'allait pas faire remarquer à sa tante.

— Je sais, mais elle ne semble pas prête à accepter une trêve. J'aimerais vraiment savoir pourquoi elle me déteste tant.

Sa tante tourna vivement la tête vers elle.

— Elle ne te déteste pas, ma chérie. Elle t'aime, je t'assure. Et bien plus que tu ne pourrais le croire. C'est seulement une femme difficile à comprendre, mais elle est très bonne, au fond.

Savannah n'avait aucun souvenir d'avoir jamais vu se manifester cette *bonté*. Quoique, en y réfléchissant bien, elle se rappelait tout de même une époque où sa mère avait été moins irritable, peut-être même affectueuse, mais cette époque avait pris fin peu après que Savannah fut sortie de l'enfance.

— J'ai essayé de la comprendre. Mais… aujourd'hui encore, je n'y parviens pas. Regarde, elle ne semble pas du tout bouleversée par la mort de papa.

Sa tante rinça les verres, les posa sur l'égouttoir, puis s'essuya les mains.

— Les gens n'expriment pas tous leur chagrin de la même façon, Savannah. Ruth a connu beaucoup d'épreuves dans sa vie, tu sais. Elle n'avait que neuf ans et je n'étais encore qu'un bébé lorsque notre père est mort. Et il n'y avait que deux ans que maman s'était remariée avec papa Don quand elle est partie à son tour.

Curieusement, Savannah n'avait jamais rencontré le beau-père de sa mère, laquelle ne lui en avait d'ailleurs jamais beaucoup parlé non plus, il fallait bien le dire. Elle n'avait pas appris sa mort avant le jour où ses parents lui avaient annoncé qu'ils allaient retourner vivre à la ferme, à Placid.

— C'est vrai, perdre ses deux parents aussi jeune est une chose terrible, dit-elle.

Mais cela n'excusait pas l'inexplicable hostilité dont sa mère avait toujours fait preuve envers elle.

May s'assit en face de Savannah et croisa les mains sur la nappe.

— Ruth m'a élevée quasiment toute seule jusqu'à ses

dix-sept ans, âge auquel elle a épousé Floyd. Quand ils ont décidé de quitter Placid, ils m'ont emmenée avec eux. Et elle n'y était pas obligée, elle aurait très bien pu me laisser chez grand-mère Kendrick, Dieu ait son âme — enfin… si celui-ci l'a accueillie au paradis.

Savannah ne put s'empêcher de sourire au souvenir des histoires légendaires qu'elle avait entendu raconter au sujet de son excentrique arrière-grand-mère.

— Pourquoi n'étais-tu pas restée avec Don ?

May secoua la tête.

— Je crois que nous étions dans une triste situation. Selon Ruth, papa Don s'était mis à boire après la mort de maman. Il était ivre la moitié du temps et n'était pas capable de s'occuper de moi, mais je n'ai que très peu de souvenirs de lui, j'étais si jeune ! Je ne suis pas sûre, d'ailleurs, qu'il m'aurait gardée auprès de lui, même s'il en avait été capable. Il ne m'a jamais accordé beaucoup d'attention, ni avant, ni après notre installation ici. Je ne lui ai guère parlé plus de deux fois dans les années qui ont précédé sa mort. Ta mère l'avait carrément effacé de nos conversations, d'ailleurs.

Etrange… Savannah scruta sa tante. Et si cette dernière ne lui disait pas tout ?

— Je comprends pourquoi tu es tellement reconnaissante envers maman, May, reprit-elle, mais tout cela n'explique pas son comportement envers moi.

Sa tante se redressa et lui adressa un regard de reproche.

— Je te l'ai dit, elle a traversé beaucoup d'épreuves. Elle a dû m'élever avant même de pouvoir penser à avoir un enfant à elle. Et cela a pris du temps. J'avais déjà quitté la maison quand tu es née. Elle était si heureuse, et ton père aussi, bien sûr. Ils avaient attendu si longtemps !

Oh ! pour ça, Savannah le savait. Elle était la seule petite fille à Placid dont les parents approchaient de la cinquantaine. Cela ne l'avait pas particulièrement gênée en fait, surtout en ce qui concernait son père. Il avait toujours paru plus jeune que son âge — ce qui rendait sa disparition encore plus difficile à accepter.

Eprouvant un soudain accès de fatigue, en même temps que de tristesse, Savannah réprima un bâillement.

— La journée a été longue, dit-elle. Je crois que je vais monter dans ma chambre et lire un peu avant de dormir.

Et lire ses messages, aussi, du moins essayer, car la couverture réseau était loin d'être bonne dans la région. Mais après tout, il y avait des années qu'elle n'avait pas pris de vraies vacances. Son patron pouvait bien se passer d'elle une quinzaine de jours, non ?

May tendit le bras vers elle et lui tapota la main.

— Oui, va te reposer. La journée de demain promet d'être longue aussi. Tu vas probablement voir tous tes anciens amis. Rachel et Jessica sont toujours ici, et puis Sam, bien sûr…

— Je l'ai déjà vu, s'empressa de l'interrompre Savannah. Nous nous sommes rencontrés comme je sortais de chez Stan où je m'étais arrêtée pour boire un soda.

— J'ai entendu dire qu'il s'en sortait bien avec la ferme, rebondit May. En fait, il vient même d'acheter une nouvelle camionnette, le haut de gamme, paraît-il.

Comme si savoir ce que conduisait Sam l'intéressait ! Du reste, elle l'avait vue, sa nouvelle camionnette, et elle n'avait pas été impressionnée du tout.

— Ah, c'est bien, commenta-t-elle sans conviction.

— Tu as su qu'il s'était marié avec la fille des Clements ? demanda May, apparemment déterminée à poursuivre.

Oui, Savannah l'avait appris, peu de temps après qu'elle eut quitté Placid, et cela lui avait fait plus de mal qu'elle n'avait voulu l'admettre. Darlene Clements était la fille qu'il avait emmenée au bal de fin d'année à sa place. Cette même fille qui l'avait dragué sans relâche durant toutes leurs années de lycée. Elle avait fini par atteindre son but.

— Oui, c'est ce qu'on m'a dit, répondit-elle.

May laissa échapper un soupir.

— Leur petite fille est adorable, ajouta-t-elle.

Ça, en revanche, on s'était bien gardé de le lui dire.

— Je ne savais pas qu'ils avaient un enfant, articula Savannah.

— Elle doit avoir six ans maintenant, expliqua May. C'est si triste pour elle qu'ils se soient séparés. Le divorce est toujours une terrible épreuve pour les enfants.

Le divorce ?

Savannah ne savait pas ce qui la choquait le plus — que Sam ait un enfant ou que Darlene et lui soient divorcés.

— Quand ont-ils divorcé ? s'enquit-elle.

— Il y a deux ou trois ans. Ta mère ne te l'avait pas dit ?

— Elle ne me dit jamais rien, May, répondit-elle d'un ton glacial.

Et ses anciennes amies non plus ne l'avaient pas tenue au courant, de toute évidence. Mais il est vrai qu'elles ne se parlaient plus que rarement.

Savannah repoussa sa chaise et se leva avant d'entendre d'autres nouvelles désagréables.

— Dis à maman que je la verrai demain matin, s'il te plaît.

May parut totalement consternée.

— Tu devrais le lui dire toi-même, dit-elle.

Oui… sans doute. Elle se débrouillerait pour être brève.

— Tu as raison, admit Savannah en réprimant un soupir.

Ayant embrassé sa tante, elle retourna dans le salon où elle trouva son oncle devant la rediffusion d'une vieille série.

— Où est maman ? demanda-t-elle.

Bill posa la télécommande sur le bras de son fauteuil et lui sourit.

— Elle est allée se coucher, ma chérie. Elle a dit qu'elle avait la migraine.

Savannah aurait juré que son arrivée n'était pas pour rien dans ces soudains maux de tête…

— May et toi n'avez besoin de rien ? Des serviettes ou une couverture supplémentaire ? fit-elle pour changer de conversation.

— Merci, non, ta mère nous a donné tout ça hier quand nous sommes arrivés. Va te reposer, ma belle.

— Bonne nuit, oncle Bill.

Ayant ramassé son sac, elle grimpa au premier et rejoignit son ancienne chambre au bout du couloir. Elle referma la porte derrière elle avant de parcourir du regard la pièce où, adolescente, elle avait passé tant de nuits à parler au téléphone avec ses amies — et avec Sam.

Ici non plus, rien n'avait changé. Le jeté de lit en patchwork rose et bleu recouvrait toujours le grand lit, la banquette sous la fenêtre disparaissait comme autrefois sous son gros coussin fleuri, et les étagères qui l'encadraient contenaient toujours ses souvenirs de jeune fille : petits bouquets fanés, tickets de cinéma, prix de rhétorique…

Elle posa son sac sur le coffre à ses pieds, puis alla vers le bureau et retira du miroir une photo qui y était coincée. C'était un cliché pris sur la plage, à Gulfport, où figurait le groupe d'amis inséparables, communément appelé par leurs camarades de lycée « le clan des six ». Chase Reed et Jessica Keller étaient assis côte à côte, au centre ; les tourtereaux, Rachel Wainwright et Matt Boyd, amoureux l'un de l'autre depuis l'enfance, se tenaient à leur droite ; et à gauche, bien sûr, se trouvaient Sam et elle, étroitement enlacés, la vieille guitare de celui-ci posée à leurs pieds. Ils jouaient volontiers, alors, le rôle du couple « le plus chaud » du lycée. D'autant qu'ils n'avaient pas vraiment besoin de se forcer.

Comme ils semblaient jeunes sur cette photo ! Pleins d'espoir, prêts à mordre la vie à pleines dents. Amis pour toujours, s'étaient-ils juré. Mais tout avait changé après le diplôme.

Néanmoins, cette photo lui rappelait qu'elle avait connu des moments heureux dans cette ville. Mais ils appartenaient au passé désormais et c'était là qu'ils devaient rester.

Pourtant, un autre souvenir ne tarda pas à resurgir alors que la pluie se mettait soudain à marteler la fenêtre.

Une visite impromptue à minuit, par une brumeuse nuit d'automne. Des petits cailloux jetés contre les vitres de sa chambre. La façade treillissée. Une fille éperdument amoureuse qui croyait encore qu'amour rimait avec toujours. Un tout jeune homme travaillé par ses hormones. Une moustiquaire prestement relevée et un baiser si brûlant qu'il aurait pu embraser la maison elle-même.

Sam l'avait suppliée de le laisser entrer, mais elle n'avait pas voulu. En tout cas, pas cette nuit-là…

Savannah posa sa valise sur le lit et commença à la défaire. Ressasser le passé n'apportait jamais rien de bon, sa mère avait dû le lui dire des dizaines de fois au moins ! Et elle avait raison, mais cela n'empêchait pas les souvenirs d'assaillir Savannah, encore et encore. Son regard se porta vers une autre photo, encadrée celle-là, posée sur la table de nuit. Une photo qui la représentait avec son père à la foire annuelle de Nashville, l'année de ses huit ans.

Un vif sentiment de culpabilité l'envahit aussitôt. Elle aurait dû venir plus souvent. Elle aurait dû insister plus pour qu'il vienne la voir à Chicago, même si sa mère avait refusé de faire le voyage. Elle aurait dû savoir que quelque chose n'allait pas lorsque, au cours de leur dernière conversation téléphonique, il lui avait répété plusieurs fois combien il était fier d'elle, combien il l'aimait, et qu'il lui avait demandé de pardonner à sa mère. Elle aurait dû être là pour lui tenir la main au moment où il quittait ce monde.

Savannah ne put se contenir plus longtemps. Le cadre pressé sur sa poitrine, elle s'allongea sur le lit et donna libre cours à son chagrin. Les larmes se mirent à rouler sur ses joues brûlantes. Elle pleura la perte de son père, en même temps que son impuissance à gagner l'amour de sa mère ; elle pleura son innocence à jamais perdue ; elle s'autorisa même à pleurer sur tous les espoirs qu'elle avait eus et que Sam avait trahis, et pire encore… sur l'avenir à côté duquel elle était peut-être passée.

2

Une foule de gens endeuillés s'étaient rassemblés au cimetière, portant Sam à croire que plus de la moitié de Placid était venue dire un dernier adieu à Floyd Greer. Si les choses avaient tourné autrement autrefois, Sam aurait probablement été assis au côté de Savannah, son bras passé autour de ses épaules. Au lieu de quoi, il se trouvait à plusieurs mètres d'elle, en position de simple observateur.

Peu de temps après que le pasteur eut lu la dernière prière, Savannah sortit de sous la traditionnelle tente funéraire verte, entre sa tante et son oncle. Ruth marchait quelques mètres derrière le trio. Mère et fille ne semblaient pas avoir résolu leurs problèmes. C'était triste, tout de même. Mais il n'était peut-être pas en position de juger… Sa propre mère n'avait pas fait partie assez longtemps de sa vie pour construire la moindre relation avec lui, bonne ou mauvaise. Dans ce genre de circonstances pourtant, tout le monde avait besoin de s'appuyer sur l'épaule de quelqu'un — sauf Savannah peut-être.

Il l'observa alors qu'elle recevait les condoléances la tête haute, se forçant à sourire de temps à autre. Elle semblait calme et maîtresse d'elle-même, mais Sam n'était pas dupe. Elle avait toujours eu tendance à dissimuler ses émotions. Non que Sam eût été plus expansif, mais avec elle, les choses avaient été différentes. *Il* avait été différent. Dès son arrivée à Placid, ils s'étaient confiés l'un à l'autre, s'offrant mutuellement une épaule compatissante.

Mais tout cela avait pris fin il y avait bien longtemps…

— Tu es allé à la pêche dernièrement, Mac ?

Une seule personne l'avait jamais appelé « Mac ». Sam se tourna vers Chase Reed, qui se tenait derrière lui, habillé en civil et non vêtu de son uniforme de l'armée ainsi qu'il l'avait vu pour la dernière fois, six ans plus tôt.

— Bon sang, Reed ! s'exclama-t-il en lui tendant la main. J'avais entendu dire qu'ils t'avaient enfin relâché, mais je n'osais pas y croire.

Chase lui serra la main.

— Je suis allé jusqu'au bout de mon service actif.

Trois missions de longue durée en zone de combat, c'était plus que ce que beaucoup de militaires pouvaient endurer, et le visage de Reed trahissait tout le stress subi. Il souriait, mais son sourire avait perdu son insouciance d'autrefois.

Sam se sentit coupable. Il aurait dû davantage garder contact avec son ami durant toutes ces années… mais la correspondance n'avait jamais été son fort.

— Quand es-tu rentré ? s'enquit-il pour relancer la conversation.

— Depuis une quinzaine de jours, répondit franchement Chase.

Et il n'avait pas jugé bon de le contacter. Apparemment, il lui tenait rancune de son silence des dernières années.

— Et tu ne m'as pas appelé pour me dire que tu étais de retour ? fit Sam sur un ton qui se voulait léger.

— J'ai dû aider mon père à nettoyer l'ancienne maison du métayer, où je me suis installé, dit-il pour se justifier.

Il secoua la tête et ajouta :

— C'est un peu démoralisant de revenir vivre chez ses parents à trente et un an.

— Mmm… je vois ce que tu veux dire. Moi-même, je suis revenu à la ferme après mes études. Et j'y suis resté, même une fois marié.

Ce que sa femme n'avait pas vraiment apprécié, d'ailleurs.

— J'ai été désolé d'apprendre que ton mariage n'avait pas marché, dit Chase.

— Ce sont des choses qui arrivent.

Une de ces choses pourtant que Sam regrettait à cause de l'impact que le divorce avait sur sa petite.

— Quand tu auras un moment, passe nous voir, ma fille et moi, poursuivit-il. Elle sera chez moi toute cette semaine.

— Je dois avouer que j'ai encore du mal à t'imaginer avec un enfant, dit Chase en riant. Mais je ne l'ai pas vue, elle est là ?

De l'avis de Sam, un cimetière n'était pas un endroit pour les enfants.

— Non, elle est à la ferme avec la fille de Hank Anderson.

— Hank a une fille assez âgée pour faire du baby-sitting ? s'étonna Chase.

Sam se débarrassa de sa veste et la plia sur son bras.

— Oui. Hank a deux ans de plus que nous, et il a eu sa fille dès la fin de ses études.

— Ça vous donne un sacré coup de vieux, commenta Chase en secouant la tête. Le temps passe si vite.

Sam se disait la même chose chaque fois qu'il regardait sa fille…

— Oui, fit-il en soupirant. Hier encore, Jamie portait des couches, et la voilà déjà à l'école élémentaire. Je n'ose pas penser au souci que je vais me faire lorsqu'elle aura seize ans et que tous les garçons lui courront après.

— Ce sera bien fait pour toi, dit Chase. Tu comprendras enfin pourquoi les parents de Savannah te menaient la vie dure quand tu sortais avec elle.

Sam se rappela soudain où ils étaient et pourquoi.

— Floyd va nous manquer, dit-il en regardant autour de lui. C'était quelqu'un de bien.

— Oui.

Chase resta un moment silencieux avant de reprendre :

— J'ai entendu dire que ce vaurien de Wainwright avait demandé à plusieurs fermiers le remboursement de leurs crédits ?

Edwin Wainwright était le type le plus infect du comté, et certainement le plus riche aussi.

— C'est vrai. C'est la raison pour laquelle j'ai transféré tous mes comptes dans une autre banque quand j'ai commencé à moderniser la ferme.

Le visage de Chase se ferma soudain comme il fixait un point derrière Sam.

— Quand on parle de sales types…, marmonna-t-il.

Sam tourna la tête et vit immédiatement de qui son ami parlait. *Dalton Wainwright*. Le fils de l'homme qui s'était surnommé lui-même « le roi de Placid », était en train de saluer Savannah ; et sa femme, Jessica Keller, se tenait à son côté.

Rien n'avait changé, décidément. Durant toutes leurs années de lycée, Chase avait méprisé Dalton, et réciproquement. Manifestement, d'ailleurs, c'était toujours le cas.

— Je ne peux pas croire qu'elle soit toujours mariée avec ce type, et encore moins qu'elle lui ait fait un enfant, dit Chase avec du fiel dans la voix. Il ne l'a jamais méritée.

— Tu as parlé à Jess depuis ton retour ? demanda Sam.

— Il ne la laisse aller nulle part ! Et si je m'approchais trop près de lui, je crois que je pourrais le tuer, marmonna Chase entre ses dents, continuant de fixer Dalton Wainwright d'un regard mauvais.

Ce commentaire venimeux attira l'attention de Pearl Allworth qui se trouvait non loin d'eux. Elle leur lança un regard réprobateur, mais Sam ne put que noter le sourire en coin qui l'accompagnait — et trahissait la satisfaction de la langue la mieux pendue de la ville qui venait de trouver de quoi alimenter ses commérages. Il remarqua aussi le coup d'œil assassin que Dalton décocha à Chase tandis qu'il dirigeait sa femme vers la sortie. « *Elle est à moi* » — le message était clair.

Sam se secoua un peu. Il ferait bien de distraire Chase avant que celui-ci ne soit tenté de rattraper Dalton et ne lui fasse un esclandre qui marquerait les annales de Placid. Tournant la tête vers Matt Boyd qui s'était arrêté pour parler à Savannah, il remarqua :

— Dommage que Rachel n'ait pas pu venir. Matt a dit

qu'elle ne se sentait pas bien ce matin. Et je crois savoir pourquoi… A mon avis, elle attend un heureux événement.

Chase continuait de regarder Jess s'éloigner.

— Après toutes ces années ? Ça m'étonnerait. Matt est bien trop occupé à soigner toutes les vaches du comté pour s'occuper encore de sa femme.

Sam sourit.

— Peut-être. Mais quand même… je ne sais pas pourquoi, mais c'est l'impression que j'ai.

— Je te parie vingt dollars que c'est une grippe qui l'a retenue chez elle.

Sam serra la main tendue de Chase.

— Pari tenu.

Ils rirent tous les deux, puis quelque chose attira le regard de Sam. Savannah se dirigeait vers une limousine noire garée à l'angle du trottoir. Leurs regards se croisèrent, mais elle détourna immédiatement la tête, et il la suivit des yeux jusqu'à ce qu'elle se fût engouffrée dans la voiture.

— Savannah est toujours aussi jolie, n'est-ce pas ? nota Chase.

— Ah, vraiment ? Je n'ai pas remarqué.

— Menteur.

— Bon, d'accord. J'admets qu'elle n'a pas beaucoup changé, mais son attitude envers moi non plus. Je m'en moque pas mal, du reste, mais il me semble que j'ai plus de raisons qu'elle n'en a de m'en vouloir.

— Change de disque, McBriar. Nous n'étions que des gosses alors. Il est temps de tourner la page.

Oui, sauf que Savannah n'était pas plus prête que lui à passer l'éponge. Elle le lui avait clairement signifié la veille lorsqu'il l'avait croisée chez Stan. Et elle réitérait aujourd'hui en l'ignorant superbement. Parfait. Aucun problème. Il n'avait aucune intention de renouer avec elle de toute façon. C'est vrai pourtant qu'elle était toujours belle. Très belle, même. Mais il l'admirerait de loin et s'en tiendrait là.

Chase lui donna une petite tape dans le dos.

— Pourquoi tu ne m'accompagnerais pas chez les Greer pour leur présenter tes condoléances ? Tu aurais ainsi l'occasion de la voir de plus près.

De toute évidence, Sam n'avait pas réussi à dissimuler son regard rêveur.

— Non, vas-y sans moi, répondit-il. Je veux d'abord passer voir Jamie. J'irai plus tard.

Et bien sûr, il espérait avoir une petite conversation avec Savannah. Il était curieux de savoir si elle avait fini par obtenir ce qu'elle voulait — entre autres choses, une vie sans lui. Et il savait exactement où aurait lieu leur discussion.

Savannah aimait beaucoup ce moment de la journée, juste après le coucher du soleil, alors que l'air commençait à fraîchir. Dans les premiers temps de leur emménagement à Placid, elle avait détesté ces champs qui s'étendaient à perte de vue, elle avait détesté que l'on ait coupé tant d'arbres au seul bénéfice de l'agriculture locale. Elle avait tout détesté de cette région, en fait, jusqu'au jour où, alors qu'elle longeait le ruisseau à sec qui séparait la ferme de ses parents des terres des McBriar, elle avait découvert le petit pont qui l'enjambait. A l'ombre de quelques chênes qui avaient été épargnés, il offrait un dépaysement bienvenu au milieu de ce paysage plat, et était devenu pour Savannah une sorte d'oasis.

Rien n'avait changé, mis à part quelques planches neuves sous ses pieds. Probablement Sam les avait-il remplacées lui-même afin d'être sûr que le pont reste praticable et solide. Il avait toujours été habile de ses mains.

Elle laissa courir ses doigts sur les mots qu'elle avait gravés sur la rambarde bien des années auparavant : « *Sam et Savannah pour toujours* ». Serment stupide, typique des premiers émois amoureux ! A moins que ce n'ait été, pour Sam, qu'une histoire de désir sexuel… Le souvenir de l'endroit où ils se retrouvaient en secret, à l'abri d'un bosquet, surgit soudain dans sa mémoire. La cachette où Sam et elle avaient appris tant de choses l'un de l'autre, à la fois sur le plan physique et sur le plan émotionnel. *Surtout physique*. Combien de fois, allongés sur une couverture, ne s'étaient-ils pas caressés, explorant avec ardeur le corps de l'autre sans toutefois « aller jusqu'au bout » — du moins, pendant deux ans. Puis était venue la nuit de son dix-septième anniversaire et ce moment où, comme ils étaient seuls dans la chambre de Savannah, Sam lui avait murmuré à l'oreille : « S'il te plaît… » et où elle avait dit « Oui ».

Un bruissement de feuilles lui fit soudain tourner la tête, et, telle une incarnation du souvenir qui venait de surgir dans son esprit, Sam apparut entre les arbres. Ce n'était plus pourtant le jeune homme efflanqué d'autrefois. Il s'était étoffé, ses épaules étaient plus carrées et son torse plus puissant. Il avait troqué son jean de toujours contre un pantalon noir, sur lequel il portait une chemise blanche bien coupée. Et il tenait un sac en papier marron à la main et non la vieille guitare qu'il trimbalait partout dans sa jeunesse. Mais son regard bleu cobalt, lui, était inchangé, et il avait toujours le pouvoir de la déstabiliser, bien malgré elle.

Alors que Sam approchait d'une démarche assurée, tout le corps de Savannah se raidit, comme s'il pressentait un danger. Elle avait imaginé cette rencontre, l'avait redoutée autant qu'espérée. Durant des années, elle l'avait évitée.

Il s'arrêta à l'extrémité du pont et la jaugea du regard, comme il l'avait fait la veille au restaurant, l'air impénétrable. Savannah cherchait désespérément quelque chose à dire. Peut-être devrait-elle s'excuser de son attitude de la veille, même si lui aussi lui devait des excuses pour la manière dont il l'avait traitée autrefois ? Tout bien réfléchi, non. Elle se comporterait en adulte, elle serait calme et courtoise, mais ne ramperait pas devant lui. Hors de question.

— Bonjour, dit-elle finalement.

Il s'était avancé et il lui tendit le sac qu'il portait, mais ne la salua pas.

— On m'a demandé de te donner ça, dit-il.

— Qu'est-ce que c'est ? demanda-t-elle en le prenant.

— Une tarte aux noix de pécan, de la part de Gracie.

Savannah se rappelait avec tendresse la gouvernante des McBriar, qui l'avait traitée comme un membre de la famille.

— Je ne peux pas croire que Gracie travaille toujours chez vous.

— Pourtant elle est toujours là, répondit-il sans l'ombre d'un sourire.

Et maintenant ? Lui dire au revoir et partir ? Si elle avait eu un peu de bon sens, c'est exactement ce qu'elle aurait fait. Mais sa curiosité fut la plus forte.

Elle se lança :

— Ma tante May m'a dit que tu avais une petite fille. Comment s'appelle-t-elle ?

Il se passa la main derrière la nuque.

— Jamie.

— Félicitations.

Si seulement elle avait pu paraître un peu plus sincère, mais elle avait eu un tel choc en reconnaissant le prénom que Sam et elle avaient rêvé de donner à leur futur enfant qu'elle n'avait pas pu maîtriser sa voix.

— Tu es toujours dans le droit ? s'enquit-il à son tour.

— Oui, répondit-elle, ignorant le dédain qui perçait dans le ton de sa voix. Je travaille beaucoup, mais c'est gratifiant.

— Tu veux dire rémunérateur, je suppose ? dit-il d'un air narquois. Car je ne vois pas bien en quoi sortir du pétrin de grands patrons pourrait être gratifiant.

A l'évidence, il avait appris qu'elle avait choisi le droit des entreprises. Et il n'approuvait pas, semblait-il. Mais après tout, pourquoi se serait-elle souciée de ce qu'il pensait de ses choix professionnels ?

— Je représente aussi des dirigeants de petites sociétés, se justifia-t-elle pourtant. Et quelquefois pour rien. Tout ne se résume pas à l'argent.

— Si tu le dis.

Son ton sarcastique lui donna soudain envie de fuir.

— Je ferais mieux de rentrer. Ma mère se demande probablement où je suis, dit-elle, bien qu'il y eût peu de chance que ce soit vrai. Embrasse Jim et Gracie pour moi et dis-leur qu'ils me manquent. Je n'ai pas eu l'occasion de leur parler très longtemps après l'enterrement.

— Tu pourrais leur rendre visite avant de retourner à Chicago, dit-il avec froideur.

Il n'avait manifestement aucune intention de lui rendre le moindre service ou de lui faciliter les choses.

— J'essaierai de passer avant mon départ.

Malgré le mal que cela lui ferait sans doute, elle voulait voir la fille de Sam.

— C'est ça, conclut-il, avant de tourner les talons et de s'éloigner sans même un au revoir.

Comme s'il n'avait absolument rien d'autre à lui dire, comme s'il n'avait que faire d'elle.

Elle n'aurait pas dû être surprise, mais soulagée, au contraire. Pourtant, alors qu'elle retraversait le pont, un terrible sentiment de vide l'envahit, comme le jour où ils s'étaient quittés autrefois chez Sam, sur des paroles blessantes que ni l'un ni l'autre ne pourraient jamais rattraper. Elle détestait ce sentiment. Elle détestait que Sam soit encore capable de la bouleverser alors que lui agissait comme si rien ne s'était jamais passé entre eux. Et surtout, elle se détestait elle-même d'éprouver encore quelque chose à son égard.

Comme elle arrivait à l'extrémité du pont, Sam la rappela.

— Oui ? dit-elle en se retournant.

Parfaitement immobile, il la fixait avec intensité.

— Tu le regrettes, maintenant ? demanda-t-il.

— Je regrette *quoi* ? fit-elle, les sourcils froncés.

— D'être partie et de ne pas avoir été auprès de ta famille lorsqu'ils avaient besoin de toi ?

« Ils » voulait dire « ton père », en réalité, et sa flèche réveilla aussitôt toute sa culpabilité. De toute évidence, Sam avait voulu lui faire mal, et il avait réussi.

— J'ai fait ce que j'avais à faire pour organiser ma vie,

Sam. Peut-être ne l'as-tu jamais compris, mais mon père l'avait compris, lui.

— Tu as probablement raison, dit-il. Mais est-ce que cela en valait la peine ?

Sur quoi, il s'éloigna à grands pas, laissant Savannah ruminer ses derniers mots, ainsi que mille questions qu'elle n'osait poser ni à lui, ni à elle-même.

Sam n'avait jamais vu une scène plus charmante — sauf peut-être un peu plus tôt, sur le pont. Ecartant immédiatement le souvenir de Savannah appuyée à la rambarde, il se concentra sur sa fille dans sa robe de chambre à pois roses, pelotonnée sur les genoux de son grand-père, les yeux fermés et le pouce dans la bouche. Ses cheveux étaient aussi bruns que les siens étaient gris.

Sam ôta sa casquette de base-ball et s'assit face à celui-ci.

— Depuis combien de temps dort-elle ? demanda-t-il à mi-voix.

Jamie ouvrit aussitôt les yeux en levant la tête.

— Je ne dors pas, papa. Je me repose les yeux.

Exactement ce qu'il lui avait dit maintes fois alors qu'il s'endormait en regardant les dessins animés avec elle.

— Tu avais tout de même l'air bien endormie, Joe. Si tu n'avais pas eu ton pouce dans ta bouche, je crois que tu aurais même ronflé. Comme ton papi.

— Je ne ronfle pas, papa, fit-elle d'un air boudeur.

— Moi non plus ! dit son père.

— Oh ! que si, Jamison McBriar ! dit une voix en provenance de la cuisine. Comme une machine à vapeur.

Sam gloussa.

— Gracie doit le savoir.

Jamie dégringola des genoux de son grand-père pour venir s'asseoir sur les siens.

— Est-ce que tu as vu Ruthie ? interrogea-t-elle.

Mentir était hors de question, mais dire la vérité risquait

de l'entraîner Dieu sait où. Le mieux était sans doute de rester vague.

— Non, trésor, dit-il en repoussant une mèche sur son front. J'ai juste déposé la tarte et je suis parti.

— Tu as vu la fille de Ruthie ?

Bon, il avait essayé…

— Oui, je l'ai vue, avoua-t-il. Je lui ai donné la tarte.

— Papi dit que c'était ta petite amie avant, dit Jamie avec un sourire malicieux.

— C'était il y a longtemps, répondit-il tout en lui caressant la tête.

La petite bâilla et laissa retomber sa tête sur l'épaule de Sam.

— Floyd va me manquer, dit-elle. J'aimais bien quand il m'emmenait sur son tracteur.

Sam avait toujours eu le sentiment que ce dernier considérait Jamie comme la petite-fille qu'il n'avait pas eue.

— Il va nous manquer à tous, ma puce. C'était un homme bien.

— C'est vrai, dit Jim. Il aurait donné jusqu'à sa chemise pour aider quelqu'un.

Jamie redressa la tête et regarda Sam droit dans les yeux pour demander :

— Est-ce que Ruthie est triste ?

— Oui. Je suppose.

— C'est difficile à dire avec Ruth, enchaîna Jim. Elle est solide comme un roc.

— Est-ce qu'on pourrait aller la voir demain, papa ? Je voudrais lui dire que je suis triste aussi.

— Ce serait peut-être mieux dans deux ou trois jours, ma chérie, fit Sam d'une voix douce.

— Oh non, demain, papa ! On pourrait y aller après avoir donné à manger aux vaches.

Elle paraissait si résolue que Sam n'eut pas le cœur à refuser.

— Bon, d'accord, mais nous ne resterons pas longtemps.

Sinon Savannah risquait de le flanquer dehors avec perte et fracas…

— Pourquoi est-ce que les gens doivent mourir, papa ?

Comment répondre à une telle question ?

— La mort fait partie de la vie, ma chérie. C'est ainsi.

Par chance, la belle-mère de Sam entra dans la pièce à ce moment-là, un livre à la main. De l'avis de Sam, Gracie n'avait pas beaucoup changé depuis le jour où elle était arrivée chez eux comme gouvernante. Peut-être avait-elle grisonné un peu. Sans doute avait-elle quelques rides supplémentaires, aussi. Mais dans l'ensemble, elle était restée Gracie, le cadeau du ciel fait à sa famille.

— Tu n'as pas besoin de te tourmenter pour ce genre de choses, ma jolie, dit Gracie en rejetant sa natte derrière son épaule. Et si tu rejoignais ton lit maintenant que je puisse finir de te lire l'histoire du manchot ?

Apparemment satisfaite de laisser là ses questions existentielles, Jamie descendit des genoux de son père et trottina vers le hall.

— Tu es sûre de ne pas oublier quelque chose, Joe ?

La fillette revint vers lui en courant et l'embrassa sur la joue.

— Bonne nuit, papa.

— Bonne nuit, ma puce.

Ayant embrassé son grand-père à la suite, Jamie prit Gracie par la main et l'entraîna vers sa chambre en lui racontant avec animation qu'elle irait voir Ruthie le lendemain et qu'elle verrait « l'ancienne petite amie de papa ».

Sam appuya sa tête contre le dossier de son fauteuil et ferma les yeux un instant. Lorsqu'il les rouvrit, ce fut pour rencontrer le regard soucieux de son père — celui qui disait : « Tu as des ennuis, fiston » et qui lui rappelait l'époque où, quand il avait fait une bêtise, il redoutait la colère de ce dernier. Cette fois, pourtant, il n'avait aucune idée de ce qu'il avait bien pu faire de mal. *Mais il n'allait pas tarder à l'apprendre.*

Jim étendit les jambes devant lui et croisa les mains sur son estomac légèrement rebondi.

— Est-ce que tu as bavardé un peu avec Savannah lorsque tu es passé chez les Greer ? demanda-t-il.

— Je ne suis pas allé chez eux, répondit Sam, un peu tendu. J'ai rencontré Savannah sur le pont. Je lui ai donné la tarte de Gracie, nous avons échangé quelques mots et je suis reparti. Fin de l'histoire.

— Il y avait de l'eau ?

Sam savait exactement où son père voulait en venir, mais il n'avait pas l'intention de mordre à l'hameçon.

— Ce ruisseau est à sec depuis des années.

— Dommage. Un pont qui n'enjambe rien du tout, c'est absurde, non ?

Un silence lourd de sous-entendus s'ensuivit. S'il y avait une chose que Sam ne supportait pas, c'était bien que l'on tourne autour du pot.

— Et si tu me disais clairement ce que tu as à me dire, papa ?

— Savannah et toi, vous étiez inséparables autrefois. Il serait peut-être temps que tu lui pardonnes.

— Je lui ai pardonné, se défendit Sam.

Mais il n'avait pas oublié pour autant la manière dont elle était partie, ni la raison pour laquelle elle lui avait tourné le dos.

Jim se pencha en avant, joignant les mains entre ses genoux.

— Non, tu ne l'as pas pardonnée, comme tu n'as jamais pardonné à ta mère non plus. Laisse-moi te dire quelque chose, fils. Savannah n'est pas ta mère. Ta mère était en quête d'autre chose — d'une nouvelle vie. Savannah, elle, *fuyait* quelque chose.

Sam n'avait vraiment aucune envie de poursuivre cette conversation. Néanmoins, il s'entendit demander :

— Tu veux dire moi ?

Son père laissa échapper un soupir.

— Non, il n'a jamais été question de toi. Il y avait beaucoup de souffrance dans leur maison.

— Oui, et dont Ruth était à l'origine pour l'essentiel, je sais.

Jim lui lança un regard dur.

— Qui sommes-nous pour la juger, Sam ? Nous ne savons pas ce qu'elle a vécu.

Sam savait en tout cas que son comportement envers

Savannah avait souvent frisé la cruauté. Elle s'était montrée à peine moins dure avec lui d'ailleurs, à l'époque.

— Est-ce que nous ne pourrions pas laisser là le passé et parler d'autre chose ? dit-il.

— Comme tu voudras, répondit son père en se radossant à son fauteuil. J'ai entendu dire que Ruth vendait sa ferme à Wainwright, tu es au courant ?

Le sujet ne lui plaisait pas beaucoup plus que le précédent.

— Il paraît, oui.

— Je suppose qu'il va démolir la maison et construire autre chose à la place.

— Je ne sais pas ce qu'il fera de la maison, mais ce qu'il y a de sûr, c'est qu'il va me louer les terres.

Le visage de Jim s'enflamma aussitôt, au point que Sam en fut presque alarmé.

— Quoi ? s'étrangla son père. Tu ne vas tout de même pas t'abaisser à traiter avec ce salopard !

Gracie entra dans la pièce et regarda son mari d'un air réprobateur.

— Baisse un peu la voix, Jimmy, tu veux ? Ta petite-fille essaie de s'endormir. Et est-il vraiment nécessaire d'employer ce genre de vocabulaire quand on a une enfant aussi jeune à la maison ?

— Sam vient de me dire qu'il allait louer les terres des Greer à ce serpent de Wainwright.

Gracie tourna vivement la tête vers lui.

— Pardon ? Mais à quoi diable est-ce que tu penses, Samuel Jamison McBriar ?

C'était bien la peine de reprocher à son père de parler trop fort…

— Si je ne les loue pas, quelqu'un d'autre le fera, dit-il. Peut-être même quelqu'un qui ne s'occupera pas de ces terres comme Floyd l'aurait voulu. Ou pire, Wainwright pourrait les vendre à un promoteur et nous nous retrouverions avec je ne sais quelles boutiques à côté de chez nous. Alors que nous, en les cultivant, nous pourrons procurer du travail à des gens d'ici qui en ont besoin.

Jim se leva.

— Traiter avec le diable peut se payer très cher, fiston, trancha-t-il.

Peut-être bien, mais Sam était prêt à prendre le risque.

— Je m'occupe de Wainwright, dit-il avec assurance.

— Et moi, je nettoie toute la maison demain d'un coup de baguette magique, ironisa Gracie.

— Est-ce que Savannah le sait ? demanda Jim.

— Je l'ignore, papa, et honnêtement, je ne pense pas que cela la préoccupe beaucoup — à moins, bien sûr, qu'elle ne se soit mis en tête de garder la propriété dans la famille, ce dont je doute fort.

— Je suppose que tu sais ce que tu fais, dit son père d'un air qui contredisait ses paroles. J'espère seulement que tu n'auras pas à t'en mordre les doigts, fils.

Sam était trop fatigué pour argumenter. De plus, l'accord avec Wainwright était pratiquement conclu, et il n'était jamais revenu sur sa parole. Pas depuis plusieurs années en tout cas.

— Oui, je sais ce que je fais, papa. Tu ne m'as pas payé en vain des études universitaires, rassure-toi.

— Je sais que tu es intelligent et plein de compétences, Sam. Du moins, lorsqu'il s'agit de diriger la ferme. Mais pour ce qui est de ta vie personnelle… m'est avis que tu étais derrière la porte quand ils ont distribué le bon sens.

Gracie s'assit sur l'accoudoir du fauteuil que Jim venait de quitter.

— Laisse-le tranquille, Jimmy. Il n'a pas eu de chance jusqu'ici du côté de ses amours, voilà tout.

N'ayant aucune envie de s'étendre sur ce sujet, Sam se leva.

— Si tu as fini de me sermonner, papa, je crois que je vais aller dire bonne nuit à ma fille et aller me coucher.

Il se tourna vers sa belle-mère.

— Jamie s'est mis dans la tête d'aller voir Ruth demain. Ça t'ennuierait de l'accompagner, Gracie ?

— Elle doit commencer à préparer les gâteaux pour la fête de l'Été, répondit Jim à la place de celle-ci. Des dizaines de gâteaux et autant de biscuits.

Mais oui, c'est ça…

— La fête ne commence pas avant samedi, non ? remarqua-t-il.

— Non, mais Gracie aime s'y prendre à l'avance, n'est-ce pas, ma chérie ? dit Jim en adressant un clin d'œil assez peu discret à sa femme.

— C'est vrai, répondit celle-ci après un court mais perceptible moment de flottement. Et puis, je crois que ce serait mieux si tu y allais. Ruth a peut-être besoin d'un coup de main pour quelque chose.

— D'ailleurs, nous sommes déjà allés lui présenter nos condoléances, ajouta son père. Et quand tu seras là-bas, surveille tes manières et sois aimable avec Savannah.

Entendu, il surveillerait ses manières — mais quant à se montrer aimable avec Savannah, c'était un peu trop demander. Il serait poli par égard pour sa famille, mais n'allait certainement pas devenir son meilleur ami. Elle avait perdu ce droit le jour où elle avait quitté la ville autrefois sans même se retourner.

3

Savannah fut tirée d'un profond sommeil par des voix assourdies qui filtraient au travers de la fenêtre entrouverte de sa chambre. Ayant jeté un coup d'œil à son réveil, elle bondit hors de son lit. Elle se levait rarement après l'aube, et en tout cas jamais après 9 heures, même en vacances. Son père avait l'habitude de dire que la vie était trop courte pour perdre son temps à dormir, et elle ne l'avait jamais oublié. Debout au milieu de la chambre, elle laissa au chagrin qui l'envahissait de nouveau le temps de s'apaiser, avant d'affronter la journée — et sa mère.

Elle enfila un T-shirt mauve et un short en jersey blanc avant de se diriger vers la salle de bains pour se rafraîchir. Ses cheveux étaient un désastre — elle ne les avait pas bien séchés la veille au soir. Les ayant rassemblés tant bien que mal en arrière, elle les attacha en une queue-de-cheval, puis s'aspergea le visage d'eau froide. Après quoi, elle descendit dans la cuisine, en manque de café. Elle en trouva une pleine cafetière sur la cuisinière. Il y avait aussi une assiette de muffins aux myrtilles sur le comptoir, mais personne en vue. Se rappelant les bruits de voix entendus un peu plus tôt, elle pensa que sa tante, son oncle et sa mère avaient dû décider de prendre leur petit déjeuner sur la terrasse.

Ignorant les muffins, elle se versa une tasse de café et sortit. A peine avait-elle ouvert la porte d'entrée qu'elle fut assaillie par l'odeur de l'herbe fraîchement coupée qui lui rappela immédiatement ces promenades faites à la nuit tombée dans son enfance, pieds nus, à la poursuite de lucioles.

Ayant franchi le seuil, elle s'arrêta net. May, Bill et Ruth étaient bien là, installés sur la terrasse, mais deux autres personnes s'étaient jointes à eux. Assise dans la balancelle, une petite fille aux cheveux bruns et aux yeux bleu vif la fixait avec curiosité. Et, à côté d'elle, se trouvait l'homme qui avait habité ses songes au cours d'innombrables nuits.

— Assieds-toi donc, dit son oncle en lui indiquant la seule chaise inoccupée.

Laquelle se trouvait être bien trop proche de Sam.

Néanmoins, refusant de céder au désir de se réfugier au plus vite à l'intérieur de la maison, Savannah accepta l'invitation et s'assit, les mains crispées autour de sa tasse.

— Bonjour, parvint-elle à articuler, surprise et soulagée que sa voix ne trahisse pas davantage sa nervosité.

Sans prendre la peine de répondre à son bonjour, ce qui ne surprit même pas Savannah, sa mère demanda :

— Où sont tes chaussures ?

Elle n'avait même pas remarqué qu'elle était pieds nus. Il ne lui arrivait plus de sortir sans chaussures désormais — pas dans des circonstances normales en tout cas. Mais rien ne semblait normal ce matin.

— A l'intérieur, marmonna-t-elle.

Elle aurait voulu pouvoir disparaître dans un trou de souris. Elle n'imaginait que trop bien l'air qu'elle devait avoir avec ses cheveux emmêlés et ses yeux cernés. Mais après tout, ne se moquait-elle pas complètement de ce que Sam pouvait bien penser de son apparence ?

— Tu es jolie, dit la fillette avec un grand sourire, avant de se tourner vers son père pour ajouter : hein, papa ?

Oh ! mon Dieu. Cette enfant ne s'adressait certainement pas à la bonne personne…

— Oui, elle est jolie, répondit-il pourtant, à la plus grande surprise de Savannah.

Elle but un peu de café pour humidifier sa gorge desséchée.

— Toi aussi, tu es très jolie, dit-elle. Et je devine que tu es Jamie.

— Et toi, Savannah, et tu étais la petite amie de papa.

Heureusement, Savannah n'était pas en train de boire, car elle se serait probablement étranglée de surprise.

— C'est tout à fait vrai, Jamie, dit May. Mais c'était il y a longtemps.

— Avant qu'il rencontre ma maman ?

— Quelques années plus tôt, oui, dit Savannah, bien que ce ne fût pas tout à fait la vérité.

Darlene avait eu des vues sur lui dès leurs années de collège.

Apparemment satisfaite de sa réponse, Jamie sauta de la balancelle et alla s'asseoir droit sur les genoux… de la mère de Savannah ! Et celle-ci, dont on aurait dit un moment plus tôt qu'elle craignait que le moindre mouvement de lèvres ne lézarde son visage, adressa le plus doux des sourires à la fillette.

— Est-ce que tu es triste, Ruthie ? demanda l'enfant.

— Un peu, répondit celle-ci. Mais Floyd n'aurait pas voulu que nous soyons trop tristes. S'il était là, il nous dirait : « Réveillez-vous et…

— … profitez de cette journée », acheva Jamie. Je suis sûre qu'il dit la même chose au paradis.

— Oui, moi aussi, acquiesça Ruth en repoussant une mèche du front de la fillette.

Jamie se leva et lui prit la main.

— Est-ce qu'on peut aller travailler sur le patchwork, Ruthie ?

Savannah se rappela le difficile patchwork dit « aux anneaux de mariage » sur lequel elle avait commencé à travailler avec sa mère alors qu'elle était un petit peu plus âgée que Jamie. Et dont elle n'avait plus voulu entendre parler après leur emménagement à Placid.

— Peut-être devrions-nous rentrer et laisser Ruth se reposer, Jamie, dit Sam.

— Sottises ! s'exclama cette dernière. Viens avec moi, ma chérie, nous allons coudre deux ou trois carrés si ton père est d'accord.

— Je peux, papa ?

— D'accord, mais pas trop longtemps. Gracie a besoin de toi pour préparer les gâteaux, tu t'en souviens ?

— Oui, mais je peux faire les deux, tu sais, assura Jamie.

Et c'est ainsi que la mère de Savannah disparut avec la petite à l'intérieur de la maison, sans même adresser un regard à sa fille.

Savannah n'était pas sûre de savoir ce qu'elle ressentait. Etait-elle triste ? Oui, bien sûr. Le souvenir de jours plus heureux l'emplissait de mélancolie. Etait-elle jalouse ? Un peu, mais pas de Jamie. Elle enviait plutôt leur complicité, ce lien qui ne s'était pas tissé entre sa mère et elle.

Bill se leva.

— Nous ferions mieux d'aller en ville avant l'heure du déjeuner, chérie, dit-il.

— Excellente idée, approuva May en acceptant la main que son mari lui tendait pour l'aider à se lever.

Savannah n'était pas de cet avis. *S'ils partaient, elle allait rester seule avec Sam.*

— Je pourrais y aller pour toi, tante May, proposa-t-elle.

A en juger par son sourire moqueur, Sam avait parfaitement compris les vraies raisons de sa prévenance envers sa tante.

— Mais non, nous nous en occupons, ma chérie. Nous devons juste passer à la pharmacie pour l'antimigraineux de ta mère et faire quelques achats au marché.

Au marché ? Mais il restait une montagne de nourriture à la maison !

— Tu es sûre ? Ça ne vous dérange pas ?

— Pas du tout, dit Bill en sortant ses clés de voiture de sa poche. Reste là et profite de la présence de ton ami.

Ce qu'elle aurait fait avec plaisir… si Sam avait réellement été un ami. Mais à moins de trouver un prétexte pour s'échapper rapidement, elle allait rester coincée là avec lui vu que son oncle et sa tante avaient déjà presque rejoint leur voiture. A croire que ce petit tête-à-tête entre ex-amoureux avait été prémédité.

Dès que la voiture eut démarré, la tension monta d'un cran. Savannah se mit à pianoter du bout des doigts sur la table. Et si elle trouvait refuge à l'intérieur de la maison ? Non, impossible — hors de question que Sam s'imagine qu'elle prenait la fuite. Mais en dépit de toutes ces heures qu'ils avaient passées autrefois à discuter, elle ne trouvait pas le moindre sujet de conversation.

Par chance, il rompit finalement le silence en disant :

— Gracie aimerait bien que tu passes la voir avant ton départ.

— Je le ferai, dit-elle. J'ai encore peine à croire que Gracie soit restée après tout le mal que tu lui as donné !

D'un léger coup de talon, Sam donna une nouvelle impulsion à la balancelle.

— Elle est toujours là parce qu'elle a épousé mon père il y a quelques années.

Encore un événement dont personne n'avait jugé utile de l'informer.

— Oh ! fit-elle, se sentant un peu bête. Je suis contente pour eux.

Elle était sincère. Deux personnes ne pouvaient pas être mieux assorties que Jim et Gracie. Il fut un temps où elle aurait dit la même chose de Sam et elle…

Il se pencha en avant, laissant pendre ses mains entre ses genoux. De nouveau, un silence s'étira avant qu'il ne demande :

— Comment va ta mère ?

— Ça va, je suppose. Tu la connais. Elle ne partage guère ses sentiments. Quant à moi… je ne parviens pas encore à croire qu'il est parti…

Sur ces mots, sa voix se brisa. Mais elle ne voulait pas pleurer devant Sam — ni devant quiconque, d'ailleurs. Ça n'aurait pas été la première fois qu'elle se serait laissée aller dans ses bras, pourtant. Cela lui était arrivé tellement souvent, en fait. Mais c'était autrefois. Tout était différent aujourd'hui, et elle ne voulait pas de son réconfort, ni ne s'attendait qu'il le lui offre.

— Ton père parlait de toi tout le temps, tu sais, dit Sam, d'une voix où, de façon surprenante, ne perçait aucune animosité.

— Je ne savais pas que tu passais autant de temps avec lui.

Il s'adossa de nouveau aux coussins de la balancelle.

— Nous parlions souvent de notre travail, des derniers engrais que nous avions utilisés, ce genre de choses, mais ton nom revenait souvent. Il pensait que tu ne pouvais rien faire de mal.

— Nous savons tous les deux que ce n'est pas vrai, n'est-ce pas ? le coupa-t-elle.

Comme il ne commentait pas, elle ajouta :

— Il ne t'aimait pas particulièrement autrefois. Quand je pense à cette histoire de chat coincé en haut d'un arbre que tu lui avais servie ce jour où il t'avait surpris sous ma fenêtre...

Elle s'interrompit net. Mais qu'est-ce qui lui prenait de se laisser aller à la nostalgie face à un homme qui, à l'évidence, n'avait aucune intention de la suivre dans cette voie ?

Immobile et silencieux, il semblait l'étudier avec attention.

— Ton père voulait que tu sois heureuse. Est-ce le cas ? demanda-t-il soudainement.

Nulle trace d'un intérêt sincère dans sa voix, ce n'était que de la curiosité de sa part. Peut-être même espérait-il entendre que sa vie était un désastre pour le seul plaisir de lui faire remarquer qu'il le lui avait bien prédit.

— J'ai un bel appartement et un très bon travail, dit-elle.

Il se leva, tira une chaise et s'assit en face d'elle.

— Pas de petit ami ? A moins que tu en aies plusieurs ?

Savannah ne s'était pas attendue à une question aussi directe, ni aussi personnelle. Mais là encore, sans doute ne l'avait-il posée que pour la déstabiliser un peu plus. Et il avait réussi. Elle croisa étroitement les bras autour d'elle comme pour se protéger.

— Je ne vois pas en quoi ma vie affective devrait t'intéresser.

Laquelle, d'ailleurs, était quasi inexistante pour le moment, mais cela, elle n'allait pas le lui dire.

— Pas de petit ami, donc, conclut-il avec une satisfaction manifeste.

Elle aurait préféré mordre la poussière plutôt qu'admettre qu'elle n'avait pas eu une relation sérieuse depuis quatre ans.

— Ça ne te regarde pas, Sam.

— Désolé d'apprendre que tu n'as personne dans ta vie, commenta-t-il comme s'il ne l'avait pas entendue.

Désolé ? Il ne l'était pas, bien sûr. Et d'abord, pourquoi aurait-elle dû avoir un homme dans sa vie pour être heureuse ?

— J'ai une vie bien remplie, merci. Chicago est une ville formidable. Il y a toujours des tas de choses à y faire ou à aller voir.

— Contrairement à Placid, acheva-t-il pour elle.

— En effet, contrairement à Placid, répéta-t-elle. Nul besoin, là-bas, de parcourir des kilomètres pour trouver une paire de chaussures convenable.

Il eut un petit rire cynique.

— Je me souviens du jour où nous nous sommes rencontrés. Tu étais furieuse parce que tu venais de découvrir qu'il n'y avait pas de centre commercial dans le coin.

En fait, elle était surtout furieuse parce qu'elle avait dû quitter Knoxville et ses amies pour venir habiter dans un village perdu du Mississippi.

— J'avais à peine quatorze ans, Sam. À cet âge-là, traîner dans les centres commerciaux, c'était toute ma vie.

— Tu étais une enfant gâtée, ça, c'est sûr.

— Je n'étais pas *gâtée*, rétorqua-t-elle. J'étais une adolescente comme les autres, pas un bouseux pour qui passer une bonne soirée veut dire sillonner le patelin dans un pick-up en compagnie d'une bande de blancs-becs avec la musique à fond.

Sam ne parut pas le moins du monde piqué par l'insulte.

— Je préfère respirer de l'air pur et avoir de bons voisins plutôt que vivre dans la pollution au milieu d'inconnus, dit-il d'un air suffisant.

Savannah releva le menton, indignée.

— Mes voisins ne sont pas des inconnus.

Il la regarda avec scepticisme.

— Ah non, vraiment ? Et comment s'appellent-ils ?

Cette fois, elle ne tomberait pas dans le piège.

— Nancy et Phil.

A moins que ce ne soient Janice et Will. A vrai dire, elle ne leur avait parlé que deux fois depuis qu'elle avait emménagé dans cet appartement, trois ans plus tôt.

Mais il était grand temps de changer de sujet et d'insuffler un minimum de courtoisie dans cette conversation avant qu'elle ne tourne définitivement à l'aigre.

— Jamie est adorable, Sam. Darlene et toi devez être fiers d'elle.

— Nous le sommes.

— Et elle est si gentille, reprit-elle. Je n'avais jamais vu ma mère aussi attendrie par un enfant.

Pas même par son propre enfant. Surtout pas par son propre enfant.

— Il faut tout de même que je te prévienne, dit Sam. Mon père a raconté à Jamie l'épisode de la truie.

Super. Jim McBriar aurait tout de même pu s'abstenir de déballer cette histoire.

— Est-ce qu'il lui a dit aussi que c'est toi qui l'avais laissée s'échapper juste pour me voir courir après et m'étaler dans la boue ?

— Sans doute que non, car je ne le lui ai jamais dit.

Evidemment.

— Tant mieux. Je ne voudrais pas que Jamie sache à quel point son père peut être odieux.

— C'est l'hôpital qui se moque de la charité, non ?

Pour ce qui était de la courtoisie, c'était plutôt raté.

S'efforçant de nouveau de se montrer aimable, malgré tout, elle demanda :

— Tu élèves toujours des porcs ?

— Non. Seulement des bovins. L'an dernier, j'ai acheté les terres de Miller pour m'agrandir.

Encore un choc.

— Mais… Ces terres appartenaient aux Miller depuis des générations ! Je n'aurais jamais cru qu'ils les vendraient un jour.

Sam se rembrunit.

— Ils ne sont pas les seuls, Savannah. Le Delta est en plein déclin, les gens souffrent. Des dizaines de commerces ont fermé dans les villages alentour et les fermes sont vendues une par une à des vautours comme Wainwright. Cela me rend malade de voir ça et de ne rien pouvoir faire pour enrayer le cours des choses.

— Alors pourquoi restes-tu ? s'enquit-elle, même si elle connaissait déjà la réponse.

— Parce que ma famille a contribué à construire cette ville, répliqua-t-il avec une rage contenue. Parce que, si je ne reste pas, alors Placid pourrait bien ne pas survivre. Et jusqu'à mon dernier souffle, j'essaierai d'empêcher ça. Cela ne t'a peut-être pas posé de problème de partir sans même te retourner, mais moi, je ne pourrai jamais.

La loyauté de Sam envers Placid n'était pas une découverte pour Savannah, ni le fait qu'il continue de lui reprocher son départ. Néanmoins, elle ne parvenait pas à comprendre pourquoi Sam, ou n'importe qui d'ailleurs, devait se faire le champion d'une cause perdue d'avance, ou seulement choisir de demeurer dans un lieu qui avait si peu à offrir. Cela dit, elle avait toujours su que Sam ne désirait rien d'autre que vivre une vie simple, chez lui.

— Je suppose que nous avons tous les deux obtenu ce que nous voulions, conclut-elle. Moi, ma carrière, et toi, la ferme, une épouse et un enfant.

— Nous avons divorcé, corrigea-t-il, le regard vaguement fixé sur quelque chose dans le jardin, loin derrière elle.

— Pardon, oui, je sais. Je suis désolée que cela n'ait pas marché entre Darlene et toi, dit-elle d'un ton poli à défaut d'être sincère.

Il la regarda de nouveau.

— Nous avons essayé, mais certaines choses semblent ne pas être destinées à durer. J'ai appris cela, il y a longtemps.

Tout comme Savannah, qui ne l'avait jamais oublié.

Un crissement de pneus sur le gravier attira leur attention vers l'allée de la maison et le pick-up qui la remontait dans un nuage de poussière. Un pick-up qu'elle ne reconnut pas avant que son conducteur en sorte.

Matthew Boyd grimpa les marches du porche, un grand sourire aux lèvres. Il n'avait pas changé du tout. Avec ses cheveux châtain doré et son teint éternellement bronzé, il ressemblait toujours davantage à un champion de surf qu'au vétérinaire qu'il était en réalité.

Il se dirigea droit sur eux et baissa les yeux vers les pieds de Savannah.

— Ma parole, Savannah, tu n'as pas changé d'un iota. Tu détestes toujours porter des chaussures.

Elle se leva pour l'embrasser avec chaleur.

— Et tu adores toujours le faire remarquer, hein ? dit-elle en souriant. Où est Rachel ? ajouta-t-elle en jetant un coup d'œil vers le pick-up.

— A la clinique, plongée dans la comptabilité, répondit-il en serrant la main de Sam. Elle n'était pas bien ces derniers jours et elle a pris du retard.

Savannah se rassit et Matt tira une chaise entre elle et Sam.

— C'est vrai, je t'ai entendu le dire à l'enterrement. C'était la grippe ?

Matt enleva son chapeau de cow-boy et s'essuya le front d'un revers de manche.

— Ça se pourrait. Mais elle va beaucoup mieux aujourd'hui. C'est pourquoi je suis là, d'ailleurs. Nous voulions t'inviter à te joindre à nous ce soir. Nous allons chez Barney.

— Chez Barney ? Ce vieux bar existe toujours ?

— Absolument, dit Matt. Et Barney sert même à manger maintenant.

Elle rit.

— Il a toujours servi à manger. Enfin... des pizzas à emporter et des hot dogs froids, du moins, je crois.

Elle n'y était allée qu'une fois, mais elle n'était pas entrée.

Elle avait attendu dans la voiture avec Sam et Rachel pendant que Matt allait chercher son père, ivre une fois de plus.

— Le mercredi soir, c'est « travers de porc à volonté » maintenant, dit Matt.

— Intéressant, fit-elle, bien qu'elle n'aimât pas particulièrement les travers de porc ni la bière.

— Oui. Nous avons pensé que ce serait sympa de réunir toute notre petite bande pendant que tu es là. Chase a déjà dit oui, et Sam aussi.

Savannah jeta un coup d'œil en coin à Sam. Pourquoi ne lui avait-il pas parlé de cette soirée entre amis au cours de leur conversation ? *Oh ! mais si bien sûr*, songea-t-elle tout à coup, *il ne voulait tout simplement pas qu'elle se joigne à eux.*

— Et Jess ? s'enquit-elle.

Matt secoua la tête.

— Rachel va l'appeler, mais il y a peu de chances qu'elle vienne. Dalton l'a mise sous clé et il ne la laissera certainement pas se joindre à nous.

Savannah était consternée d'apprendre que son amie — autrefois si dynamique et boute-en-train — se laissait aujourd'hui dicter sa conduite par son mari.

— J'espère qu'elle viendra car j'ai vraiment envie de la voir. Mais si elle ne peut pas, je passerai chez elle un de ces prochains jours.

— Donc tu es de la partie ? fit Matt.

Pour quelque raison stupide, elle jeta un nouveau coup d'œil vers Sam — comme si elle avait besoin de sa permission ! Mais le pire était que celui-ci demeurait assis, parfaitement silencieux, l'air complètement indifférent. Il y avait cent raisons pour lesquelles elle aurait dû refuser, mais une seule objection lui vint à l'esprit :

— Je ne me souviens pas comment on s'y rend.

Matt poussa sa chaise et se leva.

— Aucun problème, nous passerons te prendre. 19 heures, ça te va ?

— 19 heures ? Oui, dit-elle, hésitante, avant de compléter :

si je viens. Il faut que je voie avec ma mère si elle n'a pas besoin de moi.

Mince, son retour à Placid l'avait-il brusquement infantilisée ?

— J'imagine que Ruth peut se passer de toi quelques heures, non ? insista Matt. Allons, Sam, essaie de la convaincre, ajouta-t-il en se tournant vers celui-ci.

Sam fronça les sourcils.

— C'est une grande fille, elle n'a pas besoin de moi pour se décider, dit-il. Et si elle n'a pas envie de venir, ce n'est sûrement pas moi qui pourrai la faire changer d'idée.

Voilà qui confirmait le sentiment qu'avait eu Savannah un instant plus tôt : Sam ne voulait pas d'elle à leur petite soirée. Ce qui, au fond, était une excellente raison pour y assister.

— D'accord, prenez-moi au passage, dit-elle.

Matt sourit.

— Super. Nous serons là vers 19 h 30.

— Tu n'avais pas dit 19 heures ?

— Si, mais tu connais Rachel… Elle est toujours en retard.

Il descendit trois marches, puis se retourna, les regarda l'un après l'autre, et ajouta non sans malice :

— J'espère que, pour une fois, vous vous entendrez tous les deux, je n'ai pas envie de me retrouver avec une rixe sur les bras, hein ?

Sur quoi, il tourna les talons et s'éloigna rapidement sans laisser à Savannah ou à Sam le temps de riposter.

Elle pouvait très bien supporter Sam quelques heures de toute façon. Et puis, elle avait réellement envie de revoir ses vieux amis, même si lui n'en faisait plus partie.

— Tu es sûre que tu veux faire ça, Savannah ? demanda-t-il, coupant net ses rêveries.

Elle tourna la tête vers lui. Il était maintenant appuyé contre la balustrade, les bras croisés, dans la même position ou presque qu'au moment où elle l'avait quitté quelques jours plus tôt devant le restaurant.

— Bien sûr. Pourquoi pas ?

— Tu as l'intention de passer toute la nuit avec moi ? insista-t-il, un rictus indéchiffrable aux lèvres.

Toute la nuit ?

— Il ne s'agit que d'une ou deux heures, Sam. Nous ne sommes pas obligés de nous parler, ni même de nous prêter la moindre attention, répondit-elle sèchement.

— Oui, sans doute, fit-il avec une moue sceptique. A condition que tu ne boives pas plus d'un verre, bien sûr.

Des souvenirs resurgirent d'une soirée passée avec lui sous les étoiles, alors que, pour la première fois de sa vie, elle avait trop bu.

— Crois-moi, j'ai appris à me tenir depuis cet épisode auquel tu penses.

A la vérité, la perspective de cette soirée l'inquiétait, mais cela n'avait rien à voir avec l'alcool. Avoir une conversation quelque peu tendue avec Sam à l'heure du petit déjeuner, en plein soleil, paraissait inoffensif ; mais passer la soirée avec un ancien amant dans l'obscurité d'un bar, autour de bocks de bière, voilà qui pouvait s'avérer dangereux.

Non. Elle ne boirait pas plus d'un verre, un point c'est tout. Et de toute façon, en aucun cas elle ne referait les erreurs du passé.

Elle serait heureuse de revoir ses vieux amis. Et elle s'amuserait quoi qu'il en soit, même si elle devait feindre une décontraction qu'elle ne ressentait pas.

Elle n'avait pas envie d'être là. Sam le sut au moment même où Savannah entra dans le bar avec Matt et Rachel. Ses épaules étaient aussi raides que la corde à linge de Gracie et, déjà, elle se tordait nerveusement les mains.

Mais bon sang, ce qu'elle était belle ! Il avait presque oublié les formes sensuelles de son corps, délicieusement mises en valeur, ce soir-là, par un jean moulant et un petit haut noir à fines bretelles. Avec ses cheveux blonds qui cascadaient sur ses épaules nues et ses hauts talons, elle était époustouflante.

Il n'était pas le seul homme à l'avoir remarquée, d'ailleurs. Un groupe de jeunes gens assis au bar en étaient restés bouche bée lorsqu'elle était passée à côté d'eux, tout comme quelques autres qui n'étaient pas venus accompagnés.

Dans une petite ville comme Placid, dans un vieux bar aux murs de rondins et au toit de tôle, une fille comme elle ne pouvait que faire sensation. Mais si tous ces gars l'avaient connue aussi bien que Sam, ils ne l'auraient pas regardée deux fois.

Lorsque le petit groupe eut rejoint la table ronde à laquelle il s'était installé une heure plus tôt, Matt et Rachel prirent place sur les deux chaises à haut dossier qui lui faisaient face, ce qui ne laissait d'autre choix à Savannah que de s'asseoir auprès de lui, que cela lui plaise ou non. Probablement non, d'ailleurs — pas plus qu'à lui.

Sa supposition fut aussitôt confirmée par la manière dont Savannah éloigna sa chaise de lui — c'est-à-dire autant qu'il était possible sans atterrir sur les genoux de Rachel. Néanmoins, elle se tourna vers lui pour le saluer.

— Bonsoir, Sam, dit-elle avec une courtoisie un peu trop cérémonieuse étant donné les liens qui les avaient unis autrefois.

Il répondit d'un hochement de tête nettement moins formel. Matt demanda :

— Où est Chase ?

Sam indiqua l'extrémité opposée de la salle.

— Il était près du billard tout à l'heure, entouré de femmes de probablement dix ans plus jeunes que lui.

A peine avait-il terminé sa phrase que Chase les rejoignit. Il entoura aussitôt Savannah de ses bras puissants, l'embrassa, puis la regarda avec une admiration non dissimulée tandis que Sam se surprenait à penser stupidement : « Bas les pattes, mec. »

— Tu es vraiment en beauté ce soir, mon chou ! s'exclama Chase. Où étais-tu donc tout ce temps où je me languissais de toi ?

Savannah ne parut pas le moins du monde déconcertée par

les privautés de ce dernier. Elle lui sourit même, ce qui, pour quelque obscure raison, déplut encore plus à Sam.

— J'étais à Chicago. Où je prends soin d'éviter les dragueurs invétérés comme toi, Chase, ajouta-t-elle. Mais je suis vraiment contente de te voir, même si tu n'as pas changé d'un pouce.

Sam n'était pas d'accord sur ce point : Chase se donnait seulement beaucoup de mal pour faire croire à tout le monde qu'il était toujours le même.

Ce dernier alla chercher un tabouret et voulut s'asseoir entre Savannah et Rachel, ce qui les obligea toutes les deux à se déplacer, et Savannah à se rapprocher de Sam — qui en aurait été amusé plutôt que troublé si elle n'avait pas senti aussi bon.

— Est-ce que vous avez déjà commandé ? s'enquit Chase en s'asseyant.

Sam fit signe à la vieille serveuse qui travaillait au Barney's depuis des lustres.

— Qui sait, avec un peu de chance, nous serons peut-être servis avant minuit, dit-il avec un regard entendu au reste du groupe.

— Il y a beaucoup de monde ce soir, dit Savannah en regardant la salle. Ce doit être les travers de porc…

— Et la musique, ajouta Chase. Ce groupe vient de Memphis tous les mercredis soir.

— Et ils prêtent obligeamment leur micro à tous ceux qui croient savoir chanter, enchaîna Rachel avec une moue comique. Rien ne vaut une soirée passée en compagnie d'une bande de paysans qui s'imaginent avoir du talent.

Matt désigna Sam d'un mouvement du menton et dit :

— Celui-ci s'y est essayé plusieurs fois.

Quel besoin son ami avait-il eu de rappeler ça ? songea Sam, vaguement contrarié.

— Il y a longtemps, corrigea-t-il.

Rachel, le menton posé sur sa paume, le fixa ostensiblement.

— Mais toi, tu *sais* chanter, remarqua-t-elle. Tu devrais nous chanter quelque chose ce soir, comme au bon vieux temps.

— Oh ! non, pas question, se récria Sam.

— Allez, McBriar, plaida Chase. En souvenir de notre petite bande.

Par chance, la serveuse, qui arrivait enfin, mit un terme à la conversation. Il aurait pu, bien sûr, chanter une chanson ou deux, mais il ne voyait aucune raison de se priver de la compagnie de ses amis, sauf, peut-être, de celle de Savannah.

Celle-ci choisit ce moment pour lui demander en se penchant vers lui :

— Qu'est-ce que tu veux ?

Une bonne raison pour ficher le camp au plus vite...

— Rien. J'ai mangé avant de venir.

— Pourquoi ? fit-elle, surprise.

— Parce que j'avais faim.

Il avait encore faim, d'ailleurs, et Savannah était diablement appétissante.

— Qu'est-ce que tu me recommandes, à part les côtes de porc ? reprit-elle.

— Les hamburgers ne sont pas mal.

Elle fit la grimace.

— Ils ont des salades ?

— Le menu est inscrit là, dit-il en indiquant un tableau accroché sur un mur à quelques mètres.

— Oh.

Au grand soulagement de Sam, elle se redressa et se mit à l'étudier.

Après qu'ils eurent passé commande, la serveuse revint étonnamment vite avec leurs boissons. Chase et Matt avaient pris une bière, Rachel, un thé glacé, et Savannah, un verre de vin rouge. Sam, quant à lui, avait demandé un Coca-Cola et il s'attendait aux commentaires de ses amis.

C'est Chase qui le remarqua le premier.

— Tu ne bois pas ce soir, Sam ?

— J'ai pris une bière avant que vous arriviez. C'est ma limite.

— Depuis quand ? demanda Matt.

— Depuis que j'ai un enfant.

Savannah semblait être la plus étonnée du groupe.

— Je suis impressionnée, dit-elle.

— Que veux-tu, les gens changent en vieillissant, répondit-il pour clore le sujet.

Elle caressa du bout de son index le bord de son verre et détourna le regard.

— Je suppose, oui…

Matt embrassa la tablée du regard et secoua la tête en disant :

— Mince, ça rappelle de bons souvenirs de se retrouver ainsi tous réunis.

Ayant étouffé un bâillement derrière sa main, Rachel acquiesça :

— C'est vrai. Je me rappelle tous ces week-ends que nous avons passés à Potter's Pond…

— Oui, et la fois où Sam et Savannah se sont fait pincer garés au bord de l'étang par cet idiot de garde-champêtre enchaîna Matt en riant. Comment s'appelait-il déjà, Chase ?

Celui-ci se renfrogna.

— Gordon. Je n'ai jamais compris pourquoi mon père avait embauché ce type. Non seulement c'était le pire des casse-pieds, mais en plus, son fils, ce Brady, était un lèche-bottes !

Savannah se massait le front comme si ce souvenir lui donnait soudain mal à la tête.

— Ah, oui, Brady, dit-elle. Il avait raconté à tout le monde que Sam et moi étions en train de faire l'amour ce soir-là, alors que nous ne faisions que nous embrasser.

— Est-ce que vous n'aviez pas été punis tous les deux après cette histoire ? demanda Rachel.

— Privés de sorties pendant quinze jours, répondit Sam avant que Savannah ait pu ouvrir la bouche.

Néanmoins, la punition ne l'avait pas empêché de voir Savannah. Il aurait préféré ne pas se rappeler tout cela, mais il n'avait rien oublié de ces nuits où il se faufilait hors de chez lui pour se glisser dans la chambre de Savannah, en passant par sa fenêtre. La peur d'être surpris ne faisait qu'amplifier leur désir. Non, il n'avait jamais oublié, et c'est pour cette raison même qu'il devait se tenir loin d'elle.

Matt passa un bras autour de la taille de sa femme.

— Et le jour où nous avons envoyé Rachel retrouver l'entraîneur aux vestiaires sous prétexte qu'il avait besoin de la voir au sujet des pom-pom girls…

— Oh ! tais-toi, Matthew, l'interrompit celle-ci. Ça n'avait vraiment rien de drôle d'entrer dans ce vestiaire plein de gars à moitié nus. J'en suis encore fâchée.

— Fâchée de n'avoir pas eu d'appareil photo sur toi, plaisanta Savannah à son tour, provoquant un fou rire général.

Tandis que les anecdotes se succédaient, Sam était incapable de se souvenir d'autre chose que des moments qu'il avait partagés avec Savannah. Jamais auparavant, il n'avait éprouvé pour une fille un sentiment aussi fort, ni eu une relation aussi intense. Mais lorsqu'elle était partie, il avait commencé à réaliser qu'il n'avait été rien d'autre pour elle qu'un divertissement et un initiateur sexuel. Elle n'avait jamais eu l'intention de s'attarder à Placid au-delà du temps nécessaire pour que l'encre de son diplôme sèche. Si seulement il avait su alors ce qu'il savait maintenant, il se serait épargné bien des tourments et bien des nuits d'insomnie.

La conversation ayant repris un cours plus paisible, Savannah dit avec un soupir de regret :

— J'aurais tellement aimé que Jess puisse venir.

— J'ai essayé de la convaincre, dit Rachel, mais elle a inventé je ne sais quelle excuse… Dalton n'avait soi-disant pas le temps d'aller chercher Danny au club de base-ball, ou quelque chose du genre.

— Il est probablement trop occupé à baratiner une pauvre fille prête à croire n'importe quoi, dit Chase d'un ton aigre.

— Tu veux dire qu'il la trompe ? demanda Savannah, choquée.

Par égard pour Jess, et en dépit de ses propres soupçons, Sam éprouva le besoin d'intervenir :

— Personne n'en a encore eu la preuve, et j'espère que le petit garçon de Jess n'a pas entendu les rumeurs qui courent. C'est déjà assez lourd comme ça d'avoir Dalton pour père.

— A propos..., commença Rachel en se penchant en avant.

Elle prit la main de Matt dans la sienne et poursuivit d'un air mystérieux :

— Nous avons quelque chose à vous annoncer.

Sam jeta un coup d'œil à Chase qui signifiait qu'il était sur le point de gagner ses vingt dollars, avant de déclarer :

— Vous allez être parents.

Rachel ouvrit la bouche, puis la referma, incrédule.

— Matthew, dit-elle en lui donnant une tape sur le bras, je croyais que nous étions censés l'annoncer ensemble !

— Mais je te jure que je n'ai rien dit ! se défendit celui-ci en levant les mains en signe d'innocence.

— Il n'en a pas eu besoin, dit Sam. Je suis passé par là avec Darlene. Pas d'alcool, nausées matinales, bâillements incessants, ce sont des symptômes qui ne trompent pas.

— Je suis si contente pour vous deux ! s'exclama Savannah.

Elle se leva pour aller embrasser Rachel tandis que Chase sortait deux billets de son portefeuille.

— Tiens, dit-il en les tendant à Sam. Tu as gagné.

— Vous avez parié sur ma femme ? fit Matt, l'air offusqué.

Sam s'adossa à sa chaise, tout sourires.

— Ouais. Chase pensait que ce n'était plus possible après treize ans de mariage.

Ce dernier précisa aussitôt en riant :

— En réalité, je pensais que *personne* ne faisait plus l'amour après treize ans de mariage.

Ils rirent tous, y compris Savannah. Sam avait oublié combien il aimait la voir si joyeuse. Il avait toujours su la faire rire, même durant leurs moments de crises. Mais il l'avait aussi fait pleurer, comme ce dernier jour au restaurant... A tort ou à raison, il avait pensé qu'elle le méritait bien, ce jour-là. Il avait voulu la blesser, la punir de son départ. Mais ce passé était mort et enterré, et le ressusciter ne le mènerait nulle part. Une fois qu'il aurait quitté ce bar — et laissé Savannah derrière lui — c'était juré, il ne lui accorderait plus la moindre pensée.

Quand leurs plats furent arrivés, Sam essaya de se concentrer de nouveau sur la conversation, mais se retrouva vite en train d'observer Savannah manger sa salade. C'est lui qui lui avait appris à embrasser, et elle avait appliqué ses instructions à la lettre. Elle avait été une élève enthousiaste — même s'il avait dû patienter deux années entières avant de se voir offrir la récompense suprême. Mais s'il continuait à divaguer de cette manière en fixant sa bouche, Savannah allait finir par deviner la fascination qu'elle exerçait toujours sur lui.

La conversation roulait de nouveau sur leurs souvenirs communs, mais Savannah paraissait maintenant plus à l'aise avec lui — au point même qu'elle se penchait vers lui chaque fois qu'il essayait de prendre la parole. Dès que personne ne ferait attention à lui, il en profiterait pour reculer sa chaise. Ce qui ne changerait pas grand-chose, bien sûr, car même s'il avait pu s'éloigner de plusieurs mètres, il aurait continué de savoir qu'elle était là et se serait remémoré le passé de la même façon.

Chase suggéra tout à coup en se levant :

— Qui est partant pour un billard ?

Sam repoussa sa chaise si vite qu'il faillit la renverser.

— Moi !

— Moi aussi ! dit Matt. A condition que tu te concentres sur le jeu, Chase, et pas sur celui qui consiste à trouver une femme consentante en faisant seulement semblant de jouer.

— Loin de moi cette idée. Quoique… maintenant que tu en parles, dit-il en s'inclinant pour entourer Savannah de son bras. Tu ne serais pas consentante par hasard, trésor ?

Elle repoussa son bras, à la grande satisfaction de Sam, même si en théorie il n'aurait pas dû se soucier de ce qu'elle faisait, ni avec qui.

— Ne compte pas là-dessus, Chase, dit-elle. Ce serait comme embrasser mon frère.

Il sourit.

— Préviens-moi si tu changes d'avis.

— Allons-y, dit Matt en se levant. Je suis sûr que les filles meurent d'envie de parler tranquillement de nous. Ne soyez pas trop dures, hein ? ajouta-t-il en leur adressant un clin d'œil.

Sam, quant à lui, doutait de leur bienveillance à son égard, surtout si Savannah décidait de remuer le passé et de parler à Rachel de l'attitude pour le moins inamicale qu'il avait eue envers elle.

Lorsqu'ils eurent rejoint le coin billard, il prit une queue sur le support accroché au mur et se tourna vers le couple qui était en train de jouer. Ils ne semblaient pas pressés de terminer leur partie, s'enlaçant et s'embrassant presque entre chaque coup, et Sam dut se retenir pour ne pas les prier d'aller se bécoter ailleurs.

Matt, qui l'avait rejoint, dit tout en continuant d'observer les deux amoureux :

— Savannah et toi aviez l'air de vous sentir bien ensemble tout à l'heure.

Sam n'aurait pas dû être surpris ; c'était certainement l'impression qu'ils avaient donnée.

— Tu as toujours eu de l'imagination, Boyd, commenta-t-il un peu sèchement.

Chase crut bon d'ajouter son grain de sel :

— Je ne sais pas, Mac. Tu es sûr que tu ne rêves pas secrètement de faire un petit voyage dans le passé avec elle ?

— Laissez tomber, les gars. Vous ne savez pas de quoi vous parlez, dit-il, réprimant tant bien que mal sa contrariété.

Par chance, le couple, qui avait terminé sa partie, lui offrit une diversion bienvenue.

— Ah, on dirait que c'est à nous, dit-il.

Tandis que Matt replaçait les boules dans le triangle, Chase se tourna vers Sam.

— Vingt dollars que Savannah et toi finirez au lit ensemble avant la fin de la semaine.

Sam n'apprécia pas vraiment le pari — ni les images que celui-ci avait aussitôt fait surgir devant ses yeux.

— Va au diable, Reed.

— Moi, je lui donne trois jours, renchérit Matt.

— Tope là, s'esclaffa Chase en lui tendant la main.

Comme ils regardaient Sam avec un rien d'appréhension, celui-ci haussa les épaules et se pencha sur le billard. Il frappa la bille blanche, les autres fusèrent dans toutes les directions, mais aucune ne toucha la bande.

— Il ne peut rien sortir de bon d'une histoire qui se répète, grommela-t-il en se redressant. Vous pouvez bien faire tous les paris que vous voudrez, ni l'un ni l'autre ne gagnerez.

— Qui sait ? dit Matt. On n'a pas toujours une seconde chance dans la vie. Savannah et toi allez peut-être finalement réaliser que vous vous êtes manqué toutes ces années.

Sam recula afin que Chase puisse jouer. Hors de question de l'avouer, mais Matt venait peut-être bien de mettre le doigt sur quelque chose… Certes, il n'avait nullement l'intention de « finir au lit » avec elle ainsi que l'avaient parié si délicatement ses amis — il n'était pas question qu'il ignore ses propres sentiments pour une vulgaire nuit de plaisir, sachant que Savannah se ferait une joie de le blesser de nouveau ensuite. Cependant, l'idée de rappeler à celle-ci tout ce à côté de quoi elle était passée n'était pas pour lui déplaire…

Il ne prendrait pas de risque inconsidéré, promis, mais s'octroierait tout de même une petite revanche.

4

— Un chat qui a la queue coincée dans le radiateur, cria Savannah, penchée sur l'épaule de Rachel.

— Un coq à la voix éraillée, renchérit celle-ci.

Depuis une heure, elles s'amusaient ainsi des prestations des chanteurs amateurs qui se succédaient sur la scène, mais elles commençaient à vrai dire à se lasser de leur petit jeu. La musique était trop forte et l'on ne s'entendait pas parler. Malheureusement, le karaoké ne semblait pas près de prendre fin et les garçons étaient manifestement encore en pleine partie. Mais peut-être était-ce mieux ainsi, après tout. Savannah s'était sentie plutôt mal à l'aise, assise aussi près de Sam, surtout quand tous s'étaient mis à faire des commentaires désinvoltes sur leur relation d'autrefois — voire sur leurs ébats amoureux. Elle avait essayé de faire la sourde oreille, mais tant de souvenirs lui étaient revenus à l'esprit…

Rachel paraissait fatiguée. Elle bâillait toutes les cinq minutes et Savannah n'aurait pas été surprise de la voir piquer du nez assise là sur sa chaise. Au moins leurs oreilles pouvaient-elles se reposer un peu car l'orchestre venait d'annoncer qu'il s'accordait une pause de cinq minutes…

Rachel jeta un coup d'œil à sa montre et fronça les sourcils.

— Encore dix minutes, dit-elle, et je vais chercher Matt pour rentrer. A moins que tu ne veuilles rester plus longtemps ? Quoique… Sam se ferait sûrement un plaisir de te raccompagner, ajouta-t-elle avec un regard en coin.

— Non, merci, répondit Savannah avec conviction, bien que

le sous-entendu de son amie lui ait soufflé quelques pensées inavouables. D'ailleurs, je suis bien certaine que Sam n'a aucune envie de me ramener chez moi.

— Allons, Savannah. J'ai bien vu la manière dont il t'a regardée toute la soirée, même s'il essayait de le faire discrètement. Et tu le regardes de la même façon quand tu penses que personne ne fait attention à toi, ajouta Rachel d'un air taquin.

Savannah fronça les sourcils.

— C'est ridicule. Nous avons à peine échangé deux mots ce soir.

Rachel sourit.

— Et alors ? Je me souviens d'une époque où vous vous parliez moins que vous ne vous touchiez.

— Cette époque est révolue depuis longtemps, trancha Savannah. Nous sommes des adultes à présent, plus des gamins travaillés par leurs hormones.

— Savannah, tu es dans un déni complet, fit Rachel en hochant la tête. Je suis presque certaine que vous seriez prêts l'un comme l'autre à revivre ce passé si l'occasion se présentait. Le temps ne change rien à l'alchimie qui existe entre certains êtres, tu sais. Regarde Matt et moi par exemple ! J'éprouve toujours ce drôle de frisson quand il me regarde d'une certaine façon…

Sans doute était-ce vrai, mais Matt et Rachel avaient le destin de leur côté, eux. Ce qui n'était pas le cas de Sam et elle.

— A propos de Matt, comment prend-il sa prochaine paternité ? demanda-t-elle, désireuse de changer de sujet.

Rachel s'adossa à sa chaise et poussa un léger soupir.

— Il est encore un peu sous le choc, mais je crois qu'il s'habitue petit à petit à l'idée.

Savannah s'efforça de ne pas laisser paraître sa surprise.

— Tu veux dire que ce n'était pas programmé ?

— Pas vraiment, répondit son amie en détournant les yeux. Nous en parlions depuis des années, mais cela ne semblait jamais être le bon moment. D'abord, il y a eu nos études, puis l'installation du cabinet, puis la maison… J'ai réalisé que si nous ne nous lancions pas, nous serions tous les deux trop vieux et trop fatigués quand Matt déciderait finalement que le moment était venu.

« *J'ai* réalisé. » *Cela signifiait-il que son amie avait pris seule la décision de faire un enfant ?* songea Savannah, déconcertée. Non, probablement pas. Rachel ne trahirait jamais la confiance de son mari ! Et de toute façon, ce genre de choses ne la regardait pas.

Comme les musiciens regagnaient leurs places sous les applaudissements, le chanteur du groupe s'approcha du micro, leur laissant espérer que l'animation karaoké était terminée.

— Mesdames et messieurs, commença-t-il, nous avons quelqu'un dans cette assemblée qui chante sacrément bien. Voyons si nous pouvons l'encourager à grimper sur scène pour nous offrir une de ses fameuses ballades.

Enfin, pensa Savannah, *quelqu'un qui peut-être ne lui donnerait pas envie de se boucher les oreilles.* Mais elle faillit s'étrangler une seconde plus tard, alors qu'elle terminait son verre de vin, quand le chanteur poursuivit :

— Sam McBriar, où te caches-tu donc ?

Bien que Matt eût dit un peu plus tôt que Sam avait déjà chanté avec ce groupe, Savannah avait du mal à croire que c'était devant un public aussi nombreux. Lorsqu'ils s'étaient rencontrés autrefois, il s'était écoulé plus d'un an avant qu'elle ne découvre qu'il savait chanter, et seulement parce qu'un après-midi, elle l'avait surpris en train de jouer de la guitare dans sa grange. Peu à peu, à force de câlineries, il avait fini par se sentir plus à l'aise et accepté de donner de la voix devant elle. Elle avait été tellement impressionnée par son talent. Par tous ses talents, d'ailleurs, et il en avait de nombreux…

— Tu crois qu'il va le faire ? demanda Rachel après avoir applaudi avec autant de ferveur que le reste de l'assemblée.

— Je n'en ai aucune idée, dit Savannah en ne quittant pas la scène des yeux.

Et c'était la stricte vérité. Du reste, Sam n'était nulle part en vue.

Mais au moment même où elle en déduisait qu'il n'allait pas répondre à l'appel, il apparut sur la scène. Il approcha un tabouret haut du micro et les applaudissements redoublèrent lorsque l'un des musiciens lui tendit sa guitare.

Encore incrédule, mais déjà impatiente, Savannah l'observa régler rapidement la hauteur du micro, puis il dit :

— Je dédie cette chanson à quelqu'un de très spécial.

S'il chantait *leur* chanson, elle partait. Ou en tout cas, elle disparaissait aux toilettes. Pff, comme si elle pouvait échapper aux souvenirs que faisait toujours resurgir cette mélodie ! Comme si elle pouvait oublier ces soirs d'été où, assise sur la balancelle du porche, elle écoutait Sam chanter en sourdine, subjuguée.

Toutefois, lorsqu'il joua les premiers accords, Savannah réalisa qu'elle s'était trompée. Ce n'était pas *leur* chanson qu'il avait choisi de chanter, mais une autre, que tous les amateurs de musique country connaissaient — l'histoire d'un cow-boy qui traversait tout le Texas, espérant arriver à temps pour participer à un célèbre rodéo.

Une chanson très populaire.

La chanson favorite de son père.

Chaque fois qu'elle passait à la radio, il montait le volume, se tournait vers elle et disait : « Ça, c'est de la bonne musique country, Savannah. »

Mais ce ne pouvait être qu'une coïncidence. Elle n'avait jamais dit à Sam que cette chanson était la préférée de son père, pour la bonne raison que ce n'était qu'un détail insignifiant à l'époque.

Néanmoins, il la chantait bien. Très bien, même. Sa voix de baryton était riche et profonde, et les notes qu'il tirait de sa guitare étaient claires et puissantes. Savannah observa quelques femmes proches de la scène ; jeunes ou moins jeunes, toutes étaient pâmées d'admiration. Qui aurait pu résister non seulement à sa voix, mais aussi à son superbe physique ? Le T-shirt noir qu'il portait mettait en valeur son torse sculpté, ses larges épaules, et ses bras musclés. Et son jean étroit semblait avoir été taillé sur mesure pour ses longues jambes. Oui, cela ne faisait aucun doute, Sam remplissait ce rôle de crooner à merveille.

C'est alors que, l'espace d'un moment, il redevint le jeune garçon qu'il avait été — celui qu'elle avait adoré —, et elle, la jeune fille naïve qui aurait tout donné pour lui. Non, rectification : elle lui *avait* tout donné, son cœur et son âme, et son entière confiance, avant que, finalement, il ne la trahisse. Elle devait se souvenir de cela, même si elle ne pouvait nier le fait que sa voix l'ensorcelait toujours, exactement comme autrefois.

Quand il eut terminé, il se pencha de nouveau vers le micro et dit tranquillement : « J'espère que vous avez apprécié, Floyd », démolissant la théorie de Savannah selon laquelle Sam avait chanté cette chanson par hasard. D'une façon ou d'une autre, Sam avait appris que son père l'aimait.

C'était peut-être le moment de mettre ses vieilles rancœurs de côté et de le remercier pour cette attention. Mais, apparemment, elle devrait patienter un peu, car une admiratrice — une serveuse à la poitrine avantageuse, largement mise en valeur par un décolleté plongeant — venait de l'intercepter.

Lorsqu'elle vit la jeune femme glisser un papier dans la poche de poitrine de Sam, elle sut aussitôt ce qui y était noté : un numéro de téléphone. Et elle ne put réprimer un frisson de jalousie quand il se pencha vers la serveuse pour lui murmurer quelque chose à l'oreille.

C'était absurde, évidemment. Sam était libre de faire ce qu'il voulait et avec qui il voulait. Ils n'étaient pas venus à cette soirée ensemble. Ils ne formaient pas un couple. Elle n'avait aucune raison de s'imaginer en train d'arracher jusqu'au dernier cheveu de la tête de cette petite idiote.

— Savannah ?

Elle releva vivement le menton. Rachel la regardait d'un air inquiet.

— Oui ?

— Ça va ? fit son amie.

— Oui, bien sûr, soupira Savannah.

Mensonge éhonté. Elle n'allait pas bien *du tout*. Elle était furieuse contre Sam parce qu'il prêtait attention à une autre femme. Et furieuse contre elle-même parce qu'elle se comportait comme si elle avait le droit d'être en colère contre lui.

— Pourquoi me demandes-tu ça ? ajouta-t-elle.

— Oh ! pour rien. Tu avais l'air un peu énervée.

— Non, non, j'ai seulement un peu trop chaud, répondit-elle vaguement.

Encore un mensonge. Elle bouillait littéralement — mais de rage.

Rachel fit un petit signe de tête à son mari qui, d'un peu plus loin, venait de lui lancer un regard impatient.

— J'accorde une danse à Matt et ensuite, on y va, d'accord ? dit-elle à Savannah.

— Prends ton temps.

Quand Rachel se fut éloignée, Savannah ferma les yeux un instant tout en se pinçant l'arête du nez. Comment pouvait-elle être stupide au point de ne pouvoir contrôler les sentiments latents qu'elle éprouvait encore pour Sam ? Elle était passée à autre chose depuis longtemps, avait organisé sa vie à Chicago, rien de ce que faisait ou disait Sam ne devait la troubler d'aucune manière !

Elle le remercierait plus tard, tout compte fait. Pour le moment, elle ferait mieux de l'éviter complètement. Ce ne serait pas difficile — il était probablement parti avec la serveuse. Tant mieux pour lui. Bon débarras.

— Tu es encore là ?

La voix masculine la tira de ses sombres pensées. *Il n'était pas parti, finalement.* Elle aurait reconnu sa voix basse, son intonation légèrement traînante entre toutes. Elle leva les yeux vers lui, vers cet homme trop séduisant pour être ignoré… *et qu'elle allait néanmoins ignorer.*

— Oui, mais je vais partir dès que j'aurai réglé ma salade.

A condition que Matt et Rachel ne s'éternisent pas sur la piste de danse.

— Je viens de croiser une serveuse et je m'en suis occupé, dit-il.

Peut-être avait-elle mal interprété ce qu'elle avait vu, après tout… Quoique, non. Le connaissant, il ne s'était sans doute pas contenté de régler l'addition.

— Tu n'aurais pas dû, je suis tout à fait capable de payer mes propres repas, fit-elle sur un ton poli mais froid.

— Mince, grommela-t-il, si j'avais su. Cette salade et ce verre de vin m'ont coûté les yeux de la tête. Je ne vais pas pouvoir acheter de nouvelles chaussures à ma fille. Heureusement qu'elle se promène tout le temps pieds nus !

En d'autres temps, elle aurait souri de son trait d'esprit. Sam avait toujours eu cet humour plein d'ironie et elle avait appris à l'apprécier autrefois. Mais ce soir, elle n'était pas d'humeur à rire. Néanmoins, la courtoisie exigeait qu'elle le remercie.

— Merci d'avoir réglé pour moi, Sam. Et merci aussi d'avoir dédié cette chanson à mon père. Il aurait été très content. Mais comment as-tu appris que c'était sa préférée ?

Il se pencha en avant, croisant les mains sur la nappe à carreaux.

— Lorsqu'il avait passé une mauvaise journée, dans les derniers temps, j'allais le voir avec ma guitare. Ta mère nous apportait un thé sur le porche et je jouais pour lui. Il voulait toujours que je lui joue celle-là.

Savannah marqua un temps d'arrêt. *Sam avait été plus proche de son père qu'elle-même au cours des dernières années.*

— Je suis sûre qu'il a beaucoup apprécié ce geste de ta part, dit-elle en détournant le regard.

— Ça me faisait plaisir. Et puis, il ne semblait jamais remarquer mes fausses notes.

Revenue à de meilleurs sentiments, Savannah se pencha à son tour vers lui pour se faire entendre dans le brouhaha ambiant :

— Je ne crois pas que tu aies jamais fait une seule fausse note. Et tu as chanté remarquablement bien ce soir, mais j'avoue que j'ai été surprise de te voir te lancer devant tant de monde. Tu ne l'aurais jamais fait autrefois.

— Crois-le ou non, mais les gens changent, Savannah. Aujourd'hui, je sais que la vie est courte et j'essaie de faire ce que j'ai envie de faire pendant qu'il en est encore temps.

Il parlait soudain comme un homme de soixante ans alors qu'il n'en avait que trente.

— Est-ce que tu as jamais envisagé de chanter pour gagner ta vie ? Tu as un vrai talent de musicien, tu sais.

— Non, dit-il en secouant la tête, cela m'ôterait tout le plaisir de jouer.

— Tu n'as pas l'impression d'avoir renoncé à tes rêves ?

Son expression se durcit.

— Mon rêve a toujours été de reprendre la ferme. Ça te paraît sans doute sans intérêt, mais c'est comme ça. Certaines personnes n'ont aucun goût pour la célébrité ou l'argent, d'autres au contraire ne jurent que par ça.

Elle ne s'était pas attendue à cette flèche. Un long silence s'ensuivit, lourd de ressentiment. A l'évidence, Sam désapprouvait toujours la décision qu'elle avait prise de construire sa vie ailleurs — et elle lui en voulait toujours de sa désapprobation.

Il n'y avait pas moyen de sortir de cette impasse, ils en reviendraient toujours là. Cela n'aurait pas dû, mais pourtant ce désaccord attristait Savannah.

Elle tourna la tête vers la salle. Il y avait beaucoup moins de monde à présent sur la piste de danse. Rachel et Matt se tenaient toujours l'un contre l'autre un peu plus loin, les yeux dans les yeux, oublieux du reste du monde.

— Je me demande comment ils font, dit Savannah dans un soupir.

— C'est facile, se moqua Sam. Ils s'accrochent l'un à l'autre et tournent sur la piste en glissant tranquillement leurs pieds l'un après l'autre.

— Ah, ah, très drôle. Je voulais dire, comment font-ils pour être aussi amoureux l'un de l'autre après tant d'années ?

— Ils ont eu de la chance, je suppose, dit-il. Et sans doute y travaillent-ils un peu aussi.

Oui, peut-être… Pourtant, tout semblait avoir toujours été tellement facile pour eux ! Savannah ne se rappelait pas les avoir jamais vus se quereller.

— Oui, tu as sûrement raison, acquiesça-t-elle.

Voyant Sam repousser soudain sa chaise et se lever, elle demanda, surprise :

— Où tu vas ?

— Sur la piste.

Savannah déglutit avec difficulté.

— Tu veux dire… danser ?

— Oui, rétorqua-t-il, l'air quelque peu offensé. Personne ne m'a encore demandé de balayer la salle.

— Merci, mais non, dit-elle.

Mais sa réponse se perdit dans le brouhaha général. Sam avait tourné le dos et se dirigeait déjà vers une autre table et une autre partenaire. Peut-être, en fait, s'était-elle méprise en pensant qu'il l'invitait à danser. Quoi qu'il en soit, il s'inclinait légèrement à présent devant une jeune fille blonde qui était peut-être majeure, mais tout juste. Sans hésitation celle-ci se leva et suivit Sam sur la piste tandis que les musiciens jouaient les premières mesures d'une ballade romantique.

Savannah ne quitta plus l'inconnue des yeux. Elle regardait son cavalier avec adoration, cette petite allumeuse, et elle ne se gênait pas pour poser sa tête sur son épaule, en prime ! Et Sam, qui tenait la main de cette fille serrée contre son cœur tout en la guidant sur la piste au rythme de la musique ! C'était pitoyable. Savannah serra machinalement les poings sous la table. Mais pourquoi éprouvait-elle ce besoin masochiste de regarder, aussi ? Elle tenta de toutes ses forces d'ignorer le sentiment de jalousie qui l'envahissait, mais elle ne pouvait s'empêcher de se rappeler l'époque où elle avait été la seule partenaire de Sam.

Les deux se rapprochaient de sa table tout en dansant. Savannah pinça les lèvres. Là, elle en avait assez vu. Ramassant son sac, elle se leva et se dirigea en hâte vers les toilettes, où elle pourrait recouvrer un peu ses esprits et retoucher son maquillage. Elle était en train de marmonner quelque commentaire désobligeant à l'égard de Sam lorsqu'une petite rousse à la longue chevelure bouclée sortit de l'une des cabines.

Savannah lui adressa un bref signe de tête, espérant s'en tenir là. Mais, nullement refroidie, la jeune fille lui sourit et dit aussitôt :

— Bonjour, je m'appelle Junie. Est-ce que Sam McBriar est votre petit ami ?

Savannah en fit déraper son tube de rouge à lèvres.

— Non, ce n'est pas mon petit ami, répondit-elle un peu sèchement après s'être assurée qu'elle n'avait pas de rouge sur les dents.

— Juste un ami, alors ?

Savannah n'avait vraiment pas envie de faire la conversation, et encore moins de disserter sur Sam.

— Une connaissance, oui, pourquoi ?

— Parce que mon amie Bethany, celle qui danse avec lui en ce moment, eh bien, au cas où il aurait été votre petit ami, je voulais seulement vous dire qu'il n'y avait rien entre eux. Son père travaille pour lui. De toute façon, il est beaucoup trop vieux pour elle, n'est-ce pas ?

Savannah remit son tube de rouge dans son sac et accorda toute son attention à la jeune fille.

— Quel âge avez-vous ? s'enquit-elle.

Junie releva le menton, apparemment indignée qu'on ose lui demander son âge, signe qu'elle s'apprêtait à mentir.

— Vingt et un ans. Et vous ?

— Plus que ça, répliqua Savannah.

Sur quoi, elle prit son sac et sortit des toilettes, soulagée d'avoir mis un terme à cette conversation, et néanmoins contrariée de devoir retourner s'asseoir et d'avoir à regarder Sam et Bethany danser, même s'il n'y avait « rien entre eux ».

Mais sans doute Rachel et Matt étaient-ils maintenant prêts à partir. Cependant, arrivée à leur table, elle ne trouva que cinq chaises vides et un petit mot griffonné sur une serviette en papier à demi glissée sous la salière.

« Nous rentrons. Je suis sûre que Sam ne verra pas d'inconvénient à te raccompagner… Bisous, Rachel. »

Savannah avait reconnu l'écriture de Rachel avant même de voir sa signature — et n'était pas passée à côté non plus de l'intention de celle-ci de réunir les amants d'autrefois. Elle tourna la tête vers la piste de danse, mais Sam avait disparu. La jeune Bethany lui avait peut-être déjà demandé de la raccompagner, lui laissant espérer un peu d'amusement sur le chemin, à moins qu'il n'ait opté pour la plantureuse serveuse. Bon, et maintenant ?

Savannah se laissa tomber sur une chaise et se mit à déchiqueter une serviette en papier tout en réfléchissant. *Chase*, pensa-t-elle en le cherchant des yeux, mais lorsqu'elle l'eut repéré, assis à l'extrémité du bar, elle vit qu'il était en pleine conversation avec une charmante petite brune. Restait le taxi. Ah ! mais non. Elle était à Placid, pas à Chicago. Quant à rentrer à pied… non, elle ne se voyait pas faire tout ce chemin toute seule à la nuit tombée, même dans un coin aussi tranquille normalement. Sans doute pourrait-elle trouver une connaissance parmi les clients, quelque âme charitable qui lui rendrait ce service, non ?

— Allons-y.

Surprise, elle tourna la tête. Apparemment, elle avait été mauvaise langue — Sam n'avait pas disparu.

— Où ça ? fit-elle un peu bêtement.

— Je te raccompagne, non ?

— Ah, tu savais que Rachel m'avait laissé ce mot, alors ? dit-elle en indiquant la serviette en papier sur la table.

Il y jeta un bref coup d'œil.

— J'ai croisé Matt au moment où ils partaient. Il m'a demandé si je pouvais te ramener chez toi parce que Rachel était fatiguée. J'ai dit oui, donc je crois que tu n'as pas le choix.

— Parfait, dit-elle en se levant, tu me ramènes. Mais seulement parce que je n'ai pas le choix.

— Ah oui ? dit-il, moqueur. Il me semble que n'importe lequel de ces gars là-bas au bar ne demanderait pas mieux que de te raccompagner. Ils t'ont dévorée des yeux toute la soirée.

— Vraiment ? fit-elle un peu sèchement. Je n'ai pas remarqué.

Et c'était vrai, car elle-même ne s'était préoccupée que de Sam ces dernières heures…

— Alors, qu'est-ce que tu préfères ? Un démon que tu connais ou un que tu ne connais pas ?

Elle faillit rétorquer « ni l'un ni l'autre », mais se rattrapa à temps. Mieux valait tout de même rentrer en compagnie de Sam que d'un inconnu.

Sans autre commentaire, elle ramassa son sac, passa sa bandoulière sur son épaule et se dirigea vers la porte sous les sifflets admiratifs desdits inconnus. Elle n'aurait pas été surprise d'apprendre que Sam les avait payés juste pour prouver ses dires.

Hâtant le pas, elle sortit, soulagée de retrouver l'air frais du dehors. Elle parcourut le parking du regard tout en marchant et repéra bientôt la voiture de Sam, non pas la camionnette d'un noir brillant avec laquelle elle l'avait vu quelques jours auparavant, mais le vieux pick-up rouge, une Chevrolet 1968, qu'il conduisait déjà lorsqu'ils étaient encore tous deux au lycée.

Elle s'arrêta tout net et pivota vers Sam.

— Tu as toujours ta Chevy ?

Il passa devant Savannah sans la regarder, parcourut les trois mètres qui les séparaient de la voiture et en ouvrit la portière côté passager, qui produisit un grincement sinistre.

— Oui, répondit-il finalement. Quelque chose dont on prend soin peut durer toute une vie.

Savannah pensa furtivement au mariage de Matt et Rachel.

— Tu as raison, dit-elle.

— Non, tu plaisantes ? J'ai raison au sujet de quelque chose ? C'est un vrai miracle, dit-il d'un ton sec, presque accusateur.

— Oui, c'est un miracle, répéta-t-elle sur le même ton tout en s'installant dans la voiture.

Tandis que Sam faisait le tour du véhicule, Savannah examina l'habitacle familier et aussitôt une foule de souvenirs assaillirent son cerveau fatigué. Combien de fois ne s'était-elle pas assise sur ce siège et blottie contre Sam ? Mais ce soir, elle resterait à sa place. Il n'était pas question qu'elle se rapproche d'un homme qui aurait probablement préféré qu'elle voyage sur la plate-forme du pick-up…

Sam se glissa sur le siège conducteur, claqua sa portière et mit le contact, avant de dire en se tournant vers Savannah :

— Tu n'es pas obligée de te tenir comme ça à la poignée de ta portière, je ne vais pas te sauter dessus.

Contrariée qu'il ait remarqué son malaise, Savannah joignit les mains sur ses genoux. Et juste comme elle commençait à se détendre, Sam passa son bras sur le dossier de son fauteuil pour faire marche arrière et le bout de ses doigts effleura son épaule. Aussitôt, elle se rappela le jour où son père lui avait offert cette voiture. Comme Sam était fier lorsqu'il était passé la voir pour la lui montrer. Elle se rappela toutes ces fois où, assise sur ce même siège, elle avait pleuré dans ses bras après s'être disputée avec sa mère. Et toutes les autres où, trop occupés à s'embrasser, ils n'avaient pas parlé du tout.

Mais comment diable en était-elle arrivée là ? se demanda-t-elle soudain. *Elle devait avoir perdu la raison !* La réponse se tenait juste à côté d'elle : Sam bien sûr, et la séduction qu'il avait exercée sur elle — qu'il exerçait *toujours* sur elle en dépit de leurs différends.

Lorsqu'ils eurent rejoint la petite route de campagne, Savannah descendit sa vitre et, la moiteur de l'air, l'odeur de foin coupé aidant, les souvenirs affluèrent de nouveau à son esprit. Elle avait oublié combien la nuit était noire ici, combien les étoiles brillaient. Et ces vœux qu'elle avait adressés aux étoiles filantes… quoique aucun ou presque ne se fût réalisé. Ses rêves d'avenir avec Sam s'étaient envolés. Le mariage, les enfants, comme Matt et Rachel… Elle était encore pleine des illusions de l'enfance à cette époque-là. Mais à présent, elle était adulte et elle avait appris que certaines choses n'étaient tout simplement pas destinées à durer.

Ils restèrent silencieux l'un et l'autre pendant plusieurs kilomètres, jusqu'à ce que Sam dise finalement :

— Tu te souviens de ce qu'il y a juste après le prochain virage ?

— Le vieux ciné-parc, marmonna-t-elle sans y penser.

— Non, après.

Elle savait ce à quoi il faisait allusion, mais elle ne voyait pas pourquoi il aurait eu envie d'en parler. Elle, en tout cas, s'en serait bien passée.

— Ma maison, dit-elle.

— La route qui mène à Potter's Pond.

Potter's Pond, l'étang dont ils avaient parlé à plusieurs reprises au cours de la soirée. L'étang au bord duquel la jeunesse de Placid avait coutume de se retrouver, où tous les adolescents avaient échangé leurs premiers baisers, leurs premières caresses, à l'abri des buissons.

— Nous avons passé quelques soirées chaudes là-bas, remarqua-t-il comme elle ne répondait pas.

— Les étés sont toujours chauds dans le Mississippi, commenta-t-elle en faisant semblant de ne pas comprendre l'allusion.

— Ce n'est pas ce que j'entendais par « chaudes » et tu le sais très bien, fit-il sans se démonter.

Oh ! non, non… elle n'allait pas le suivre dans cette direction.

— Peu importe ce que tu voulais dire, je ne veux pas en parler, dit-elle avec irritation.

— C'est bon ! Ne t'énerve pas. Je voulais seulement savoir si tu t'en souvenais.

— Je ne vois pas l'intérêt de se rappeler une époque où nous étions tous les deux des gamins ignorants, coupa-t-elle.

— Ignorants ou pas, nous n'en avions jamais assez l'un de l'autre.

— Nous n'étions que des gamins, insista-t-elle. Il n'y a rien d'autre à dire.

Ils se turent de nouveau. Tendue, Savannah regardait droit devant elle, s'efforçant de ne pas penser au chemin plein d'ornières qui l'avait conduite autrefois à la mort de son adolescence.

— Je me demande si l'endroit est toujours pareil, dit-il alors qu'à quelques centaines de mètres apparaissait la clôture rouillée qui délimitait, sans l'avoir jamais protégée des intrus, la propriété où se trouvait niché l'étang.

— Je suis certaine que oui. Rien ne change jamais ici, fit-elle d'une voix morne.

Ce qui valait autant pour Placid que pour Sam, qui avait toujours pris un malin plaisir à l'asticoter. Cela semblait être son objectif ce soir : faire de son mieux pour la troubler en suscitant sa nostalgie. Et hélas, il fallait bien l'avouer : il commençait à y parvenir. Elle avait l'impression que l'air lui manquait, exactement comme autrefois lorsqu'elle était pleine d'impatience et de désir — et sans une once de sagesse.

Il lui jeta un rapide coup d'œil assorti d'un sourire énigmatique — bien que sexy.

— Si « Chevy » pouvait parler, elle en aurait de belles à raconter, remarqua-t-il.

— Est-ce que tu pourrais garder tes yeux fixés sur la route, s'il te plaît, et ton esprit sur le présent ? coupa-t-elle d'un ton sec.

« *Et ton pied sur l'accélérateur* », eut-elle envie d'ajouter en le voyant soudain ralentir. Dans une poignée de secondes, ils auraient atteint l'entrée du chemin, et à tous les coups Sam allait s'y engager et les conduire, bien malgré elle, au bord de l'étang plein de souvenirs… et au-devant des ennuis. Elle s'apprêtait déjà à protester vigoureusement quand celui-ci accéléra, dépassant le sentier sans même lui jeter un regard.

Tout en dressant mentalement une liste d'insultes à son égard, Savannah exhala l'air qu'elle avait retenu dans sa poitrine et desserra ses poings fermés. A l'évidence, il essayait de la provoquer, et y parvenait très bien. Le meilleur moyen de déjouer ses pièges était sans doute de ne pas réagir du tout et c'est précisément ce qu'elle allait faire à partir de cet instant.

Néanmoins, lorsqu'ils arrivèrent enfin à la ferme et qu'elle sortit du pick-up, ses jambes étaient si faibles qu'elle avait l'impression d'avoir couru un marathon avec des poids aux chevilles. Et comme si cela n'avait pas suffi, quand elle se retourna après avoir refermé sa portière, elle se trouva nez à nez avec Sam.

— Merci de m'avoir raccompagnée, marmonna-t-elle, déterminée à rentrer chez elle avant qu'il ne perçoive son malaise et n'arbore un sourire victorieux.

— Il est encore tôt, dit-il en posant une main sur son épaule pour l'arrêter.

Si elle n'était pas extrêmement prudente, il pourrait bien être trop tard, au contraire.

— Pourquoi fais-tu ça ? demanda-t-elle.

— Quoi, ça ?

Voilà qu'il faisait de nouveau l'innocent.

— Tu cherches à exhumer le passé comme si je pouvais avoir envie de reprendre les choses où elles se sont arrêtées.

— Ne me dis pas que tu n'éprouves aucune curiosité !

— A quel sujet ? répondit-elle, sur la défensive.

— Tu n'es pas curieuse de savoir comment ce serait entre nous maintenant ?

Malheureusement, si.

— Non, mentit-elle avec le peu d'aplomb qui lui restait.

— Tu en es vraiment sûre ? insista-t-il en continuant de la fixer d'un air pensif.

Savannah n'était sûre que d'une chose : elle devait partir, et maintenant. *Tout de suite.* Mais ses pieds, comme pris dans une chape de ciment, refusaient de lui obéir. Un soudain désir de revivre le passé, de satisfaire cette curiosité déplacée qu'il avait réussi à éveiller chez elle, prit le pas sur sa raison. Un désir impérieux qui venait de cet endroit obscur à l'intérieur d'elle-même qu'elle avait tant voulu ignorer.

Et lorsque le regard de Sam se posa sur sa bouche, elle sut que ce n'était plus qu'une question de secondes avant qu'elle ne franchisse la ligne qu'elle s'était juré de ne jamais, absolument jamais, franchir.

5

Il l'embrassa. *Sur la joue.* Comme quelqu'un qui aurait embrassé sa sœur.

Savannah le dévisagea un long moment, à la fois incrédule et stupidement déçue.

— Je ne comprends pas, dit-elle.

— Quoi ? fit-il, l'air étonné. J'essaie seulement de me montrer amical.

Mais oui, bien sûr.

— A la manière dont tu me regardais, il y a une minute, je suis bien certaine que c'était la dernière chose que tu avais en tête.

— C'est toi qui me regardais comme si tu étais affamée, ma belle, répliqua-t-il.

Il avait le culot de prétendre que c'était elle qui avait eu envie de l'embrasser ! Alors qu'il n'avait pas cessé d'essayer de la replonger dans leur passé !

— Je venais juste de décider de faire des efforts pour me montrer agréable envers toi pendant que j'étais ici, et toi, tu profites de la situation, attaqua-t-elle à son tour.

Il se pencha vers elle et lui murmura à l'oreille.

— Si j'avais voulu profiter de la situation, trésor, nous serions garés sous le vieux chêne au bord de l'étang et déjà dévêtus tous les deux à l'heure qu'il est.

Parcourue d'un long frisson — inutile d'espérer, Sam n'allait pas passer à côté —, Savannah recula d'un pas pour se soustraire à ce magnétisme insensé qu'il semblait émettre.

— Rassure-toi, Savy, dit-il. Je ne tiens pas plus que toi à revivre le passé, mais je dois reconnaître que cela m'a amusé de te voir paniquer de cette façon.

Comme cela l'amuserait, elle, de pouvoir effacer ce sourire arrogant de son visage.

— Tu n'es vraiment qu'un sale type, parfois, Sam.

Il eut l'audace de rire !

— Et tu trouves ça drôle, franchement ? dit-elle, furieuse.

— Ah oui. J'adore te voir sortir de tes gonds. Cela arrive si rarement.

Elle se rappelait au moins une fois, en tout cas, où elle s'en était violemment prise à lui, et en public en prime.

— Si je sortais vraiment de mes gonds, tu aurais droit à un qualificatif moins poli, je t'assure.

— Si tu le dis, Savy.

— Arrête de m'appeler comme ça, s'il te plaît, le coupa-t-elle. Je ne suis plus une enfant.

Il baissa les yeux, laissa son regard errer sur les courbes de son corps, puis la fixa de nouveau.

— Non. En effet.

Elle réagit aussi énergiquement que s'il ne l'avait pas seulement caressée du regard :

— Fiche le camp, Sam.

— Comme tu voudras, Savy, dit-il tranquillement.

Sur quoi, il fit le tour de sa voiture et alla s'installer à son volant. Il n'hésita pas, ne protesta pas, ni ne l'embrassa pour lui dire au revoir. Ce qui, somme toute, valait beaucoup mieux.

Dès qu'elle eut recouvé un semblant de sang-froid, Savannah se dirigea vers la maison. Mais qu'avait-elle donc dans la tête ? Elle avait failli — en un claquement de doigts ! — succomber aux ruses de Sam. Elle qui se targuait d'être une adulte responsable se conduisait comme la gamine amoureuse d'autrefois !

Quant à lui, il bifurqua au bout de l'allée dans un nuage de poussière — tout à fait comme il le faisait des années plus tôt lorsqu'ils s'étaient disputés —, et quand elle atteignit enfin le porche, la lumière de ses phares disparaissait déjà au loin.

Elle se laissa tomber dans la balancelle et se mit à réfléchir. A quoi jouait Sam ? Elle savait qu'elle serait folle d'entrer dans son jeu. Mais n'était-ce pas exactement ce qu'elle venait de faire ? Et n'était-ce pas exactement la réaction que Sam espérait ?

Quoi qu'il en soit, elle était bien trop fatiguée ce soir pour essayer d'y voir clair dans les motivations de ce dernier, ou les siennes. Il fallait qu'elle dorme, ou en tout cas, qu'elle essaie.

Ayant refermé la porte d'entrée derrière elle, Savannah jeta un coup d'œil dans la direction du séjour. Sa mère, vêtue d'un peignoir rose passé, était assise dans son fauteuil favori, un livre posé à l'envers sur ses genoux. L'air sévère, comme à son habitude.

Savannah fut tentée un bref instant de l'ignorer et de courir à sa chambre, mais ainsi qu'elle venait de le dire à Sam, elle n'était plus une enfant.

— Tu n'es pas encore couchée ? demanda-t-elle en pénétrant dans la pièce.

Ruth se leva avec lenteur. Elle n'était plus toute jeune. Savannah l'aurait presque oublié.

— Non, je voulais te dire que le notaire serait ici demain après-midi pour la lecture du testament.

Cette information aurait pu attendre le lendemain, ce qui signifiait que sa mère avait autre chose à dire.

— Très bien. C'est tout ?

— Non.

Formidable. A trente ans, elle était sur le point de se faire sermonner par sa mère — voire d'être privée de sortie durant toute la durée de sa visite. Et comme une adolescente, elle éprouva le besoin de se justifier :

— Si tu as l'intention de me reprocher d'être sortie trop tôt après l'enterrement de papa, je t'en prie, ne dis rien. J'étais triste et j'ai eu besoin de sentir mes amis autour de moi.

Ruth serra son livre contre sa poitrine.

— Tu es adulte désormais, Savannah. Je n'ai pas à te

dicter ta conduite. Je voulais seulement te dire qu'il n'est pas toujours sage de remuer le passé.

— Tu veux dire, sortir avec de vieux amis ?

— Je veux parler de toi et Sam.

Sa mère les avait-elle espionnés ? Mais oui, bien sûr. Les doubles rideaux du séjour étaient grands ouverts et d'où elle était assise, celle-ci avait une vue d'ensemble de la cour devant la maison. Certes, il n'y avait pas eu grand-chose à voir, mais peut-être, à la façon dont ils se tenaient tous les deux…

— Nous sommes amis, c'est tout, affirma-t-elle un peu brusquement.

Ce qui était loin d'être exact, mais elle était trop fatiguée pour entrer dans les détails.

Ruth secoua la tête.

— Tu es si enfermée dans ton propre monde que tu ne vois pas ce qui devrait te crever les yeux.

Savannah sentit aussitôt la colère monter en elle.

— Et qu'est-ce que cela est supposé vouloir dire ? demanda-t-elle avec agressivité.

— Il vaut parfois mieux cesser de fuir la réalité. A moins que tu ne préfères te réveiller un jour ne sachant plus où fuir.

Savannah était trop épuisée pour jouer aux devinettes, trop troublée par les événements de la soirée pour discuter. Faisant appel à ses dernières ressources de sang-froid, elle dit relativement calmement :

— Je suis fatiguée, je vais me coucher. A demain.

Et sans attendre de réponse, elle sortit de la pièce et grimpa à l'étage en toute hâte. Il n'était pas question qu'elle laisse sa mère l'atteindre. Pas plus que Sam — quoique, en ce qui le concernait, elle avait bien failli perdre la bataille ce soir.

Néanmoins, elle était d'accord avec sa mère sur un point : remuer le passé n'était pas nécessairement quelque chose de très intelligent à faire. Cela pouvait même s'avérer terriblement destructeur.

— On sort en catimini, fiston ?

Après deux heures de sommeil à peine, Sam était si absorbé dans ses pensées qu'il n'avait pas remarqué, en traversant la cuisine, qu'il n'était pas seul. Il n'était pas d'humeur à bavarder, d'ailleurs. Mais, par respect pour son père, il lâcha la poignée de la porte et se tourna vers lui. En T-shirt blanc et caleçon bleu clair, celui-ci était attablé dans le coin-repas devant un bol de café fumant.

— B'jour p'pa. J'avais pensé commencer de bonne heure ce matin, dit-il.

Ce dernier jeta un coup d'œil à l'horloge.

— Ce n'est même pas l'aube encore, dit-il. Tu comptes travailler à la lumière des bougies ou quoi ?

— La dernière fois que j'y suis allé, nous avions l'électricité à l'écurie, fit Sam en esquissant un sourire un peu forcé. J'ai un ou deux box à réparer.

Taper sur des clous lui permettrait peut-être d'évacuer une partie de sa frustration.

— Et toi, qu'est-ce que tu fais debout aussi tôt ? ajouta-t-il.

— Tu as fait du ramdam dans la salle de bains et j'ai le sommeil léger — grâce à toi, soit dit en passant.

— Qu'est-ce que j'ai à voir avec ça ? dit Sam en fronçant les sourcils.

Son père se rapprocha de la table.

— J'ai dû apprendre à dormir d'un œil et mes deux oreilles ouvertes à l'époque où tu étais tenté de ressortir au milieu de la nuit, fit-il d'un air entendu.

Sam devait reconnaître que cela lui était arrivé. Assez souvent, d'accord. Il avait même failli se faire prendre une fois ou deux.

— C'était il y a longtemps, et au cas où tu ne l'aurais pas remarqué, j'ai grandi, rétorqua-t-il. Il me semble que je devrais pouvoir aller et venir à ma guise à mon âge.

— Oh ! Mais bien sûr.

Un jour prochain, Sam construirait sa *propre* maison et il n'aurait plus à justifier tous ses mouvements.

— Bon, si tu as fini, je vais aller à l'écurie maintenant, coupa-t-il.

— Gracie ne sera pas contente si tu ne prends pas de petit déjeuner, l'interpella Jim.

— Je reviendrai le prendre tout à l'heure, répondit Sam, déjà sur le pas de la porte.

— Bois donc une tasse de café avant de sortir, dit son père en faisant un geste vers la chaise qui lui faisait face. Qu'on ait le temps de bavarder un peu.

Il était inutile de discuter. Quand celui-ci avait une idée en tête, il ne la lâchait pas. Résigné, Sam alla se servir une tasse de café et revint donc s'asseoir en face de son père.

— Vas-y, parle, fit-il en réprimant mal son impatience.

Jim s'adossa à sa chaise et croisa les mains sur son estomac.

— Darlene a appelé hier soir.

Son ex-femme avait sans doute trouvé à redire au fait qu'il était sorti en laissant leur fille toute une soirée, mais ce n'était pas comme s'il l'avait abandonnée, non ?

— Que voulait-elle ? demanda-t-il, sur la défensive.

— Seulement te dire que comme c'était la fête de l'Eté ce week-end et que Jamie avait envie d'y aller, elle viendrait la rechercher samedi au lieu de vendredi.

Sam n'avait pas eu l'intention de se rendre à cette fête, mais si sa fille en avait envie, alors…

— Très bien. Rien d'autre ?

— Si.

Evidemment. Son père étira les bras au-dessus de sa tête, puis croisa les doigts sur la nuque, poursuivant :

— Elle a demandé si Savannah était conviée à cette petite réunion de vieux amis et quand je lui ai répondu que oui, elle a marmonné quelque chose au sujet d'un conseil qu'elle t'avait donné et qu'elle espérait que tu suivrais.

— Je ne vois pas de quoi elle parlait, dit-il, mentant effrontément.

Jim but une gorgée de café, puis se lécha les lèvres.

— Au début, reprit-il, j'ai eu l'impression qu'elle était

contente d'apprendre que tu passais la soirée avec Savannah. Mais ensuite, je me suis demandé pourquoi une femme se réjouirait que son ex-mari sorte avec son ex-petite amie, ça m'a paru incompréhensible.

Sam, lui, se demandait plutôt en quoi tout cela concernait son père, ou qui que ce soit d'autre, d'ailleurs.

— Darlene m'a conseillé de sortir davantage, et c'est ce que je fais, voilà tout, fit-il, espérant en rester là.

— Mais tu as renoué avec Savannah ? insista Jim.

— Non, et je n'en ai pas l'intention.

Et après la manière dont il s'était joué d'elle la veille, il était certain que cela n'arriverait jamais.

— Maintenant, si tu en as fini avec tes questions, je vais aller réparer ces box, conclut Sam en faisant mine de se lever.

— Encore une chose, l'arrêta son père. Ruth a appelé pour dire que le notaire venait cet après-midi pour lire le testament. Il lui a dit qu'il te ferait parvenir les papiers de Wainwright concernant le bail de location d'ici deux ou trois jours afin que tu puisses les parcourir avant de signer.

Au moins sur ce front-là, Sam allait-il pouvoir avancer. D'un autre côté, comment Savannah allait-elle réagir lorsqu'elle apprendrait que la vieille ferme était sur le point d'être vendue, et que lui, Sam, allait travailler sur ses terres ?

De deux choses l'une — soit elle accepterait l'inévitable, soit elle ferait une scène de tous les diables. Il aurait parié gros sur la seconde option…

— Excusez-moi, maître Farley, pourriez-vous répéter ça ?

Non que Savannah n'eût pas entendu les mots du notaire. Elle avait tout à fait compris ce qu'il venait de dire, *mais elle ne pouvait tout simplement pas y croire*.

Le notaire, un homme chauve à lunettes d'acier, sourit aimablement, signifiant ainsi que cela ne le dérangeait pas du tout de relire les termes du testament.

— Etant donné que le titre de propriété était détenu

conjointement, « le produit de la vente de la maison, des terres, et des biens mobiliers revient intégralement à Ruth Greer ».

Savannah tourna la tête vers sa mère, qui était assise tout au bord du canapé fleuri, raide comme un piquet.

— Mais tu ne vas pas vendre la ferme maintenant, si ? Cette clause est spécifiée pour le cas où tu voudrais vendre *plus tard*, n'est-ce pas ?

— Je l'ai déjà vendue, coupa-t-elle.

— Pardon ? faillit s'étrangler Savannah. Qui l'a achetée ?

— Edwin Wainwright, répondit le notaire.

— Maman, c'est une plaisanterie, n'est-ce pas ? s'exclama-t-elle, complètement abasourdie.

Sa mère la foudroya du regard.

— Nous reparlerons de cela plus tard. Je suis sûre que Me Farley aimerait terminer afin de pouvoir rentrer à Jackson.

— J'ai en effet un autre rendez-vous, dit ce dernier. Mais dès que nous aurons réglé les derniers détails, vous pourrez relire le tout à tête reposée, mademoiselle Greer, puis m'appeler si vous avez la moindre question.

Oh ! pour ça, elle en avait des questions. Mais la plupart concernaient la décision qu'avait prise sa mère de vendre la ferme à Wainwright, pas les dernières volontés de son père.

Jusque-là, son oncle et sa tante s'étaient tenus debout, en retrait, observant silencieusement la scène. Savannah avait presque oublié leur présence quand le notaire s'adressa soudain à eux :

— Monsieur Taylor, M. Greer vous a légué sa collection de balles de base-ball signées de grands joueurs. Et à vous, madame Taylor, sa collection de timbres.

Il tendit à Bill un document, ajoutant :

— Vous trouverez dans ce document l'estimation de la valeur de ces deux ensembles d'objets.

A en juger par le haussement de sourcils de son oncle, leur valeur n'était pas seulement sentimentale. Savannah s'en souvenait très bien. Assise à côté de son père à la table de la salle à manger, elle avait souvent écouté celui-ci parler de ses collections, et plusieurs fois, elle avait dû l'interrompre à regret pour rejoindre ses amis ou finir ses devoirs.

— Ruth et Savannah se partageront le mobilier à leur convenance, ajouta Me Farley. A l'exception d'une chose que votre père a tenu à ce que vous ayez, Savannah : le berceau fabriqué par votre arrière- arrière-grand-père.

Elle se souvenait très bien du joli berceau à barreaux soigneusement protégé par une couverture dans le grenier. Petite fille, elle avait supplié sa mère de la laisser jouer avec, mais celle-ci ne le lui avait jamais permis. A présent, elle comprenait pourquoi. Son père avait espéré voir un jour son propre petit-fils dormir dans ce précieux héritage. Et cela n'arriverait jamais désormais. Cette seule idée la bouleversa soudain à tel point qu'elle dut faire un effort surhumain pour ne pas éclater en sanglots.

Le notaire lui tendit une enveloppe.

— Il vous a aussi laissé ceci.

Savannah aurait préféré ouvrir l'enveloppe plus tard, lorsqu'elle serait seule, mais tout le monde semblait s'attendre qu'elle en révèle le contenu — en particulier sa mère. Elle souleva donc le rabat et sortit une police d'assurance vie d'un montant de cinq mille dollars dont elle était l'unique bénéficiaire, ainsi qu'une courte lettre de la main de son père.

« Chère Savannah

» Je sais que ce n'est pas beaucoup et que tu gagnes probablement plus que cette somme en une semaine, mais je voulais que tu aies quelque chose à mettre de côté pour tes enfants, afin qu'ils sachent que leur grand-père les aime, même s'il n'a jamais eu le plaisir de les connaître.

» Avec toute mon affection,

Ton papa. »

Savannah fixait la lettre, les yeux embués de ces larmes qu'elle avait jusque-là contenues à grand-peine. C'était vrai. Ses enfants ne sauraient jamais combien leur grand-père avait été un homme merveilleux. Ils ne sauraient jamais combien il l'avait aimée, ni tout ce qu'il lui avait apporté.

Au plus profond d'elle-même elle fit le vœu de garder son souvenir vivant en partageant avec eux les histoires qu'il lui avait racontées, les leçons qu'il lui avait apprises — à condition, bien sûr, qu'elle décide un jour d'avoir des enfants…

Elle se mordit l'intérieur des joues pour réprimer ses larmes, releva le menton et dit :

— Merci, maître Farley. Y a-t-il autre chose ?

— Non, mademoiselle, répondit le notaire en se levant. Et encore une fois, si vous avez des questions, n'hésitez pas à m'appeler à mon étude. Votre mère a mon numéro.

Tandis que cette dernière raccompagnait le notaire à la porte et que Bill et May quittaient la pièce, Savannah s'assit sur le canapé, serrant la lettre de son père entre ses doigts. Elle aurait voulu aller se réfugier dans sa chambre et pleurer tout son soûl, mais trop de questions se pressaient dans son esprit dont elle brûlait de connaître les réponses.

Lorsqu'elle entendit la porte d'entrée se refermer, elle appela sa mère au cas où celle-ci aussi aurait eu l'intention de s'éclipser. Elle pénétra dans la pièce, la tête haute et le visage fermé, et se rassit dans le fauteuil qu'elle avait quitté cinq minutes plus tôt.

Savannah décida d'aller droit au but.

— Pourquoi as-tu vendu la ferme ?

— Parce que j'ai eu une offre avantageuse et qu'elles sont rares de nos jours, répondit sa mère sans la regarder.

Savannah ne crut pas une seconde à cette explication.

— Mais cette ferme appartenait à notre famille depuis au moins trois générations. Comment as-tu pu la céder à quelqu'un comme Wainwright ?

Ruth haussa un sourcil.

— As-tu l'intention de venir vivre ici ?

— Eh bien, non, mais…

— Tu vois bien, l'interrompit-elle. Pourquoi aurais-je voulu la garder puisqu'il n'y avait personne à qui la transmettre ?

Manifestement, elle ne croyait pas un seul instant que sa fille aurait des enfants un jour.

— Où comptes-tu vivre ? interrogea Savannah d'un ton accusateur.

Ruth fit tourner son alliance autour de son annulaire.

— Je retourne à Knoxville. Bill et May rentrent chez eux ce soir, mais ils reviennent la semaine prochaine avec une remorque pour transporter les meubles que je veux garder. J'habiterai chez eux jusqu'à ce que j'aie trouvé un endroit à moi. J'ai assez d'argent pour m'acheter une maison, ou peut-être louerai-je simplement un appartement dans une de ces résidences pour personnes âgées.

Savannah ne pouvait imaginer sa mère enfermée dans un appartement, sans même un petit bout de jardin à entretenir. Mais il était inutile de discuter avec celle-ci. Une fois qu'elle avait décidé quelque chose, rien ni personne ne pouvait la détourner de son projet.

— Parfait. Et tu sais ce que Wainwright a l'intention de faire de cette maison ?

— Probablement la démolir, étant donné qu'il a déjà loué les terres.

La pointe de satisfaction que trahissait la voix de sa mère, l'idée que la ferme, à laquelle étaient attachés tant de bons souvenirs, serait bientôt détruite, laissèrent Savannah un moment muette.

— Comment peux-tu dire ça de cet air détaché ? rétorqua-t-elle finalement. Papa et toi avez passé la plus grande partie de votre vie ici. C'est comme si tu voulais détruire tous vos souvenirs !

Ruth tourna vers elle un visage plein d'amertume.

— Wainwright peut bien la brûler si ça lui chante. Cette maison est loin de ne renfermer que de bons souvenirs en ce qui me concerne.

Dans un éclair, Savannah se remémora ce que sa tante lui avait raconté de leur jeunesse, à elle et à sa sœur, après la mort de la grand-mère. Elle n'avait pas connu cette dernière, bien sûr, mais tout de même, cela ne pouvait pas avoir été terrible au point que sa mère se réjouisse aujourd'hui de voir cette maison disparaître !

— Je comprends que tu aies de tristes souvenirs de la maladie de papa et de celle de grand-mère, mais tu en as sûrement aussi de bons, non ? tenta de tempérer Savannah. Je me souviens t'avoir entendue parler de parties de cache-cache avec May dans le grenier, quand tu étais toute petite, et aussi de papa qui te faisait la cour sur le porche…

— Je ne vois pas l'intérêt de vivre dans le passé, dit sa mère d'un ton glacial.

— Et moi, je ne vois pas celui de raser une maison parfaitement habitable, contra Savannah. Et si tu changeais d'avis par la suite et que tu voulais revenir ?

Ruth se leva, drapée dans son impassibilité.

— Jamais. Plus vite je serai partie, mieux ce sera. Cet endroit est toxique.

Toxique ?

May entra en coup de vent dans le séjour, interrompant leur conversation.

— Ruth, est-ce que tu peux me dire où Floyd rangeait ses collections ? Je pensais que nous pourrions les emporter dès ce soir, et si tu veux que l'on prenne autre chose…

— Je vais te montrer où elles sont, répondit celle-ci, évitant soigneusement de croiser le regard de sa fille.

L'occasion de pousser sa mère dans ses derniers retranchements échappait à Savannah pour le moment, mais elle obtiendrait des réponses quoi qu'il en coûte avant de retourner à Chicago. Cela dit, il y avait une question qu'elle tenait à poser sur-le-champ.

Elle courut dans le hall à la poursuite de Ruth qui déjà grimpait l' escalier derrière May.

— Tu as une idée de la personne qui va louer les terres à Wainwright ? demanda-t-elle, même si un sérieux doute la taraudait déjà.

Et en effet, sa mère se retourna brièvement et confirma ses soupçons en répondant d'un ton plat :

— Sam McBriar.

Sam entendit un léger bruit de pas sur sa gauche, mais il ne pouvait pas voir qui lui rendait visite car il était couché sur le dos sous son tracteur. Sans doute était-ce sa fille.

— Tu es venue me chercher pour dîner, ma puce ?

— Je suis venue pour parler.

Aïe. Ce n'était pas la voix de Jamie, mais une autre qu'il connaissait tout aussi bien. Il tourna légèrement la tête et vit une paire de hauts talons à fines lanières qui révélaient des ongles de pieds vernis de rose, puis, un peu plus haut, de ravissantes chevilles. Hélas, il ne pouvait profiter de la vue des jambes qui y étaient attachées, à moins de sortir de là-dessous. Mais à en juger par le ton de voix de Savannah, peut-être ferait-il mieux de rester là où il était. Quoique — en admettant qu'il parvienne à se tirer d'affaire en inventant une quelconque excuse — ce ne serait probablement que partie remise. Et puis, il avait envie de la voir, même si elle était d'une humeur massacrante.

— Sam, est-ce que tu vas sortir de là ou dois-je te tirer par les pieds ?

Comme si elle était assez forte pour ça !

— Je voudrais te demander quelque chose d'abord. Qu'est-ce que tu portes ? fit-il, optant pour le culot.

— Je ne suis pas ici pour flirter, Sam.

— Ce n'est pas du tout ce que j'avais en tête, mais maintenant que tu en parles…, continua-t-il sur le même ton badin.

— Sam, ma patience a des limites !

— Je voulais seulement te dire que si tu portais une robe, tu pourrais avoir envie de reculer de quelques pas. Je ne voudrais pas heurter ta pudeur, tu comprends.

Quelques secondes s'écoulèrent, puis elle murmura :

— Oh.

Et elle fit un pas en arrière.

Sam glissa sur son chariot à roulettes, se releva et attrapa un chiffon sur l'établi avant de se tourner vers elle. Tout en essayant, assez vainement il est vrai, de nettoyer ses mains pleines de graisse, il jeta un petit coup d'œil à ce qu'elle portait : une robe bleue sans manches, plutôt courte, qui mettait ses courbes en valeur. Une robe que tout le monde, certainement, aurait considérée comme décente pourtant, à l'exception d'un homme qui aurait eu des pensées inavouables — comme lui.

— Comment m'as-tu trouvé ? s'enquit-il.

— Un de tes ouvriers m'a dit où tu étais. Je ne savais pas que tu avais autant d'employés, fit-elle sans le quitter des yeux.

— Serait-il avisé de ma part de les appeler en renfort ?

Comme elle lui jetait un regard furieux, il décida de tester ses dispositions.

— Ecoute, si tu es toujours fâchée contre moi à cause d'hier soir…

— Ce n'est pas pour ça que je suis venue, bien que je n'aie guère apprécié ton petit jeu, le coupa-t-elle.

Elle était loin de se douter que ce n'était pas un jeu. Pas au sens où elle l'entendait en tout cas.

— Et qu'est-ce que j'ai fait cette fois ? soupira-t-il.

Elle croisa les bras sur sa poitrine.

— Tu m'as menti.

Ah, c'était donc ça.

— A quel sujet ? fit-il avec aplomb.

— Au sujet de la décision qu'a prise ma mère de vendre la ferme.

— Ce n'était pas à moi de te le dire, commenta-t-il d'un ton neutre.

— Tu es sûr ? fit-elle d'un ton accusateur. Alors même que tu avais déjà quasiment loué les terres à Wainwright ?

Acculé, Sam ne pouvait plus que dire la vérité.

— Etant donné que tu te moques bien de ce que je peux faire, je n'ai vu aucune raison de t'en parler. Je ne t'ai donc pas menti, au sens strict du terme.

Elle pointa sur lui un doigt vindicatif.

— Tu as menti par omission.

— Pas vraiment, rétorqua-t-il. La ferme est le problème de ta mère et la location des terres est le mien.

— As-tu jamais entendu parler de ce qu'on appelle la courtoisie ? Oh ! attends, tu ne sais pas ce que ce mot signifie, bien sûr.

Les mâchoires de Sam se crispèrent. La colère commençait à monter en lui.

— Et quand ne me suis-je pas montré courtois envers toi ? Pourrais-tu me le dire ?

Elle tapota son menton du bout de son index, feignant de réfléchir.

— Attends un peu… à part hier soir, je crois me souvenir d'une scène dans un restaurant, il y a douze ans, où tu m'as traitée comme une moins-que-rien.

Avec quelle satisfaction elle lui jetait cela à la figure !

— Ah oui ? Moi, je me souviens plutôt que tu avais omis de me dire que tu avais décidé de quitter le Mississippi pour aller faire tes études à Chicago, ce qui faisait de toi une belle hypocrite, Savy.

Les yeux de celle-ci lui lancèrent des éclairs. Cette fois, elle était vraiment furieuse.

— Je ne t'ai pas menti, Sam, rétorqua-t-elle. Je n'ai pas trouvé le temps de t'en parler avant ce jour-là, c'est tout. D'ailleurs, ce n'était que la veille que j'avais appris que Northwestern m'acceptait.

— Tu as menti par omission, conclut-il, lui renvoyant ses propres mots à la figure.

Savannah explosa :

— Ça ne te donnait pas le droit de me parler comme tu l'as fait ! Je me rappelle encore chacune des horribles choses que tu m'as dites devant la moitié de la ville.

Sam aussi, et il en regrettait une bonne partie, mais pas assez pour endosser l'entière responsabilité de cette scène mémorable, et pas au bon sens du terme.

— Après que tu as joyeusement fait irruption chez Stan et lâché cette bombe, comment voulais-tu donc que je réagisse ?

— Comme quelqu'un qui m'aimait, martela-t-elle. Mais apparemment je me faisais des illusions. Lors qu'on aime une personne, on ne la traite pas de sale garce égoïste.

Oui, c'est vrai, il avait dit ça… Et en plus, il le pensait sur le moment. Mais il avait réagi comme le gamin de dix-huit ans blessé dans son orgueil qu'il était alors.

— Excuse-moi pour le « sale garce », dit-il d'une voix plus douce.

— Mais pas pour le « égoïste », c'est ça ? fit-elle, l'air exaspéré.

Il releva la tête pour la foudroyer de nouveau du regard.

— Tu ne t'es pas souciée de ce que les autres pouvaient penser de ton départ, y compris ton père, alors, oui, je dirais que c'était très égoïste de ta part.

Elle serra les poings comme si elle avait envie de le frapper.

— Tu savais que je devais partir d'ici. J'étais en train de me noyer.

— D'accord, tu te noyais, admit-il. Tu avais de trop grands rêves pour une ville comme Placid. Je ne l'ai peut-être pas compris à l'époque, mais je le comprends aujourd'hui. C'est très clair. Et n'oublie pas non plus que tu m'as traité de fils de salaud stupide et cruel.

— Je m'excuse auprès de ton père pour la première partie, nuança-t-elle à son tour.

Bon, d'un autre côté, il l'avait bien cherché. Mais elle n'avait aucune idée du mal qu'elle lui avait fait en prenant cette décision. Mais jamais, absolument jamais, il ne le lui avouerait, car, bien sûr, elle allait partir de nouveau, exactement comme la première fois, et cela, quoi qu'il puisse lui dire.

— Je suis content que nous ayons tiré cela au clair. Autre chose ? fit-il avec un calme feint.

Elle darda sur lui un regard plein de défi.

— Oui. Dis à Wainwright que tu as changé d'avis, que tu ne veux plus louer ces terres.

— Désolé, mais je ne peux pas faire ça, trancha-t-il.

— Bien sûr que si, tu peux ! Je sais que tu n'as pas encore signé les papiers.

— C'est vrai, mais je vais les signer, répondit-il d'un ton ferme.

— Juste pour me punir ?

Le moment était venu de lui dire la vérité.

— Pour tenir une promesse que j'ai faite à ton père.

— Une *promesse* ?

— Oui. Il m'a demandé de m'occuper de cet endroit une fois qu'il ne serait plus là.

Elle parut pour le moins dubitative.

— Je ne comprends pas pourquoi il t'aurait fait confiance, à toi. Je me souviens d'un temps où il ne t'appréciait guère.

Alors là, elle ne manquait pas de culot !

— Il y a une foule de choses que tu ne sais pas au sujet de ton père, figure-toi.

— Tu ne sais pas de quoi tu parles, répliqua-t-elle, manifestement au bord de l'explosion, elle aussi.

— Ah ? Et toi ? Sais-tu, par exemple, que les parents de ton père n'ont jamais possédé un hectare de terre pour la bonne raison qu'ils n'avaient pas dix sous à leur nom ? Sais-tu qu'ils ont passé toute leur vie à travailler pour quelqu'un, tout comme ton père jusqu'à ce qu'il épouse ta mère ? Tout ce qu'il a jamais voulu, c'est un endroit à lui. Cette ferme signifiait pour lui plus que n'importe quoi d'autre, à l'exception de sa famille. Il voulait être sûr que quelqu'un prendrait soin de ce bien. Et que cela te plaise ou non, ma chère Savannah, ce quelqu'un, ce sera moi.

— Non, ça ne me plaît pas, mais…

Il fit un pas vers elle, et elle recula aussitôt.

— Si tu n'étais pas aussi entêtée, tu te rendrais compte que les dernières volontés de ton père sont plus importantes que ta haine envers moi.

Ces mots parurent la calmer instantanément.

— J'imagine qu'il ne m'appartient pas de remettre en

question les volontés de mon père, effectivement. Mais tu te trompes sur une chose : je ne te hais pas.

— *Qu'est-ce que tu as dit ?*

Il avait parfaitement entendu, mais ne pouvait en croire ses oreilles.

— J'ai dit que je ne te haïssais pas. La haine, comme l'amour, supposent des sentiments forts. Je ne ressens ni l'un ni l'autre envers toi.

Sam n'aurait su dire ce qui était le pire — qu'elle le déteste ou qu'elle n'éprouve pour lui que de l'indifférence.

— Tu ressentais pourtant bien quelque chose hier soir, rétorqua-t-il. Ce n'était peut-être ni de la haine ni de l'amour, mais je parierais ma chemise que cela ressemblait fort à du désir.

Elle posa une main sur sa hanche, lui rappelant un peu Mlle Ellie Wagner, son institutrice du cours élémentaire — mais en plus jolie.

— C'est toi qui as parlé de l'étang, et non, je n'ai rien ressenti d'autre que de l'embarras quand je me suis remémoré quelle idiote j'avais été autrefois. Mais je ne suis plus l'adolescente influençable que tu as connue, Sam. Tu ne peux plus me façonner à ta guise, me transformer en cette petite écervelée qui te sautait dans les bras dès que tu apparaissais.

— Te *façonner* ? railla-t-il. Autant essayer de sculpter un oreiller de plumes dans un bloc de ciment ! D'autre part, je ne t'ai jamais forcée à faire quoi que ce soit dont tu n'avais pas envie.

— Petite rectification, Sam. Tu *essaies* de me convaincre que je devrais être contente que mon père, pour Dieu sait quelle raison, ait fait de toi son fils de substitution. Tu *essaies* de me faire admettre que j'éprouve toujours de l'attirance pour toi alors que tout ce que je souhaite, c'est m'en aller d'ici au plus vite.

— La porte est ouverte, dit-il en pointant son pouce derrière lui. Personne ne te retient. Mais avant que tu partes, j'ai une petite chose à ajouter.

— Vas-y, rétorqua Savannah. Et surtout dis bien tout ce

que tu as à dire car je n'ai pas l'intention d'avoir d'autres conversations avec toi à l'avenir.

Ce qui était probablement la meilleure option. Plus ils parlaient, plus ils risquaient de se blesser l'un l'autre. Et Sam ne voulait plus de ça, mais il ne la laisserait pas partir pour autant avant de l'avoir poussée dans ses derniers retranchements.

— Tu sais quel est ton problème, Savannah ? *Tu as peur.*

— Peur ? s'exclama-t-elle en riant. De quoi ? de toi ? C'est ridicule !

— Alors pourquoi te tiens-tu comme ça, le plus loin possible de moi, le dos contre l'établi ?

Elle regarda autour d'elle comme si elle avait oublié où elle se trouvait. En retirant prestement ses mains du bord de l'établi, elle heurta un bidon de dégrippant et, en essayant de le rattraper, le fit tomber de nouveau. Après l'avoir enfin reposé convenablement, elle dit, les yeux rivés sur le sol de ciment :

— Est-ce que tu en as fini ?

— Pas tout à fait.

Il s'approcha d'elle, ne laissant que quelques centimètres entre leurs deux visages.

— Tu n'as peut-être pas peur de moi, dit-il, mais tu as peur de passer *un moment avec moi* parce que tu sais qu'il y a toujours quelque chose entre nous. Cela ne me plaît pas plus qu'à toi, mais c'est là.

— Parle pour toi !

Elle le cherchait ? Eh bien, elle allait le trouver.

— Soit, je vais me comporter en adulte responsable et l'admettre : à la minute où je t'ai vue, quand tu as débarqué ici, j'ai eu envie de poser mes mains sur toi.

— Arrête, Sam.

Vraiment ? Sa bouche disait « stop », mais ses yeux disaient « encore ».

— Que se passe-t-il ? fit-il, feignant l'étonnement. Si tu n'éprouvais rien pour moi, tu devrais te moquer des tentations que je peux avoir.

— Je m'en moque pas mal — du moment que tu n'essaies pas de passer à l'acte.

— Mais oui, Savannah, bien sûr. Alors que tu trembles comme une feuille. Tu peux peut-être te mentir à toi-même, mais je te connais mieux que tu ne le crois.

Il repoussa doucement une mèche de cheveux sur sa joue, et ajouta :

— Et là, je pense que tu as envie de m'embrasser. Terriblement envie de m'embrasser, même.

Elle inspira avant de répondre :

— Tu aimerais bien.

— Je le *sais*, fit-il d'un ton assuré. Et je dois te dire autre chose, Savy. Tu me déçois. Je me souviens d'une fille qui n'hésitait jamais à relever un défi, qui ne s'arrêtait pas avant d'avoir obtenu ce qu'elle voulait. J'imagine que le climat de Chicago t'aura ramollie.

Il marqua un temps d'arrêt. Il était peut-être allé un peu trop loin, cette fois-ci. Sam recula et s'adossa au tracteur. Mais il était inutile de trop s'inquiéter. Ce n'était pas parce qu'il l'avait défiée qu'elle allait s'enflammer en un battement de cils. Ou du moins était-ce ce qu'il pensait jusqu'à ce qu'elle marche soudain droit sur lui.

Et à l'instant où Savannah s'empara de sa bouche, Sam vit s'effondrer le plan qu'il avait précisément conçu dans le but d'éviter que ceci n'arrive. Jouer un peu avec elle, mais balayer une bonne fois pour toutes le passé ? C'était raté. Pourtant, c'était sa faute : après tout, c'était lui qui avait craqué l'allumette et mis le feu aux poudres. Encore qu'il ne se plaignait pas vraiment. Il se retrouvait dans une situation aussi agréable que fâcheuse, le corps de Savannah pressé ainsi contre le sien et ses bras passés autour de son cou. Par chance, le tracteur lui avait fourni un appui, car autrement il serait probablement tombé sous l'assaut de celle-ci et l'aurait entraînée avec lui dans sa chute.

Il avait si souvent rêvé qu'il l'embrassait de nouveau… Mais la réalité dépassait, et de loin, ses fantasmes les plus sensuels. Elle était capable de tout donner et il n'allait pas la décevoir. Nulle retenue, nul signe annonciateur d'un retrait soudain de la part de Savannah. Leur baiser n'était pas près de s'interrompre, à moins que Sam ne soit capable d'un effort quasi surhumain.

Au lieu de quoi, il fit glisser ses paumes le long de son dos jusqu'à ses fesses et la serra plus fort contre lui, afin qu'elle sache exactement l'effet qu'elle lui faisait. Qu'elle lui avait toujours fait — que cela lui plaise ou non.

Quand Savannah laissa échapper un gémissement de plaisir, il fléchit les genoux, attrapa l'ourlet de sa robe et commença à la remonter tout en caressant ses cuisses, oubliant toutes les raisons pour lesquelles il n'aurait pas dû faire ça. S'il s'arrêtait pour réfléchir ne serait-ce qu'une seconde, il reviendrait à la raison et ferait machine arrière, mais l'hypothèse tenait du miracle…

— Papa ! Tu es où ?

6

L'appel de Jamie, bien que lointain, fit sur la libido de Sam l'effet d'un seau d'eau froide. Ils s'écartèrent aussitôt l'un de l'autre et, tandis que Savannah lui tournait le dos, il se frotta vigoureusement le visage, essayant de reprendre ses esprits ; puis il rouvrit les yeux et partit d'un énorme éclat de rire.

Savannah fit volte-face.

— Ça n'a rien de drôle, dit-elle, l'air vraiment fâchée. C'était stupide de ma part, mais certainement pas drôle.

— Oh ! si ! tu as mes mains sur tes fesses !

Elle le regarda comme s'il avait perdu la raison.

— Tu veux dire que *j'avais* tes mains sur mes fesses.

— Eh bien, étant donné que tu es avocate, laisse-moi traduire cela dans ton jargon juridique : la preuve que mes mains étaient sur tes fesses est imprimée sur ton derrière.

Elle jeta un coup d'œil à sa robe par-dessus son épaule, puis se tourna de nouveau vers lui, furieuse.

— Je ne peux pas croire que tu aies fait une chose pareille !

— Hé, mais c'est toi qui as commencé, se défendit-il, levant à hauteur d'épaules ses deux mains tachées de graisse.

— Et tu n'as pas essayé de m'arrêter, bien sûr.

— C'est un reproche ?

Elle soupira.

— Bon, disons que nous sommes tous les deux fautifs et tenons-nous-en là.

— Papa !

Jamie n'était plus très loin, cette fois-ci. Et Sam n'était plus très loin non plus du cœur du sujet : Savannah présentait un grave syndrome de désir sexuel — et elle l'avait contaminé.

— Par ici, ma puce ! cria-t-il, jugeant qu'il était à présent suffisamment « calmé », du moins en apparence.

Savannah écarquilla les yeux.

— Comment vais-je pouvoir dissimuler ce désastre ?

En deux temps, trois mouvements, Sam s'approcha d'elle, l'attrapa par la taille et la souleva pour l'asseoir sur le capot du tracteur.

— Ne bouge pas de là et elle ne remarquera rien, dit-il.

Jamie déboula juste à ce moment dans le hangar et s'arrêta net en découvrant leur invitée.

— Oh ! bonjour, Savannah !

Celle-ci afficha un sourire joyeux qui parut à Sam quelque peu forcé tout de même.

— Bonjour, Jamie. Je suis contente de te revoir. J'étais en train de regarder ton père travailler, tu vois.

Jamie regarda ce dernier, puis de nouveau Savannah, et pouffa.

— C'est pas vrai ! dit-elle. Tu étais en train de l'embrasser.

Sam échangea un regard surpris avec Savannah, puis demanda :

— Qu'est-ce qui te fait penser ça, Joe ?

— Tu as du rouge à lèvres sur la bouche, papa, répondit-elle avec une franchise désarmante.

Jamie se balançait sur ses talons comme si elle ne pouvait contenir son excitation.

Sam s'essuya les lèvres du dos de la main. Il était inutile de chercher une explication plus ou moins plausible, car connaissant sa fille, elle ne marcherait pas.

— Qu'est-ce que tu voulais, Jamie ?

— Mamie Gracie m'a demandé de venir te chercher pour le dîner. Elle voudrait que Savannah vienne aussi. Et moi aussi, je voudrais bien.

Une lueur d'affolement passa dans les yeux de Savannah, puis elle se reprit et sourit à Jamie.

— J'aimerais beaucoup, tu sais, mais…, commença-t-elle.

— Oh ! s'il te plaît, l'interrompit Jamie. Mamie a fait son jambon aux pommes de terre et le pudding à la banane que tu aimes, et elle a déjà mis une assiette pour toi.

Savannah hésita un instant.

— Eh bien… il faudrait que j'aille me changer.

Jamie se renfrogna.

— Le dîner est presque prêt, dit-elle d'un ton ronchon. Et puis j'ai faim.

Jamie n'était qu'une enfant et la patience n'était pas son fort, mais Sam n'aimait pas l'impolitesse.

— Surveille tes manières, Jamie.

— Pardon, papa, dit celle-ci, l'air aussi penaud qu'un chiot que l'on vient de gronder. Je trouvais seulement que Savannah était très jolie comme ça et qu'elle n'avait pas besoin de se changer, c'est tout.

Savannah lui ayant lancé un regard pathétique, Sam reporta son attention sur sa fille.

— Va dire à Gracie que nous arrivons.

— D'accord !

Elle courut vers la porte, s'arrêta, et ajouta en se retournant :

— Vous voulez vous embrasser encore, hein ?

Oh non, ma puce. Ton père va essayer de ne pas commettre la même erreur deux fois, songea-t-il.

— File, Joe, ou je te fais pelleter le fumier toute la journée demain, lui cria-t-il à la place.

— Non, non, papa ! s'exclama Jamie en détalant, laissant Sam seul avec Savannah, qui ne semblait pas vraiment ravie par cette invitation tombée du ciel.

— Tu n'aurais pas dû lui dire que je venais. Je ne peux tout de même pas me présenter chez toi avec les traces de tes méfaits sur mes fesses.

— Je ne sais pas, mais moi j'ai comme l'impression que tu n'as pas détesté mes « méfaits », comme tu dis. Et estime-toi heureuse que Jamie nous ait interrompus, car deux minutes plus tard, tu aurais probablement eu deux traces supplémentaires sur tes seins.

Elle ramassa un chiffon, le roula en boule et le lui lança.

— Tiens, va mouiller ça et essaie plutôt de réparer ta catastrophe. Et pendant que tu y es, efface aussi cet air suffisant de ton visage.

— Chérie, ce n'est pas de la suffisance, c'est de la frustration, lui rétorqua-t-il aussitôt.

Elle baissa rapidement les yeux vers « l'origine » du problème, rougit et murmura :

— Désolée.

Désolé, lui aussi l'était. Désolé de ne pas l'avoir renvoyée chez elle immédiatement. Désolé de l'avoir provoquée. Et sacrément contrarié de se sentir aussi frustré.

Il alla jusqu'à l'évier, mouilla son chiffon et revint vers elle.

— Tourne-toi.

Elle obtempéra et, posant une main sur sa taille, il se mit en devoir, de l'autre, de frotter les taches aussi délicatement que possible. Pour agréables qu'ils soient, ses efforts ne s'avéraient pas très efficaces. A ce rythme-là, il allait devoir inventer un prétexte pour expliquer leur retard au dîner.

— Ça marche ? demanda-t-elle en jetant un coup d'œil par-dessus son épaule.

— C'est pire, dit-il en étouffant un juron.

Elle pivota brusquement et lui arracha le chiffon des mains.

— Il va falloir que tu m'excuses auprès de Gracie, parce que je n'ai pas l'intention d'aller dîner chez vous comme ça.

— Ecoute, j'ai une idée, l'interrompit-il. Nous allons rentrer par la porte-fenêtre de ma chambre et tu pourras passer un jean et un de mes T-shirts.

Aussi longtemps qu'il ne l'imaginerait pas seulement vêtue de l'une de ses chemises, il pouvait espérer garder sa dignité intacte durant le repas…

— Au cas où tu ne l'aurais pas remarqué, observa-t-elle, je suis plus petite que toi d'au moins vingt centimètres. Et beaucoup plus mince aussi. Comment veux-tu que je mette un de tes jeans ?

Ce qu'il s'apprêtait à lui dire n'allait pas lui plaire, mais il n'avait pas le choix. Il ne voulait pas qu'elle pense qu'il recevait dans sa chambre toutes les femmes du comté — même si dans l'absolu ce n'étaient pas ses affaires.

— C'est un jean de Darlene, dit-il pour couper court.

— *Je vois.*

Non, elle ne voyait pas. Sans doute pensait-elle qu'il avait gardé ces vieux vêtements parce qu'il était toujours attaché à son ex-femme, mais c'était faux. Il avait simplement négligé de s'en débarrasser.

— Qu'est-ce que tu préfères ? Ma proposition ou bien rentrer chez ta mère et devoir lui expliquer la présence de ces taches de graisse sur ta robe ?

— Bon, d'accord, soupira-t-elle après une courte hésitation, mais je ne m'attarderai pas. May et Bill sont repartis et je ne veux pas laisser ma mère seule trop longtemps. Et puis, je lui avais dit que nous pourrions trier les affaires de papa ensemble ce soir.

— Pas de problème, dit-il.

Sauf que c'en était un, en fait. Il voulait absolument la revoir seule après le dîner, afin de lui expliquer deux ou trois petites choses, en particulier le fait que ce qui venait de se passer n'était pas entièrement sa faute — même s'il l'avait un peu provoquée.

Bon sang, mais qui essayait-il d'abuser ? S'il parvenait à la voir seul à seule — ce qui était à peu près aussi probable que la discrétion de Jamie au sujet du rouge à lèvres —, il n'était pas sûr qu'il n'aurait pas de nouveau envie de l'embrasser, et même d'aller plus loin.

— Après toi, dit-il en faisant un geste vers la porte du hangar.

Comme elle passait devant lui, il lui donna presque machinalement une petite tape amicale sur les fesses, ce qui prouvait bien que les vieilles habitudes avaient la vie dure.

— Qu'est-ce que tu fais ? demanda-t-elle en faisant volte-face.

— J'essayais juste d'enlever encore un peu de graisse…

Gros mensonge.

— Tu es toujours le même vilain garçon, hein ?

Elle souriait, un peu à contrecœur peut-être, mais Sam reconnut à cet instant la jeune fille qu'elle avait été. La jeune fille sur qui il avait fini par s'appuyer et grâce à laquelle il s'était assagi. La seule devant qui il avait déposé les armes et qu'il avait laissée pénétrer son moi intime. *La femme qu'il désirait toujours après toutes ces années.*

Savannah lui briserait de nouveau le cœur s'il la laissait faire — mais il ne serait pas assez fou pour ça.

Une alléchante odeur de cuisine embaumait la salle à manger. La même nappe jaune qu'autrefois recouvrait la table, et la vieille plaque de bois où était gravé le traditionnel « Dieu bénisse notre foyer » était toujours accrochée à la porte. Pour quelqu'un qui passait le plus clair de son temps libre seule dans son appartement, l'atmosphère chaleureuse d'un repas entre vieux amis représentait un changement appréciable. Pourtant, malgré le cadre familier, et même si elle était entourée de personnes qu'elle aimait beaucoup, Savannah ne se sentait pas à l'aise.

Elle avait à peine touché à l'énorme assiette que Gracie avait posée devant elle — sans doute parce qu'elle était trop occupée à remâcher sa culpabilité. Mais à quoi avait-elle pensé un moment plus tôt, dans ce fichu hangar ? En réalité, elle n'avait pas pensé *du tout*. Elle avait agi sur une impulsion, ensorcelée par un démon en blue-jean. C'était aussi simple que ça.

Pourtant, il fallait lui laisser cela, Sam s'était gardé de tout commentaire ou allusion pendant le repas. Et même dans sa chambre, un peu plus tôt, il s'était remarquablement comporté. Il s'était contenté de lui donner les vêtements et l'avait attendue dans le hall pendant qu'elle se changeait ! Elle, de son côté, s'était rappelé toutes les fois où ils s'étaient trouvés seuls dans cette même chambre. A l'époque, la bienséance voulait que la porte reste entrouverte, histoire de rassurer leurs parents. S'ils avaient su… La chambre de Sam — qui autrefois avait été un garage — se trouvait à l'extrémité de la maison et il n'était pas rare qu'ils s'embrassent au lieu de travailler comme ils étaient censés le faire.

Mais il n'était plus question d'un flirt entre adolescents désormais. Quelque chose l'avait poussée à se conduire stupidement, comme elle l'avait toujours fait dès lors qu'il s'agissait de Sam. D'ailleurs, celui-ci avait sans doute raison sur un point : le désir était un moteur extrêmement puissant, mais elle était résolue à ne plus y céder.

Heureusement, Jamie s'était assise entre eux deux à table, ce qui avait permis à Savannah de se détendre un peu. Mieux, ils avaient presque fini de dîner et la petite n'avait pas parlé de ce baiser qu'elle avait failli prendre en flagrant délit — et de peu. Et étant donné que la fillette s'était éclipsée quelques minutes plus tôt avec Gracie, tout danger semblait maintenant écarté.

— Il paraît que vous étiez en train de mâcher le même chewing-gum tout à l'heure, dit Jim tout à coup.

Savannah faillit en recracher la gorgée de thé glacé qu'elle venait de boire. Elle essuya sa bouche du coin de sa serviette tout en adressant un regard paniqué à Sam.

Et tel le mufle qu'il était capable d'être, il lui sourit comme s'il trouvait la situation fort distrayante.

— Qui t'a dit ça, p'pa ?

— Ta fille.

— Jamie a toujours eu beaucoup d'imagination, dit-il sans regarder Savannah.

— Mais elle est certainement assez observatrice pour avoir remarqué que les cow-boys ne portaient pas de rouge à lèvres, répliqua Jim non sans ironie.

Savannah fut prise d'une furieuse envie de s'enfuir à toutes jambes. Mais comment allait-elle se sortir de ce guêpier, maintenant ? Se lever et partir constituerait un aveu. Disparaître sous la table aussi, d'ailleurs. Par chance, Gracie choisit ce moment pour réapparaître. Et par bonheur, seule. Savannah pouvait compter sur la belle-mère de Sam pour s'en tenir aux convenances, quels que soient les soupçons dont Jamie avait pu lui faire part.

Gracie, debout derrière la chaise de Jim, posa les mains sur les épaules de celui-ci.

— J'ai mis ta robe à sécher, Savannah. Mais j'ai bien peur que les mains de Sam ne partent pas, à moins d'utiliser de l'eau de Javel, mais cela abîmerait le tissu.

Décidément, les temps changent…

Elle qui avait compté sur la courtoise délicatesse de Gracie ! Et sur Sam, qui avait dit qu'il s'occuperait de sa robe lui-même !

— Ne vous inquiétez pas, Gracie. J'ai d'autres robes, articula Savannah avec un sourire forcé vrillé aux lèvres.

— Mais je parie que c'est la seule qui porte la trace des mains de Sam, remarqua Jim avec un petit sourire moqueur.

Et le vieux couple se mit à rire de bon cœur ! Mais qu'ils ne se gênent pas, surtout ! Pire, Sam se joignit à eux sans vergogne. Aucun d'eux ne semblait vouloir comprendre que pour elle c'était tout simplement humiliant.

— A propos, où est Jamie ? demanda-t-elle, tentant désespérément de détourner la conversation.

Gracie tira une chaise et s'assit à côté de Jim.

— Au téléphone, avec sa maman. Mais elle m'a demandé de te dire que tu devais rester un peu pour l'écouter jouer de la guitare.

Savannah n'avait qu'une envie : s'en aller, et tout de suite. Mais elle ne pouvait pas décevoir la fillette… D'autant qu'elle n'avait plus de raison de rentrer : lorsqu'elle l'avait appelée pour la prévenir qu'elle dînait chez les McBriar, sa mère lui avait dit qu'elle était de toute façon trop fatiguée pour trier les affaires de son père ce soir-là.

Aussi, et même si elle ne sautait pas de joie à l'idée de passer plus de temps en compagnie de Sam, surtout qu'elle ne se faisait pas totalement confiance pour maintenir entre eux une distance prudente, elle ne voyait aucune raison de ne pas se montrer amicale avec sa famille. Une demi-heure de plus ne changerait pas grand-chose — à condition, bien sûr, que Sam et elle ne se retrouvent pas seuls…

— Je veux bien rester un moment, dit-elle après un blanc. J'aimerais beaucoup entendre Jamie jouer.

— Elle joue déjà bien, dit Jim. Elle était haute comme trois pommes quand Sam a commencé à lui apprendre.

Savannah tourna la tête vers ce dernier, qui jouait avec sa fourchette comme s'il était gêné.

— Je suis sûre qu'elle se débrouille bien, elle a de qui tenir, n'est-ce pas ?

— Elle sera bien meilleure que moi, si je peux y faire quelque chose, dit-il sans lever les yeux. Je veux lui donner de bonnes bases pendant que j'en ai la possibilité.

Sam paraissait soudain abattu, comme s'il redoutait de ne plus pouvoir passer beaucoup de temps avec sa fille. Bizarre. Savannah n'imaginait pourtant pas Darlene priver Jamie de son père… A moins que Sam n'ait simplement pensé que sa fille pourrait se lasser de la musique et choisir une autre activité ?

Sur ces entrefaites, Jamie entra dans la pièce telle une mini-tornade, sa guitare à la main.

— Il faut que vous veniez dans le jardin, déclara-t-elle. C'est là que se trouve ma muse.

Tout le monde éclata de rire. Puis Sam lui demanda :

— Est-ce que tu sais seulement ce qu'est une muse, Joe ?

Jamie haussa les épaules.

— Euh… non. Ils en ont parlé à la télé, mais… Qu'est-ce que c'est, papa ?

— Je te l'expliquerai plus tard, répondit-il. Il est déjà tard et Savannah doit retourner auprès de sa mère.

A l'évidence, il voulait se débarrasser d'elle le plus vite possible, ce qui ne fit que l'encourager à rester plus longtemps. Tant pis pour lui !

— Inutile de se presser pour moi, dit-elle en souriant. Je n'ai pas peur des fantômes, ni du noir !

Elle en profita pour adresser à Sam un regard lourd de sous-entendus qu'il fit mine de ne pas voir.

— Allez, tout le monde dans le jardin pendant que je débarrasse la table, dit Gracie en se levant. J'apporte le pudding dans une minute.

Saisissant l'occasion au vol, Savannah bondit littéralement de sa chaise.

— Je vais vous aider, proposa-t-elle.

— Volontiers, Savannah. Merci.

Jim se leva et embrassa sa femme sur la joue. Sam, quant à lui, demeura assis.

Quand le père de ce dernier et Jamie eurent quitté la pièce, Gracie commença à ramasser les plats tandis que Savannah empilait les assiettes. Lorsqu'elle se pencha au-dessus de Sam pour prendre la sienne, ses nerfs étaient aussi tendus que des câbles d'acier. Mais il ne bougea pas, ne parla pas, ne la toucha pas. En fait, si. *Il se déplaça légèrement pour éviter tout contact physique avec elle.*

Sans même lui jeter un regard, elle suivit Gracie dans la cuisine, une cuisine qui lui était presque plus familière que la sienne. Elle avait passé des heures autrefois dans cette pièce avec Gracie — encore gouvernante alors —, à bavarder sans discontinuer pendant que celle-ci lui révélait ses astuces culinaires et ses tours de main. Un enseignement qu'elle ne mettait guère en pratique ces derniers temps…

La pièce était telle qu'elle l'avait toujours connue, avec son billot de boucher et son évier de grès aux dimensions imposantes dans lequel elle posa les assiettes.

Elle venait de tourner le robinet d'eau chaude quand Sam passa la porte, la déconcentrant immédiatement de sa tâche. Mais il traversa la cuisine et sortit par la porte de derrière sans même tourner la tête vers elle.

Avec un soupir de soulagement, Savannah ouvrit le placard sous l'évier et y chercha le produit à vaisselle, renversant deux vaporisateurs avant de le trouver. Décidément, elle était d'une maladresse aujourd'hui ! Grâce à Sam, bien sûr.

Alors qu'elle se relevait, le produit à la main, Gracie s'approcha de l'évier et lui sourit.

— Il suffit de rincer rapidement les assiettes, mon chou. Jim m'a offert un lave-vaisselle en cadeau de mariage.

Savannah referma la porte du placard et découvrit, juste à côté de celui-ci, un superbe appareil couleur inox brossé.

— Il était grand temps, fit-elle, surprise par ce changement.

— Oui. Mais ce n'était pas très romantique, observa Gracie en rinçant des ustensiles avant de les mettre dans l'égouttoir. J'ai dit à Jim que s'il allait chercher une chaîne de remorquage à l'atelier, je pourrais toujours la porter autour du cou et que je serais peut-être moins déçue alors qu'il n'ait pas pensé à m'offrir un collier.

Savannah rit, mais à la seule mention du mot « atelier », elle avait eu envie de disparaître dans un trou de souris.

— Je suppose que c'est l'intention qui compte, n'est-ce pas ?

— Oui, bien sûr. Et je bénis le ciel chaque jour de nous avoir finalement conduits devant l'autel après vingt ans, soupira Gracie. Sais-tu qu'il lui a fallu près de cinq ans avant qu'il ose m'embrasser ?

— Non, je ne savais pas, répondit Savannah avec un sourire. C'est bête, mais en fait je ne sais même pas comment vous êtes devenue la gouvernante de la famille autrefois ; Sam a toujours dit qu'un jour, vous étiez arrivée à la ferme, comme ça.

Gracie rit.

— C'est un coup de chance, ou le destin peut-être, qui m'a amenée ici. J'avais vingt et un ans et je travaillais à l'épicerie. Quelqu'un m'a dit qu'il y avait une place ici et j'ai pensé que ce serait moins fatigant que d'être debout toute la journée au magasin. Alors, je me suis présentée et Jim m'a embauchée. Mick McBriar, le grand-père de Sam, vivait encore à ce moment-là ; cela faisait trois hommes à la maison, et après avoir vu l'état des lieux, j'ai failli partir pour ne jamais revenir.

— Mais vous ne l'avez pas fait. Pourquoi ?

Gracie essuya ses mains tout en s'appuyant d'une hanche contre le comptoir.

— Parce que j'ai vu ce petit garçon perdu qui ne comprenait pas pourquoi sa maman l'avait laissé derrière elle — il avait à peine cinq ans à l'époque —, et je n'ai pas pu partir.

Quand Savannah avait rencontré Sam, son comportement était encore marqué par le traumatisme qu'il avait subi enfant ; il aimait prendre des risques, tester ses limites et celles des autres. Si son père avait été moins attentif, moins strict, il aurait certainement pu glisser sur la mauvaise pente.

— Vos sentiments pour Jim n'y étaient-ils pas pour quelque chose aussi ? demanda-t-elle.

Gracie sourit.

— Pas au début, non. Jimmy ronchonnait continuellement, ce qui n'était pas très agréable, il faut bien le dire. Mais au fond de moi, je savais bien que ce mauvais caractère devait beaucoup à la trahison de sa femme. Alors, je suis restée et j'ai attendu que ça passe.

Elle soupira, avant d'ajouter :

— Trouver l'âme sœur dès son premier coup de cœur vaut toutes les épreuves, même celle de l'attente.

Trouver l'âme sœur dès son premier coup de cœur...

Au fil des années, Savannah avait commencé à penser que cette idée n'était rien d'autre qu'un fantasme d'adolescente. Rachel et Matt étaient l'exception qui confirmait la règle, tout comme Gracie et Jim. Tout le monde ne pouvait pas avoir cette chance.

Elle rinça une assiette et la tendit à Gracie.

— Il n'y avait eu personne dans votre vie avant Jim ?

Gracie se pencha pour glisser l'assiette dans le lave-vaisselle.

— Pas vraiment. J'étais sortie avec quelques garçons au lycée, mais aucun n'avait retenu mon attention bien longtemps. Bien sûr, pendant des années, j'ai craint que Linda ne refasse surface et ne me reprenne Jim et Sam, mais ce n'est pas arrivé.

— A propos de Linda, est-ce que Jim a des nouvelles d'elle quelquefois ?

Gracie secoua la tête.

— Pendant longtemps, elle a envoyé des cartes d'anniversaire, et ses vœux pour Noël, mais c'est tout. Jusqu'à ce qu'elle appelle Sam un jour, un an après la naissance de Jamie. Je ne sais pas ce qu'elle lui a dit, mais lorsqu'il a raccroché, il était bouleversé, et il a paru inquiet durant des jours après ça. Ensuite, un an plus tard environ, tout s'est arrêté. Plus de cartes, ni d'appels. Rien. C'est à ce moment-là que nous avons appris qu'elle était morte d'un cancer.

— Je n'en avais aucune idée, dit Savannah après un moment de silence.

— Peu de gens le savent. On peut compter sur Sam pour n'en rien dire. Et c'est vraiment triste. Elle s'était remariée et avait eu une fille, qui doit avoir presque vingt ans aujourd'hui.

Encore une chose que Savannah ignorait.

— Alors Sam n'a jamais rencontré sa sœur ?

Gracie sortit un grand saladier bleu du réfrigérateur et le posa sur le comptoir.

— Non, et je doute qu'il le fasse un jour. D'après ce que je sais, Linda n'aurait jamais parlé de Sam, ni à son mari ni à sa fille. En tout cas, c'est ce qu'elle a dit cette fois où elle a appelé. Mais j'ai encore du mal à croire que l'on puisse mentir ainsi toute sa vie et emporter un secret pareil dans sa tombe.

Savannah, quant à elle, croyait pouvoir le comprendre, au moins un peu. Lorsque la vie s'écoulait dans une certaine quiétude, rares sans doute étaient ceux qui auraient délibérément choisi de la bouleverser.

— Gracie, Savannah, le concert va commencer ! annonça Jim en passant la tête dans l'embrasure de la moustiquaire. Et j'ai encore un creux pour le dessert.

— Ça vient ! cria Gracie. Nous arrivons dans une minute.

Savannah l'aida à servir le pudding à la banane dans les coupelles. Elles s'activèrent un moment en silence, jusqu'à ce que Gracie dise tout à coup :

— Tu sais, je ne voulais pas t'embarrasser tout à l'heure au sujet de ce qui s'est passé entre toi et Sam.

Nier en bloc aurait été tentant mais parfaitement inutile : Gracie n'aurait pas été dupe.

Savannah prit donc sur elle.

— Oh ! ce n'est pas grave. Ce sont des choses qui arrivent...

Mais elle regretterait probablement celle-ci toute sa vie.

Gracie lui fit une petite caresse sur la joue.

— Oui, je sais, ma belle. Et je comprends que ce soit difficile de résister à cette attirance qui existe entre vous, même si vous savez que cela pourrait vous faire souffrir tous les deux.

Avant que Savannah ait pu répondre, Gracie était à mi-chemin de la porte du jardin, les mains chargées de trois coupelles. Elle aurait aimé lui dire qu'elle n'était pas en train de retomber dans quoi que ce soit avec Sam. Le désir physique était une chose, les sentiments en étaient une autre. Et ainsi qu'elle l'avait dit à Sam dans le hangar, elle ne ressentait rien pour lui. Et de toute façon, il était hors de question qu'elle l'embrasse de nouveau.

Jugeant qu'elle s'était suffisamment reprise, Savannah descendit les trois marches qui menaient au jardin pour rejoindre le petit groupe, et posa les deux coupes de pudding sur la table. Puis elle s'assit à côté de Gracie. Sam s'était installé de l'autre côté de la table dans un fauteuil de jardin en métal vert, et Jamie se tenait debout auprès de lui. Il était en train d'accorder la guitare et Savannah se concentra sur ses mains. Des mains qu'elle avait toujours trouvées belles, fortes et émouvantes à la fois, avec leurs cals et leurs éraflures. Elle pensa aux hommes de Chicago, à ces beaux garçons pour qui fournir un effort physique consistait à pianoter sur un clavier d'ordinateur. Pas un n'avait des mains aussi puissantes que Sam.

— Voilà, Joe, dit ce dernier en tendant la guitare à sa fille. A toi de jouer.

L'enfant parut soudain intimidée.

— Est-ce que tu veux bien chanter avec moi ? lui demanda-t-elle.

Sam fronça les sourcils.

— S'il te plaît, papa.

— Allez, fiston, chante avec elle, intercéda Jim.

— Mais oui, renchérit Gracie avant de se tourner vers Savannah, ajoutant : tu vas voir ça.

Jamie s'assit sur les genoux de son père et, le front plissé de concentration, commença à gratter les cordes. Puis tous deux chantèrent une berceuse familière qui parlait d'un oiseau moqueur offert à son bébé par son père. « *Hush, little baby, don't say a word...* »

Une foule d'émotions envahirent Savannah tandis qu'elle observait ce touchant tableau. La fierté qui brillait dans les yeux de Sam, la douceur avec laquelle il traitait sa fille lui rappelèrent qu'elle avait toujours su qu'il avait une énorme capacité à aimer.

Elle pensa aussi à son propre père, de qui elle s'était toujours sentie si proche, sur qui elle avait toujours pu compter lorsqu'elle avait des problèmes — à l'exception de ceux qui l'opposaient à sa mère. Mais alors, elle se tournait vers Sam, qui l'avait réconfortée à maintes reprises avant que tout ne se brise finalement entre eux.

Au prix d'un gros effort, Savannah parvint à ne rien laisser paraître de son émotion jusqu'à la fin de la chanson. Mais lorsque Jamie regarda son père et lui dit : « Je t'aime, papa », et qu'il répondit : « Je t'aime aussi, ma puce », elle douta de pouvoir tenir encore longtemps.

Tout en joignant ses applaudissements à ceux de Gracie et de Jim, elle se leva en hâte.

— C'était magnifique, Jamie, dit-elle, la gorge nouée. Mais je vais devoir m'en aller maintenant.

Gracie tourna vers elle un regard inquiet.

— Tu as à peine touché ton pudding, Savannah. Et ta robe est en train de sécher.

— Je finirai son dessert et Sam pourra lui rapporter sa robe demain, intervint Jim. Si elle doit partir, nous ne devons pas la retenir.

Jamie descendit des genoux de son père, vint vers elle et l'embrassa.

— Floyd aimait beaucoup cette chanson, dit-elle avec un très doux sourire. Tu crois qu'il l'a entendue de là-haut ?

— Je suis sûre que oui, répondit-elle en caressant la joue de la fillette. Et cela lui a sûrement fait aussi plaisir qu'à moi.

Jamie étant retournée s'asseoir pour manger son dessert, Savannah rassembla ce qui lui restait de maîtrise d'elle-même pour remercier tout le monde et pivota vers la maison.

Elle avait à peine atteint la porte que des larmes se mirent à ruisseler sur ses joues. Un gros sanglot s'étrangla dans sa gorge comme elle passait le seuil. « *Oh ! pourvu que personne ne m'entende…* » Elle se força à ralentir le pas en traversant la maison, espérant parvenir ainsi à se calmer, mais en réalité, elle n'avait qu'une envie : courir. Fuir les sentiments qui l'agitaient. Fuir Sam. Fuir ce dont elle avait à présent pleinement conscience : elle éprouvait toujours quelque chose pour son premier amour.

« *Il vaut parfois mieux cesser de fuir la réalité…* »

Et alors qu'elle sortait de la maison, Savannah dut reconnaître que sa mère, pour une fois, avait peut-être raison.

7

Gracie repoussa sa chaise.

— Je vais la voir, fit-elle.

Sam se leva à son tour.

— Non, j'y vais.

— Je peux venir ? demanda Jamie.

Il s'inclina vers elle pour l'embrasser.

— Tu devrais plutôt aller au lit, ma puce. Je viendrai te border quand je rentrerai.

Et sans laisser à sa fille le loisir de protester, il grimpa les marches de ciment en courant, Gracie sur ses talons. Il n'avait pas atteint la porte du hall lorsqu'elle l'interpella.

— Sam ! Pas si vite !

Mais il ne voulait pas attendre. Il voulait rattraper Savannah et découvrir ce qui n'allait pas — même s'il s'en doutait un peu.

Par respect, cependant, il se tourna vers sa belle-mère.

— Nous pourrions peut-être reparler de tout ça après, Gracie ? fit-il, sans parvenir à dissimuler son impatience.

Elle tira deux ou trois mouchoirs en papier de la boîte posée sur le comptoir et les lui tendit.

— Tiens, elle va avoir besoin de ça, et de ta gentillesse, penses-y.

Comme s'il ne le savait pas !

— Je n'ai pas l'intention de la traiter autrement qu'avec gentillesse, répondit-il, un peu agacé.

— Elle n'a pas besoin non plus que tu joues avec ses sentiments, Sam, reprit Gracie en le regardant droit dans les yeux. Ne va pas profiter de sa fragilité pour la séduire et l'attirer dans ton lit ; et n'oublie pas que, quoi que tu fasses, elle retournera de toute façon bientôt à Chicago.

Il n'avait nul besoin qu'elle le lui rappelle, ni qu'elle éperonne son sentiment de culpabilité. Il ouvrit un tiroir et en sortit une lampe torche.

— Si tu en as fini avec tes sermons, je vais y aller, dit-il.

— Très bien, mais n'oublie pas tes bonnes manières, lui rappela-t-elle sans se démonter.

Effectivement, s'il ne partait pas sur-le-champ, il risquait bel et bien de déraper.

Il était sorti par la porte de devant. Autant partir directement au petit trot vers la ferme des Greer. De toute façon, avec l'avance que Savannah avait prise, il y avait fort à parier qu'il ne la rattraperait pas avant qu'elle ne soit rentrée. Il franchit la rangée d'arbres qui lui cachait la vue de la ferme. Mais… Savannah était appuyée contre la rambarde du pont.

Ce pont, qui n'avait jamais été pour Sam que le moyen de la rejoindre, avait toujours été pour elle un refuge où elle se retirait aux heures sombres. La lune aux trois quarts pleine éclairait suffisamment la scène pour qu'il discerne la posture abattue de sa silhouette, et même s'il ne distinguait pas nettement son visage, il devina qu'elle avait pleuré. Peut-être même pleurait-elle encore.

Lorsqu'il fut arrivé à une vingtaine de mètres du pont, il ralentit, s'approchant doucement pour ne pas la surprendre. Mais le craquement d'une brindille sous ses pieds attira son attention et elle porta immédiatement ses mains à ses yeux pour essuyer ses larmes.

Devait-il d'abord lui proposer un mouchoir ou lui demander ce qui n'allait pas ? Le mieux était sans doute de ne pas la brusquer avec des questions inutiles. Il lui tendit donc un Kleenex, puis il éteignit sa torche, la posa sur la rambarde et s'accouda à celle-ci à côté de Savannah.

Ils demeurèrent ainsi silencieux un long moment, écoutant le coassement des grenouilles et les stridulations des sauterelles, jusqu'à ce que Savannah lui demande finalement :

— Est-ce qu'il t'est déjà arrivé de vivre quelque chose de tellement douloureux que tu t'es demandé si tu allais jamais t'en relever ?

Oui. Le jour où tu es partie. La manière dont la réponse avait fusé dans son esprit l'ébranla, mais il ne voulait pas y réfléchir, pas maintenant en tout cas.

— Tu penses à ton père, n'est-ce pas ?

Elle tourna brièvement les yeux vers lui, puis reporta son attention sur le paysage.

— Oui, avoua-t-elle. Vous regarder tout à l'heure, Jamie et toi, m'a rappelé tant de choses. Je ne sais pas si je pourrai me souvenir de lui un jour sans me sentir aussitôt bouleversée.

— Seul le temps permet d'atténuer certaines douleurs, mais tu y arriveras, tu verras, fit-il d'une voix douce.

Elle se tourna vers lui.

— Combien de temps t'a-t-il fallu pour surmonter le décès de ta mère ?

Manifestement, quelqu'un dans sa famille l'avait mise au courant. Gracie sans doute, qui avait toujours de bonnes intentions — mais qui ne comprenait pas que toutes les vérités n'étaient pas forcément bonnes à dire.

— Je la connaissais à peine.

— Je sais, Sam, mais cela a tout de même dû être un choc pour toi. Surtout en l'apprenant de cette façon, je veux dire… après.

Elle s'engageait sur un terrain sur lequel lui ne voulait pas aller.

— Je ne veux pas parler d'elle, dit-il d'un ton brusque.

Savannah lui adressa un regard tendre, empreint de compassion, ce même regard qui le touchait jusqu'au plus profond de lui-même autrefois et l'avait toujours incité à lui confesser ses erreurs et ses peines.

— Tu portes ce poids en toi depuis que je te connais, Sam. Cela pourrait te soulager d'en parler.

Il se rappela ce qu'elle lui avait dit un peu plus tôt sous le hangar et rebondit dessus.

— Qu'est-ce que ça peut te faire ? Est-ce que tu ne m'as pas dit tout à l'heure que tout ce que tu souhaitais, c'était t'en aller d'ici au plus vite ? Que tu n'éprouvais absolument rien pour moi ?

Elle baissa les yeux.

— Je n'aime pas voir les autres souffrir.

Les autres. Voilà qu'il était « les autres » à présent. Mais si elle voulait connaître la triste vérité, eh bien, il allait la lui dire, ne serait-ce que pour qu'elle comprenne pourquoi il évitait toujours ce sujet. Et il commencerait par lui raconter quelque chose qu'il n'avait jamais dit à personne.

— Je savais qu'elle était malade.

Comme il s'y attendait, elle écarquilla les yeux, sous le choc.

— Mais… comment…

— Elle a appelé un jour pour me demander si elle pouvait venir me voir. Et comme je lui ai rétorqué que je n'en voyais pas l'intérêt, elle a prétendu qu'elle ne serait peut-être plus de ce monde très longtemps. Je ne l'ai pas crue et j'ai raccroché.

Savannah secoua la tête.

— Je sais que tu détestes ce qu'elle t'a fait, mais j'ai du mal à croire que tu aies pu penser qu'elle inventait une maladie de toutes pièces.

Non, elle ne pouvait pas comprendre. A moins qu'il ne lui raconte toute l'histoire.

— Le dernier souvenir que j'ai de ma mère remonte au jour où elle a quitté la ferme. Avant de partir, elle m'a promis que dès qu'elle aurait trouvé un endroit agréable où vivre, elle reviendrait me chercher. Et nous savons tous ce qu'il en a été, de ses belles promesses.

Savannah posa une main sur son bras.

— Oh ! je suis tellement désolée, Sam.

Il ne voulait pas de sa compassion. Il était plus que temps de mettre un terme à cette conversation.

— Il y a longtemps que j'ai appris que, tôt ou tard, tout

le monde part. Que ce soit de son plein gré ou pas. C'est la vie qui veut ça.

— Tu regrettes de ne pas l'avoir revue ? demanda Savannah tout en le dévisageant.

Il avait évacué ce genre de sentiments en ne s'autorisant pas à se poser la question, aussi répondit-il sans hésitation :

— Cela n'a pas d'importance. Ça s'est passé comme ça et je ne peux pas revenir en arrière et faire en sorte que les choses se passent autrement.

— C'est vrai, on ne peut pas changer le passé, mais je ne parviens pas à croire que le chagrin disparaisse ainsi comme par magie, insista-t-elle.

Et pour cause, songea-t-il avec amertume.

— Au moins gardes-tu de bons souvenirs de Floyd, observa-t-il. J'imagine que cela te réconforte un peu.

— Oui. Mais quand je pense à tout ce que j'ai manqué ces dernières années parce que j'étais à Chicago, je me sens tellement coupable…

Sam eut brusquement envie de lui demander s'il lui avait manqué, lui aussi, si elle avait regretté de l'avoir quitté — mais il se retint, de peur de ne pas aimer sa réponse.

— Floyd était fier de toi, Savannah, reprit-il presque aussitôt. Et comme tu me l'as dit hier, il avait compris ton besoin d'être indépendante, tes ambitions.

— Je suppose, oui. Mais j'aurais quand même dû venir le voir plus souvent.

Sam le pensait aussi, mais ce n'était pas le moment d'enfoncer le clou. Elle était assez malheureuse comme ça.

— Tu l'as dit toi-même, on ne peut pas revenir en arrière, dit-il à la place. Tout ce que l'on peut faire, c'est accepter et essayer d'apprendre de ses erreurs.

— C'est une leçon que j'ai bien du mal à apprendre, surtout lorsqu'il est question de toi et de moi, avoua-t-elle.

Ah bon ? Jamais il n'avait assimilé Savannah à une erreur, pas même après cette lamentable dispute le jour où ils avaient rompu.

— Tu fais allusion à ce qui s'est passé autrefois ou aujourd'hui ? demanda-t-il en se redressant.

— Je parle de mon comportement de tout à l'heure dans le hangar.

Elle se tourna de nouveau vers le paysage, crispant ses mains autour de la rambarde du pont.

— Je croyais connaître toutes les formes possibles de la douleur, mais je n'aurais jamais imaginé que le désir sexuel fût l'une d'elles, reprit-elle, fuyant son regard.

— Et moi qui pensais que tu ne pouvais pas résister à mon charme ! ironisa Sam.

Elle lui lança un regard de reproche.

— Tes sarcasmes sont vraiment malvenus, car tu es largement responsable, je te rappelle.

— Hé, se récria-t-il, mais c'est toi qui m'as embrassé la première, pas l'inverse. J'ai réagi comme n'importe quel homme l'aurait fait !

— Tu m'as provoquée et tu savais parfaitement que je ne pourrais pas résister, corrigea-t-elle aussitôt. Si on m'avait donné cinq cents chaque fois que tu m'as joué ce tour, je pourrais acheter tous les appartements de ma résidence du premier au dernier étage.

— Je voulais juste savoir si tu étais toujours la même Savannah.

Et savoir si elle ressentait la même chose que lui. Selon elle, cela n'avait pas été le cas. Elle préférait même prétendre que pour elle c'était une douleur ! Comme s'il allait avaler une chose pareille…

— Je n'ai pas changé de ce point de vue, dit Savannah. Je n'aime pas reculer, et c'est la raison pour laquelle je réussis dans mon travail. Malheureusement, ce trait de caractère m'aura plutôt desservie ce soir. Je n'aurais jamais dû t'embrasser et je regrette vraiment de l'avoir fait. Cela ne se reproduira pas.

Sam la considéra un instant. Si quelqu'un devait être désolé que cela se soit produit, *et* que cela ne doive plus se reproduire, c'était bien lui.

— Crois-moi ou non, je te comprends, reprit-il. Tout le monde, en ville, sait que j'ai eu un certain nombre de relations uniquement pour oublier.

Elle lui jeta un regard oblique.

— C'est ce que tu as fait après ton divorce ?

C'est ce qu'il avait fait après le départ de Savannah pour Chicago.

— Parfois, on a juste besoin de tenir quelqu'un contre soi pour surmonter une perte, dit-il. Du moins, c'est ce qu'on croit. Mais le sexe sans sentiments est loin de valoir le soutien d'un véritable ami.

— Il est difficile de se faire de vrais amis dans le monde où je vis, remarqua-t-elle d'une voix songeuse.

Sam n'aurait jamais pensé entendre un tel aveu dans la bouche de Savannah.

— Tu as toujours eu beaucoup d'amis, Savy.

— C'est vrai, mais je n'ai fait que travailler ou presque ces dernières années et je n'ai guère pris le temps de sortir. Il m'arrive d'aller à des cocktails avec des collègues, bien sûr, mais je reconnais qu'il n'est pas toujours facile de faire la différence entre quelqu'un qui pourrait devenir un ami et quelqu'un qui espère se servir de toi pour obtenir une promotion.

— C'est plutôt triste que tout se résume à ça, non ?

— C'est le prix à payer quand on travaille dans cette branche, dit-elle en étouffant un bâillement. Quelle heure est-il ?

Sam ralluma sa lampe et regarda sa montre.

— Presque 11 heures.

Elle s'étira, puis se tourna vers lui.

— Il se fait tard, il faut que je rentre. Et de ton côté, tu as une petite fille qui attend que tu viennes lui dire bonsoir.

Pour quelque raison inexplicable, il n'avait pas envie de la quitter tout de suite.

— Jamie est probablement déjà endormie, je vais te raccompagner jusque chez toi, proposa-t-il.

— Je peux très bien rentrer seule, tu sais.

Décidant de ne pas insister, il lui tendit sa torche en disant :

— Alors, tiens, prends ça.

Mais elle la refusa.

— Merci, mais c'est inutile. La lune est grosse ce soir, et je pourrais rentrer les yeux fermés de toute façon.

— Tu pourrais, effectivement, mais je n'ai pas envie que tu tombes et que tu te casses quelque chose, insista-t-il.

— Si ça arrive, je crierai très fort et tu m'enverras une équipe de secours, répliqua-t-elle. Bonne nuit.

Elle pivota, fit quelques pas, puis se tourna de nouveau vers lui, lui adressant un sourire qui lui alla droit au cœur.

— Oh ! Je voulais te dire... Merci de m'avoir écoutée. Cela m'a fait du bien.

Sur le coup, Sam eut de la peine à le croire. Puis il réalisa soudain qu'il s'était trompé sur toute la ligne. Si le désir qu'ils avaient l'un de l'autre, leur entente sexuelle avaient été un aspect important de leur relation passée, l'écoute, le dialogue en avaient été la pierre angulaire.

— N'hésite pas à m'appeler si tu as besoin de moi, dit-il.

Elle posa la main sur sa poitrine d'un geste dramatique, s'exclamant :

— Quoi, Sam McBriar se montre amical envers moi ? Où est le piège ?

— Il n'y a pas de piège, reprit-il patiemment. J'ai seulement pensé que tu aurais peut-être besoin d'un ami pendant que tu étais ici — au cas où tu te disputerais avec ta mère.

Elle parut abasourdie.

— Tu suggères que nous soyons *amis* ?

Dans un sens, oui, c'était bien ce qu'il avait voulu dire.

— On a déjà vu plus bizarre, argumenta-t-il. Je ne pensais pas forcément les meilleurs amis du monde, je voulais seulement dire que j'étais là si tu avais besoin de parler.

— Tu crois vraiment que c'est possible, Sam ? Nous nous sommes dit des choses si affreuses par le passé, je ne suis pas sûre que nous soyons capables de les oublier.

Sam ne l'était pas non plus, mais il voulait essayer, pour elle. Et peut-être pour lui-même, aussi.

— Nous venons de discuter tout à fait agréablement, me semble-t-il, et nous ne nous sommes pas jeté plus de deux ou trois méchancetés à la figure, fit-il, un brin ironique.

— Ça ne veut pas dire que nous ne pourrions pas nous laisser envahir de nouveau par l'amertume. Il serait peut-être plus sage de se quitter sur cet échange amical, tu ne crois pas ? dit-elle, laissant sa phrase en suspens.

Peut-être, en effet, aurait-ce été plus sage, mais Savannah et lui n'avaient pas toujours fait preuve de bon sens — loin s'en faut !

— Si c'est ce que tu souhaites, je respecterai ta décision, dit-il simplement. Mais mon offre tient toujours si tu changes d'avis.

— J'y penserai, conclut-elle en tournant les talons.

Il la suivit des yeux tandis qu'elle s'éloignait. S'il voulait vraiment lui faire prendre conscience de ce à quoi elle avait renoncé, il devrait en passer par l'amitié. Il regrettait seulement de ne pas l'avoir compris *avant* de l'embrasser. Bien sûr, s'il passait plus de temps avec elle, il courrait le risque de s'attacher de nouveau, d'espérer, pour finalement avoir le cœur de nouveau brisé — et cela uniquement pour lui prouver qu'elle avait eu tort ? Mais il saurait faire face. Après tout, il était le père d'une petite fille et dirigeait une ferme ; garder ses distances d'un point de vue émotionnel ne pouvait pas être plus difficile qu'assumer l'une ou l'autre de ces responsabilités, non ?

Le problème était qu'au départ, il avait pensé qu'une petite vengeance lui serait bien agréable, mais il réalisait à présent, après tout ce qu'elle lui avait dit, qu'il avait quelque chose à prouver. Il éprouvait le besoin de lui faire comprendre qu'il n'était pas — *plus* — ce gamin cruel qui avait été incapable de ravaler sa fierté pour lui souhaiter de réussir dans ce qu'elle entreprenait. Il voulait qu'elle sache qu'il était un homme désormais, qu'il était allé de l'avant sans elle, et qu'il serait capable de le faire de nouveau. Plus important, il voulait se le prouver à lui-même.

La vie serait beaucoup plus facile s'il parvenait à faire la paix avec son passé, et c'était l'objectif qu'il était résolu à atteindre avant le départ de Savannah quelques jours plus tard. Mais cette fois, c'était lui qui la quitterait.

La maison était plongée dans le noir lorsque Savannah y entra, s'efforçant de faire le moins de bruit possible, par respect pour les règles de la ferme — coucher à 21 heures, lever avant l'aube. Mais comme elle attaquait l'escalier, le bois des vieilles marches protesta. Chacun de ses pas provoquait un grincement ou un craquement, exactement comme autrefois lorsqu'elle rentrait en retard après un rendez-vous avec Sam — ce qui lui avait valu plus d'un ennui.

Sam…

Maintenant encore, son nom continuait de flotter dans son esprit à la manière d'un air ou d'un poème favoris. Des années après leur rupture, elle avait cédé de nouveau à l'attirance qu'il exerçait sur elle, alors qu'elle aurait dû avoir tout oublié de lui depuis des lustres. Mais cette faiblesse n'était peut-être due qu'à son chagrin. Peut-être avait-elle simplement eu besoin de réconfort et Sam s'était trouvé au bon endroit au bon moment. Si seulement cela pouvait être aussi simple… Et surtout, si seulement cela pouvait être vrai.

De façon inattendue, il s'était confié à elle, lui avait parlé de sa mère, lui avait avoué un secret qu'il n'avait révélé à personne. Mais pourquoi à elle, et pourquoi maintenant ? La réponse était évidente : ils avaient été le confident l'un de l'autre depuis le tout début de leur relation.

Le fait qu'ils aient retrouvé si vite, ce soir, la proximité qu'ils avaient connue autrefois la troublait un peu, mais pas assez pour écarter sa proposition d'un revers de main. Et si elle retournait chez les McBriar, là, maintenant, pour aller frapper à la porte-fenêtre de la chambre de Sam et lui dire qu'elle acceptait son amitié ? Hum… Céder à ses impulsions ne lui avait jamais réussi. Elle avait besoin de temps pour réfléchir, pour peser le pour et le contre. Et d'abord, elle devait dormir — ou au moins essayer.

Elle avait presque atteint sa chambre lorsqu'elle remarqua un rai de lumière sous la porte étroite située au bout du couloir. Etrange. Sa mère ne laissait jamais une lampe allumée sans absolue nécessité. Soit celle-ci était au grenier, soit elle y était allée et avait oublié d'éteindre en le quittant. A moins qu'elle n'ait délibérément laissé cette lampe allumée afin que Savannah sache qu'elle avait trié *toute seule* les affaires de son père. Cette dernière supposition paraissait malheureusement être la plus plausible. Sa mère avait toujours eu une manière bien à elle d'exprimer ses reproches.

Savannah gagna l'extrémité du couloir pour éteindre la lampe, mais quelque chose la poussa soudain à vérifier qu'il n'y avait personne là-haut. Comme elle montait l'escalier pentu, dont les marches grinçaient comme les ressorts cassés d'un vieux sommier, puis poussait la porte du grenier principal, plongé dans une totale obscurité, un sentiment sinistre l'envahit. Elle chercha à tâtons l'interrupteur le long de la cloison, finit par le trouver et le bascula avec soulagement tandis qu'une lumière jaune jaillissait de la grosse ampoule nue.

Elle parcourut la pièce du regard et se détendit un peu. Il n'y avait rien là de particulièrement effrayant. Quelques objets devenus inutiles étaient sagement alignés contre les vieux murs, de vieilles lampes, une ancienne machine à coudre à pédale, un fauteuil dont l'assise était enfoncée, et, dans un coin, le berceau en pin dont elle avait hérité. C'est un carton posé sur le plancher au milieu de la pièce qui, pourtant, attira son attention.

Elle s'en approcha et souleva l'un des rabats pour y jeter un coup d'œil. Elle n'avait aucun droit de farfouiller ainsi dans les affaires de sa mère — en tout cas, hors de sa présence — mais sa curiosité l'emporta. Juste un petit coup d'œil. *Un rapide inventaire*, pensa-t-elle en s'agenouillant pour ouvrir le carton.

Sur le dessus se trouvait un album de photos de famille. S'étant assise les jambes en tailleur, elle le sortit et commença à en tourner les pages jusqu'à cette première photo de son père : grand et digne dans son costume sombre, il avait passé son bras autour des épaules de sa mère, laquelle, vêtue d'une petite robe blanche très simple, esquissait un demi-sourire. Même le jour de son mariage, celle-ci avait l'air triste — ce que Savannah, qui avait feuilleté cet album de nombreuses fois, n'avait encore jamais remarqué jusque-là.

Elle s'arrêta ensuite sur la maison de Carroll Street, où elle avait passé son enfance, mais dont elle n'avait gardé que peu de souvenirs. Tous ou presque avaient été remplacés par ceux de la vie à la ferme. Des moments agréables liés pour la plupart à sa relation avec Sam.

Mais elle ne voulait pas penser à lui maintenant. Feuilleter ces pages lui servirait de dérivatif, du moins temporairement. Avec cette pensée en tête, elle examina les photos de sa jeunesse, l'une après l'autre, y compris celles du jour où ils avaient emménagé à Placid. Sa mine renfrognée illustrait parfaitement à quel point elle était malheureuse de quitter Knoxville. Ensuite… ensuite les pages de l'album étaient restées vides, dans l'attente de photos qui n'avaient jamais été prises, attestant de la dégradation de ses relations avec sa mère, qui avait toujours été, jusque-là, celle qui prenait les photos.

Savannah posa l'album sur le plancher et replongea sa main dans le carton. Il y avait là un mouchoir en dentelle orné d'un ruban bleu, des cartes postales d'un peu partout, le treillis de son père qui datait du temps où il était à l'armée, et tout au fond, un carnet de croquis.

Un vague souvenir de sa mère dessinant pendant des heures lui revint à la mémoire. Le souvenir d'une époque où celle-ci prenait plaisir à partager son amour de l'art avec son mari et sa fille. Pourtant, elle ne parvenait pas à se rappeler la dernière fois où elle avait vu sa mère prendre un crayon pour autre chose que noter un numéro de téléphone ou une liste de courses. Mais elle se rappelait que celle-ci avait paru perdre tout intérêt pour le dessin dès qu'ils avaient été installés dans le Mississippi, en même temps qu'elle s'était désintéressée de sa fille.

— Qu'est-ce que tu fais là, Savannah ?

La voix mécontente la tira de sa rêverie. Elle leva la tête. Ruth, depuis le seuil, fixait sur elle un regard sévère. Réprimant le mouvement instinctif qui la portait à se recroqueviller sur elle-même, elle s'obligea à se relever pour affronter le visage froid de celle-ci.

— La lampe de l'escalier était allumée, alors je suis montée pour voir si tu étais là. Et puis je me suis mise à regarder ce qu'il y avait ici et j'ai fini par ouvrir ce carton. J'espère que cela ne t'ennuie pas ?

— Il n'y a rien dans cette boîte qui te concerne, répondit sèchement sa mère.

Toujours aussi diplomate.

— Comment ça ? rétorqua Savannah. Est-ce que tu prétends décider de ce que tu gardes des affaires de papa sans même m'en parler ?

— C'est mon droit. Il était mon mari, lui rappelaRuth d'une voix dure.

— Et il était mon père.

Savannah expira lentement pour se calmer. Elle n'avait vraiment pas envie de se disputer avec sa mère à cette heure avancée.

— Je croyais que nous allions trier ces objets ensemble, reprit-elle d'une voix mieux maîtrisée.

— Mais tu étais occupée ailleurs, comme d'habitude.

Savannah refréna un nouveau mouvement d'humeur. Mieux, elle décida de faire un effort pour désamorcer la situation.

— Je ne vais pas me disputer avec toi ce soir, maman, dit-elle. Tu sais, c'est curieux, j'avais presque oublié combien tu aimais dessiner autrefois, continua-t-elle en se baissant pour ramasser le carnet de croquis. Ça ne t'ennuie pas que je l'emporte dans ma chambre ? J'aimerais bien regarder tes dessins.

Ruth tendit la main.

— Je ne préfère pas. Ce sont des dessins personnels, dit-elle.

Des dessins personnels ? Qu'est-ce que sa mère pouvait bien vouloir dissimuler ? Des nus ? Le portrait d'un amant caché ? Ces deux hypothèses semblaient aussi ridicules l'une que l'autre. Elle était peut-être simplement embarrassée à l'idée de dévoiler son talent.

Trop fatiguée pour s'interroger plus longuement, Savannah lui tendit le carnet.

— Dis-le-moi si tu changes d'avis, conclut-elle. Que tu le croies ou non, je suis seulement intéressée par ce qui t'a apporté de la joie autrefois, parce que Dieu sait que, depuis vingt ans, rien n'a paru te rendre heureuse.

Serrant le carnet de croquis sur son cœur comme si sa vie en dépendait, sa mère pivota vers la porte.

— Je vais me coucher.

Sur quoi, elle quitta la pièce.

Incapable d'en rester là, Savannah se lança dans l'escalier à sa suite et la rattrapa avant qu'elle ne soit rentrée dans sa chambre.

— Parle-moi, maman.

Cette dernière garda les yeux fixés sur sa porte.

— Je suis fatiguée.

— Moi aussi. Fatiguée d'essayer de trouver ce que j'ai fait pour que tu me détestes autant.

— Je ne te déteste pas, Savannah. Je ne t'ai jamais détestée.

Exactement ce que May lui avait dit quelques jours plus tôt. Exactement ce que Savannah avait dit à Sam un moment plus tôt, et qui était un demi-mensonge. Néanmoins, elle avait vraiment beaucoup de mal à croire sa mère.

— Pendant presque toute mon adolescence, tu t'es comportée comme si tu pouvais à peine supporter ma vue. Je ne sais pas quand ni pourquoi tout a dérapé entre nous. J'ai l'impression aujourd'hui de ne pas te connaître du tout. *Mais je voudrais te connaître.* Je voudrais savoir comment tu étais lorsque tu étais jeune, à quoi a ressemblé ta vie.

Ruth, la main posée sur la poignée de la porte, tourna vers elle un regard dur.

— Ainsi que je te l'ai déjà dit, le passé appartient au passé, et c'est là qu'il doit rester.

Puis, sans laisser à Savannah le temps de réagir, elle entra dans sa chambre et referma la porte derrière elle. Sa mère avait dressé autour d'elle une barrière émotionnelle que Savannah ne pourrait peut-être jamais franchir. Déterrer le passé pouvait être terriblement douloureux, mais lorsque ses fantômes ne cessaient de revenir vous hanter, il devenait peut-être nécessaire de l'affronter.

Et sans doute devrait-elle elle-même commencer par suivre ses propres conseils.

8

Sam regretta de ne pas avoir un appareil photo à portée de main quand Savannah entra dans la cuisine. Elle portait un grand T-shirt gris qui lui arrivait à mi-cuisses, et à en juger par le désordre de ses longs cheveux blonds, elle venait à peine de sortir du lit. Et elle était terriblement sexy.

Durant tout le temps de leur relation, ils ne s'étaient jamais réveillés l'un près de l'autre. Ils n'avaient jamais fait l'amour à la pointe du jour. Sam ne l'avait jamais regardée dormir. Ils n'avaient passé des moments seuls ensemble qu'à la faveur de la nuit. Des moments volés, passionnés, dans des lieux où les adolescents avaient l'habitude de se retrouver — et seulement en de rares occasions dans une chambre.

Mais il ne devait pas penser à cela maintenant, alors qu'il n'avait eu qu'un seul but en venant ici : lui montrer qu'ils pouvaient être amis. Et il n'y parviendrait pas s'il se laissait distraire par des désirs inavouables…

Par sécurité, il attendit que Savannah ait reposé sur le comptoir la tasse qu'elle venait de sortir d'un placard pour manifester sa présence.

— Bonjour.

Elle fit volte-face, la main sur son cœur, et poussa un soupir de soulagement en le voyant.

— Qu'est-ce que tu fais là ?

Il se pencha pour ramasser un sac qu'il avait posé à ses pieds et le posa sur la table.

— Je suis venu te rapporter ta robe. Gracie a dit qu'elle

avait fait ce qu'elle avait pu, mais que des traces de mes mains étaient encore visibles, je suis désolé.

En vérité, il n'était pas désolé du tout. Elle allait ainsi emporter un petit souvenir de lui à Chicago, et ce n'était qu'un juste retour des choses, étant donné tous les souvenirs que lui avait d'elle, et avec lesquels il avait dû vivre pendant des années.

Elle regarda autour d'elle et mit un doigt sur ses lèvres.

— Parle moins fort, tu veux ? Expliquer cette histoire à ma mère est la dernière des choses dont j'aie besoin ce matin.

Il s'adossa à sa chaise et posa les pieds sur celle qui lui faisait face.

— Elle est partie en ville aider Rosie Blankenship à installer le stand des pompiers pour la fête. Elle m'a dit aussi que Jess avait appelé pour dire qu'elle te retrouverait chez Stan vers 11 heures.

Savannah versa du café dans sa tasse, puis s'adossa au comptoir.

— Depuis quand es-tu devenu mon secrétaire particulier ?

— Depuis que tu t'es mise à faire la grasse matinée, répliqua-t-il.

Elle tourna la tête vers l'horloge.

— Oh ! je n'aurais jamais cru qu'il était si tard.

Et lui n'aurait jamais cru qu'il serait fasciné à point par ce damné T-shirt gris.

— Tu n'as pas bien dormi cette nuit ? fit-il pour relancer la conversation.

— On pourrait dire ça.

— C'est drôle, parce que j'ai été debout la plus grande partie de la nuit moi aussi.

Littéralement.

— Ah bon, dit-elle, intriguée. Qu'est-ce qui t'a tenu éveillé ?

S'il lui disait la vérité, s'il lui avouait qu'il avait pensé à elle jusqu'au petit matin, elle le renverrait illico d'où il venait et il risquait fort de ne pas la revoir avant longtemps.

— J'ai bu une ou deux tasses de café avec Gracie hier soir,

après être rentré. Elle voulait être sûre que je sois tout à fait réveillé pendant qu'elle me tenait sur la sellette.

— A quel propos ?

— A ton propos, pardi ! Comme j'avais tardé à rentrer, elle était persuadée que je t'avais convaincue de passer à l'acte, là, sur le pont. Je lui ai fait remarquer qu'elle aurait pu m'accorder quelque crédit ; si j'avais voulu faire ça, j'aurais au moins emporté un sac de couchage.

Savannah rougit, exactement comme elle l'avait fait la toute première fois qu'il l'avait embrassée.

— Vraiment désolée que Gracie se soit méprise aussi inutilement.

Elle, désolée ? Voilà qui lui donnait matière à réfléchir…

— Oui, moi aussi, reprit-il. J'ai toujours eu horreur de décevoir Gracie.

Lui qui s'était promis de ne pas se laisser aller à des sous-entendus oiseux…

Cependant, Savannah souriait, ou plutôt s'efforçait de ne pas sourire, sans grand succès.

— Est-ce que tu n'aurais pas quelque chose à faire, Sam ? Comme t'occuper de ta ferme, par exemple ?

— Le soja est planté et le blé d'hiver est rentré, alors je prends quelques jours de congé, rétorqua-t-il.

Elle s'assit en soupirant sur la chaise dont il venait d'ôter ses pieds.

— Si seulement je pouvais prendre congé de ma mère, dit-elle en passant machinalement son index sur le bord de sa tasse. Nous nous sommes disputées hier soir. C'est d'ailleurs pour ça que je me suis retournée dans mon lit une bonne partie de la nuit.

Rien de neuf sous le soleil. Depuis que Sam la connaissait, Savannah avait toujours croisé le fer avec sa mère.

— Qu'est-ce que tu as fait pour l'irriter, cette fois ? dit-il en soupirant d'un air entendu.

— Elle m'a trouvée dans le grenier en train de regarder

dans un carton, et apparemment, il y avait quelque chose dans cette boîte qu'elle ne voulait pas que je voie.

— Un cadavre dans le placard ? fit-il en haussant les sourcils.

— Peut-être. Je ne sais pas, elle ne veut rien me dire.

— A mon avis, dit-il, il est grand temps que ta mère et toi preniez le temps de vous asseoir et de vous parler franchement.

— Je suis d'accord, mais comment faire ? J'ai bien essayé mais elle ne cesse de m'éviter !

— Tu t'es toujours montrée plutôt obstinée, non ?

Ne l'avait-elle pas poursuivi de ses ardeurs avec persévérance lorsqu'ils étaient adolescents ? Non qu'il eût beaucoup résisté, cela dit.

— Et tu vas devoir l'être, ajouta-t-il, si tu veux retrouver des relations normales avec ta mère. Mais peut-être n'est-ce pas ce que tu veux, au fond ?

— Bien sûr que si, c'est ce que je veux.

Elle reposa brutalement sa tasse sur la table avant de déclarer :

— Je ne partirai pas d'ici sans avoir obtenu de réponses à mes questions.

Sam fronça imperceptiblement les sourcils. *Ne pouvait-elle donc pas s'empêcher de toujours faire allusion à son départ ?*

— Dans ce cas, demande-lui franchement de s'asseoir, de t'écouter, et perce l'abcès.

— C'est ce que je compte faire, se récria-t-elle, comme sur la défensive.

Il s'adossa de nouveau à sa chaise et croisa les doigts derrière sa nuque.

— Bonne chance, alors ! Et si tu as besoin de quelqu'un pour t'aider à y voir clair, n'oublie pas que je suis là.

— Merci, mais je dois résoudre cela toute seule.

— Comme tu voudras, soupira-t-il.

Savannah laissa errer un moment son regard au travers de la pièce, puis, sans raison apparente, esquissa soudain un sourire.

— A quoi penses-tu ? demanda-t-il, curieux.

Elle reporta son attention sur lui.

— Tu te rappelles la première fois que tu as pris le petit déjeuner avec nous ?

Oh ! ça oui. C'était l'un des souvenirs les plus embarrassants de son existence.

— Oui. C'était un dimanche matin, le premier été après votre emménagement ici. J'avais pris l'habitude de venir te voir dès que j'avais terminé mes corvées à la ferme jusqu'au jour où…

Le sourire de Savannah s'épanouit.

— Mon père t'a dit…

— … « *Ecoutez, jeune homme, si vous avez l'intention de courtiser ma fille, il va falloir que nous ayons une petite conversation tous les deux.* »

— Tu étais si nerveux que tu as à peine touché aux crêpes qu'avait faites ma mère, commenta Savannah en riant. Alors qu'elle fait les meilleures de l'Etat ! Et peut-être même de tout le pays !

— C'est vrai. Mais même excellentes, ce n'est pas facile d'apprécier des crêpes sous le regard inquisiteur d'un père furibond. Te courtiser était pourtant la dernière chose que j'avais en tête à cette époque-là. Ce qui me plaisait chez toi, c'était que tu jouais au base-ball !

Elle s'accouda à la table et posa le menton dans sa paume.

— Ah vraiment ? Tout ce que tu aimais, c'était mes talents d'attrapeur ? fit Savannah, dubitative.

A vrai dire, non.

— Oui. Ah, attends… non, tu as aussi appris très vite à conduire le tracteur, ajouta-t-il, ironique.

— Je suis terriblement flattée.

Et lui mentait effrontément.

— Bon, je l'admets, dit-il, tu n'étais pas mal en short, mais j'ai bien mis deux mois avant de le remarquer. Tu étais un peu fluette en ce temps-là.

Même si ça ne l'avait jamais dérangé…

— Tu n'étais pas particulièrement costaud non plus si je ne m'abuse, rétorqua-t-elle, l'air un peu vexé.

— Touché ! Je ne me suis vraiment développé qu'à partir de notre année de seconde. C'est d'ailleurs à peu près à la même époque que j'ai commencé à réaliser que tu étais plus intelligente que moi.

— Je n'étais pas plus intelligente, Sam, corrigea-t-elle. Tu t'intéressais plus à ton guide des techniques de jeu au base-ball qu'à tes livres d'histoire ou de maths, c'est tout.

— C'est ça, c'est tout à fait moi ! Le bourrin de service, en somme, renchérit-il. Et si j'avais su que ton intelligence te mènerait aussi loin, j'aurais sauté ce premier petit déjeuner et tous ceux qui ont suivi.

Les mots avaient jailli de sa bouche sans qu'il ait eu le temps de les retenir.

— C'est un peu facile de refaire l'histoire après coup, remarqua-t-elle froidement.

— Savannah, je ne voulais pas…

— Si, tu voulais, Sam.

Elle sourit en se levant, pourtant, mais ses yeux, eux, ne souriaient pas.

— Tu connais le dicton, continua-t-elle :« *On ne dit pas toujours ce que l'on pense, mais on pense toujours ce que l'on dit* ».

Non, pas toujours, songea Sam comme elle quittait la pièce. Il y avait quantité de choses qu'il lui avait dites et qu'il ne pensait pas, et quantité d'autres qu'il n'avait jamais dites et qu'elle aurait voulu entendre. Mais c'était aussi bien. Il valait mieux qu'un certain nombre d'entre elles restent tues.

Savannah arriva chez Stan avec dix minutes d'avance. Jess n'était pas encore là. En attendant, elle choisit un box proche du juke-box et éloigné du comptoir où les fermiers se regroupaient en général. S'étant glissée sur la vieille banquette verte, elle parcourut la salle du regard pour voir si elle connaissait quelqu'un parmi les clients venus prendre un café ou déjeuner. Elle reconnut quelques personnes, et un couple lui parut vaguement familier, mais elle ne réussit pas à les replacer dans leur contexte.

Tout en alternant les coups d'œil à sa montre et à la porte, elle sortit son portable de son sac et passa quelques minutes à consulter ses messages. Tous étaient d'ordre professionnel et elle les ignora. Elle y répondrait plus tard.

Elle commençait à croire que son amie d'autrefois lui avait fait faux bond quand Jessica, aujourd'hui Mme Jessica Keller Wainwright, ex-meneuse des pom-pom girls, élue reine du bal de promotion lors de leur dernière année de lycée, entra enfin. Bien qu'elle semblât avoir un peu grossi et qu'elle eût coupé ses longs cheveux châtains, elle ne parut guère changée à Savannah. Cependant, quelque chose dans son maintien — sa tête légèrement inclinée, ses mains nerveusement croisées — ne ressemblait pas du tout à la jeune fille extravertie qu'elle avait connue. Lorsque leurs regards se rencontrèrent, Jessica lui sourit, mais ce n'était plus ce sourire radieux dont Savannah se souvenait et ses yeux ne reflétaient plus la joie débordante qui, du temps du lycée, avait été sa première caractéristique.

Jess traversa la salle, et Savannah se leva pour la serrer dans ses bras.

— Je suis si contente de te voir ! s'exclama-t-elle après l'avoir embrassée avec affection.

— Oh ! moi aussi, si tu savais, fit Jess en s'asseyant en face d'elle. Tu n'as pas changé du tout, tu sais.

Oh ! si, elle avait changé, et pas seulement physiquement. Elle avait beaucoup plus d'intuition qu'autrefois, et celle-ci lui disait que son amie n'allait pas bien.

— Toi non plus, répondit-elle poliment.

Jess écarquilla les yeux en souriant.

— Toujours aussi diplomate, hein ? Mais merci quand même. J'ai des fesses énormes au cas où tu n'aurais pas remarqué.

— Tu es superbe, arrête d'exagérer.

— J'arrêterai d'exagérer si tu arrêtes de mentir, fit son amie d'un air entendu. Je pèse au moins dix kilos de plus que la dernière fois que nous nous sommes vues.

— Et alors ? Tu as eu un bébé.

— J'ai eu un bébé *il y a neuf ans.*

— Mais tu as aussi trente ans, et je sais d'expérience ce que les années peuvent faire à nos anatomies, insista Savannah, désireuse de réconforter son amie. D'ailleurs, tes fesses ont toujours été ce que Dalton préférait chez toi. Maintenant, il en a un peu plus à aimer, voilà tout.

Jess eut un rire amer.

— Oh ! crois-moi, Dalton n'apprécie pas particulièrement cette partie de mon corps. Et il se charge de me le rappeler souvent. Bienvenue dans la vie de femme mariée.

Savannah n'avait jamais vraiment porté Dalton Wainwright dans son cœur, mais à présent, elle l'aimait encore moins.

— Comment va ton fils ? dit-elle pour changer de sujet.

Le visage de Jess s'éclaira.

— Danny est formidable. Il est déjà passionné de baseball, et tous ses entraînements et ses matchs me prennent un temps fou. Mais grâce à Dieu, il ne joue pas au football. Il est si petit pour son âge que je ne supporterais pas de le voir se faire plaquer au sol par ses camarades.

— Dalton doit être un peu déçu. Je me souviens qu'il était très fier d'être le meilleur quart arrière du lycée, autrefois.

— Pas vraiment, non, lui répondit son amie avec un rictus ironique. Il est tellement occupé à être le fils de l'homme le plus riche de Placid qu'il n'a pas de temps à consacrer aux activités d'un petit garçon de neuf ans.

— Je suis vraiment désolée, Jess, dit Savannah, bien qu'elle ne fût pas réellement surprise.

Celle-ci attrapa la carte plastifiée posée sur le support en métal au centre de la table.

— Je mangerais bien un petit truc, dit-elle. Tu veux quelque chose ?

— Oui, en fait, je prendrais bien un margarita, mais vu que Stan ne vend pas d'alcool fort, je me contenterai d'un thé glacé, soupira Savannah.

— Tu ne veux rien manger ?

— Non, merci, dit-elle. J'ai pris mon petit déjeuner assez tard, à vrai dire.

A supposer qu'une tasse de café constitue un petit déjeuner…

— Bon, va pour le thé, même si je déteste manger seule.

Devant la moue déçue de son amie, Savannah céda :

— Soit. Je prendrai une portion de ces fameuses frites tortillées que fait Stan.

— Super.

Jess essaya d'attirer l'attention de la serveuse en levant son bras. Puis, comme celle-ci ne semblait pas la voir, elle mit deux doigts entre ses lèvres et émit un sifflement strident qui fit se retourner la jeune femme, ainsi que plusieurs clients.

Savannah ne put s'empêcher de rire de son amie, qui, soudain, lui rappelait l'adolescente pleine de vie qu'elle avait connue.

— Rachel m'a dit que Sam t'avait raccompagnée l'autre soir, reprit Jess d'un ton lourd de sous-entendus. Alors ? Raconte…

Cet œil coquin, cette curiosité avouée, cela aussi ressemblait davantage à l'ancienne Jess.

— Le trajet a pris cinq minutes. Je l'ai remercié, suis descendue de son pick-up et il est reparti. Fin de l'histoire.

— Allez, Savannah… Même pas un petit baiser ?

— Nous avons échangé quelques mots et c'est tout. Pas de baiser, ni rien de ce genre, résuma Savannah. Pas ce soir-là.

Le regard de Jess s'alluma.

— *Pas ce soir-là* ? Parce qu'il y en a eu d'autres ?

Aïe. Savannah se serait giflée.

— Nous nous sommes revus une ou deux fois…

Parfait ! Voilà qui paraissait encore plus suspect.

— Pas comme tu l'entends, se hâta-t-elle d'ajouter. J'ai dîné chez lui, avec sa famille, c'est tout.

— Et tu es en train de me dire que Sam et toi, le couple le plus « hot » de l'histoire de Placid, entretenez une relation strictement platonique ? dit Jess sur un ton des plus suspicieux.

A l'évidence, ses joues avaient trahi Savannah.

— Bon, d'accord, je l'admets, soupira-t-elle. Nous nous sommes embrassés. Une fois.

Jess frappa ses deux paumes sur la table, manquant emporter la nappe.

— Je le savais ! s'exclama-t-elle, avant de se pencher en avant et de continuer d'une voix de conspiratrice : donne-moi des détails. Ma vie sexuelle est en plein marasme. J'ai besoin de vibrer un peu par procuration.

Savannah commençait à se demander pourquoi Jess n'avait pas encore quitté Dalton, et elle avait bien l'intention de lui poser la question. Mais pour l'instant, elle-même avait besoin d'un conseil.

— Désolée, Jess, il n'y a rien à dire de plus. Mais il se trouve qu'il y a bien eu une proposition…

— Ah ! s'écria son amie avec une expression de victoire. J'en étais sûre.

— Il ne s'agit pas de ce genre de proposition, Jess, tempéra Savannah. Aussi étrange que cela puisse paraître, Sam voudrait que nous soyons amis.

— Mais bien sûr ! Sam McBriar, l'un des plus beaux étalons de Placid, voudrait se contenter de l'amitié d'une fille comme toi. C'est à peu près aussi crédible que moi posant comme top model dans le prochain numéro de *Vogue*, Savannah !

La réaction de Jess ne la surprit pas. Après tout, elle aussi avait trouvé l'arrangement improbable.

— En fait, après nous être lancé quelques piques, nous avons fini par bavarder très agréablement hier soir, tu sais. Vraiment sans ambiguïté, expliqua-t-elle. Mais je ne sais pas… si nous nous voyions plus souvent pendant que je suis ici, les choses pourraient changer. Je pourrais être tentée de faire quelque chose de réellement stupide.

Jess haussa un sourcil.

— Comme passer quelques moments torrides avec lui ?

A présent, tout cela semblait sordide.

— Je déteste avoir à l'admettre, mais Sam m'attire toujours, avoua Savannah. C'est complètement fou après tout ce temps, non ?

— Laisse-moi te poser une question, ma belle, dit Jess. Est-ce que tu as quelqu'un dans ta vie ?

Savannah savait exactement où son amie allait en venir.

— Pas en ce moment.

— Et depuis quand n'as-tu personne ?

— Un an ou deux, avoua-t-elle après un blanc.

A moins que ce ne soit quatre ?

— Dans ce cas, je pense que tu ne devrais pas hésiter ! Autrement, tu finiras comme moi, tu auras des démangeaisons où tu sais, qu'il te faudra calmer toi-même.

Savannah aurait dû s'attendre à ce genre de conseil.

— Sauter dans le lit de Sam serait complètement stupide, insista-t-elle.

— Qui te parle de *sauter* dans son lit ? Non, tu te glisses furtivement dans sa chambre, tu t'allonges sur son lit et tu prends une pose voluptueuse...

Jess souriait, s'imaginant visiblement la scène.

— Non, le sexe pour le sexe, ça ne finit jamais bien, dit Savannah.

— Pour l'amour du ciel, Savannah, insista son amie, l'air sincèrement contrariée, tu es dans la fleur de l'âge. Tu es célibataire. Tu es libre de faire ce que tu veux avec qui tu veux, même avec ton ancien petit ami. Et qui le saurait, d'ailleurs ?

Tout le monde, si Jess continuait à parler aussi fort.

— Moi, je le saurais.

— Et tu repartirais avec ton petit secret, répliqua Jess. Une vilaine cachotterie qui nourrira délicieusement tes fantasmes dans les mois et les années à venir. Franchement, Savannah, tu devrais arrêter de réfléchir et foncer.

— J'approuve, ma jolie. Foncez !

Surprise, Savannah leva les yeux. Trudy — une serveuse qui travaillait chez Stan depuis des lustres — se tenait à côté de leur table. *Trudy, qui était aussi la meilleure amie de Pearl Allworth, la pire commère de Placid.*

Avant que Savannah ait pu lui dire bonjour, celle-ci poursuivit :

— Quoi, c'est vrai, la moitié des femmes de cette ville seraient prêtes à montrer leurs fesses pour avoir une chance avec Sam McBriar, et l'autre moitié regretteraient de n'être pas assez courageuses pour le faire !

— Nous voudrions deux thés glacés, Trudy, l'interrompit Jess avec un sourire exagérément amical. Je prendrai aussi un double cheese-burger avec de la mayonnaise. Et Savannah aimerait une portion de frites accompagnée d'une assiette de « Mêlez-vous de vos affaires », d'accord ?

L'expression de Trudy changea instantanément.

— Oh vous, vous feriez mieux de vous occuper de votre mariage plutôt que de vous inquiéter de votre amie. On raconte en ville que plusieurs femmes ont déjà été se frotter contre votre mari, rétorqua-t-elle d'un ton mordant.

Sur quoi elle tourna les talons, laissant Savannah consternée et Jess étrangement indifférente à cette accusation.

— Alors, c'est vrai ? demanda Savannah en se rappelant tout à coup les soupçons qu'avait émis Chase quelques jours auparavant au Barney's. Dalton… ne t'est pas fidèle ?

Jess haussa les épaules.

— Probablement pas.

— Et cela ne te dérange pas ? fit Savannah, bouche bée.

— Honnêtement, je ne me préoccupe plus de ce qu'il fait, du moment qu'il nous laisse tranquille, Danny et moi, coupa Jess. Mais on pourrait parler d'autre chose maintenant ?

— Bien sûr.

Savannah se mordit la lèvre. La situation de son amie était plus grave qu'elle ne l'avait imaginé, et elle avait de la peine pour elle. Mais elle ne voulait pas la forcer à se confier si celle-ci n'en avait pas envie.

Une fois servies, elles ne parlèrent plus de Dalton et se mirent à évoquer des jours plus insouciants. Savannah accueillit avec plaisir le changement de sujet, mais ce fut d'un autre œil qu'elle vit s'immiscer dans leur conversation un quart d'heure à peine plus tard celui dont elles ne voulaient pas parler et qui avait soudain surgi à côté de leur table.

Vêtu d'un élégant costume bleu marine, ses cheveux d'un noir de jais savamment lissés en arrière, Dalton Wainwright était le portrait craché de son père.

Il lui adressa un sourire aussi sincère que celui d'un homme politique en campagne, auquel elle répondit par un sourire pincé.

— Heureux de te voir, Savannah.

Malheureusement, elle ne pouvait en dire autant.

— Bonjour, Dalton.

Celui-ci prit aussitôt sa femme pour cible.

— J'aurais dû savoir que tu serais là. Je t'ai téléphoné et tu n'étais pas à la maison, dit-il en la fixant d'un regard hautain.

Puis il baissa les yeux vers le cheese-burger à demi mangé dans l'assiette de Jess et ajouta d'un ton méprisant :

— Je suppose que tu vas pouvoir tenir tout un mois avec tout ce gras que tu viens d'avaler.

Bien que Jess eût calé sur son cheese-burger quelques minutes auparavant, elle en mordit une nouvelle bouchée avant de demander :

— Qu'est-ce que tu veux, Dalton ?

Il glissa les mains dans les poches de sa veste.

— Où est Danny ?

— Chez Jeff.

— Tu vas devoir aller le chercher cet après-midi.

Jess posa sa serviette sur la table.

— Tu lui as dit que tu irais le voir jouer.

Dalton parut étonné, et même vexé, que Jess ose regimber — ce qui acheva de hérisser Savannah.

— Papa a convoqué les actionnaires, dit-il. Assemblée plénière. En tant que vice-président, je suis obligé d'y assister.

Jess ne parut pas le croire.

— Tu as une réunion tous les après-midi, Dalton. Tu pourrais en manquer une pour ton fils.

— Ce sont ces réunions qui te nourrissent, ma chère. A propos, il faut que le dîner soit prêt à 18 heures, je joue au poker ce soir.

Si elle avait été un homme, Savannah se serait levée pour

lui mettre son poing dans la figure. Mais elle dut se contenter d'un assaut verbal :

— Et dans le lit de qui comptes-tu « jouer au poker », Dalton ?

— Toujours la même pimbêche, hein, Savy ? fit-il avec un sourire suffisant.

L'entendre utiliser ce surnom qu'elle détestait la mit encore plus en colère.

— Et toi le même rustre ! répliqua-t-elle.

Jess mit sa main en coupe autour de son oreille.

— Je crois que j'entends Edwin t'appeler, Dalton. Tu ferais mieux d'y aller avant qu'il n'envoie ses sbires te chercher.

— Dîner à 18 heures, répéta-t-il sur son ton de tyran domestique avant de pivoter et de s'éloigner à grands pas.

Savannah adressa un sourire d'excuse à son amie.

— Je suis désolée d'avoir fait ce commentaire, Jess, dit-elle. Je ne voulais pas t'embarrasser, mais Dalton a toujours fait ressortir ce qu'il y avait de pire en moi.

— C'est pareil pour moi, dit celle-ci. Et ne t'excuse pas, surtout. Je regrette seulement de ne pas avoir autant de repartie que toi.

Comment encourager son amie à ne pas se laisser traiter de cette façon ? songeait Savannah. *Comment trouver les bons mots ?*

— Tu mérites tellement mieux, Jess, dit-elle doucement.

— Tu as raison, je sais.

Son amie jeta un coup d'œil autour d'elles avant de poursuivre :

— C'est une des raisons pour lesquelles je suis là, avec toi, et pas à la maison. Je veux divorcer et je voudrais que tu t'en occupes.

Elle voulait divorcer ? La déclaration de Jess réjouit Savannah autant qu'elle la mit dans l'embarras, car elle n'allait pas pouvoir répondre à sa requête.

— J'aimerais beaucoup pouvoir t'aider, Jess, fit-elle d'un air désolé, mais je n'ai pas le droit d'exercer dans le Mississippi, et de plus, je suis spécialisée en droit commercial, pas dans les affaires familiales.

— Oh ! c'est vrai, je n'avais pas pensé à ça, dit son amie d'un ton découragé. Est-ce que tu pourrais me recommander quelqu'un, alors ? Dalton a les moyens de s'offrir les services du meilleur avocat de l'Etat et j'ai besoin d'un professionnel de la même envergure.

— C'est toi qui auras le meilleur, je te le promets, lui assura aussitôt Savannah. Je vais le trouver, ce sera probablement quelqu'un d'un cabinet de Jackson ou de Vicksburg.

Savannah, cependant, avait une dernière question.

— Tu es tout à fait certaine que c'est ce que tu veux ?

— Je n'ai jamais été plus certaine de quelque chose, lui assura Jess.

Son ton était si confiant que Savannah n'eut plus le moindre doute.

— Dans ce cas, je ferai tout ce que je pourrai pour t'aider, dit-elle, plaignant intérieurement l'avocat qui devrait affronter Wainwright. Est-ce que tu as l'intention de quitter Placid après le divorce ?

Jess secoua la tête.

— J'ai envisagé d'aller vivre près de mes parents et de mon frère en Caroline du Sud, mais Dalton ne me laissera jamais emmener Danny dans un autre Etat — même s'il ne semble pas beaucoup s'intéresser à lui.

— Tes parents ont déménagé ? s'étonna Savannah. Je ne savais pas. Qu'est devenue l'épicerie ?

— C'est Edwin qui l'a achetée. Cela leur a permis de ne plus se faire de souci pour leur retraite.

Savannah repoussa son assiette de frites. Ces Wainwright, décidément, lui coupaient l'appétit.

— Bien sûr, suis-je bête. Ton beau-père n'a qu'un seul but dans la vie : posséder toute la ville. Est-ce que tu savais qu'il achète notre ferme à ma mère ?

Jess fronça les sourcils.

— Non, je n'en avais aucune idée. Et je suis désolée, Savannah, car je me doute bien que tu étais contre.

Curieusement, en effet, Savannah regrettait que leur ferme soit vendue, alors même qu'elle pensait avoir tourné la page de Placid depuis longtemps.

— Et par-dessus le marché, c'est Sam qui va louer les terres, ajouta-t-elle.

— Et comment prends-tu ça ?

— Au début, très mal ! Je croyais que c'était une manière pour lui de se venger de moi, puis il m'a expliqué que mon père lui avait demandé de prendre soin de la propriété. Et je sais qu'avec lui, la ferme est entre de bonnes mains. Mais assez parlé de ça. Que comptes-tu faire maintenant que tu as pris ta décision ? Tu as des projets ?

— D'abord, dès que j'aurai déposé ma demande de divorce, j'emmènerai Danny voir mes parents. Avant la fin du mois, j'espère. Je pense que ce sera le bon moment pour lui expliquer les choses. Et ensuite, je me préparerai à reprendre le travail. Figure-toi que tu as devant toi la future institutrice du cours élémentaire de la nouvelle école primaire !

— Quelle bonne nouvelle ! C'est formidable, Jess ! s'exclama Savannah, avant d'observer, surprise : Je ne savais pas qu'il y avait une nouvelle école à Placid.

Jess sourit.

— Les choses changent, Savannah. Même ici.

Celle-ci leva son verre et porta un toast :

— Buvons au changement, alors, à ton nouveau travail, et encore mieux, à ta nouvelle vie !

— *A ma nouvelle vie*, répéta Jess en faisant tinter son verre contre celui de son amie. Et la prochaine fois que tu me verras, j'aurai dix kilos de moins, je serai libre et j'aurai un emploi.

Savannah ne savait absolument pas quand elle reviendrait à Placid — *si elle revenait*. Dès la semaine suivante, la ferme ne serait plus celle de sa famille, elle n'aurait plus aucune véritable raison de s'attarder ici. Mais elle ne voulait pas gâcher la joie de Jess en le lui disant. D'ailleurs, elle pourrait toujours l'inviter à Chicago.

Dès que son amie fut partie, Savannah rejoignit sa voiture avec l'intention de retourner chez sa mère. Mais préoccupée par la situation de Jess, elle cherchait déjà qui pourrait l'aider à trouver un bon avocat, quelqu'un en qui elle avait confiance et qui saurait rester discret. Une seule personne correspondait à ce profil, et sans réfléchir davantage, elle prit le chemin de la ferme des McBriar.

9

Savannah sonna à la porte. Des pas légers tapotèrent le parquet. La seconde suivante, Jamie, un sourire radieux sur le visage, ouvrait la moustiquaire à la volée en lançant : « Viens nous aider à faire les gâteaux, Savannah ! » avant de détaler de nouveau en direction de la cuisine pendant que cette dernière retenait la porte.

L'enthousiasme de la fillette lui mit du baume au cœur. Sa vivacité, son exubérance lui firent oublier un instant la situation de Jess et l'attitude fuyante de sa mère.

Lorsqu'elle pénétra dans la cuisine, Jamie était déjà de nouveau perchée sur un tabouret haut devant l'îlot central où Gracie était en train de démouler des cupcakes au chocolat.

— Waouh, Gracie, la seule odeur de vos gâteaux à peine sortis du four suffit à faire monter mon taux de sucre !

Gracie releva la tête en souriant. Quelques mèches de ses cheveux gris retombaient sur ses joues maculées de farine.

— Il y a au moins deux heures que ma petite-fille se lèche les babines — et les doigts.

— J'ai léché le plat, expliqua Jamie.

Précision que ses moustaches de chocolat rendaient tout à fait superflue.

— Je suppose que c'est pour la fête de l'Eté, dit Savannah.

— Mm mm…, répondit l'enfant. Je vais aider mamie à les faire tous, hein, mamie ?

Gracie prit une pincée de sucre glace dans une soucoupe et en marqua le bout du nez de Jamie.

— Si tu ne les manges pas tous au fur et à mesure, dit-elle. Et maintenant, va prévenir ton père que nous passerons bientôt à table.

— Tu viens avec moi, Savannah ? demanda la petite.

— En fait…

— Elle va rester avec moi, trésor, intervint Gracie.

— D'accord.

Jamie glissa de son tabouret et courut hors de la pièce.

— Tu es venue m'aider à faire les gâteaux ou tu voulais parler à mon beau-fils ? demanda-t-elle dès que la fillette fut hors de portée de voix.

— Je voulais parler à Sam, avoua Savannah. J'ai quelque chose à lui demander.

Gracie rajouta une cuillerée de pâte dans un des creux du moule à muffins, puis dans un deuxième.

— On dirait que vous vous entendez bien tous les deux ces derniers jours, observa-t-elle.

— Nous essayons d'être de nouveau amis, fit Savannah sur un ton évasif.

— Je sais que cela ne me regarde pas, mais tu es sûre qu'il n'est pas question *d'autre chose* ? Vu ce qui s'est passé dans le hangar l'autre soir…

— Si vous me demandez si nous sortons de nouveau ensemble, Gracie, la réponse est non, coupa-t-elle.

Ayant enfourné son moule, Gracie revint s'appuyer contre le comptoir.

— Ça, je le savais. Il est d'une humeur massacrante. Et s'il continue à prendre trois douches par jour, le puits sera bientôt à sec. J'aurais presque envie de te demander d'abréger son supplice.

Le rouge monta aux joues de Savannah.

— C'est peut-être le temps qui l'énerve comme ça, hasarda-t-elle. Il a fait très chaud ces jours-ci.

— Oh ! pour avoir chaud, il a chaud, dit Gracie en souriant. Mais ça n'a rien à voir avec le temps qu'il fait. Il est évident que l'air vibre encore entre vous dès que vous êtes à moins de cent mètres l'un de l'autre. On peut toujours mettre un terme à une relation, mais on ne commande pas toujours les sensations qui nous envahissent en présence de certaines personnes…

Savannah éprouva le besoin de se défendre.

— Vous vous trompez, Gracie. Au début, nous étions tous les deux pleins de ressentiment l'un envers l'autre, puis, en adultes responsables, nous avons fait un effort pour nous montrer courtois, et maintenant nous allons essayer de nous comporter comme deux bons amis, voilà tout.

— Tu ne crains pas de retomber amoureuse de lui ? Tu sais comment nous sommes, nous les femmes. Nous pouvons être tellement déstabilisées par nos émotions parfois.

Gracie avait immédiatement mis le doigt sur le point délicat et Savannah le savait.

— J'ai changé, Gracie. Sam et moi avons tous les deux mûri. Et nous sommes capables d'en rester à une relation strictement platonique.

Du moins, elle l'espérait.

— Tu en es peut-être capable, Savannah, mais Sam n'est pas aussi fort qu'il le paraît, objecta Gracie. Tu es probablement la seule femme qui lui ait jamais brisé le cœur, et je ne veux pas que cela arrive de nouveau.

Gracie tendit le bras vers elle et lui caressa la joue, ajoutant :

— Je t'aime comme si tu étais ma propre fille, tu le sais, mais j'aime Sam aussi. C'est pourquoi j'espère que tu y réfléchiras à deux fois avant d'agir — à moins que tu n'aies fait le projet de revenir t'installer ici ?

Certes, non, ce n'était pas dans ses plans. Une fois de retour à Chicago, elle reprendrait le cours de sa vie, tout comme Sam à Placid. Dans l'intervalle, ils pouvaient se tenir et être juste amis, non ? Ou bien était-ce chercher délibérément les ennuis comme semblait le craindre Gracie ?

La porte de derrière s'ouvrit soudain, tirant Savannah de ses pensées. Jamie entra en sautillant et reprit sa place sur son tabouret.

— Papa a dit qu'il revenait bientôt, mais qu'il voulait que Savannah aille le voir à l'écurie d'abord.

La requête de Sam tombait à pic. Elle allait pouvoir lui demander les coordonnées d'un bon avocat, puis elle mettrait les choses au clair en ce qui concernait leur nouvelle « amitié ».

Savannah sortit, puis remonta l'étroit sentier de gravier qu'elle avait si souvent emprunté autrefois. Le soleil tapait sur sa nuque, au-dessus de laquelle elle avait rassemblé la masse de ses cheveux pour avoir moins chaud, et les cailloux blessaient la plante de ses pieds au travers de la mince semelle de ses sandales, mais lorsqu'elle arriva à l'écurie, l'odeur du foin coupé lui rappela un temps où elle aurait bravé n'importe quoi pour venir ici. L'écurie des McBriar avait été un autre de ses refuges, un havre où, durant quelques heures, elle oubliait les conflits qui l'opposaient à sa mère. Ici, elle avait appris à seller les chevaux, à les bouchonner, et à les monter aussi sous l'œil vigilant du garçon qu'elle voulait tant impressionner…

Dès que Savannah eut passé le seuil de l'écurie, son attention fut attirée par le vert cru d'une brouette en métal remplie de copeaux de pin abandonnée devant l'une des stalles. Puis ce même garçon — aujourd'hui devenu un homme — sortit dudit box, vêtu d'un T-shirt blanc et d'un jean délavé, et chaussé de grosses bottes en caoutchouc. Il était sale et en sueur, mais il n'aurait pas été plus beau s'il avait porté un smoking hors de prix.

Sam posa la pelle qu'il avait en main contre la cloison de bois et sourit.

— Salut, dit-il avant d'attraper le bas de son T-shirt dont il se servit pour s'essuyer le visage.

Savannah ne put s'empêcher de baisser les yeux vers son ventre musclé et sa seule vue entama la résolution qu'elle avait prise de n'être que son amie, tout en lui rappelant les mots de Gracie : « On peut toujours mettre un terme à une relation, mais on ne commande pas toujours les sensations qui nous envahissent… »

Un bref hennissement vint pile au bon moment pour distraire

Savannah de la vue troublante des abdominaux de Sam. Elle tourna la tête. Le grand cheval noir qui occupait le box contigu avait passé son museau par-dessus le vantail pour la renifler, comme s'il cherchait à la reconnaître.

— Oh ! mon Dieu, mais c'est Sky !

Elle s'approcha immédiatement de lui et gratouilla l'étoile claire qui ornait son front.

— Hé, mon beau, tu te souviens de moi ?

— Bien sûr qu'il se souvient de toi.

Savannah tourna la tête vers Sam qui se tenait debout derrière elle, puis reporta son attention sur l'étalon — *l'autre* étalon.

— J'espère, parce que c'est le premier cheval que j'ai monté ! fit-elle avec un sourire.

— Oui. C'est quelque chose que Sky et moi avons en commun.

Savannah tiqua. Ce n'était pas le moment de rougir bêtement, pourtant. Sam était manifestement déterminé à jouer les mauvais garçons, ce qui n'allait pas lui faciliter la tâche.

Elle lui fit face de nouveau, consciente du danger.

— Jamie m'a dit que tu voulais me parler.

Il glissa les pouces dans les passants de sa ceinture, attirant brièvement le regard de Savannah sur un endroit de sa personne qu'il était inconvenant de regarder dans un lieu public — ou même dans une écurie, d'ailleurs. A moins, bien sûr, qu'elle ne cherche les ennuis…

— Oui. Elle voulait que je t'invite à venir avec nous à la fête de l'Eté.

— Tu n'aurais pas pu me demander ça chez toi ? dit-t-elle, dubitative.

— Je ne voulais pas que tu aies à inventer je ne sais quel prétexte au cas où tu aurais d'autres projets. Jamie peut se montrer très insistante quand elle a quelque chose dans la tête.

C'était une raison plausible, et du reste, la ténacité était une qualité qu'elle appréciait chez une fille — et c'était aussi valable pour celles qui avaient à peine six ans.

— A vrai dire, j'avais l'intention de trier un peu les affaires de mon père et d'emballer quelques-unes des miennes. Et peut-être même d'essayer de parler avec ma mère si je réussis à la faire asseoir plus de cinq minutes.

— Ruth sera à la fête avec tout le monde, argumenta Sam.

Là, il marquait un point. Mais il n'en demeurait pas moins que Savannah avait beaucoup de choses à faire.

— Je vais donc devoir trier toutes ces affaires toute seule, j'imagine.

— Tu peux faire ça dimanche, insista-t-il. Et demain, tu viens avec nous, en souvenir du bon vieux temps. Je t'achèterai une barbe à papa.

Savannah se remémora ces fêtes de l'Eté auxquelles ils étaient allés ensemble — en tant que couple. Quatre, pour être exacte. Revivre ces bons moments ne pouvait pas leur faire de mal, à condition que Jamie soit présente, bien sûr. Et qu'elle-même ne perde pas de vue qu'il ne s'agissait que d'une sortie entre « vieux amis ».

Cependant, il était fort possible qu'il se rétracte lorsqu'elle lui aurait dit ce qu'elle avait besoin de lui dire.

— Je vais y réfléchir, dit-elle, et je te tiendrai au courant.

— D'accord.

— A présent, il y a deux choses dont je voulais te parler, commença-t-elle. Mais d'abord, il faut que tu me promettes que tu garderas ce que je vais te dire pour toi.

— Aucun problème.

Savannah lui faisait promettre par acquit de conscience, mais elle n'avait aucun doute sur Sam, elle ne l'aurait pas mis dans la confidence si elle n'avait pas été sûre de lui à cent pour cent.

— J'ai vu Jess aujourd'hui, et elle m'a annoncé sa décision de divorcer, lâcha-t-elle d'une traite.

Sam s'appuya contre le vantail du box, le visage soudain rembruni.

— Il était vraiment temps qu'elle quitte cet abruti ! gronda-t-il.

— Oui, acquiesça-t-elle avec conviction. Elle m'a demandé

de lui trouver un avocat et j'ai pensé que tu en connaissais peut-être un bon, spécialiste des affaires familiales.

Il parut embarrassé.

— J'avais pris un gars de Jackson. Franklin. Il est censé être l'un des meilleurs. Mais c'est difficile à dire, parce que Darlene et moi nous nous étions mis d'accord sur tout avant de nous adresser à lui.

— Ça a été un divorce à l'amiable, alors ?

— On peut dire ça. Pas de problèmes de garde ou de pension. Ça s'est passé aussi bien que possible, j'imagine.

D'après ce qu'en savait Savannah, il était rare qu'un divorce se passe bien, mais cela arrivait.

— Je vois, dit-elle. Quoi qu'il en soit, est-ce que tu recommanderais ce Franklin ?

— Je pense, oui. On dit de lui que c'est un requin. Pour tout te dire, je crois qu'il aurait préféré représenter Darlene et avoir à s'attaquer à un plus gros client que moi, fit Sam avec un sourire ironique.

Premier problème résolu.

— Bien. C'est tout à fait ce qu'il faut à Jess pour affronter Wainwright. Tu as son numéro ?

— Oui, à la maison. Je te le donnerai avant que tu partes.

Parfait. Maintenant, elle pouvait aborder la seconde question.

Incapable de regarder Sam sans trahir sa gêne, elle se remit à caresser Sky. Comme celui-ci pressait son museau dans sa paume, elle en profita pour retarder un peu le moment de se lancer.

— Je vois que tu n'as pas changé, Sky, dit-elle. Toujours à essayer de faire du charme aux dames, hein ? Je parie que tu es toujours l'étalon le plus recherché du comté.

A l'exception de son propriétaire, naturellement.

— Il est en retraite désormais, expliqua Sam. Je le sors le soir, et je le laisse courir à sa guise. Le reste du temps, il le passe à manger et à dormir. J'ai pensé un moment à le faire castrer, mais j'ai renoncé. C'était inutile, en fait, j'avais déjà vendu les poulinières ; alors pourquoi ajouter la blessure à l'insulte ? ajouta-t-il avec un sourire entendu.

— Pourquoi as-tu vendu tes poulinières ? demanda Savannah, un peu surprise.

— Le marché était au plus bas à cette époque-là et je bradais littéralement des poulains magnifiques. Ça ne valait plus la peine.

— Sky ne serait probablement pas d'accord, le taquina-t-elle.

Sam se rapprocha d'elle. Elle se raidit aussitôt et se força à reprendre d'une voix faussement enjouée :

— Je me souviens combien tout le monde était excité chaque fois qu'une jument mettait bas. Je me rappelle aussi cette pouliche qui ressemblait tant à Sky. Comment s'appelait-elle, déjà ?

— Maggie. Mais… est-ce vraiment de la descendance de Sky que tu voulais me parler ? fit-il en haussant un sourcil.

Savannah garda les yeux fixés sur l'étalon bien que celui-ci se fût tourné vers le râtelier qui contenait sa ration de foin.

— Non. J'étais venue te dire que j'avais beaucoup réfléchi à la proposition que tu m'as faite hier de rester amis…

— Et ? l'encouragea-t-il comme elle hésitait à poursuivre.

— Et j'avais besoin de te dire certaines choses.

Elle se tourna vers lui, se préparant à les énoncer, une par une.

— D'abord, que j'avais apprécié notre conversation d'hier soir. Tu m'as beaucoup aidée.

— Ça, tu me l'as déjà dit, non ?

— C'est vrai, mais cela méritait d'être répété, insista Savannah. Cependant, j'ai quelques inquiétudes. Je crains que si nous continuons à nous voir pendant mon séjour ici, il ne finisse par se passer… autre chose.

— Tu veux parler de sexe, dit-il sur le ton du constat plus que sur celui de l'interrogation.

— Oui.

Il haussa les épaules.

— Ce ne devrait plus être un problème maintenant que

tu sais que, l'autre fois, c'est ton chagrin qui t'a rendue un instant vulnérable.

— *J'ai menti.*

— Ah bon ? fit-il, avec l'air du chat qui vient de manger le canari.

Visiblement, sa révélation ne le surprenait pas du tout.

— Du moins, ce n'était qu'une partie de l'explication, précisa-t-elle. Je crois qu'il subsiste… enfin… que nous sommes…

— Toujours attirés l'un par l'autre ? acheva-t-il pour elle.

— Oui.

Et elle tourna la tête. Son aveu, le regard scrutateur de Sam sur elle achevèrent de la déstabiliser. Elle se mit à marcher de long en large et poursuivit sans le regarder :

— Cette attirance pourrait avoir des conséquences imprévisibles.

— Tu parles toujours de sexe, je suppose, commenta Sam d'un air narquois.

Elle s'immobilisa à quelques mètres de lui et lui fit face.

— Précisément. J'aimerais que nous soyons amis, Sam, mais il nous faudrait éviter…

— Le sexe.

Si elle entendait ce mot une fois de plus, elle allait se mettre à hurler.

— Est-ce que tu pourrais arrêter de répéter ça, s'il te plaît ? J'ai l'impression d'assister à une vente promotionnelle et que tu es en train d'essayer d'écouler ta marchandise.

Il s'essuya le front d'un revers du dos de la main.

— Selon la plus classique des règles du marketing, dite « règle des sept », je devrais te le répéter encore quatre fois pour être pleinement efficace.

— Où as-tu appris ça ? fit-elle, prise de court.

— Je ne suis pas aussi stupide que j'en ai l'air, figure-toi !

Sam était tout sauf stupide. Elle n'en avait jamais douté.

— Peu importe. De toute façon, tu peux le répéter autant de fois que tu veux, je ne suis pas preneuse.

— Tant mieux, parce que le commerce du sexe est illégal dans cet Etat.

Il eut l'aplomb de sourire !

— Pour revenir à ce dont nous parlions, dit-elle, j'aimerais que nous fixions les règles du jeu avant d'aller plus loin. D'abord, nous pouvons parler du passé à condition que nous n'évoquions ni l'étang, ni le parking de l'étang, ni ces moments où nous nous retrouvions au bord de l'étang. D'accord ?

— Et des sièges avant de Chevy, on a le droit ? demanda-t-il, l'œil goguenard.

— Bien sûr que non, répliqua-t-elle, agacée. Nous avons quantité de souvenirs dont nous pouvons parler sans risque : les matchs auxquels nous allions, toutes ces sorties que nous avons faites tous ensemble... Et nous pouvons bien sûr aussi parler du présent, de mon travail, de ta ferme, de ta fille...

— Du prix du fuel domestique ? proposa-t-il, narquois.

— Si ça te chante, répliqua Savannah que les railleries de Sam commençaient à réellement irriter. De plus, nous devrons prendre garde à ne pas nous retrouver tous les deux seuls dans un lieu où nous pourrions avoir l'occasion de...

Lorsqu'il ouvrit la bouche pour poursuivre à sa place, elle l'interrompit d'un doigt menaçant.

— Ne le dis pas !

Moqueur, il ferma un zip imaginaire sur ses lèvres. Savannah était à bout de patience, ou à peu de chose près.

— En résumé, dit-elle fermement, je ne suis pas opposée à l'idée que nous soyons amis si nous nous entendons sur ces règles.

— Bien. Tu en as terminé maintenant ?

Pas avant d'avoir renversé les rôles.

— Je voudrais juste ajouter que, mises à part tes insinuations oiseuses de l'autre jour lorsque tu m'as raccompagnée chez moi et ce qui s'est passé dans le hangar hier, tu es resté plutôt en retrait, ce qui me laisse à penser que, de nous deux, c'est peut-être toi qui as peur de...

Elle ne put achever car il fondit sur elle, prit son visage

entre ses mains et colla ses lèvres sur sa bouche avant qu'elle ait eu le temps de dire « ouf ». Ce fut un vrai baiser, insistant, fougueux même, mais qui ne dura pas. Sam la relâcha presque aussitôt et s'écarta.

Dès qu'elle eut à peu près recouvé ses esprits, elle tenta de se raccrocher à sa détermination première pour se donner un minimum de contenance.

— A l'évidence, tu n'es pas capable de suivre des règles, fit-elle sur un ton qui se voulait ferme.

— Je n'aime pas être traité de lâche, c'est tout.

Sam n'était pas l'homme inébranlable qu'il feignait d'être — ce qui ne manquait pas de réjouir secrètement Savannah, même si elle ne l'aurait jamais avoué.

— Ah bon ? Comment crois-tu que je me sois sentie quand tu m'as accusée de…

— C'est à moi de parler, Savannah, l'interrompit-il.

Il semblait si résolu qu'elle ne put que murmurer :

— D'accord.

— Comme je te l'ai dit dans le hangar hier, commença-t-il, je mentirais si je prétendais que je ne fantasme pas sur toi. Pour te dire toute la vérité, j'ai eu envie de toi à l'instant même où je t'ai vue chez Stan. Même vêtue d'un sac de pommes de terre, échevelée, sans la moindre trace de maquillage, je te désirerais toujours. Mais il y a bien d'autres choses que je désire aussi.

Sam s'interrompit le temps de reprendre son souffle et Savannah attendit patiemment qu'il poursuive.

— Je veux des choses très simples. Je veux me lever aux aurores et travailler la terre, et je veux rentrer chez moi le soir et retrouver ma famille. Je veux aussi avoir des amis sur lesquels je puisse compter, pas des gens qui ne feraient que prétendre être mes amis. Mais surtout, je ne veux pas de complications ; c'est pourquoi, quoi qu'il se passe entre nous, je ne laisserai pas le désir que j'ai pour toi m'écarter de la vie que j'ai choisie.

Savannah partageait assez ce point de vue. Cependant, elle avait encore une question à lui poser.

— Pourquoi m'as-tu embrassée, dans ce cas ?

— C'était apparemment le seul moyen de te faire taire, répondit-il avec aplomb.

— C'est ce que tu dis, mais je ne suis pas convaincue que tu ne recommenceras pas à la première occasion.

Une lueur de colère brilla dans les yeux de Sam.

— Et moi, je n'aime pas être ainsi mis sur la sellette par quelqu'un qui est juge et partie et qui a décrété par avance que j'étais indigne de confiance.

— Peut-être que je ne me fais pas confiance à moi-même, avoua Savannah à contrecœur.

— Tu es une femme forte, Savannah, dit-il d'un ton plus léger. Mais si tu penses que préserver notre amitié ne mérite pas que tu prennes le moindre risque, alors très bien, je n'insisterai pas. Sache, néanmoins, que je suis tout à fait capable de me contrôler. La question est : « Est-ce que tu l'es, toi ? »

— Papa ! Gracie dit qu'elle a besoin d'aide !

Savannah se tourna vivement vers la porte. De l'autre côté de l'enclos, Jamie retournait déjà vers la maison au pas de course.

— On peut dire qu'elle se pose là pour nous interrompre ! commenta Sam. Je me demande bien comment les gens qui ont déjà un enfant de six ans réussissent à mettre un autre bébé en route.

Savannah se refusait à penser à ce genre de choses.

— Je dois partir maintenant, dit-elle en contournant Sam pour s'en aller au plus vite.

Il la rattrapa par le bras.

— Attends. Tu n'as pas encore répondu à ma question. Est-ce que tu viens à la fête avec nous demain ou nous disons-nous au revoir tout de suite ?

— J'ai besoin de réfléchir, Sam.

Ce qu'elle ne pouvait pas faire en sa présence.

Il la lâcha et croisa les bras sur sa poitrine.

— Je veux une réponse avant que tu ne quittes cette satanée écurie car je dois savoir quoi dire à ma fille.

— Si nous restons plus longtemps ici, Gracie va s'imaginer Dieu sait quoi, tenta Savannah pour faire diversion.

— Que nous sommes en train de nous rouler dans le foin, par exemple ?

Un souvenir d'une netteté surprenante revint aussitôt à la mémoire de Savannah.

— Cela nous est arrivé une fois, tu t'en souviens ? fit-elle en souriant malgré elle. Heureusement, j'avais pu cacher mes égratignures sous mes manches longues.

Sam passa ses deux mains sur son visage comme pour effacer ce souvenir.

— Ce sont des moments difficiles à oublier, dit-il. Surtout quand tu es devant moi.

Consciente d'avoir enfreint les règles qu'elle-même venait d'édicter, Savannah jugea plus prudent de clore rapidement le sujet.

— Alors peut-être devrions-nous simplement accepter que ces jolis souvenirs appartiennent au passé et nous en tenir là, tu ne crois pas ?

Il ramassa sa pelle et répondit d'une voix qui trahissait sa frustration :

— Très bien, si c'est ce que tu veux. Mais il faut que tu te décides une bonne fois pour toutes et que tu t'y tiennes.

Comme si ce n'était pas ce qu'elle se répétait depuis deux jours !

— Oh ! arrête ! Tu ne cesses d'essayer de me déstabiliser.

— Tu es déstabilisée parce que tu sais au fond de toi que tu aurais besoin d'un ami. Un véritable ami, rétorqua-t-il. Mais peut-être que si tu continues à te répéter le contraire, tu finiras par le croire.

Savannah en voulait autant à Sam pour sa franchise que pour sa clairvoyance. Car il ne se trompait pas. Elle voulait qu'ils soient amis, mais elle redoutait les conséquences d'un tel rapprochement. Rien ne serait donc jamais simple ? Pouvait-elle faire vraiment confiance à Sam ? Ou plutôt : pouvait-elle *se* faire confiance à elle ?

Elle ferait probablement mieux de ne pas aller à cette fête. Mais une fois de plus, sa raison et ses désirs s'opposaient. Du moment qu'elle gardait les pieds sur terre — et qu'elle évitait les situations comme celle-ci — elle ne risquait rien, si ? Il n'y avait vraiment aucune raison de ne pas passer un agréable moment en compagnie de Sam et de sa fille avant de quitter Placid une fois pour toutes.

— Dis à Jamie que je viendrai.

L'heure tournait et Savannah commençait à se demander si sa mère allait rentrer. A 19 h 30, elle était sur le point de réellement s'inquiéter quand elle pénétra dans la cuisine pour se servir un soda et découvrit un mot aimanté sur la porte du réfrigérateur.

« Je passe la nuit en ville, chez Rosie. Serai de retour demain soir, après la fête. »

Aucun mot d'affection. Aucune chaleur. Rien d'autre qu'une information lapidaire. Cela n'avait rien de surprenant au fond, mais Savannah n'en éprouva pas moins un petit pincement au cœur, ainsi qu'un profond sentiment de frustration. Elle avait prévu d'avoir avec sa mère cette conversation si longtemps différée, et à présent, elle devrait attendre le lendemain.

Dès qu'elle eut fini de dîner, elle décida de prendre une douche et de commencer un livre qu'elle se promettait de lire depuis des mois. Mais une idée lui vint alors qu'elle se lavait les cheveux. Elle était seule — c'était l'occasion rêvée de feuilleter le mystérieux carnet de croquis de sa mère. A condition, bien sûr, qu'elle puisse le trouver.

Ayant passé sa chemise de nuit de soie bleue, sa préférée, et enroulé une serviette autour de ses cheveux mouillés, elle monta au grenier. La boîte en carton était toujours là, au même endroit, mais elle avait été fermée à l'aide de deux morceaux de Scotch.

Elle aurait dû, bien sûr, comprendre le message et partir. Malheureusement, sa curiosité l'emporta. Dès qu'elle aurait fini de jouer les détectives, elle refermerait soigneusement le carton et personne n'en saurait rien. Promis.

Ayant décollé l'extrémité des bandes d'adhésif avec précaution, elle souleva le couvercle de la boîte et farfouilla parmi les objets comme elle l'avait fait la première fois, à la recherche du fameux carnet. En vain. Décidément, avec sa mère comme avec Sam, rien ne pouvait être simple…

Déçue, et fatiguée de sa journée, elle décida d'abandonner ses recherches pour le moment. Elle referma le carton, recolla les morceaux de Scotch, et redescendit au premier. Mais comme elle passait devant la chambre de sa mère, elle s'immobilisa soudain. Si elle poussait cette porte…

… elle violerait l'intimité de sa mère, ce qui n'était pas très glorieux de sa part, mais peut-être aussi trouverait-elle enfin des réponses à ses questions, qui sait ?

Oh ! et puis, personne ne le saura, se dit-elle en tournant la poignée de la porte avec précaution. Des caisses en plastique gris étaient alignées le long des murs au papier peint passé, marqué par endroits des traces laissées par les tableaux décrochés. Les étagères ne contenaient plus ni livres ni bibelots ; plus aucun objet n'était posé sur la commode en pin. Sa mère n'avait laissé qu'une lampe sur la table de chevet… et son carnet de croquis.

Ignorant un nouvel accès de mauvaise conscience, Savannah traversa la pièce, prit le carnet et s'assit au bord du lit. Elle étudia le premier dessin et remarqua les initiales de sa mère en bas à droite, ainsi qu'une date. Cela remontait à deux mois avant leur emménagement à Placid. Elle regarda le dessin suivant, puis le suivant encore… *Tiens, ils étaient antérieurs au premier.* Sa mère, semblait-il, avait commencé son carnet par la dernière page.

Les premiers croquis, les plus récents donc, représentaient

des fleurs, des paysages, des scènes de la vie rurale, mais à mesure que l'on remontait dans le temps, les sujets choisis paraissaient plus sombres, plus tristes : un arbre noueux, dépouillé de ses feuilles, seul au milieu d'un champ ; une maison aux volets fermés… Mais le plus frappant de tous était celui qui avait été arraché, puis replacé finalement au même endroit, à la fin du carnet.

De larges mains aux doigts griffus occupaient tout l'espace de la page jaunie par le temps. Des mains sinistres, effrayantes, qui semblaient prêtes à saisir quelque chose. Et, plus inquiétant encore, dans le coin inférieur droit, était dessiné un enfant recroquevillé — juste au-dessus de la signature de sa mère, qui indiquait que celle-ci avait alors douze ans.

Impossible que ces dessins n'expriment que les rêveries d'une enfant imaginative ; Savannah aurait même été prête à parier qu'ils racontaient une expérience traumatisante que sa mère avait vécue dans son enfance et qu'elle avait livrée à son carnet faute d'avoir pu la confier à quiconque.

Non seulement cette idée lui retournait l'estomac, mais Savannah se retrouvait maintenant avec encore plus de questions sans réponses.

Sa mère était-elle la petite victime du dessin ? Ou avait-elle été témoin de l'agression d'un enfant ? Quelqu'un avait-il su qu'elle souffrait ?

Et si elle était là, l'explication au brusque changement qu'avait subi la personnalité de sa mère lorsque celle-ci était revenue vivre dans la maison de son enfance ? Mais si elle essayait d'en apprendre davantage, elle finirait par devoir avouer qu'elle s'était permis de fouiller… Et si elle obligeait sa mère à parler, à revivre un passé que celle-ci tenait manifestement à oublier, peut-être Savannah leur ferait-elle à toutes deux plus de mal que de bien.

Ce n'était pas son genre, pourtant, de ne pas savoir quoi décider. Mais là, elle avait besoin d'un conseil. De l'avis de quelqu'un qui serait capable de lui indiquer la bonne voie.

Jess peut-être ? Mais celle-ci avait ses propres problèmes.

Et Rachel, que son début de grossesse fatiguait beaucoup, n'avait certainement pas besoin qu'on la dérange aussi tard.

Il ne restait qu'une seule personne en qui Savannah avait assez confiance pour parler d'une chose aussi délicate.

Sam.

10

Il était arrivé quelque chose.

D'après l'expérience de Sam, personne ne téléphonait jamais à une heure aussi tardive — il était tout de même près de minuit —, sauf en cas d'urgence. A moins que ce ne soit l'appel désespéré de l'une de ses « bonnes amies » en mal d'affection ? Ce pour quoi il n'était pas d'humeur de toute façon.

— Allô, fit-il d'un ton brusque.

— C'est moi, Sam, répondit une voix douce.

« Moi » étant la seule personne qui avait occupé ses pensées ces derniers temps et la cause de son agitation ces dernières heures. Elle appelait probablement pour lui dire qu'elle ne les accompagnerait pas à la fête le lendemain. Peut-être même pour lui annoncer qu'elle retournait à Chicago. Si tel était le cas, il était prêt.

— Oui, qu'est-ce que tu veux, Savannah ?

— Tu te rappelles ce que je t'ai dit au sujet de ma mère ?

— Oui, fit-il, attendant la suite.

— Je crois avoir trouvé ce qu'elle ne voulait pas que je sache. J'ai mis la main sur son carnet de croquis, dans sa chambre.

Elle hésita, puis soupira avant de reprendre :

— Euh… j'en ai probablement tiré des conclusions hâtives. Retourne te coucher, je te verrai demain. Désolée.

Comme s'il allait pouvoir trouver le sommeil, maintenant !

— Et si tu me disais plutôt ce que tu as trouvé ? insista-t-il. Je te dirai ce que j'en pense.

— C'est un dessin, se lança Savannah. Un dessin vraiment étrange. Visiblement, elle dessinait beaucoup autrefois.

Sam n'avait jamais perçu la fibre artistique de Ruth, mais plus rien ne le surprenait désormais.

— Comment ça, *étrange* ?

— Effrayant, je dirais même. Et je crois que cela a un rapport avec son passé.

— Tu l'as interrogée à ce sujet ? dit-il en se redressant un peu plus.

— Je ne peux pas. Elle passe la nuit en ville, chez une amie. Je sais que ça a l'air stupide, mais si tu voyais ce dessin, tu comprendrais pourquoi je suis aussi inquiète.

L'occasion était trop belle de lui montrer quelle sorte d'ami il pouvait être. Quelle sorte d'homme il était.

— Je viens, dit-il. Comme ça, tu me le montreras.

— Non, non, c'est inutile, Sam. Il est tard et tu dois te lever tôt.

Ayant coincé le combiné entre son menton et son épaule, il attrapa prestement son pantalon.

— Je suis là dans cinq minutes.

Sans attendre de réponse, il raccrocha, passa son jean et son T-shirt, enfila ses chaussures et sortit. *Et s'il se rendait chez elle à pied ?* Non, ce n'était pas une bonne idée. Il irait plus vite en voiture. Une fois au volant, il tourna la clé de contact, mais n'alluma pas ses phares pour ne pas réveiller son père — comme si le moteur Diesel du pick-up était discret !

Mince, il était aussi nerveux qu'un gamin qui fait le mur pour aller retrouver sa petite amie. Mais Savannah n'était pas sa petite amie, seulement « une » amie. D'une certaine façon, il était content qu'elle ait accepté qu'ils en restent là. D'un autre côté, cette proximité l'inquiétait un peu. Mais il avait toujours été disposé à prendre quelques risques, non ? Et en tout état de cause, une chose était certaine : dans quelques jours, elle serait partie et il ne la reverrait jamais plus. Raison de plus pour profiter du peu de temps qu'il leur restait à passer ensemble. Il se préoccuperait des conséquences plus tard.

Il ne lui fallut que quelques minutes pour arriver chez les Greer. Savannah l'attendait sur le porche. Elle portait un T-shirt bleu marine, sans forme, sur un short kaki, mais avec ses cheveux humides qui cascadaient sur ses épaules, sans maquillage et pieds nus, elle semblait tout droit sortie de son passé — ou de ses rêves.

Elle ne bougea pas d'un pouce en le voyant arriver. Il fut un temps où elle aurait dévalé les marches et se serait jetée dans ses bras. Mais ce soir, elle ne paraissait pas si contente que ça de le voir. En tout cas, pas autant que lui — ce qu'il ne lui dirait pas bien sûr.

Dès qu'il eut grimpé les quatre marches, elle lui tendit le dessin.

— Regarde.

Il prit la feuille et s'assit sur la balancelle pour l'examiner. En effet, ce n'était pas quelque chose qu'une petite fille dessinerait en temps normal…

— Tu as raison, admit-il. C'est étrange.

— C'est plus qu'étrange, reprit-elle tout en s'asseyant à côté de lui. On dirait une sorte de message, non ? Quelqu'un lui a peut-être fait du mal, ou bien elle a vu quelqu'un faire du mal à un autre enfant. Qu'est-ce que tu en penses ?

— A moins que ce ne soit une étude pour un projet artistique…, tenta Sam.

— Je dirais que cela tient plutôt de « l'art thérapie », dit Savannah. J'ai du mal à imaginer qu'un enfant puisse dessiner ça sans avoir lui-même vécu une expérience de ce genre.

Il s'adossa aux coussins de la balancelle.

— Tu as une idée de la personne qui aurait pu lui inspirer cet effroi ?

Elle se tourna vers lui pour lui demander :

— Qu'est-ce que tu sais de son beau-père, Don Leland ?

Il secoua la tête.

— Pas grand-chose, sinon que mon grand-père disait que c'était un bon à rien qui avait plus qu'un penchant pour la bouteille.

— May m'avait bien dit qu'il buvait, murmura-t-elle. Et s'il devenait violent lorsqu'il était ivre, il est possible qu'il ait fait du mal à ma mère, non ?

Sam posa son bras sur le dossier de la balancelle.

— Oui, c'est possible, comme beaucoup d'autres choses. Encore une fois, le mieux est que…

— ... interroge ma mère, acheva-t-elle à sa place. Je sais. J'ai l'intention d'essayer, mais je doute d'y parvenir.

— Et si tu n'y parviens pas, reprit-il, tu n'auras plus qu'à l'accepter, et à laisser Ruth avoir ses secrets, surtout s'ils sont trop douloureux pour être rappelés.

Sam savait tout de ce concept.

Savannah se leva et se mit à marcher de long en large.

— Douloureux ou pas, elle a besoin d'en parler. J'ai dans l'idée que ce secret est à l'origine de cette incapacité qu'elle a à exprimer ses émotions.

Une incapacité dont Savannah avait beaucoup souffert, Sam le savait pour en avoir été le premier témoin. La voyant incapable de se calmer, il dit sans réfléchir :

— Est-ce que tu veux aller au lit ?

Sam s'arrêta net, bouche ouverte. Trop tard. Etait-il possible d'être plus maladroit ? Evidemment, Savannah réagit aussitôt.

— Tu n'as pas le moins du monde l'intention de tenir compte de ce que j'ai dit tout à l'heure, n'est-ce pas ? s'exclama-t-elle en lui lançant un regard furieux.

— Excuse-moi, je me suis mal exprimé. Je te demandais seulement si tu préférais que je parte pour pouvoir aller te coucher.

Son expression vindicative s'évanouit lentement.

— En fait, je ne crois pas que je réussirais à m'endormir.

— Alors, j'ai une idée, déclara-t-il en se levant.

Elle fit un pas en arrière, manifestement sur ses gardes.

— Relax ! Je ne vais pas te jeter par-dessus mon épaule pour t'emporter à l'intérieur et te sauter dessus.

Ce qui, pourtant, leur aurait fait du bien à tous les deux.

Elle essaya de sourire, mais n'y parvint pas.

— D'accord, alors quelle est cette idée ? Un verre de lait additionné d'un généreux trait de whisky ? Une séance d'haltérophilie ? Nous pourrions aussi faire un peu de course à pied, aller jusqu'en ville et revenir. Nous serions de retour avant l'aube.

Elle n'avait pas perdu son sens de l'humour — ni rien non plus de son sex-appeal.

— Allons plutôt faire un tour en voiture, tu veux ?

Mais qu'est-ce qui l'avait poussée à accepter la proposition de Sam ? Savannah en était à se poser sérieusement des questions sur sa santé mentale lorsque ce dernier bifurqua pour emprunter la petite route familière de Potter's Pond — et qu'elle ne dit rien pour l'arrêter. Cela dit, Sam ferait peut-être bien lui aussi de se poser des questions. Surtout à en juger par les panneaux « *Interdiction d'entrer* » accrochés à la clôture en fil de fer qui bordait la propriété. Lesquels expliquaient probablement pourquoi ce lieu autrefois fréquenté par tous les jeunes couples du coin était aujourd'hui désert.

— Qu'est-ce que tu fais, Sam ? demanda-t-elle lorsqu'elle le vit tourner sur la gauche et se diriger vers l'endroit qu'ils avaient toujours préféré.

Et où se trouvait le vieux chêne dont le tronc, bien sûr, portait leurs initiales. *Violation flagrante des règles qu'elle avait énoncées un peu plus tôt.*

— J'ai pensé que ce serait l'endroit idéal pour se détendre.

— Mais nous étions d'accord pour…

— Ne pas parler de l'étang, l'interrompit-il. Nous n'avons jamais dit que nous ne pouvions pas venir nous y promener, non ?

Sam avait toujours été habile à trouver des subterfuges lorsqu'il voulait quelque chose. Elle lui jeta un rapide coup d'œil, juste à temps pour voir son sourire rusé.

— Je devrais peut-être revoir les termes de notre accord, fit-elle en le regardant.

— Ou bien te rappeler que c'est ici qu'ont eu lieu quelques-unes de nos plus intéressantes conversations.

— Je ne me souviens pas que nous ayons beaucoup bavardé ici, répondit Savannah en haussant un sourcil.

Elle se rappelait, en revanche, toutes ces soirées qu'ils avaient passées sous le vieux chêne, oubliant leur quotidien dans les bras l'un de l'autre.

— Il y a une première fois à tout, répondit-il sans quitter le sentier des yeux.

— Est-ce que tu as remarqué les panneaux sur la clôture ?

— Oui. Quelqu'un voudrait interdire l'accès de la propriété aux ados.

— Ce qui veut dire que nous ne devrions pas être là non plus, commenta Savannah d'un air entendu.

— Nous ne sommes plus des ados, il me semble.

Sam avait décidément une curieuse façon de raisonner.

— J'ai dû rater le panneau qui précisait « aux moins de trente ans », dit-elle, feignant le plus grand sérieux.

Il éclata de rire.

— Je te garantis que le nouveau propriétaire de Potter's Pond est tranquillement en train de ronfler sur son matelas de dollars et qu'il ne se préoccupe ni de nous ni de ce que nous pouvons faire sur ses terres.

Inutile de demander qui était le fameux propriétaire en question…

— Laisse-moi deviner, Wainwright a acheté l'étang ?

— Exactement.

S'étant arrêté à proximité du vieux chêne, il coupa le moteur et poursuivit :

— Il a l'intention d'installer une aire d'accueil pour camping-cars et d'attirer ici les gens qui voyagent entre Memphis et Jackson.

— Est-ce que Placid n'est pas un peu à l'écart de cette route ?

Les bras croisés sur le volant, Sam fixait l'étang, l'air songeur.

— Si, dit-il. Mais si ça marche, l'économie locale en profitera.

— Je suppose que tu as raison, mais c'est tout de même

dommage, fit Savannah, songeuse. C'est une page d'histoire qui se tourne.

Et aussi une page de *leur* histoire.

— Est-ce que tu veux sortir de l'auto et t'asseoir un moment quelque part en guise d'adieu officiel ? proposa-t-il.

— Tu ne m'as même pas laissé le temps de mettre des chaussures !

Il se tourna enfin vers elle.

— Ça ne t'a jamais dérangée de marcher pieds nus, remarqua-t-il.

— Mes pieds sont plus sensibles qu'avant, figure-toi. Et en plus, nous n'avons pas de pliants, et je n'ai vraiment pas envie de m'asseoir par terre, argumenta-t-elle.

— Il y a une couverture sur le siège arrière, dit-il en indiquant du pouce l'arrière du véhicule.

Aussitôt mille souvenirs jaillirent dans l'esprit de Savannah. Elle s'efforça de les écarter en ironisant :

— Comme c'est pratique ! Est-ce que tu emmènes souvent tes bonnes « copines » faire des pique-niques à minuit ?

— J'ai toujours une couverture dans l'auto au cas où je tomberais en panne et devrais dormir dehors.

L'explication était plausible, pour peu que Savannah décide de faire confiance à Sam et de le croire. Mais pouvait-elle se faire confiance à elle-même ?

— Nous devrions peut-être rester dans l'auto, dit-elle prudemment.

— Et ne pas profiter pleinement de ce magnifique spectacle ?

La lune, presque pleine et haut sur l'horizon, nimbait l'étang d'une lumière bleutée qui contrastait avec le ciel d'encre. Savannah avait déjà observé plusieurs fois ce phénomène sur le lac Michigan, à Chicago. La vue était jolie, bien sûr, mais l'effet, affaibli par les lumières de la ville, en était moins spectaculaire.

En vérité, elle avait très envie de s'asseoir un moment sur la couverture de Sam et de profiter du spectacle. Il lui suffirait de rester assise et de résister au désir de s'allonger paresseusement sous la lune, mais… non, mieux valait ne pas tenter le diable.

— Allons nous asseoir sur le capot comme autrefois, dit-elle en débouclant sa ceinture de sécurité.

— Pas de problème.

Ce qui en était un pour Savannah, en revanche, c'était d'être pieds nus. Sam, lui, portait de solides chaussures faites pour fouler les chemins pierreux comme les sous-bois pleins de ronces et écraser tout ce qui pouvait grouiller sous les herbes.

— J'espère pour toi que je ne vais pas marcher sur un serpent en sortant de cette voiture, dit-elle alors qu'il mettait déjà pied à terre.

Elle eut à peine le temps d'ouvrir sa portière que Sam était déjà là et qu'il la soulevait comme une plume. Elle rit de surprise et se sentit tout étourdie lorsqu'il la reposa sur le capot.

— Merci d'avoir épargné mes pieds, dit-elle comme il s'asseyait à côté d'elle.

— Je t'en prie.

Ils contemplèrent le lac un moment en silence. En dépit de la promesse que Savannah s'était faite de ne pas céder à la nostalgie, le souvenir des jours anciens resurgissait dans son esprit. La vie avait été si facile alors, pleine de découvertes, d'espoirs, de joie…

— Nous avons passé de bons moments ici, hein ? dit-elle, oubliant toutes les règles qu'elle-même avait fixées.

— Oui. De merveilleux moments, acquiesça Sam. Nous aurions pu embraser tout le coin ! Tu te souviens, j'avais à peine le temps de couper le moteur de ma Chevy que nous étions déjà à moitié déshabillés.

Il avait prononcé ces derniers mots d'une voix basse, un peu rauque, qui eut sur les sens de Savannah l'effet d'une grenade. De nouvelles images se succédaient devant ses yeux, dont certaines auraient fait rougir même une statue. Vêtements épars, corps enlacés, baisers langoureux, gestes provocants…

Elle s'efforça de les neutraliser en essayant d'en rire :

— Oui, à la manière dont nous nous attelions à la tâche,

on aurait pu croire que nous avions inventé « la chose » ! En tout cas, nos rendez-vous en plein air te permettaient de faire des économies, nous ne sommes pas souvent sortis en ville !

— Je t'ai offert des dizaines de hamburgers chez Stan, se défendit-il, les sourcils froncés.

Elle tapota son menton du bout de son index, feignant de réfléchir.

— Oh ! oui, j'avais oublié, tu m'as aussi emmenée au cinéma deux fois. En quatre ans.

— Je me suis même fendu d'une bouteille de vin une certaine nuit…

Une nuit dont elle préférait ne pas se souvenir.

— Pendant que tu y es, compte aussi la dépense des préservatifs que tu avais toujours dans ton portefeuille !

— Avant que je les change de place, répliqua-t-il du tac au tac, lorsque nous avons découvert que le latex supportait mal d'être écrasé par les pièces de monnaie.

Savannah se souvint immédiatement de l'été qui avait précédé leur dernière année de lycée. Sam revenait d'un stage de base-ball de quinze jours à Vicksburg. Ses parents à elle passaient la soirée en ville, chez des amis, et Sam et elle avaient à peine rejoint sa chambre qu'ils s'étaient littéralement jetés l'un sur l'autre. Et leurs ébats avaient été si passionnés, si furieux, que le préservatif n'avait pas résisté — sans doute aussi à cause d'un défaut de fabrication, mais peu importe.

— La peur que nous avons eue quinze jours durant ! Heureusement que cela n'avait été qu'une fausse alerte.

Sam, les bras repliés autour de ses genoux, parut s'absorber dans la contemplation du sol.

— Oui, heureusement.

Il avait dit cela d'un ton si sombre que Savannah en fut quelque peu désarçonnée.

— Rien ne vaut une leçon apprise à ses propres dépens, ajouta-t-elle.

Il se redressa, croisa les mains sur sa nuque et s'adossa au pare-brise.

— Franchement, je ne crois pas que nous avions appris quoi que ce soit. Je me souviens d'au moins deux autres fois où nous n'avions pas été très prudents.

Savannah se les rappelait aussi ; elle s'était toujours demandé si, inconsciemment, elle n'avait pas souhaité tomber enceinte…

— Il faut dire que tu avais un penchant marqué pour les ébats « improvisés », observa-t-elle.

— Je ne me souviens pas que tu m'aies jamais arrêté.

— C'est vrai, concéda-t-elle à contrecœur.

— Fin de ma plaidoirie, conclut-il avec un petit sourire satisfait.

— Hé, c'est moi l'avocate ! Ne me vole pas mon texte, s'il te plaît.

Alors qu'elle lui donnait, par jeu, une petite tape sur le bras, il attrapa sa main et la retint fermement dans la sienne.

— On dirait que tu as toujours envie de me faire mal, hein ?

Elle aurait voulu lui retirer sa main ; ce contact la troublait beaucoup trop.

— Je ne t'ai jamais fait mal, Sam, dit-elle d'une voix qui lui sembla trahir son émotion.

Oh ! comme elle détestait se sentir ainsi à fleur de peau.

— Oh si, tu m'as fait mal. Et souvent, dit celui-ci sans relâcher sa prise. Tu me pinçais tout le temps !

Elle contre-attaqua, amusée :

— Je te pinçais quand tu me clouais le dos au matelas et que tu me chatouillais. Tu savais très bien que j'avais horreur de ça.

— Je me souviens de fois où je te clouais le dos au matelas, comme tu dis, et où cela n'avait pas l'air de te déplaire tant que ça, rétorqua-t-il.

A l'instant où Sam desserra ses doigts, Savannah retira sa main et rajusta la manche de son T-shirt. Mais le trouble qu'elle éprouvait ne se dissipa pas pour autant, en tout cas pas immédiatement. De toute évidence, ils s'étaient aventurés en terrain miné — une fois encore.

Cela bien présent à l'esprit, elle s'adossa à son tour contre le pare-brise, laissant entre eux deux une distance prudente, et regarda les étoiles. Quelques secondes plus tard, elle ferma les yeux comme une légère brise lui caressait le visage, porteuse de toutes les enivrantes senteurs de l'été en même temps que d'un souvenir moins plaisant.

— Est-ce que tu sais ce que je regrette le plus dans la façon dont nous nous sommes quittés ? demanda-t-elle au bout d'un long moment.

— Tu ne m'as pas frappé ?

Elle entendit son sourire dans sa voix.

— Non, je regrette que nous ne soyons pas allés au bal de fin d'études ensemble. J'aurais voulu que nous dansions une dernière danse.

Aussitôt, Sam se redressa, sauta du capot, et dès que ses pieds eurent touché le sol, se retourna pour dire :

— Ne bouge pas, je reviens tout de suite.

Entendant une portière s'ouvrir, Savannah regarda par-dessus son épaule. Sam était penché à l'intérieur de l'habitacle, et l'instant suivant, les premières notes d'une ballade country résonnaient sous le vieux chêne.

Dans la même seconde, il réapparut, mais au lieu de revenir s'asseoir à côté d'elle, il lui tendit la main.

— Il n'est jamais trop tard pour exaucer un souhait, j'imagine, dit-il.

Savannah était tout à la fois bouche bée et bien décidée à se tenir sur ses gardes.

— Ce n'est pas la peine, Sam.

— Mais si, bien sûr. Après tout, j'ai manqué à ma promesse.

La promesse qu'il lui avait faite — trois ans à l'avance — d'être son cavalier au bal de fin d'études. Savannah s'y était finalement rendue au bras de Gary Alders, un autre beau gars du lycée, mais seulement en qualité d'amie — ce qu'elle avait fait en sorte, bien entendu, que Sam ne sache pas.

Comme elle hésitait encore, il ajouta :

— En souvenir du bon vieux temps ?

Elle tenta de se défiler.

— Mais je suis pieds nus… Je n'ai pas tellement envie de

me blesser contre un caillou ou de me faire piquer par Dieu sait quoi.

— L'herbe est toute douce et je ne crois pas qu'il y ait beaucoup de bestioles là-dessous, dit-il en regardant le sol autour de lui. Et puis, ce n'est pas comme si nous ne l'avions jamais fait.

En effet, et c'était bien là tout le problème. Ces danses autrefois les avaient conduits à d'autres activités… En désespoir de cause, elle tenta une dernière objection, la première qui lui vint à l'esprit :

— Je ne suis pas sûre de savoir encore danser.

— Je me charge de te rafraîchir la mémoire, fit-il d'une voix rauque sans la quitter des yeux.

Comme s'il n'en avait pas déjà assez fait comme ça ! Mais tergiverser plus longtemps était sans doute inutile. Devait-elle faire taire ses craintes et se prêter au jeu de Sam ?

— Bon, d'accord, dit-elle finalement, résignée. Et tu peux t'estimer heureux que je ne porte pas de chaussures, car je vais probablement t'écraser les orteils.

Il la prit par la taille et la déposa sur le sol en lui adressant un large sourire.

— C'est pour ça que j'ai mis mes chaussures de randonnée, qu'est-ce que tu t'imagines ?

Savannah, cependant, s'encourageait mentalement. *Oui, elle allait devoir le toucher. Oui, elle allait enfreindre une des règles qu'elle s'était fixées. Mais elle saurait se défendre de toute émotion mal placée.*

Néanmoins, le contact inoffensif de ses doigts quand il prit sa main lui parut déjà trop intime. Et lorsqu'il passa ses bras autour d'elle, elle se trouva de nouveau transportée dans le passé, vers ces heures tardives où ils dansaient au son non d'un orchestre mais de la radio, pas sur un vieux plancher, mais sur l'herbe ou sur une couverture.

La chanson était un classique de la musique country, sentimentale à souhait, parfaite pour un couple qui aurait cherché à se rapprocher ; beaucoup moins parfaite pour des ex-amants qui éprouvaient toujours du ressentiment l'un pour l'autre. *Elle n'allait pas perdre de vue ses résolutions si facilement et allait garder ses distances*, se promit Savannah — alors même que Sam la serrait un peu plus fort contre lui. Chose étonnante, elle n'avait pas oublié les pas traditionnels. Il est vrai que Sam la guidait à la perfection. Naturellement. Il était le genre d'homme à être doué pour quantité de choses.

De sa main droite, il tenait sa main gauche pressée contre son torse. Elle n'osait pas lever les yeux vers lui. Son odeur de savon, la chaleur de son dos sous sa paume suffisaient à lui donner le vertige — un tour de grand huit ne lui aurait probablement pas fait davantage d'effet.

L'air traditionnel folk s'acheva quelques secondes plus tard en decrescendo, aussitôt remplacé par une douce ballade. La mélodie en était si apaisante que tous les doutes et les craintes de Savannah s'évanouirent comme par magie. Sans même s'en rendre compte, elle posa sa joue contre la poitrine de Sam et se laissa bercer par le battement régulier de son cœur. Ils tanguaient ensemble, leurs mouvements s'accordant à la perfection, comme s'ils n'avaient jamais été séparés.

Elle s'était toujours sentie tellement en sécurité dans ses bras. Il avait été son point d'ancrage, son professeur aussi, à bien des égards. Pendant longtemps, elle avait essayé de se convaincre qu'elle s'était exagéré l'ascendant qu'il avait sur elle, qu'elle avait été victime d'une vision romantique de « l'amour vrai ». Mais à présent, elle n'en était plus aussi sûre.

Ils continuèrent à danser au rythme de la musique, portés par la magie de l'instant, jusqu'à ce que Savannah recouvre brusquement ses esprits. Elle s'arracha aussitôt à l'étreinte de Sam et recula de quelques pas.

— Que se passe-t-il ? demanda-t-il, visiblement déconcerté.

— Je suis trop tendue pour danser, répondit-elle en se frictionnant les bras avec nervosité.

— Tu veux rentrer ?

Sans doute cela aurait-il été plus sage, mais elle n'en avait pas vraiment envie. Pas tout de suite.

— Je ne crois pas, non. Je suis trop énervée pour dormir. Je suis presque sûre que je ne ferai que me retourner dans mon lit en pensant à ma mère.

Et à Sam.

— Je connais un moyen de te défouler si tu es partante, dit-il.

— Qu'est-ce que tu suggères au juste ? s'enquit-elle, méfiante.

— Nous pourrions aller nager.

Sam devait avoir perdu la raison.

— Nager ? Dans le noir ? Au milieu de Dieu sait quelles créatures aquatiques ?

Il soupira.

— C'est un étang artificiel, Savannah, pas l'Amazone. Tout ce que tu risques d'effleurer, c'est une perche, pas un piranha.

— Ou un poisson-chat, s'écria-t-elle.

L'idée de frôler un de ces poissons à moustaches, visqueux et voraces, lui donnait la chair de poule.

— Savannah, les poissons ont beaucoup plus peur de toi que l'inverse.

Sans doute, mais cela ne changeait rien à la véritable inquiétude de cette dernière : où cette baignade au clair de lune en compagnie de Sam risquait-elle de les conduire ?

— Désolée, mais j'ai oublié de prendre un maillot de bain, dit-elle en se rasseyant sur le capot.

— Tu n'en as pas besoin, fit-il d'un air entendu.

Et voilà ! Mais que croyait-il donc ? Qu'elle était assez naïve pour se jeter ainsi dans la gueule du loup ?

— Je n'ai pas l'intention de me baigner toute nue, si c'est à ça que tu penses, dit-elle.

A son demi-sourire, elle sut que c'était exactement ce qu'il avait eu en tête.

— Tu peux te baigner tout habillée, ou en sous-vêtements si tu veux. Mais enfin… ce n'est pas comme si je ne t'avais jamais vue toute nue.

Certes, il l'avait déjà vue dans le plus simple appareil. Souvent, même, et cela ne l'avait jamais gênée. Mais aujourd'hui, cela ne lui paraissait guère prudent… De plus, elle s'était rhabillée à la hâte et n'avait pas mis de soutien-gorge, ce qui signifiait qu'elle devrait se baigner soit en T-shirt, soit topless. Dans les deux cas, Sam trouverait le spectacle intéressant. Non, c'était trop risqué.

— Je ne sais pas, Sam. Barboter dans ces eaux troubles avec toi, à cette heure de la nuit, et à demi nue qui plus est, pourrait un peu prêter à confusion, tu ne crois pas ?

S'appuyant d'une main contre le capot, il se mit à enlever ses chaussures.

— Primo, nous n'allons pas « barboter » mais nager. Secundo, il n'y a personne ici susceptible de nous voir et d'aller colporter des ragots. Et tertio, si tu as peur que je tente quelque chose qui nuirait à ta réputation, rassure-toi, l'étang est grand, nous pouvons parfaitement nous tenir à des mètres l'un de l'autre. Mais si tu veux rester ici à t'énerver au lieu d'évacuer un peu de ton stress en venant te baigner avec moi, libre à toi. Moi, j'y vais.

Sur quoi, il ôta son tee-shirt et le jeta sur le capot. La vue de son torse nu faillit la laisser sans voix.

— Vous êtes complètement fou, Sam McBriar.

— Peut-être bien, répliqua-t-il, descendant déjà la fermeture de sa braguette, mais tu m'as toujours aimé comme ça.

C'était vrai. Et en un sens, ça l'était encore.

— Je crois que je vais rester assise là pendant que tu affrontes les poissons, dit-elle néanmoins.

— Tant pis pour toi, fit-il en haussant les épaules, avant d'ajouter : je suis sur le point d'enlever mon pantalon, au cas où tes yeux seraient trop délicats pour supporter ça.

Pour rien au monde, elle n'aurait fermé les yeux.

— Mes yeux *délicats* ont déjà vu ton caleçon des dizaines de fois.

— Je n'en porte pas.

Aucune réplique ne vint aux lèvres de Savannah. Elle le fixa, bouche bée, tandis que son imagination galopait.

Au moins eut-il la décence de lui tourner le dos avant d'ôter son jean — ce qui n'empêcha pas Savannah d'observer sans la moindre gêne ses hanches étroites, ses fesses et ses jambes musclées comme il courait vers la rive.

Lorsqu'il eut de l'eau à la taille, Sam se retourna et lui lança :

— Elle est bonne. Tu es sûre que tu ne veux pas venir ?

— Non, je suis bien ici.

Ce qui était faux, bien sûr. Et elle se sentit encore plus mal à l'aise lorsqu'il plongea pour ressortir quelques secondes plus tard et qu'elle le vit émerger, le torse ruisselant, et ébouriffer ses cheveux d'un geste tout masculin.

— Allez, Savannah, viens. Tu n'aurais pas laissé quelques malheureux poissons te priver d'un bon moment autrefois.

Sans doute. Toutefois, à cet instant, sa réticence ne devait pas grand-chose à la vie animale. Mais plutôt à l'homme qui aurait bien aimé la tenir plus près de lui.

— Donne-moi une seule bonne raison de me baigner dans cette eau infestée de poissons-chats.

— Je vais t'en donner deux, même. D'abord, commença-t-il en levant son pouce, tu as besoin de te détendre, et ensuite, tu meurs d'envie de prendre un petit risque ou deux même si tu n'es pas prête à le reconnaître.

Il lisait en elle comme dans un livre ouvert. Troublée, incertaine, elle se remémora ce jour où, durant son premier été à Placid, elle était venue ici avec Sam. Ils n'étaient que bons amis à l'époque, mais sur le point de devenir un peu plus que ça. Quelqu'un, dès les premiers beaux jours, avait accroché une corde à un arbre, au-dessus de la partie la plus profonde de l'étang, au bout de laquelle les jeunes se balançaient avant de sauter dans l'eau. Sam l'avait convaincue d'essayer, lui promettant de la rattraper à l'arrivée. Elle se souvenait du frisson d'excitation qu'elle avait ressenti en lâchant la corde, puis de son émoi lorsque, comme elle refaisait surface, Sam l'avait prise dans ses bras et embrassée pour la première fois — changeant toutes ses perspectives.

Elle voulait connaître de nouveau ces émotions. Jeter toute prudence aux orties et, pour une fois, obéir à une impulsion.

C'était un coup de folie sans doute, mais elle allait y céder.

Elle se baignerait toute nue et batifolerait dans l'eau avec son ex-petit ami.

— D'accord, je viens, cria-t-elle.

— Oh ! je pensais bien que tu finirais par me rejoindre.

Elle ne pouvait distinguer l'expression de son visage, mais il était content ; cela s'entendait dans sa voix.

— Mais d'abord, tu dois promettre de ne pas me regarder avant que je sois complètement dans l'eau, avertit-elle.

Il leva la main, doigts serrés, comme s'il prêtait serment devant un tribunal.

— Je promets d'être le gentleman que mon père m'a appris à être, dit-il solennellement.

Puis il baissa la main et ajouta :

— Mais je ne peux pas promettre que je ne sourirai pas pendant que tu te déshabilleras.

— Tu peux sourire autant qu'il te plaît du moment que tu gardes les yeux fermés.

— Marché conclu.

Bien qu'elle ne lui fît pas tout à fait confiance pour ne pas la regarder à la dérobée, elle passa son T-shirt par-dessus sa tête, exactement comme il l'avait fait quelques minutes plus tôt. Elle ôta ensuite son short, puis hésita. Si elle gardait sa culotte, elle devrait rentrer avec ses vêtements mouillés, ou ne rien porter du tout sous son short. Dans un cas comme dans l'autre, sa tenue risquait de susciter des idées douteuses.

Comme si ce n'était pas déjà le cas…

Ecartant ses inhibitions, elle retira son slip d'un geste rapide et se dirigea vers ce qui serait peut-être bientôt un nouveau souvenir à engranger dans sa mémoire. Sam semblait respecter son souhait ; au moins il gardait les yeux fermés, songea-t-elle en testant la température de l'eau d'un orteil timide.

Et elle, elle était bien naïve.

— Joli bronzage.

Son commentaire la précipita littéralement dans l'étang où elle tomba en faisant un plat. Elle fit quelques brasses et essaya, en se relevant à deux ou trois mètres de Sam, de faire comme si de rien n'était, mais celui-ci l'accueillit d'un grand rire.

— Je suis ravie de t'amuser autant, dit-elle en rejetant ses cheveux en arrière avant de les nouer sur sa nuque.

— Je ne suis pas vraiment amusé, m'dame, remarqua-t-il, exagérant son accent traînant du Sud. Et vous n'êtes pas vraiment couverte non plus.

Elle suivit son regard et réalisa que la surface de l'eau effleurait à peine ses seins nus. Son premier mouvement fut de les cacher, son second de laisser Sam se régaler les yeux — et advienne que pourra.

Si la sagesse avait eu son mot à dire, Savannah aurait probablement pris la fuite. Au lieu de quoi, elle s'éloigna à la nage, décrivant un large arc de cercle autour de lui, puis revint, et repartit de nouveau. Elle revenait vers lui pour la seconde fois quand, à mi-chemin, quelque chose la piqua à la cheville. Aussitôt, abandonnant la brasse pour le crawl, elle voulut regagner très vite le rivage. Elle avait rejoint Sam lorsqu'elle sentit de nouveau comme une petite morsure, mais cette fois, elle poussa un cri.

— Qu'est-ce qu'il y a ? demanda-t-il en l'attrapant par le bras pour la maintenir à flot, car elle avait à peine pied.

— Je suis poursuivie par un monstre marin !

Le voyant éclater de rire, elle enfonça les ongles dans son biceps.

— Ce n'est pas drôle, Samuel.

— Est-ce que tu voudrais bien arrêter de me pincer, s'il te plaît ? dit-il en grimaçant.

Elle desserra les doigts, mais ne lâcha pas son bras.

— Tu vois, c'est exactement ce que je craignais qu'il n'arrive, dit-elle.

Elle allait finir en nourriture pour poissons. Et elle était à présent dangereusement proche de Sam.

— Du calme, Savy. Je suis là, le vairon ne te fera rien.

— Je m'appelle *Savannah*. Et ce n'était pas un vairon, insista-t-elle. Il m'a mordu la cuisse.

— Le veinard, fit Sam avec un sourire en coin.

— Tu es si… si…

Si terriblement sexy, pensa-t-elle comme il attrapait ses poignets et l'attirait à lui.

Il s'éloigna progressivement du rivage, l'entraînant avec lui, jusqu'à ce qu'elle n'ait plus pied du tout et doive s'accrocher à ses épaules. Puis il la fit tournoyer lentement et, troublée, étourdie, Savannah se laissa mener quelques secondes avant de se reprendre.

— Qu'est-ce que tu fais, Sam ?

— Nous n'avions pas terminé notre danse, répondit-il, l'air innocent.

— Tu crois vraiment que c'est une bonne idée alors que nous sommes nus tous les deux ?

— Probablement pas.

Leurs regards se rencontrèrent et restèrent rivés l'un à l'autre comme ils continuaient de tourner sur eux-mêmes. C'était drôle, cette impression, tout à coup, qu'ils vivaient un moment déterminant autour duquel se cristallisaient à la fois le meilleur de leur passé et cet accord magique qui n'avait jamais cessé d'exister entre eux. Oui, elle avait agi impulsivement, mais, pour l'heure, elle ne songeait pas aux conséquences, elle n'était mue que par une intense curiosité, et peut-être même un peu plus…

Comme elle laissait glisser ses paumes dans le dos de Sam, elle prit conscience des changements qui s'étaient opérés en lui depuis dix ans. Ses épaules étaient beaucoup, beaucoup plus larges, ses muscles, plus saillants. Il était devenu un homme — un homme extrêmement séduisant.

S'immobilisant, il la regarda avec une intensité nouvelle.

— Tu te souviens de nos baignades ? demanda-t-il, ressuscitant de sa voix basse plus d'un merveilleux souvenir.

— Oui, mais autrefois, nous portions toujours des maillots de bain.

Il sourit.

— Oui. Du moins pendant un moment…

— C'est vrai, admit-elle, tandis qu'un sourire naissait sur ses lèvres.

Il avait toujours réussi à lui faire quitter au moins son haut.

— Et de cela, tu te souviens ? dit-il en inclinant la tête pour effleurer ses lèvres des siennes, avant de l'embrasser vraiment.

Sam savait embrasser, il avait toujours su. Tant d'hommes semblaient croire que pour gagner le cœur d'une femme, il suffisait d'enfoncer leur langue dans sa bouche. Pas Sam. Ses baisers étaient un voyage tendre, une lente découverte. Elle se surprit bientôt à s'accrocher à lui de toutes ses forces, tandis que toutes ses belles résolutions partaient en fumée pour de bon. Elle devait stopper net. Et en même temps elle ne pouvait pas.

Comme s'il avait lu ses pensées, il la serra un peu plus fort contre lui et elle se rendit compte qu'il la désirait autant qu'elle le désirait.

Puis, sous l'effet sans doute d'un bref moment de lucidité, Sam détacha ses lèvres des siennes, s'écarta très légèrement d'elle et dit :

— Tu ferais mieux de me dire d'arrêter avant que nous n'allions plus loin.

Elle essaya de le lui dire, mais les mots ne voulaient pas passer la barrière de ses lèvres. Pas plus que le moindre grommellement de protestation.

— Et si je te disais que je n'ai pas envie que tu arrêtes ?

Il parut soudain inquiet.

— Je ne veux rien faire que nous regretterions tous les deux.

— Sam, je ne sais pas comment expliquer ça, dit-elle en posant une main sur son torse, mais j'ai besoin de me sentir vivante, de tout oublier, même si ce n'est qu'un petit moment. J'ai besoin…

Il l'interrompit d'un bref baiser sur ses lèvres.

— Fais-moi confiance, je sais exactement ce dont tu as besoin.

— Je te fais confiance, Sam, autrement je ne serais pas là.

C'était presque de la provocation de sa part, et Savannah le savait.

— C'est tout ce que j'avais besoin d'entendre, *ma puce.*

D'autres hommes l'avaient appelée par ce petit nom, ce dont elle n'avait jamais fait grand cas. Mais Sam le prononçait d'une manière tellement différente, si familière, si tendre que soudain elle se moqua complètement des regrets qu'elle pourrait avoir. Elle ne savait plus qu'une chose : elle était seule depuis trop longtemps.

Comme Sam l'embrassait de nouveau, Savannah s'abandonna à ses sensations. Elle redevint la jeune fille qu'elle avait été, celle qui découvrait ses premiers émois avec *ce* garçon — son premier amour — comme si le temps qui s'était écoulé depuis n'avait jamais existé. Et lorsque son souffle descendit le long de sa gorge, plus rien d'autre ne compta que ce moment et cet homme. Plus rien. Ni les accusations ni les mots haineux qu'ils s'étaient lancés ; ni même le fait que tout cela n'était qu'une diversion au stress de sa vie d'avocate, à son chagrin, à la perte cruelle qu'elle venait de subir.

La bouche de Sam s'égarait à présent sur ses seins et elle réagit à la douce succion de ses lèvres avec la même intensité que la première fois où il lui avait prodigué cette caresse, avec le même accès de désir.

Anticipant son attente, il fit courir sa main sur sa taille, sur son ventre, puis plus bas encore. Et ses souvenirs l'emportèrent. Sam savait exactement où et comment la caresser ; comment lui faire tout oublier sauf lui ; comment la faire trembler d'émotion.

Il y avait trop longtemps, songeait-elle en glissant doucement dans les brumes du plaisir, *bien trop longtemps qu'elle n'avait pas ressenti cela.* Avait-elle jamais ressenti la même chose dans les bras d'un autre ?

Le visage de Sam était remonté vers son cou. Il lui murmurait des mots doux à l'oreille, lui disait combien elle était belle, combien il avait imaginé ce moment depuis qu'il l'avait croisée chez Stan.

— Viens, viens, ma chérie, lui souffla-t-il lorsqu'elle se mit à vibrer sous ses doigts.

Elle aurait aimé faire durer encore le vertige qui s'emparait d'elle, mais Savannah ne put ni contrôler davantage la montée de son désir ni retenir le cri qui s'échappa de sa gorge lorsqu'elle atteignit finalement le paroxysme du plaisir. Il lui semblait que son corps n'allait jamais s'arrêter de trembler, même lorsque Sam la serra fort contre lui en l'embrassant doucement tandis que son excitation retombait et que sa respiration se calmait peu à peu. Puis vinrent les sanglots, aussi inattendus qu'incontrôlables.

Elle ne savait pas pourquoi elle pleurait — un sentiment de honte ? un accès de sentimentalité ? Elle n'aurait su le dire, mais elle ne pouvait pas plus maîtriser son émotion que cesser de s'agripper au cou de Sam.

— Je suis désolé, dit-il en caressant ses cheveux. Je ne voulais pas te faire mal.

Il lui avait fait mal, c'était vrai, mais pas à l'instant, et pas physiquement. Les blessures qu'il lui avait infligées des années plus tôt auraient dû être cicatrisées depuis longtemps, mais malheureusement, ce n'était pas le cas — même si Savannah avait jusqu'ici réussi à se persuader du contraire. Toute cette douleur contenue refaisait maintenant surface et l'empêchait de profiter pleinement du moment présent.

— Non, non, ça va, dit-elle, cachant son visage dans le creux de son épaule afin de ne pas voir sa réaction.

Puis, après s'être un peu ressaisie, elle releva la tête vers lui et lui sourit.

— J'ai contracté un curieux syndrome ces dernières années : hystérie orgasmique. Il paraît que certaines personnes chantent lorsqu'elles jouissent. Moi, je pleure comme un bébé.

Il sourit.

— C'était bon, hein ?

— Inutile de faire le fier-à-bras, dit-elle. C'est simplement que cela faisait un petit moment pour moi.

— Je vois parfaitement ce que tu veux dire.

Savannah avait quelque peine à le croire. Mais elle avait aussi du mal à ignorer le fait que Sam, lui, devait se sentir plutôt frustré.

— Je peux faire quelque chose pour toi ? s'entendit-elle demander contre tout bon sens.

Il repoussa une mèche de cheveux sur son front moite.

— Je ne crois pas, non. A moins que tu ne puisses miraculeusement faire apparaître un préservatif ?

Savannah, bien qu'elle n'en ait pas eu l'utilité depuis longtemps, prenait la pilule ; peut-être était-ce le moment de le lui dire ? Mais alors, elle écarterait l'une des meilleures raisons qui soient pour ne pas faire *vraiment* l'amour avec lui ce soir — ce pour quoi elle n'était pas tout à fait prête.

Et malgré cela, abandonnant toute prudence, une Savannah pleine d'audace, qui ne s'était pas manifestée depuis fort longtemps, continuait de lutter en elle, et finit par l'emporter. Posant sa main sur le torse de Sam, elle la fit glisser le long de son abdomen, puis plus bas, exactement comme lui un peu plus tôt. Elle n'était plus la jeune fille innocente qu'il avait connue et elle avait bien l'intention de le lui montrer. *A sa manière.*

Mais avant qu'elle ait atteint son objectif, Sam se saisit de sa main et la serra contre sa poitrine. Apparemment, il n'appréciait pas qu'elle prenne l'initiative.

— Sam, je…, commença-t-elle.

— Chut, murmura-t-il en posant son autre main sur ses lèvres.

D'un geste du menton, il indiqua la rive.

Savannah tourna la tête et vit un faisceau lumineux sautiller à quelque distance sous le couvert. Le faisceau d'une torche qui, à sa grande horreur, décrivit soudain un large arc de cercle avant de s'arrêter pile sur son visage.

— Çà alors ! Je veux bien être pendu si ce n'est pas la petite Savannah Greer !

11

— Ça a été l'expérience la plus humiliante de ma vie, déclara tout à coup Savannah, brisant le silence qui s'était abattu sur eux depuis qu'ils étaient remontés dans le pick-up pour prendre le chemin du retour.

Sam, quant à lui, avait trouvé ce moment merveilleux — en tout cas, jusqu'à ce qu'ils soient interrompus, bien sûr —, même s'il avait momentanément perdu de vue l'objectif qu'il s'était donné de lui prouver qu'il avait changé.

— Parce que nous nous sommes fait prendre ou parce que je t'ai caressée ?

— Les deux.

Il éprouva le besoin de se justifier.

— Hé, je t'ai donné une chance de m'arrêter, mais tu ne l'as pas saisie. En réalité, tu m'as même encouragé. Il est un peu tard pour m'en vouloir, maintenant, tu ne crois pas ?

Elle le fusilla du regard.

— Mais c'est toi qui m'as encouragée à aller me baigner toute nue, sachant ce qui risquait d'arriver !

Là, elle marquait un point.

— Bon, disons que nous sommes tous les deux responsables, concéda-t-il.

— D'accord.

Dès qu'il se fut garé dans l'allée de la ferme, il mit le point mort et coupa le moteur.

— Nous avons de la chance que ce soit Frank Allworth qui nous ait vus et non le père de Chase, remarqua-t-il. Nous serions probablement déjà à la prison du comté, accusés de viol de propriété privée et d'attentat à la pudeur.

Savannah écarquilla les yeux.

— De la chance ? Tu as oublié à qui Frank est marié ?

Ça, il avait essayé de l'oublier.

— Non, je sais. Pearl est une vraie commère. Mais ça ne veut pas dire que Frank va lui raconter quoi que ce soit.

— Oui, peut-être pas, dit-elle d'un ton dubitatif. Encore heureux qu'elle n'ait pas été avec lui ! Et que faisait-il là, d'ailleurs ?

— Il habite de l'autre côté de la route, je suppose que Wainwright lui aura demandé de surveiller Potter's Pond et d'en interdire l'entrée aux ados.

— Et aux idiots vieillissants comme nous, compléta Savannah.

Elle descendit sa vitre, s'adossa à son siège et soupira, reprenant :

— C'est incroyable, dès l'instant où j'ai mis le pied dans cette ville, je n'ai plus été moi-même.

Sam n'était pas de cet avis.

— Tu te comportes pourtant exactement comme la Savannah que je connaissais, au contraire.

— Désolée de te décevoir, mais cette fille-là n'existe plus.

Il posa son bras gauche sur le volant, se tourna vers elle et la regarda bien en face.

— Moi je pense que si. Tout au fond, elle est toujours là.

— Ce n'est pas parce que nous sortions ensemble au lycée ou que je viens de me conduire comme une gamine et que nous nous sommes abandonnés à quelques caresses que tu me connais, tenta-t-elle de couper court.

« *Quelques caresses* » ? Quelle mauvaise foi ! Sam était sur le point de le lui faire remarquer quand il se ravisa. Il allait plutôt lui prouver à quel point il la connaissait.

— Je parie que tu règles toujours la sonnerie de ton réveil une heure plus tôt qu'il n'est nécessaire parce que tu as horreur d'être en retard, et que, néanmoins, tu finis toujours par n'avoir plus que deux minutes devant toi pour être à l'heure. Je pense que tu prends toujours des céréales au petit déjeuner, celles qui contiennent des fruits et des petits morceaux de marshmallow. Et j'imagine que tu prétends toujours que tu détestes le football, mais que tu pourrais réciter les résultats des grandes équipes jusqu'à la tombée du jour. Je me trompe ?

Elle bougonna quelque chose que Sam ne comprit pas, mais ce n'était probablement pas une amabilité, ce qui ne l'empêcha pas de poursuivre :

— Tu ne bois pas de bière, mais tu ne dédaignes pas un verre de vin à l'occasion. Tu possèdes au moins une douzaine de culottes roses, de nuances différentes, ce que tu n'avoueras jamais parce que tu sais que ce sont des goûts de petite fille.

Elle lui décocha un regard assassin.

— Tu as fini ?

— J'aurai fini quand tu auras admis que j'ai raison, répliqua-t-il.

Elle haussa les épaules.

— D'accord, tu as raison. Tu connais mes habitudes. Mais ça ne veut pas dire que tu me connais, moi.

Encore une fois, elle se trompait.

— Je crois que je sais encore sur quels boutons appuyer, non ?

Elle se frotta les tempes comme si elle avait mal à la tête.

— Laisse mes boutons en dehors de ça, tu veux ? dit-elle d'un ton las.

— Je sais aussi, reprit-il, ignorant son agacement, quand tu t'amuses et quand tu t'ennuies. Et, ma toute belle, tu ne me feras pas croire que tu ne viens pas de passer un très bon moment.

— Je ne sais pas si je qualifierais ce que nous avons fait de « bon moment ».

— Ah non ? A tes gémissements, j'aurais pourtant dit que tu ne boudais pas ton plaisir, railla-t-il. Mais peut-être n'as-tu pas eu *tout* ce que tu voulais de moi ?

Elle batailla quelques secondes avec sa ceinture de sécurité avant de réussir à la décrocher.

— Je suis trop fatiguée pour écouter ce genre de choses, dit-elle en ouvrant sa portière.

A cette sortie précipitée, Sam comprit qu'il avait touché un point sensible. Cependant, il n'en avait pas fini. Pour quelque obscure raison, il voulait qu'elle reconnaisse que sa vie n'était pas aussi parfaite qu'elle désirait le faire croire, qu'elle avoue qu'elle n'avait pas trouvé ce qu'elle était partie chercher à Chicago, du temps de ses rêves de grandeur.

Sam sortit à son tour de la voiture et suivit Savannah jusque sur le porche où il l'attrapa par le bras, l'obligeant à se tourner vers lui.

— Tu peux m'expliquer jusqu'à l'aube que tu adores ton merveilleux travail, dit-il, que tu rentres chaque soir avec plaisir dans ton fantastique appartement, tu ne me convaincras pas que tu es pleinement satisfaite de ta vie. Autrement, tu ne serais pas là, avec moi.

Elle dégagea brusquement son bras.

— Tu n'as aucune idée de ce à quoi ressemble ma vie, répliqua-t-elle. C'est vrai, je passe beaucoup de temps au bureau, et c'est vrai, je rentre seule chez moi le soir. Mais, et toi ? Tu travailles comme un forçat du lever au coucher du soleil pour maintenir un mode de vie qui — de ton propre aveu — est voué à disparaître. Et tout ça pour quoi ? Pour prouver que tu es le champion des causes perdues ?

A l'évidence, essayer de convaincre Savannah que vivre dans une petite ville était plus satisfaisant à tout point de vue était un pari perdu d'avance.

— Travailler la terre n'est pas une cause perdue, Savannah. Pas plus que Placid. C'est une question d'esprit de communauté. Au moins, ici, les gens répondent présent quand tu as besoin d'eux.

— Tu veux dire qu'ils savent tout de ta vie privée, oui !

— Peut-être, mais je sais que je peux compter sur eux. Et ils peuvent compter sur moi en cas de difficultés, rétorqua-t-il.

Cette ville m'a appris à être juste et loyal, et quand je donne ma parole, je ne la reprends jamais. Est-ce que tu peux en dire autant de tes amis de Chicago ?

Elle eut un rire de doute.

— Tu ne la reprends jamais, hein ? C'est un peu fort, tu ne crois pas ? Je t'ai vu rompre une promesse sans l'ombre d'un battement de cils — tu as la mémoire courte, on dirait.

— Je suis désolé pour le bal de promo.

— Je ne pensais pas à ça, mais à une autre promesse que tu m'avais faite. Celle de t'inscrire à Northwestern afin que nous puissions faire nos études ensemble.

— Je l'ai fait.

Les mots étaient sortis de sa bouche avant qu'il ait pu les rattraper.

Savannah le regarda d'un air absent, puis elle parut assimiler le sens de ses paroles.

— Quoi ? Mais quand ?

Il n'avait aucune véritable raison de poursuivre cette conversation, mais maintenant qu'il s'était trahi, pourquoi ne pas lui dire toute la vérité ?

— J'ai posé ma candidature à peu près en même temps que toi, Savannah, et j'ai appris que j'étais refusé deux jours avant que tu ne reçoives ton avis d'admission.

— Refusé ? répéta-t-elle avec surprise.

— N'aie pas l'air si stupéfaite, Savannah. Contrairement à toi, j'avais des notes tout à fait moyennes, et bien sûr, je n'avais pas les moyens de « graisser des pattes ». Néanmoins, ils avaient été assez bons pour me proposer de réitérer ma demande au deuxième semestre.

Une expression de compassion adoucit le visage de Savannah, et il détesta ça. Il préférait encore sa colère.

— Pourquoi ne m'as-tu rien dit ? interrogea-t-elle.

— Je ne voyais pas l'intérêt. Cela ne t'aurait pas empêchée de partir de toute façon. Tu étais résolue depuis longtemps à quitter cette ville aussi vite que te le permettrait ta vieille Mustang, avec ou sans moi.

— Mais tu aurais pu me rejoindre au printemps suivant. Tu aurais été le premier de ta famille à avoir un diplôme universitaire ! Tu disais que c'était ce que tu avais toujours voulu.

— Et je l'ai eu. J'ai décroché un master en agro-industrie, option marketing, ici, dans notre bel Etat du Mississippi.

— Oh ! génial. Je suis si contente que tu aies finalement eu la gentillesse de me le dire, dit-elle d'un ton aigre.

Il y avait beaucoup de choses qu'il ne lui avait pas dites.

— Je ne pensais pas que cela t'intéresserait, Savannah. Tu avais ta vie et j'avais la mienne.

Exactement comme cela le serait de nouveau lorsque, dans quelques jours, elle serait repartie à Chicago.

— Tu as raison, cela n'a plus d'importance à présent, dit-elle. Mais cela en avait ce jour-là, quand tu t'es lancé dans cette diatribe contre moi, comme si c'était un crime de vouloir faire des études.

Une diatribe qu'il avait eu tout le temps de regretter par la suite.

— J'étais un gamin plein d'orgueil et toi, une gamine qui pensait que ses rêves avaient plus d'importance que les miens. Au fond, tu as toujours pensé que ni moi ni Placid n'étions assez bien pour toi, accusa-t-il.

— Si c'est ce que tu crois, répliqua-t-elle d'un ton vif, alors je ne vois aucune raison de poursuivre cette conversation, même si tu as tort.

Sur ces mots, elle fit volte-face et posa la main sur la poignée de la porte tandis que Sam entamait mentalement un compte à rebours : trois… deux… un.

Comme prévu, elle se tourna de nouveau vers lui pour ajouter quelque chose.

— Et pour ton information, je sais pertinemment que tous tes discours sur l'amitié ne sont qu'une ruse. Tu veux plus que ça de moi, mais tu n'as pas le courage de l'avouer parce que tu as peur des conséquences.

En une seconde, il fut sur elle. Il saisit ses poignets et les plaqua au-dessus de sa tête contre la porte, pressant son corps contre le sien.

— J'ai vingt dollars à parier dans ma poche — et une preuve des plus solide un peu plus bas — que tu te trompes du tout au tout.

Une chaleur soudaine vibra dans le regard de Savannah.

— Alors vas-y, prouve-le, dit-elle d'un ton de défi.

Sam savait depuis longtemps que la colère pouvait être un puissant aphrodisiaque. Il savait aussi que l'on pouvait prendre des risques insensés sous son empire. Et il avait toutes les raisons de fuir, mais qui aurait pu empêcher la chute d'un toit qui a commencé à s'effondrer ?

Ils entrèrent dans la maison et Savannah ne prit pas plus le temps d'éteindre les lumières que lui de l'entraîner jusqu'à sa chambre. Sam se débarrassa en hâte de son T-shirt et descendit son jean tandis que Savannah ôtait son T-shirt et son short dans la foulée. Puis, comme l'adolescent pressé d'autrefois, et sans aucun égard pour les convenances, Sam la plaqua contre le mur.

Sans plus de façon, Savannah noua ses bras autour de son cou et ses jambes autour de sa taille.

Ce n'était pas l'union idyllique dont il avait rêvé lorsqu'il s'imaginait refairc l'amour avec elle pour la première fois après toutes ces années — la prendre ainsi dans une étreinte impétueuse, le pantalon sur les chevilles, ses chaussures aux pieds… Non qu'il n'aimât pas ça, mais il aurait voulu l'embrasser, la caresser longuement, lui montrer tout ce qu'il avait appris en son absence, lui donner des sensations qu'elle n'avait encore jamais connues — en tout cas, pas avec lui. Mais les circonstances en avaient décidé autrement.

Sam ne fut pas surpris lorsqu'elle jouit au bout de quelques minutes à peine, car Savannah avait toujours été prompte à atteindre l'orgasme. Restait à espérer que ce ne soit pas son cas à lui ! Mais lorsqu'elle cria en lui labourant les épaules de ses ongles, il dut renoncer à profiter plus longtemps de la montée de son plaisir qui explosa dans un gémissement rauque.

Les yeux fermés, Sam mit un moment à reprendre haleine et à recouvrer toute sa conscience. Il ne se rappelait pas la dernière fois qu'il avait ressenti une chose pareille. Cela remontait probablement à sa jeunesse, lorsqu'ils étaient si absorbés l'un par l'autre que chaque moment qu'ils passaient ensemble était une aventure. Il avait été si certain alors que jamais il ne rencontrerait une autre fille comme elle ; que jamais il n'éprouverait un sentiment aussi fort pour une autre. Et il ne s'était pas trompé, il n'avait jamais aimé, et n'aimerait probablement jamais personne comme il l'avait aimée — ce à quoi il lui faudrait réfléchir, plus tard.

Il reposa doucement Savannah sur ses pieds, et ils restèrent un moment immobiles, debout l'un contre l'autre, à écouter leurs respirations irrégulières s'apaiser petit à petit. S'il avait eu un tant soit peu de sagesse, il aurait remonté son pantalon et couru se réfugier chez lui. Mais dès lors qu'il était question de Savannah, Sam perdait toute prudence. Et justement…

— On a oublié de mettre un préservatif, dit-il avec inquiétude.

— Je prends la pilule.

— Ah, ouf, fit-il avec soulagement. Tu m'aurais épargné ce moment de panique si tu me l'avais dit plus tôt.

— Et tu me soulageras d'un poids en me confirmant que tu ne m'as pas fait courir un risque beaucoup plus grave.

— Je confirme.

Pas une fois, il n'avait fait l'amour sans préservatif depuis la fin de son mariage.

Savannah se baissa pour attraper son short et Sam remonta son pantalon. Lorsqu'il eut refermé sa braguette, il constata avec regret qu'elle était déjà en train de renfiler son T-shirt.

— Je vais aller prendre une douche, dit-elle.

— J'en aurais bien besoin, moi aussi, fit Sam.

Et cela ne l'aurait pas dérangé d'aggraver encore son cas en l'accompagnant sous la douche. Mais Savannah, manifestement, ne l'entendait pas de cette oreille.

— Je prends la salle de bains du haut, tu peux aller te doucher dans celle du bas, si tu veux.

Adieu espoirs de baisers langoureux dans la vapeur de la douche...

— D'accord, dit-il en ramassant son T-shirt sur le sol. Je te rejoins dans ta chambre dans cinq minutes.

— Nous avons tous les deux besoin de sommeil, Sam. Il vaut mieux que tu rentres.

Sur ces mots, elle fila vers l'escalier, comme si elle avait le feu aux trousses.

En dix secondes, la jeune femme sensuelle s'était muée en une princesse lointaine, et Sam en fut curieusement irrité. D'ordinaire, il aurait accueilli avec soulagement cette occasion de s'éclipser rapidement — du moins, avec la plupart des femmes. Mais Savannah n'était pas de celles-là. Elle était différente.

Pour cette raison, il décida de passer le moins de temps possible sous la douche afin de l'intercepter au sortir de la sienne.

C'est ainsi que, cinq minutes plus tard, il pénétrait dans la chambre de Savannah où il avait l'intention de l'attendre — à ses risques et périls. L'ironie de la situation ne lui échappait pas : Savannah avait opéré une manœuvre de retrait, ce qui, d'ordinaire, était plutôt son style à lui. Mais il savait comment la faire sortir de sa coquille. Du moins, il avait su, autrefois.

Pendant les vingt minutes qui suivirent, Sam arpenta la pièce, reconnaissant l'un après l'autre les bibelots disséminés sur les étagères et sur la commode ; ils étaient là déjà la première fois qu'elle l'avait autorisé à entrer dans sa chambre. Il se pencha au-dessus du lit pour ramasser l'ours rose posé sur l'oreiller. L'ours qu'il avait gagné au stand de tir lors d'une fête de l'Eté, peu de temps avant leur rupture.

Des pas s'approchèrent dans le couloir. Il reposa sans attendre l'ours sur l'oreiller et se tourna vers la porte.

Savannah entra tout en séchant ses cheveux dans une serviette-éponge, et s'arrêta net quand elle le vit, l'air franchement contrariée.

— Tu n'as pas retrouvé la porte d'entrée ?

Il n'aima pas plus sa réaction qu'elle n'appréciait de le voir encore là.

— Je ne partirai pas avant que nous ayons parlé de ce qui vient de se produire.

Elle traversa la chambre, étendit sa serviette sur le pied du lit puis, debout devant le miroir de sa coiffeuse, se mit à se démêler les cheveux avec une vigueur rebelle.

— Je n'ai pas envie d'en parler maintenant. Je veux aller me coucher. Seule.

Sam n'allait pas abandonner aussi facilement.

— Et si, moi, j'ai besoin d'en parler ? insista-t-il.

Elle tourna la tête vers lui et lui lança un regard sévère.

— Rentre chez toi, Sam.

— Pas avant que tu m'aies dit ce qui te tracassait.

— Je n'ai rien à dire.

— Peut-être pas, rebondit-il en s'appuyant contre la commode, mais je suis à peu près certain qu'en ce moment même, tu es aux prises avec un énorme sentiment de culpabilité.

Elle serrait si fort le manche de sa brosse à cheveux que les articulations de ses doigts en étaient toutes blanches.

— Bon, je l'admets, je me sens peut-être un peu coupable, dit-elle. Pas très fière de mon comportement de ce soir. Je pense qu'il est préférable que nous oubliions tous les deux ce qui vient de se passer.

Comme si c'était possible !

— Très bien, si c'est ce que tu veux, pas de problème, rétorqua-t-il avec ressentiment. Mais la prochaine fois que tu auras besoin de réconfort, adresse-toi à quelqu'un d'autre.

Il avait déjà regagné la porte lorsqu'elle le rappela. Et comme l'imbécile qu'il avait toujours été, il se retourna.

— Quoi ?

— Il ne s'agit pas seulement de sexe, dit-elle.

— Alors explique-moi, dit-il en s'appuyant contre l'encadrement de la porte. Parce que je ne comprends plus rien.

— C'est à cause de ce que tu m'as dit tout à l'heure. Si tu

avais été honnête avec moi et que tu m'avais dit tout de suite que l'université avait refusé ta candidature, j'aurais peut-être…

Elle ne termina pas sa phrase, mais il ne chercha pas à en savoir plus. Penser qu'elle serait peut-être restée s'il avait agi différemment lui avait fait l'effet d'un coup de poing à l'estomac. C'était comme croire que sa mère aurait fini, un jour, par revenir vers lui.

— Le passé est le passé, dit-il. Ressasser des conjectures ne te conduira nulle part.

Savannah leva les yeux vers lui et esquissa un sourire qui disparut presque aussitôt.

— Mon père disait souvent ça.

— Ton père était un homme d'une grande sagesse. Et s'il était là, il te dirait de profiter de la vie pendant que tu en as l'occasion.

— Oui, c'est ce qu'il aurait dit, c'est vrai. Il m'aurait aussi conseillé d'être prudente et de ne pas prendre de décisions irréfléchies. Conseil que, à l'évidence, j'ai complètement oublié ce soir.

Bien qu'il eût toujours autant envie de se glisser sous le drap avec Savannah, Sam savait qu'il n'y avait plus de raison d'espérer. Leur complicité d'autrefois n'existait plus. Des erreurs avaient été commises de part et d'autre qu'ils ne pouvaient réparer.

— Je ferais mieux d'y aller, dit-il. Jamie veut que nous partions tôt demain matin pour la fête. J'essaierai de la faire patienter jusqu'à 9 heures afin que tu puisses dormir un peu plus longtemps avant que nous passions te prendre.

Elle secoua la tête.

— Allez-y sans moi.

— J'ai promis à ma fille que tu viendrais avec nous et je serai là demain matin comme prévu, dit-il d'un ton ferme. Parce que contrairement à ce que tu penses, je tiens mes promesses maintenant.

A l'exception d'une seule qu'il s'était faite à lui-même à la minute où il l'avait revue : ne pas la laisser l'atteindre, d'aucune manière. Et, bien entendu, il avait échoué.

Tournant les talons avant qu'elle puisse protester, il s'empressa de rejoindre sa voiture et de démarrer, douloureusement conscient qu'il pouvait bien se raconter ce qu'il voulait, il ne tournerait jamais la page avec Savannah.

Il avait appris à se protéger de ses émotions des années auparavant et c'était ce qu'il devait faire à présent. Il espérait seulement que ses remparts seraient assez solides cette fois, et que, lorsqu'elle partirait, il ne se retrouverait pas enseveli sous une montagne d'amers regrets.

Elle ne parvenait pas à croire qu'elle avait accepté. Il faut dire que Sam ne lui avait pas vraiment laissé le choix. Comme promis, il était arrivé à 9 heures sonnantes, avec sa fille, et une expression qui disait clairement qu'il n'accepterait pas de refus. Mais bien qu'elle fût partie à contrecœur, Savannah devait reconnaître qu'une fois passés les premiers moments de gêne, elle s'était amusée.

Voir la fête de l'Eté au travers du regard d'une enfant lui fit redécouvrir certains attraits de la vie dans les petites villes : le sentiment d'appartenir à une communauté, une simplicité naturelle dans les comportements… Et puis, la présence de Jamie l'avait empêchée de trop penser à Sam et à leurs ébats débridés de la veille, ainsi qu'au fait qu'il semblait résolu à la battre froid. Mais maintenant qu'elle était assise sur un banc ombragé du square pendant que Sam et sa fille flânaient du côté des stands de jeux, elle ne faisait plus que penser à lui. Des images de son torse, de ses épaules athlétiques, de sa bouche gourmande et sensuelle, ne cessaient de défiler devant ses yeux. Malgré elle, le souvenir de leur union enflammée l'envahissait, échauffant son visage, son cou et d'autres endroits secrets de son corps. Elle aurait tant voulu pouvoir vivre de nouveau ce moment… même au mépris de sa raison et de son orgueil. Mais il lui avait dit qu'il ne voulait plus avoir affaire à elle, ou tout comme — et cela valait incontestablement mieux pour eux deux.

En quête d'une distraction, Savannah se mit à observer les badauds. Au cours de la journée, elle avait reconnu quelques personnes, qui lui avaient d'ailleurs fait signe. Heureusement, elle avait réussi à éviter Pearl Allworth. Le reste de la ville, semblait-il, n'avait pas eu vent de l'épisode de l'étang. Elle avait échangé quelques mots avec d'anciens professeurs, des camarades de lycée, des amis de la famille, dont beaucoup lui avaient présenté leurs condoléances. Quelques-uns avaient même exprimé le souhait de la voir revenir s'installer à Placid.

Mais elle n'était plus chez elle ici désormais. Et dans quelques jours, la maison de son enfance appartiendrait à un homme qu'elle méprisait depuis toujours. Mais il était préférable de ne pas penser à cela maintenant ou elle perdrait définitivement ce qui lui restait de bonne humeur.

Parcourant la foule du regard, elle repéra Jamie à une vingtaine de mètres de là, immobile devant un stand. Elle observait son père qui était en train de lancer des anneaux, essayant manifestement de gagner une troisième ou quatrième peluche à ajouter à celles que sa petite avait déjà dans les bras. Dire qu'il avait fait la même chose pour elle des années auparavant… Jamais elle n'avait pu se résoudre à donner ou jeter tous ces lots qu'il avait remportés. Elle se rappela aussi ce qu'il lui avait dit la veille au soir au sujet de sa candidature refusée ; elle y avait beaucoup réfléchi depuis, forcément, mais elle avait tranché. Cela n'excusait pas pour autant la façon cruelle dont il l'avait traitée le jour de leur rupture ; ni ne l'avait délié de la promesse qu'il lui avait faite un soir, sur le petit pont de bois, qu'ils étaient ensemble pour toujours. Une promesse qu'il avait eu vite fait d'oublier.

— Seigneur, miss Savannah, quel agréable spectacle pour les yeux d'un vieil homme !

Elle sursauta, puis leva les yeux vers celui qui l'avait apostrophée. Un vieil Afro-Américain en salopette bleue, coiffé d'un chapeau de paille, la regardait avec un grand sourire.

Elle reconnut immédiatement l'un des plus proches amis de son père, Reggie Wilkins, et se leva pour l'embrasser.

— Oh ! bonjour, Reggie. Ça me fait tellement plaisir de vous voir !

— Moi aussi, miss Savannah, répondit-il, l'air un peu mal à l'aise.

Elle fit un geste vers le banc.

— Asseyez-vous un moment, Reggie, et donnez-moi de vos nouvelles.

Ce dernier hésita quelques secondes, jetant un coup d'œil autour d'eux comme s'il quêtait une approbation. A une autre époque, certains auraient trouvé malséant, voire choquant, qu'il s'asseye en compagnie de Savannah, mais c'était avant que la barrière de la race n'ait plus ou moins été vaincue par un facteur inattendu qui avait touché tout le monde à Placid, sans distinction : la pauvreté.

Quand Reggie eut ôté son chapeau et eut pris place à côté d'elle, Savannah posa sa main sur son bras.

— Je regrette que nous n'ayons pas eu le temps de parler un peu plus le jour de l'enterrement, dit-elle. J'ai été désolée d'apprendre qu'Etta nous avait quittés. Elle a été un de mes meilleurs professeurs.

Les yeux de Reggie s'embuèrent au souvenir de son épouse.

— Vous savez, miss Savannah, ça a été dur de la regarder partir, mais je sais qu'elle est bien là où elle est maintenant et qu'elle m'y attend.

— Oui, approuva-t-elle, espérant qu'elle saurait se rappeler ça lorsqu'elle penserait à son père. Et les enfants ? s'enquit-elle. Que deviennent-ils ?

A l'évocation de ses enfants, le sourire du vieil homme réapparut, aussi radieux que le soleil de ce jour d'été.

— R.J. a obtenu un diplôme de comptabilité et il travaille dans une banque à Atlanta, figurez-vous. Il a toujours été doué pour les chiffres, comme sa mère. Et Lila est à l'université de l'Alabama, en troisième année. Elle veut devenir kinésithérapeute. Je suis très fier d'eux, tout comme votre père l'était de vous.

Mais tout comme elle aussi, les enfants de Reggie étaient partis vivre leur vie ailleurs.

— Alors vous êtes seul à la ferme à présent ?

— Non, non, répondit-il en secouant la tête. Je ne l'ai plus. Je vis en ville maintenant. M. Wainwright m'a mis dehors, je ne pouvais plus payer mes traites.

L'idée de Wainwright chassant Reggie de chez lui la rendait malade.

— Vous avez tout perdu ? Même la maison ?

— Oui. R.J. essaie de me convaincre d'aller habiter près de chez lui, en Georgie, mais mes aïeux ont contribué à la construction de cette ville. Ils sont tous enterrés dans l'ancien cimetière, sur County Road, et mon Etta aussi. Je ne peux pas laisser mon Etta. C'est près d'elle que je veux être enterré.

Savannah resta songeuse. *Etonnant, ce pouvoir que Placid semblait avoir sur ses habitants.*

— Que faites-vous pour vivre maintenant que vous n'avez plus la ferme, Reggie ? demanda-t-elle.

Il haussa les épaules.

— Des petits boulots ici et là, mais je travaille surtout pour M. Sam. Dès qu'il le peut, il fait appel à des gens comme moi, des gens du coin qui ont tout perdu ces dernières années. C'est un homme bon. Comme son père.

Manifestement, Sam s'était fait une réputation dans le coin.

— Je suis contente de savoir que vous réussissez à vous en sortir. Mais ce que fait Edwin Wainwright me met hors de moi, ne put-elle s'empêcher de poursuivre. Jeter ainsi les gens hors de chez eux pour s'accaparer leurs biens…

— Oui, c'est ce qu'il fait et il ne s'arrêtera pas avant de posséder toute la ville. Les gens ne sont pas riches ici et ils ne comprennent pas toujours ce qu'ils signent quand ils prennent un emprunt. Et le jour où ils le comprennent, il est trop tard, ils sont déjà à la rue.

— On dirait que Placid aurait bien besoin des services

d'un juriste, observa Savannah en même temps qu'elle en prenait conscience.

De quelqu'un qui aurait les armes légales pour affronter Wainwright et le battre à son propre jeu. Peut-être était-ce pour cette raison que plusieurs personnes lui avaient demandé si elle n'envisageait pas de revenir s'installer ici.

— C'est bien vrai, miss Savannah. Les gens ne peuvent pas se permettre d'aller jusqu'à Jackson lorsqu'ils ont un problème. Bo Hudson et Kyle Parker sont sur le point de signer un emprunt à la banque. Je les ai mis en garde contre les procédés de Wainwright, mais ils ne m'ont pas écouté. Si vous pouviez jeter un coup d'œil aux clauses de leurs contrats, je suis sûr qu'ils vous en seraient reconnaissants.

Si seulement Savannah avait eu les moyens et le temps de les aider...

— Hélas, je ne suis pas autorisée à exercer dans le Mississippi, dit-elle comme elle l'avait déjà expliqué à Jess la veille. Mais je vais essayer de trouver un avocat qui serait prêt à venir à Placid.

— Oh ! merci, miss Savannah, dit Reggie en se levant. Excusez-moi, mais je dois y aller maintenant, j'ai un petit job à terminer chez Madge Dickinson. J'espère que nous nous reverrons bientôt.

— Je rentre à Chicago dans quelques jours, dit-elle, soudain envahie par un sentiment de malaise qui la déconcerta.

— Mais vous essaierez de trouver cet avocat dont vous parliez avant de partir ?

Reggie semblait tellement plein d'espoir qu'elle n'aurait pas eu le cœur à refuser, même si les choses s'annonçaient plus difficiles que prévues.

— Je vais voir ce que je peux faire, c'est promis, mais cela pourrait prendre un peu de temps.

— Ça ne fait rien, merci. De toute façon, le temps est à peu près la seule chose que nous ayons ici, dit-il avec un sourire un peu triste.

Mais ils n'avaient personne vers qui se tourner quand ils

avaient besoin d'aide, réalisa-t-elle de nouveau en saluant Reggie.

Une idée la traversa soudain. Elle pourrait peut-être s'inscrire au barreau du comté et revenir à Placid tous les deux ou trois mois pour offrir une aide juridique aux habitants défavorisés... Revenir ? Mais vers quoi ? Et loger où ? La maison avait été vendue et elle ne pouvait s'inviter ni chez Jess, étant donné ses problèmes conjugaux, ni chez Matt et Rachel, qui étaient absorbés par l'attente de leur bébé, et, évidemment, encore moins chez Sam — même si Jim et Gracie se seraient fait un plaisir de l'héberger.

Non, ce n'était même pas envisageable. Il allait lui falloir mettre la main sur un avocat au grand cœur désireux de défendre la veuve et l'orphelin. Mais elle s'occuperait de ça plus tard. Pour l'instant, il s'agissait de retrouver Sam et Jamie.

Tournant la tête vers le stand devant lequel elle les avait vus un moment plus tôt, elle les aperçut non loin de là, en compagnie d'une blonde qu'elle ne voyait que de dos.

Ils bavardaient. Sam posa alors familièrement sa main sur l'épaule de la jeune femme et Savannah en ressentit un désagréable sentiment de jalousie. Puis un bel homme en tenue de golf les rejoignit et passa son bras autour de la taille de l'inconnue.

Elle pouvait se lever et se joindre au groupe, ou rester assise et attendre que ses compagnons la cherchent. Mais ayant déjà passé un long moment seule sur ce banc, elle ne tenait pas à avoir l'air de la laissée-pour-compte qui tente de s'incruster, elle ferait donc aussi bien de rester là où elle était.

C'est la voix de Jamie qui, cinq minutes plus tard, la sortit de la rêverie dans laquelle elle s'était replongée.

— Savannah !

Elle releva la tête. La fillette venait vers elle, tenant par la main la mystérieuse femme qui se trouvait être enceinte et... l'ex-femme de Sam.

12

Savannah dut s'agripper au bord du banc pour ne pas se lever et s'enfuir à toutes jambes, tandis que Darlene s'approchait visiblement à contrecœur de son ancienne rivale.

En revanche, Jamie semblait ravie de présenter les deux femmes — qu'elle supposait certainement ne pas se connaître — l'une à l'autre.

— Voici ma maman, annonça-t-elle lorsqu'elles l'eurent rejointe. Maman, c'est Savannah. C'était la petite amie de papa quand ils étaient jeunes.

La franchise des enfants… La contrariété qu'éprouvait Savannah menaçait de la clouer sur place, mais la force des usages et la politesse l'emportèrent et elle parvint à se lever.

Néanmoins, une fois debout, la seule chose qu'elle réussit à articuler fut :

— Bonjour.

— Je suis contente de te revoir, Savannah, répondit Darlene avec une sincérité douteuse.

La joie éclairait la jolie petite frimousse de Jamie.

— Vous vous connaissez déjà ? demanda-t-elle avec surprise.

— Oui, répondirent en même temps Savannah et Darlene.

— Vous alliez à l'école ensemble ?

— Non, s'empressa de répondre Darlene. J'étais inscrite à Brewster, où mamie et papi Clements habitent.

— Et moi, j'allais au lycée de Placid, avec ton papa, ajouta Savannah.

— Nous étions adversaires, dit Darlene.

Elle rougit légèrement avant de préciser :

— Au football.

Savannah fit un effort pour sourire.

— Alors je crois qu'on peut dire que nous nous connaissons depuis une bonne quinzaine d'années.

Qui ne lui avaient pas toutes laissé un bon souvenir…

— Jamie ! appela Sam, faisant se retourner le trio. Tu viens faire un tour de chenille ?

Vraiment, ce dernier avait une curieuse manière de prendre les choses… La plupart des hommes se seraient sûrement empressés de s'interposer entre leur ex-femme et leur ex-petite amie par crainte d'une anicroche, mais Sam semblait tout à fait indifférent à la situation. Il est vrai que Savannah n'était plus sa petite amie, et que Darlene n'était plus sa femme non plus, et depuis longtemps, alors pourquoi cela aurait-il posé problème ?

Jamie tira sur la main de Savannah pour attirer son attention.

— Est-ce que tu viens faire un tour de chenille avec nous ? demanda-t-elle.

— Non, merci, ma puce. Ces trucs qui tournent m'ont toujours barbouillé l'estomac, répondit-elle en souriant.

— Et toi, maman ?

— Moi non plus, chérie. Je ne crois pas que ton frère apprécierait, dit-elle en caressant son ventre rebondi.

Jamie releva le menton d'un air décidé.

— Eh bien, j'y vais avec mes deux papas, déclara-t-elle. Ils ne sont pas malades, eux.

Sur ces mots, elle pivota et courut vers Sam et son beau-père.

Savannah s'assit et, mue par un soudain élan de solidarité féminine, dit en désignant la place à côté d'elle :

— Viens, assieds-toi.

Ce que fit Darlene avec une espèce d'embarras. Elles restèrent silencieuses un long moment avant que, finalement, Savannah fasse une tentative pour rompre la glace :

— C'est un peu bizarre comme situation, hein ?

— Un peu.

— Je suppose que c'est ton mari que j'ai aperçu tout à l'heure, avec Sam ?

Darlene hocha la tête.

— Mm mm… Brent. Il est avocat spécialiste des affaires familiales à Memphis.

Dommage qu'il n'exerce pas dans le Mississippi. Savannah lui aurait demandé s'il pouvait aider les habitants de Placid.

— Intéressant, dit-elle. Comment vous êtes-vous rencontrés ?

— Eh bien… c'était un des associés du cabinet à qui je m'étais adressée pour mon divorce, répondit Darlene, faisant un sourire vaguement penaud à Savannah. C'est curieux, au moment même où un homme sortait de ma vie, un autre y entrait, ajouta-t-elle, songeuse.

Savannah n'aurait probablement pas dû poser la question, mais elle ne pouvait s'empêcher de se demander si la version que Sam lui avait donnée de leur séparation était tout à fait exacte.

— Divorcer était l'idée de Sam ? fit-elle, d'un air qui se voulait léger.

— En fait, nous nous sommes séparés d'un commun accord. Notre mariage s'était désagrégé au fil du temps. Rien de tragique. L'habitude, l'indifférence…

C'était exactement ce que Sam lui avait dit.

— Je suis désolée, dit Savannah.

Darlene haussa les épaules.

— C'est difficile de faire durer un mariage quand ton mari continue de se languir d'une autre personne.

Bien qu'elle ne tînt pas trop à se laisser entraîner sur ce sujet, Savannah éprouva le besoin de remettre les choses à leur place.

— Si c'est à moi que tu fais allusion, dit-elle, je doute vraiment que Sam ait beaucoup pensé à moi depuis notre rupture.

— Détrompe-toi, il pensait beaucoup à toi, fit Darlene en la regardant droit dans les yeux. Et aujourd'hui encore, c'est évident.

Elle leva les deux mains, comme en signe de reddition, et poursuivit :

— Ne te méprends pas, je ne te reproche rien. Je ne fais qu'énoncer une vérité, même si Sam aurait sans doute toutes les peines du monde à l'admettre. Mais une femme sent ces choses-là.

Instinct mis à part, Savannah avait du mal à le croire.

— Tu sais ce que c'est, dit-elle. Parfois, on désire quelque chose simplement parce qu'on ne peut pas l'obtenir. Ou parce que c'est ce que l'on imagine que l'on a voulu, un jour.

— Et parfois, on aime quelqu'un si profondément que personne d'autre ne peut rivaliser avec lui, l'être idéal, qu'il soit réel ou imaginaire.

Savannah ne pensait vraiment pas que ce soit le cas de Sam. Il la désirait encore, certes, mais uniquement sur un plan physique. Peut-être d'ailleurs en avait-il toujours été ainsi.

— Quoi qu'il en soit, je suis désolée que ça n'ait pas marché entre vous, reprit-elle. Mais au moins, vous avez eu une petite fille merveilleuse ensemble.

L'enfant qu'elle avait souhaité avoir un jour avec Sam, songea Savannah tout en espérant que le ton de sa voix n'avait pas trahi sa nostalgie.

— Oui, tu as raison. Je ne sais pas ce que je ferais sans ma fille. Et quelquefois…

Darlene posa doucement la main sur son ventre avant de continuer :

— Quelquefois, j'ai peur de ne pas aimer autant ce petit bout qui arrive, mais ma mère jure que cela ne risque pas de se produire. Je suppose que je peux lui faire confiance, vu qu'elle aime toujours mon petit frère qui, soit dit en passant, est aussi utile qu'une horloge sans aiguilles.

Leurs rires firent se retourner quelques passants, mais Savannah s'en moquait. Elle était contente de pouvoir converser sans ressentiment avec Darlene, et même rire avec elle.

— Tu as déjà choisi un prénom pour le bébé ? s'enquit-elle.

— Nous avons arrêté une petite liste, mais nous hésitons

encore, répondit Darlene. En tout cas, j'ai dit à Brent qu'il ne porterait pas le prénom de son père.

— Qui est ?

— Baldric ! C'est un nom qui s'est transmis de génération en génération. Affreux, tu ne trouves pas ?

Savannah approuva du chef avec vigueur.

— Qu'est-ce que tu dirais de Beauregard ? Je suis sortie avec un type qui s'appelait comme ça un jour. Heureusement, tout le monde l'appelait Beau.

Darlene sourit.

— Incontestablement un prénom du Sud.

Elles citèrent encore quelques prénoms impossibles en riant, puis Darlene remarqua :

— Maintenant que j'y pense, Brent a deux enfants de son premier mariage : Brianna, qui a quatorze ans, et Blake, qui en a seize. Encore un prénom en B et nous ne saurons plus où donner de la tête !

C'était bizarre, après tout ce temps, de passer un bon moment en compagnie de Darlene. Savannah avait aussi un peu de mal à l'imaginer « belle-mère » de grands enfants.

— Je suis sûre que vous allez finir par trouver un joli prénom, qui ne sera ni démodé ni trop « du Sud », et qui ne commencera pas par un B.

— En tout cas, je vais essayer, assura Darlene.

Elles continuèrent de bavarder agréablement, évoquant leurs anciens camarades, se remémorant les tours joués à leurs professeurs dans leurs lycées respectifs, la légèreté de leur vie d'alors — surtout l'été —, jusqu'à ce que Savannah aperçoive, du coin de l'œil, Sam, Jamie et Brent qui revenaient vers elles.

— Les casse-cou sont de retour, dit-elle.

Darlene regarda par-dessus son épaule et leur fit un signe de la main, puis se tourna de nouveau vers Savannah.

— J'espère qu'ils en ont assez parce que, personnellement, cette chaleur m'a épuisée.

— Je suis contente que nous ayons eu le temps de bavarder, Darlene, dit Savannah, sincère.

— Moi aussi, Savannah. C'est dommage que nous ne nous soyons pas mieux connues au temps du lycée. Je crois que nous aurions pu être amies.

— Oui. Enfin… si Sam n'avait pas été là.

— Tu as raison, acquiesça Darlene en souriant. On peut toujours compter sur les hommes pour semer la zizanie. Cela dit, malgré tous ses défauts, Sam est quelqu'un de bien.

— Je sais.

Savannah en avait progressivement pris conscience, au travers des révélations de Reggie, de l'attitude de Sam envers sa fille, et aussi envers son propre père qu'il avait à l'évidence soutenu de bien des manières durant les dernières années de sa vie.

Darlene se leva et s'étira, les mains posées sur ses reins.

— Néanmoins, bons ou mauvais, la plupart des hommes, y compris Sam et mon cher et tendre Brent, ont la fâcheuse tendance à régresser au stade de l'homme des cavernes dès qu'il s'agit de leurs pulsions sexuelles ou du nettoyage de la salle de bains.

Elles riaient de bon cœur quand Brent arriva près d'elles, les sourcils froncés.

— Est-ce que vous étiez en train de parler de nous ? s'enquit-il.

Darlene déposa un petit baiser sur la joue de son mari.

— N'est-ce pas toujours le cas ? dit-elle avant d'ajouter : je te présente Savannah Greer, une amie de lycée.

Douze ans plus tôt, Savannah aurait protesté, mais à présent, les choses étaient différentes ; ce qui prouvait bien que l'on réalisait à l'âge adulte combien on avait pu être mesquins adolescents.

— Ravie de vous rencontrer, Brent, dit Savannah en lui serrant la main.

— Moi aussi, dit-il. C'est probablement la première fois que deux représentants du barreau honorent en même temps la fête de Placid de leur présence.

— Qui sait si nous ne ferons pas la une du journal demain matin ? enchaîna-t-elle sur le même ton plaisant.

Ce qui, en tout cas, était de loin préférable à un gros titre révélant l'incident de Potter's Pond...

Darlene passa son bras sous celui de son mari.

— Nous vous reverrons tous à la ferme, dit-elle. J'ai besoin de m'étendre un petit moment avant que mes pieds ne deviennent complètement difformes. Tu viens avec nous, chérie ? ajouta-t-elle en se tournant vers sa fille.

— Non, je reste avec papa et Savannah.

— Entendu, répondit Darlene.

— Alors, dépêche-toi, Jamie. Ton grand-père a préparé sa fameuse glace maison, dit Sam. Tu ne voudrais pas qu'elle fonde avant notre arrivée, hein ?

La petite applaudit à cette idée, sautant d'un pied sur l'autre, tandis que sa queue-de-cheval dansait dans son dos.

— J'adore la glace de papi Jim !

— Calme-toi, Jamie. Tu vas provoquer un tremblement de terre, dit Sam.

— J'espère à bientôt, Savannah, dit Darlene en s'éloignant avec Brent.

Jamie se suspendit au bras de Savannah.

— Tu viens avec nous manger la glace de papi ? demanda-t-elle.

La tentation était grande, mais la réalité rappelait Savannah à l'ordre.

— J'aime beaucoup la glace de ton grand-père, ma puce, mais je dois rentrer chez moi. Ma mère s'en va dans quelques jours et je dois l'aider à préparer ses affaires.

Et la contraindre à avoir avec elle cette conversation trop longtemps différée.

— Ta mère sera chez nous, dit Sam.

C'était la première fois qu'il s'adressait directement à elle depuis le début de la journée.

Et pour lui apprendre que sa mère était conviée à cette petite réunion d'après la fête ! Pourquoi ne le lui avait-il pas dit avant ? Ou plutôt, pourquoi sa mère ne le lui avait-elle pas dit ?

— Quand cela a-t-il été décidé ? demanda-t-elle, sous le coup de la surprise.

— Ce matin. Elle a appelé pour nous demander à quel moment elle pouvait passer nous dire au revoir avant son départ, demain.

— Tu veux dire *lundi.*

— Non, demain, insista Sam. Elle a dit à mon père que Bill et May arrivaient au début de l'après-midi et qu'ils comptaient reprendre la route dans la soirée.

Ce qui signifiait que Savannah avait bien peu de temps devant elle pour extorquer la vérité à sa mère.

Une foule de souvenirs affluaient à la mémoire de Savannah tandis que son regard passait de l'un à l'autre dans le jardin des McBriar. Elle aimait beaucoup ces petites réunions improvisées ; durant quelques heures, en compagnie d'amis de longue date, le temps semblait comme suspendu.

Gracie faisait part des derniers échos de Placid à Darlene. Jamie s'était endormie dans les bras de son grand-père. Curieusement, la mère de Savannah paraissait être en grande conversation avec Brent, et Savannah l'avait même vue rire une ou deux fois.

Tout bien réfléchi, sa mère ne lui avait pas semblé aussi détendue depuis longtemps. Elle avait même troqué sa tenue habituelle, chemisier boutonné jusqu'au cou et jupe classique sous le genou, contre un pantalon de toile blanc et un petit haut sans manches, rose. Bien sûr, elle s'était débrouillée pour demeurer invisible tandis que Savannah se douchait et se changeait, et était partie chez les McBriar sans l'attendre. De toute évidence, elle espérait éviter une confrontation, mais Savannah était bien résolue à obtenir des réponses, et cela, le soir même.

Ecartant temporairement cette pensée de son esprit, Savannah s'adossa à son fauteuil et, tout en observant Sam qui était en train d'accorder sa guitare, décida de profiter de ce moment de détente. Il ne manquait que son père à cette scène paisible.

Elle s'efforça de chasser sa tristesse, de ne pas penser au

désarroi dans lequel la plongeait la perte de son père, mais lorsque Sam commença à chanter, le chagrin l'envahit de nouveau.

Elle connaissait chaque parole de cette chanson comme si elle l'avait écrite elle-même ; Sam l'avait chantée pour elle des centaines de fois. Elle connaissait chaque « je t'aime », chaque « ne t'en va pas ». L'avait-il choisie pour réveiller des souvenirs en elle ou simplement parce que cette chanson avait toujours été sa préférée ? Elle ne le savait pas. Ce qu'elle savait en revanche, c'était à quel point sa voix, ses mots la remuaient.

Lorsqu'il se tut finalement et que les applaudissements retentirent, elle réalisa que, fascinée, elle avait complètement oublié ceux qui l'entouraient, et jusqu'à l'endroit où elle se trouvait. Elle applaudit avec les autres, résistant au désir de s'enfuir, d'échapper à tous ces souvenirs qui lui donnaient envie de revivre le passé. Et si ce qui s'était produit la veille au soir prouvait quelque chose, c'était bien qu'elle était à deux doigts de commettre la même erreur fatidique qu'autrefois, à savoir confier son cœur à Sam.

Savannah avait l'impression de marcher sur une corde raide. Obéissant à une petite voix qui lui soufflait de prendre la fuite, elle se leva, ramassa sa coupe vide et se dirigea vers la maison, exactement comme elle l'avait fait la dernière fois qu'elle avait dîné chez les McBriar, deux jours plus tôt.

Elle entra dans la cuisine. Non, elle n'allait pas pleurer, elle n'était plus une petite fille tout de même ! *C'était agréable de se retrouver avec des amis ce soir*, se répéta-t-elle, comme pour se convaincre. Elle s'était même sentie presque joyeuse par moments ! Alors elle devait garder cela à l'esprit, et ne pas tout gâcher. Mais ses larmes n'en roulèrent pas moins sur ses joues.

Lorsque la moustiquaire de la cuisine s'ouvrit, Savannah attrapa un mouchoir en papier sur le comptoir et se tourna vivement vers l'évier pour tamponner ses yeux.

— Ça va ?

Formidable. La sollicitude de Sam était exactement ce qu'il lui manquait.

— Oui, dit-elle en rinçant sa coupe sous le robinet bien plus longtemps qu'il n'était nécessaire avant de la mettre dans le lave-vaisselle.

Elle tressaillit quand il posa sa main sur son épaule, et il la retira aussitôt. Ce n'était pas une réaction de répulsion de sa part, mais un réflexe de défense. Elle ne voulait pas s'effondrer devant lui. Elle devait garder ses distances — et son sang-froid — et ne surtout pas lui montrer qu'une simple chanson suffisait à la déstabiliser.

S'étant essuyé les mains, elle se sentit finalement assez maîtresse d'elle-même pour lui faire face. Et assez forte pour lui poser une question importante :

— Pourquoi as-tu choisi cette chanson ?

Il glissa les pouces dans les passants de son pantalon.

— Pourquoi pas ? demanda-t-il comme s'il ne voyait absolument pas pourquoi elle lui posait cette question.

— Tu sais très bien pourquoi, Sam.

Il laissa échapper un soupir.

— Ce n'est qu'une chanson, Savannah, et je la chante depuis des années. N'essaie pas d'y voir autre chose.

Son attitude la blessa plus qu'elle n'aurait su le dire, et elle détesta ça.

— Je suis contente que nous ayons éclairci cette question, dit-elle d'un ton pincé. A propos, qu'est-ce que tu voulais ?

— Gracie m'a demandé de venir voir comment tu allais. Tu ne semblais pas très bien quand tu t'es levée tout à l'heure.

Bien sûr, il n'était pas venu de son propre chef.

— Je n'étais pas bien, en effet. Je pensais à mon père qui aimait tant les glaces de Jim, et aussi aux cent cinquante textos que j'ai reçus de mon travail et auxquels je vais devoir répondre. Ainsi qu'à mes plantes que j'ai oublié d'arroser avant de partir.

Son pauvre lierre qui avait survécu jusque-là à sa négligence...

Sam ne parut pas convaincu le moins du monde.

— Tu es sûre que c'est tout ?

— Crois-moi, c'est suffisant, répondit-elle sur un ton un peu sec.

Il reporta son poids d'une jambe sur l'autre, trahissant ainsi un embarras qui ne lui ressemblait guère.

— Tu es sûre que tu n'es pas en train de ressasser ce qui s'est passé hier soir ?

— Nous avons couché ensemble, Sam, dit-elle un peu plus fort qu'il ne convenait. Nous avons cédé à un besoin physiologique et c'était très agréable. Et même mieux qu'agréable, j'en conviens. Mais ce n'était pas extraordinaire au point que j'en pleure encore le lendemain.

Le visage de Sam se durcit.

— Où avais-je la tête ? Une simple partie de jambes en l'air, bien sûr. Content que nous ayons éclairci cette question, dit-il, adoptant le même ton froid.

— Bien, fit-elle en posant brutalement son torchon sur le comptoir, si nous en avons fini avec cette conversation stupide, j'aimerais aller voir si ma mère est prête à rentrer.

— Ah, justement, c'est aussi cela que j'étais venu te dire. Dès que tu as filé dans la cuisine, Ruth a annoncé qu'elle devait rentrer parce qu'elle avait des choses à faire.

— Pourquoi ne l'as-tu pas dit tout de suite ? s'exclama Savannah en faisant volte-face. Si elle rentre avant moi, elle va s'enfermer dans sa chambre pour ne pas avoir à me parler !

Sam ne faisant pas mine de bouger, elle devait soit le contourner, soit rester plantée là jusqu'à ce qu'il décide de partir. Et ça, c'était hors de question. Elle était sur le point de quitter la pièce sans plus de cérémonie quand il la rattrapa par le bras et l'obligea à le regarder.

Son expression s'était adoucie, mettant en relief l'ombre bleutée de cette barbe du soir qu'elle avait toujours aimée.

— Quand tu auras eu cette conversation avec ta mère, n'oublie pas que tu peux m'appeler si tu éprouves le besoin d'en parler.

Sous le coup de l'émotion, elle rétorqua :

— Tu es vraiment incroyable, Sam ! Tu m'as justement dit hier soir que je pouvais appeler quelqu'un d'autre, tu ne t'en souviens pas ?

Et sans lui laisser le temps de répliquer, elle pivota et retourna dans le jardin où elle trouva tout le monde debout — sauf sa mère qui n'était nulle part en vue.

— Où est ma mère ? lança-t-elle d'une voix mal maîtrisée.

— Elle est rentrée, répondit Jim. Elle m'a dit de te dire que tu pouvais rester aussi longtemps que tu voulais.

Typique.

— J'adorerais, mais je voudrais l'aider à empaqueter ses affaires. Vous savez comment elle est, Jim, elle ne veut jamais déranger personne, fit-elle d'un air qu'elle espérait léger.

Comme si elle y croyait ! Sa mère refusait surtout son aide à elle — et pour cause.

— Nous partons aussi, dit Darlene en posant ses mains sur les épaules de Jamie. Cette petite fille ne tient plus debout.

— Mais si, je tiens debout, maman. Regarde ! protesta celle-ci, faisant sourire tout le monde.

Tandis que Sam restait ostensiblement à l'écart du groupe, Savannah les embrassa tous à tour de rôle, y compris Darlene. Puis elle s'agenouilla devant Jamie.

— Sois gentille, trésor, et comme le disait mon papa, si tu ne peux pas être toujours gentille…

— … sois maligne, acheva Sam dans son dos, prouvant ainsi une fois encore qu'il avait appris à bien connaître son père.

Ayant embrassé Jamie sur les deux joues, Savannah se releva, tout à coup déprimée à l'idée qu'elle ne reverrait probablement pas ses amis avant longtemps.

— Est-ce que tu vas vivre dans la maison de Ruth maintenant ? demanda Jamie en tirant sur l'ourlet de son T-shirt pour attirer son attention.

Savannah secoua la tête.

— Non, ma puce. Je dois retourner à Chicago. Je repars mardi.

Ou peut-être lundi. Après tout, si sa mère s'en allait un jour plus tôt, elle n'avait pas de raison de rester plus longtemps.

Jamie leva vers elle son beau regard innocent — elle avait presque les mêmes yeux que son père — et demanda :

— Est-ce que tu vas revenir bientôt ?

Elle voulut répondre aussi honnêtement que possible.

— Peut-être. Je ne sais pas.

Sam posa la valise de Jamie dans le coffre de sa voiture.

— Elle ne reviendra pas.

Il le sentait, au plus profond de lui.

Darlene se retourna et lui lança un regard de reproche.

— Comment peux-tu savoir ça, Sam ?

— Elle n'a aucune raison de revenir, fit-il d'un ton sans appel. La ferme est vendue et elle n'a guère gardé de contacts avec ses amis ces douze dernières années.

Lui compris. Mais il est vrai qu'ils ne s'étaient pas séparés bons amis.

Darlene s'appuya d'une hanche contre l'aile du véhicule, comme si elle s'apprêtait à bavarder un moment.

— Tu devrais peut-être lui rendre visite à Chicago, alors, suggéra-t-elle.

— Je suis déjà allé à Chicago et ça ne m'a pas beaucoup plu, coupa Sam.

Darlene tiqua.

— Ah oui ? Et quand es-tu allé à Chicago ?

Sans doute aurait-il dû le lui dire il y a longtemps. Il n'avait eu aucune raison de ne pas le faire, excepté, peut-être, un vague sentiment de culpabilité.

— Au moment de ce salon international des matériels agricoles, quelques mois après la naissance de Jamie.

Elle haussa un sourcil.

— Je croyais que c'était dans le sud de l'Illinois, pas à Chicago.

Mais pourquoi les femmes avaient-elles toujours une telle mémoire ?

— Nous sommes allés y passer une journée à trois ou quatre, pour voir un match de base-ball.

— Et tu as essayé de joindre Savannah ? demanda-t-elle d'un ton clairement suspicieux.

— Si tu veux savoir si je l'ai vue, c'est non.

L'idée lui avait traversé l'esprit, mais il essayait de faire en sorte que son mariage marche à cette époque-là, et revoir Savannah ne l'aurait certainement pas aidé — à supposer que celle-ci ait accepté de le rencontrer —, aussi avait-il renoncé.

— Peu importe, enchaîna Darlene, ce qui compte, c'est aujourd'hui. Je sens qu'il y a toujours quelque chose entre vous.

— Tu as toujours eu trop d'imagination, tu sais.

Sauf que, cette fois, elle n'avait pas tout à fait tort.

— Et je ne vois pas bien pourquoi tu t'inquiètes pour ma vie personnelle alors que je ne me suis jamais immiscé dans la tienne, ajouta-t-il.

— Ecoute, Sam. Tout le monde sait que tu emploies plus de personnes que tu n'en as réellement besoin uniquement pour venir en aide aux gens d'ici. Tu as toujours été là pour Jim et Gracie, et Dieu sait que tu es un père formidable pour Jamie. Mais je m'inquiète parce que je ne te vois rien faire pour toi-même. Comme te fixer avec quelqu'un de spécial par exemple.

Il avait déjà trouvé « quelqu'un de spécial », et ce quelqu'un était sur le point de le quitter de nouveau.

— Comme je te l'ai dit la dernière fois que nous avons parlé de ça, ma vie me convient parfaitement telle qu'elle est. Sans complications, sans engagements.

— Et comme je te l'ai dit, personne ne t'attend le soir quand tu rentres chez toi — hormis Jim et Gracie bien sûr, fit-elle sans se démonter.

— Si tu es si inquiète, tu peux me confier la garde de Jamie.

Elle parut abasourdie.

— Tu es sérieux ?

Non, il ne l'était pas, mais sa curiosité l'agaçait et elle méritait qu'il la taquine un peu.

— Bien sûr. Après tout, tu vas bientôt avoir un autre enfant, alors, pourquoi pas ?

Il avait ponctué sa remarque d'un sourire sans équivoque, mais elle ne parut pas apprécier la plaisanterie.

— Tu as beau être un type bien, McBriar, tu te conduis parfois comme un affreux personnage.

Quelques femmes, en effet, devaient partager cette opinion. Une en particulier, mais *elle* l'avait pris pour un imbécile.

— Allons, souris, Darlene. Tu sais bien que je ne te ferais jamais une chose pareille. Quoique, lorsqu'elle sera un peu plus grande, je te demanderai sûrement de me la laisser plus longtemps l'été. J'aimerais pouvoir lui apprendre à conduire un tracteur. Il faudra bien qu'elle m'aide à faire marcher la ferme quand je serai vieux et malade, et… seul.

— Ce n'était pas exactement ce que j'avais en tête quand je songeais au futur métier de Jamie, mais j'y penserai, répondit-elle en lui rendant son sourire, un peu à contrecœur visiblement. Mais revenons-en à Savannah et toi.

— Il n'y a rien de plus à dire.

— Sam, crois-tu que je n'aie pas remarqué tous ces échanges de regards entre vous deux ? Et ce soir, quand tu chantais… l'intimité qui existe entre vous était presque palpable. Même Brent l'a sentie. Il me l'a dit.

— Quelques regards et une chanson ne traduisent pas une quelconque *intimité*, Darlene.

Ce qu'ils avaient fait ensemble la nuit précédente, si. Mais cela, Sam était bien résolu à le garder pour lui.

— Est-ce qu'on n'appelle pas les relations sexuelles des relations intimes, Sam ?

Comment pouvait-elle savoir ? Savannah ne pouvait pas le lui avoir dit. Pas à son ex-femme ! Non, le plus probable était qu'elle essayait de le piéger en voulant lui faire croire qu'elle savait.

— Est-ce que je ne t'ai pas déjà dit que tu avais trop d'imagination ? fit-il avec seulement un léger temps de retard.

— Cela n'a rien à voir avec mon imagination, Sam. J'ai entendu toute l'histoire de mes propres oreilles il y a un petit moment. Par chance, Jamie somnolait déjà, sinon, elle l'aurait entendue elle aussi. Savannah et toi devrez apprendre à baisser la voix si vous choisissez de nouveau l'abri d'une moustiquaire pour vous protéger des oreilles indiscrètes, dit-elle, non sans ironie.

Bon sang ! C'était donc ça. Si seulement il avait pris l'habitude de fermer cette fichue porte, ainsi que Gracie lui avait tant de fois demandé.

— Nous ne parlions pas si fort que ça, contra-t-il maladroitement.

— Oh que si ! Mais il est vrai que Savannah et toi n'avez jamais été particulièrement discrets. Je me trompe ?

Elle devait faire allusion à leur tapageuse rupture, devenue légendaire. Elle ne pouvait tout de même pas être au courant pour…

— Prends l'incident de l'étang hier soir par exemple.

— Comment diable as-tu pu découvrir ça ? dit-il en s'étranglant à moitié.

Darlene ricana.

— Mon Dieu, Sam ! Atterris ! C'est par le mari de Pearl Allworth que vous vous êtes fait prendre ! Vous avez offert à tout Placid matière à bavarder pendant des années. Sans rire, les gens n'avaient pas été aussi excités par quelque chose depuis qu'Abe Young s'est fait surprendre en train de voler les culottes de Harriet Hamilton sur sa corde à linge dans les années 50.

— Ce qui s'est passé entre nous ne signifiait rien.

Elle leva les yeux au ciel.

— Tu ne me feras jamais croire ça, Sam. Et je pense qu'il est temps pour toi de dire à Savannah ce que tu ressens pour elle et de voir où cela te mène.

Il savait exactement où cela le mènerait : nulle part.

Par chance, Brent choisit ce moment pour sortir de la maison, interrompant leur conversation.

— Je commençais à me demander si vous ne vous étiez pas enfuis ensemble tous les deux, dit-il en les rejoignant.

— Aucun risque, répliqua Darlene. D'ailleurs, nous étions justement en train de parler de la vie amoureuse de Sam.

Brent passa un bras autour des épaules de Darlene et l'attira à lui.

— Permettez-moi de vous dire, Sam, que vous avez très bon goût en matière de femmes.

— Merci, chéri, dit Darlene en glissant son bras autour de la taille de son mari.

C'est à cet instant précis que Sam réalisa qu'il n'éprouvait pas une once de jalousie envers Brent ; ce qui en disait long sur sa relation avec Darlene. Il ne pouvait nier qu'il l'avait aimée un jour, mais jamais comme il avait aimé Savannah — même s'il lui avait fallu beaucoup de temps pour en prendre conscience.

Brent embrassa Darlene sur la joue.

— Tu es prête à y aller, chérie ?

— Oui, répondit-elle en le regardant amoureusement.

— Où est Jamie ? demanda Sam.

— Elle est roulée en boule sur le canapé, elle s'est lassée d'attendre, je crois, dit Brent.

Aussitôt, Sam vit là l'occasion d'échapper à Darlene.

— Je vais la chercher pendant que vous rafraîchissez la voiture.

— Je viens avec toi. Je n'ai pas dit au revoir à tes parents, dit celle-ci, lâchant la taille de son mari pour se diriger vers la maison.

Ayant serré la main de Brent, Sam pivota à son tour vers l'escalier du porche et il s'était déjà éloigné de quelques pas quand Brent le rappela.

— Encore une chose, Sam.

— Oui ? fit-il en se retournant.

— Juste un conseil. Vous avez déjà laissé filer une femme

formidable. Réfléchissez-y à deux fois avant d'en laisser partir une autre.

Savannah se surprenait à présent à maudire sa mère. Progressant dans le noir, elle ne cessait de s'accrocher dans les broussailles et ses jambes allaient bientôt être toutes égratignées. Ruth avait certainement pensé à se munir d'une torche en prévision de son retour à la ferme à la nuit tombée, mais bien sûr, elle n'avait pas attendu sa fille pour l'en faire profiter.

Si elle parvenait à franchir le petit bois sans s'emmêler les pieds dans les ronces, peut-être, et peut-être seulement, pourrait-elle arriver avant que sa mère ne se soit barricadée dans sa chambre. Sinon, leur petite conversation devrait attendre le lendemain matin. *Encore*.

Emergeant des taillis, Savannah s'arrêta tout net. Ruth était là, sur le pont, immobile, sa main droite pressée contre sa poitrine.

Envahie par un soudain sentiment de panique, Savannah courut vers elle.

— Maman, ça va ? demanda-t-elle en lui touchant doucement l'épaule.

Celle-ci continua de fixer les champs d'un regard absent.

— La dernière fois que ton père et moi sommes allés nous promener, dit-elle au bout d'un moment, nous nous sommes arrêtés ici. « Ruth, m'a-t-il dit, il n'y a rien de plus beau dans ce monde qu'une bonne parcelle de terre. »

Sa mère regrettait-elle la décision qu'elle avait prise de vendre la propriété ? s'interrogea Savannah.

— Tu sais, c'est normal si la ferme te manque un peu quand tu seras là-bas, dit-elle.

— C'est ton père qui me manque.

Elle soupira légèrement avant d'ajouter :

— C'est triste, mais on ne réalise vraiment à quel point on aimait quelqu'un qu'une fois qu'il n'est plus là.

— Il me manque aussi, reprit Savannah d'une voix douce. Mais il est en paix maintenant.

— Oui, acquiesça sa mère. Ses derniers jours à l'hôpital ont été terribles. Tant de fois, j'ai cru que je l'avais perdu, et puis… tout à coup il serrait ma main.

Elle crispa son poing, puis le rouvrit, comme si elle revivait ces instants.

— Quand il a arrêté de faire ça, continua-t-elle, j'ai su que c'était fini, avant même qu'il ne pousse son dernier soupir. Je ne sais pas s'il m'entendait encore, mais je n'ai pas cessé de lui parler, de lui dire que je l'aimais. Combien il avait compté pour moi. Je ne crois pas que je le lui ai assez dit quand il était encore là.

Le cœur serré, Savannah sentit les larmes lui monter aux yeux.

— Tu aurais dû m'appeler, maman. Je serais venue.

Celle-ci jeta un bref coup d'œil dans sa direction avant de se tourner de nouveau vers les champs.

— Il m'a demandé de ne pas le faire. Il ne voulait pas que tu le voies comme ça.

Cela ressemblait bien à son père. Il ne voulait jamais déranger personne. Il ne voulait pas non plus qu'on le voie dans ses moments de faiblesse — bien qu'il n'en ait pas eu beaucoup. Pourtant, Savannah se rappelait l'avoir vu un jour, sur le porche, totalement effondré. Elle n'avait jamais su pourquoi il pleurait ce soir-là, et ne le saurait probablement jamais.

— Quand même, tu n'aurais pas dû être seule dans ces moments-là, maman.

— Je n'étais pas toujours seule.

— Ah. Tant mieux, cela me soulage un peu de savoir que Bill et May étaient là pour te soutenir.

— Je ne parlais pas de Bill ou de May, Savannah, mais de Sam.

Savannah n'aurait pas pu être plus surprise.

— Sam ? Sam est venu à l'hôpital ?

— Oui. Il venait régulièrement et me proposait d'aller me

reposer, même quand je n'avais pas l'impression d'en avoir besoin. Mais parfois, j'étais si fatiguée que j'en profitais pour rentrer et dormir un moment. Il m'avait promis de m'appeler si l'état de ton père se dégradait subitement et je savais qu'il le ferait. L'avoir à mes côtés m'a beaucoup aidée, surtout vers la fin.

Une boule s'était formée dans la gorge de Savannah et elle s'appliqua à déglutir.

— Il était là quand papa est mort ?

— Oui. Avec sa vieille guitare. Dans les derniers temps, il lui chantait sa chanson préférée, celle qui parle du départ.

Savannah en resta muette durant quelques secondes, puis elle se reprit.

— C'était un geste incroyablement gentil de sa part, dit-elle.

— Sam est un homme bien, Savannah, dit sa mère. Mais je suppose que tu l'as toujours su.

Oui, elle le savait depuis longtemps, mais elle en prenait encore davantage conscience aujourd'hui.

— C'est vrai, Sam est quelqu'un de bien, dit-elle. Et je suis contente que tu l'aies finalement réalisé.

— Je n'avais jamais pris le temps de le connaître avant ton départ. Il m'arrive de juger les gens trop vite, admit Ruth en détournant le regard de nouveau.

Cet aveu surprit presque autant Savannah que d'apprendre que Sam avait veillé son père jusqu'à ses derniers instants.

— Nous avons tous nos défauts, maman.

— Ton père n'en avait pas beaucoup, crois-moi, soupira Ruth. Il m'a supportée pendant presque soixante ans. Et il m'a aussi sauvé la vie.

Le moment était-il enfin venu pour Savannah de découvrir ce que sa mère cachait de son passé ? Peut-être. A condition qu'elle avance avec prudence.

— Comment ça, il t'a sauvé la vie ?

— Peu importe. Il l'a fait, c'est tout, répondit Ruth d'une voix qui trahissait sa tension.

C'était maintenant ou jamais. Alors ce serait maintenant.

— J'ai vu tes dessins, maman. Je les ai trouvés dans ta chambre. Je sais que je n'aurais pas dû les chercher, mais je sentais que j'avais besoin de…

— Je sais, la coupa Ruth. Je suis contente que tu les aies trouvés.

Enfin une ouverture ?

— Etait-ce toi la petite fille sur ces dessins ? demanda-t-elle doucement.

— Oui.

— Et ces mains ? A qui appartenaient-elles ?

Ruth resta silencieuse un long moment. Ses révélations allaient s'arrêter là, et puis c'était tout ?

Mais non, elle reprit soudain, d'une voix changée :

— Mon beau-père était un homme horrible.

— A quel point horrible, maman ? fit Savannah tandis que son cœur se mettait à battre douloureusement dans sa poitrine. Il te frappait ?

— Oui.

Elle tourna la tête vers Savannah, puis baissa les yeux.

— Il abusait de moi aussi.

13

En suggérant à sa mère de poursuivre leur conversation à la maison, Savannah courait le risque que celle-ci se referme de nouveau comme une huître. Néanmoins, si elle continuait de se livrer, mieux valait que ce soit dans un lieu éclairé. Savannah pourrait guetter ses réactions et l'arrêter si elle se rendait compte que ces révélations réveillaient trop de souffrances.

Une fois qu'elles furent arrivées à la ferme, elle guida Ruth vers le séjour, la fit asseoir sur le canapé et s'assit auprès d'elle.

— Maman, je comprendrais si tu ne voulais pas m'en parler, commença-t-elle, mais cela pourrait t'aider de laisser sortir tout ça.

Celle-ci embrassa la pièce du regard, puis ses yeux se fixèrent sur une photo de leur famille prise avant leur emménagement à Placid. Souvenir de temps plus heureux.

— Quand Don a commencé à courtiser ma mère, quelques mois après la mort de mon père, ça ne m'a pas ennuyée tant que ça, commença-t-elle. Maman avait été tellement triste, j'étais contente de la voir sourire de nouveau. Mais cela n'a pas duré bien longtemps…

— Continue, maman, l'encouragea Savannah comme celle-ci s'interrompait. Je t'écoute.

Ruth prit une profonde inspiration, qu'elle relâcha lentement avant de reprendre :

— Je me souviens de ces matins où je me réveillais et qu'une odeur de crêpes flottait dans la maison. Il faisait toujours des crêpes quand il l'avait battue, comme si cela pouvait effacer ce qu'il lui avait fait. C'est à cause de ça que je déteste les crêpes.

Oh ! mon Dieu, songea Savannah, *ce qu'elle a dû endurer tous ces samedis matin lorsqu'elle préparait des crêpes pour nous.*

— Quand a-t-il commencé à te frapper ?

— Quand j'ai eu douze ans, l'hiver qui a précédé la mort de maman, répondit-elle après un autre silence. Tous les prétextes étaient bons. La récolte était mauvaise, le tracteur était en panne, le linge n'était pas repassé à sa convenance. J'allais me cacher dans le grenier, mais il me trouvait toujours.

Un frisson d'effroi parcourut Savannah.

— Et grand-mère ne l'arrêtait jamais ?

Une colère sans nom brilla dans les yeux de sa mère.

— Non, *jamais*. Elle allait se coucher et le laissait me faire ce qu'il voulait du moment qu'il ne lui faisait plus de mal à elle. Ils ont dit qu'elle était morte d'une pneumonie, mais je suis sûre qu'en fait, elle n'en pouvait tout simplement plus d'être battue, et elle s'est laissée mourir.

— Et un jour, il a fait autre chose que te frapper..., murmura Savannah.

Mais avait-elle vraiment le droit d'encourager sa mère à poursuivre ?

Une expression de honte traversa le regard de celle-ci.

— Quelques mois après la mort de maman, j'ai dû aller travailler à l'épicerie générale pour pouvoir mettre quelque chose dans nos assiettes, car Don ne faisait rien d'autre que boire. J'emmenais toujours May avec moi parce que j'avais peur qu'il ne se mette à la frapper aussi. Et quand je rentrais à la fin de la journée, je préparais *son* repas, lavais *son* linge, je faisais tout ce que maman faisait pour lui... *tout*.

Sa voix se brisa. Elle enfouit son visage dans ses mains, secouée de sanglots.

— Ça va aller, maman, dit doucement Savannah en posant une main sur son épaule. Tu n'as pas besoin de continuer.

— Si, il le faut.

Les vannes étaient ouvertes à présent. Ruth sortit un mouchoir en papier de sa poche, s'essuya les yeux et reprit :

— Maman ne m'avait jamais parlé de l'amour, ni de la sexualité. Quand il a commencé à venir dans ma chambre le soir, je ne comprenais pas ce qui se passait. Je savais seulement que c'était mal et que cela me dégoûtait. J'ai essayé de me défendre, mais il était trop fort.

En pensant à la terreur que sa mère avait dû éprouver, Savannah sentit ses propres muscles se contracter.

— Est-ce que tu l'as dit à quelqu'un ? demanda-t-elle.

Celle-ci laissa échapper un rire amer.

— Personne ne parlait de ces choses-là à cette époque. Don était un citoyen *respecté*. Il avait sauvé la veuve Calloway et ses enfants de la misère. Et les gens pensaient alors que ce qu'un homme faisait chez lui ne regardait personne. Ce n'était pas chez lui, d'ailleurs, mais ça ne l'a pas empêché de souiller cette maison en même temps que ma mère et moi.

Savannah commençait à comprendre les raisons pour lesquelles sa mère avait tant changé après leur emménagement à la ferme.

— Quand nous sommes revenus à Placid, tous ces souvenirs sont remontés à la surface, n'est-ce pas ?

— Oui, et ton père s'est toujours reproché de m'avoir amenée ici. Mais quand la minoterie a fermé à Knoxville, nous n'avons pas eu d'autre choix. Il a fait ce qu'il a pu pour m'aider. Il a jeté presque tout l'ancien mobilier et repeint les murs. Mais il n'a pas pu effacer mes souvenirs.

L'histoire de sa mère, ainsi que Savannah l'avait pressenti, jetait un nouvel éclairage sur son étrange comportement, mais certaines questions demeuraient.

— Je commence à comprendre ce que tu as traversé, maman, et j'en suis vraiment terriblement désolée, dit-elle, sincère. Mais je ne comprends pas pourquoi ce malheur t'a éloignée de moi.

Celle-ci avait tourné la tête de nouveau, évitant son regard.

— Tu étais si impétueuse, si têtue, que je trouvais préférable que ce soit ton père qui s'occupe de toi.

Bien qu'elle essayât de le réprimer, le ressentiment de Savannah revint à la charge.

— Tu veux dire *plus facile* ?

Sa mère tourna enfin son visage vers elle.

— Tu penses vraiment que ça a été facile de te regarder construire avec ton père la relation pleine de confiance et d'affection que j'aurais voulu avoir avec toi ? demanda-t-elle d'une voix lasse.

Savannah n'y comprenait plus rien.

— Je ne te suis pas, maman.

Celle-ci ne cessait de rouler et dérouler l'ourlet de son T-shirt entre ses doigts tremblants.

— Tu te souviens de cette nuit où tu m'as dit que tu détestais Placid et que tu me détestais parce que je t'y avais amenée ?

— Je sais qu'il m'arrivait d'être agressive…

— Te rappelles-tu que j'ai levé le bras et que j'ai failli te frapper ?

La scène, oubliée depuis longtemps, lui revint soudain à la mémoire.

— Maintenant que tu le dis, oui. Mais je ne crois pas y avoir repensé depuis ; après tout, tu ne l'avais pas fait.

— Non, mais j'en avais vraiment eu envie. Après ça, j'ai toujours craint d'avoir quelque chose de mauvais en moi — comme Don.

A présent, toutes les pièces du puzzle s'assemblaient dans l'esprit de Savannah.

— L'important est que tu te sois retenue, maman. Pas une fois, tu n'as porté la main sur moi.

— Je ne pouvais pas prendre le risque de te faire du mal comme lui m'en avait fait, dit cette dernière, la voix et les yeux pleins de larmes.

— Si seulement tu avais pu me parler de ce que tu avais traversé, dit Savannah avec regret, j'aurais été une adolescente moins difficile !

Moins lunatique. Moins vindicative.

— Je ne peux pas revenir en arrière à présent, reprit sa mère. Je ne peux que te dire que je regrette infiniment et te demander pardon.

Savannah était prête à tourner la page — dès qu'elle aurait posé une dernière question.

— Je te pardonne, maman, fit-elle d'un ton grave. Mais pourquoi me dire tout cela maintenant ?

Celle-ci hésita un instant.

— Parce que ton père me l'a demandé, répondit-elle finalement. Il voulait pouvoir penser que, lui parti, nous pourrions compter l'une sur l'autre.

— Alors ce n'était pas ton idée ?

— J'ai voulu t'en parler tant de fois, mais je ne savais pas comment, fit-elle tout en hochant la tête d'un air accablé. Il y avait tellement d'amertume entre nous — ce dont je suis responsable bien sûr.

— En partie seulement, maman. C'était ma faute aussi.

— Non, Savannah, dit sa mère en relevant la tête. Tu n'étais qu'une enfant. J'aurais dû me montrer plus patiente envers toi. J'aurais dû être plus forte.

— Plus forte ? Tu es allée travailler alors que tu étais à peine assez âgée pour t'occuper de toi-même. Tu as survécu à des actes inqualifiables. Et tu as élevé ta petite sœur. Si tout cela n'est pas courageux, je ne sais pas ce que c'est !

— Ça ne me dérangeait pas de travailler au magasin.

Le visage de Ruth s'éclaira soudain d'un sourire qui réchauffa le cœur de Savannah.

— C'est là que j'ai rencontré ton père, continua-t-elle. C'était le garçon le plus adorable que j'avais jamais vu. Il venait à la maison et m'aidait à m'occuper de tout. Quand il était là, Don me laissait tranquille.

— Qu'est-ce que papa savait de ce que Don t'avait fait ?

— Tout. Je lui ai tout dit aussitôt après notre mariage. Il le fallait car je ne savais pas ce que c'était qu'avoir des relations sexuelles avec un homme sans être terrorisée. Il m'a fallu des années avant que je me sente une femme. Et durant tout ce temps, ton père est resté d'une patience merveilleuse.

— Ça ne me surprend pas du tout de papa, dit Savannah.

Ce qui la surprenait, en revanche, c'était que sa mère lui confie une chose aussi personnelle.

— J'ai vraiment beaucoup de mal à m'imaginer mariée à dix-sept ans, ajouta-t-elle, songeuse.

Et presque autant à trente, d'ailleurs.

— Ça n'a pas été facile, dit Ruth. Nous n'avions pas un sou devant nous. Mais nous nous aimions énormément et nous avions May. Nous avons travaillé dur pour lui donner un vrai foyer.

— Et vous avez réussi. May vous en est très reconnaissante, tu le sais bien.

— Je sais. Mais j'ai fait des erreurs avec elle aussi. Je ne lui ai jamais dit la vérité au sujet de Don. Elle n'a jamais vraiment compris pourquoi j'avais dû l'emmener.

— Je comprends pourquoi tu as agi ainsi, maman. Tu l'as protégée de la violence de ton beau-père, comme tu aurais voulu que ta propre mère te protège. Et comme tu as essayé de me protéger, plus tard, en me tenant à distance. Et même si nos relations en ont pâti par la suite, je sais aujourd'hui pourquoi tu l'as fait et je ne peux que t'en aimer davantage.

Le visage de Ruth s'illumina.

— Quand tu as été grande, j'aurais voulu me rapprocher de toi. J'aurais voulu pouvoir te parler comme nous le faisons aujourd'hui, mais j'avais tellement honte…

Savannah prit la main de sa mère et la serra entre les siennes.

— Tu n'as aucune raison d'avoir honte, maman. Tu étais la victime, pas la coupable. Tu ne pouvais pas te défendre. Et en ce qui nous concerne, il n'est jamais trop tard pour se pardonner l'une l'autre, n'est-ce pas ?

— Non, tu as raison.

Lorsque sa mère se leva, Savannah pensa que le temps des confidences était arrivé à son terme. Mais au lieu de quitter la pièce, elle se dirigea vers le bureau qui se trouvait dans un coin du séjour et ouvrit un tiroir. Puis elle revint vers elle et lui tendit une feuille de papier. Un dessin.

— Tiens, c'est pour toi, dit-elle.

Savannah le prit et examina le croquis à la fois tendre et poignant d'un enfant endormi lové au creux des bras de son père. Bien qu'il ait été fait au crayon, l'artiste s'était appliqué à représenter chaque détail, chaque fine boucle de cheveux sur la joue de l'enfant, chaque petite pression argentée sur les poignets de la chemise de l'homme, chaque pli de son pantalon.

Savannah n'eut pas besoin de chercher la signature au bas de la feuille jaunie pour savoir que c'était une œuvre de sa mère, qui les représentait, elle et son père. Et quand bien même, si elle avait cherché cette signature, elle ne l'aurait de toute façon pas vue au travers des larmes qui embuaient ses yeux. Jamais elle n'avait davantage admiré le talent de sa mère — et sa mère elle-même.

Elle s'essuya les yeux du bout des doigts, leva la tête et regarda cette dernière.

— Quand as-tu fait ce dessin ?

— Il y a environ vingt-quatre ans. Tu te remettais d'une petite grippe et ton père était allé s'asseoir au soleil sur le porche avec toi. Je n'ai pas pu résister à l'envie de capturer ce moment parce que je réalisais soudain que le temps passait trop vite et que bientôt tu serais grande et tu partirais. Je crois que s'il est réussi, c'est parce que l'amour que j'éprouvais pour vous deux guidait mon crayon ce jour-là.

Pour la première fois depuis de nombreuses années, sa mère lui disait qu'elle l'aimait et l'âme de Savannah s'allégea d'un énorme poids.

— Pourquoi ne l'avais-je encore jamais vu ? demanda-t-elle.

— Je voulais te le donner le jour où tu aurais ton premier enfant.

Aïe.

— Je suppose que tu as décidé que cela n'arriverait plus.

Ruth sourit.

— Non, j'espère toujours. Mais j'ai pensé que ce serait

mieux maintenant. Je voulais que tu aies quelque chose qui te rappelle que ton père était le meilleur des hommes et qu'il t'aimait de tout son être.

Savannah n'avait pas besoin de preuve tangible pour le lui rappeler, mais elle était néanmoins tout heureuse d'avoir ce croquis.

— Maman, tu as un tel don pour le dessin. Tu n'as jamais rêvé d'en faire ton métier ?

Celle-ci se rassit sur le canapé.

— Cela peut te paraître désuet, mais mon rêve était d'épouser ton père. Et plus tard, te voir réussir ta vie.

Elle passa son bras autour des épaules de Savannah, dans un geste d'affection presque inédit, et ajouta :

— Je suis très fière de toi, Savannah Leigh. Je suis fière que tu sois allée au bout de tes rêves. Mais…

Oh ! non. Juste au moment où Savannah se disait que toutes deux avaient soulevé des montagnes ce soir…

— Mais ?

— Ne laisse pas ton travail prendre toute la place dans ta vie. Quels que soient nos rêves ou nos projets, ils ne valent pas grand-chose si on ne peut pas les partager avec quelqu'un.

Comme si c'était aussi simple !

— J'essaierai, maman, mais les hommes intéressants ne courent pas les rues, tu sais.

Ruth lui fit un petit sourire en coin, puis la serra maladroitement contre elle un bref instant.

— On ne sait jamais quand l'amour décidera de frapper à notre porte, dit-elle d'un ton léger.

Savannah eut une moue dubitative. La seule chose qu'elle s'attendait à trouver devant sa porte, c'était le chat de sa voisine…

— A propos, dit-elle en pensant à son appartement, quand viendras-tu me voir à Chicago ?

— Dans quelques mois peut-être, répondit sa mère en se levant.

Elle fit quelques pas vers la porte, puis se retourna pour ajouter avant de quitter la pièce :

— Si tu y es toujours.

Toujours ? Et où pourrait-elle bien être si ce n'est à Chicago ?

Sam, qui venait de lancer la dernière balle de foin dans la grange, se retourna en entendant son nom. Ruth Greer se tenait à quelques mètres, devant une voiture de location stationnée dans l'allée. May agita la main au travers de sa portière et Bill fit retentir son Klaxon. Sam leva le bras pour les saluer, puis enleva ses gants et les fourra dans la poche arrière de son pantalon.

— Alors, ça y est, vous partez, Ruth ? dit-il comme elle s'approchait.

— Oui, mais je voulais te dire au revoir avant.

Elle lui avait déjà fait ses adieux la veille au soir, pourtant... Un autre motif l'aurait-il poussée à revenir ?

— C'est gentil, fit-il simplement.

Elle jeta un coup d'œil par-dessus son épaule comme à la recherche d'un soutien, avant de reporter son attention sur lui.

— Je voulais aussi te remercier pour tout ce que tu avais fait pour moi, avant et après le décès de Floyd. Je ne sais pas comment j'aurais fait sans toi.

— C'est inutile de me remercier pour ça, je l'ai fait avec plaisir, fit-il en esquissant un sourire. Et vous êtes une femme forte, Ruth. Vous auriez tenu le coup, j'en suis sûr.

— Peut-être, mais je suis contente que tu aies été là. A présent, je peux partir apaisée.

— Est-ce que Savannah et vous avez conclu une trêve ? osa-t-il demander.

Elle sourit à son tour.

— Oui. Et c'est aussi pour cette raison que je suis venue. Je voulais te demander une autre faveur.

— Allez-y, dit-il, en attente.

Ruth se tordit nerveusement les mains.

— Elle a décidé de rester jusqu'à la fin de la semaine pour trier ce qu'il reste — du moins, c'est ce qu'elle dit. Je suis inquiète pour elle, je vois bien que l'idée de se séparer de cette maison l'attriste. Quoique je ne comprenne pas pourquoi, elle n'y est guère venue toutes ces dernières années…

— C'est vrai, mais elle y a beaucoup de souvenirs, observa Sam.

Et lui aussi, il en avait.

— Je sais, et c'est là que tu interviens, reprit Ruth. Je voudrais que tu l'aides à tourner la page.

Comme s'il pouvait aider Savannah à faire quelque chose qu'il n'avait jamais réussi à faire lui-même !

— Et comment suis-je censé faire ça ? demanda-t-il.

— Promets-moi seulement que tu passeras la voir de temps en temps dans les jours qui viennent.

— Je doute que Savannah apprécie beaucoup, fit-il d'un air entendu.

— Alors ne lui laisse pas le choix ! s'exclama Ruth. Persévère et elle finira par s'adoucir.

A moins qu'elle ne l'envoie tout bonnement promener dès sa première tentative de visite…

— Je peux seulement vous promettre d'essayer, dit-il.

— C'est tout ce que je te demande.

Elle s'éloigna de quelques pas avant de se tourner de nouveau vers lui pour ajouter :

— Tu sais, Sam, Dieu m'a accordé le bonheur de me réconcilier avec ma fille. Si j'ai eu une seconde chance, pourquoi pas toi ?

Sam n'y croyait pas un instant. Et malgré ça, lui aussi éprouvait le besoin de demander pardon à Savannah, de dissiper les ombres du passé pendant qu'il en avait encore la possibilité. Ce que cela pourrait avoir comme conséquences, il n'en savait rien, mais s'il n'essayait pas, il ne le saurait jamais et peut-être cette question le hanterait-elle toute sa vie.

Il y avait beaucoup trop de choses, réalisait Savannah après avoir trié le reste des affaires qu'elle comptait emporter, toutes ces stupides bricoles qu'elle seule était en mesure d'apprécier. Depuis le départ de sa mère, elle n'avait pas cessé de remplir et de vider des cartons. Jeter ou ne pas jeter ? Telle était la question. Question d'autant plus difficile qu'elle avait toujours été du genre à tout garder. Au point où elle en était, elle allait déjà devoir expédier quelques colis par la poste. Quant à savoir comment elle rangerait tout cela dans son petit appartement de Chicago, mystère. Mais elle s'en préoccuperait le moment venu.

Après un dernier coup de ruban adhésif, Savannah passa encore une demi-heure à déambuler dans la maison, enregistrant dans sa mémoire chaque détail de chaque pièce. Les nœuds du lambris de pin dans la cuisine, le papier rose passé de la salle de bains, les rayures du parquet dans le couloir, tout lui parlait d'un héritage qu'elle chérirait toujours, même si sa mère, elle, ne le pouvait pas.

Dans le séjour, elle s'accroupit sur ses talons, soudain vaincue par le sentiment qu'à la minute où elle franchirait le seuil de cette maison, elle perdrait une partie d'elle-même. Un chapitre de sa vie auquel elle s'était raccrochée durant tant d'années allait se refermer. Elle s'était promis qu'elle ne pleurerait pas, mais elle ne put retenir ses larmes en se remémorant toutes les fois où elle s'était assise aux pieds de son père, à cet endroit même, pour lui raconter sa journée et écouter ses conseils pleins de sagesse. Elle se rappelait Sam aussi, qui, lorsqu'il était là le soir, s'empressait de lui voler un baiser avant que son père n'arrive. Tous ces moments heureux, précieux, qu'elle ne revivrait jamais ni n'oublierait jamais non plus.

Savannah ne s'était jamais sentie plus seule qu'à cet instant, dans cette maison désormais vide de ses occupants. Jamais non plus, elle n'avait eu aussi peu envie de retourner au travail. A cette minute, elle aurait volontiers appelé son associé principal au cabinet pour l'envoyer au diable — ce qui était bien sûr complètement démentiel. Elle avait travaillé trop dur pour atteindre son but, il était hors de question qu'un accès de nostalgie vienne ruiner toute sa carrière.

Malgré son abattement, Savannah parvint à s'obliger à aller manger quelque chose dans la cuisine. La plupart des placards avaient été vidés et elle ne trouva qu'une boîte de thon avec, dans le frigo, une tomate trop mûre et quelques feuilles de salade défraîchies. Tout bien réfléchi, elle préférait faire un saut en ville et s'acheter quelque chose chez Stan.

Elle attrapa son sac sur le comptoir et, tout en se dirigeant vers la porte d'entrée, farfouilla à l'intérieur à la recherche de ses clés de voiture, écartant le paquet de vieilles cartes de vœux qu'elle y avait fourré un moment plus tôt — et qui prenait toute la place. Arrivée sur le porche, elle n'avait toujours pas mis la main sur ces fichues clés. Elle dut se résoudre à sortir le paquet de cartes pour le coincer sous son menton et continuer à chercher.

— Bon sang, mais où est-ce qu'elles sont ? s'exclama-t-elle, agacée.

— Ici, m'dame.

A sa connaissance, les clés ne parlaient pas, et si par miracle elles le faisaient, Savannah doutait que ce fût de cette voix basse, sexy, avec cet accent légèrement traînant du Sud, car sa voiture sortait tout droit d'une usine de Detroit.

Elle tourna la tête. Sam se tenait à côté de son pick-up rutilant, un sac en papier dans une main, une bouteille de vin blanc dans l'autre, et un sourire ostensiblement sensuel plaqué sur son beau visage.

Savannah en laissa tomber non seulement le paquet de cartes coincé sous son menton, mais aussi son sac dont le contenu se répandit sur le sol, les fameuses clés atterrissant pile sur ses orteils.

— Qu'est-ce que tu fais là, Sam ? demanda-t-elle, maudissant intérieurement à la fois ses clés et l'homme qui ne cessait de réapparaître pour la bouleverser.

— Je t'apporte un plat de boulettes de poulet de la part de Gracie, répondit-il en brandissant le sac en papier.

Savannah éprouva une impression de déjà-vu. Le lieu

était différent, mais la scène était la même que lors de leur rencontre sur le pont.

Ayant rassemblé ses affaires — et ses esprits —, elle descendit en hâte l'escalier et rejoignit Sam dans l'allée.

— J'allais justement en ville me chercher quelque chose. Gracie va m'épargner une dangereuse hausse de mon taux de cholestérol. Tu la remercieras pour moi.

Sam tenait toujours fermement le paquet.

— Il y en a assez pour deux, dit-il.

Etait-il assez fou pour vouloir s'inviter à dîner ? Et elle assez insensée pour être tentée de dire oui ?

— Tu n'as pas dîné ?

— Non. J'avais pensé me joindre à toi… enfin, si tu veux bien me laisser entrer.

Mauvaise idée.

— Il fait beau ce soir. Nous pourrions nous installer sur le porche, qu'en dis-tu ? proposa-t-elle.

— Comme tu veux, dit-il en se dirigeant d'un pas décidé vers l'escalier.

Savannah pivota pour le suivre des yeux, fascinée par la largeur de ses épaules, moulées dans un T-shirt noir, ses jambes musclées et l'assurance de sa démarche.

Comme elle continuait de le fixer, Sam posa le sac en papier et la bouteille sur la table, à côté du sac avaleur de clés de Savannah, puis se tourna vers elle, lui offrant le côté face de sa personne qui lui plaisait tout autant. Il n'y avait rien comme une boucle de ceinture pour mettre en valeur la silhouette mince mais musclée d'un homme.

— Gracie n'a pas mis d'assiettes ni de couverts, dit-il.

Comme elle restait bouche bée, il ajouta :

— Il nous faudrait aussi des verres et un tire-bouchon, à moins que tu ne veuilles me voir ouvrir cette bouteille avec mes dents et boire dans tes chaussures.

Savannah réagit enfin.

— Je vais les chercher, murmura-t-elle, en se hâtant de remonter l'allée.

Elle ouvrit la moustiquaire de la cuisine avec plus d'énergie que nécessaire, fâchée contre elle-même d'avoir une fois de plus succombé au charme de Sam. Elle avait considéré qu'ils s'étaient dit adieu la veille au soir, mais de toute évidence, lui n'était pas de cet avis. Et apparemment, les hormones de Savannah non plus — car bien sûr, elles seules pouvaient être responsables des images érotiques qui l'assaillaient. Ça et, sans doute, un certain manque affectif. Deux nuits plus tôt, le remords de s'être abandonnée dans les bras de Sam l'avait empêchée de dormir. La veille, c'étaient les révélations de sa mère qui l'avaient tenue éveillée. Mais maintenant qu'elle avait mis un peu d'ordre dans ses pensées, elle pouvait compter sur sa maîtrise d'elle-même, et même boire un verre de vin en compagnie de Sam et s'endormir comme un bébé dès qu'il serait parti. Promis.

Ayant retrouvé les assiettes en carton et les couverts en plastique mis de côté un peu plus tôt dans la journée, Savannah chercha en vain un tire-bouchon. Elle finit cependant par découvrir un couteau à éplucher au fond d'un tiroir qui ferait peut-être l'affaire. Quant aux verres, ils devraient se contenter de gobelets jetables.

A présent, si elle pouvait simplement chasser quelques-unes des pensées honteuses qui traversaient son esprit tandis qu'elle rejoignait le porche, longeant les murs derrière lesquels elle s'était conduite si follement et juré de ne jamais recommencer, tout irait bien. *Sauf qu'elle mourait d'envie de recommencer.*

Mais non, ils dînaient ensemble, voilà tout.

Elle s'assit donc en face de Sam tandis que celui-ci leur servait du vin.

— Tu l'as vraiment ouverte avec tes dents ? s'étonna-t-elle.

— Non, c'était un bouchon à vis, en fait, répondit-il en poussant un gobelet vers elle.

— Oh ! ce nectar a dû te coûter les yeux de la tête, railla-t-elle.

Elle s'attendait à une grimace de reproche, mais il sourit.

— Tu oublies que nous sommes à Placid, pas à Chicago.

Je suis déjà bien content que le conseil municipal ait autorisé la vente d'alcool ; sinon, j'aurais dû faire au moins cinquante kilomètres pour acheter ce vin.

Il serait beaucoup moins content dans un moment si Savannah ne supportait pas ledit vin.

— Je suppose que nous devrons nous en contenter, fit-elle avec un soupir exagéré.

Savannah s'étant servi une portion de boulettes, Sam s'adossa à sa chaise et se mit à l'observer avec une attention nouvelle.

— Quoi ? fit-elle, après avoir avalé sa première bouchée.

Il noua les doigts derrière sa nuque.

— J'essaie de savoir si tu as l'air différente maintenant que tu t'es réconciliée avec ta mère.

Savannah en laissa tomber sa fourchette dans son assiette.

— Comment sais-tu ça ?

— C'est Ruth qui me l'a dit.

— Quand ?

— Quand elle s'est arrêtée chez moi pour me demander de garder un œil sur toi, répondit-il en la regardant droit dans les yeux, comme par défi.

Est-ce que quelqu'un, un jour, se préoccuperait d'elle sans avoir été sollicité par une autre personne ?

— Bon, eh bien, tu m'as vue. Je vais bien et tu n'as visiblement pas l'intention de manger, alors tu peux t'en aller, fit-elle un peu sèchement.

— Mais je ne veux pas m'en aller.

Il se pencha en avant, prit son verre et but une longue gorgée de vin.

— Il faut que je t'aide à finir ce grand cru.

Savannah, qui ne l'avait pas encore goûté, en but une gorgée à son tour et fit la grimace.

— Je pense qu'il vient des établissements vinicoles Brûle-Gosier de Sans Espoir, dans le Dakota du Nord, commenta-t-elle, railleuse.

Sam rit de bon cœur.

— Il n'est pas si mauvais, je trouve.

— Oh que si, il est mauvais. A moins que tu n'apprécies ce subtil arôme d'antigel.

Redevenant soudain sérieux, Sam ramassa une fourchette et la fit tourner machinalement entre ses doigts.

— Je sais que ça ne me regarde pas, dit-il, mais je suis curieux de savoir ce que tu as appris au sujet de ce dessin qui te tracassait l'autre jour.

Après un moment d'hésitation, Savannah se décida à parler et lui raconta tout : les ignobles agissements du beau-père de sa mère, le calvaire que celle-ci avait vécu ainsi que la honte qu'elle en avait gardée des années durant. Elle lui confia aussi le sentiment de culpabilité qu'avait fait naître en elle ce récit car, dans son ignorance, elle avait été une adolescente difficile, ce qui n'avait pas dû arranger les choses. Quand elle eut enfin terminé, elle avait bu quelques verres du vin précédemment calomnié.

— Ce n'est pas ta faute, Savannah, dit Sam. Et pas non plus celle de ta mère. Et je suis vraiment content que vous ayez finalement pu crever l'abcès et vous rapprocher l'une de l'autre. La hainc et le ressentiment sont un terrible fardeau à porter.

— Oui, et tu sais de quoi tu parles, étant donné ce que t'a fait ta propre mère.

Trop tard. C'était dit. Manifestement, l'alcool lui déliait la langue.

— Je ne la déteste plus, dit-il finalement. Mais je regrette de n'avoir pas pu me réconcilier avec elle avant sa mort. C'est pourquoi je suis fier de ce que tu as fait.

Fier ? C'était une première de la part de Sam !

— Merci, répondit-elle tandis qu'elle ne parvenait pas à réprimer un sourire. Maintenant, ressers-moi un verre de cet excellent vin, veux-tu ?

Il retourna la bouteille et la secoua.

— Vide. Tu veux que j'aille en acheter une autre ?

— Nous avons terminé cette bouteille à nous deux ? s'étonna-t-elle. Tu ne devrais peut-être pas reprendre le volant tout de suite…

— C'est toi qui as presque tout bu, *ma puce,* remarqua-t-il, l'air amusé. Mais je n'ai pas envie d'aller où que ce soit pour le moment, de toute façon.

— Tant mieux, s'exclama-t-elle. Je crois que je suis plutôt contente que tu sois là.

Contente en réalité au point d'oublier toutes les raisons pour lesquelles elle aurait dû vouloir qu'il parte.

Avec le cran d'un pilote de haute voltige, elle se pencha par-dessus la table et embrassa Sam. Le vin l'empêchait de résister au charme de ce dernier… Non, franchement, à qui allait-elle faire croire ça ? Elle savait très bien qu'elle n'était pas ivre. Pas à cause de ces quelques verres de vin en tout cas. Mais la sensualité provocante avec laquelle Sam répondait à son baiser était, elle, plus enivrante qu'une pleine bouteille de vodka.

Il s'écarta pourtant pour l'observer avec attention.

— Cela t'ennuierait-il de me dire pourquoi tu as fait ça ?

— Parce que je me sens seule, répondit-elle au culot.

Il ne parut pas satisfait de sa réponse.

— Et je suis le seul homme âgé de moins de soixante ans disposé à te tenir compagnie ?

— Bon, je l'admets, avoua-t-elle, vaincue. Je suis fatiguée de prétendre que je n'ai pas envie d'être de nouveau avec toi. C'est peut-être idiot, mais c'est ce que je ressens.

Savannah avait été brutale. Elle s'attendait presque que Sam se lève et lui dise adieu une bonne fois pour toutes. Aussi sa question la prit-elle au dépourvu :

— *Tu veux que je reste ?*

— Vois-tu une raison pour laquelle je devrais le vouloir vraiment ? fit-elle, jouant un peu plus la provocation.

— Laisse-moi passer la nuit avec toi, et je t'en donnerai plusieurs, répondit-il du tac au tac.

Ils dînaient juste ensemble, vraiment ?

— C'est tentant.

— Dis oui, murmura-t-il. En souvenir du passé.

Seulement ce soir…

— Oui.

Il caressa son bras avec son pouce, et Savannah frissonna.

— Pas contre le mur cette fois, hein ? chuchota-t-il.

— Non. Il y a encore un lit dans ma chambre, tu sais.

Il se pencha vers elle et l'embrassa avec douceur.

— Alors qu'est-ce qu'on attend ?

Un éclair qui la foudroierait pour l'inciter à faire machine arrière. Un message céleste écrit dans les nuages qui lui conseillerait d'être prudente. Un moment de lucidité qui lui ferait prendre conscience du risque qu'elle prenait. Peine perdue. Même si l'un ou l'autre de ces signes s'était manifesté, Savannah aurait choisi de l'ignorer.

Sans un mot, ni même la moindre hésitation, elle prit Sam par la main et l'entraîna jusqu'à sa chambre. Les derniers rayons du soleil filtraient au travers des rideaux à demi tirés, jetant des zébrures orangées sur le lit. Savannah s'était un jour trouvée dans une situation presque identique — debout dans sa chambre d'enfant avec Sam, agitée de sentiments contradictoires, à la fois effrayée et excitée par la perspective de se donner entièrement à lui après l'avoir fait attendre deux ans. Cependant, elle n'était plus la jeune fille innocente, impressionnable, qu'elle avait été alors. Elle savait exactement ce qui allait se passer — et avait conscience des conséquences —, et pourtant, elle n'était pas plus capable de résister à son désir que de calmer les battements de son cœur.

Alors qu'ils étaient debout face à face, immobiles et muets, Sam se mit à déboutonner lentement son chemisier, un bouton après l'autre, comme pour lui donner le temps de changer d'avis. Ce qu'elle ne fit pas, même après qu'il l'eut complètement déshabillée, des pieds à la tête, avec un calme exaspérant. Il la fit ensuite asseoir sur le lit et se déshabilla à son tour, tandis que Savannah le regardait avec un intérêt grandissant.

Il commença par s'asseoir dans le large fauteuil qui faisait face au lit et enleva ses chaussures. Puis il passa son T-shirt par-dessus sa tête et, enfin, fit glisser son jean et son caleçon le long de ses hanches étroites. Pas un instant, il n'avait quitté Savannah des yeux. Et c'est en continuant de la fixer qu'il se leva et s'avança vers elle, arborant le regard triomphant, et la preuve tangible, d'un homme qui n'en était plus à plaisanter.

Sam la fit se lever, et d'un seul geste, rabattit drap et couvertures, envoyant valser plusieurs animaux en peluche au travers de la pièce. Savannah aurait probablement trouvé ça drôle si elle n'avait pas éprouvé un désir aussi violent.

Elle s'attendait à la même ardeur éperdue que celle qui les avait jetés dans les bras l'un de l'autre deux jours auparavant, mais au lieu de cela, Sam s'assit au bord du lit, l'attira entre ses jambes et, alors qu'elle se tenait debout devant lui, explora lentement son corps, le buvant du regard, la caressant du bout des doigts comme s'il essayait d'en graver chaque infime détail dans sa mémoire.

Avec la maturité venait la patience — et l'expérience. Sam lui en faisait la preuve, brodant des chemins de baisers à peine effleurés sur sa poitrine et son ventre, et ne s'arrêtant pas là. Il ne s'était jamais montré aussi audacieux autrefois, mais il est vrai que Savannah était beaucoup plus réservée alors et il avait toujours respecté ses réticences. Aujourd'hui, il semblait résolu à faire tomber toutes les barrières et elle n'avait aucun désir de l'arrêter.

C'était comme s'il essayait de tester ses limites, curieux d'apprendre combien de temps elle allait résister aux caresses de sa langue. S'il espérait qu'elle le supplie, il s'y prenait à la perfection, mais elle n'eut pas à l'implorer car une jouissance d'une intensité formidable la secoua soudain des pieds à la tête. Et alors qu'elle craignait que les muscles de ses jambes ne flanchent, il l'attrapa par la taille, l'allongea sur le lit et la pénétra aussitôt.

Puis, son regard accroché au sien, il se mit à aller et venir en elle, lentement, prolongeant son extase. Savannah aurait préféré des ébats fougueux à cette valse sensuelle, une union passionnée qui n'aurait laissé place qu'au plaisir, où aucune pensée n'aurait pu s'immiscer, et surtout pas celle des conséquences de ce qui était en train de se produire.

Car elle se sentait à présent terriblement vulnérable, et ce sentiment ne fit que s'accentuer lorsque Sam emmêla ses doigts dans les siens et leva ses bras au-dessus de sa tête. Elle ressentait la force du désir de Sam au plus profond d'elle-même, la tension de son corps d'athlète, elle vit dans son expression le combat qui se livrait en lui avant qu'il ne ferme les yeux, murmure son nom et s'écroule finalement sur elle. La violence de son orgasme l'agita de sursauts durant plusieurs secondes tandis que son cœur cognait contre la poitrine de Savannah et que son souffle sonore et rauque emplissait cette même pièce où ils avaient fait l'amour ensemble pour la première fois. Et pour la dernière fois. Car le lendemain, tout serait irrémédiablement fini.

Mais le moment n'était pas encore venu. S'étant pelotonnée contre Sam, à l'abri dans ses bras, Savannah écarta résolument ses peurs. Elle attendrait le matin pour lui dire qu'elle ne pouvait pas continuer ainsi. Pas si elle voulait retourner à Chicago avec un cœur en un seul morceau.

14

Apparemment, Savannah faisait peu de cas de son cœur. Elle avait finalement passé les trois jours suivants avec Sam — trois jours pleins d'insouciance durant lesquels elle n'avait pas accordé une seule pensée à ses craintes. Elle avait réappris à conduire le tracteur, dîné avec Gracie et Jim tous les soirs, accompagné Sam le jour où il était allé chercher quelques nouvelles têtes de bétail dans le comté voisin et, bien sûr, l'avait invité chaque nuit dans son lit.

Et les matins…

Les matins s'étaient révélés être les moments qu'elle préférait. Et ce matin-là ne faisait pas exception. A un moment de la nuit, il l'avait réveillée en se tournant brusquement sur le ventre et elle l'avait regardé longuement. Il avait un bras replié au-dessus de sa tête, l'autre étendu en travers du lit, et ses cheveux bouclaient sur sa nuque. Il aurait suffi d'une caresse pour le réveiller et il l'aurait entraînée de nouveau dans des ébats amoureux qui auraient duré jusqu'au petit jour. Mais, à regret, elle l'avait laissé dormir car elle devait se préparer à retourner à sa vie ordinaire d'ici peu. *Une vie sans Sam.*

Cependant, il faisait grand jour à présent et elle laissa courir ses doigts légèrement le long de sa colonne vertébrale, depuis sa nuque, jusqu'au drap qui couvrait ses fesses, et, comme prévu, il roula sur le dos, un sourire engageant aux lèvres.

— Hé, *ma puce*, tu vas me conduire tout droit aux urgences à ce rythme-là, dit-il d'une voix sensuelle, bien qu'un peu ensommeillée encore.

Elle souleva le drap et jeta un coup d'œil au-dessous.

— Je dirais que tu as l'air plutôt en forme.

— Est-ce que tu n'as jamais vu ces spots TV qui disent que quatre heures d'érection sont un véritable motif de consultation ?

Elle rit, en dépit du fait que les mains de Sam se trouvaient déjà sur ses seins.

— Je crois qu'ils veulent parler d'une érection qui durerait quatre heures *sans interruption*. D'ailleurs, je ne t'ai pas vu avaler la moindre petite pilule bleue.

— Je n'ai pas besoin de pilule, dit-il, le nez dans son cou. J'ai seulement besoin de toi.

Et elle aussi avait besoin de lui, bien plus qu'elle ne l'aurait dû.

Le portable de Savannah se mit soudain à vibrer sur la table de nuit, et elle s'obligea à tendre le bras pour voir qui appelait tandis que Sam poussait un grognement de dépit. Elle avait ignoré tous les appels de son cabinet ces derniers jours, mais hélas, elle ne pouvait passer outre celui-ci.

Repoussant la main de Sam, elle s'assit au bord du lit, remonta le drap sur elle et répondit d'un ton très professionnel :

— Savannah Greer.

— Il faut que vous rentriez immédiatement, maître Greer.

Grant Zurkle, associé principal de *Zurkle & Zurkle*, était connu pour ne pas mâcher ses mots. Et manifestement, il était de méchante humeur.

— Je serai de retour lundi, maître Zurkle.

— Pas lundi, dit-il d'un ton définitif. *Demain*. Vous devez commencer à préparer les dossiers pour le procès Smithfield.

Le procès Smithfield ?

— Mais… M. Smithfield a accepté un arrangement deux jours avant que je parte.

— Et nous l'avons convaincu de revenir sur cet accord, coupa-t-il. Nous allons reprendre toute l'affaire depuis le début et vous serez l'adjointe de l'avocat plaidant.

Elle dut serrer les dents pour ne pas laisser échapper une exclamation bien sentie. Se voir confier la fonction de second avocat aurait dû — normalement — la remplir de fierté, mais à cet instant, elle ne pensait qu'au fait qu'il lui faudrait abréger ses congés.

— Maître Zurkle, il est accusé de harcèlement sexuel, et les charges contre lui sont solides, insista-t-elle. Nous n'avons aucune chance de l'emporter.

— Nous allons fouiller le passé de la plaignante et nous trouverons bien de quoi mettre en cause sa crédibilité.

Ce qui signifiait que le procès serait celui de la victime et non du coupable. Savannah pensa aussitôt à ce qu'avait subi sa mère et l'injustice de la situation la révolta.

— Encore une fois, monsieur, je ne pense pas que…

— Peu importe ce que vous pensez, maître Greer. Aussi longtemps que vous travaillerez dans notre cabinet, vous ferez ce que l'on vous demandera et représenterez nos clients en donnant le meilleur de vous-même.

« *Quid du droit des victimes ?* » La question faillit sortir toute seule, mais Savannah se retint in extremis en imaginant la rougeur qui enflammerait le visage de son interlocuteur avant d'envahir progressivement son crâne dégarni. Encore un mot de travers et elle se retrouverait sans emploi après avoir sué sang et eau pendant quatre ans pour arriver où elle en était.

— Très bien. Je serai au bureau demain à la première heure.

— Dans *mon* bureau. 7 heures pile, maître Greer.

Zurkle raccrocha sans même un au revoir. Quel crétin prétentieux ! Elle détestait ce type. Mais alors pourquoi n'avait-elle pas eu le cran — ou la folie — de l'envoyer sur les roses ?

Elle se tourna vers Sam en quête de soutien, mais celui-ci n'était plus là. Sans doute était-il allé se doucher. Savannah attrapa son peignoir et l'enfila à la hâte. Si elle se dépêchait, elle pourrait le rejoindre sous la douche, ce qui était le plus sûr moyen de chasser cette désagréable conversation de son esprit. Et une occasion à ne pas manquer de faire encore une fois l'amour avec Sam. *Une dernière fois.*

Refusant de céder à l'abattement qui menaçait de ternir ses derniers moments avec lui, Savannah sortit de sa chambre en courant. Il était déjà au bout du couloir, juste en haut de l'escalier.

Il n'était pas rasé, mais s'était habillé, et était sur le point de descendre au rez-de-chaussée.

— Où vas-tu ? demanda-t-elle.

— Chez moi, répondit-il en évitant son regard.

Il avait déjà descendu la moitié des marches lorsqu'elle réagit et entreprit de le rattraper. En vain, bien sûr.

— Attends, Sam ! cria-t-elle avant qu'il ne passe la porte.

Il se tourna vers elle et la fixa avec, dans les yeux, quelque chose qui ressemblait à de la colère.

— La fête est finie, Savannah, dit-il. Je dois retourner travailler, et toi aussi.

La fête ? C'était donc ainsi qu'il voyait ces trois jours qu'ils venaient de passer ensemble ?

— Et c'est tout ? Tu ne vas même pas me dire au revoir ?

Elle voulait plus que ça. Elle voulait qu'il l'embrasse pour lui dire adieu. Elle voulait qu'il lui dise que ce qu'ils avaient partagé comptait beaucoup pour lui. Même si cela avait certainement beaucoup plus compté pour elle, elle ne le comprenait que trop bien maintenant.

— Au revoir, dit-il d'un ton sec avant de pivoter et de sortir sans attendre.

Savannah serra son peignoir autour d'elle, descendit en courant le reste des marches et le rattrapa sur le porche.

— Je mérite mieux que ça, Sam.

Il se tourna de nouveau vers elle, ses clés de voiture à la main.

— Tu as raison, tu mérites mieux. Tu me l'as fait clairement comprendre il y a douze ans.

— Je croyais que nous étions parvenus à dépasser cela, Sam, martela-t-elle. Je pensais que nous serions capables de nous quitter en bons termes.

— En bons termes ? D'accord. Je te souhaite le meilleur à Chicago, Savannah.

Elle détestait son ton dédaigneux, elle détestait avoir à se justifier.

— Tu savais que je devais partir, dit-elle pourtant.

— Oui, vendredi. J'étais prêt à te laisser partir vendredi.

Elle ne voyait pas quelle différence pouvait faire quelques journées !

— J'aimerais pouvoir rester jusqu'à demain, mais tu as entendu la conversation que je viens d'avoir. Je n'ai pas le choix, Sam.

— Nous avons tous le choix, Savannah, coupa-t-il. Mais nous ne faisons pas toujours le bon.

— Ce qui veut dire ?

Il s'appuya contre un pilier du porche.

— J'aurais dû m'en tenir à nos adieux de l'autre jour. Je n'aurais pas été là aujourd'hui, à espérer stupidement que les choses pouvaient être différentes, que tu déciderais peut-être même de rester.

— Tu ne m'as jamais demandé de rester, Sam. Ni autrefois, ni aujourd'hui.

Et même si elle ne se l'était jamais avoué, cela l'avait terriblement blessée.

La tête légèrement penchée de côté, il l'observa un long moment avant de demander :

— Si je t'avais demandé de rester autrefois, tu l'aurais fait ?

Elle baissa les yeux, incapable de soutenir son regard scrutateur plus longtemps.

— Probablement pas.

— Et maintenant ?

Comme elle ne répondait pas immédiatement, il enchaîna :

— C'est bien ce que je pensais. La réponse sera toujours la même. Ta place n'est pas ici, et la mienne si. Tu vas partir et je vais rester. Cela n'a pas changé et ne changera jamais.

Tant de choses se bousculaient dans l'esprit de Savannah, qu'elle aurait voulu lui dire — y compris le fait qu'elle l'aimait toujours, peut-être plus encore qu'autrefois —, mais à quoi cela servirait-il ? Il avait raison. Ils menaient des existences si différentes. Jamais ils ne pourraient trouver un terrain d'entente.

Pourtant, avant qu'il ne monte dans sa voiture et ne sorte de sa vie pour toujours, elle avait une ultime question à lui poser.

— Si j'étais restée, et que, par miracle, nous avions eu un avenir ensemble, crois-tu sincèrement que nous aurions connu le même bonheur que Rachel et Matt ?

Sam tourna de nouveau la tête vers elle et son expression changea brutalement. Sa colère parut se dissoudre en un instant, laissant place à une tristesse qu'elle n'avait encore jamais vue dans son regard.

— Je suppose que nous ne le saurons jamais, dit-il.

Assise sur les marches du porche, Savannah regarda la voiture de Sam s'éloigner dans l'allée, envahie par un poignant sentiment de perte. Elle avait perdu son père, sa maison, et à présent l'homme qu'elle aimait et ne pourrait jamais oublier. Il ne lui restait rien. Que les larmes.

Sam passa un bon quart d'heure à planter des clous sur des poteaux de l'enclos qui n'en avaient nul besoin. C'était encore le meilleur moyen de se libérer de sa frustration s'il ne voulait pas finir par défoncer un mur de la grange de ses propres poings.

— Tu as quelque chose contre cette barrière, fils ?

Sam laissa tomber son marteau dans la boîte à outils et se releva en essuyant ses mains sur son jean.

— Quelle heure est-il ? demanda-t-il en se tournant vers son père.

Ce dernier sortit de sa bouche le cure-dent qu'il était en train de mâchouiller et le pointa vers Sam.

— Il est l'heure que tu m'expliques ce qui t'a mis en colère au point que tu aies besoin de te défouler sur cette barrière qui ne t'a rien fait.

Sam opta pour une demi-vérité.

— Je dois rassembler vingt têtes dans l'enclos par trente-cinq degrés à l'ombre afin que Matt puisse les vacciner.

— Est-ce que Savannah va passer ? demanda Jim, à qui il était difficile de faire avaler des histoires.

— Elle est partie, répondit-il, avec la pénible sensation que les mots lui écorchaient la gorge.

— Non, pas encore, dit son père. Je viens juste de passer devant chez elle et elle était en train de boire un café sur le porche.

— Crois-moi, insista Sam, elle est sur le départ. Son fichu boulot ne peut pas attendre un jour de plus, ajouta-t-il aussitôt, incapable de dissimuler sa colère.

Jim inclina la tête de côté, visiblement sur le point de lui faire un sermon.

— Est-ce que tu lui as dit tout ce que tu devais lui dire ?

— Je lui ai dit au revoir.

Et cela avait été l'une des choses les plus difficiles qu'il eût jamais faites.

— Est-ce que tu lui as dit aussi qu'une fois qu'elle serait partie, tu allais te morfondre et errer comme une âme en peine, et cela pendant des années ?

— Laisse tomber, papa.

Ce dernier lui lança un regard de reproche.

— Ta stupide fierté ne te conduira nulle part, Sam. Sinon à une vie de solitaire.

Et alors ? Il avait déjà été seul et il avait survécu !

— Il y a pire, dit-il.

— Oui. Laisser s'en aller l'amour de ta vie une deuxième fois par exemple.

Jim le regarda avec attention avant d'ajouter :

— A moins que tu ne l'aimes pas…

Comme Sam ne répondait pas, il insista :

— Tu l'aimes, fils ?

Oui, il l'aimait et c'était là tout le problème. Ça avait *toujours* été le problème.

— D'accord, oui, je l'aime, lâcha-t-il. Tu es satisfait, maintenant ?

— Alors secoue-toi, Sam, va le lui dire ! s'exclama son père. Et pendant que tu y es, demande-lui de rester.

Sam ne pensait qu'à cela depuis trois jours, et ce matin encore, il avait tourné et retourné le problème dans sa tête. Sauf que, finalement, il avait décidé que cela ne servirait à rien.

— Peu importe ce que je pourrais lui dire, elle ne restera pas.

— Ça vaut la peine d'essayer, insista Jim. Elle pourrait même te surprendre.

Alors là, ce serait la surprise du siècle assurément.

— Admettons que je lui demande de rester et qu'elle accepte. Que se passera-t-il ensuite si elle se rend compte que ce n'était pas ce qu'elle voulait en définitive ? Je ne serai pas plus avancé, au contraire, papa.

Ce dernier lui tapota paternellement l'épaule.

— Je comprends, fils, je suis passé par là. Pourquoi crois-tu que j'ai attendu si longtemps avant de demander à Gracie de m'épouser ? Je voulais être bien sûr qu'elle ne me laisserait pas en plan comme ta mère l'avait fait.

Pour la première fois, son père admettait devant lui que le départ de sa mère l'avait affecté.

— Qu'est-ce qui t'a décidé, finalement ? demanda Sam, soudain intéressé.

— Gracie, dit son père. Un jour, après que nous venions de nous disputer pour une broutille, elle m'a regardé droit dans les yeux et elle m'a dit que je pouvais arrêter de la mettre à l'épreuve parce que de toute façon elle n'irait nulle part.

Sam n'avait jamais douté de la loyauté de Gracie à leur égard. Pas une fois il n'avait craint qu'elle ne les abandonne comme sa mère.

— Oui, mais ce n'est pas la même chose. Gracie vivait avec nous, pas dans une grande ville à des centaines de kilomètres d'ici, argumenta Sam. Elle avait une raison de rester, elle.

— Alors donne à Savannah une bonne raison de rester ! Ne la laisse pas partir sans lui avoir dit ce que tu ressens, Sam. Il faut qu'elle sache qu'elle sera toujours chez elle ici.

Autrement, tu passeras le reste de ta vie à te demander si les choses auraient été différentes si tu avais été sincère avec elle.

— C'est un sacrément gros risque, papa.

— Peut-être, mais de ceux qui méritent d'être pris. Exactement comme ceux que tu as pris avec la ferme. Et même si tu échoues, tu te seras comporté en homme parce que tu auras essayé.

Sam n'était pas complètement insensible à certains arguments de son père.

— Je vais y penser, dit-il finalement.

Jim fronça les sourcils.

— N'y pense pas, fils. *Fais-le.*

Il s'éloigna de quelques pas avant de se retourner pour ajouter :

— Encore une chose. Savannah m'a dit qu'elle ne comptait pas partir avant ce soir pour éviter la chaleur et la circulation. Alors tu as quelques heures devant toi pour réfléchir à la manière dont tu vas lui dire tout ça.

Son père parti, Sam prit sa décision. Il allait suivre ses conseils, quoi qu'il lui en coûte. Il espérait seulement avoir le temps de faire ce qu'il voulait faire avant d'aller la voir. En résumé : il fallait qu'il retrouve quelque chose et qu'il achète quelque chose d'autre. Ensuite seulement, il chercherait Savannah — et il savait exactement où il la trouverait.

Le ciel, uniformément bleu toute la journée, avait viré au rose. Il était temps pour Savannah de se mettre en route. Mais auparavant, elle voulait admirer un dernier coucher de soleil en repensant aux moments heureux qu'elle avait vécus à Placid et dire adieu à une période de sa vie qu'elle se rappellerait toujours avec nostalgie. Et l'endroit idéal pour ça était le petit pont de bois.

A peine avait-elle posé le pied sur les planches usées et disjointes du pont qu'un immense sentiment de regret l'envahit. En vérité, elle n'avait pas envie de partir, mais elle savait qu'elle ne pouvait pas faire autrement. Elle n'avait aucune véritable raison de rester. Elle n'avait plus de famille ici, plus de maison, personne qui se soucierait de savoir si elle reviendrait de temps à autre ou non, à part quelques vieux amis, qui avaient leurs propres vies à présent. Sam y compris.

Un peu plus tôt dans l'après-midi, elle avait passé un long moment chez Stan, sursautant chaque fois que la clochette de la porte tintait, pleine d'espoir de voir entrer Sam — qui serait venu lui demander de rester. Rêve ridicule, bien sûr, qui ne pouvait se réaliser que dans les contes de fées. Et sa relation avec lui n'avait *jamais* été un conte de fées. Loin de là. La seule chose à faire à présent était tourner la page. Une fois pour toutes.

Comme elle se préparait à faire demi-tour, un bruit attira son attention. Elle tourna la tête vers la gauche. Une grande enveloppe en papier kraft, fixée à la rambarde par un morceau de Scotch, battait dans la brise. S'en approchant avec curiosité, elle lut son nom écrit en travers. *Une seule personne avait pu laisser une lettre pour elle à cet endroit.*

Elle ouvrit l'enveloppe et en sortit plusieurs feuillets agrafés. Il s'agissait d'un document officiel, un transfert de propriété — qui concernait la maison de sa mère.

Savannah le parcourut et découvrit le nom de Sam sous la mention « donateur » et un espace laissé blanc sous celle du bénéficiaire. Tout cela n'avait pas de sens. *Sam n'était pas propriétaire de la maison.* C'était Edwin Wainwright qui l'avait achetée.

A la recherche d'une explication, Savannah retourna l'enveloppe et une petite feuille s'en échappa, atterrissant à ses pieds. Elle se hâta de la ramasser avant que le vent ne l'emporte et ne la fasse tomber dans le fossé.

Elle reconnut immédiatement l'écriture du message.

« Au cas où tu aurais besoin d'un endroit à toi…
Affectueusement, Sam. »

Savannah était abasourdie. Complètement déroutée à la

fois par le sens de ce message et par la manière dont Sam l'avait signé.

Un bruit de pas derrière elle la fit se retourner. *Sam.* Il remontait l'allée dans sa direction. L'instant d'après il l'avait rejointe et elle restait là, comme pétrifiée. L'aplomb qu'il avait affiché le jour de leur première rencontre chez Stan avait disparu. En fait, il paraissait presque humble et une lueur d'espoir semblait briller dans son regard.

— Que signifient ces papiers ? demanda-t-elle en les tendant devant elle.

Il glissa ses pouces dans les passants de son pantalon et haussa les épaules.

— Exactement ce qui y est écrit. Tout ce que tu as à faire, c'est signer devant notaire à l'endroit indiqué et la maison sera à toi.

L'explication était un peu courte.

— Comment es-tu parvenu à t'arranger avec Wainwright ?

— Je possédais un lopin de terre qu'il convoitait, alors je lui ai proposé un échange. Et il se trouve qu'il ne s'était pas encore occupé des papiers pour la maison de tes parents, cela a beaucoup simplifié les choses.

Pourtant, rien dans cette situation ne semblait simple à Savannah.

— J'apprécie vraiment ce que tu as fait, Sam, dit-elle en remettant les feuillets dans l'enveloppe. Mais que ferais-je de cette maison ? Je peux difficilement la transporter à Chicago.

— J'espérais que tu voudrais y vivre.

Le cœur de Savannah fit un bond dans sa poitrine. Garder la ferme, pouvoir y revenir de temps en temps… la perspective la séduisait. Peut-être pourrait-elle embaucher quelqu'un qui s'occuperait de l'entretien et demander à Sam de surveiller la maison pendant son absence ? Etrange, elle avait été si opposée à cette idée au début — du temps, en fait, où elle envisageait de quitter définitivement Placid pour poursuivre ses rêves à Chicago.

Savannah était sur le point d'ouvrir la bouche quand Sam ajouta :

— Avant que tu ne rejettes ma proposition, j'ai certaines choses à te dire. Des choses que j'aurais dû te dire depuis longtemps.

— Je t'écoute, dit-elle, partagée entre l'espoir et l'anxiété.

Il prit une profonde inspiration, puis expira longuement et se lança :

— Après ton départ autrefois, j'ai essayé de me convaincre que ce que je ressentais pour toi n'était pas réel. Je n'étais qu'un ado pris par la fièvre de sa première expérience sexuelle, ce genre de choses…

— Attends une minute, l'interrompit-elle. Tu m'avais dit que tu l'avais déjà fait avec Sarah Jones !

Une fille de vingt et un ans qui, d'après la rumeur, s'était donné pour mission de dépuceler le maximum de garçons de Placid.

— Nous n'étions jamais allés jusqu'au bout, avoua-t-il.

La surprise de Savannah se mua en une pure jubilation.

— Tu veux dire que c'était la première fois pour toi ?

— Oui, c'était la première fois, admit-il du bout des lèvres. Comme pour toi. Est-ce que je peux continuer maintenant ?

— Je t'en prie, je suis tout ouïe, dit-elle sans pouvoir s'empêcher de sourire de l'embarras qu'il s'efforçait tant bien que mal de dissimuler.

— Bon, alors voilà. Darlene a toujours prétendu que je ne t'avais pas oubliée et que c'était en partie pour cette raison que notre mariage ne fonctionnait pas.

— C'est ce qu'elle m'a dit l'autre jour, mais je ne l'ai pas crue.

— Elle avait raison, Savannah. Toutes les femmes avec qui je suis sorti, je les ai comparées à toi.

Elle avait fait exactement la même chose, réalisa soudain Savannah. Elle n'avait eu que deux relations sérieuses depuis son départ de Placid, et chaque fois, elle avait jaugé son compagnon par rapport aux qualités de Sam ; mais ni l'un ni l'autre n'avaient soutenu la comparaison ni n'étaient parvenus à gagner son cœur. Toutefois, Sam n'avait pas encore parlé de sentiments…

— Sommes-nous en train de parler uniquement de sexe, Sam ?

— J'ai essayé de me persuader qu'il n'avait jamais été question que de ça entre nous. Quand tu es revenue en ville, j'ai décidé de faire en sorte que tu te rappelles ce que tu avais laissé derrière toi. Enfin, c'était ce que j'avais prévu au départ…

Tout s'expliquait maintenant.

— C'est pour ça que tu as dansé avec cette fille l'autre soir et fait toutes ces insinuations ?

— Oui, et plus tard, j'ai voulu te montrer que je pouvais être l'homme que tu avais toujours désiré que je sois. Pour ce qui est du sexe, non, je n'avais rien prémédité. En réalité, j'aurais même préféré éviter que nous en arrivions là. Me sentir aussi proche de toi me faisait un peu peur, je te l'avoue.

— Bon, dit-elle, il ne s'agit donc pas seulement de sexe, mais tu ne m'as pas encore vraiment dit de quoi il était question, alors.

Il resta silencieux un moment et Savannah lut toute sa vulnérabilité dans son regard.

— Je t'aime, Savannah. Je t'ai toujours aimée, et t'aimerai probablement toujours. Voilà de quoi il s'agit.

Il ne le lui avait encore jamais dit. Elle, autrefois, lui avait souvent dit qu'elle l'aimait, mais lui s'était toujours contenté de répondre : « Moi aussi. »

Elle savait donc combien il ne lui avait pas été facile de prononcer ces mots — et ils n'en avaient que plus de poids. Mais que lui coûteraient-ils, à elle, si elle les lui disait maintenant ? Elle n'avait pas envie de lui mentir, mais ne risquait-elle pas de se retrouver sous peu dans la plus complète confusion ?

— Je t'aime aussi, Sam. Plus que je ne l'aurais jamais cru possible, se lança-t-elle à son tour. Mais où cela peut-il nous mener ?

Il lui prit l'enveloppe des mains.

— Eh bien, c'est toute la raison de ceci. Lorsque je t'ai

dit que j'espérais que tu aurais envie de revenir dans cette maison, je voulais dire que j'espérais que tu voudrais venir y vivre avec moi.

Un flot d'émotions submergea le cœur de Savannah en même temps qu'une foule d'inquiétudes envahissait son esprit. Si elle acceptait, elle devrait renoncer à sa carrière à Chicago — mais elle pourrait en commencer une nouvelle, consacrée, cette fois, à des gens qui avaient réellement besoin de ses compétences, et pas à tous ces messieurs en costume trois-pièces qui avaient les moyens de s'offrir les services de plusieurs avocats pour couvrir leurs pratiques frauduleuses. Elle devrait abandonner sa vie de citadine, ainsi que son appartement — avec son mobilier sans âme et son unique plante desséchée —, et retrouver les contraintes de la vie à la campagne. Plus de shopping au sortir du travail, plus de dîners dans des quatre étoiles. Mais plus non plus d'embouteillages ni d'hivers rigoureux. Plus de réveils solitaires.

Peut-être en était-elle arrivée à un stade de sa vie où elle avait besoin d'un environnement plus calme, de bons amis, d'un homme fiable à aimer. Quelques-unes de ses collègues célibataires entièrement vouées à leur carrière seraient atterrées de voir une des leurs renoncer ainsi à ses rêves. Mais en réalité ce serait échanger un rêve pour un autre — un avenir avec Sam dans une ville dont les habitants avaient davantage besoin d'elle que ses clients de Chicago.

Jusque-là, ce dernier avait paru attendre calmement sa réponse, mais il s'impatienta soudain :

— Bon sang, Savannah ! Jamie met moins de temps le matin pour décider de ce qu'elle va porter, et pourtant, cela lui prend au moins une heure.

L'impatience de Sam méritait une petite punition.

— Je ne peux pas rester, Sam, dit-elle. Pas maintenant.

Tout l'espoir qui avait éclairé son visage s'évanouit d'un coup.

— Très bien. Au moins, j'aurai essayé.

Il se détournait déjà quand Savannah le rattrapa par le bras, l'obligeant à la regarder.

— Je ne peux pas rester parce que je dois retourner empaqueter mes affaires à Chicago et mettre l'appartement en vente. Oh ! et il faut aussi que j'appelle mon patron pour lui dire d'aller se faire voir ailleurs !

Sam fronça les sourcils.

— Tu es sûre de vouloir faire ça ?

— Ne t'inquiète pas, ce n'est pas la première fois que quelqu'un l'enverra sur les roses. Je suis même certaine que cela lui est arrivé bien des fois, dit-elle légèrement. Il s'en remettra, crois-moi.

Sam, cependant, ne semblait pas d'humeur badine.

— Je suis sérieux, Savannah. Il faut que je sache si tu vas vraiment revenir.

Il avait beau être devenu un homme, l'abandon de sa mère le hantait encore. Savannah ne voyait qu'un moyen de le rassurer.

— Je vais revenir parce que tu vas m'accompagner. J'ai besoin d'aide pour transporter toutes mes chaussures.

Enfin il sourit. Puis il la prit dans ses bras et l'embrassa avec une douceur et une tendresse infinies.

— Je ne suis pas sûr que la maison soit assez grande pour les contenir toutes, peut-être va-t-il falloir l'agrandir. En tout cas, nous allons devoir la redécorer entièrement avant de nous marier, sinon ta mère ne voudra pas nous rendre visite.

Savannah n'avait pas eu le temps de songer à tout cela. Et elle n'était pas près de le faire, d'ailleurs, car pour l'instant, un mot, un seul, que Sam venait de prononcer captait toute son attention.

— C'est la pire demande en mariage que j'aie jamais entendue, Sam McBriar.

La seule qu'elle ait jamais reçue. La seule qu'elle ait jamais rêvé de recevoir.

— Tu as raison. Mais je sais comment me faire pardonner.

Il recula d'un pas, fourra l'acte de donation dans la poche arrière de son jean, puis glissa la main dans la poche de poitrine de sa chemise et en sortit une bague. Mais pas n'importe quelle bague. *Sa* bague. Celle qu'il lui avait offerte le jour de son seizième anniversaire. Celle qu'elle lui avait jetée à la figure ce soir-là au restaurant, douze ans plus tôt.

— Tu vas devoir te contenter de celle-ci en attendant que je t'en achète une autre, dit-il en la glissant à son index.

Savannah contempla le minuscule diamant à travers un brouillard de larmes.

— Je ne peux pas croire que tu aies conservé cette bague aussi longtemps.

— Je n'aurais jamais pu m'en défaire, avoua-t-il. Même après avoir cessé d'espérer que tu la porterais de nouveau un jour.

— Je te promets que je ne te la jetterai jamais plus à la figure.

— Et moi, je te promets que je ne te donnerai aucune raison de seulement y songer, dit-il doucement.

Il hésita quelques secondes, puis reprit :

— Maintenant que nous sommes d'accord sur ce point, voulez-vous m'épouser, Savannah Greer ? Peu importe que ce soit demain, le mois prochain ou même l'année prochaine, dis-moi seulement que nous nous marierons avant d'avoir atteint l'âge de papa et Gracie.

Elle ne pouvait pas plus résister à l'envie de le taquiner qu'elle ne pouvait lui résister à lui.

— Je ne sais pas, Sam. Demain me paraît un peu précipité...

Elle sourit.

— ... mais le mois prochain ne me semble pas être une si mauvaise idée, reprit-elle. Je pense que nous avons attendu assez longtemps, tu ne crois pas ?

— Si, douze ans de trop.

— Que dirais-tu de rentrer à présent et d'aller sceller solennellement notre accord dans mon... pardon, dans *notre* lit ?

Un sourire radieux, accompagné d'un petit clin d'œil complice, accueillit sa suggestion.

— L'idée est alléchante, dit-il, mais avant cela, j'ai encore quelque chose à te dire.

Pour l'amour du ciel, une fois que cet homme était lancé, on ne pouvait plus le faire taire !

— D'accord, mais dépêche-toi. Comme tu le sais, la patience n'est pas mon fort.

— C'est au sujet de ce fossé.

Il voulait parler du lit de ce ruisseau depuis longtemps à sec ? Maintenant ?

— Oui ? fit-elle, en attente.

— J'ai l'intention de creuser un canal qui recueillera l'eau de pluie.

L'idée étonnait Savannah, mais après tout, l'agriculture n'était pas son domaine.

— Parce que tu veux irriguer tes cultures ? demanda-t-elle.

— Non. Parce que mon père m'a dit un jour qu'un pont ne servait à rien si un cours d'eau ne coulait pas au-dessous. Et depuis ton retour, j'ai appris qu'il avait raison.

— Moi aussi, fit-elle avec un sourire complice.

Elle glissa un bras autour de la taille de Sam et tous deux traversèrent ce cher vieux pont, l'endroit où tout avait commencé. L'endroit où, récemment, elle avait découvert que si l'on n'avait pas tué en soi les sentiments éprouvés pour un ancien amour, alors ils dormaient paisiblement, cachés dans quelque repli de son cœur, jusqu'à ce beau jour d'été, des années plus tard, où ils se réveillaient, vigoureux comme l'herbe nouvelle, et bousculaient tout, le confort de votre vie, vos projets, vos ambitions, et vous offraient quelque chose que vous pensiez n'obtenir jamais, quelque chose qui vous manquait à un point que vous n'aviez même jamais imaginé.

KRISTI GOLD

Un Noël plein de promesses

INTÉGRALE

LES SECRETS DU MISSISSIPPI

Traduction française de
JULIE VANNEL

SAGAS

HARLEQUIN

Titre original :
THE SON HE NEVER KNEW

Ce roman a déjà été publié en 2012

Prologue

Il était bien la dernière personne qu'elle s'attendait à voir devant la porte de sa chambre d'étudiante.

Une fois l'effet de surprise passé, Jessica Keller poussa un petit cri de joie, se jeta dans les bras de Chase Reed et l'étreignit fougueusement. Mais quand elle sentit le corps de son meilleur ami se crisper, elle s'écarta et recula pour examiner son visage.

Pendant ses huit mois d'absence il n'avait pas changé, en tout cas pas physiquement. Ses cheveux dorés étaient toujours coupés ras à la militaire, et il portait la même tenue de camouflage couleur sable et les mêmes rangers marron. Elle avait devant elle le superbe héritier d'une lignée de soldats, et savait qu'il en avait toujours été très fier. Cependant, son regard lui parut différent, plus intense peut-être ; ses beaux yeux bruns étaient devenus plus sombres. Depuis la chute des tours, trois mois plus tôt, le monde entier avait changé et rien ne serait jamais plus comme avant.

— Qu'est-ce que tu fais ici à une heure pareille ? lui demanda-t-elle en le voyant si grave et silencieux.

— Il faut qu'on parle, répondit-il d'un air sombre.

Elle imagina aussitôt le pire.

— Tes parents ne vont pas bien ? Ou alors, c'est…

— Calme-toi, Jess, la coupa-t-il sur ce ton rassurant qui lui était habituel mais qu'elle trouvait parfois agaçant. Tout le monde va bien. Si tu me laisses entrer je t'expliquerai.

Il se pencha sur la droite et regarda derrière elle.

— A moins que je ne dérange… ? ajouta-t-il en fronçant les sourcils.

— Non, pas du tout. Ma camarade de chambre est déjà partie chez elle pour les vacances, il n'y a personne ici à part moi.

— Tu es sûre que tu ne caches pas un petit ami dans le placard ?

Chase la détailla des pieds à la tête, sceptique.

Il lui fallut quelques secondes pour comprendre pourquoi il s'imaginait avoir interrompu un intermède amoureux. Elle portait uniquement une sortie de bain en éponge et ses pantoufles roses préférées.

Elle enroula ses cheveux mouillés en un nœud sur la nuque en lui jetant un regard mauvais.

— J'ai terminé mon travail au café il y a une heure et je viens de prendre une douche, alors ton mauvais esprit est malvenu. Qui plus est, l'université ne voit pas d'un très bon œil que les filles reçoivent des garçons dans leur chambre après 21 heures.

Il esquissa une moue ironique.

— Tu veux me faire croire que Dalton n'est jamais venu ici après 21 heures ? lança-t-il.

— Laissons-le en dehors de ça, d'accord ?

Il se trouvait que Dalton, son petit ami, était un sujet épineux dont elle n'avait pas du tout envie de discuter avec Chase, surtout en ce moment.

— Pas de problème, Jess. De toute façon, il ne fait pas du tout partie de mes sujets de conversation préférés. Et si tu as peur d'enfreindre le règlement, nous pouvons aller discuter ailleurs.

— Ne sois pas ridicule, Chase. Il est près de 23 heures, il fait froid dehors, et j'ai les cheveux mouillés. De plus, les lieux sont pratiquement déserts. Si tu m'avais appelée plus tôt je t'aurais épargné le déplacement. J'avais prévu d'être à Placid demain après le travail.

— Cela ne peut pas attendre jusqu'à demain.

Intriguée et inquiète, elle l'observa un instant, mais, comme il ne semblait pas vouloir lui en dire plus, elle s'écarta et fit un grand geste pour l'inviter à entrer.

— Bienvenue dans ma modeste demeure.

Chase entra d'un air dégagé, et quand elle eut fermé la porte, elle trouva que sa présence rendait sa minuscule chambre encore plus petite. Elle resserra son peignoir, ayant l'impression d'être nue.

— Bon, alors dis-moi ce qui ne pouvait attendre à demain, Monsieur le soldat.

Chase passa entre les deux lits jumeaux et prit une photo de Dalton qui était posée sur la table de chevet.

— Où se trouve le démon ce soir ?

Le surnom que Chase avait donné à son petit ami l'agaça.

— Je ne sais pas du tout où il se trouve car en ce moment nous faisons une pause, laissa-t-elle tomber d'un ton sec.

— Une pause permanente, j'espère.

Son commentaire ne la surprit même pas, car Chase et Dalton étaient engagés dans une lutte de pouvoir depuis l'école primaire.

— A ce moment précis, je ne peux pas présager de ce qui se passera, répondit-elle.

— Donc vous ne vous êtes pas fiancés ?

Soudain elle comprit clairement pourquoi Chase était venu la voir à l'improviste.

— Tu as parlé à Rachel, dit-elle.

Il reposa le cadre avec précaution, résistant visiblement au désir de le jeter violemment par terre.

— Oui. Je l'ai croisée par hasard au restaurant hier. Elle m'a appris que le grand D avait fait sa demande, et je me suis dit qu'elle devait être bien renseignée vu qu'elle est sa sœur.

— C'est exact. Et comme je lui ai dit que je n'étais pas sûre d'être prête pour le mariage, il m'a demandé de l'informer le jour où j'aurai pris ma décision. En attendant, il ne veut pas me voir.

Chase lui adressa un petit sourire suffisant.

— Si je comprends bien, il utilise le chantage pour te faire dire « oui ».

Elle serra les dents.

— Tu ne pourrais pas le lâcher un peu, Chase ? Nous ne sommes plus des gamins, et cette rivalité entre Dalton et toi est un peu dépassée, non ?

— Nous ne sommes plus des enfants, c'est vrai. Mais d'après moi, Dalton n'a pas changé. Tu ne sais pas de quoi il est capable.

Elle soupira ; elle connaissait la chanson et ne voulait pas l'entendre une nouvelle fois.

— Je connais Dalton mieux que personne, affirma-t-elle. Je sais aussi qu'il ne fera jamais rien qui pourrait me blesser.

Chase contempla le plafond un moment avant de reporter son attention sur elle.

— Très bien, Jess. Je laisse tomber pour le moment. Mais il faut que tu me promettes une chose.

— Tout dépendra de ce que tu me demanderas.

— D'abord, je veux que tu t'assoies.

Il se laissa tomber sur le bord du lit et tapota la place à côté de lui.

Elle s'assit, pas très sûre de vouloir entendre ce qu'il avait à lui demander, surtout si cela impliquait Dalton.

— Je suis tout ouïe, dit-elle dans un soupir, alors parle.

— Promets-moi que tu ne feras pas de bêtise. Je ne peux pas partir ce soir si je n'ai pas la certitude que tu iras bien.

Mais qu'avait donc Chase, ce soir ? Son attitude commençait sérieusement à l'inquiéter.

— Rassure-toi, je ne ferai pas de bêtises, lui promit-elle.

— Tu en es sûre ? Tu as toujours été du genre à sauter avant de réfléchir.

Elle haussa les épaules. Elle avait toujours été d'une nature impulsive, et alors ? Il s'en accommodait bien, jusqu'à présent.

— Oui, j'en suis sûre. Si tu ne me crois pas, je pense qu'il faudra que tu te contentes d'attendre et de voir si j'ai une bague au doigt le matin de Noël.

— Je ne serai plus là à Noël.

— Laisse-moi deviner. Toi et tes copains vous allez partir pour votre partie de chasse annuelle en laissant les femmes se débrouiller toutes seules à la maison pendant les fêtes. Ta mère doit être enchantée…

— J'ai reçu mon ordre de mission aujourd'hui, et je dois rejoindre la base demain matin.

Elle ouvrit la bouche mais aucun son n'en sortit. Elle tenta de chasser la peur qui lui serrait la gorge.

— Pourquoi si vite ? murmura-t-elle.

Il lui prit la main.

— Je pars demain soir.

— Pour où ? demanda-t-elle en connaissant déjà la réponse.

— Pour l'Afghanistan.

Le mot résonna comme un coup de feu dans la minuscule chambre, et Jess eut l'impression qu'il l'atteignait en plein cœur. Elle s'écarta brusquement de Chase et se leva pour lui faire face.

— Tu ne peux pas y aller, décréta-t-elle. Il faut que tu trouves un moyen de te faire exempter.

— Je dois partir, Jess. Je n'ai pas le choix, et même si je l'avais, je partirais quand même.

Elle eut soudain envie de hurler.

— Qu'est-ce que tu vas faire là-bas ? lança-t-elle.

— C'est top secret.

— Tu veux dire que c'est dangereux ? demanda-t-elle en s'asseyant sur le lit opposé.

— Ecoute, Jess, je m'entraîne depuis près de trois ans pour servir mon pays, comme l'a fait mon père et avant lui, son père…

— Et son père avant lui, l'interrompit-elle. Je sais. Je connais l'histoire.

Elle la connaissait très bien, cette histoire, comme elle connaissait toutes les autres ayant trait à la guerre. Elle se rappelait le ton déférent de son père lorsqu'il parlait des garçons qui étaient partis pour le Viêt-nam et n'étaient jamais revenus, et de la chance qu'il avait eu, lui, de revenir vivant. Mais elle n'avait jamais connu de soldat qui était sur le point de partir dans un pays en guerre… Jusqu'à aujourd'hui.

Chase passa la main sur sa mâchoire en poussant un soupir.

— Il ne faut pas t'inquiéter pour moi, Jess. Je suis un bon soldat.

Cela ne faisait aucun doute. Il avait toujours été bon en tout, sur le terrain de sport et à l'école, et en amour, si elle en croyait les rumeurs qui couraient dans au moins trois comtés. Cela mis à part, quand ils étaient enfants, il était passionné de jeux vidéo en rapport avec la guerre et l'espionnage. Mais il ne s'agissait plus d'un jeu. Cela n'avait rien à voir. Et les bons soldats mouraient aussi.

La colère la prit.

— Super ! Va jouer au soldat ! Oublie ta famille et tous ceux qui t'aiment !

— Je ne t'oublierai pas, dit-il calmement. Et je ne peux pas oublier non plus qu'il est de mon devoir de vous protéger, toi et ma famille.

Jess avait envie de hurler, de négocier, de le supplier de rester. Mais toutes les supplications du monde seraient vaines, elle le savait. Elle ne pourrait pas le faire changer d'avis, et en réalité, elle ne voulait pas qu'il soit autre chose que ce qu'il était : son héros. Il l'avait toujours été.

Tandis que sa colère commençait à fondre, cédant la place au chagrin et à la peur, elle se mit à sangloter pitoyablement. Pour lui, pour elle.

Chase l'attira contre lui, la serrant très fort pendant qu'elle mouillait de ses larmes le devant de sa chemise militaire. Ils demeurèrent ainsi le temps qu'elle se calme suffisamment pour pouvoir parler.

— Qu'est-ce que je vais faire pendant que tu seras en train de combattre les méchants, Chase ?

De son pouce il essuya une larme sur sa joue.

— Tu vas poursuivre ta vie comme d'habitude, exactement

comme tu le fais depuis le jour où je me suis engagé, à la fin de mes études secondaires.

Elle se pencha pour prendre un mouchoir en papier sur la table de chevet.

— Il faut que tu reviennes vivant et que tu te maries pour faire une ribambelle de petits Chase.

Il laissa échapper un petit rire.

— Je reviendrai vivant, mais tu sais bien que je ne suis pas du style à me ranger, Jess.

Oui, elle le savait. Elle avait entendu cette phrase plus d'une fois.

— Il se pourrait que tu changes d'avis quand tu seras là-bas. Il se pourrait même que tu regrettes de ne pas avoir une fiancée qui t'attend à la maison.

Il lui prit la main et entrelaça ses doigts aux siens.

— Le simple fait de savoir que tu me soutiens me suffit, Jess. Tu peux m'envoyer un e-mail de temps en temps.

Elle tenta de sourire, mais sentit de nouveau les larmes lui brouiller les yeux.

— Non. Je vais t'écrire à la mode d'autrefois, avec un stylo et du papier. Je vais te raconter tous les potins trash du coin. Et Dieu sait qu'il y a toujours quelqu'un pour créer un petit scandale à un moment ou à un autre.

— Tant que ce n'est pas sur toi.

— Je vais essayer de ne pas courir dans le square toute nue.

Il sourit, mettant en évidence ses fossettes irrésistibles qui avaient fait perdre la tête à plus d'une fille.

— Je te donnerai une adresse dès que possible, lui promit-il. Ne te gêne pas pour m'envoyer des cookies aux raisins de ta mère par la même occasion.

— Je ferai les cookies moi-même.

— Je croyais que tu ne voulais pas que je meure.

Elle lui adressa sa plus belle grimace.

— Je retire tout ce que j'ai dit de gentil sur toi, Chase Reed.

— Tu sais bien que tu m'aimes, Gertrude.

Il prononça son horrible deuxième prénom avec un sourire triomphant, sachant qu'elle le détestait plus que tout.

Mais elle était prête à tout lui pardonner, ce soir.

— Et que je vais te manquer, ajouta-t-elle.

Le visage de Chase s'assombrit de nouveau.

— Oui, c'est vrai. Ne m'oublie pas quand je serai loin d'ici.

Comment pourrait-elle l'oublier ? Et oublier ce qu'ils étaient l'un pour l'autre depuis si longtemps ?

Chase l'attira contre lui et la serra très fort dans ses bras, et quand il la relâcha, elle résista à l'envie de se nicher de nouveau dans ses bras.

— A quelle heure part ton bus ? demanda-t-elle.

Il jeta un coup d'œil à sa montre.

— A 6 heures pile.

— Tu ne veux pas rester un peu ? Juste une heure ou deux. On pourrait regarder une série et inventer des dialogues, ce qui serait certainement plus amusant. Ou un jeu débile !

Elle aurait trouvé n'importe quoi pour passer plus de temps avec lui jusqu'au moment où elle serait prête à le laisser partir. Si tant est qu'elle puisse être prête à le laisser partir…

Chase eut une seconde d'hésitation.

— Il faut que je ramène le pick-up de mon père et j'ai vraiment besoin de dormir un peu. Je manque de sommeil.

— Tu peux faire un somme ici avant de repartir.

— Je n'en sais rien, Jess. Si je m'endors, je ne suis pas sûr de me réveiller à temps pour prendre le bus.

Raison de plus pour qu'il reste… Qu'il le manque, ce fichu bus ! Mais elle n'avait pas le droit de penser cela.

— Je veillerai à ce que tu ne dormes pas aussi longtemps, lui promit-elle. De plus, tu ne peux pas débarquer chez moi, m'annoncer que tu pars en mission et m'abandonner ensuite à mon chagrin. C'est très mal élevé, et ta mère n'aimerait pas ça, Chase Reed.

A l'expression de son visage, elle comprit qu'elle avait gagné.

— D'accord, dit-il. Mais juste une heure.

— Super !

Elle sauta sur son lit, se glissa le plus près possible du mur afin de lui laisser une place.

— Enlève tes chaussures et pose-toi un peu, matelot.

— Je ne suis pas un matelot, grommela-t-il en délaçant ses rangers. Armée américaine, Forces spéciales, et ne l'oublie pas.

Elle ne risquait pas, après tout ce qu'il venait de lui dire !

Lorsqu'il se fut installé à côté d'elle, elle alluma la télévision et choisit la rediffusion d'une ancienne série. Il glissa le bras autour de ses épaules, et elle posa la joue contre son torse, comme ils l'avaient fait des milliers de fois auparavant.

Un moment de silence s'écoula avant qu'elle reprenne la parole.

— J'aimerais tant revenir à l'époque de ces étés où nous traînions autour de l'étang. On passait de super-moments, non ?

— Oui, surtout avant que tu ne commences à sortir avec ce crétin, marmonna-t-il.

— Dalton est vraiment un garçon bien, Chase.

— Le fait que son père possède la moitié de l'Etat du Mississippi ne fait pas de lui un garçon bien.

— Et le fait d'être riche n'en fait pas quelqu'un de mauvais non plus.

Il la dévisagea gravement.

— Est-ce que tu vas l'épouser, Jess ?

Elle s'était maintes fois posé cette question, et jusque-là elle n'avait pas trouvé de réponse.

— Je pourrais faire pire, éluda-t-elle.

— Tu pourrais faire mieux.

— Il va prendre soin de moi, Chase. Il va tout faire pour m'offrir une vie magnifique.

— J'ai l'impression que tu as déjà pris ta décision.

— Non. Si je décide d'accepter, j'attendrai que tu sois de retour car je tiens à ce que tu sois mon témoin.

Elle sentit Chase se crisper.

— Très gentil de ta part, mais non merci. Il n'est pas question que j'assiste à ce mariage alors que je suis persuadé que tu vas commettre une énorme erreur.

Jess se redressa, piquée au vif.

— J'aimerais bien que tu me fasses un peu confiance ! s'écria-t-elle. On dirait que tu me prends pour une écervelée.

Il se tourna vers elle et examina son visage avec une douceur qui lui serra le cœur.

— Tout ce que je désire c'est que tu sois heureuse, Jess. Je voudrais partir en sachant que tu vas avoir un avenir brillant avec un homme qui te mérite.

Il avait l'air si sincère, si gentil qu'elle se remit à pleurer.

Il la serra dans ses bras puissants.

— Ne t'inquiète pas, ça va aller, murmura-t-il.

— Non. Rien n'ira jamais plus si tu pars.

Il posa un baiser sur son front, l'embrassa tendrement sur les deux joues.

— Je reviendrai. Je te le promets.

— Tu as intérêt !

Ils restèrent de longues minutes à se regarder, immobiles, et Jess s'efforça de graver le visage de son ami dans sa mémoire. Puis, brusquement, Chase l'embrassa sur les lèvres. Un baiser qui n'avait rien d'innocent. Un baiser intense, appuyé, qui lui fit complètement perdre la tête.

Ils se connaissaient depuis des années, pratiquement depuis leur naissance, et pas une seule fois ils ne s'étaient aventurés hors du lien platonique de l'amitié qui les unissait. Pas une seule fois Chase n'avait fait un geste vers elle. Pendant des années, elle s'était dit qu'elle n'avait jamais rien attendu d'autre de la part de Chase. Elle avait balayé les fantasmes qui se glissaient parfois dans son esprit quand elle se demandait quel effet cela lui ferait de l'embrasser, qu'est-ce qui se passerait s'il la voyait comme une femme et non plus comme une sœur, une amie.

Il posa son front contre le sien.

— Dis-moi de m'en aller, Jess.

C'était bien la dernière chose qu'elle avait envie de lui demander !

— Non. Je veux que tu restes.

Et elle le pensait. A tort ou à raison.

Il prit son visage dans ses mains et la força à le regarder droit dans les yeux.

— Si je ne pars pas, je ne réponds pas de ce qui peut arriver. J'ai tellement besoin de…

— D'une présence, acheva-t-elle à sa place.

Elle savait à quoi s'en tenir si elle laissait les choses aller plus loin : elle ne serait qu'une conquête de plus au tableau de Chase Reed. Mais elle ne pouvait pas — ne voulait pas — laisser passer cette chance, et au diable les conséquences !

— Tu as besoin de te sentir vivant, Chase, et moi aussi j'ai besoin de ça. Quoi qu'il se passe à partir de cet instant, rien ne changera entre nous. Nous resterons amis et personne n'en saura rien.

— Mais moi je saurai, Jess. Et je ne peux pas te donner…

Jess posa un doigt sur ses lèvres pour le faire taire.

— Tu m'as donné plus que tu ne penses.

Elle ôta son doigt et pressa ses lèvres sur les siennes.

— Arrête de parler, murmura-t-elle.

Elle lui prit la main et la fit glisser dans l'échancrure de son peignoir.

— Caresse-moi…

Ces paroles semblèrent déchaîner chez Chase quelque chose d'incontrôlable mais de terriblement érotique tandis qu'il parcourait délicatement son corps. Elle avait réussi à l'amener au-delà du point de non-retour, mais sincèrement elle s'en moquait. La seule chose qui comptait pour elle à cet instant était l'intimité totale qu'ils allaient partager.

C'était sans doute ce qui l'avait retenue de s'engager avec Dalton. Peut-être que dans son subconscient, elle avait toujours aimé Chase plus qu'elle ne voulait l'admettre.

C'était peut-être sa dernière chance d'explorer les sentiments qu'elle éprouvait pour Chase, ces sentiments qu'elle n'avait pas vraiment pris au sérieux et qui venaient soudain de faire surface.

C'était peut-être la dernière fois qu'elle le voyait.

Elle était prise entre deux hommes depuis des années,

celui qui la traitait comme une reine, et celui qui la considérait comme sa meilleure amie. Celui qui pouvait lui offrir le monde, et l'autre qui ne pouvait lui offrir que cette seule et unique nuit.

Elle désirait cette seule et unique nuit. Même si elle devait le regretter toute sa vie.

1

Placid, Mississippi
Dix ans plus tard

Il y avait forcément une erreur.

Tandis qu'il quittait le parking du bureau du shérif, Chase Reed demanda au répartiteur de répéter l'adresse encore une fois.

1101 Oakwood Lane.

Non, ce n'était pas une erreur, et il n'y avait pas une seconde à perdre. Il mit en route la sirène et le gyrophare et traversa le centre-ville à toute vitesse, rempli d'inquiétude à l'idée de ce qu'il risquait de trouver en arrivant à destination, c'est-à-dire au domicile de Jessica Keller Wainwright, récemment divorcée. Tout ce qu'il savait, c'était qu'ils avaient reçu l'appel d'une femme très agitée, parlant de dispute conjugale qui avait mal tourné, et qu'une ambulance avait été dépêchée sur place. On ne lui avait donné aucun détail sur la personne blessée, ni sur les circonstances. Il était sûr d'une seule chose : si Dalton Wainwright avait levé la main sur Jess, il le tuerait.

Il était revenu à Placid depuis six mois, et n'avait parlé à Jess qu'une seule fois au téléphone. Leur conversation avait été assez tendue et limitée à des banalités — son nouvel emploi d'institutrice, son nouveau poste d'adjoint du shérif —, et ils avaient évoqué brièvement le divorce de Jess, comme l'auraient fait de simples relations. Même s'ils avaient correspondu au cours des années, ni l'un ni l'autre n'avaient jamais évoqué la nuit qui avait précédé son départ pour sa première mission en Afghanistan.

Il s'en voulait terriblement de l'avoir blessée par son comportement irréfléchi. L'idée qu'elle avait épousé Dalton Wainwright deux semaines plus tard lui était toujours aussi insupportable. Il se sentait en quelque sorte responsable de l'avoir poussée à prendre cette décision, et d'avoir ainsi enclenché un mécanisme qui avait finalement abouti à ce drame.

L'esprit de Chase ne cessait d'imaginer toutes les possibilités tandis qu'il s'engageait à toute allure dans l'allée qui menait à l'imposante maison de briques rouges. Il se précipita hors de la voiture. Une rafale de vent glacial fit tournoyer une spirale de feuilles mortes dans l'allée pavée tandis qu'il passait devant le panneau « A vendre » pour se diriger à grands pas vers le perron.

Les guirlandes lumineuses suspendues aux avant-toits et l'immense sapin de Noël artificiel que l'on voyait devant la fenêtre donnaient l'impression que tout était normal. Mais quand il trouva la porte d'entrée légèrement entrouverte, il se prépara à tout sauf à une situation normale.

Il posa la main sur le pistolet qu'il portait sur la hanche tout en pénétrant dans le vestibule, réaction automatique acquise au cours de son entraînement militaire. Mais dans le cas présent, il n'était pas le soldat se frayant un chemin dans un territoire en guerre. Il était l'adjoint du shérif accomplissant son devoir quel que soit ce qui l'attendait.

Tous les sens en alerte, il passa devant le grand escalier et parcourut le couloir carrelé. Un bruit de sanglots lui fit presser le pas. Son cœur se mit à battre un peu plus vite. A l'instant où il entra dans la grande pièce, il s'arrêta pour examiner la scène.

A sa gauche, il vit Jess assise par terre, le dos appuyé contre un canapé de cuir blanc, serrant ses genoux repliés contre sa poitrine, et se balançant d'avant en arrière comme une enfant perdue. Instinctivement, il fit un pas vers elle, mais s'arrêta aussitôt, car quelque chose attira son attention. Il se tourna et aperçut une silhouette près de l'âtre. Dalton Wainwright.

Quand il vit la mare de sang autour de la tête de Dalton, des images de guerre lui traversèrent l'esprit. Les camarades tombés, le chaos et la confusion. Une erreur fatale qu'il avait commise et qui hantait ses nuits depuis…

Il se força à chasser tous ces horribles souvenirs et avança vers son ennemi de toujours, s'accroupit, pressa les doigts sur le cou de Dalton. Heureusement, il sentit le pouls.

— Il est mort, n'est-ce pas ? demanda Jess d'une voix dénuée d'émotion.

— Il est vivant, mais inconscient, lui assura-t-il, bien qu'il ne soit sûr de rien à ce moment-là.

Quand il entendit le hurlement des sirènes, il s'approcha de Jess, s'agenouilla et la prit par les épaules.

— Ça va ? demanda-t-il tout en sachant bien, d'après l'expression de son regard, qu'elle n'allait pas bien du tout.

— C'était un accident, marmonna-t-elle, le regard fuyant. Ce n'est la faute de personne.

Il ne dit rien. Il n'arrivait pas à imaginer Jess blessant intentionnellement Dalton, mais il n'était pas stupide au point de ne pas admettre que tout pouvait arriver dans un couple, surtout après un divorce.

— Regarde-moi, Jess.

Quand il parvint enfin à capter son attention, il ajouta :

— Quand les secours arriveront, ne dis pas un mot sur ce qui s'est passé.

— Mais je n'avais pas l'intention de…

— N'en parle pas, lui répéta-t-il. Ou dis-en le moins possible. Tu ne dois pas oublier à qui tu vas avoir affaire, même si c'était un accident.

Elle sembla soudain comprendre de quoi il parlait, et une lueur d'angoisse traversa son regard.

— Edwin, murmura-t-elle dans un souffle.

— Oui. Ton ex-beau-père pourrait te mener la vie dure. Et tout ce que tu me diras pourrait être utilisé contre toi dans un tribunal, si jamais on en arrive là.

Ses yeux s'agrandirent de terreur.

— Au tribunal ?

Chase n'eut pas le temps de la rassurer, car le bruit d'un brancard résonna dans le vestibule, interrompant leur petite discussion. Il se redressa et accueillit les urgentistes dès qu'ils entrèrent dans la pièce.

— Il est vivant, dit-il à un ambulancier d'une cinquantaine d'années. Mais on dirait qu'il a une blessure assez grave à la tête.

— Nous allons nous en occuper tout de suite, répondit ce dernier.

Chase aida Jess à se relever et la guida dans le couloir en direction de la salle à manger. Le regard vide, elle s'installa sur une chaise devant la grande table d'acajou.

— Où est ton fils ? lui demanda-t-il d'une voix douce.

— A l'étage.

Qu'avait-il bien pu voir, au cours de cette scène ?

— Je veux que tu ne bouges pas d'ici pendant que je vais le voir.

Elle hocha la tête sans répondre.

Il retourna dans le grand salon juste à temps pour voir les urgentistes installer Dalton sur le brancard. Il ne s'arrêta pas pour demander de ses nouvelles, et s'engagea dans l'escalier. En arrivant sur le palier, il découvrit Danny en pyjama, debout contre le mur, le regard fixé sur le parquet.

Quand le petit garçon leva enfin les yeux, Chase fut surpris de sa ressemblance frappante avec Jess, à la seule différence qu'il avait les cheveux blonds. A sa grande satisfaction, il n'avait aucun point commun avec Dalton, et ce détail lui apporta une certaine satisfaction. Mais il y avait, dans son regard, ce même vide, cette même peur que dans les yeux de sa mère.

Des images d'une autre époque, d'un autre pays, et d'un autre enfant surgirent brusquement dans son esprit. Il s'empressa de les chasser. Jess et son fils avaient besoin de lui.

Il ôta son chapeau de cow-boy et sourit au petit garçon.

— Salut, Danny. Je suis le shérif adjoint Reed, un ami de ta maman.

L'enfant sourcilla, mais demeura silencieux.

— Les médecins emmènent ton père à l'hôpital, donc il est en de bonnes mains.

Il n'y eut toujours aucune réaction chez Danny.

— Tu veux voir ta mère ?

Cette fois, Danny secoua vivement la tête. Ce refus intrigua Chase et l'inquiéta. Il avait certainement vu quelque chose qui l'avait traumatisé. Une dispute entre ses parents ? Des gestes de violence ? Jess avait-elle frappé Dalton ?

Il hésita. Devait-il le laisser seul ? Rester avec lui ?

— Tu devrais attendre dans ta chambre pendant que je vais demander à ta maman de venir te parler.

Sans un mot, Danny se dirigea aussitôt vers le bout du couloir et entra dans une pièce. Chase le suivit et découvrit une chambre aux murs bleu foncé décorés d'objets de collection sur le base-ball. Une chambre de gosse typique qui lui rappela celle qu'il avait à l'âge de Danny. Sauf qu'il préférait collectionner des objets sur le football.

Quand il vit Danny se pelotonner sur son lit, visage tourné contre le mur, il éprouva le besoin de dire quelque chose, de le réconforter. Mais il n'avait aucune expérience en matière de chagrins d'enfants.

— Je reviens dans une minute avec ta maman, d'accord ?

Danny ne répondit pas, il ne haussa même pas les épaules. Avec un peu de chance, la présence de sa mère lui apporterait un peu de réconfort. Ou peut-être pas. Mais Chase se dit qu'il n'avait pas d'autre choix.

Tandis qu'il descendait l'escalier, il entendit une voix tonitruante, une voix familière, celle de Buck, son père, shérif de la ville.

Il rejoignit la salle à manger où il avait laissé Jess et arriva juste à temps pour entendre son père qui disait :

— Il faudra m'en dire un peu plus que ça.

Furieux devant le ton employé par son père, il entra, les poings sur les hanches.

— Je peux te parler une seconde ? lança-t-il.

Buck se tourna vers lui avec un air renfrogné.

— Je suis en train de prendre la déposition de Jess, fils. Donc il faudra que tu attendes un peu.

Chase fut tenté de rappeler à son père qu'il devait l'appeler par son nom, et non « fils ».

— C'est important, insista-t-il.

Buck passa les doigts dans ses cheveux argentés et soupira.

— Bien, dit-il en se tournant vers Jess. Ne bougez pas d'ici.

Dès que Buck le rejoignit à la porte d'entrée, hors de portée de voix de Jess, Chase se tourna vers lui.

— Mais qu'est-ce qui te prend ? s'écria-t-il.

— Je fais mon travail, exactement ce que tu devrais faire toi aussi. Elle m'a dit que tu ne l'avais pas interrogée à propos de ce qui s'était passé.

— Elle m'a déclaré qu'il s'agissait d'un accident, et sa parole me suffit.

Buck le regarda et lui fit baisser les yeux comme s'il était un gamin de treize ans et non un homme de trente et un ans.

— Peu importe ce qu'elle a dit, mon garçon. Tu dois t'en tenir aux faits et les consigner dans le rapport.

Chase fit un geste vers la salle à manger.

— C'est Jess qui est là-bas, papa. C'est la fille qui venait chez nous le dimanche avec ses parents pour déjeuner et jouer aux dominos.

— Je sais, et tu es trop proche d'elle. C'est pourquoi j'ai demandé à Barkley de me seconder. Il devrait arriver dans cinq minutes.

Il n'en fallut pas plus pour attiser la colère de Chase.

— Pourquoi as-tu fait ça ? On dirait que tu ne connais pas Barkley ! Il va commencer par arrêter Jess avant de l'interroger !

Buck haussa un sourcil, méfiant.

— Tu as une raison de croire que Jess devrait être arrêtée ?

Chase pensa au refus de Danny de vouloir voir sa mère, mais préféra ne rien dire pour le moment.

— Comme je te l'ai dit, elle déclare que c'était un accident, et je n'ai aucune raison de ne pas la croire, répondit-il.

— Tu connais la procédure, fils. Il faut que je prenne sa déposition.

— Alors attends demain matin, laisse-lui un peu de temps pour se remettre.

— Ce n'est pas comme ça que ça marche.

— Fais que ça marche comme ça, papa. Là, elle a besoin de se reposer. Elle vient de vivre un moment difficile.

— Elle ne peut pas rester ici, Chase. Il faut que l'on rassemble des indices au cas où Dalton ne survivrait pas.

Il n'avait pas pensé à cette hypothèse ; la vie de Dalton Wainwright lui importait peu. Mais si Dalton mourait, Jess allait avoir de sérieux ennuis.

— Elle peut passer la nuit chez moi, proposa-t-il. Je l'emmènerai au poste à la première heure demain matin.

— Elle peut aussi prendre une chambre dans un motel.

Il n'avait pas du tout l'intention de la laisser passer la nuit dans un motel miteux des abords de la ville.

— Elle est en état de choc, et son fils aussi. Il faut qu'elle soit dans un endroit confortable.

— Et tu penses que cet endroit confortable c'est ta maison ? lança son père d'un ton moqueur. Autant que je me souvienne, elle n'a jamais mis les pieds chez toi depuis que tu es revenu.

Il était compréhensible qu'ils se soient évités, mais il était hors de question qu'il révèle un secret vieux de dix ans à son père.

— Elle était occupée à se débarrasser de Dalton, laissa-t-il tomber.

Il se rendit soudain compte que ses paroles étaient ambiguës. Mais il était trop tard.

— C'est peut-être ce qu'elle a fait ce soir, répliqua son père. Elle s'en est débarrassée une bonne fois pour toutes.

— Tu ne penses pas ce que tu dis. Si tu veux bien arrêter de tirer des conclusions hâtives, alors je t'amènerai Jess demain matin à la première heure. Mais si tu refuses de lui accorder la présomption d'innocence tant que sa culpabilité n'a pas été prouvée, alors tant pis. Mais je refuse de continuer à travailler avec toi.

Chase percevait les rouages du cerveau de Buck qui tournaient à toute allure. La ville de Placid avait souffert d'une pénurie d'adjoints pendant des années, et de toute évidence il n'y avait pas une foule de candidats pour le poste. S'il démissionnait, il mettrait son père dans le pétrin.

Buck sembla se soumettre à contrecœur.

— D'accord, emmène-la chez toi, et fais en sorte qu'elle soit à mon bureau à 8 heures précises demain matin. Et amène aussi son fils. Peut-être qu'en les interrogeant tous les deux, nous arriverons à faire la lumière sur cette affaire.

De l'avis de Chase, interroger Danny n'était pas une bonne idée, mais il s'abstint de le faire remarquer. Il allait ramener Jess et son fils chez lui, et c'était déjà beaucoup.

— Très bien, dit-il. Tu peux y aller. Je m'en occupe.

— Je vais attendre l'arrivée de Barkley dehors.

Buck se dirigea vers la porte, puis s'arrêta et pointa un doigt sur lui.

— A 8 heures pile, fils, ou je viens la chercher moi-même.

— Elle y sera, shérif.

Quand son père eut enfin quitté les lieux, Chase retourna dans la salle à manger, et la trouva déserte. Jess aurait dû passer devant lui pour emprunter l'escalier. Il se dirigea à grands pas vers l'arrière de la maison et tomba sur un escalier de service dans la cuisine.

Il l'emprunta et monta au premier étage. Comme il s'en doutait, il trouva Jess dans la chambre de Danny, juchée sur le bord du lit, passant les mains dans les cheveux de son fils.

Chase s'arrêta un instant pour les regarder. Pour la première fois depuis qu'il était arrivé, il se surprit à observer son amie de toujours. Elle avait coupé ses longs cheveux auburn à hauteur des épaules, et elle portait des vêtements amples destinés à dissimuler sa silhouette. Mais le changement le plus notable était son regard quand elle leva ses yeux couleur d'ambre sur lui. L'ancienne pom-pom girl qui était capable de foudroyer n'importe qui du regard avait l'air complètement perdue et vaincue. Il maudit Dalton. Il le maudit d'avoir ôté toute joie de vivre à Jess. Et se maudit lui-même d'être resté loin d'elle à cause de son sentiment de culpabilité.

Il lui sourit et dit à voix basse :

— Prépare des affaires pour toi et ton fils. Vous allez rester chez moi quelques jours.

— Pourquoi ?

— Selon la procédure tu dois quitter les lieux en attendant le moment de faire ta déposition. Et même si tu pouvais rester, crois-tu que ce serait une bonne idée ? demanda-t-il en faisant un signe de tête vers Danny.

— Non, répondit-elle d'une voix à peine audible. Mais je ne veux pas te causer du tort, Chase. Je peux passer quelques coups de fil et trouver un endroit où aller. Peut-être chez Sam et Savannah ou chez Matt et Rachel.

— Premièrement, Savannah et Sam sont à Hawaii en ce moment, et ils ne reviendront pas avant deux ou trois jours. Deuxièmement, je suppose que Rachel est déjà en route pour l'hôpital pour prendre des nouvelles de Dalton. Pour ce qui est du reste de la ville, est-ce que tu veux que cette histoire s'ébruite plus rapidement que nécessaire ?

Elle secoua la tête.

— Non, bien sûr que non, murmura-t-elle.

— Alors c'est réglé. J'attends en bas pendant que tu prépares vos affaires.

Elle fit tourner la bague en rubis de sa grand-mère autour de son annulaire droit, habitude qu'elle avait prise depuis longtemps.

— C'est gentil de nous offrir ton hospitalité, Chase, mais nous resterons juste le temps de m'organiser autrement.

C'était drôle, mais ils se parlaient comme des étrangers, comme s'ils se voyaient pour la première fois, alors qu'en réalité ils se connaissaient depuis toujours. Cela mit Chase mal à l'aise. Leur belle amitié était-elle vraiment terminée ?

— Tu es cordialement invitée à rester aussi longtemps que tu voudras, Jess, mais nous verrons tout cela demain matin.

Sans lui donner le temps de trouver une excuse pour refuser sa proposition, il sortit de la chambre et descendit les attendre au rez-de-chaussée.

Il lui fallait entendre la vérité de la bouche de Jess, et en même temps, cette vérité lui faisait peur. Il craignait d'avoir à témoigner contre elle si elle avait agressé Dalton pour une raison quelconque. Que l'agression soit justifiée ou pas, l'homme implacable qu'était le père de Dalton, Edwin, veillerait à ce qu'elle le paie au prix fort, et il avait suffisamment d'appuis politiques et de moyens financiers pour y parvenir.

Quand Chase s'était engagé comme soldat et ensuite comme shérif adjoint, il avait fait serment de faire respecter la loi. Cependant, l'expérience lui avait appris que la justice pouvait parfois être achetée par le plus offrant. Et il avait bien peur que dans cette situation précise, ce soit le cas. Non seulement Edwin Wainwright était riche, mais il avait un pouvoir non négligeable sur ses concitoyens et même au-delà du comté.

Mais peu lui importait. Il se jura de défendre Jess envers et contre tout — et tous. Après ce qu'il lui avait fait des années auparavant, c'était le moins qu'il puisse faire pour elle.

Quand elle se retrouva seule avec son fils dans la chambre d'amis de Chase sommairement meublée, Jess se fit une place à côté de Danny sur le petit lit. Elle remonta la couverture sur les maigres épaules de son fils et effleura sa joue d'un baiser. Quand il lui tourna le dos, elle sentit son cœur se déchirer d'un seul coup. Mais ce n'était pas le moment de faiblir. Danny allait avoir besoin d'elle.

Elle posa la tête sur l'oreiller, espérant lui apporter un peu de réconfort par sa présence. Mais depuis qu'ils étaient arrivés chez Chase, il refusait de lui adresser la parole. Il refusait même de la regarder. Comment aurait-elle pu lui en vouloir, après tout ce qu'il avait enduré, non seulement ce soir mais aussi ces dernières années ?

Elle sourit devant le léger pli qu'il avait sur la nuque, se rappelant à quel point elle avait été terrifiée de le prendre dans ses bras après sa naissance, neuf ans auparavant, et combien il lui avait été difficile de le poser ensuite. Elle se rappela son odeur de bébé, et le lien qui s'était vite créé entre eux. Il lui avait apporté tellement de joie depuis le début.

Elle sentit sa gorge se serrer. Sa vie avait été jonchée de regrets, de décisions stupides sur lesquelles elle aurait bien voulu revenir, mais la naissance de son fils n'en avait jamais fait partie. Elle aurait dû quitter Dalton depuis très longtemps, alors que Danny était trop jeune pour comprendre la guerre qui déchirait son père et sa mère, avant que Dalton ne commence à les humilier tous les deux.

Danny, qui avait souri et marché très tôt, était devenu renfermé et avait peu à peu perdu toute confiance en lui, exactement comme elle depuis le jour où elle avait épousé Dalton Wainwright. Pourtant, les deux derniers mois, depuis qu'ils avaient divorcé, Danny avait retrouvé le sourire et parlait plus librement, et ses résultats scolaires s'étaient améliorés. A présent, cet horrible accident risquait de lui causer une blessure irréparable.

Jess se pencha pour voir si son fils dormait, et s'aperçut qu'il était bien réveillé.

— Tu veux un peu d'eau ? lui demanda-t-elle.

Il secoua la tête.

— Tu veux que je reste ici avec toi cette nuit ?

Il secoua de nouveau la tête, toujours sans un mot.

Elle n'osa pas le serrer contre elle. Elle ne pouvait pas lui en vouloir d'être en colère. Après tout, ce qui s'était passé ce soir était entièrement sa faute à elle, et il allait en faire les frais pendant des années. Une mère était censée protéger son enfant, mais elle, elle avait échoué lamentablement dans cette tâche.

Elle resta quelques instants immobile près de son fils, partagée entre rester un peu plus longtemps avec lui et aller parler sérieusement avec Chase. Elle ne voulait pas l'impliquer plus qu'il ne l'était déjà, mais qu'aurait-elle pu lui dire de plus que ce qu'elle lui avait dit ? Elle pouvait peut-être simplement essayer de restaurer leur amitié détériorée dix ans plus tôt, à cause d'elle. C'était peut-être beaucoup demander, mais elle devait essayer. Que cela lui plaise ou pas, elle avait plus que jamais besoin du soutien de Chase.

Elle posa un baiser sur la joue de son fils.

— Tout va bien se passer, mon chéri. Tout va s'arranger. Je prendrai soin de toi.

Si seulement elle pouvait y croire… Dans l'état actuel des choses, si Dalton ne survivait pas à ses blessures, rien n'irait plus jamais bien. Et Danny pourrait ne jamais s'en remettre.

Pour le moment, il valait peut-être mieux que Danny ne dise rien, tout au moins pas avant qu'elle n'ait élaboré un plan d'action. Sinon, les paroles de son fils risquaient de les détruire tous les deux.

2

Assis devant la petite table de la cuisine, Chase leva les yeux de sa tasse de café en entendant un bruit de pas. Jess s'approcha de lui lentement, les épaules affaissées et le regard abattu comme si elle se sentait prise au piège.

Il lui indiqua la chaise en face de lui.

— Assieds-toi, tu ne tiens plus debout.

Quand elle se fut glissée sur la chaise, elle croisa les bras autour de sa taille comme si elle avait froid. Pourtant il avait pris soin de monter le chauffage dès qu'ils étaient entrés dans la maison.

Il leva sa tasse.

— Tu en veux ?

— Non merci.

— Comment va Danny ?

— Aussi bien qu'on peut l'espérer, je crois. Il ne dit pas grand-chose mais c'est parce qu'il est encore en état de choc. Comme moi.

Chase mourait d'envie de lui poser des questions sur ce qui s'était passé ce soir, entre Dalton et elle, mais il hésita. Il ne voulait pas courir le risque de l'entendre dire que c'était elle qui avait blessé Dalton — même s'il n'en croyait rien. Parce que dans ce cas, il serait obligé de la conduire au bureau du shérif, et il ne pourrait plus rien pour elle.

— On dirait que tu as besoin de dormir, dit-il en la voyant bâiller.

Jess joignit les mains et les posa sur la table.

— Je ne suis pas sûre de pouvoir dormir. Chaque fois que je ferme les yeux, je vois ces horribles images…

Chase savait de quoi elle parlait. Il ne se rappelait pas s'être endormi paisiblement une seule nuit au cours des dernières années. D'ailleurs à quand remontait la dernière fois où il s'était senti l'âme en paix ?

— Si tu veux essayer de te reposer, tu peux prendre ma chambre, lui proposa-t-il. Je dormirai sur le canapé.

— Je ne veux pas te chasser de ton lit. C'est moi qui dormirai sur le canapé.

Il était inutile de discuter avec Jess. Il l'avait appris des années auparavant.

— Tu es sûre que tu ne veux pas un café ? reprit-il. Ou peut-être une bière ? Je suis à court de whisky mais je pourrais aller voir si mon père a encore cette bouteille de soixante-dix ans d'âge qui appartenait à mon grand-père.

Jess frissonna.

— Je ne supporte même pas de sentir l'odeur du whisky, encore moins de le boire. Je dois remercier Dalton pour ça.

— Il a toujours aimé l'alcool, ne put-il s'empêcher de préciser.

Et les femmes. Il avait entendu dire par des amis que ce salaud avait l'habitude d'écumer tous les bars de la ville, et qu'il trompait Jess sans se cacher.

Jess continuait de fixer le vide, et il chercha un moyen de lui remonter le moral.

— Tu veux appeler tes parents ?

— Non. Ils sont partis en croisière il y a deux jours avec Gary, Becca et les enfants. Je ne vois aucune raison de les embêter pendant qu'ils prennent leurs premières vraies vacances depuis des années.

— D'accord. Est-ce qu'il y a quelqu'un d'autre que je peux appeler ?

Elle tambourina sur la table d'un geste nerveux.

— Oui. Il faut que j'appelle l'hôpital pour savoir comment va Dalton.

Il aurait aimé croire qu'elle voulait des nouvelles à cause de Danny, mais il se demanda s'il n'y avait pas d'autres motifs. Soit elle tenait encore à ce triste individu, soit elle se sentait responsable de son état. Peut-être les deux à la fois. Et dans tous les cas, il en fut contrarié.

— Je peux toujours appeler mais cela ne mènera nulle part, dit-il. L'hôpital ne donnera aucun renseignement si on n'est pas un membre de la famille ou si la famille ne donne pas l'autorisation. Je pense qu'Edwin a dû laisser des consignes.

Elle se massa les tempes comme si elle avait un affreux mal de tête.

— Tu as raison, laissa-t-elle échapper dans un soupir. C'est simplement que s'il lui arrivait quelque chose, je n'aimerais pas l'apprendre par le journal.

L'événement ferait très probablement la une des journaux, quelle qu'en soit l'issue.

— J'ai le numéro de portable de Rachel. Je peux essayer de la joindre, proposa-t-il.

Jess ne parut pas enchantée à cette idée.

— Ça m'ennuierait de la déranger.

Il ne tint pas compte de son manque d'enthousiasme évident, sortit le téléphone de sa poche et cliqua sur le numéro enregistré.

— Elle est probablement en route pour Jackson, à moins qu'elle n'y soit déjà arrivée, dit-il.

A la deuxième sonnerie Rachel répondit d'une voix stressée.

— Allô ?

— Salut, Rachel, c'est Chase. Tu es à l'hôpital ?

— Oui. Comment le sais-tu ?

— C'est moi qui ai répondu à l'appel.

— Evidemment. J'oublie toujours que tu es shérif adjoint à présent.

— Comment va ton frère ?

— On lui fait des examens en ce moment et il n'a toujours pas repris connaissance. Tu as une idée de ce qui s'est passé ?

Il avait bien quelques idées, mais il ne voulait surtout pas les exposer.

— Jess a déclaré que c'était un accident, c'est tout ce que je sais.

— Où est-elle en ce moment ? J'ai essayé de l'appeler chez elle et sur son téléphone portable, mais elle ne répond pas.

— Elle est ici avec moi. Tu veux lui parler ?

— Oui. Je me fais du souci pour elle.

Jess fit un geste pour l'écarter quand il lui tendit le téléphone.

— Dis-lui juste quelques mots, murmura-t-il. Elle est ta meilleure amie et elle s'inquiète.

Après une brève hésitation, Jess prit le téléphone à contrecœur.

— Oui, Rachel.

Chase s'occupa à diverses petites choses tout en écoutant Jess dire à Rachel qu'il s'agissait d'un accident sans donner aucun détail. Après quelques questions rapides sur l'état de Dalton, elle mit fin à la conversation.

— L'essentiel c'est qu'il est vivant, dit-elle en lui rendant le téléphone.

Il l'observa du coin de l'œil. Elle ne semblait ni inquiète ni soulagée.

— S'il passe la nuit, il sera hors de danger, dit-il.

— Et si ce n'est pas le cas ? Que se passera-t-il ?

Rien de bon, songea-t-il en s'appuyant contre le comptoir, les bras croisés. Mais il était inutile de l'inquiéter davantage ce soir.

— Nous aviserons en temps voulu. Pour le moment, tu devrais dormir un peu.

— Je t'ai déjà dit que je ne pouvais pas dormir ! lança-t-elle, irritée.

— Tu peux au moins essayer. Je vais te montrer ma chambre.

— Je t'ai dit que je dormirais sur le canapé.

— Tu seras à côté de Danny si tu prends ma chambre.

Son regard se radoucit aussitôt au nom de son fils.

— Tu as raison, murmura-t-elle. Il faudrait que je me repose un peu.

Elle prit son temps pour se lever pendant qu'il allait chercher son sac dans l'entrée. Elle le suivit lentement et en silence et s'arrêta devant la chambre d'amis.

— Tu crois que je pourrai entendre Danny s'il m'appelle ? demanda-t-elle.

— Tu seras juste à côté, dit-il en montrant sa chambre.

Après une légère hésitation, elle entra dans la pièce et regarda autour d'elle, s'attardant quelques secondes sur le grand lit.

Il fit un signe de tête vers une porte.

— La salle de bains est là. Quand tu auras fini j'irai prendre une douche rapide.

Elle lui prit son sac des mains.

— Est-ce que c'est la seule salle de bains ?

— La seule qui possède une baignoire, précisa-t-il. Il y a une salle d'eau à côté de la buanderie. J'ai commencé à construire deux autres chambres et une salle de bains à l'arrière de la maison.

— Pourquoi ?

Sa question le prit au dépourvu.

— Pourquoi pas ? répliqua-t-il.

— Je ne vois pas pourquoi tu aurais besoin de quatre chambres à moins que tu n'aies envisagé de fonder une famille. Et comme tu n'es pas du genre à te ranger…

Exactement ce qu'il lui avait dit bien des années plus tôt.

— Des chambres supplémentaires donnent de la valeur à la maison, dit-il.

— Est-ce que tu comptes déménager, quand tu auras fini les travaux ?

Pourquoi lui posait-elle cette question ? S'intéressait-elle à sa vie ?

— Je ne l'avais pas envisagé, répondit-il, mais il n'y a aucun risque à prévoir l'avenir.

Elle baissa les yeux.

— Souvent on ne peut pas prévoir ce que la vie nous réserve, dit-elle dans un souffle, le regard de nouveau perdu au loin.

Bon sang ! Où était passée la Jess effrontée et sûre d'elle

qu'il avait connue ? Il avait devant lui une jeune femme terne et triste, et qui semblait ne plus croire en rien. Il se retint de la prendre dans ses bras pour lui faire oublier tout ce qu'elle avait vécu avec Dalton.

— Nous commettons tous des erreurs de jugement, Jess, se contenta-t-il de dire, espérant au moins la déculpabiliser.

Il en avait commis, lui aussi, dont une qui avait été particulièrement grave. Deux, s'il comptait ce qui s'était passé dans la chambre de Jess, dix ans plus tôt.

Elle sembla revenir à la réalité.

— Je vais faire un brin de toilette, dit-elle.

— D'accord. Je ne bouge pas.

— Je ne serai pas longue, précisa-t-elle en se hâtant d'entrer dans la salle de bains et de fermer la porte derrière elle.

Il s'assit sur le bord du lit et se passa les mains sur le visage. Il aurait dû être épuisé, mais non, il se sentait prêt à retourner dans la maison de Jess pour chercher les preuves de son innocence. Il aurait dû être convaincu de son innocence, mais il avait des doutes. Il aurait dû exiger la vérité, mais il n'y arrivait pas… et pas uniquement à cause de la fonction qu'il occupait.

La vérité pouvait très bien se révéler difficile à gérer pour lui.

Après avoir vérifié une fois de plus que Danny dormait, Jess se glissa dans le grand lit de Chase et remonta le drap jusqu'au menton avant d'examiner la pièce éclairée par le plafonnier. Les murs étaient peints en beige clair, et le mobilier était indubitablement masculin, depuis le fauteuil de cuir jusqu'aux meubles en pin massif. C'était drôle, mais cette pièce était juste quatre murs et un parquet de bois brut à l'époque où, enfants, ils venaient y jouer. Elle sourit au souvenir de leurs jeux d'alors et de ses discussions interminables avec Chase. Elle refusait de jouer la demoiselle en détresse pour son super-héros juste parce qu'elle était une fille. Elle ne cessait de clamer qu'elle était parfaitement capable d'utiliser ses pouvoirs magiques pour le sauver. Mais grâce à ses fossettes et à quelques paroles bien choisies, il finissait toujours par gagner la bataille.

A présent, il semblait avoir perdu son sourire. A présent, elle n'était plus capable de se tirer d'un mauvais pas toute seule.

Tandis qu'elle s'enfonçait dans l'oreiller en plumes, elle s'imprégna du parfum frais de coton propre mêlé à un soupçon d'odeur de savon. Elle laissa les souvenirs l'emporter vers une époque plus heureuse, le jour où elle avait offert à Chase un gel douche pour Noël. Il le lui avait rendu vivement en disant « Ne le prends pas mal, mais non merci ». Elle avait toujours su qu'il n'utilisait que du savon, mais s'était dit qu'il pouvait changer. Mais Chase n'était pas du genre à changer.

Personne ne changeait, du moins pas en mieux. Elle avait appris cette dure leçon avec Dalton.

Secouée par un frisson, elle se frotta les bras, et sentit le point douloureux juste au-dessus de son coude. Elle frémit au souvenir des événements horribles qu'elle avait vécus quelques heures plus tôt.

Elle sursauta au bruit de la porte qui s'ouvrait. Chase sortit de la salle de bains vêtu d'un bas de pyjama bleu marine et d'un T-shirt gris fatigué.

Elle se redressa brusquement contre la tête de lit, et le vit se diriger vers le placard où il rangea ses rangers sous la rangée bien ordonnée de jeans et de chemises suspendus à une tringle.

— Belle maison, dit-elle, cherchant un sujet de conversation.

— Elle est assez simple.

— Tu as une baignoire à remous et des plans de travail en granite, Chase. Je ne crois pas que l'on puisse parler de simplicité.

Il jeta un regard par-dessus son épaule.

— On m'a aidé pour la décoration.

De l'aide féminine, bien sûr, et elle doutait fort qu'elle soit venue de sa mère. Les goûts de Missy Reed étaient tout ce qu'il y avait de plus campagnard.

— Je suis sûre que les femmes du coin faisaient la queue pour t'aider.

— Il n'y a eu que Savannah.

Il sortit une chemise kaki et la suspendit sur un cintre qu'il accrocha près du placard.

— Sam et elle sont en train de refaire leur maison, alors ils m'ont proposé de m'aider, précisa-t-il.

Elle se sentit un peu coupable d'avoir tiré des conclusions hâtives. Mais étant donné la réputation de séducteur de Chase, elle avait des circonstances atténuantes.

— C'était gentil de sa part, dit-elle vivement. Je regrette de ne pas l'avoir beaucoup vue depuis qu'elle est revenue de Chicago.

Elle n'avait pas vu grand monde, à vrai dire.

Chase prit des draps en haut du placard, ferma la porte et se tourna enfin vers elle.

— Tu pourras peut-être l'appeler quand elle rentrera.

Elle comprit immédiatement ce qui motivait sa suggestion.

— Tu crois que je vais avoir besoin d'un avocat ? demanda-t-elle, soudain inquiète.

— Je n'en sais rien, mais cela ne pourrait pas faire de mal d'avoir quelques conseils.

Elle sentit son cœur battre un peu plus vite.

— J'attendrai de voir ce qui va se passer demain, dit-elle.

Si Dalton succombait à ses blessures, ou si sa déposition se passait mal, il serait toujours temps de passer un coup de fil à Savannah.

— Il est tard, dit-il en se dirigeant vers la porte. Dis-moi si tu as besoin de quelque chose.

— Oui, j'ai besoin de quelque chose, lâcha-t-elle brusquement sous l'impulsion d'une angoisse incontrôlable.

Il s'arrêta, la main posée sur l'interrupteur, et se tourna vers elle.

— Ne te gêne pas.

— J'ai besoin que tu restes avec moi cette nuit.

Il détourna le regard.

— Ce n'est pas une bonne idée, Jess.

Elle aurait dû se douter de sa réponse ; il n'avait pas oublié ce qui s'était passé, dix ans plus tôt.

— Je ne te toucherai pas et je ne te demanderai rien de plus que ta présence, précisa-t-elle. Je ne veux pas être seule cette nuit, c'est tout. Je te promets que je resterai de mon côté, et c'est un grand lit…

— J'ai tendance à me tourner et me retourner en ce moment, et il est fort probable que cela t'empêche de dormir.

— Alors nous serons agités ensemble.

Elle méprisa le ton désespéré de sa voix, mais comment aurait-elle pu réagir ? Elle était désespérée. Et prête à tout pour ne pas se retrouver seule avec ses horribles images…

— Je t'en prie, Chase. Juste un moment.

La même prière qu'il y a dix ans.

Il laissa échapper un soupir.

— Bon, d'accord.

Pendant qu'elle se réjouissait intérieurement de sa mini-victoire, il remit les draps dans le placard et ferma la porte. Après avoir éteint la lumière, il s'assit sur le bord du lit, lui tournant le dos, et resta immobile, comme s'il regrettait sa décision.

Elle se rappela la dernière fois où il avait agi exactement de la même façon… C'était juste après qu'il lui avait dit qu'ils avaient commis une énorme erreur en couchant ensemble, et que cela ne se reproduirait plus jamais. Depuis ce jour-là, plus rien n'avait été pareil entre eux.

Ils avaient échangé des lettres pendant qu'il était en Afghanistan, mais pas une fois ils n'avaient évoqué cette nuit mémorable. Elle ne lui avait jamais demandé s'il avait regretté. Elle, en tout cas, n'avait regretté qu'une seule chose, c'était de ne pas avoir suivi son conseil, et de s'être précipitée dans ce mariage qui était voué à l'échec dès le début. Mais à l'époque, elle avait eu le sentiment de ne pas pouvoir faire autrement.

Il laissa écouler quelques instants avant de se coucher

enfin, sur le dos, les mains croisées sur le ventre, le corps raide comme une statue.

— Merci, murmura-t-elle. Merci pour tout, Chase. Je ne sais pas comment j'aurais fait si tu n'avais pas été là pour m'aider. Je t'en suis vraiment reconnaissante.

— Pas de problème.

Mais le ton coupant de sa voix lui fit comprendre que tout ce qu'elle lui avait demandé était un problème, et elle se doutait qu'il n'exprimait pas le fond de sa pensée, loin de là. Elle aurait probablement mieux fait de laisser tomber, mais un besoin profond de clarifier la situation entre eux la poussa à allumer la lampe de chevet.

— Vas-y, Chase, dis-le.

— Dire quoi ? marmonna-t-il en se mettant sur le ventre, le visage tourné vers le mur opposé.

— Dis-moi encore une fois que je suis une idiote comme tu me l'as dit quand j'ai épousé Dalton.

Il tourna la tête et la regarda droit dans les yeux.

— Je n'ai jamais dit que tu étais une idiote. J'ai dit que tu t'étais fait avoir par Dalton.

— Tu as raison, mais je ne peux pas effacer mes erreurs. Ce que je veux vraiment, c'est clarifier les choses entre toi et moi. Nous n'avons jamais parlé de cette nuit à la fac…

— Pas maintenant, Jess.

Elle se leva à moitié et s'appuya sur son coude.

— Quand, Chase ? Nous avons évité ce sujet pendant dix ans…

— J'ai dit pas maintenant.

Il tourna la tête, lui faisant clairement comprendre qu'il en avait terminé avec cette conversation. Peut-être même terminé avec elle.

Lasse et moralement épuisée, elle éteignit la lumière et s'allongea, le plus loin possible de Chase. Des années auparavant, il l'aurait serrée contre lui pour la rassurer. Il se serait empressé de lui offrir son épaule et de lui expliquer qu'elle n'avait rien à craindre, qu'il était là pour la protéger. Un flot de tristesse la submergea tandis qu'elle pleurait en silence la perte de son meilleur ami. Elle se reprocha amèrement d'avoir tout fait pour gâcher sa vie. Et peut-être aussi la vie de son fils.

Plus grave encore, elle risquait de se retrouver sans travail. Les bons citoyens de Placid pouvaient s'ériger en juges, et si un parent venait à soupçonner qu'elle avait blessé son ex-mari volontairement, on la chasserait de l'école sans hésiter. Sans oublier que son ex-beau-père siégeait au conseil d'administration de l'école, et se ferait une joie de la pousser dehors et de faire en sorte que plus une porte ne s'ouvre devant elle. Sans travail, elle n'aurait pour subvenir aux besoins de son fils que l'argent que Dalton lui versait à contrecœur.

Jamais elle ne s'était sentie aussi seule et désespérée.

Les larmes se mirent à couler, et elle enfouit son visage dans l'oreiller, s'efforçant de dissimuler son chagrin à Chase. Elle sentit soudain le matelas bouger, et la main puissante de Chase se posa sur la sienne.

— Tout va bien se passer, murmura-t-il. Pour Danny aussi ça va aller.

Elle fut incapable de répondre, mais c'était inutile. Et même s'il se contenta de lui tenir la main pendant quelques instants, cela lui suffit. Du moins cette nuit. Demain était un autre jour.

La sonnerie stridente du réveil tira brutalement Jess du sommeil, et elle ouvrit les yeux d'un coup, le cœur battant. Désorientée, elle mit quelques secondes à comprendre où elle était. Quand elle finit par se le rappeler, et pourquoi, elle résista à l'envie de rabattre les couvertures sur sa tête pour se cacher du monde. Tendant le bras sur le côté, elle découvrit que Chase s'était déjà levé. Elle ne comprenait pas comment il avait pu se lever aussi tôt. Il s'était agité presque toute la nuit, tirant sur la couverture et la réveillant plusieurs fois, même si elle avait peu dormi. Pendant ces périodes de réveil, elle était allée voir Danny deux fois, et à son grand soulagement, elle l'avait trouvé endormi. Si seulement elle avait pu dormir aussi bien, elle aussi !

Considérant ce qui l'attendait dans quelques heures — une visite au shérif pour donner sa déposition par écrit —, elle décida de se lever et d'en finir le plus vite possible. Elle prit une robe de chambre et l'enfila en se dirigeant vers la chambre d'amis pour dire bonjour à Danny. Elle la trouva vide, et une vague de crainte lui comprima la poitrine.

Prise de panique, elle se dirigea à grands pas vers la cuisine où, à son grand soulagement, elle trouva Chase et Danny, assis devant un bol de céréales. Ni l'un ni l'autre ne semblèrent remarquer sa présence, et elle les observa quelques secondes sans faire de bruit. Elle avait imaginé cette scène bien des fois au cours des dernières années : son meilleur ami et son fils faisant connaissance. Pourtant cette image parfaite n'était qu'une illusion. Sa vie entière n'avait été qu'une illusion, et cela ne ferait que continuer.

Elle s'approcha de son fils par-derrière et ébouriffa ses cheveux blonds.

— Tu as besoin d'une bonne coupe, Danny.

Il ne se donna pas la peine de lever les yeux de son bol pour lui répondre. Elle lança à Chase un regard triste avant de vérifier l'heure à la pendule.

— A quelle heure doit-on être là-bas ? demanda-t-elle.

Il prit une gorgée de café avant de lui répondre :

— Nous avons rendez-vous dans une heure pour les interrogatoires.

— *Les* interrogatoires ?

Il n'était pas question que l'on interroge son fils !

Elle posa sa main sur l'épaule de Danny pour avoir son attention.

— Tu devrais aller te laver et t'habiller, mon cœur.

Il lui jeta un regard rapide avant de quitter la table pour porter son bol vide dans l'évier. Elle trouva cela bizarre, car d'habitude, elle était obligée de le rappeler à l'ordre pour qu'il débarrasse.

Quand Danny eut quitté la pièce, elle se servit une tasse de café et prit la chaise que son fils venait de quitter.

— Est-ce qu'il t'a dit quelque chose ? demanda-t-elle.

Chase secoua la tête.

— Pas un mot. Je l'ai trouvé assis là, le regard perdu dans le vide, quand je me suis levé il y a une heure.

Elle ferma les yeux et se pinça l'arête du nez du bout des doigts.

— J'espère qu'il se reprendra dans quelques jours, murmura-t-elle.

— Je crois que tout dépend de ce qu'il a vu hier soir.

Le long silence qui suivit lui fit clairement comprendre que Chase voulait qu'elle comble les blancs, même si la veille, il lui avait conseillé de ne rien dire.

— Je crois qu'il n'a rien vu sauf que Dalton avait été blessé, dit-elle.

Premier mensonge.

— C'est pourquoi je ne vois aucune raison pour que Danny soit obligé de subir un interrogatoire qui ne fera que le perturber, poursuivit-elle.

Chase inclina la tête et la fixa sans un mot, ce qui lui fit détourner les yeux.

— Tu es sûre qu'il n'a pas vu ce qui s'est passé ?

— Aussi sûre qu'on peut l'être.

Deuxième mensonge.

— Cela pourrait expliquer son mutisme, fit remarquer Chase.

— Comme je te l'ai dit hier soir, c'était un accident. Dalton est venu chercher Danny avec trois heures de retard. Il avait bu, et quand j'ai refusé qu'il emmène Danny dans cet état, il m'a saisie par le bras et je l'ai repoussé. Je crois qu'il a perdu l'équilibre, mais je n'en suis pas sûre. C'est confus dans ma tête.

Troisième mensonge.

Elle se souvenait du moindre détail, de chaque geste et de chaque parole. Elle se rappelait l'insistance de Dalton pour qu'ils reprennent la vie commune, son refus, les menaces de lui prendre son fils définitivement si elle ne cédait pas, ses accusations. Et ensuite…

Saisie d'une envie de fuir, elle avala le reste de son café et se leva.

— Je vais aller m'habiller, à moins que tu ne veuilles y aller d'abord, dit-elle.

Il se renversa contre le dossier de sa chaise et fit un geste de la main vers l'entrée.

— Vas-y, je t'en prie.

— D'accord. Et dès que j'aurai fait ma déposition, il faudra que j'aille récupérer ma voiture et prendre quelques affaires dans la maison.

— Je serai obligé de t'accompagner tant que Buck considérera que ta maison est une scène de crime.

Elle tressaillit. Une scène de crime ? Super ! C'était charmant d'être considérée comme une criminelle.

— D'accord, mais il faut que je trouve une location aujourd'hui. Si j'y arrive, j'aurai besoin de vêtements et d'affaires.

— Tu peux rester chez moi aussi longtemps que tu voudras, lui proposa-t-il sans beaucoup de conviction. Une fois que ton récit des événements sera vérifié, tu seras libre de retourner chez toi.

— Ce n'est pas chez moi ! répondit-elle avec force. C'est Dalton qui a décidé de tout quand nous avons fait construire cette maison, donc je ne l'ai jamais considérée comme mienne. Pendant la procédure de divorce, il a accepté de la vendre et de partager le produit de la vente, mais malheureusement, personne ici n'a les moyens de l'acheter. Et Dalton est bien trop obstiné pour accepter de me racheter ma part afin qu'il puisse y habiter.

— Il veut encore avoir la mainmise sur toi.

— Je sais, mais je refuse de le laisser me dominer.

Ce qui était plus facile à dire qu'à faire. Même immobilisé sur un lit d'hôpital, il continuait de gérer sa vie. Si par malheur il mourait, cette mainmise ne finirait pas pour autant. Mais il ne fallait pas qu'elle pense à ça.

— Est-ce que par hasard tu connaîtrais un logement à louer ? demanda-t-elle. Puisque nous sommes en vacances, j'aurais le temps de m'installer avant la rentrée de janvier.

Il laissa échapper un rire cynique.

— La plupart des logements à louer dans le coin appartiennent à ton beau-père, Jess.

Elle avait oublié ce détail.

— Il y a sûrement quelque part une propriété disponible qui ne soit pas entre les mains d'Edwin.

Chase étira les bras au-dessus de sa tête.

— Je demanderai autour de moi. En attendant, tu peux rester ici.

A ses yeux, ce n'était pas une solution viable, surtout après la gêne qu'elle avait perçue chez Chase la nuit précédente. Quant aux commérages, elle ne voulait même pas y penser.

— Merci, mais je peux toujours aller dans un motel si j'y suis obligée.

Chase haussa les épaules.

— Comme tu voudras, mais ta fierté ne va pas vous servir, à ton fils et à toi. Et le forcer à vivre dans un motel sordide ne va pas arranger les choses.

Il avait raison, comme d'habitude, mais cela ne rendait pas la perspective de vivre chez lui plus attrayante.

— Je vais attendre de voir ce qui va se passer aujourd'hui, dit-elle. Tu as eu des nouvelles de Dalton ?

— J'ai appelé Rachel il y a un moment. Il est toujours aux urgences mais son état est stable.

Elle ressentit un certain soulagement. Au moins elle ne serait pas accusée de meurtre… Pour l'instant.

— Donc il va s'en sortir ?

— On dirait. Il est réveillé, en tout cas.

Son soulagement fit place à la crainte.

— Il a dit quelque chose sur les événements d'hier soir ? demanda-t-elle un peu trop vivement à son goût.

— Il a dit qu'il ne se souvenait de rien, mais c'est peut-être temporaire. On le saura dans quelques jours.

— Je suis contente qu'il aille mieux, dit-elle sans une once de sincérité.

Chase l'examina comme s'il lisait au plus profond d'elle.

— Je crois que c'est une bonne chose, en effet, laissa-t-il tomber. A moins que cela ne t'apporte plus de problèmes à long terme.

Elle s'abstint de tout commentaire. D'une manière ou d'une autre, Chase sentait qu'elle dissimulait quelque chose — et il avait raison —, mais il ne pourrait jamais savoir ce qui s'était réellement passé la veille au soir. Personne n'en saurait rien si cela ne tenait qu'à elle. Elle ne pouvait qu'espérer que l'amnésie de Dalton soit définitive, cela les sauverait, elle et son fils. Si ce n'était pas le cas, elle s'occuperait des conséquences plus tard. Pour le moment, il fallait parer au plus pressé.

— Je vais voir ce que fait Danny avant de m'habiller.

Tandis qu'elle se dirigeait vers la chambre, Chase la rappela. Elle se tourna vers lui et essaya en vain de sourire.

— Oui ?

Il soutint son regard.

— Quand tu feras ta déposition, pense à ce qui est bien pour ton fils et toi, et non à ce qui est juste.

Il lui fallut un peu de temps avant de comprendre que Chase venait de lui conseiller de se couvrir, de faire son possible pour contourner les problèmes juridiciaires. En un mot, de mentir si elle pensait que c'était mieux pour Danny et elle.

Sans répondre, elle quitta la cuisine pour aller chercher son fils. Elle trouva la chambre d'amis entrouverte et poussa la porte. Danny était assis sur le bord du lit en train de lacer ses baskets. Il leva les yeux et posa sur elle ce même regard vide d'expression qui la remplit de tristesse.

Elle s'assit à côté de lui, passa le bras autour de ses frêles épaules et le regarda dans les yeux.

— Danny, quand nous serons au poste, le shérif Reed va te poser quelques questions.

Une lueur de crainte passa dans le regard de son fils, pourtant il ne répondit pas. Elle poursuivit :

— C'était un accident. C'est tout ce que tu dois dire. Ou tu n'es même pas obligé de dire quoi que ce soit. En fait, il vaudrait mieux que tu ne parles pas du tout.

La crainte céda la place à l'embarras dans les yeux bruns de Danny, et Jess eut l'impression qu'elle tombait dans un abîme de tromperie et de mensonge et y entraînait son fils avec elle. Pourtant, elle ne voyait pas d'autre solution que de lui demander de mentir, même si c'était par omission.

Elle posa sa tête contre la sienne et murmura :

— Je te promets de faire que tout se passe bien. Il ne nous arrivera rien si tu me fais confiance, mon cœur.

Il la regarda comme s'il ne la croyait pas totalement, mais il hocha la tête pour signifier qu'il avait compris.

Jess l'embrassa sur le front et se releva.

— Essaie de ne pas t'inquiéter, Danny. Ce sera bientôt terminé.

Si seulement elle pouvait le croire ! Si seulement elle pouvait en convaincre son fils alors qu'elle-même n'en était pas convaincue.

En attendant, elle décida de suivre les conseils de Chase. Elle ne révélerait que le strict minimum, dissimulerait la vérité, et par là même, irait à l'encontre de tout ce qu'on lui avait enseigné dans son enfance. Tout ce qu'elle avait enseigné à son fils sur l'honnêteté.

Même si elle continuait d'étouffer la vérité, elle prenait le risque qu'un jour, ses secrets finissent par éclater au grand jour. Deux très lourds secrets. Le premier, elle le gardait depuis dix ans, et l'autre depuis moins de vingt-quatre heures. Les deux étaient étroitement liés. Ce secret de dix ans pouvait creuser un fossé infranchissable entre Chase et elle, et compliquer ses problèmes du moment.

Mais le second pouvait lui faire tout perdre… Y compris son fils.

3

— Tu as une sale tête, adjoint Reed.

Chase se pencha sur le comptoir et adressa son plus beau sourire à Sue Ellen Parker, la soixantaine bien sonnée, employée comme répartitrice au bureau du shérif.

— Et toi, tu es rudement jolie aujourd'hui.

Les joues rebondies de Sue Ellen s'empourprèrent.

— Je croyais que tu avais passé l'âge de ces mensonges de beau parleur depuis bien longtemps. Comme quoi, un mauvais garçon ne change jamais. Et d'après moi, tes habitudes de mauvais garçon sont peut-être responsables de ton état de fatigue.

Il éviterait prudemment le sujet. La présence de Jess dans son lit, à son côté, l'avait empêché de trouver le repos. A certains moments, elle s'était pelotonnée contre lui, et il lui avait fallu mobiliser toute sa volonté pour ne pas reprendre les choses où ils les avaient laissées dix ans plus tôt. Répéter les erreurs passées ne menait jamais à rien de bon. Et s'il avait un peu de jugeote, il se hâterait de lui trouver une maison avant qu'il ne s'expose à un nouveau dérapage.

Personne n'était mieux indiqué que Sue Ellen pour le renseigner sur les propriétés à louer dans le voisinage. Elle savait tout sur tout le monde, exactement comme la commère de la ville, Pearl Allworth. A la seule différence — et de taille ! —, c'est que Sue Ellen était discrète, alors que Pearl prenait plaisir à inonder la ville de rumeurs.

Chase jeta un regard vers la petite salle où Buck devait être en train de bousculer Jess dans l'espoir de la faire craquer. Quant à Danny, il était assis dans le couloir, le regard fixé sur ses baskets. Il le plaignait sincèrement d'avoir pour père un salaud tel que Dalton Wainwright. Et comme si cela ne suffisait pas, il se trouvait entraîné dans une sale histoire qui pouvait valoir la prison à sa mère. Il trouvait cela terriblement injuste. Mais la vie n'était pas toujours juste. Il ne le savait que trop.

Il contourna le comptoir pour s'asseoir à côté de Sue Ellen.

— Dis-moi, ma belle, est-ce que tu connais quelqu'un qui aurait une maison à louer, en dehors de Wainwright ?

— Tu déménages ?

Il baissa la voix pour préciser :

— Ce n'est pas pour moi. C'est pour Jess et Danny.

Elle leva un sourcil, perplexe.

— Elle n'habite plus dans cette grande maison somptueuse ?

Soit elle faisait semblant, soit elle n'était pas au courant des événements.

— J'ai du mal à croire que tu n'as pas entendu parler de ce qui s'est passé là-bas hier soir.

— J'en ai entendu parler, bien sûr, mais dès qu'elle sera innocentée, elle devrait pouvoir y retourner, non ?

Si elle était innocentée. Et il l'espérait de tout son cœur, que ce soit pour Jess ou pour Danny.

— Elle ne veut plus y habiter, dit-il, et j'avoue que je la comprends.

Sue Ellen se pencha en avant et, d'une voix étouffée, demanda :

— Tu crois qu'elle lui a fait quelque chose ?

— Ecoute, Sue, tu sais bien que je n'ai pas le droit de parler d'une enquête en cours.

Elle tapota les boucles de ses cheveux poivre et sel.

— Excuse-moi, mais je ne peux pas m'empêcher de me demander si c'est lui qui l'a poussée à bout. Note bien que tous les gens de cette ville qui le connaissent ne jugeraient jamais Jess si elle avait assommé ce triste individu. L'autre jour je roulais dans le centre-ville quand j'ai vu Dalton qui sortait du supermarché, et j'ai dû me retenir pour ne pas accélérer et le coincer sur le trottoir.

Chase ne put s'empêcher de sourire.

— Si j'étais toi, je ne raconterais pas ça ici. Buck se mettrait à te questionner et il ne te lâcherait pas.

Sue Ellen haussa les épaules.

— Je n'ai pas peur de ton père, Chase. S'il me fait des misères, je verserai du sel dans son café, et il le sait.

— Oh. Je comprends pourquoi il te parle aussi gentiment. Alors, est-ce que tu connais une maison à louer ?

— J'en connais quelques-unes que je ne recommanderais pas à mon pire ennemi. Mais la vieille ferme de Wooley, à la périphérie de la ville, est libre. Je ne sais pas trop si Gabe a fait des travaux depuis que sa mère est partie dans une maison de retraite il y a un an, et donc si elle est habitable.

Chase connaissait bien la maison, et si elle n'était pas trop délabrée ce serait parfait. Elle était en retrait de la route, ce qui préserverait l'intimité de Jess et donnerait de l'espace à Danny pour jouer — si tant est que ce pauvre gosse ait envie de jouer.

— Je vais appeler Gabe pour savoir si ça l'intéresse de louer. Merci, Sue.

Elle lui adressa un grand sourire.

— Je t'en prie, shérif. Autre chose ?

Chase jeta un regard à Danny par-dessus son épaule.

— Oui. Est-ce que tu pourrais emmener le petit dans la salle de repos et lui donner quelque chose à boire ou à manger ? Il ne faut pas qu'il voie sa mère contrariée.

— Bien sûr. Tu répondras au téléphone ?

Chase se pencha pour jeter un coup d'œil à Barkley, assis à son bureau un peu plus loin.

— Seulement si Bobby est inondé d'appels, et il est peu probable que ça arrive.

— On ne sait jamais. Nous avons eu beaucoup de vols à la roulotte ces derniers temps.

Il n'en fut pas du tout surpris. En période de crise, les gens s'en sortaient comme ils pouvaient, même s'il fallait voler ce dont ils avaient besoin.

Sue Ellen se leva et alla dire quelques mots à Danny qui hésita un moment avant de la suivre. Quelques instants plus tard, la porte de la salle d'interrogatoire s'ouvrit et Jess sortit, la mine complètement défaite. Elle avait toujours eu le teint clair, mais Chase ne l'avait jamais vue aussi pâle.

Quand Buck sortit à son tour, affichant son visage renfrogné de shérif, Chase les rejoignit dans le couloir.

— Où est Danny ? demanda Jess, inquiète.

— Sue Ellen l'a emmené dans la salle de repos, répondit Chase. Première pièce à droite.

Quand elle se fut éloignée à la hâte, Chase se tourna vers son père.

— Elle est libre de partir ?

— Pas avant que j'aie interrogé son fils. Il faut que j'entende sa version des faits car je ne crois pas un mot de l'histoire que m'a racontée sa mère.

— Le gosse est encore sous le choc. Tu ne pourrais pas attendre un jour ou deux avant de le harceler de questions comme tu l'as fait avec Jess ?

— Je ne fais qu'appliquer la procédure, fils, comme je le ferais avec toute personne impliquée dans une affaire douteuse.

Et c'était ça qui agaçait Chase, voir son père considérer Jess comme s'il ne l'avait jamais vue auparavant, comme si elle n'était pas la gamine qui l'appelait « papa Buck ». Mais l'heure n'était sûrement pas aux sermons ou aux souvenirs d'enfance.

— Est-ce qu'elle t'a donné une raison de penser que ce pouvait être autre chose qu'un accident ? demanda-t-il.

Buck se frotta le menton.

— Je n'en sais pas plus sur ce qui s'est passé qu'avant l'interrogatoire. Mais je sais qu'elle cache quelque chose.

— Tu fais ce métier depuis si longtemps que tu en arrives à considérer tout le monde comme coupable. Jess est coupable d'avoir épousé le mauvais bonhomme, c'est tout.

— Et d'être entrée dans la mauvaise famille, oui, je sais. Mais elle est bien entrée dans cette famille, et je me demande si elle n'a pas appris une chose ou deux, chemin faisant.

— Comme quoi, par exemple ?

— Comme mentir pour sauver sa peau.

Chase ne trouva rien à répondre à cela. Lui-même pensait que Jess mentait peut-être, ou du moins qu'elle ne disait pas toute la vérité sur le drame de la veille. Mais il n'avait pas l'intention de laisser paraître ses soupçons, surtout devant son père. Et s'il devait lui-même mentir par omission pour protéger Jess, eh bien, il le ferait.

— Ecoute, accorder deux ou trois jours au gamin pour se calmer ne va nuire à personne. De plus, Rachel a appelé ce matin pour dire que Dalton était réveillé et en état de parler.

— Je sais. Et dès que j'aurai l'accord des médecins, j'irai l'interroger sur ses souvenirs de l'événement.

— Il ne se souvient pas de ce qui s'est passé, m'a dit Rachel, et quand bien même il s'en souviendrait, comme tu l'as dit les Wainwright savent mentir. Et Dalton pourrait le faire uniquement pour se venger de Jess qui a osé demander le divorce.

— Raison de plus pour interroger le gamin, insista Buck. Mais je vais faire un marché avec toi. Si Dalton retrouve la mémoire et qu'il confirme la version de Jess, alors je laisserai le gosse en dehors de tout ça. Mais s'il me raconte une histoire totalement différente, alors je n'aurai pas d'autre choix que d'interroger Danny. Il pourrait être la clé de la vérité.

Chase hocha la tête.

— Marché conclu. En attendant, je vais m'occuper d'installer Jess. Elle va voir besoin des affaires qui sont chez elle.

— D'accord, à condition que tu l'accompagnes.

Buck le regarda attentivement et ajouta, visiblement inquiet :

— Tu vas la garder chez toi ?

— Non, je vais trouver une autre maison à louer.

— Tant mieux. Je ne voudrais pas que les gens pensent que tu es de mèche avec un suspect. Ce ne serait pas un comportement digne d'un shérif.

Chase serra les dents et prit quelques secondes pour se calmer avant de répondre :

— Autant que je me souvienne, on ne qualifie pas quelqu'un de *suspect* tant que l'on n'a pas prouvé qu'un crime a bien été commis.

— C'est vrai. Il n'empêche que tu ne dois pas te montrer amical avec elle, juste au cas où.

— C'est une amie, et depuis toujours.

Même si ce lien d'amitié avait été mis à mal au cours des dernières années.

Buck lui donna une tape indulgente sur l'épaule.

— Ecoute, fils, les gens changent. Jess n'est peut-être plus la fille que tu as connue.

Chase n'essaya même pas de protester car il reconnaissait que son père avait en partie raison. Jess n'était plus la même. Lui non plus, d'ailleurs.

Sans autre commentaire, il tourna les talons et se dirigea vers son bureau pour prendre quelques dispositions urgentes. Il passa un coup de fil à Gabe Wooley qui fut tout heureux d'apprendre que quelqu'un voulait louer sa vieille maison familiale.

Satisfait sur ce point, il se dirigea vers la salle de repos et trouva Jess et Danny à la petite table ronde dans un coin de la pièce, donnant l'impression qu'ils avaient bien besoin d'une présence amicale.

Et c'était ce qu'il avait l'intention d'être pour tous les deux : un ami. Et au diable son uniforme de shérif.

— Allons-y, dit-il quand Jess leva les yeux vers lui.

— C'est le tour de Danny ? demanda-t-elle d'une voix à peine audible.

— Pas aujourd'hui.

Elle poussa un soupir de soulagement.

— Nous pouvons partir, alors ?

— Oui.

Il n'eut pas le cœur de lui dire que ce n'était peut-être que partie remise, et que Danny devrait sûrement répondre à quelques questions.

Jess se leva et posa la main sur l'épaule de son fils.

— Allons-y, mon cœur. Il faut que l'on cherche un endroit pour vivre.

— Je m'en suis occupé, dit Chase.

Jess lui jeta un regard surpris.

— Où ?

— Tu verras.

Lorsque Chase emprunta la route étroite, Jess ne vit que des arbres mal entretenus et de l'herbe sèche, mais elle reconnut immédiatement le coin. Elle avait maintes fois accompagné sa mère dans cette ferme pour porter des provisions à Nita Wooley qui était veuve et malade depuis quelques années. C'était là que Gabe père et Nita avaient élevé cinq enfants avec peu d'argent et énormément d'amour.

Quand Chase s'arrêta devant la porte d'entrée, Jess jeta un coup d'œil à Danny qui était assis à l'arrière. Il regardait la maison avec curiosité. Elle imaginait les pensées qui défilaient dans son esprit : sa mère l'arrachait à une magnifique demeure moderne construite sur plusieurs niveaux pour le faire vivre dans une ferme de plain-pied toute délabrée.

Quant à elle, si la maison était relativement propre, meublée et chauffée, elle s'en accommoderait tout à fait. Au moins, elle était isolée — donc loin des ragots de la ville — et Danny aurait de l'espace pour jouer. Elle aperçut une balançoire accrochée à un vieux chêne. Oui, cet endroit ferait l'affaire, du moins pour le moment.

Chase descendit et Jess l'imita. Lorsqu'elle ouvrit la portière à Danny et lui tendit la main, il la refusa. Son cœur se serra. Peut-être que quand ils seraient installés il redeviendrait le petit garçon qu'il était, peut-être consentirait-il enfin à lui parler. Même si elle comprenait ce qu'il vivait en ce moment, elle aurait tellement aimé retrouver leur complicité. Elle avait tellement besoin de soutien…

Chase souleva le paillasson poussiéreux et prit une clé que n'importe qui aurait pu trouver. Mais Placid était une ville calme et sûre. La plupart des gens possédaient trop peu de biens précieux pour attirer les voleurs.

A la seconde où Jess posa le pied sur le parquet éraflé, elle fut assaillie par l'odeur de moisi, et surprise par la quantité d'objets éparpillés dans la petite salle de séjour. Un nombre incroyable de bibelots, des portraits d'enfants étaient posés sur diverses tables et sur les étagères qui couvraient les murs. L'héritage d'une famille exposé avec fierté.

Chase lui donna la clé.

— Gabe m'a dit que tu trouveras tout ce qu'il te faut.

Elle fourra la clé dans sa poche sans cesser d'examiner la pièce et ses trésors privés.

— J'ai plutôt l'impression d'être dans un musée.

— Il m'a dit aussi que Millie venait de temps en temps faire le ménage, mais ça fait un moment qu'elle n'est pas venue.

Jess gardait un bon souvenir de Millie, la femme de Gabe, qui avait travaillé à la cafétéria du lycée pour arrondir les fins de mois du ménage et qui avait toujours affiché un sourire rayonnant en servant des repas médiocres. Malheureusement, Gabe était on ne peut plus grincheux. Mais Dieu merci, elle n'aurait pas affaire à lui bien longtemps.

— Du moment que nous avons un toit, je peux me charger du ménage, dit-elle. Combien demande-t-il pour le loyer ?

— Neuf cents par mois, plus l'eau et l'électricité. Pas de caution ni de bail.

Neuf cents ? C'était un peu cher pour l'endroit, surtout si son emploi était menacé. Mais pour ça, elle ne le saurait pas avant le 1er janvier, si toutefois elle ne se trouvait pas mise en examen avant. Et même si elle était totalement innocentée, certaines personnes — son ex-beau-père en tête — demanderaient certainement qu'il soit immédiatement mis fin à son contrat. Ensuite elle n'aurait pas d'autre choix que de quitter sa ville natale. Mais elle ne devait pas penser à ça.

— Est-ce que Gabe sait que je suis sa future locataire ?

— Pas encore. Je lui ai dit que je lui demandais la maison pour une amie et que je l'appellerais si nous étions intéressés après l'avoir visitée. Mais il va vouloir connaître le nom de la personne qui loue la maison si tu décides de la prendre.

Avait-elle vraiment le choix ?

— Le prix est un peu exagéré, mais je ne peux pas faire la fine bouche, répondit-elle. J'espère juste que Gabe voudra bien me la louer. Parce que j'imagine que tout le monde est maintenant au courant de ce qui s'est passé hier soir.

— Je m'occupe de Gabe. Je passerai le voir et lui donner le loyer pendant mon service.

— Mon carnet de chèques est à la maison.

— Je me charge de payer. Tu me rembourseras.

— D'accord. Je te rembourserai dès que j'irai prendre quelques affaires chez moi. Et les services ?

Chase se laissa tomber sur le canapé bleu tout élimé.

— L'électricité est branchée mais le chauffage marche au gaz et le réservoir est vide. J'appellerai Freddie pour lui demander s'il peut livrer demain matin.

— On n'a pas prévu de grand froid pour cette nuit. On se débrouillera.

Elle montra d'un geste le gros poêle qui trônait dans un coin de la pièce.

— On pourrait utiliser ça, peut-être, dit-elle.

— Je vais voir si je peux trouver un peu de bois avant de partir.

Elle n'avait pas envie de le voir partir, mais elle n'osait pas non plus lui demander de rester. Il avait déjà fait beaucoup pour elle, beaucoup trop.

— Si nous avons des couvertures, ça ira jusqu'à demain, dit-elle. A quelle heure prends-tu ton service aujourd'hui ?

Il se leva.

— A 11 heures et jusqu'à 23 heures.

— Douze heures d'affilée ?

— C'est ce qui arrive quand on manque d'effectifs.

— J'ai vraiment besoin de vêtements de rechange et de ma voiture.

— Il faudrait que je t'accompagne et je n'ai pas beaucoup de temps. Si tu as assez d'affaires jusqu'à demain, on peut y aller à la première heure.

— Je pense que ça ira. Mais nous aurons besoin de provisions pour la journée.

— J'enverrai Sue Ellen avec des provisions.

— Encore une fois, je n'ai pas d'argent sur moi, et je ne veux déranger personne.

— Sue Ellen n'y verra aucun inconvénient dans la mesure où je couvrirai les frais.

— J'ai mon argent à moi, Chase.

— Je sais, et tu pourras me rembourser en préparant le dîner un de ces soirs. Je me contenterai d'un cheese-burger ou d'un sandwich au thon.

Vexée, elle faillit répliquer qu'elle savait faire autre chose que des sandwichs, mais elle se retint. Il avait gardé l'image de celle qui n'y connaissait rien en cuisine, et ne se doutait pas de tout ce qu'elle avait appris, ces dernières années.

— D'accord, accepta-t-elle. Mais ça m'ennuie d'obliger Sue Ellen à faire tout ce chemin pour venir jusqu'ici.

Chase inclina la tête et l'examina un instant.

— Si tu crains qu'elle n'aille raconter à toute la ville tes problèmes, je te rassure. Tu peux lui faire confiance.

Mais ce n'était pas cela qui la gênait. Elle éprouvait simplement un sentiment de honte de devoir faire vivre son fils dans cette maison hors d'âge, d'avoir à dépendre de la gentillesse des gens pour lui porter un malheureux sandwich. Mais son fils avait besoin de manger, et tant qu'elle ne pourrait pas se déplacer, il lui faudrait accepter de dépendre des autres.

— Entendu. Si tu me promets que j'aurai ma voiture dès demain.

— Je te le promets, dit-il.

Jess s'aperçut que son fils s'était assis dans le fauteuil à rayures jaunes près de la porte, et qu'il attendait en silence.

— Danny, tu veux choisir ta chambre ? demanda-t-elle, en espérant susciter son intérêt.

Il secoua la tête, les yeux fixés sur le bout de ses baskets.

— Bon, moi je vais jeter un coup d'œil, et tu te décideras plus tard, dit-elle. Ne bouge pas d'ici sans me le dire.

Elle traversa la pièce, s'engagea dans un couloir et s'arrêta devant la première porte à droite, une petite salle de bains avec une baignoire sur pieds contre le mur. Chase la rejoignit et s'appuya contre le chambranle de la porte.

— C'est super, dit-elle en examinant la baignoire qui semblait assez propre et en bon état. Malheureusement, il n'y a pas de douche. Il y a une autre salle de bains ?

— Non. Mais je peux t'installer un cordon et un pommeau de douche quand je reviendrai demain.

— Ce serait gentil, oui.

Ce serait gentil aussi qu'il s'écarte pour la laisser sortir, songea-t-elle.

Comme il ne bougeait pas, elle passa en le frôlant et poursuivit sa visite des lieux. La première chambre comportait deux paires de lits superposés, la deuxième, deux grands lits — une famille nombreuse avait autrefois vécu dans cette maison, elle ne devait pas l'oublier. Au bout du couloir, elle tomba sur une grande chambre qui contenait une commode et un autre grand lit avec une tête de lit en fer qui paraissait aussi ancien que la maison.

Quand elle se retourna, elle vit de nouveau Chase, appuyé contre la porte.

— Je suppose que c'était la chambre des parents, dit-elle.

Il lui adressa un petit sourire.

— Oui. L'endroit où les Wooley ont fabriqué tous les petits Wooley.

Il aurait pu se passer d'une telle remarque !

— Espérons que le matelas a été remplacé depuis, dit-elle.

Et en parlant de ça, j'ai remarqué que tous les lits étaient dépourvus de literie.

— Gabe m'a dit qu'il y avait des draps et des couvertures dans les placards du couloir.

Ce serait ça de moins qu'elle aurait à apporter de chez elle.

— Tant mieux. Est-ce qu'il y a un lave-linge et un sèche-linge ?

— Seulement un lave-linge. Nita séchait la lessive sur l'étendoir, dehors.

Jess eut l'impression d'avoir fait un bond dans le passé.

— Je suppose que c'est pour ça que l'on a inventé les laveries automatiques, fit-elle remarquer.

Et la plus proche était à sept ou huit kilomètres de là…

— Le lave-linge est dans une petite pièce près de la cuisine, précisa Chase.

Il entra dans la chambre, et sa présence fit paraître la pièce trop exiguë soudain.

Mal à l'aise, Jess frappa dans ses mains avec enthousiasme.

— Et si on allait voir la cuisine ?

Le rire de Chase la prit par surprise.

— Qu'est-ce que j'ai dit de drôle ?

— Pendant une seconde j'ai vu la pom-pom girl ressortir en toi.

— Cette fille-là a disparu depuis longtemps. Si tu ne me crois pas, jette un coup d'œil à mon derrière.

Elle regretta aussitôt ses paroles, car Chase parcourut du regard son corps de haut en bas, ce qui la mit une nouvelle fois mal à l'aise.

— Tu n'as pas du tout changé, Jess.

— Essaie de dire ça à Dalton.

Elle avait encore parlé trop vite !

Chase se renfrogna comme chaque fois qu'elle citait le nom de son ennemi juré.

— Tu devrais te moquer de ce que te dit ce salaud, marmonna-t-il.

— Je me fiche de tout sauf de voir comment est la cuisine, répliqua-t-elle, désireuse de changer rapidement de sujet.

Il s'écarta et fit un grand geste vers le couloir.

— Après toi.

Elle passa une fois de plus dans le séjour où Danny était toujours à la même place, encore vêtu de son blouson gris, comme s'il n'avait pas l'intention de rester là. Dès qu'elle aurait une minute en tête à tête avec lui, elle lui expliquerait que cette maison n'était qu'un logement temporaire. Pourtant elle n'était pas certaine que ça l'intéresserait. Et si son attitude ne changeait pas au cours des deux prochains jours, elle se verrait obligée de chercher une aide psychologique. Elle espérait fortement pouvoir attendre que l'orage judiciaire s'apaise. Si ce n'était pas le cas, elle devrait faire confiance à un conseiller pour qu'il respecte la confidentialité de son patient, au cas où Danny déciderait de révéler ce qui s'était passé la veille. Pour le moment, elle devait s'attacher à trouver ses marques afin de commencer à emménager. Retrouver un semblant de stabilité ne pouvait que leur faire le plus grand bien, à son fils et à elle.

Elle se rendit dans la cuisine qui comportait un petit coin repas avec une table de bois, des bancs sur les côtés et une chaise à chaque bout. Elle ouvrit les placards et les tiroirs, et découvrit une multitude de casseroles, de marmites, d'assiettes, de plats, de verres et d'ustensiles divers. Lorsqu'elle entendit Chase qui s'approchait, elle se retourna et s'appuya contre le plan de travail tout usé.

— Il y a assez de matériel ici pour nourrir une armée.

— Mais une armée vivait ici : la famille Wooley.

Il se laissa tomber sur une chaise et étendit ses longues jambes devant lui. Jess fut soudain frappée par la force indéniable de sa présence et de son autorité, depuis son Stetson jusqu'à la pointe de ses bottes. Il était le portrait parfait du shérif du Far West. Curieusement, tout chez lui la déstabilisait, comme si en réalité elle ne le connaissait pas du tout. Mais le connaissait-elle encore ?

Elle s'approcha de la fenêtre au-dessus de l'imposant évier, d'où on avait une jolie vue sur la prairie.

— C'est vraiment un endroit charmant, murmura-t-elle.

Avant même qu'elle se soit rendu compte qu'il avait quitté la table, Chase passa la main devant elle et ouvrit le robinet, son grand corps frôlant le sien.

— Le puits doit marcher normalement, dit-il, mais Gabe m'a dit de vérifier qu'il y avait de l'eau car nous avons eu une longue période de sécheresse. Tout comme moi, d'ailleurs…

Elle se tourna vers lui et vit son sourire en coin qui trahissait le séducteur qu'il avait toujours été.

— J'ai beaucoup de mal à croire ça, dit-elle en retenant un sourire.

Mais, pour une raison bizarre, elle espérait qu'il disait vrai…

— Pauvre shérif adjoint Reed. Personne pour arroser ses plantations.

Il écarta doucement une mèche de cheveux sur sa joue, la faisant tressaillir.

— Ne tracasse pas ta jolie petite tête pour moi, ma belle. Je me débrouille.

— Oh ! mais je ne m'inquiète pas pour toi.

Mais s'il ne s'écartait pas rapidement d'elle, elle aurait quelques motifs d'inquiétude. Il était si près d'elle qu'elle pouvait tracer une ligne autour de ses lèvres du bout du doigt sans aucun effort… Si près qu'elle sentait la chaleur qui se dégageait de son corps… Si près qu'il la perturbait. Et le fait qu'il arrivait à la perturber en un moment pareil lui semblait totalement incompréhensible.

A l'instant où elle tentait de s'écarter, il lança :

— Regarde un peu ça !

Elle reporta son attention sur la fenêtre et vit Danny, assis par terre, tendant la main vers un chaton tigré qui se tenait à un mètre de lui, le dos arrondi et la queue toute droite.

— Mon Dieu, cette bête est probablement sauvage et n'a pas été vaccinée ! Il faut que je…

— Laisse-le, l'interrompit Chase tandis que le chaton s'enfuyait.

Elle lui jeta un regard surpris.

— Tu es inconscient ou quoi ? Il aurait pu le griffer ou le mordre et lui donner la rage !

— Mais ce n'est pas arrivé et ton fils va bien. J'ai l'impression qu'il a besoin d'être un peu seul.

— Oui, tu as sans doute raison.

— Tu sais ce qu'il lui faudrait ?

— Un ami ?

— Un chien.

Un autre souvenir, dur et cruel, lui revint à l'esprit.

— Surtout pas ! s'écria-t-elle. Danny avait un chiot quand il avait cinq ans, un golden retriever du nom de Birdie. Un jour il a mordillé une paire de mocassins italiens appartenant à Dalton, et Dalton, fou de rage, l'a donné à un chasseur du comté voisin. Ensuite il a raconté à Danny que son chien s'était enfui parce qu'il était un méchant garçon.

— Ce minable salaud, marmonna Chase, de la haine dans la voix.

Jess l'avait qualifié exactement du même nom mais elle ne le lui avait jamais dit en face… avant la veille au soir.

Repoussant des images qui revenaient en force, elle tendit le bras pour ouvrir la fenêtre et dire à Danny de rentrer. Mais quand elle le vit prendre un morceau de bois et commencer à dessiner dans la terre, à remuer les lèvres comme s'il parlait à un ami imaginaire, elle n'en fit rien. Au moins son fils n'avait pas perdu l'usage de la parole, même s'il ne lui parlait pas. Il savait encore sourire également, nota-t-elle quand elle vit un grand sourire éclairer son visage au moment où le petit chat revenait. Mais de nouveau ses craintes revinrent.

— Je vais faire rentrer Danny avant qu'il ne finisse par se faire griffer par le chat, dit-elle.

Chase vérifia sa montre.

— Et moi je vais y aller.

Jess se rendit compte que s'il partait, elle n'aurait plus aucun moyen de communiquer avec le monde extérieur. Même si elle n'était pas dans les fins fonds de la brousse, elle fut un instant paniquée.

— J'ai laissé mon portable en charge à la maison, dit-elle.

— Je te donnerais bien le mien mais j'en ai besoin pour mon travail. Je vais demander à Sue Ellen si elle peut en trouver un jusqu'à demain matin.

— Merci encore. Pour tout.

— Pas de souci. Les amis, ça sert à ça.

Au moins il la considérait toujours comme une amie ! A moins qu'il ne soit gentil par pitié. L'avenir le dirait.

Quand ils sortirent sur le perron, elle résista au désir de se jeter à son cou et de lui demander de rester encore un peu.

— Passe une bonne journée, dit-elle simplement. Et sois prudent.

Il laissa échapper un petit rire sans joie.

— La seule bonne chose qui peut m'arriver, c'est de faire cesser une bagarre dans un bar.

Evidemment, comparée à ses missions en Afghanistan, sa mission à Placid, Mississippi, était relativement moins dangereuse. Elle frissonna soudain en songeant à tous ces dangers qu'il avait connus, là-bas. Elle avait vécu avec la peur de le perdre durant de longs mois.

— Dis à Sue Ellen de ne pas se presser pour moi, dit-elle vivement, chassant ses mauvais souvenirs.

— C'est sa vitesse habituelle.

Il lui adressa un sourire qui creusa ses fossettes irrésistibles, toucha le bord de son chapeau et dit :

— A demain, m'dame.

Puis il monta dans sa Jeep et démarra.

Tandis que Jess faisait le tour de la maison pour rejoindre Danny, une brise fraîche lui fouetta le visage et elle frissonna. Mais cela n'avait rien à voir avec le temps hivernal. Elle avait très envie d'avoir Chase auprès d'elle, même si elle se rendait compte que c'était la dernière des choses à faire. Plus il passait de temps avec Danny, plus elle risquait qu'il ne commence à soupçonner ce qu'elle-même soupçonnait depuis des années.

Elle avait négligé tous les signes, tout comme elle avait négligé les nombreux défauts de Dalton. Pourtant, tout au fond de son cœur, elle avait toujours su que le petit garçon calme au sourire à fossettes, aux yeux bruns pensifs et aux cheveux blonds, pouvait très bien être le fils de Chase Reed.

Et la nuit précédente, au cours de cette confrontation terrible, le pire s'était produit au moment où son ex-mari, qui n'avait jamais été un père pour Danny, lui avait fait part de ses soupçons.

4

Lorsqu'on frappa à la porte, Jess s'attendit à voir Sue Ellen qui lui apportait quelques provisions. Mais pas une seconde elle n'avait imaginé que Rachel Wainwright Boyd — son ex-belle-sœur et amie de toujours — serait sur le pas de sa porte.

— Qu'est-ce que tu fais là ? demanda-t-elle, consciente, mais un peu tard, du peu d'amabilité qu'elle avait mis dans sa question.

Un sourire timide aux lèvres, Rachel leva les deux sacs qu'elle portait.

— J'apporte des cadeaux.

Jess ouvrit la moustiquaire.

— Entre.

Dès que Rachel pénétra dans la maison et posa les sacs par terre, Danny traversa la pièce en courant et vint se jeter dans ses bras, la faisant presque basculer en arrière.

— Holà, mon petit ange ! s'écria Rachel en riant.

Jess apprécia l'enthousiasme de Danny, même si elle ne put s'empêcher de réprimer une pointe d'envie. Il avait repoussé toute marque d'affection de sa part à elle, sa propre mère.

— Fais attention, Danny. Tante Rachel attend un bébé.

Rachel se pencha et l'embrassa.

— Ne t'inquiète pas. Ce bébé va être coriace s'il tient de son père.

— Il a passé la journée enfermé ici et sans télévision, dit Jess. C'est pour ça qu'il est si content de te voir.

Quand elle s'aperçut de sa maladresse, elle ajouta :

— Bien sûr, il est toujours content de voir sa tante préférée.

Rachel ébouriffa les cheveux de Danny qui la regardait comme si elle était venue le délivrer.

— Je t'ai apporté quelques petites choses qui devraient t'empêcher de t'ennuyer, dit-elle. Elles sont dans la voiture de ta mère.

Abasourdie, Jess regarda par la fenêtre et vit sa voiture garée dans l'allée.

— Comment as-tu fait ?

— De la même façon que j'ai fait ceci.

Elle fouilla dans son sac et en sortit le téléphone portable de Jess.

— Le chargeur se trouve dans un sac avec quelques-uns de tes vêtements, précisa-t-elle.

Au moins elle aurait de quoi s'habiller et un moyen de communiquer avec le monde extérieur. A condition toutefois qu'il y ait du réseau.

— Je suppose que tu as parlé avec Chase, dit-elle.

— Il m'a appelée il y a quelques heures pour me dire où je pouvais te trouver. Je me suis proposée pour aller chercher tes affaires et t'apporter ta voiture.

Jess n'arrivait pas à croire que son amie se soit risquée à pénétrer dans le camp ennemi. Si Edwin l'apprenait… D'un autre côté, Rachel et elle n'avaient jamais été ennemies, même après le divorce.

— Comment es-tu entrée dans la maison ? voulut-elle savoir.

— Je me suis servie de ma clé. Evidemment, cet idiot de Barkley ne m'a pas lâchée d'une semelle, comme si j'avais de mauvaises intentions. Je l'ai ignoré quand il a cru que j'allais voler ta voiture. A part ça, ce fut un jeu d'enfant. J'espère toutefois que j'ai pris ce qu'il te fallait, parce que je ne sais pas si j'aurai droit à une seconde visite.

Jess laissa échapper un petit rire. La présence de Rachel lui redonnait des forces. Quelle chance d'avoir des amis sur qui l'on pouvait compter.

— Tu ne peux pas savoir comme j'apprécie ce que tu fais.

— Il n'y a pas de souci, dit Rachel. Matt est à la ferme des Stanfield, à deux pas d'ici. Il va passer me prendre dès qu'il aura terminé.

Elle souleva un sac pour le poser sur le canapé, et en sortit une paire de chaussures de marque, rouges à talons aiguilles. Elle les leva comme si elle brandissait un trophée.

— Je savais que tu ne pouvais pas passer un jour de plus sans elles ! lança-t-elle avec un clin d'œil.

Jess adorait ces chaussures qu'elle avait achetées six mois plus tôt lors d'un séjour à Atlanta en compagnie de Rachel. Pendant ce voyage, Rachel lui avait confié qu'elle était enceinte, et elle, elle lui avait appris qu'elle envisageait de quitter Dalton. Mon Dieu, comme tout cela lui semblait loin…

— Merci, Rachel, mais je n'envisage pas d'aller danser dans l'immédiat.

— Tu peux les porter à la maison, proclama Rachel en rejetant en arrière ses longs cheveux noirs, en un geste théâtral. Je pense qu'elles iront à merveille avec ta tenue, tu ne crois pas ?

Jess regarda son sweat-shirt gris et son pantalon de yoga bleu, et fronça les sourcils.

— Oh ! D'accord. Une tenue des plus élégante pour nettoyer les toilettes.

Elles se mirent à rire, se remémorant d'autres tenues mémorables qu'elles avaient portées, puis Rachel se tourna vers Danny.

— Tu veux bien venir m'aider à prendre le reste dans la voiture de ta mère ?

Danny hocha la tête et prit la main que lui tendait sa tante.

Jess leur emboîta le pas, heureuse que son fils sorte de sa torpeur. Il leur fallut faire deux voyages pour rapporter les nombreux sacs de vêtements, de provisions et de jouets de Danny. Quand ils eurent terminé, Jess eut l'impression que son fils et elle avaient enfin de quoi s'installer correctement.

Dès que Danny se fut retiré dans la chambre aux lits superposés et qu'il eut fermé la porte, Jess invita Rachel à la suivre dans la cuisine pour ranger les provisions.

Rachel inspecta rapidement la pièce et hocha la tête avec un sourire d'approbation.

— Ce n'est pas mal du tout, dit-elle.

— Oui, si on aime le jaune, reconnut Jess en commençant à fouiller dans les sacs. Ce n'est pas exactement la maison de mes rêves, mais il faudra bien que je m'en contente puisque les maisons à louer sont rares à Placid.

— Et aussi puisque mon père a le monopole de la plupart des locations.

— Je ne voulais pas parler de ça, mais tu as raison. Je doute fort qu'il m'aurait acceptée comme locataire.

— Oh ! je ne sais pas. Tu sais, la seule chose qui intéresse mon père, c'est de savoir quelle propriété il peut acheter à un prix avantageux.

N'ayant aucune envie de parler d'Edwin, Jess préféra ne pas répondre.

— Ces produits viennent presque tous de ton réfrigérateur et de tes placards, reprit Rachel en rangeant des aliments dans le congélateur. Je ne savais pas trop combien de temps tu avais prévu de rester ici et je ne voulais pas que cette nourriture se perde. J'ai aussi cherché les cadeaux de Noël, et je me suis rappelé que tu les achetais toujours à la dernière minute.

Noël… Les fêtes de Noël avaient été le cadet de ses soucis, cette année. Et elles risquaient de le rester, vu les derniers événements. Mais elle ferait un effort pour son fils.

— Oui, je remets toujours ça à la dernière minute. Comme Danny est un fouineur, je n'ose pas acheter trop en avance, sinon il découvre les cadeaux. De plus, j'ai encore le temps de faire mes achats.

Rachel fronça les sourcils.

— Noël est dans une semaine, tu sais.

— Je croyais qu'il tombait un dimanche.

— C'est juste. Aujourd'hui on est samedi, Jess.

Seigneur ! Il avait suffi de quelques heures d'isolement pour lui faire perdre la notion du temps et une partie de sa santé mentale.

— Tu as raison. Le manque de sommeil m'a embrumé l'esprit.

Rachel lui lança un regard prudent.

— Tu penses que tu seras encore ici pour Noël ? Tu vas louer cette maison à l'année ?

Si elle n'allait pas en prison, pourquoi pas ? Au point où elle en était.

— Je n'ai pas de projet arrêté concernant l'endroit où je vais m'installer, mais une chose est sûre, je n'ai pas l'intention de retourner vivre à Oakwood Lane.

Rachel hésita un instant avant de glisser une boîte de soupe dans le placard.

— Je te comprends.

Le silence s'installa, et Jess se demanda brusquement si Rachel la rendait responsable de l'état où se trouvait Dalton.

— Chase m'a dit que Dalton était réveillé, dit-elle d'un ton qu'elle espérait neutre.

Sans tenir compte de son état de grossesse avancé, Rachel se hissa pour s'asseoir sur le comptoir de la cuisine, habitude qu'elle avait acquise dans son enfance.

— En effet. Les docteurs disent qu'il va être un peu sonné pendant quelques jours, mais ils pensent que la fracture du crâne va guérir sans intervention chirurgicale.

La gorge de Jess se serra.

— Il a une fracture du crâne ?

Rachel la regarda, perplexe.

— Oui. Chase ne t'a rien dit ?

De toute évidence, il avait essayé de la protéger en lui dissimulant certains faits. Elle ne pouvait guère le lui reprocher puisqu'elle était coupable de la même faute.

— Il m'a dit que Dalton avait probablement une grave commotion cérébrale.

Rachel lui adressa un sourire rassurant.

— Hé, ça aurait pu être pire. Les médecins pensent qu'il n'a pas subi de dommages au cerveau parce qu'il réagit bien. Il est assez désorienté et parfois il tient des propos décousus, mais il paraît que c'est normal. D'un autre côté, je l'ai déjà vu dans cet état quand il avait trop bu.

Jess aussi, et à de multiples occasions, quand il rentrait à la maison sous l'emprise de l'alcool. Elle l'avait revu dans cet état pas plus tard que la veille au soir…

— Donc il va se rétablir complètement ? demanda-t-elle.

— C'est ce que j'ai cru comprendre, bien que l'on ne puisse pas affirmer qu'il se rappellera les événements qui l'ont conduit à être hospitalisé.

Jess sentit une pointe d'espoir la traverser. Que Dalton ne se souvienne plus de la soirée de la veille, c'était très bien !

— Je suis contente de savoir qu'il va s'en sortir, dit-elle sobrement.

— Vraiment ?

— Bien sûr. Peu importe ce qui s'est passé entre nous, je ne souhaiterais jamais de mal à Dalton. Il faut que tu me croies.

— Je te crois.

Le manque de conviction qu'elle perçut dans la voix de son amie la poussa à lui expliquer la situation du mieux qu'elle pouvait sans toutefois lui donner les détails sordides.

— Ecoute, Rachel, je te jure que l'état dans lequel se trouve Dalton actuellement est le résultat d'un accident. Il avait trop bu et il a trébuché.

Rachel détourna le regard.

— D'après mon père, les analyses de Dalton étaient négatives. Pas une goutte d'alcool dans son sang.

Une vague de panique s'empara de Jess. Dalton, sobre hier soir ? Mais c'était faux ! Elle l'avait si souvent vu dans cet état qu'elle ne pouvait se tromper. Mais alors, si les analyses étaient négatives, on allait la soupçonner…

— Il y a forcément une erreur ! s'écria-t-elle. J'ai vécu longtemps avec Dalton et je sais reconnaître quand il a trop bu. Et je peux t'assurer qu'hier, il avait bu.

Rachel la regarda.

— Je ne l'ai pas entendu de la bouche du docteur, et ce ne serait pas la première fois que mon père s'efforcerait de sauver la réputation de Dalton, la plupart du temps sans résultat, d'ailleurs.

Jess ne connaissait que trop bien son ex-beau-père. Il était capable de mentir à un pasteur pour sauver la face.

Eprouvant le besoin de passer à autre chose, elle se mit à ranger les boîtes de conserve par contenu.

— Tout ça n'a pas d'importance du moment que Dalton se rétablit, reprit-elle. Danny est complètement traumatisé par cette histoire, au point qu'il n'a pas dit un seul mot depuis que c'est arrivé.

— Si tu es vraiment inquiète pour lui, j'ai une amie de fac qui est psychologue. Elle habite à Vicksburg, et je suis sûre qu'elle accepterait volontiers de voir Danny.

— J'ai déjà pensé à une aide psychologique. Mais je préfère attendre quelques jours, et lui donner le temps de se remettre. Je ne suis pas sûre que l'envoyer voir un étranger serait utile pour l'instant.

Rachel descendit avec précaution du comptoir.

— Comme tu voudras. Tiens-moi simplement au courant. Je peux l'appeler quand tu seras décidée. Ah. Une chose encore.

— Quoi ?

L'expression de Rachel s'assombrit, et elle hésita quelques secondes avant de poursuivre :

— S'il s'est passé quelque chose hier soir qui t'a fait sortir de tes gonds, je ne te reprocherai jamais de t'être retournée contre mon frère. Je sais comment il fonctionne. Pendant toute mon enfance il n'a cessé de me ridiculiser parce que j'étais la petite chérie de notre père, car lui devait toujours marcher droit et donner le meilleur de lui-même. Il n'a jamais compris que lorsque ma mère est morte en me mettant au monde, notre père a été obligé de me couver un peu plus. A entendre Dalton, je m'en suis tirée alors que j'avais commis un meurtre.

En voyant une ombre de chagrin passer sur le visage de Rachel, Jess sentit son cœur se serrer.

— Je suis sûre qu'il dirait la même chose sur moi, mais il aurait tort dans les deux cas, dit-elle.

Un bruit de Klaxon retentissant la fit sursauter.

— Matt n'a aucun savoir-vivre, marmonna Rachel. La dernière fois qu'il a klaxonné pour me faire venir, nous étions fiancés, et il l'a fait juste pour mettre mon père en rogne.

Jess s'efforça de sourire, mais n'y arriva pas vraiment.

— Les hommes. Pas toujours faciles, mais il faut faire avec.

Rachel posa les poings sur ses hanches.

— Bon ! Eh bien, il va attendre que j'aie fini de t'aider à ranger la maison.

— Tu en as déjà assez fait, Rachel. Et il ne reste plus grand-chose. J'ai passé le plus clair de la journée à enlever les toiles d'araignées et la poussière, et à désinfecter la salle de bains avec des produits que j'ai trouvés par-ci par-là. Il me reste, bien sûr, à m'atteler au nettoyage du four. Mais si tu insistes pour…

Rachel mit la main en cornet autour de son oreille.

— Oh. Je crois bien que Matt m'appelle… Désolée, mais je vais devoir y aller.

Jess se mit à rire.

— Je savais que je ne pouvais pas compter sur toi pour nettoyer le four !

— Tu me connais trop bien, dit Rachel en la serrant dans ses bras. Tiens le coup, Jess. Dalton va se remettre et alors tu pourras tourner la page et aller de l'avant.

Si seulement elle pouvait partager l'optimisme de son amie.

— Merci pour tout, Rachel. Et en attendant…, dit-elle en tapotant le ventre de son amie, prends soin du bébé. On se voit bientôt ?

— J'y compte bien. Il faut que l'on aille faire les magasins avant que ce petit bout ne fasse son apparition dans onze semaines.

Jess ne savait pas du tout où elle serait dans onze semaines. Elle espérait toutefois que ce ne serait pas en prison.

— D'accord, ça marche !

Quand Jess eut raccompagné Rachel jusqu'à la porte et

salué Matt de la main, elle rentra pour voir ce que faisait son fils et poursuivre le nettoyage de la maison.

Cependant, un sentiment de culpabilité la dévorait en songeant aux informations qu'elle avait dissimulées aux personnes qu'elle aimait le plus. Chase. Rachel. Elle avait commencé à creuser un trou si profond qu'elle ne trouverait peut-être plus le moyen de sortir de cet abîme. Si Dalton ne recouvrait plus jamais la mémoire des événements qui avaient causé ce désastre, elle pourrait peut-être garder le secret. Ce qu'elle ferait de l'autre secret, elle n'en savait absolument rien pour l'instant.

Chase avait le droit de savoir qu'il pouvait être le père biologique de Danny, mais elle aurait dû avoir le courage de lui en parler depuis longtemps. Elle craignait qu'il lui reproche son silence et ne veuille plus jamais la voir. Et ça, elle ne le supporterait pas. Il représentait son seul point d'appui à ce moment crucial de sa vie, et l'idée qu'il puisse l'abandonner lui était insupportable. A cet instant, la tentation de le voir était si forte, qu'elle songea à l'appeler.

Mais elle se dit qu'elle n'avait pas le droit de l'empêcher de faire son travail juste parce qu'elle se sentait seule et vulnérable. Elle attendrait de le voir le lendemain.

Chase n'avait pas l'intention de rendre visite à Jess avant le lendemain.

Mais après son service, il décida de faire un détour par la maison Wooley pour vérifier que tout allait bien. Quand il aperçut toutes les fenêtres illuminées, il n'alla pas plus loin et retourna chez lui prendre une télévision. Si Jess devait rester dans cette maison loin de tout seule et incapable de trouver le sommeil, il pourrait tout aussi bien lui offrir un peu de divertissement.

Mais de qui se moquait-il ? Il avait tout simplement envie de la voir, ne serait-ce qu'une heure ou deux, même si la raison lui conseillait de garder ses distances. Il fallait qu'elle sache qu'il ne la laisserait pas tomber.

Tandis qu'il s'engageait dans l'allée, vingt minutes plus tard, il se dit qu'il avait bien fait de revenir en voyant que la maison était encore allumée. Elle ne dormait pas malgré l'heure tardive. Bien sûr, elle pouvait s'être endormie, mais il en doutait. Il sortit donc de son pick-up, prit le lourd poste de télévision et le porta jusqu'à la porte d'entrée.

Il utilisa son coude pour sonner. Il vit Jess tirer le rideau pour regarder qui était là. Elle ouvrit au bout de quelques secondes, affichant un air surpris.

— C'est déjà demain ? demanda-t-elle.

— Presque. Je me suis dit que tu aimerais avoir une télé pour te distraire, dit-il en soulevant l'appareil pour le lui montrer.

— Tu aurais pu attendre demain. Danny est déjà endormi et j'étais en train de lire un livre que j'ai trouvé dans un placard. Sans compter qu'une parabole ne fonctionnerait pas dans ce trou avec tous ces arbres autour. Pas de connexion, pas de chaînes, pas de raison d'avoir une télé.

Il se considérait comme un gars solide, mais la vieille télévision devait bien peser plus de cinquante kilos. Et de plus, il n'avait pas vraiment de prise pour bien la tenir. A ce train, il allait finir par se froisser un muscle avant que Jess ait pris une décision.

— Cet appareil possède un lecteur de DVD incorporé et un décodeur qui te permettra de recevoir quelques chaînes hors de Jackson, dit-il.

— Je crois que ça en vaut la peine, alors.

Plus rien ne vaudrait la peine s'il laissait tomber ce fichu téléviseur sur le perron.

— Ecoute, Jess, tenir ce truc revient à soulever ta voiture, donc ce serait gentil si tu te décidais avant que je fasse une hernie.

— Bien sûr ! Je m'en voudrais que tu aies une hernie, et que tu perdes ton sommeil à m'aider à trouver le mien.

Comme s'il n'avait pas ses propres problèmes de sommeil !

— Maintenant que c'est réglé, est-ce que je peux entrer ou est-ce que tu veux que je te le passe avant de m'en aller ?

— Désolée, marmonna-t-elle en tenant la porte ouverte pour le laisser enfin entrer.

Il évita de regarder sa tenue — une chemise de nuit courte — et se concentra sur la recherche d'une surface prête à accueillir cet énorme téléviseur. Malgré tout, l'image des jambes nues de Jess s'était imprimée dans son cerveau…

— Où veux-tu le mettre ? demanda-t-il.

— Où veux-tu le poser ?

D'un signe de tête il indiqua une table basse, dans un coin de la pièce, près d'une prise électrique.

— Débarrasse cette table et je le poserai dessus.

Jess se pencha pour enlever une bonbonnière et quelques figurines de pacotille. Quand sa chemise de nuit remonta sur ses cuisses, Chase fut forcé de baisser la télé pour sauver sa dignité.

Bon sang ! Que lui arrivait-il ? Pendant toutes ces années où il avait connu Jess, il n'avait jamais été excité par ses jambes. Enfin, presque jamais. Il se rappelait quelques occasions où il avait eu des réactions de mâle pendant une séance de natation dans l'étang, mais il avait toujours gardé la maîtrise. Sauf cette unique nuit…

Il ne fallait surtout pas qu'il la suive, sinon il serait obligé de rester collé au téléviseur jusqu'à ce que la douleur musculaire l'emporte sur sa libido.

Heureusement, Jess se redressa, les bras chargés de babioles.

— Voilà. Je vais porter tout ça dans une chambre et je reviens. Mets-toi à l'aise.

Même si elle revenait habillée d'un sac-poubelle noir, il ne serait pas à l'aise.

— Il faut que j'aille prendre la télécommande dans le pick-up.

— D'accord ! lança-t-elle par-dessus son épaule en s'éloignant.

Chase posa le téléviseur et sortit rapidement, avec l'espoir que la fraîcheur de la nuit l'aiderait à refroidir son corps en ébullition. Il appuya fortement les deux bras au-dessus de la portière et inspira profondément à plusieurs reprises tout en émettant quelques jurons choisis qui lui auraient valu d'être envoyé au coin par sa mère.

Quand il eut enfin repris son calme — enfin, presque —, il ouvrit la portière et sortit la télécommande et quelques DVD qu'il avait apportés. Il marcha ensuite vers la maison sans se presser, profitant au maximum de l'air frais. Quand il entra dans le séjour, il trouva Jess assise sur le canapé, les pieds posés sur la table basse.

— Il ne fait pas très chaud ici, dit-il.

Elle indiqua le poêle noir qui se trouvait dans le coin.

— Je ne savais pas trop comment faire marcher ce truc, mais j'ai trouvé un radiateur dans un placard et je l'ai mis dans la chambre de Danny.

— Tu veux que j'allume ton feu ?

Elle tressaillit, puis lui adressa un grand sourire.

— Et comment comptes-tu t'y prendre ?

— Avec du bois et des allumettes.

— Ne te donne pas cette peine. Je suis bien.

— Comme tu voudras. J'ai apporté quelques films d'action pour Danny, mais celui-ci est pour toi.

Il lui lança un DVD dont la pochette montrait un couple en pleine scène d'amour.

Elle examina la jaquette et sourit.

— Merci. J'ai toujours eu envie de voir ce film.

— Je me suis dit que c'était ton genre de film.

Elle retourna la boîte encore emballée dans la Cellophane puis leva les yeux sur lui.

— C'est gentil, mais tu n'aurais pas dû l'acheter juste pour moi.

Il n'avait pas vraiment envie de la détromper, mais il avait toujours été honnête et sincère.

— Je l'ai acheté il y a quelque temps pour quelqu'un d'autre, dit-il.

Elle se renfrogna aussitôt.

— Une de tes petites amies du vendredi soir ? lança-t-elle.

Pas étonnant qu'elle ait eu cette pensée, avec la réputation qu'il avait.

— Non, ma mère, pour son anniversaire, répondit-il. Mais quand j'ai vu le « Interdit aux moins de 16 ans », j'ai préféré lui acheter quelque chose de moins scabreux.

Jess se mit à rire.

— C'est une comédie romantique, pas un film X ! Je suis sûre que l'on y parle juste un langage osé.

— Il y a aussi des gens nus. Et ma mère n'aime pas voir des gens nus dans les films.

Elle écarquilla les yeux, surprise.

— Tu l'as déjà vu ?

— Non. On le dit sur la présentation.

Elle déchira la Cellophane et ouvrit la boîte, le visage brillant d'excitation.

— Regardons-le tout de suite !

Sûrement pas ! Il était hors de question qu'il regarde une série de scènes d'amour avec elle, surtout en songeant à la façon dont il avait réagi devant sa chemise de nuit que n'importe qui, sa mère y comprise, aurait trouvé plus que pudique.

— Je crois que je devrais y aller.

Elle tapota la place à côté d'elle.

— Il n'est même pas minuit, et tu as dit toi-même que tu avais du mal à trouver le sommeil. Reste un peu.

— Je n'aime pas les comédies romantiques, Jess.

— Et moi je n'aime pas les films violents, et pourtant j'en ai regardé ma part avec toi autrefois.

Elle avait envie de sa compagnie, c'était visible, mais il était certain qu'elle changerait d'avis si elle pouvait lire ses pensées. S'il avait un tant soit peu de décence, il se dominerait, et resterait pour regarder ce fichu film. Or la décence lui posait un gros problème à cet instant.

— Peut-être une autre fois, dit-il.

Elle fit semblant de bouder.

— Allons, Chase. Si tu restes, je te fais du pop-corn. De plus, tu vas probablement t'endormir au bout de quinze minutes.

Sans doute, sauf si les quinze premières minutes ne montraient pas de scène d'amour, et ça, ce n'était pas écrit sur la jaquette du DVD.

— Très bien, je te donne quinze minutes, mais si je ne me suis pas endormi au bout de trois minutes ou si je déteste le film, je m'en vais et tu ne diras rien.

— D'accord ! Je vais faire le pop-corn !

Elle se leva d'un bond et se rendit dans la cuisine tandis qu'il faisait les cent pas dans la pièce avec assez d'énergie pour éclairer toute la ville.

Au bout de quelques minutes, Jess revint avec un sachet de chips et des serviettes sous le bras, et un soda dans chaque main.

— Je viens de m'apercevoir que le pop-corn que j'ai est uniquement pour les micro-ondes, et il n'y a pas de micro-ondes ici, dit-elle en lui donnant une cannette.

Il l'ouvrit et but une gorgée, regrettant de ne pas avoir quelque chose de plus fort à boire.

— On pourra prendre le tien demain quand nous passerons chez toi.

Elle se renversa contre le dossier du canapé et ouvrit le sachet de chips.

— Je peux très bien vivre sans four à micro-ondes. Rachel m'a apporté tout ce qu'il fallait, donc ce n'est pas la peine d'aller chez moi. A propos, merci de me l'avoir envoyée.

— Elle tenait à venir te voir.

— J'en suis ravie. Quoi qu'il en soit, je prendrai le reste de mes affaires dès que j'aurai choisi une résidence définitive.

— Comme tu voudras.

Il posa sa boisson sur la nappe qu'elle avait placée sur la table et tendit la main.

— Donne-moi le film, je vais le mettre en route, à moins que tu ne veuilles que je te montre comment ça marche.

Cette proposition lui valut un regard acerbe.

— Je ne suis pas complètement idiote, Chase. Je sais comment ça marche.

— Et celle qui me dit ça est la même personne qui m'a demandé de programmer son magnétoscope quand elle était encore au lycée ! lança-t-il, moqueur.

— Ferme-la et mets le film, shérif !

Il allait se défendre mais elle le fixait avec un grand sourire et ces yeux d'ambre limpides comme du cristal qui prenaient parfois une teinte dorée, comme à cet instant. Des yeux de chat comme il disait autrefois. Elle avait aussi une bouche à faire fantasmer n'importe quel homme. L'alliance des deux était mortelle, surtout pour un homme qui n'avait pas besoin d'être encouragé pour oublier tout bon sens et lui sauter dessus.

Se forçant à revenir en mode prudence, il brancha le téléviseur, inséra le DVD et le fit démarrer avec la télécommande. Il songea un instant à prendre la chaise, mais elle lui parut aussi confortable qu'un cactus. Il choisit donc de rejoindre Jess sur le canapé et s'assit le plus loin possible, au point de se cogner contre l'accoudoir.

Il pointa la télécommande et augmenta le volume du son tandis qu'ils regardaient le début du générique sur une musique sirupeuse qui lui donna envie de se boucher les oreilles et de filer sans demander son reste.

— Dommage qu'il n'y ait pas la stéréo, dit-il sur un ton très sarcastique.

Jess leva les yeux au ciel.

— Les garçons et leurs jouets. Dalton ne parlait que de systèmes audio très chers et d'amplificateurs. Il adore les gros amplificateurs en aigus, et moi je ne supporte pas. Je me dis parfois que c'est un peu à cause de ça que notre mariage n'a pas marché.

Chase essaya de concentrer son attention sur l'écran, mais son œil s'égara sur la poitrine de Jess.

— Tes amplificateurs sont très bien, laissa-t-il tomber, moqueur.

Elle laissa échapper un rire sarcastique.

— Ha ! C'est comique, venant d'un homme qui m'a dit, quand j'étais au collège, que mon soutien-gorge de sport avait besoin de s'entraîner pour améliorer ses résultats !

Mince ! Il croyait qu'elle avait oublié cet épisode…

— Ce n'était qu'une remarque stupide venant d'un gamin stupide, se défendit-il.

— A d'autres ! Si tu crois que je vais gober cette excuse, tu peux toujours attendre.

— Toi aussi tu faisais parfois des remarques caustiques. Je me rappelle t'avoir entendue lancer des blagues idiotes plus d'une fois.

— C'est vrai… Comme… « Chat de gouttière » ?

— Crevette !

Elle lui jeta une chips à la tête.

— Fossettes !

Il avait détesté ce surnom plus que tout, et cela méritait qu'il sorte la grosse artillerie.

— Arrête de jeter de la nourriture, Gertrude.

Elle plissa les yeux et le fusilla du regard.

— Tu sais à quel point je déteste mon deuxième prénom. Alors, excuse-toi immédiatement !

Quand elle lui donna un grand coup dans les côtes, il lui saisit la jambe et appuya sur le point sensible juste au-dessus du genou.

— Excuse-toi d'abord pour les fossettes.

Elle se tortilla en riant jusqu'au moment où il relâcha la pression. Elle se redressa et lui lança un regard noir.

— Si tu refais ça, je te jure que je te chasse du canapé à coups de pied.

Il se pencha vers elle, un sourire narquois au coin des lèvres.

— Tu ne me fais pas peur, *Gertie*.

Mais sa main, toujours posée sur la cuisse de Jess dont la bouche irrésistible ne se trouvait qu'à quelques centimètres de la sienne, lui faisait vraiment peur. Nuance : il avait peur de ce qu'il pourrait lui faire s'il ne s'en allait pas en vitesse. Il n'avait jamais désiré une femme aussi fortement depuis son retour à la vie civile. Mais il ne voulait pas compromettre la relation qu'ils avaient renouée pour une étreinte rapide sur le canapé. Si tant est qu'elle accepterait, ce qui n'était pas évident.

Il était maudit, se dit-il en la voyant fermer les yeux, inspirer profondément et rapprocher sa bouche de la sienne. Si quelqu'un avait besoin d'un baiser, c'était bien elle. Si quelqu'un pouvait l'embrasser comme elle méritait de l'être, c'était bien lui. Mais ce serait une erreur, une énorme erreur.

Il reprit sa place au bout du canapé et marmonna :

— On est en train de manquer le film.

Jess rajusta sa chemise de nuit, prit le coussin derrière elle et le serra contre elle.

— Comme si tu avais envie de le voir, répliqua-t-elle d'une voix sourde.

Non, il n'en avait pas envie, mais au moins ce film était une distraction. Non, un moyen sûr de l'empêcher de faire une bêtise. Enfin, pas vraiment, se dit-il au moment où le personnage principal plaqua la fille crédule contre un mur et commença à lui arracher ses vêtements. Ceux-ci disparurent assez vite et ils passèrent à l'action…

Chase retint un juron. Il avait deux solutions. Soit il dérobait le coussin de Jess et le mettait sur ses genoux, soit il filait à toute vitesse. Il choisit la fuite.

— Il faut que j'y aille, dit-il en se levant et en se dirigeant vers la porte.

Jess réagit si rapidement qu'elle l'avait rejoint avant même qu'il ait pu tourner la poignée de la porte.

— Qu'est-ce qui se passe, Chase ?

Il n'osait pas lui faire face et lui laisser voir quel était son problème.

— Je ne peux pas faire ça, marmonna-t-il.

— Tu ne peux pas faire quoi ? Regarder un film avec moi ?

Il appuya le front contre la porte et se força à respirer lentement.

— Je ne peux pas faire comme si tout était comme avant entre nous, Jess.

— Et moi je n'en reviens pas qu'une seule nuit, qui selon tes dires ne signifiait rien, puisse se mettre en travers de notre amitié.

Leur *amitié* ? Si seulement elle savait combien cette nuit-là avait compté pour lui, combien de fois il y avait pensé au cours des années. Et combien il la désirait encore. Et pas en ami !

— Je ne suis pas aussi fort que tu le crois. Tu mérites mieux.

— Chase, regarde-moi.

Il lui obéit à contrecœur, et se rendit compte à quel point elle était désirable, avec ses cheveux tout ébouriffés.

— Quoi ?

— Nous méritons tous les deux d'être heureux, Chase, et rien ne m'a jamais rendue plus heureuse que de t'avoir pour meilleur ami. Il faut parfois se battre pour ce que l'on considère comme important.

Il la regarda sans rien dire.

— A moins que tu ne voies pas notre amitié sous ce jour-là, ajouta-t-elle en lui prenant la main.

Il poussa un soupir.

— Oui, je la vois ainsi.

— Alors ne pourrions-nous pas repartir de zéro et retrouver notre confiance réciproque ?

Il n'aurait pas demandé mieux que de tout recommencer, mais c'était plus facile à dire qu'à faire. Pourtant, il lui devait au moins cela.

— Je vais faire de mon mieux, lui promit-il. Mais cela va prendre du temps.

Le sourire de Jess lui alla droit au cœur.

— Nous avons tout le temps, dit-elle.

Ce n'était pas cela qui l'inquiétait. Il craignait qu'en passant du temps avec elle, il se laisse emporter par son désir — et c'était la dernière chose à faire. Toutefois elle avait raison sur un point : leur amitié méritait une deuxième chance. Il ne voyait pas deux personnes qui avaient autant besoin l'une de l'autre. Mais il voyait très bien toutes les raisons pour lesquelles ce besoin qu'ils avaient l'un de l'autre pouvait se révéler beaucoup trop dangereux.

5

Jess n'avait pas assez dormi.

Le bruit de la télé la dissuada de remonter les couvertures sur sa tête pour s'isoler encore un peu du monde extérieur car cela revenait à se cacher de son fils qui apparemment était déjà levé.

Elle s'était couchée peu après le départ précipité de Chase, et n'avait cessé de se tourner et se retourner pendant des heures dans son lit sans trouver le sommeil. Cette étincelle de profonde connivence qui était passée entre eux l'avait hantée comme un refrain de chanson dont on ne peut se débarrasser. Il s'en était fallu de très peu qu'elle ne retombe dans le même piège : attendre de la part de Chase plus que ce qu'il pouvait lui donner — c'est-à-dire autre chose qu'un rapport sexuel dénué de sens ; pour lui tout au moins.

Elle devait sans doute le remercier d'être parti à temps, de s'être maîtrisé, car s'ils avaient succombé à leur désir, elle serait sûrement en train de le regretter à l'heure actuelle. N'avait-il pas dit qu'il connaissait une traversée du désert ? Si c'était le cas, elle n'aurait représenté qu'un moyen d'étancher sa soif. Or sa vie était déjà bien assez chamboulée en ce moment, et devenir une victime de plus sur le tableau de chasse de Chase n'aurait fait qu'aggraver les choses.

Malheureusement, toutes ces vérités ne suffisaient pas à lui ôter l'envie de le voir aussi souvent qu'elle le pourrait.

Elle repoussa le drap et saisit son téléphone portable sur la table de chevet. L'horloge indiquait 8 h 05, plus tard qu'elle ne l'avait cru, mais seulement quatre heures après la dernière fois qu'elle avait regardé. L'heure en tout cas de se lever et d'affronter la journée qui l'attendait.

Elle sortit du lit, prit sa robe de chambre et se rendit dans le séjour. Comme elle l'avait deviné, Danny avait découvert le cadeau de Chase. Elle eut un instant de panique en se demandant s'il avait regardé le film interdit aux moins de seize ans qui était resté dans le lecteur la veille…

A son grand soulagement, elle vit le DVD gisant sur le sol à côté de son fils, tandis que sur l'écran se déroulait un film d'action avec un super-héros comme personnage principal. Danny était allongé sur le ventre, les coudes pliés, les joues appuyées sur les mains. Il ne lui adressa même pas un regard, mais au moins il semblait content. Elle retint l'envie de le prendre dans ses bras et de le serrer contre elle comme elle le faisait quand il était plus jeune. Maintenant qu'il était *grand*, il détestait cela. Elle devrait simplement se contenter de lui dire bonjour en l'embrassant sur la joue.

Elle n'eut pas le temps de le faire car on sonna à la porte. Pour quelqu'un qui vivait au milieu de nulle part, elle avait eu beaucoup de visites, au cours des dernières vingt-quatre heures ! Elle supposa que c'était Freddie, le livreur de propane, qui passait faire le plein de la cuve, et lui épargner ainsi une autre journée sans eau chaude et une nuit froide de plus.

En tirant le rideau pour regarder dehors, elle découvrit qu'il s'agissait en fait du magnifique garçon qui l'avait empêchée de trouver le sommeil cette nuit… Il n'était pas rasé, ce qui ne faisait qu'ajouter à son charme incontestable, tout comme sa chemise bleue déboutonnée qui s'ouvrait sur un T-shirt blanc et dont les manches étaient relevées sur ses biceps. Le jean délavé, avec une petite déchirure au genou, mettait en valeur sa haute taille et ses hanches étroites. Avec une hache dans une main et une boîte à outils à ses pieds, il était l'image même du bel homme à tout faire. Et elle savait à quel point il pouvait se montrer habile de ses mains… La moitié des femmes de la ville auraient pu en témoigner.

Elle ouvrit la porte et l'accueillit d'un sourire narquois.

— Eh bien, mais c'est Daniel Boone tout droit sorti du Far West qui vient me voir !

Un lent sourire se dessina sur les lèvres de Chase, remonta jusqu'à ses merveilleux yeux bruns aux longs cils un peu plus foncés que ses cheveux dorés.

— C'est le shérif Boone, m'dame, dit-il en la saluant. A vot'e service.

— Et à quoi sert cette hache ?

— Je me suis dit que je pourrais couper un peu de bois avant de te bricoler une douche de fortune.

Une douche qu'ils pourraient inaugurer ensemble… Elle chassa quelques images torrides et enchaîna :

— J'allais préparer le petit déjeuner de Danny. Tu as mangé ?

— J'ai pris un café.

— Tu veux des œufs au bacon ?

— Ce n'est pas de refus. Mais je dois d'abord sortir quelques affaires du pick-up.

Jess regarda derrière lui et ne vit aucun véhicule dans l'allée.

— Où es-tu garé ?

— Sur le côté de la maison. J'ai une surprise pour Danny. Elle est à l'arrière du pick-up. Viens avec moi, je vais te montrer.

Elle resserra la ceinture de sa robe de chambre autour de sa taille.

— Au cas où tu ne l'aurais pas remarqué, je ne suis pas habillée.

Il la parcourut du regard en esquissant un petit sourire en coin.

— J'avais remarqué, mais tu n'es pas vraiment toute nue non plus. Et même si c'était le cas, je suis pratiquement sûr que personne ne peut te voir par ici.

Inutile de discuter, elle n'aurait pas le dernier mot.

— D'accord, mais tu as intérêt à ce que ce soit un truc bien.

— Tu verras, dit-il en s'éloignant à grands pas.

Elle descendit les deux marches qui menaient au jardin et

suivit l'allée de gravillons en chaussettes. Elle tourna le coin de la maison juste à temps pour voir Chase baisser le hayon.

Elle avait imaginé un vélo ou des cannes à pêche, ou peut-être même une batte de base-ball. Elle n'avait pas imaginé voir bondir hors du pick-up un énorme chien au poil brillant, noir comme du charbon, la langue pendante et la queue qui remuait comme des essuie-glaces. Mais à l'instant où ses pattes touchèrent le sol, Chase indiqua du doigt le gravier de l'allée et ordonna :

— Assis, Bo.

Le chien obéit aussitôt et continua à remuer la queue, tout content.

Jess s'approcha prudemment, juste au cas où Bo la prendrait pour une intruse — ou un repas —, légèrement inquiète aussi quant à cette fameuse surprise pour Danny.

— Je ne savais pas que tu avais un chien, dit-elle. Après la mort de Rory tu avais juré de ne plus en prendre.

— Bo n'est pas mon chien.

Son inquiétude était donc confirmée.

— Attends, dis-moi que ce n'est pas la surprise de Danny.

— Mais oui. Pourquoi, ce n'est pas bien ?

Il devait plaisanter.

— Pour commencer, il pèse au moins cinquante kilos, avança-t-elle.

— Je dirais trente-cinq, ou peut-être trente-sept.

— Ensuite, je suis locataire de cette maison, et s'il abîme quoi que ce soit, je vais être…

— Il n'abîmera rien, Jess. Ce n'est plus un chiot. Il n'était pas très efficace à la chasse, alors Jim Creary a préféré le donner comme animal de compagnie. Il a trois ans, donc il est adulte et il est dressé. Ses vaccins sont à jour. C'est un labrador intelligent, et il est plus docile que la plupart des gamins.

Et il devait manger plus qu'un cheval, oubliait-il de préciser.

— Je ne sais pas trop si c'est une bonne idée, marmonna-t-elle. Il est peut-être trop gros pour Danny.

— Ecoute, Jess, ton fils a besoin de quelque chose qui lui

fasse oublier ses ennuis. On utilise fréquemment des animaux comme thérapie. Bo pourrait le faire sortir de son mutisme. Rien d'autre n'a marché jusqu'à présent.

Cela tenait debout, mais son sous-entendu la piqua au vif.

— Tu es en train de me dire que moi, en tant que mère, je n'ai pas su y arriver ?

— Je n'avais pas l'intention de t'insulter. Je voulais simplement dire que Danny avait besoin de distraction.

Bien sûr, il avait sans doute raison, et pourtant…

— Est-ce que Bo pourrait être un chien de garde ? demanda-t-elle.

Lorsque Bo se mit à aboyer, Chase éclata de rire.

— Je crois que voilà la réponse à ta question !

Un aboiement ne suffisait pas pour faire un chien de garde, surtout qu'il ne cessait de remuer la queue. Pourtant, Jess reconnut que Chase avait marqué des points. Danny avait besoin d'un compagnon. L'école ne reprendrait que dans deux semaines, et vu qu'ils habitaient loin de tout, il était peu probable qu'il trouverait d'autres enfants dans le voisinage. De plus, elle ne se sentait pas le courage d'organiser des sorties à Placid pour le distraire, car la rumeur devait déjà circuler abondamment.

Si le simple fait de donner un chien à Danny avait le pouvoir de le sortir de son mutisme, alors elle était prête à essayer.

— D'accord, dit-elle. Nous allons faire un essai. Mais si ça ne marche pas, promets-moi que tu le donneras à une famille bien.

Et cela poserait un nouveau problème, car une fois de plus Danny perdrait son animal de compagnie, et cette fois ce serait elle, la responsable de son chagrin, et non Dalton.

Chase leva la main comme pour prêter serment.

— Je promets que je prendrai Bo chez moi si jamais il y a un problème. Mais je parie ma plaque de shérif qu'ils vont bien s'entendre, tous les deux. C'est un chien génial et Danny va être heureux de l'avoir avec lui. Peut-être que toi aussi tu en profiteras.

Sans répondre, elle haussa les épaules et retourna vers la maison, Chase et Bo sur ses talons. Elle entra la première, soulagée de trouver Danny toujours devant la télévision. En temps normal elle l'aurait encouragé à aller dehors, mais en ce moment, elle avait besoin de savoir où il se trouvait à chaque instant de la journée. C'était de la paranoïa, bien sûr, mais le mutisme de son fils commençait à l'inquiéter.

— Danny, Chase t'a apporté quelque chose et je crois que ça va beaucoup te plaire.

Comme les deux derniers jours, Danny ne répondit pas.

Chase s'avança avec le chien sur ses talons.

— Salut, Danny. Tu as de la visite.

Danny regarda sur sa gauche, l'air totalement indifférent, jusqu'au moment où son regard tomba sur Bo. Ses yeux bruns s'agrandirent et son sourire illumina la pièce comme si le matin de Noël était arrivé en avance.

Il se redressa vivement et fixa le chien d'un regard rempli de joie.

— Il est à moi ?

Jess sentit ses yeux s'embuer de larmes. C'étaient les premiers mots que prononçait Danny depuis le drame. L'idée de Chase était géniale, et elle le lui dirait.

— Il faudra que tu lui donnes à manger et que tu vérifies qu'il a de l'eau, poursuivit Chase. Tu crois que tu vas pouvoir faire ça ?

— Oui.

— Alors, je crois qu'il est à toi.

Chase s'accroupit et fit signe à Bo d'avancer.

— Danny, je te présente Bo. Bo, je te présente Danny, ton nouveau maître.

Quand Danny tendit la main pour caresser Bo, celui-ci le remercia d'un grand coup de langue sur la figure. Danny éclata de rire, à la grande joie de Jess. Sans vouloir crier victoire trop tôt, il lui semblait que son fils était tiré d'affaire. Emue, elle contempla ce gros chien et son petit garçon si fragile qui partageaient leur première bataille de caresses et de coups de langue. La journée s'annonçait belle, songea-t-elle.

Dès que Bo se fut calmé, le Danny prit dans ses bras avec un regard plein de gratitude.

Chase se releva et lança un coup d'œil satisfait à Jess.

— Je suis certain que ça va très bien se passer.

Elle aussi, et beaucoup mieux que prévu.

— Oui, je le crois aussi. C'était une bonne idée. Merci, Chase.

— Ne me remercie pas. Remercie Bo.

Il regarda autour de lui quelques instants avant d'ajouter :

— Tu sais ce qui manque ici ?

— Oui. L'eau chaude.

Il fronça les sourcils.

— Tu as allumé la veilleuse ? Freddie m'a appelé pour me dire qu'il était passé vers 7 heures et qu'il avait fait le plein de la cuve.

— Oh. Je ne l'ai pas entendu. Je n'ai pas encore essayé, mais j'espère que ça marche. Hier soir, j'ai dû faire chauffer de l'eau pour le bain de Danny. Moi j'ai fait à la dure.

— Tu as pris un bain froid ?

— Oui.

— Bienvenue au club. J'ai pris une douche froide en rentrant chez moi.

— Ton chauffe-eau est en panne ?

— Pas du tout. C'est le contraire. Mon chauffage marchait *un peu trop bien.*

Il appuya ses mots d'un clin d'œil insolent qui lui donna envie de le frapper et de l'embrasser en même temps. De toute évidence, le Chase d'autrefois était de retour, et elle en ferait très probablement les frais.

— Alors, qu'est-ce qui manque dans cette maison ? demanda-t-elle, désireuse de changer rapidement de sujet. Une nouvelle couche de peinture ?

— Non. Je pense à quelque chose qui serait une solution de fortune.

— Tu peux être plus précis ? Je te rappelle que je n'ai pas encore pris mon café.

— Un sapin de Noël.

Elle était à des lieues de ces considérations-là ! L'esprit de Noël n'était pas encore descendu sur elle. Peut-être qu'un sapin y contribuerait, ainsi que quelques cadeaux déposés au pied de l'arbre.

— Même si j'avais un sapin, je n'ai pas de décorations ici, et je n'ai pas envie d'aller en chercher à la maison, dit-elle. Je pourrais faire des guirlandes de pop-corn, mais je n'ai toujours pas de micro-ondes.

— Ce n'est pas un problème. Je suis sûr que ma mère a des décorations de reste dans le grenier. Elle est absente en ce moment, mais je pourrais lui passer un coup de fil.

— Où est-elle ?

— A Smoky Mountains avec ses sœurs. Elles sont allées au marché de Noël faire leurs derniers achats. Elles habitent dans le chalet de Matt et Rachel.

— Alors Buck est obligé de se débrouiller tout seul ?

— Oui. Cela explique sa mauvaise humeur.

Cela, et aussi le fait que la meilleure amie de son fils était dans de sales draps et refusait de coopérer.

Chase se tourna vers Danny qui était retourné devant la télé, Bo allongé à son côté comme s'ils étaient de vieux copains.

— Hé, Danny, si on allait tous les deux à la pépinière près de Wilson pour acheter un beau sapin ?

Danny le regarda par-dessus son épaule.

— On peut emmener Bo ?

— Et comment !

Jess n'en revenait pas de voir que son fils avait enfin recouvré la parole, et cela juste grâce à un chien.

— Vous pouvez y aller après le petit déjeuner, proposa-t-elle.

Quand Danny fronça le nez avec dédain, Chase s'empressa d'ajouter :

— On s'arrêtera pour acheter quelque chose à emporter.

Elle avait été battue par un chien et des beignets pleins de gras ! Mais si c'était pour le bonheur de son fils, elle accepterait sa défaite avec panache.

— Très bien. Va t'habiller, Danny.

Il partit comme une flèche, suivi de Bo.

Se sentant soudain de bonne humeur, elle se tourna vers Chase en souriant.

— Je suis épatée et très reconnaissante. Je commençais à me dire que je ne l'entendrais plus jamais parler.

— Impossible puisque c'est ton fils.

Elle lui donna une tape sur le bras.

— En voilà une façon de me remercier ! s'écria-t-il, faussement vexé.

Jess pensait à d'autres moyens qu'elle aurait aimé employer pour le remercier, mais aucun n'était recommandé dans leur situation.

— Tu devrais t'estimer heureux que je ne sois pas en forme.

— Je suis obligé de ne pas être d'accord.

Là-dessus, il promena sur elle un regard appuyé et gourmand, lui rappelant le Chase d'autrefois, même s'il ne lui avait jamais porté autant d'attention dans le passé.

Elle se sentit rougir.

— Pendant que vous serez tous les deux en train de chercher un sapin, je vais rester ici et dresser une liste des choses à faire.

— Pour moi ? demanda Chase avec un grognement.

Elle lui tapota la joue.

— Bien sûr, mon grand ! Il faut que tu fasses bon usage de ces outils.

— Tu as raison. Les outils d'un homme sont faits pour être utilisés. Et régulièrement.

L'étincelle diabolique qui passa dans ses yeux la fit rougir de plus belle.

— Cette remarque ne mérite même pas de réponse, Chase Reed.

Mais comme elle aurait voulu y répondre à sa manière !

— Je vais aller voir si mon fils est prêt, ajouta-t-elle. Et fais bien attention de me le ramener entier, s'il te plaît.

Le visage de Chase devint soudain sérieux, à la limite de la colère.

— Y a-t-il une raison qui pourrait te faire penser le contraire ? lança-t-il d'un ton sec.

— Tu as l'habitude de conduire vite et…

— Je suis tout à fait capable de faire attention quand j'ai un gosse sur le siège passager.

Elle s'en voulut de sa remarque. Il semblait tellement en colère, soudain.

— Je n'en doute pas mais je m'inquiète pour lui. Si tu avais des enfants tu comprendrais.

Seigneur ! Pourquoi avait-elle dit ça ?

Le regard de Chase se durcit.

— Je ne connais peut-être rien à la façon d'élever un enfant, mais j'attache une grande valeur à la vie comme n'importe qui, laissa-t-il tomber. Si tu t'inquiètes à ce point, il vaut peut-être mieux que l'on oublie cette sortie.

— Excuse-moi, Chase. Je te fais confiance.

— Bon. Je le ramènerai à midi.

— Très bien. Maintenant que tout est réglé, je vais le chercher.

Tandis qu'elle s'éloignait, il la rappela.

— C'est moi qui devrais m'excuser, Jess. C'est juste que pendant ces dernières années…

Il inspira profondément et expira lentement.

— Peu importe, dit-il.

Jess le regarda attentivement. Elle aurait aimé qu'il lui en dise plus, mais elle n'osa insister. Elle venait apparemment de toucher un point sensible. Chase semblait lui cacher quelque chose, peut-être un souvenir de guerre trop pénible, se dit-elle.

Mais au regard de ses propres mensonges, elle ne pouvait pas lui reprocher de ne pas lui parler franchement.

Peut-être qu'un jour prochain, quand ils seraient revenus au point de départ de leur amitié, ils pourraient tous deux se parler à cœur ouvert.

Un arbre de deux mètres de haut à l'arrière du pick-up, Danny et son chien installés sur le siège avant, Chase reprit le chemin du retour. En jetant un coup d'œil sur la pendule du tableau de bord, il s'aperçut qu'ils étaient restés à la pépinière plus longtemps que prévu. Jess devait être dans tous ses états, mais il n'avait pas pu la joindre. La petite ville de Wilson était située à soixante kilomètres de Placid, il leur restait donc une heure de route, à moins d'oublier les limitations de vitesse — ce qu'il ne ferait jamais après sa promesse de veiller sur Danny.

Il avait fait tout ce qui était en son pouvoir pour la tenir, cette promesse, au point de ne pas quitter le petit garçon des yeux un seul instant, ce qui n'avait pas toujours été facile. Mais il voulait prouver à Jess qu'il était capable de s'occuper correctement de son fils.

Tandis qu'il roulait sur la nationale, il jeta un coup d'œil à Danny, pensant qu'il s'était peut-être endormi. Mais le petit garçon avait le regard fixé sur le pare-brise, et donnait l'impression qu'il allait s'enfermer de nouveau dans le refuge intérieur où il avait passé les deux derniers jours. Chase connaissait bien ce sanctuaire. Il s'y était souvent enfermé, avant et après ses missions, et il avait appris que ce n'était pas toujours bénéfique. Cependant, c'était parfois une nécessité dictée par l'instinct de conservation. Mais Danny était bien trop jeune pour vivre ça.

Cette journée lui avait permis de le faire sortir de son mutisme, et il ne voulait pas gâcher cela en le laissant se renfermer de nouveau.

— Quels sont tes sports préférés ? demanda-t-il, même s'il connaissait déjà la réponse pour avoir vu la décoration de son ancienne chambre.

— Le base-ball, répondit le petit garçon sans détourner les yeux du paysage.

— A quel poste tu joues ?

— Seconde base. Ma mère dit que je suis bon, mais elle se trompe.

Chase perçut immédiatement l'animosité dans sa voix.

— J'imagine que tu es bon sinon tu ne jouerais pas dans le champ intérieur. De plus, les mamans ont raison en général sur ces choses-là.

— Elle se trompe, laissa tomber Danny, catégorique. Elle se trompe sur beaucoup de choses.

Chase lui jeta un coup d'œil en coin. Les derniers mots de Danny avaient résonné étrangement à ses oreilles, et il ne savait pas trop s'il devait poursuivre la conversation, ou couper court immédiatement. S'il choisissait de continuer, il risquait de s'engager sur un terrain dangereux qui les amènerait à parler de ce qui s'était passé le soir du drame. Et Jess serait furieuse. Mais après tout, si le gamin voulait se confier, il devait le laisser faire. Tout ce qu'il lui dirait resterait entre eux, ce qui valait mieux pour toutes les personnes concernées, y compris Jess.

— Tu as une raison d'être en colère contre ta mère, Danny ?

Danny se contenta de hocher la tête.

— C'est normal, dit Chase. Les mamans ne sont pas parfaites. Il leur arrive de faire des erreurs, mais cela ne veut pas dire qu'elles ne vous aiment pas. Si ta maman a fait une chose qui ne t'a pas plu, tu pourrais peut-être lui en parler.

Après un court silence, Danny déclara :

— Je suis en colère parce qu'elle a épousé mon père.

— Pourquoi dis-tu ça ?

— Parce que mon père me déteste.

Si ce salaud de Dalton donnait à son fils le sentiment qu'il n'était pas aimé, c'était un signe qu'il était tombé bien bas. Un bref instant, il regretta de ne pas être le père de Danny, mais se rappela très vite pourquoi ce ne serait pas souhaitable. A une époque il s'était demandé si ce n'était pas une possibilité. Quand sa mère lui avait appris que Jess était enceinte, il avait fait un rapide calcul et avait voulu en parler à Jess. Il s'était retenu, convaincu qu'elle ne lui aurait jamais caché pareille information malgré ce qu'il lui avait dit au cours de leur unique nuit passée ensemble.

Jess pouvait être trop spontanée et parfois étourdie, mais

elle avait tendance à pratiquer la franchise brutale. C'était exactement pourquoi il avait du mal à croire qu'elle puisse être responsable des blessures de Dalton.

Revenant au problème du moment, il essaya de consoler Danny du mieux qu'il put.

— Mon père aussi a toujours été assez dur avec moi, commença-t-il. Il y a eu des moments où on ne s'aimait pas du tout. Mais je suis toujours son fils, et je sais qu'il m'aime. Simplement il ne sait pas le montrer.

— Moi, mon père ne m'aime pas du tout.

— Tu en es sûr ?

Danny baissa les yeux, comme s'il avait honte.

— Oui. Il me l'a dit.

Chase serra le volant plus fort. Ne sachant quoi répondre, il choisit de ne rien dire.

Ils firent le reste du trajet en silence, et quand ils s'engagèrent dans l'allée, Jess sortit de la maison. Elle n'avait pas vraiment l'air contente de leur retour tardif, mais dès qu'elle vit Danny descendre du pick-up, son visage s'éclaira. Malheureusement elle n'offrit pas le même enthousiasme à Chase.

Elle croisa les bras sur sa poitrine, et lui jeta un regard noir.

— Tu ne sais plus lire l'heure ? demanda-t-elle.

Elle avait tout de l'institutrice, se dit-il en réprimant un sourire. Sauf peut-être ce top moulant et ce jean serré qui faisaient ressortir ses formes… Il joua les élèves contrits tout en essayant de ne pas regarder son décolleté.

— Cela nous a pris plus longtemps que prévu, mais ne te gêne pas, mets-moi au piquet et fais-moi copier cent fois « Je ne serai plus en retard ».

Jess haussa les épaules et regarda à l'arrière du pick-up.

— C'est un sapin magnifique. Tu es pardonné.

— Tu peux remercier ton fils. C'est lui qui l'a choisi.

Elle se tourna vers Danny qui se tenait près du pick-up et donnait des coups de pied dans le gravier.

— Tu as bien choisi, mon cœur.

Danny lui adressa un regard indifférent avant d'appeler Bo pour retourner vers la maison.

Le regard de Jess se voila aussitôt.

— Est-ce qu'il t'a dit quelque chose pendant le trajet ? voulut-elle savoir.

Devait-il lui parler de la conversation troublante qu'il avait eue avec Danny au sujet de son père ?

— Oui. Il a un peu parlé sur le chemin du retour.

— De quoi ? demanda-t-elle.

— De ton pitoyable ex-mari. Il m'a dit que Dalton ne l'aimait pas.

Le regard de Jess se déroba.

— Au début, j'étais la cible de ses agressions verbales, avoua-t-elle, mais quand Danny a grandi, il a commencé à s'en prendre à lui.

— Le salaud ! Il n'y a aucune excuse pour ça.

— Je crois qu'il reproduisait ce qu'il avait vécu. Son père le brutalisait régulièrement, et donc quand il rentrait il nous brutalisait.

Le sang de Chase ne fit qu'un tour.

— Est-ce qu'il t'a frappée, Jess ?

— Pas physiquement, mais les paroles peuvent être aussi violentes que les coups. A certaines occasions, j'ai bien cru qu'il allait me taper dessus, mais il s'est retenu à la dernière seconde.

S'il avait cette ordure en face de lui, il ne se retiendrait pas, lui !

— Je suis content que tu aies fini par revenir à la raison et le quitter, dit-il. Mais je ne comprends pas pourquoi tu as attendu si longtemps.

— J'ai essayé de le quitter quand Danny est entré à l'école. J'avais fini mes études et je pensais pouvoir enfin m'en sortir financièrement. Quand je lui ai parlé de divorcer, il a menacé de ruiner mes parents si je ne me pliais pas à sa volonté. Je ne pouvais pas courir le risque de leur voir perdre le résultat d'un travail de toute une vie. Finalement, Edwin a racheté leur entreprise et ils ont pu se retirer avec de quoi vivre une retraite confortable en Caroline.

Chase connaissait bien les parents de Jess, et il avait du mal à accepter qu'ils aient abandonné leur fille ici.

— Ils t'ont laissée te débrouiller toute seule ? ne put-il s'empêcher de demander.

Elle fit tourner le rubis autour de son doigt.

— Je leur ai donné ma bénédiction quand ils ont décidé de rejoindre Gary et sa famille. Ils méritaient une retraite paisible.

— Et toi, tu méritais d'avoir leur soutien quand Dalton te menait la vie dure.

Elle s'appuya contre le pick-up.

— Ils ne savaient pas ce qui se passait, Chase. Personne ne savait vraiment, sauf Danny. Il ne se passe pas une journée sans que je me reproche de l'avoir exposé à ce père froid et insensible.

— Au moins, il est sorti définitivement de ta vie à présent.

Elle soupira.

— Parfois, je me dis qu'il ne sortira jamais de ma vie…

Il passa un bras autour de ses épaules.

— Oublions ce démon pour le moment et occupons-nous de décorer ce sapin, tu veux bien ?

Elle sourit enfin.

— Vous n'avez qu'à commencer tous les deux, pendant que je vous prépare du poulet frit.

— Pas de cheese-burger ?

Son sourire se changea en froncement de sourcils.

— Si tu as peur que je ne sache pas frire du poulet, je te rassure : j'ai beaucoup appris, en dix ans.

— Oh. Je suis impressionné.

— Attends d'avoir goûté à mon poulet.

— Ce n'est pas que je n'aie pas confiance dans tes talents culinaires, mais j'ai une autre idée, Jess.

— Un fast-food ?

— Non. Si on emmenait Danny en ville voir les illuminations de Noël ?

— J'ai déjà décongelé le poulet.

— On peut manger quelque chose en ville, et tu garderas le poulet pour demain soir. Je suis de service de 7 heures à 19 heures, et je peux venir monter ta douche après le travail.

Il marchait sur la corde raide en s'invitant à revenir dîner le lendemain, mais il avait décidé de prendre les choses comme elles venaient et de ne pas trop se poser de questions.

— Je ne suis pas sûre que ce soit une bonne idée de se promener en ville, dit-elle au bout d'un moment. La rumeur sur Dalton a dû se répandre, et Dieu sait ce que les gens doivent dire sur moi.

Son souci était fondé, mais Chase ne l'avait jamais vue reculer devant un défi. Il avait envie de retrouver un peu de la Jess d'autrefois, celle qui avait l'art d'envoyer tout le monde au diable avec une telle gentillesse qu'on ne lui en voulait même pas.

— Ecoute, Danny et toi, vous avez besoin de sortir un peu d'ici. On n'est pas obligés de rester longtemps, et si quelqu'un nous harcèle, je l'arrêterai sur-le-champ.

— Voilà qui serait très amusant, surtout si nous tombons sur mon beau-père !

— Edwin est probablement à l'hôpital au chevet de Dalton.

— Tu as raison, dit-elle tandis que son visage s'assombrissait.

Quel idiot il était ! Il lui avait fait repenser à ses ennuis.

— J'ai appris que le magasin de meubles exposait des trains électriques cette année, et que le maire allait jouer le Père Noël, enchaîna-t-il.

— Avec son gros ventre de buveur de bière, il n'aura pas besoin de se déguiser.

— Et on ne peut pas manquer le loto des vaches.

Elle plissa le nez.

— Parle pour toi !

— Les dames qui travaillent chez les pompiers bénévoles serviront des pâtés, insista-t-il.

— Je peux faire un bon pâté dans ma propre cuisine.

— Il va y avoir une enchère muette et je crois que j'ai vu un four à micro-ondes sur la liste des articles mis à prix.

Elle leva la main.

— Je prends !

— Bien, dit-il en sortant ses gants de travail de sa poche. Je vais installer cet arbre dans la maison, retourner chez moi me laver et je reviendrai dans deux heures avec des décorations. Ça ira pour toi ?

— Chase Reed, tu aurais dû être vendeur de voitures d'occasion.

Il lui lança un regard par-dessus son épaule.

— Je m'en souviendrai au cas où Buck déciderait de me virer.

Et cela pouvait très bien se produire très rapidement s'il se trouvait obligé de se battre pour défendre l'honneur de Jess.

Il y avait peu de risques que cela se produise. Les gens respectaient Jess et ils détestaient les Wainwright ; il était donc peu probable que quelqu'un la rende responsable de ce qui était arrivé à Dalton. Mais ils avaient aussi une sainte frousse d'Edwin.

6

Elle avait l'impression d'être une lépreuse.

Dès l'instant où Jess posa le pied au centre-ville avec Danny et Chase, elle remarqua des gens qui parlaient derrière leur main en la regardant. Quelques parents d'élèves lui murmurèrent un bonjour poli sans s'arrêter. Certaines personnes plus âgées manifestèrent clairement leur désapprobation, lui jetant des regards qui lui donnèrent envie de se cacher derrière le stand le plus proche. D'autres l'ignoraient, tout simplement. D'un autre côté, ils traitaient Chase avec admiration, lui serrant la main chaleureusement, ce qui la rassura.

Par chance, Danny semblait totalement inconscient de ce qui se passait, trop occupé à jouer dans la neige artificielle qui entourait le sapin géant tout illuminé que l'on avait dressé au centre de la place. Ce qui était aussi une bonne chose, songea-t-elle.

Et, ô miracle, ils étaient arrivés à temps pour la vente aux enchères muettes et avaient réussi à emporter ce fameux four à micro-ondes !

Mais à présent, elle en avait assez de ces festivités où elle avait l'impression d'être l'attraction principale.

Elle serra son blouson en jean contre elle, surprise par une soudaine bourrasque de vent glacé.

— Je suis gelée, dit-elle. On devrait rentrer.

Chase prit une gorgée de café, froissa le gobelet en carton et le jeta dans une poubelle.

— Il ne fait pas si froid que ça.

— Facile à dire pour toi, tu as toujours eu le sang chaud.

Le sourire qu'il lui adressa était clairement arrogant. Encore une fois, elle aurait mieux fait de se taire.

— C'est le bruit qui court, c'est vrai, murmura-t-il d'une voix caressante.

Elle leva les yeux au ciel, retenant un sourire. Il portait sa casquette de base-ball à l'envers et un blouson de l'équipe de football du lycée qui allait bien avec le thème « années 50 » choisi pour la fête de Noël, une tenue très « mauvais garçon ». Mais un garçon très mature avec un physique qui attirait les regards à en juger par un groupe de jeunes femmes qui n'arrivaient pas à le quitter des yeux. Elles gloussaient et il leur souriait, leur offrant ses fichues fossettes qui devaient leur donner des idées de draps froissés et de couette chaude.

Jess lui donna une tape sur l'épaule afin de détourner son attention de ses admiratrices.

— Est-ce que j'ai un troisième œil au milieu du front ? demanda-t-elle d'un ton sarcastique.

Plissant les yeux, il examina attentivement son visage.

— Non… Je ne vois rien. Pourquoi ?

— Parce que je jurerais que tout le monde parle de moi.

Il appuya une épaule contre un arbre et jeta un regard autour de lui, s'attardant quelques secondes sur Danny.

— N'y fais pas attention, laissa-t-il tomber.

— Pas facile quand les chuchotements sont si bruyants qu'ils m'écorchent les oreilles.

— Si tu avais mis une jupe parapluie, tu serais passée inaperçue.

Si elle voyait une autre jupe parapluie, elle se mettrait à hurler !

— Désolée. Je n'en ai pas.

— Et ton uniforme de pom-pom girl ?

Comme si elle rentrait encore dedans !

— Je ne sais pas du tout ce que j'en ai fait, et même si je le savais, et s'il m'allait encore, j'aurais peur que l'on me demande de faire un lancer arrière. Je ne suis plus aussi souple depuis longtemps.

Il esquissa un petit sourire ironique.

— Tu pourrais essayer quand nous rentrerons à la maison.

— Bien sûr. Quand tu seras parti.

— Tu as tort, mon chou. Je suis le meilleur entraîneur du comté, et je peux faire des miracles pour ta réputation.

— Et si tu pensais plutôt à la tienne, de réputation ? Un représentant de l'ordre avec une criminelle, ça fait mauvais effet.

— Cela ne me pose aucun problème de me balader avec toi, pour la bonne et simple raison que je ne te crois coupable d'aucun crime, sauf de manquer de goût en matière d'hommes.

— En excluant celui qui m'accompagne, évidemment.

— Evidemment.

Elle contempla la foule qui se pressait devant les stands, des gens qu'elle connaissait, pour la plupart, se demandant combien d'entre eux la croyaient coupable d'avoir attenté à la vie de son ex-mari. Mais elle repoussa rapidement cette pensée ; sans doute serait-elle déçue de la réponse.

— Tu as des nouvelles de Dalton ? demanda-t-elle soudain.

— J'ai parlé avec Buck. Il m'a dit que Dalton était bien réveillé et que son état s'était stabilisé. Il m'a dit aussi qu'il avait prévu de l'interroger demain matin.

Elle frissonna. Et cela n'avait rien à voir avec le froid. Dalton était conscient, on allait lui demander les détails de cette horrible soirée… Ce moment tant redouté allait arriver.

— Il ne se souvient toujours pas de ce qui s'est passé ? voulut-elle savoir.

— Je pense qu'on le saura demain.

— Certainement.

— Regarde les choses du bon côté. Maintenant que Dalton est hors de danger et qu'il va éclaircir toute cette affaire, les rumeurs vont se calmer, les accusations contre toi vont disparaître. On ne tardera pas à trouver un nouveau sujet de commérages.

Ou les rumeurs pouvaient s'intensifier en fonction du récit que ferait Dalton de la soirée en question…

— J'espère que ton père sait que Dalton peut être très vindicatif, murmura-t-elle. Il est capable de raconter n'importe quoi sur moi. Il n'a pas accepté que je demande le divorce. Et même si…

— Arrête, Jess. Tu as déjà assez de soucis comme ça sans anticiper des problèmes.

Ces derniers temps les problèmes semblaient la poursuivre comme une maladie récurrente. Cependant Chase avait raison, il était inutile de se torturer l'esprit avant de savoir ce que l'interrogatoire de Dalton allait donner. Cela ne servirait qu'à gâcher la bonne humeur de tous, y compris celle de son fils.

Elle jeta un coup d'œil à sa montre, et fut étonnée de voir qu'une heure s'était déjà écoulée depuis leur arrivée.

— Il faut vraiment qu'on y aille. Il nous reste encore à décorer l'arbre, et Bo doit manger.

— S'il n'a pas déjà vidé le frigo.

— Ou mangé tout ce qu'il y a dans la maison.

— Encore cinq minutes. Il faut que je montre le train à Danny.

— Très bien, mais faisons vite.

Chase siffla pour attirer l'attention de Danny et lui fit signe de les rejoindre.

En quelques secondes Danny traversa le parc en courant et les rejoignit, les joues rosies par le froid, le regard pétillant de joie. Jess sourit mais se garda du moindre geste envers lui, de peur de gâcher son bel enthousiasme et de le voir se refermer.

Chase posa la main sur l'épaule de Danny.

— Allons voir le train.

Danny lui adressa un grand sourire, évitant soigneusement de regarder sa mère.

Elle devait rester patiente, se dit-elle en les suivant tandis qu'ils se dirigeaient vers le magasin de meubles. A les voir ainsi, marcher tous deux les mains dans les poches, d'un même pas, sans se presser, en regardant droit devant eux, elle sentit son cœur battre un peu plus vite. N'importe quel observateur les aurait pris pour un père et son fils passant un bon moment ensemble.

Ce qu'ils étaient peut-être…

Quand ils arrivèrent devant les vitrines brillamment illuminées Danny ouvrit des yeux émerveillés devant le train qui roulait sur des rails, traversant une ville de conte de fées, remplie de décorations de Noël.

— C'est cool ! s'écria-t-il, ravi.

— Très cool, renchérit Chase avec un sourire de satisfaction.

Jess faillit éclater de rire en voyant la plaque dorée dressée dans un coin de l'exposition.

« Réalisé grâce à la générosité d'Edwin Wainwright. »

Pas du tout surprenant que son ex-beau-père tienne absolument à ce que sa générosité soit reconnue chaque fois que cela était possible. Elle était surprise qu'il n'ait pas demandé à ce que son portrait en pied fasse partie de l'exposition !

Elle allait faire des commentaires sur le village miniature, mais les mots moururent sur ses lèvres quand elle vit Chase accroupi au niveau de Danny, une main posée sur son épaule. Son cœur chancela en voyant l'homme à la carrure puissante à côté du petit garçon à la voix douce, unis dans une complicité dont elle avait souvent rêvé. Plus elle les regardait, plus elle était convaincue que c'était bien Chase, et non Dalton, le père de Danny. Et elle mourait d'envie de le leur apprendre. Là, tout de suite.

Mais ce n'était ni le lieu ni le moment de faire une telle révélation. De plus, elle n'avait aucune preuve réelle, à part les fossettes identiques, son instinct de mère et une grande part de vœux pieux. Peut-être voulait-elle tellement que ce soit vrai qu'elle s'était laissé égarer par son imagination.

— Je veux une autre saucisse, maman.

Seigneur ! C'étaient les premiers mots qu'il lui adressait depuis deux jours ! Elle se remit très vite de sa surprise, et se glissa dans son costume de mère.

— Tu en as déjà mangé deux, Daniel. Tu ne crois pas que ça suffit ?

Il lui sourit.

— Je suis un garçon en pleine croissance.

— Oui, c'est vrai.

Et un magnifique garçon qui était la prunelle de ses yeux, songea-t-elle en lui rendant son sourire.

Chase fouilla dans sa poche, et en sortit un billet de un dollar.

— A son âge j'en mangeais quatre ou cinq, dit-il. Et puis elles ne coûtent qu'un dollar. C'est une bonne affaire de nos jours.

Elle aurait dû en vouloir à Chase d'usurper son pouvoir parental, mais elle était trop contente d'avoir entendu Danny s'exprimer.

— D'accord, dit-elle. S'il a mal à l'estomac je t'appellerai au milieu de la nuit.

Sans lui prêter attention, il mit le billet dans la main de Danny.

— Fais-toi plaisir, fiston.

— Merci, Chase !

Dès que son fils s'éloigna en courant, l'euphorie de Jess retomba tandis que d'horribles scénarios se formaient dans son esprit.

— Va avec lui, Chase, pour veiller à ce qu'il ne lui arrive rien.

Il se tourna vers elle, surpris.

— Le stand est juste en face, et la rue est interdite à la circulation. Que veux-tu qu'il lui arrive ?

Elle regarda la foule qui s'agglutinait devant le stand, et la panique ne fit que s'amplifier.

— Les gens parlent souvent sans réfléchir, surtout les enfants, reprit-elle. Je ne voudrais pas que quelqu'un vienne réduire à néant les progrès qu'il a faits aujourd'hui.

A l'expression de son visage, elle vit qu'il comprenait enfin son inquiétude.

— J'y vais.

— Merci. Je vous attends ici.

Quand Chase s'éloigna pour rejoindre Danny, elle retourna observer le train car elle n'avait rien de mieux à faire. Pour la première fois depuis longtemps, elle eut l'impression que les choses semblaient tourner en sa faveur. Peut-être que tout finirait par s'arranger, après tout.

— Salut, jolie madame.

Elle n'eut pas besoin de se retourner pour savoir à qui appartenait cette voix. Buster Eustace, ce sale type dont le sport favori consistait à entrer dans les vestiaires des filles au lycée. Il avait aussi passé pas mal de temps à lui faire des avances, et elle avait passé beaucoup de temps à lui dire où il pouvait se les mettre, ses avances. Ne voyant aucune issue, elle fit face à Buster avec un petit sourire méprisant.

— Toi ici, Buster ? Je suis surprise que Sally May te laisse te promener seul dans les rues. Tu t'es perdu ?

— Je suis vraiment heureux de te voir, belle Jessie.

— Tu m'as vue, alors je vais y aller.

Elle aurait préféré avoir affaire à un groupe de commères plutôt que de passer une seconde de plus avec Buster.

Dès qu'elle fit un pas en avant, il lui saisit le bras.

— Pas si vite, ma jolie. J'ai une question à te poser.

Elle recula instinctivement ; son haleine empestant le tabac et l'alcool lui donnait la nausée.

— Je ne suis pas d'humeur à répondre à tes questions, alors lâche-moi.

— J'ai appris que tu avais frappé Dalton avec une batte de base-ball, dit-il, ignorant son ordre. C'est vrai ?

Elle se dégagea brusquement.

— Ne crois pas tout ce qu'on te raconte, Buster.

Il se rapprocha d'elle, la coinçant entre son corps maigre et la vitrine d'exposition.

— Est-ce que Dalton a eu assez de c… pour te remettre à ta place ?

S'il continuait, il aurait de sérieux problèmes avec sa virilité. Elle arbora un sourire doucereux.

— Dis-moi une chose, Buster. Est-ce que Sally May et toi voulez avoir d'autres enfants ?

La question sembla le dégriser momentanément.

— Ouais. Nous avons déjà trois filles, mais je voudrais avoir un garçon.

Charmant. Comme si le monde avait besoin d'un petit Buster de plus !

— Alors je te conseille de retourner auprès de ta femme avant que mon genou ne s'égare malencontreusement dans ton entrejambe.

Il ricana et ne bougea pas. Elle essaya de le repousser. En vain. Il mesurait peut-être une dizaine de centimètres de plus qu'elle et pesait une dizaine de kilos de plus, mais il était beaucoup plus fort qu'il ne le semblait.

Il tangua légèrement avant de s'approcher encore plus près, la contemplant comme si elle était un verre de whisky.

— J'ai bien envie de te rabaisser ton caquet et de te montrer ce qu'est un homme, un vrai, dit-il avec un sourire mielleux. Tu t'es toujours donné des grands airs.

A l'instant où il saisit ses fesses, elle lança son genou en plein dans sa virilité.

Elle essaya aussitôt de se dégager mais Buster la gifla. Elle ressentit une violente douleur sous l'œil gauche, et la force du coup lui fit perdre l'équilibre. Elle s'écroula, avec l'impression que sa tête allait exploser.

Quand elle se redressa, chancelante, elle vit Chase poussant Buster contre la vitre, une expression meurtrière dans le regard.

— Tu es en état d'arrestation, espèce de salaud.

Elle reprit quelque peu ses esprits, et vit avec horreur un groupe de badauds qui s'étaient agglutinés. A son grand désarroi, elle aperçut Danny, assis sur le trottoir un peu plus loin, les bras serrés autour de ses genoux, en train de se balancer d'avant en arrière, le regard perdu dans le vide.

Elle eut l'impression qu'elle l'avait perdu de nouveau. Peut-être pour de bon, cette fois.

— Il va bien, Chase ?

Après avoir fermé la porte du couloir, Chase traversa la pièce où Jess était allongée sur le canapé, une poche de glace sur la joue.

— Difficile à dire, dit-il en se faisant une place sur le canapé. On dirait qu'il a besoin de compagnie, donc j'ai laissé Bo dormir sur le lit avec lui. Il commençait à s'endormir quand je l'ai quitté.

— Mais il n'a rien dit ?

— Pas un mot.

Il ne précisa pas qu'il trouvait cela préoccupant. Jess avait assez de problèmes sans qu'il en rajoute. D'autant plus qu'elle devait bien s'en douter.

Jess souleva la poche et toucha la marque rouge qu'elle avait au-dessous de l'œil.

— Je n'en reviens pas de ce qui m'est arrivé, murmura-t-elle. J'ai l'impression d'avoir tourné dans un mauvais film.

Chase ne dit rien. Il se sentait responsable de cette catastrophe. S'il n'avait pas insisté pour aller à la fête, elle ne serait pas allongée là, avec un coquard de première à cause de ce moins-que-rien de Buster. Comme il avait confié l'arrestation officielle à un autre adjoint, il n'avait pas toutes les informations, et cela l'ennuyait. Buster pouvait déformer les faits afin de la faire apparaître comme l'agresseur. Et cela n'arrangerait pas ses affaires avec Dalton.

— Dis-moi ce qui s'est passé avec Buster, du début à la fin, ordonna-t-il.

— Il a fait quelques remarques narquoises, je l'ai averti à plusieurs reprises. Il n'en a pas tenu compte et il m'a attrapé les fesses. Je lui ai donné un coup de genou bien placé, il m'a giflée et je suis tombée. Tu as dû assister à la fin de la scène, non ?

Oui, il revoyait ce salaud en train de la frapper, et s'il n'avait pas été un représentant de la loi, il aurait serré la gorge de ce fumier suffisamment fort pour lui faire sortir les yeux de la tête !

— C'est ma faute, dit-il. J'aurais dû savoir que tu risquais de tomber sur un vicieux qui te ferait du mal.

Jess appuya la poche de glace contre sa joue en faisant une grimace.

— Chez Buster le vice est génétique. Son père est en train de purger une peine de dix ans de prison pour cambriolage et usage de faux.

— Eh bien, ils pourront avoir une réunion de famille quand son fils le rejoindra.

— Cela n'arrivera pas, tu le sais bien. Peut-être que s'il avait giflé son patron, Edwin, il serait en prison, à l'heure actuelle. Mais comme il n'a giflé que moi, l'ingrate qui a gravement blessé son fils, Edwin va tout faire pour qu'il s'en tire. Il pourrait même lui donner une prime.

Son patron ?

— Qu'est-ce qu'une fripouille comme Buster fait pour le vieil Edwin ?

— Il fait le sale boulot d'Edwin, répondit-elle en posant la poche de glace sur la table. Par exemple, Edwin l'a engagé pour faire des photos de Horace Breedlove entrant dans un motel avec Janie Adams. Le bruit court qu'il a utilisé ces photos pour faire chanter Horace et l'obliger à lui vendre un beau terrain constructible près de Potter's Pond. Finalement, la femme d'Horace a tout découvert et a demandé le divorce.

Placid avait bien changé, se dit Chase, avec une grimace de dégoût. C'était devenu un foyer de commérages et de scandales, en partie grâce à la famille la plus riche de la ville. Et le fait qu'Eustace travaillait pour Edwin Wainwright n'était pas bon signe pour Jess.

Il reprit la poche de glace et la posa sur le visage de Jess, ignorant sa grimace.

— Il faut que tu gardes cette glace pour éviter que ça enfle, lui ordonna-t-il.

— Je vais me geler la bouche et je ne pourrai plus parler.

— Aucune chance. Il faudrait un glacier pour ça.

En tentant de sourire, elle grimaça de nouveau.

— Ne me fais pas rire, ça fait mal…

— Au moins il est sorti quelque chose de bien du chaos.

— Sans oublier ce magnifique four à micro-ondes.

— Et un superbe œil au beurre noir, ajouta-t-il en l'examinant.

Elle laissa retomber sa tête contre le bras du canapé.

— Super, marmonna-t-elle. Je rendrais volontiers le micro-ondes si cela pouvait m'enlever mon œil au beurre noir. Mieux encore, je donnerais n'importe quoi pour que Danny n'ait pas assisté à cette horrible scène. J'ai l'impression qu'il a avancé de dix pas pour reculer ensuite d'un kilomètre.

— Je crois qu'il est temps d'appeler cette psychologue avant qu'il ne se renferme encore plus.

Elle lui jeta un coup d'œil en coin, et il remarqua la lueur d'inquiétude qui passa dans son regard.

— Tu as raison, reconnut-elle. Je voulais lui donner encore quelques jours, mais après ce qui s'est passé ce soir, je me rends compte qu'il ne faut plus attendre. J'appellerai Rachel demain pour lui demander le numéro. D'ici là nous saurons comment s'est passé l'interrogatoire de Dalton par ton père.

Si Dalton ne confirmait pas la version de Jess, ou s'il maintenait n'avoir aucun souvenir de la soirée, alors Buck chercherait les réponses auprès de Danny. Raison de plus pour que Jess trouve un bon psychologue pour son fils.

Quand Jess bâilla, il considéra que c'était le moment de se retirer, même s'il n'en avait pas vraiment envie.

— On dirait que tu as besoin de dormir, dit-il.

— Pas vraiment.

Elle se redressa et se tourna vers lui, le bras posé sur le bras du canapé.

— J'ai besoin d'une nouvelle vie, laissa-t-elle tomber d'un ton morne. Et vite.

Il avança la main et repoussa tendrement une mèche de ses cheveux qui tombait sur sa joue derrière son oreille.

— Tu l'auras dès que cette histoire avec Dalton sera terminée, ma belle.

Il vit que ses yeux s'embuaient de larmes, et son cœur se serra. Bon sang ! Il aurait tellement voulu la lui offrir, cette nouvelle vie qu'elle demandait. Mais il devait très vite s'enlever cette idée de la tête.

— Et si ce n'est pas le cas, Chase ? Et si Dalton fait de fausses déclarations ?

Il y avait pensé, bien sûr. Dalton n'avait pas une once d'honnêteté, surtout quand il poursuivait un objectif précis. Or il ne savait pas quel objectif poursuivait ce sinistre individu. Voulait-il se venger de Jess, comme elle l'avait suggéré ? Mais il était inutile de faire des suppositions.

— Si Dalton fait de fausses déclarations, alors ce sera à Danny de dire à Buck ce qu'il a vu, répondit-il.

— Je ne peux pas infliger ça à mon fils. J'aimerais mieux aller en prison plutôt que de lui infliger de nouvelles souffrances !

— Tu n'auras peut-être pas le choix, Jess.

Elle posa le front contre son épaule.

— Il est peut-être temps pour moi d'accepter l'inévitable, laissa-t-elle échapper dans un murmure. Si Dalton gagne, il va obtenir la garde complète de Danny.

Chase prit son visage entre ses mains.

— Je ne veux pas que tu renonces, Jess.

— A quoi bon, Chase ? Je n'ai ni les moyens ni les appuis suffisants pour me mesurer à Dalton et à son père si on en arrive là. Tu peux être sûr qu'Edwin va se jeter dans la bataille avant que ce soit fini. C'est comme ça qu'il agit : il fonce. Rappelle-toi quand…

Mais il ne l'écoutait plus. Il serait si facile de l'embrasser pour lui faire oublier ses soucis, au moins pour la soirée. Mais cela ne ferait que compliquer les choses encore plus.

Il ôta les mains de son visage.

— L'important, quand tu es victime d'une injustice, c'est de la combattre quel que puisse être le résultat, dit-il d'une voix qu'il espérait ferme et persuasive.

— Comment tout cela va-t-il finir ? Tu ne peux pas savoir à quel point ça m'inquiète.

— Crois-moi, je sais ce que tu traverses. Tu vis dans l'angoisse en attendant la nouvelle tuile qui va te tomber dessus.

Tu sais que ça va aller mal, mais ne pas savoir exactement comment est très difficile à vivre.

Et la réalité était bien souvent pire que ce que l'on imaginait, songea-t-il.

Les images revinrent soudain à son esprit, aussi tranchantes qu'une lame. Des ennemis inconnus, des enfants qui jouaient au milieu des combats. Un monde normal, et la seconde d'après, un innommable chaos. Des éclairs de fusillade, des civils courant vers les abris, des armes qui crépitaient. Des hurlements à vous glacer le sang… Du sang…

— Chase ?

La voix de Jess le ramena brutalement dans le présent.

— Quoi ?

Elle l'examina avec inquiétude.

— Ça va ?

Pas du tout.

— Oui. Pourquoi ?

— J'ai eu l'impression que tu étais parti ailleurs.

Il aurait dû se rappeler qu'elle savait lire en lui. Oui, il était parti loin, très loin…

— Je me souvenais d'un truc, murmura-t-il.

— Sur la guerre ?

Il pouvait essayer de mentir, mais il ne la tromperait pas.

— Oui.

— Est-ce qu'il s'est passé quelque chose là-bas ?

— C'était la guerre. Il se passait tout et n'importe quoi.

Elle laissa échapper un soupir.

— Il n'y a pas que ça, Chase. Il s'est passé la même chose l'autre jour. Par moments, tu n'es plus tout à fait présent. Tu es complètement hors d'atteinte.

— C'est toujours moi. Je n'ai pas changé.

— Non, tu n'es plus pareil. Personne ne te le reproche, d'ailleurs. Mais quand tu es avec Danny, on dirait que tu comprends ce qu'il ressent. Je crois sincèrement que c'est parce que tu as vécu quelque chose de semblable.

C'était vrai dans un sens, mais il ne pouvait pas expliquer pourquoi.

— J'ai vu mourir beaucoup de gens, Jess. Des hommes et des femmes que leur famille attendait à la maison. Parfois je me demande comment les soldats peuvent partir à la guerre en sachant qu'ils voient leur épouse et leurs enfants peut-être pour la dernière fois. J'ai de la chance de ne pas avoir eu l'étoffe d'un mari et d'un père. C'était beaucoup plus facile de remplir ma mission.

Elle lui jeta un regard étrange mais sembla se reprendre aussitôt et lui sourit.

— Tu ferais un bon père, Chase. Regarde comment tu t'es occupé de Danny. Il t'adore.

Danny serait bien inspiré de porter son admiration sur quelqu'un qui la méritait, songea-t-il amèrement.

— Je suis juste un ami pour lui, Jess. C'est loin d'être aussi difficile que d'être père.

— Je suis d'accord. Elever un enfant est une tâche difficile. Mais c'est tellement gratifiant, que cela en vaut largement la peine.

— Je te répète que je ne suis pas armé pour être père. Je ne l'ai jamais été.

— Je suis triste que tu penses une chose pareille. Et personnellement, je crois que tu te trompes.

Mais il n'avait pas envie de parler de lui.

— Tu es une bonne mère, alors ne permets pas à Dalton de te faire douter de toi.

— Mais si je doute de moi, c'est à cause de la guerre que je mène avec Dalton depuis des années. Et aujourd'hui, je suis confrontée à une bataille de plus qui sape ma confiance en moi. Une bataille que je pourrais bien perdre.

— Si tu me promets de rester optimiste, je te promets à mon tour de t'aider à te sortir de ce mauvais pas.

— Comment puis-je rester optimiste si je risque de perdre mon fils ? Il est tout ce qui me reste.

En regardant la larme qui glissait sur sa joue, il eut envie de lui dire « Tu m'auras toujours, moi ». Mais cet engagement ne lui serait pas utile dans le long terme. Il était revenu de la guerre complètement brisé et avait dressé des murs pour se protéger, des murs qu'il n'était pas près d'abattre. Malheureusement, Jess avait commencé à deviner sa stratégie, et cela pourrait devenir dangereux. Si elle savait de quoi il était capable, et ce qu'il avait fait, elle ne le verrait plus jamais sous le même jour. Et il ne voulait pas la perdre.

Il sortit un mouchoir en papier de la boîte qui était posée sur la table basse et le lui tendit.

— Tu es beaucoup plus forte que tu ne le crois, Jess.

Plus forte que lui sur bien des plans, il en était sûr.

— Il faut que tu restes ici et que tu te battes, ajouta-t-il.

Elle tamponna ses larmes et se moucha.

— Mais avec plaisir, et tu peux me dire comment je fais ?

— Je suis sûr que la pom-pom girl est toujours là, quelque part en toi.

Elle leva le poing en lançant :

— Rah, rah !

Il se mit à rire. Faire de l'humour à travers ses larmes était bien de Jess.

— Tout cela manquait cruellement de conviction, jeune fille. Tu devrais peut-être essayer de faire ce fameux lancer en arrière.

— Et me retrouver le nez par terre avec un deuxième œil au beurre noir ? Merci bien !

Il jeta un coup d'œil au sapin nu qui se dressait devant la fenêtre.

— Tu veux faire bon usage de ton nouveau four à micro-ondes ? On pourrait faire quelques décorations en pop-corn et les ajouter à celles que j'ai trouvées dans le grenier de mes parents.

— Non. Je ne peux pas décorer le sapin sans Danny.

— Donc il ne te reste plus qu'à aller te coucher, et moi à rentrer à la maison. Je viendrai demain soir manger le poulet frit que tu m'as promis, et nous pourrons décorer cet arbre tous ensemble.

— J'espère seulement que je serai encore là, et non en prison.

— Ne remets pas ça, Jess.

— D'accord ! D'accord ! Je promets de n'avoir que des pensées positives à partir de maintenant jusqu'à… la prochaine fois.

— Bien !

Quand il se leva du canapé, elle l'imita et le suivit jusqu'à la porte.

— Merci de m'avoir sauvée des griffes de Buster, shérif.

Il éclata de rire.

— Autant que je me souvienne, tu t'es sauvée toute seule. Tu veux peut-être faire enregistrer ce coup de genou comme arme dangereuse.

Elle glissa un bras autour de sa taille et posa la tête contre son torse.

— Je ne sais pas ce que je ferais sans toi, Chase.

Le moment viendrait, dans un futur très proche, où elle serait forcée de le découvrir, peut-être plus tôt que prévu. Mais si ses craintes concernant son ex-mari venaient à se réaliser, ils ne se retrouveraient pas du même côté de la loi.

La veille au soir il lui avait promis un nouveau départ, mais il se rendait compte que cela était limité dans le temps. Il pouvait continuer à lui offrir son soutien jusqu'au moment où elle n'en aurait plus besoin. Au-delà, il ne pouvait rien lui offrir d'autre qu'une vie remplie de chagrin.

Il posa un baiser sur son front et l'éloigna de lui avant de perdre toute volonté et de lui demander s'il pouvait rester.

— Essaie de dormir un peu, dit-il. A demain.

Jess parcourut le couloir sur la pointe des pieds, en marmonnant un juron chaque fois que le parquet grinçait sous ses pas. Elle ne voulait pas réveiller Danny, mais elle ne pouvait pas aller se coucher sans s'assurer qu'il allait bien.

Quand elle ouvrit la porte, des traits de lumière tombèrent

sur le lit, révélant Danny, qui dormait sur le ventre, le visage tourné vers le mur, un bras entourant son chien. Bo ouvrit un œil mais ne bougea pas, à part un léger mouvement de la queue.

Bo n'était sans doute pas un excellent chien de garde, mais visiblement il offrait à Danny le réconfort qu'elle-même était incapable de lui apporter, songea-t-elle, émue. Et après le lamentable incident qui s'était produit en ville ce soir, elle se demandait si son fils lui ferait de nouveau confiance un jour. Pourtant il faisait confiance à Chase qu'il ne connaissait pas.

Elle s'assit sur une chaise au pied du lit, et songea à la relation privilégiée qui s'était installée entre Chase et Danny. Elle avait été à deux doigts de révéler la vérité à Chase ce soir, à plusieurs reprises et pas plus tard que tout à l'heure. Mais les mots n'avaient pas pu franchir ses lèvres quand elle l'avait entendu affirmer qu'il n'était pas fait pour être père. Elle se demandait s'il réviserait son attitude le jour où il apprendrait que Danny était peut-être son fils. Ou choisirait-il, alors, de prendre ses distances ?

Elle ne pouvait pas se permettre de courir ce risque pour le moment. Elle aurait grand besoin du soutien de Chase dans les jours à venir.

7

— Il veut te voir immédiatement, Chase.

Chase n'eut pas besoin de demander qui était « il », ni quel était le motif de cette convocation.

— Depuis quand est-il revenu ?

— Environ dix minutes.

Jusque-là la matinée s'était écoulée sans histoire — juste deux ou trois contraventions et deux génisses en divagation sur la route. De toute évidence, cela n'allait pas durer.

— Est-ce qu'il a dit quelque chose sur l'interrogatoire ?

— Tu n'auras qu'à le lui demander toi-même.

Inutile d'espérer que Sue Ellen lui donne des informations, même si elle savait ce qui était ressorti de l'entrevue entre Dalton et Buck.

— J'en déduis qu'il est dans son bureau, dit Chase.

— Exact. Et un bon conseil : prépare-toi.

Encore aurait-il fallu qu'il sache à quoi se préparer !

Tandis qu'il avançait à grands pas dans le couloir, un millier de possibilités lui traversèrent l'esprit, dont aucune n'était agréable. Soit Danny, soit sa mère se trouverait bientôt sur la sellette.

Quand il arriva devant la porte close, il ne prit même pas la peine de frapper. Il entra et trouva son père assis derrière son bureau, affichant comme à son habitude un visage impassible.

— Dis-moi ce que tu as appris, dit Chase, sans s'embarrasser de préambule.

Buck désigna la chaise en face de lui.

— Assieds-toi.

— Je préfère rester debout.

— Comme tu voudras.

Buck prit un stylo et se mit tapoter la surface de bois, ce qui révélait sa nervosité.

— Tu sais, pour un gars qui a eu une fracture du crâne il y a quelques jours, Dalton Wainwright ne s'en sort pas si mal, commença-t-il.

Mais Chase se fichait pas mal de l'état de Dalton.

— Dis-moi juste ce qu'il a dit.

— La bonne nouvelle, c'est que je n'aurai pas à embêter le fils de Jess. Pas pour le moment en tout cas. Dalton m'a dit qu'il n'apporterait rien de nouveau.

Chase se prépara à entendre la mauvaise nouvelle, car il était certain qu'il y en avait une.

— Alors il se souvient de ce qui s'est passé.

— Oh oui, il s'en souvient. Jusqu'au moindre détail. Des détails assez intéressants, pour tout dire, articula Buck d'une voix lente.

Bon sang ! Il semblait décidé à mettre sa patience à l'épreuve.

— Papa, arrête de tourner autour du pot et dis-moi le reste.

Buck désigna la chaise une nouvelle fois.

— Je crois vraiment que tu devrais t'asseoir.

Pressé d'en finir, Chase tira la chaise et s'assit en jetant un regard furieux à son père.

— Voilà, je suis assis. Alors, viens-en au fait.

Buck se renversa contre le dossier de son fauteuil et poussa un soupir.

— Dalton affirme que Jess lui a dit qu'elle allait le tuer, et qu'elle l'a attaqué, purement et simplement.

— Et tu le crois ?

— Je n'ai aucune raison de mettre sa parole en doute.

Chase aurait pu en trouver au moins une centaine !

— Tu es en train de me dire qu'une femme mesurant un mètre soixante a pu renverser un homme de plus de un mètre quatre-vingts ? Sans parler de leur différence de poids qui est au moins de quarante kilos. Si tu gobes ça, alors je crois que tu es bon pour la retraite.

Les oreilles de Buck rougirent.

— Laisse-moi te prévenir que tu es à deux doigts de te faire suspendre, marmonna-t-il.

A une autre époque, il aurait peut-être dit à son père ce qu'il pouvait faire de son emploi, mais à cet instant précis il valait mieux s'en abstenir s'il voulait protéger Jess.

— Je dis simplement que Jess n'est pas capable physiquement d'infliger ce genre de blessures, dit-il, plus calmement.

— Elle a pu utiliser une arme.

— Je suis arrivé le premier sur les lieux et je n'ai pas trouvé d'arme.

— J'ai vérifié sur le registre. Tu es arrivé là-bas cinq minutes après qu'elle nous a appelés. Elle a eu tout le temps de s'en débarrasser.

Même s'il ne croyait pas à la théorie de Buck, il n'avait pas d'arguments à lui opposer. Pire même, il avait fait une erreur en ne vérifiant pas lui-même ce détail. Mais il était loin d'imaginer un tel scénario.

— De quelle arme pourrait-il s'agir ? demanda-t-il.

— Dalton n'en est pas sûr. Il se souvient seulement d'avoir été frappé sur la tête avec un objet.

Chase songea à la position dans laquelle on avait trouvé Dalton ce soir-là.

— Cela n'a pas de sens. Je l'ai trouvé allongé sur le dos.

— Il a pu se retourner. Je vais demander à Barkley si cette possibilité correspond à la scène de crime.

Comme si ce pauvre type était capable d'analyser des preuves !

— Tu devrais peut-être faire appel au procureur du comté, avant de tirer des conclusions hâtives.

Buck lui lança un regard noir.

— Tu n'étais qu'un nourrisson quand j'ai commencé à faire ce métier, fils, alors fais-moi un peu confiance. Je suis passé au tribunal en revenant et j'ai réexaminé l'affaire avec Millsap.

— Et ?

Pour la première fois depuis le début de cet entretien, Buck ne le regarda pas dans les yeux.

— On a lancé un mandat d'arrêt contre Jess.

Il fallut un instant à Chase pour intégrer cette information avant d'accepter l'inévitable. Il n'avait aucun moyen d'arrêter la machine, mais il était bien décidé à ne pas laisser Jess se battre toute seule.

— Je vais la chercher, dit-il en se levant.

— C'est trop tard. J'ai envoyé Barkley chez elle il y a cinq minutes.

Furieux, Chase s'élança vers la porte et la claqua derrière lui. Il n'accorda aucune attention à l'avertissement de son père qui lui ordonnait de rester en dehors de cette affaire. Il ignora Sue Ellen qui elle aussi essaya de l'arrêter au passage en lui disant qu'il avait un message. Il n'avait qu'une idée en tête : rejoindre Jess.

Pour gagner du temps, il choisit de prendre la voiture de patrouille et non la Jeep. Avec le gyrophare et la sirène, il traversa la ville à toute vitesse et accéléra encore en arrivant sur la route secondaire. Les dix minutes qu'il lui fallut pour arriver à la maison Wooley lui parurent dix fois plus longues. Une fois sur place, il découvrit une autre voiture de patrouille stationnée dans l'allée, à côté d'une berline bleue qu'il ne reconnut pas.

Lorsqu'il s'arrêta dans un crissement de pneus et bondit hors de son véhicule, une angoisse soudaine lui serra la poitrine. Le même sentiment d'angoisse qu'il avait ressenti quand ce cauchemar avait commencé à se dérouler. A la différence qu'à présent, il savait ce qui l'attendait.

Cependant, rien ne l'avait préparé à la scène qui se jouait devant lui. Une scène qui le glaça d'horreur et d'impuissance.

Jess sortait de la maison, menottée, entourée de Barkley et d'un jeune adjoint du nom de Mike. Une femme aux cheveux gris les suivait, tenant Danny qui essayait de s'accrocher à sa mère en criant. Barkley énonça ses droits à Jess tandis qu'elle suppliait en vain qu'on la laisse deux minutes avec son fils. Derrière la moustiquaire, Bo aboyait furieusement.

Chase resta figé sur place jusqu'au moment où il vit Jess se débattre et protester contre le fait d'être menottée.

— Ne te débats pas, Jess, lui recommanda-t-il en s'approchant. Et ne dis pas un mot.

A l'instant où leurs regards se croisèrent, il lut la terreur dans ses yeux, et l'adrénaline monta en lui.

— Tu n'as rien à faire là, Reed, lui lança Barkley. C'est moi qui suis chargé de cette arrestation.

Chase résista à l'envie d'effacer l'expression arrogante sur le visage de cet idiot d'un coup de poing.

— Enlève-lui les menottes, Barkley.

Barkley se caressa la moustache, un sourire narquois aux lèvres.

— Ecoute-moi, Chase, tu sais que je ne peux pas faire ça, même si elle est ta petite amie.

Chase ne vit aucune raison de le corriger sur l'état de leurs relations.

— Elle ne va pas se sauver, alors enlève-lui ces fichues menottes.

Ignorant sa requête, Barkley lui tourna le dos et se dirigea vers la voiture de police, tandis que Mike faisait entrer Jess à l'arrière.

Chase les suivit, et quand il frappa sur la vitre pour attirer l'attention de Jess, elle se tourna vers lui, les yeux remplis de larmes, et articula un mot : « Danny. »

— Je m'occuperai de lui, lui assura-t-il tandis que la voiture faisait une marche arrière dans l'allée. Je m'occupe de tout.

Jetant un coup d'œil sur sa droite, il s'aperçut que la berline bleue était toujours là. Il pourrait au moins dire quelques mots à Danny. Au moins pour le rassurer.

— Excusez-moi, madame. Je suis le shérif adjoint Reed, et aussi un ami de la famille. Pouvez-vous me dire qui vous êtes et où vous emmenez cet enfant ?

— Bonjour, shérif. Je suis assistante sociale.

Il se pencha et vit Danny assis à l'avant, la tête basse et les épaules secouées de sanglots. Son cœur se serra devant sa détresse. Bon sang, il n'avait pas besoin de cette nouvelle épreuve !

— Puisque le père de Danny est hospitalisé, j'ai pris contact avec la tante de l'enfant, une certaine Rachel Boyd, lui expliqua l'assistante sociale. Elle est d'accord pour le garder jusqu'au moment où M. Wainwright sera en état de s'occuper de son fils. Je vais l'emmener chez elle immédiatement.

Chase espérait que la guérison de Dalton prendrait du temps. Vivre avec ce père indigne était bien la pire chose qui pouvait arriver à Danny.

— Est-ce que je peux dire un mot à Danny avant que vous ne partiez ?

— Mais bien entendu. Cela facilitera peut-être les choses. En général nous demandons la présence d'un membre de la famille, mais nous n'avons pas eu assez de temps.

— Je vais faire de mon mieux pour l'apaiser.

— Parfait. Et si vous pouviez le convaincre de mettre sa ceinture, ce serait vraiment gentil.

Dès que Chase ouvrit la porte côté passager, Danny s'élança hors de la voiture et se jeta dans ses bras. La gorge serrée, Chase attendit un instant, laissant tout le temps au petit garçon pour que son chagrin s'apaise quelque peu.

Puis il reposa Danny par terre et s'accroupit à son niveau. Il posa la main sur ses maigres épaules et lui sourit.

— Je sais que tout ça est très dur, bonhomme, mais ça va aller. Ta tante Rachel va bien prendre soin de toi en attendant que ta maman revienne te chercher.

Danny se frotta le nez et renifla.

— Quand est-ce qu'elle revient ?

— Je ne sais pas trop, mais avec un peu de chance ce sera bientôt. Je vais faire tout mon possible pour arranger ça.

— Tu viendras me voir ?

La voix du petit garçon était si pleine d'espoir qu'il lui était impossible de refuser.

— Et comment ! Dès que tu seras installé, je demanderai à ta tante si elle est d'accord pour que j'amène Bo. En attendant je le prends chez moi.

Danny baissa les yeux vers le sol.

— Tout est ma faute, murmura-t-il.

Entendre un petit garçon de neuf ans se reprocher quelque chose qui lui échappait totalement lui fut insupportable.

— Non Danny, ce n'est pas ta faute. Ce n'est la faute de personne.

— Mais…

— Essaie de ne pas trop t'inquiéter, bonhomme. Tout sera bientôt terminé, dit-il sans trop y croire.

Danny ne semblait pas non plus le croire, mais pouvait-il lui en vouloir ? Sa vie n'avait été qu'une suite de déceptions. Et il venait de subir deux traumatismes coup sur coup.

Il fallait qu'il trouve un moyen de lui changer les idées, qu'il l'intéresse à un projet.

— Ecoute ce que je te propose : je vais venir dans deux ou trois jours jouer au ballon avec toi. Et si ta tante Rachel veut bien, tu pourras venir chez moi. Je te montrerai comment on plante des clous dans du bois. J'aurais bien besoin d'aide pour construire une autre chambre dans ma maison.

— C'est vrai ? demanda Danny avec un grand sourire.

— Oui, c'est vrai.

Mais le visage de Danny se ferma aussi soudainement qu'il s'était illuminé.

— Mon père n'a jamais fait ça, murmura-t-il d'une petite voix. Il ne s'est jamais occupé de moi.

Chase sentit la colère le submerger. Un jour prochain, il mettrait ce salaud de Dalton en face des souffrances qu'il avait infligées à Jess et à Danny. Si Dalton voulait s'en prendre à quelqu'un, il lui fournirait une cible à sa taille. Ainsi, il verrait exactement ce qu'il en coûtait de se trouver du côté du perdant.

— Tu vas être bien chez ta tante et ton oncle. J'ai entendu dire qu'ils avaient un nouveau poulain.

L'assistante sociale sortit de la voiture.

— Nous devons partir, shérif.

Chase serra Danny dans ses bras et lui donna une tape sur l'épaule.

— Monte et boucle ta ceinture, lui dit-il.

Danny hocha la tête, monta en voiture et mit sa ceinture sans discuter.

Chase lui fit un petit signe de la main, puis il se dirigea vers la maison pour aller chercher Bo. Une autre voiture attira son attention, une luxueuse voiture noire, garée au bout de l'allée. Il l'avait déjà aperçue en ville et reconnut immédiatement le conducteur aux cheveux argentés.

Il se demanda depuis combien de temps Edwin Wainwright se trouvait là, et aussi comment il avait appris l'arrestation de Jess. A vrai dire, Wainwright père mettait un point d'honneur à être au courant des affaires de tout le monde, et Chase n'aurait pas été surpris d'apprendre qu'il avait une taupe dans le bureau du shérif. L'argent permettait d'accéder à toute l'information possible.

Quoi qu'il en soit, il n'avait aucune raison d'être là, et Chase se prépara à aller le lui faire savoir. Mais dès qu'il s'engagea dans l'allée, Edwin Wainwright s'éloigna, non sans avoir affiché un sourire satisfait.

Chase comprit alors que Jess était à la veille d'entreprendre le combat de sa vie. Un combat contre le diable lui-même.

Elle savait à présent ce qu'était la véritable humiliation.

Vêtue d'une combinaison orange et les mains menottées, elle quitta la cellule escortée d'un garde armé — un colosse appelé Bill qu'elle connaissait depuis toujours. Même s'il s'était montré respectueux, il l'avait traitée comme une criminelle ordinaire, ce qu'elle était probablement à ses yeux.

Elle parcourut le couloir bordé de cellules sous les sifflets et des remarques si grossières qu'elle avait envie de pleurer. Mais elle refusa de se laisser aller. Au contraire, elle avança la tête haute, le regard fixé devant elle. Ils lui avaient peut-être ôté sa dignité, mais elle ne leur laisserait pas lui prendre ce qui lui restait de fierté.

Bill ouvrit une porte d'acier et l'escorta dans une petite pièce meublée d'une table et de deux chaises. Son amie, Savannah Greer, l'attendait. Cette dernière avait tout de la brillante avocate qui avait réussi, avec ses cheveux blonds retenus sur la nuque par un catogan, son tailleur de laine marron bien coupé et ses minuscules boucles d'oreilles en diamant.

Jess n'avait jamais été aussi contente de la voir qu'à cet instant. Si elle n'avait pas été menottée, elle lui aurait sauté au cou.

Savannah se leva, lui sourit et gratifia Bill d'un froncement de sourcils.

— Détachez ma cliente, je vous prie.

Bill tira une chaise pour Jess et l'aida à s'asseoir.

— Ecoutez, mademoiselle Savannah, vous savez bien que je n'ai pas le droit.

— Ecoutez, monsieur Bill, rétorqua Savannah, au cas où vous l'auriez oublié, cette femme s'appelle Jessica Keller. Vous connaissez bien sa famille. Je crois que Ronnie Keller vous a aidé à creuser un puits, il y a des années de ça. Et Cathy jouait au bridge avec votre femme, non ?

Bill gratta son crâne chauve et soupira.

— C'est vrai. Mais je me souviens aussi que vous et Jessica et ce fameux groupe… comment vous vous appeliez, déjà ?

— Le pack de six ! lancèrent Jess et Savannah en même temps.

— C'est ça. Donc vous deux et Mlle Rachel, plus les trois garçons, Chase, Matt et Sam, eh bien, c'est à cause de vous que j'ai dû enlever tout le papier toilette enroulé autour de mes arbres, et nettoyer mon perron couvert d'œufs cassés le lendemain d'Halloween il y a quelques années de ça.

Savannah retint un sourire et se tapota le menton.

— Ah oui… Je me souviens… Mais je me souviens aussi que votre fils était avec nous cette nuit-là, et que c'est lui qui avait eu l'idée des œufs. J'ai encore les photos où on voit

Willy les lançant. Elles sont belles ces photos, d'ailleurs, et bien nettes.

Marmonnant des mots incompréhensibles, Bill sortit les clés de sa poche et ôta ses menottes à Jess.

Jess se frotta les poignets et le remercia.

Savannah se rassit et croisa les mains devant elle.

— Maintenant, Bill, si cela ne vous dérange pas, j'aimerais être seule avec ma cliente pendant quelques minutes.

— Je risque mon boulot, alors toutes les deux, ne faites rien de stupide.

Elle leva la main comme pour prêter serment.

— Je vous jure que je n'ai pas de lime cachée dans mes chaussures. Je vous assure que Mme Keller Wainwright sera là quand vous reviendrez.

Bill marmonna de nouveau et finit par les laisser seules, fermant la lourde porte derrière lui.

Savannah se pencha en avant et examina Jess longuement.

— Tu tiens le coup, ma belle ? Malgré toute cette procédure qui, j'imagine, est plutôt déstabilisante.

Déstabilisante ? Le terme était plutôt faible ! Se faire examiner sous toutes les coutures, presser, dépouiller de tous ses effets personnels et ensuite se faire prendre en photo, prendre ses empreintes.

— J'irai mieux quand je saurai où ils ont emmené mon fils.

— Il est chez Rachel, lui apprit Savannah. Elle m'a demandé de te dire que Matt et elle sont de tout cœur avec toi.

— C'est vraiment gentil de leur part. Et au moins je sais que Danny est en de bonnes mains.

— J'ai vu Chase avant de venir. Il m'a dit la même chose, et aussi qu'il ferait tout pour t'aider. Il te conseille vivement de ne pas essayer de faire des lancers arrière car la cellule est trop petite.

Jess laissa échapper un petit rire.

— Heureusement qu'il était là. Sans lui, je n'aurais pas survécu ces derniers jours. Comment va-t-il ?

— Il est furieux de la façon dont on t'a traitée, comme tu

peux l'imaginer. D'autant plus que Buck lui a dit de rentrer chez lui et de ne pas revenir avant le lendemain de Noël. Il lui a reproché son manque d'objectivité.

— Je m'en veux de l'avoir entraîné là-dedans.

— C'est un ami très proche, Jess. Il ne t'aurait jamais abandonnée alors que tu avais besoin de lui. Et il n'est pas près de le faire.

— Je comprends, mais ça m'ennuie beaucoup qu'il ait des problèmes à cause du soutien qu'il m'apporte.

— Ne t'en fais pas pour lui, il est de taille à se défendre.

Savannah prit sa serviette par terre et en sortit un stylo et un bloc-notes.

— Bien ! Venons-en à ton affaire. J'ai quelques questions à te poser.

— Vas-y.

— Pour commencer, je tiens à te préciser que je m'occuperai uniquement de l'acte d'accusation puisque ma spécialité c'est le droit des affaires. Mais comme je suis la seule avocate de la ville, tu es bloquée avec moi pour le moment.

— Je n'ai jamais imaginé que quelqu'un d'autre que toi pouvait me représenter, Savannah.

— C'est gentil, mais je ne vais m'occuper de toi qu'au début de la procédure. J'ai contacté un avocat de Jackson, et il a accepté de te défendre. Malheureusement, il sera absent jusqu'à la fin de la semaine prochaine.

Jess sentit le sol s'ouvrir sous ses pieds.

— Je vais donc rester ici jusqu'à la semaine prochaine ? s'écria-t-elle.

— Non, mais tu vas y passer la nuit. Le juge du comté ne reçoit les prévenus que le mardi et le jeudi. Tu seras citée à la première heure demain matin. Selon le montant de la caution, tu seras dehors après le déjeuner… si tout se passe comme prévu.

Seigneur !

— Tu veux dire qu'il pourrait se produire un imprévu qui changerait tout ? demanda-t-elle d'une petite voix.

— Oui. Ou le juge pourrait décider de te garder en détention jusqu'au procès, surtout s'il estime que tu risques de t'enfuir.

— C'est ridicule ! Je n'ai nulle part où aller. Mes parents sont partis en vacances et je ne sais même pas où j'ai mis mon passeport. Et puis je ne quitterais jamais mon fils…

Savannah posa la main sur la sienne.

— Ce n'est qu'une vague possibilité. Je veux simplement que tu sois préparée au cas où le procureur déciderait que tu es un danger pour la société, et pour ton fils, vu l'accusation de tentative de meurtre.

Tentative de meurtre ? Mon Dieu !

— Je n'ai jamais tenté de tuer Dalton ! En fait je ne lui ai rien fait du tout !

Savannah prit son stylo et posa la main sur son bloc.

— Revenons-en à la nuit de l'agression présumée. Raconte-moi tout ce qui s'est passé, aussi précisément que possible.

On lui demandait encore de se souvenir de cette horrible soirée… Mais cette fois, c'était Savannah, son amie. Elle avait confiance en elle, pourtant il lui était impossible de tout lui raconter. Pas encore.

— Dalton prenait Danny un week-end sur deux, commença-t-elle. Donc il est passé à la maison vendredi soir dernier. Il avait deux heures de retard et était très éméché.

Savannah regarda ses notes.

— Pas d'après ce qu'a déclaré Edwin Wainwright.

— Je sais. Rachel m'a dit qu'Edwin prétendait que les tests d'alcoolémie de Dalton s'étaient révélés négatifs. Mais je te le jure, Savannah, soit il avait remplacé son after-shave par du bourbon, soit il avait bu après le boulot.

— Nous allons demander les rapports médicaux.

Cela aurait suffi dans des circonstances normales sûrement, mais elle ne s'était pas mariée dans une famille ordinaire.

— Et si Edwin avait payé quelqu'un pour modifier les résultats ?

— C'est peu probable, répondit Savannah. De toute façon, nous nous inquiéterons de cela plus tard. Continue.

— Je n'avais pas du tout l'intention de laisser mon fils monter en voiture avec lui. C'est à ce moment-là qu'il m'a menacée.

Savannah continua de noter les faits sans manquer un mot.

— Quel genre de menaces ?

— Il m'a dit que si je n'acceptais pas de retourner vivre avec lui, il me traînerait devant le tribunal pour obtenir la garde complète de Danny.

— Que lui as-tu répondu ?

— Je lui ai dit « non », et ensuite il a prétendu que puisque Danny ne lui ressemblait pas du tout, j'avais dû le tromper avant notre mariage.

Savannah s'arrêta d'écrire et laissa échapper un rire sarcastique.

— C'est gonflé ! Mon expérience m'a appris que les hommes qui trompent leur femme croient en général que tout le monde le fait, y compris leur épouse. Ce n'est rien de plus qu'une fausse justification de leur infidélité. Dalton sait que tu ne le tromperais jamais.

Jess sentit son cœur battre un peu plus fort. Soit elle glissait sur les hypothèses de son amie, soit elle lui disait la vérité. Or elle avait terriblement envie de lui dire la vérité. Pendant ces dix dernières années, elle ne s'était confiée à personne, et elle était lasse de porter ce secret.

Elle inspira profondément.

— Il avait raison, dit-elle.

Savannah la regarda, les yeux agrandis par la surprise.

— Tu l'as trompé ?

— Pas exactement, bien qu'il ne verrait pas les choses de cette façon. Quand nous sortions ensemble, nous avons rompu pendant un mois, et c'est arrivé au cours de cette période.

— C'était quand ?

— Il y a dix ans. Deux semaines avant notre mariage.

Elle n'avait pas été frappée par la foudre, et le toit ne lui était pas tombé sur la tête.

Savannah posa le stylo et joignit les mains sur son bloc-notes.

— Je sais que cela ne me regarde pas, mais est-ce que cela t'ennuierait de me donner le nom de cet homme mystère ?

— A condition que tu promettes de n'en parler à personne. Même pas à Sam.

— Tout ce que tu me dis dans cette pièce est protégé par le secret professionnel. D'autre part, tu sais ce que pense Sam des commérages. Moins il en sait, mieux il se porte. Tu n'es pas obligée de me le dire, mais cela peut m'aider.

Maintenant qu'elle avait avoué son grand secret, elle pouvait bien dire toute la vérité. Et puis Savannah n'était pas une inconnue.

— Nous étions amis, commença-t-elle, et la veille de son départ pour l'Afghanistan, il est venu me voir à l'université. Nous étions tous les deux effrayés et tristes et nous avons cherché à nous consoler mutuellement. Nous ne voulions ni l'un ni l'autre que ça arrive. Mais c'est arrivé.

Savannah la regarda, bouche bée.

— Es-tu en train de me dire que tu as couché avec Chase ?

Jess ne put que hocher la tête.

— Mais alors si cela s'est passé il y a dix ans, murmura Savannah, il y a une possibilité pour que Danny…

— Soit le fils de Chase, oui. Mais je ne suis pas sûre que le timing soit si précis. Je me suis obligée à croire une seule chose, c'est que Dalton était le père de Danny.

— Tu ne t'es pas dit que Chase avait le droit de savoir qu'il existait une autre possibilité ?

— Je savais seulement qu'il était au combat. Et je savais qu'il ne reviendrait peut-être plus jamais. Et puis j'avais déjà épousé un homme que j'aimais. Un homme qui serait là pour subvenir aux besoins de mon fils, alors que Chase ne cessait de repartir en mission.

— Et tu pensais que c'était mieux pour Danny, je comprends.

— Même quand notre mariage a commencé à battre de l'aile, et qu'il est devenu clair que Dalton se fichait de Danny comme d'une guigne, j'ai été assez stupide pour me dire que n'importe quel père valait mieux que pas de père du tout. Je crois que je me trompais lourdement sur ce point.

Savannah demeura silencieuse pendant un moment, comme si elle pesait ses mots.

— En tant qu'amie, je t'encouragerais à le dire à Chase aussi tôt que possible. En tant qu'avocate, je te conseillerais d'attendre que tes problèmes judiciaires soient réglés. Sinon, cela pourrait compromettre ton affaire. Le procureur pourrait alléguer que cette histoire de paternité t'a servi de mobile pour tenter de tuer Dalton.

— Je n'ai pas tenté de tuer Dalton ! Et comment le procureur pourrait-il se servir de cet argument contre moi alors que j'ai divorcé de Dalton il y a des mois ?

— C'est facile. Dalton pourrait prétendre qu'il a manifesté ses soupçons sur la paternité de Danny, et que tu as décidé de te débarrasser de lui pour conserver la pension alimentaire qui pourrait être remise en question si on déterminait que Dalton n'était pas le père de Danny.

Jess ferma les yeux un instant. Elle était à mille lieues de ces calculs mesquins, de ces suppositions. Mais elle était aussi bel et bien dans les ennuis jusqu'au cou.

— Je ne peux pas gagner, pas vrai ? demanda-t-elle en plongeant son regard dans celui de son amie.

Savannah ne répondit pas et reprit son stylo.

— Revenons à ce qui s'est passé après les menaces de Dalton, dit-elle.

— Je lui ai ordonné de sortir, et il m'a saisie par le bras. Comme je l'ai raconté à Chase et à Buck, après ça tout est brouillé. Je crois qu'il a trébuché et qu'il est tombé en arrière et que sa tête a heurté le foyer de la cheminée.

— Tu ne l'as pas vraiment vu ?

Bien sûr que si. Les images continuaient de la hanter…

— Non, mentit-elle. J'étais perturbée par cette discussion, j'avais très peur. Et puis j'ai cru entendre Danny qui m'appelait.

— Dalton a affirmé que Danny n'était pas là. Mais si ce que tu dis est vrai, alors Danny a pu être témoin de la chute.

Jess comprit tout à coup qu'elle en avait trop dit. Elle comprit également que soit Dalton ne se rappelait rien du tout, soit il était décidé à causer sa perte.

— Je ne veux pas que Danny soit mêlé à ça, dit-elle.

— A la lumière de ce que tu viens de me dire, il pourrait être appelé à témoigner.

— Et j'espère que tu feras tout pour que cela n'arrive pas. Il est très traumatisé, et je ne suis pas sûre qu'il redevienne comme avant.

— Je ferai de mon mieux.

— Merci. C'est tout ?

— J'ai encore une question. Une question très importante.

Au point où elle en était, plus rien ne pouvait l'inquiéter, maintenant.

— Vas-y.

Savannah sortit un document de sa serviette et l'ouvrit à la deuxième page.

— D'après les dernières déclarations de Dalton, tu l'as frappé à la tête avec un tisonnier.

Un tisonnier ? Mais qu'est-ce que c'était que cette histoire, encore ?

— Il ment ! s'écria-t-elle. En fait, il invente au fur et à mesure.

— Peut-être, mais ce tisonnier est introuvable.

Jess se creusa l'esprit pour se souvenir de la dernière fois où elle avait vu cet outil, et elle se souvint qu'elle s'en était servie la veille de la chute de Dalton.

— Il était forcément là quand j'ai quitté la maison avec Chase ce soir-là.

— Peut-être, mais il n'y est plus, et cela pose problème. Si on le retrouve, on peut prouver grâce à des analyses qu'il n'a pas servi à frapper Dalton. Mais s'il porte des traces de son sang, alors il vaudrait mieux pour toi qu'il ne réapparaisse pas.

Jess observa Savannah avec inquiétude. Rêvait-elle ou son amie — et avocate temporaire — doutait de son innocence ?

— Je jure que je n'ai pas frappé Dalton à la tête avec quoi

que ce soit, dit-elle d'une voix ferme. Mais il y a de multiples causes à la disparition de ce tisonnier. Avec suffisamment d'argent on peut faire disparaître n'importe quoi.

— Tu as sans doute raison. Est-ce que quelqu'un d'autre a les clés de la maison ?

— Seulement Rachel et mes parents. Et Dalton. Mais il n'est pas exclu qu'il ait pu faire des doubles sans que je le sache et en donner à Dieu sait qui.

Quand on frappa plusieurs coups à la porte, Jess sursauta comme un diable à ressort.

— Cela veut dire que notre entretien est presque terminé, dit Savannah en rangeant son bloc-notes dans sa serviette. J'ai une dernière chose à te demander et cela pourrait ne pas te plaire.

A cet instant, elle était si reconnaissante qu'elle aurait fait n'importe quoi pour son amie, sauf un meurtre.

— Quoi ?

— Cesse de voir Chase. Je me fiche pas mal de savoir si votre relation est innocente ou pas, mais une rumeur de liaison est la dernière chose qu'il nous faut.

Jess faillit fondre en larmes. Chase était la seule personne sur qui elle pouvait compter pour aller mieux. La seule personne à qui son fils semblait faire confiance. Mais Savannah avait raison.

— Si c'est nécessaire, je le ferai, promit-elle sans enthousiasme.

— Je mettrai Chase au courant, dit Savannah en lui serrant les mains. Je ferai tout mon possible pour aider ton nouvel avocat à gagner cette affaire. Tu pourras alors reprendre ta vie.

Elle aurait bien voulu croire son amie, mais l'avenir lui paraissait bien lourd de menaces et de coups bas. Elle perdrait probablement son poste d'institutrice. Elle irait certainement au procès. Elle pourrait finir en prison — à moins qu'elle ne dévoile la pièce du puzzle qui la libérerait et enverrait peut-être son fils en prison.

Quand elle revit cette horrible soirée du vendredi, les paroles de Dalton résonnèrent dans son esprit.

« Ce gosse est un froussard, un pleurnicheur de fils à sa maman. C'est un moins-que-rien, et je parierais mon dernier dollar qu'il n'est même pas mon fils… »

Il n'y avait pas eu d'arme, pas de tisonnier. Seulement un petit garçon en colère qui avait eu son compte d'insultes et de violence verbale. Un petit garçon sensible qui avait rassemblé toutes ses forces pour pousser en arrière le seul père qu'il connaissait, le faisant tomber sur la pierre d'angle de la cheminée.

Le monde entier pouvait pardonner cet acte à Danny, mais pas Edwin Wainwright, surtout s'il apprenait que son petit-fils pouvait ne pas être le sien.

8

Bon sang, il n'allait pas s'en tirer comme ça !

Chase fit irruption dans les services et se dirigea tout droit vers le bureau de son père. Constatant qu'il n'était pas là, il rebroussa chemin et le trouva dans la salle de repos. Comme d'habitude, il était assis à la table ronde et buvait son café en lisant le journal local.

— Il faut qu'on parle, shérif.

Buck continua de parcourir la page sans lever les yeux.

— Je croyais t'avoir dit hier de rentrer chez toi et de ne pas revenir avant lundi.

— Et je croyais t'avoir dit que Buster Eustace devrait être en prison.

— En effet, c'est ce que tu as dit.

L'indifférence affichée par son père ne fit que nourrir la colère de Chase.

— Alors pourquoi est-il encore en train de traîner dans les rues ?

Buck tourna tranquillement une nouvelle page.

— Nous nous contentons de les arrêter. Nous ne décidons pas de la durée de leur séjour ici.

Chase songea à Jess qui avait passé la nuit en cellule, alors qu'Eustace était libre comme l'air, et prenait son petit déjeuner au café du coin.

— Combien de temps est-il resté ?

Buck replia le journal avec soin et le mit de côté.

— Pas longtemps après que tu l'as remis à Jones et qu'il

l'a amené ici. J'étais couché quand j'ai reçu un coup de fil du bureau du procureur. On m'a dit que deux ou trois témoins s'étaient présentés, qu'il s'agissait d'un malentendu et que je devais le libérer.

Selon toute probabilité, des témoins payés par Wainwright.

— Un malentendu ? s'écria-t-il. Il a agressé Jess en pleine rue et l'a giflée !

— Tu devrais t'estimer heureux qu'il n'ait pas porté plainte contre Jess. D'après ce que j'ai entendu, c'est elle qui a commencé. Elle a assez d'ennuis comme ça. Tu devrais laisser tomber, crois-moi.

Chase prit une longue inspiration pour se calmer, posa les paumes sur la table et se pencha en avant, regardant son père droit dans les yeux.

— Tu peux parier que Wainwright est pour quelque chose dans la disculpation de Buster, laissa-t-il tomber.

— Peut-être bien, mais j'ai appris au cours des années à ne pas poser trop de questions.

C'étaient les excuses les plus minables qu'il ait entendues de la bouche d'un représentant de l'ordre !

— Et pendant toutes ces années tu as courbé la tête et accepté.

Buck lui lança un regard dur comme l'acier.

— J'ai fait ce qu'il fallait pour mettre du pain sur la table et garder un toit au-dessus de votre tête, à toi et à ta mère. Certaines batailles ne valent pas la peine d'être menées si l'enjeu ne le mérite pas. Tu l'apprendras quand tu prendras la suite après mon départ à la retraite l'année prochaine.

Son propre père avait fermé les yeux pour garder son emploi… Dégoûté, il se redressa et s'éloigna de la table.

— Je ne veux pas de ce foutu poste. Pas si je dois tourner le dos à la loi.

— Où vas-tu maintenant ? lança Buck en le voyant se diriger vers la porte.

— Assister à la lecture de l'acte d'accusation.

— Tu ne crois pas que tu es déjà assez impliqué dans cette histoire ?

Chase se retourna lentement.

— Je n'ai pas l'intention de laisser tomber Jess, alors arrête.

— Tu es amoureux d'elle ?

— Je tiens à elle.

Jusqu'à ne pas pouvoir imaginer sa vie sans elle, mais cela, il valait mieux le passer sous silence.

— C'est plus que ça, fils, je le vois dans tes yeux. Mais il y a une chose que tu ne dois pas oublier. C'est une Wainwright depuis dix ans. Elle a forcément appris à mentir.

— Je n'ai pas le temps de penser à ça, répliqua Chase en sortant à grandes enjambées.

Il n'avait pas le temps d'écouter les conseils de son père ou de réfléchir sur les questions que ce dernier se posait sur ses sentiments pour Jess. Il s'en occuperait plus tard.

Il quitta le poste à la hâte. L'audience devait commencer dans cinq minutes. Heureusement, le tribunal était à côté.

Habillé en civil et coiffé d'une casquette de base-ball, il s'installa discrètement au fond de la salle d'audience où se pressait une foule nombreuse. Les audiences attiraient toujours un grand nombre de curieux, mais aujourd'hui, la salle était comble — le bruit de l'arrestation de Jess avait dû se répandre comme une traînée de poudre. Il aperçut Edwin Wainwright, assis deux rangs devant lui, contemplant ses ongles avec attention.

Chase eut presque envie de s'asseoir à côté de lui juste pour le plaisir de l'embarrasser, et peut-être lui envoyer quelques piques en attendant que l'affaire de Jess soit citée. Mais après réflexion, il préféra éviter une scène. Il s'était déjà mis à dos son père, c'était suffisant pour la journée.

Le chauffard ivre qu'il avait arrêté deux jours plus tôt s'avança, déclara son innocence, et se lança dans une longue explication décousue. Ce qui ne plut pas au juge qui était peut-être déjà de mauvaise humeur. L'honorable R.J. Perkins n'était pas connu pour son caractère facile ni pour son impartialité. Il était surtout connu pour ses liens avec Edwin Wainwright. Et cela n'augurait rien de bon pour la mise en liberté de Jess.

Le greffier annonça un numéro de dossier, suivi de :

— Le Peuple contre Jessica Keller Wainwright. Tentative de meurtre au second degré.

Quand la porte latérale s'ouvrit en grinçant, toutes les têtes se tournèrent dans cette direction, et le silence tomba soudain dans la salle.

Savannah entra la première, suivie de Jess et d'un policier. Chase s'attendait à voir Jess abattue et brisée, au lieu de quoi, elle gardait la tête haute et regardait droit devant elle.

— Bravo, ma belle, murmura-t-il, content de voir qu'elle n'avait pas perdu sa fierté.

Savannah et Jess s'installèrent à une table.

Quand le juge eut feuilleté le dossier, il leva les yeux par-dessus ses lunettes et braqua son regard sur Jess.

— Que plaide l'accusée ?

— Non coupable, Votre Honneur, déclara Jess d'une voix claire et sûre d'elle.

« Elle a été une Wainwright pendant dix ans. Elle a forcément appris à mentir… »

Chase chassa ces pensées et se concentra sur le déroulement du procès.

— Votre Honneur, la défense demande que l'accusée soit libérée sous caution, dit Savannah. Elle n'a pas d'antécédents, c'est une institutrice très appréciée, et elle est connue pour son activité bénévole auprès…

— Puis-je rappeler à la défense qu'il s'agit ici d'une tentative de meurtre et non d'une vente de pâtisseries ratées, intervint le procureur, Jed Millsap.

Il attendit que cessent les rires, avant d'ajouter :

— La réputation de Mme Keller Wainwright ne prévaut pas sur le fait qu'elle a tenté de tuer son mari. Le Peuple requiert la détention préventive.

— Son *ex*-mari, rectifia Savannah. Et puis-je rappeler au procureur que ma cliente est *présumée* avoir tenté de tuer son ex-mari. Et je ne parle pas des nombreuses failles de l'accusation.

Le juge Perkins donna une série de petits coups de marteau.

— Puis-je vous conseiller à tous les deux de garder vos arguments pour le procès officiel. La caution est fixée à quatre cent mille dollars. Affaire suivante.

Un murmure collectif s'éleva dans la salle et pour la première fois, Chase vit l'armure de Jess commencer à se fissurer. Elle sortit, les épaules et la tête baissées, comme si elle était sur le point de se dégonfler.

Avant que la foule ne se dirige vers la sortie, il poussa la porte à deux battants et parcourut à grands pas le couloir. Il arriva juste à temps pour croiser Savannah.

— Quatre cent mille ? dit-il avant même qu'elle s'arrête. Mais qu'est-ce que ça veut dire ?

Savannah lui fit signe de la suivre dans un petit renfoncement et elle posa sa serviette à ses pieds.

— C'est plus élevé que d'habitude, mais cela aurait pu être pire si elle avait été accusée de tentative de meurtre au premier degré et non au second degré, dit-elle d'un trait.

— Et la caution aurait été plus raisonnable si Wainwright n'était pas un donateur important pour la campagne de Perkins.

Savannah jeta un regard rapide autour d'elle.

— Fais attention à ce que tu dis, Chase. Accuser de corruption un membre de la cour est très grave.

Il se fichait pas mal de qui il pouvait bien offenser. La vérité était la vérité.

— Est-ce que c'est Perkins qui va présider le procès ? demanda-t-il.

— Non. Ce sera un juge supérieur de première instance.

— Je suppose que peu importe le juge. Edwin se vante de se remplir les poches grâce aux autorités locales.

— C'est pourquoi j'ai l'intention d'encourager le nouvel avocat de Jess à demander une délocalisation du procès.

Le nouvel avocat de Jess ?

— Je croyais que c'était toi, qui t'occupais de sa défense.

— Comme je l'ai dit à Jess, je n'ai pas suffisamment d'expérience en droit criminel pour la défendre après la phase préliminaire.

— Qui est ce nouvel avocat ?

— Un crack du nom de McDonough. Il vit à Jackson. J'espère que nous pourrons délocaliser le procès là-bas.

— Elle s'en tirerait mieux à Placid.

Près de ses amis, près de lui.

— Si tu la jettes à la merci d'étrangers, alors elle sera condamnée, ajouta-t-il.

Elle lui donna l'impression de ne pas apprécier sa façon de lui dire comment mener l'affaire, mais il n'en avait rien à faire.

— Bien sûr, Chase, laissons-la remettre son sort entre les mains des gens d'ici qui, tous, comptent sur Edwin Wainwright pour garder leur commerce ou leur ferme à flot. Un jury composé de personnes terrifiées par cet homme n'encouragera pas un verdict équitable, tu le sais.

Elle avait raison, il devait bien le reconnaître. Mais l'idée de voir Jess jugée à Jackson l'ennuyait.

— D'accord, dit-il. Revenons-en à la caution. J'ai quelques économies et je peux mettre ma terre en vente. Je peux aussi prendre un crédit chez…

— La caution est payée, Chase.

A moins que Jess ait eu un trésor caché ou un bienfaiteur fortuné, il ne voyait pas comment elle pouvait réunir une telle somme du jour au lendemain.

— Comment ça, la caution est payée ?

— Oui. Par Rachel. Elle a reçu le solde de ses fonds en fidéicommis quand elle a eu trente ans. Elle s'est proposée pour apporter cet argent et prétend qu'il y en a encore beaucoup plus.

Chase se frotta le menton, perplexe.

— Je n'y crois pas. C'est comme si…

— Comme si Edwin Wainwright payait indirectement la caution de Jess, oui. N'est-ce pas ironique et terriblement amusant ?

— C'est même la meilleure blague de l'année. Quand est-ce que Jess sera prête à partir ?

Savannah vérifia sa montre.

— Probablement dans moins d'une heure.

— Très bien. Je la ramènerai chez elle.

— Non, Chase. C'est moi qui la ramènerai chez elle.

— Bon sang, Savannah ! Il faut que je fasse quelque chose pour elle. Sinon je vais devenir fou.

— Ce que tu peux faire de mieux pour elle, c'est de rester loin d'elle.

— Hors de question que je l'abandonne quand elle a besoin de tant de soutien !

— Ses amis la soutiennent, Rachel et Matt, Sam et moi. Je sais que tu es aussi son ami, Chase, mais ta présence dans sa vie peut causer plus de dégâts que nécessaire.

— Qu'est-ce qui te fait dire ça ?

— Je n'ai pas besoin de te dire que cette ville se nourrit de ragots. Si quelqu'un se méprend sur ta relation avec Jess, on va se fourrer dans un véritable guêpier. D'autre part, tu représentes la loi, et pour le moment Jess est du mauvais côté de la loi.

Tout ce qu'elle disait était logique, mais il ne pouvait accepter l'idée d'abandonner Jess.

— Nous sommes amis, c'est tout, insista-t-il. Tout le monde le sait.

Une lueur étrange passa dans le regard de Savannah, mais elle reprit bien vite son visage d'avocate intransigeante.

— Jess est vulnérable, et tu es toujours bien trop séduisant. Dans les circonstances actuelles, cela pourrait être un mélange mortel.

En fait, elle l'accusait d'être un coureur de jupons qui n'arrivait pas à se maîtriser ! Elle avait une belle image de lui !

— Je ne suis plus ce garçon-là, Savannah. On change, tu le sais.

— Oui, on change, de même que les relations entre les gens changent aussi. C'est ce qui m'inquiète.

Chase se demanda si elle était au courant de la fameuse nuit qu'il avait passée avec Jess, dix ans auparavant. Non. A sa connaissance, Jess n'en avait parlé à personne. Si elle en avait parlé, ses copains l'auraient taquiné depuis longtemps.

— Je n'ai pas du tout l'intention de lui faire du mal, si c'est ce qui t'inquiète, se défendit-il. Elle a déjà assez souffert comme ça.

— Je suis convaincue que tu ne lui ferais pas de mal, du moins pas intentionnellement.

Savannah prit sa serviette et le serra brièvement contre elle.

— Malheureusement, ses épreuves continuent, ajouta-t-elle. J'ai appris que Wainwright avait convoqué un conseil d'administration d'urgence à l'école pour décider de ce qu'ils allaient faire concernant son poste.

Bon sang, il ne manquait plus que Jess perde son poste d'institutrice !

— J'ai bien envie d'aller y faire un tour pour essayer de les convaincre d'attendre avant de faire quoi que ce soit, marmonna-t-il.

Savannah agita le doigt devant lui.

— Allons, allons, shérif, gardons notre sang-froid et évitons d'aggraver la situation. Je suppose que tout ce qu'ils peuvent faire pour l'instant, c'est de la suspendre. Si elle est officiellement accusée, le contrat autoriserait le conseil à mettre fin à ses fonctions immédiatement. Mais on n'en est pas encore là.

— Tu crois qu'ils ont assez d'éléments pour prononcer une inculpation ?

— Nous ne le saurons pas tant que le grand jury ne se sera pas réuni après le 1er janvier. Pour le moment ce n'est pas très favorable pour elle.

— Même si l'affaire repose sur la parole d'un expert en mensonges ?

— Un menteur fortuné dont le père possède pratiquement toute la ville.

Bonjour l'impartialité du système judiciaire !

— Peut-être va-t-il se faire pousser une conscience entre-temps et innocenter Jess, avança-t-il.

Savannah parut très sceptique.

— Et peut-être que je vais trouver du pétrole dans mon jardin. En attendant, nous devons tout faire pour que Jess garde un moral d'acier.

— Pas facile, surtout si je ne suis pas autorisé à la voir.

— Je ne vois pas pourquoi tu ne l'appellerais pas de temps à autre. Mais attention, tu te contentes de lui téléphoner.

Il accepta, mais uniquement parce qu'il n'avait pas le choix. Parler avec Jess serait quand même un réconfort.

Mais l'histoire se répétait. Une fois de plus, il était obligé de la laisser tranquille. Seulement cette fois, il n'allait pas la repousser si elle avait besoin de lui.

— Qu'est-ce que tu fais ici ?

Ce n'était pas exactement le genre d'accueil qu'avait espéré Jess en se présentant à la porte de Chase. Pourtant elle n'aurait pas dû être vraiment surprise. En moins de vingt-quatre heures, elle avait déjà transgressé la règle essentielle que lui avait imposée Savannah : rester à l'écart de Chase.

— Je sais que je ne dois pas venir te voir, mais la maison était si silencieuse que je n'ai pas pu le supporter. J'ai songé à regarder un film. J'ai même envisagé de me coucher, mais il n'est même pas 21 heures. Et puis je suis trop tendue pour dormir.

Il demeura complètement immobile. La tenue qu'il portait — T-shirt bleu marine et pantalon de camouflage — lui rappela le soir de sa visite surprise dans sa petite chambre d'étudiante, dix ans plus tôt.

— Je n'ai pas besoin de te dire quelle sera la réaction de Buck s'il voit ta voiture ici, dit-il.

Elle glissa les mains dans les poches de son blouson, aussi contrite qu'une ado qui venait de violer le couvre-feu.

— Je suis venue à pied.

Il la regarda d'un air incrédule.

— Tu as fait *sept* kilomètres à pied !

— Pas plus de quatre si on prend des raccourcis à travers la propriété des Allworth, ce que j'ai fait.

— Ce n'est pas très malin, Jess. C'est un terrain accidenté. Tu aurais pu tomber et te casser quelque chose. Ou te trouver en face du fusil de Frank Allworth.

— Comme tu vois, je m'en suis sortie en un seul morceau. N'oublie pas que j'ai fait du cross-country, quand j'étais en première au lycée. Et j'étais un vrai casse-cou.

— Et ça remonte à combien d'années ?

Elle haussa les épaules.

— Bon, d'accord, ça fait longtemps. Je dis seulement que ma capacité à parcourir des kilomètres à pied prouve que je suis plus en forme que je ne le pensais.

— Et aussi que tu as perdu la tête.

— Ecoute, si tu me laisses entrer je ne resterai pas longtemps.

— Longtemps ou pas longtemps c'est quand même une mauvaise idée, Jess.

Il semblait ne pas être près de flancher. C'était le moment de jouer la carte de la culpabilité.

— Après l'horrible journée que j'ai passée, j'avais besoin de parler à quelqu'un, reprit-elle. On ne m'a même pas permis de téléphoner à mon fils. Et comme tu ne m'as pas appelée, je me suis sentie très seule. Il fallait que je sorte de cette maison. Sans quoi j'allais devenir folle.

La carte de la culpabilité marcha à merveille.

— Je te donne une heure, après quoi je te ramène chez toi, laissa tomber Chase en s'effaçant pour la laisser entrer.

Elle n'était pas venue le voir pour passer une heure avec lui. Elle voulait la nuit entière, et peu lui importait que ce soit bien ou mal. Mais si son attitude grincheuse persistait, elle ne resterait peut-être même pas cinq minutes.

Elle passa devant lui et entra dans la salle de séjour éclairée uniquement par un lampadaire et par le feu qui crépitait dans la cheminée. Elle se sentit tout à coup frigorifiée jusqu'aux os, ce qui n'avait rien de surprenant, car elle avait pataugé dans l'eau une grande partie du trajet, par une température de deux degrés.

Elle se débarrassa de son blouson et le suspendit à un crochet près de la porte à côté de celui de Chase.

— Je serais arrivée plus tôt si Frank n'avait pas creusé une tranchée au beau milieu de son pré, dit-elle. Patauger dans la neige fondue m'a ralentie.

Il regarda le bas de son jean couvert de boue.

— Tu veux que je te prête un de mes pantalons ? lui proposa-t-il.

— S'il me va, je serai encore plus déprimée que je ne le suis.

— C'est dur, hein ?

— Je vais bien.

Elle allait même très bien à présent qu'elle était avec lui.

— Tu es sûre ?

— Certaine.

Elle décida de lui faire part de son dernier exploit pour montrer qu'elle ne s'était pas laissée aller à la tristesse et à la dépression.

— J'ai fait du feu toute seule dans le vieux poêle. J'ai même coupé du bois avec ta hache. Bon, ce ne sont pas des bûches bien régulières, mais c'est pas mal quand même.

— Je savais que tu y arriverais. Tu peux tout faire si tu le veux vraiment.

Sauf éviter d'aller en prison… Mais elle chassa rapidement cette pensée. Elle n'avait pas envie de passer ces précieux moments avec Chase à s'apitoyer sur son sort.

— Sam et Savannah sont restés avec moi une grande partie de l'après-midi. Nous avons passé un moment agréable.

— Tant mieux. Tu avais probablement besoin de compagnie.

Oui. De sa compagnie à lui.

Il désigna le canapé qui était en face de la cheminée.

— Assieds-toi.

En s'appuyant au dossier du canapé elle ôta ses chaussures puis ses chaussettes trempées et les posa près du feu. Puis elle s'installa au bout du canapé et, faisant fi des convenances, posa ses pieds sur le bord de la table basse pour les réchauffer.

Chase la rejoignit et prit soin de garder une bonne distance entre eux deux.

— Qu'est-ce qui se passe en ce moment entre Savannah et Sam ? demanda-t-il.

Elle lui fut reconnaissante de parler d'autre chose que de ses épreuves.

— Ils sont complètement amoureux l'un de l'autre, répondit-elle. En fait, ils n'arrêtent pas de s'embrasser.

« A me rendre jalouse », se garda-t-elle de préciser.

— C'était gentil à eux de me tenir compagnie, poursuivit-elle, mais franchement, j'ai été contente de les voir enfin partir. J'avais l'impression d'être une intruse dans ma propre maison.

Il esquissa un sourire.

— Tu aurais dû leur dire de prendre une chambre.

— J'ai failli le faire ! Mais j'ai eu peur qu'ils ne prennent la mienne et que je sois obligée d'entendre des bruits de respiration haletante pendant des heures.

Il éclata de rire.

— Je suppose qu'ils rattrapent le temps perdu, dit-il.

— Sans doute, marmonna-t-elle avec une grimace.

Elle ne pouvait pas vraiment leur en vouloir — pas après tout ce qu'ils avaient enduré pour se retrouver — mais elle ne pouvait nier qu'elle était jalouse de la façon dont Sam regardait Savannah, comme si elle était la femme la plus extraordinaire de la planète. Dalton ne l'avait jamais regardée de cette façon. Ni personne d'autre.

— Savannah a dit que leur projet de mariage était en bonne voie, reprit-elle. Ils vont attendre le printemps afin de pouvoir se marier sur ce pont branlant qui relie leurs deux fermes.

— Je me demandais s'ils allaient vraiment le faire.

Elle releva sa manche et regarda sa montre.

— Ils sont partis de chez moi il y a des heures, donc j'imagine qu'ils l'ont déjà fait, laissa-t-elle tomber. Plus d'une fois probablement.

— Je parlais de se marier sur le pont.

— Oh ! Ça ? J'espère bien que oui. Ainsi ils pourront s'installer ensemble officiellement et s'aimer dans l'intimité de leur propre maison. Comprends-moi bien, je n'ai rien contre les démonstrations d'affection en public. Je n'y suis pas habituée, c'est tout.

Chase posa le bras sur le dossier du canapé et l'observa avec attention.

— Ce n'était pas le truc de Dalton, n'est-ce pas ? demanda-t-il.

Elle laissa échapper un rire sarcastique.

— Pour Dalton, l'affection consistait à me donner une tape sur les fesses avant de me dire de repasser ses chemises !

— Un gars très romantique.

— Oh ! il peut l'être quand il veut obtenir quelque chose.

— Comme le sexe ?

— De quoi tu parles ?

Ses yeux parurent encore plus foncés à la lueur vacillante des flammes.

— Tu veux un résumé, ou bien les détails crus ? demanda-t-il.

Avant qu'elle ne fasse une chose totalement cinglée, comme de lui dire qu'elle préférait une démonstration, elle changea de sujet.

— A propos, Bo est chez toi ?

— Non. Je l'ai amené chez Matt et Rachel cet après-midi. Ils sont d'accord avec moi que cela pourrait aider Danny si je laissais Bo chez eux pour le moment.

Elle sentit une pointe de colère la traverser. Elle était en manque de nouvelles de son fils, et Chase avait gardé cette information pour lui !

— Pourquoi tu ne m'as pas dit plus tôt que tu avais vu Danny ? lui lança-t-elle peu aimablement.

— Parce que je ne savais pas trop comment tu le prendrais, vu que tu n'as pas la permission de le voir. C'était pour te protéger.

Elle posa la main sur son bras, gênée de s'être emportée.

— Je te remercie d'être allé le voir, Chase. Il te voue une admiration sans bornes. Il t'a dit quelque chose ?

Il retira son bras et regarda devant lui, comme s'il ne pouvait pas supporter le contact de sa main.

— Je n'ai pas pu lui parler, précisa-t-il. Il faisait la sieste et je n'ai pas voulu le déranger.

— Il doit être épuisé. Est-ce que Rachel t'a dit comment il allait ? Est-ce qu'il mange, au moins ?

Avait-il demandé de ses nouvelles ? Ou bien lui en voulait-il toujours autant ?

— Rachel m'a dit qu'il ne parlait pas beaucoup. Et aussi qu'elle aimerait bien appeler la psychologue dont elle t'a parlé. Je dois lui faire savoir d'ici lundi si tu es d'accord.

— Tout ce qui pourra l'aider sera bienvenu, dit-elle, priant pour que son fils ne fasse aucune révélation, ce qui pouvait entraîner de nombreuses complications.

— A propos de manger, tu veux prendre quelque chose ?

Elle n'avait pas faim, mais elle n'osa pas lui en parler. Inutile de provoquer un sermon de sa part.

— On m'a donné des œufs et des toasts à la prison ce matin. Je ne me souviens pas avoir jamais eu une telle expérience gastronomique.

— Et tu n'as rien mangé du reste de la journée ?

— Savannah et Sam m'ont apporté des burgers de chez Stan.

Et elle en avait jeté la moitié, autre détail qu'elle préférait garder pour elle.

— Fais bien attention à toi, Jess. Tu ne peux pas te permettre de tomber malade.

Elle qui croyait avoir échappé au sermon…

— Tu as raison, je ne voudrais pas manquer mon travail.

Elle claqua des doigts.

— Ah mais j'oubliais ! Je n'ai plus de travail.

Chase se renfrogna.

— Savannah m'a parlé de la réunion du conseil d'administration, mais elle m'a dit que l'on ne pouvait pas te renvoyer si tu n'étais pas officiellement inculpée.

— Ils m'ont juste suspendue. Sans salaire. La directrice m'a appelée pour s'excuser, ça lui a pris deux secondes. Mais ce n'est qu'une question de temps avant qu'ils me renvoient définitivement si Edwin a son mot à dire, ce qui est le cas.

— Je crois que nous sommes tous les deux dans le même bateau. Je suis en congé jusqu'à lundi. Ordre de Buck. Si je continue à l'énerver, je vais me retrouver au chômage, moi aussi.

Et c'était elle, qui était responsable de cette situation…

— Savannah m'en a parlé, juste avant qu'elle ne me dise que nous devions éviter de nous voir, dit-elle.

— Et c'est pourquoi tu n'aurais pas dû venir ici.

Elle comprit l'allusion. De toute évidence, il ne voulait pas d'elle, du moins pas de la façon dont elle voulait de lui.

— Si ma présence te dérange à ce point, je peux partir tout de suite, répliqua-t-elle en se levant. Et ne te donne pas la peine de me ramener. Je préfère retourner comme je suis venue, à pied !

Il lui saisit la main et la fit rasseoir à côté de lui.

— Puisque tu es là tu peux rester encore une heure, et je te ramènerai, que cela te plaise ou non. Tu n'as pas à vagabonder toute seule dans la nuit noire.

— Il y avait assez de lumière pour que je voie où je mettais les pieds.

Elle commençait à l'avoir à l'usure. Avec un peu de chance — et beaucoup de persuasion —, son plan pouvait fonctionner, après tout.

— Un conseil, la prochaine fois que tu décides de te promener la nuit, et que tu ne veux pas prendre le risque de trébucher, fais comme moi, dit-il.

— Tu prends des lunettes de vision de nuit.

— Non. Une torche.

— Je parie que c'est ce que tu dis à toutes les filles.

Quand il lui tapota la cuisse, elle fut parcourue par des milliers de petits picotements.

— Content de voir que tu es toujours une petite futée.

— Tu te promènes souvent la nuit ?

— Pas depuis que j'ai quitté l'armée.

Elle crut voir une ombre traverser son regard, toujours cette lueur sombre lorsqu'il était question de cette partie de sa vie.

— Qu'est-ce que tu faisais là-bas exactement ? lui demanda-t-elle, après quelques hésitations.

Son regard s'assombrit de nouveau et se perdit quelque part dans un ailleurs qu'elle ne connaissait pas.

— Je marchais à travers les montagnes et les déserts à la recherche des méchants.

— Tu les as trouvés ?

— Oui, et ils nous ont trouvés, eux aussi. Malheureusement il est parfois difficile d'identifier l'ennemi. Et cela entraîne de graves erreurs.

Jess l'observa un instant, attendant qu'il poursuive, qu'il lui parle enfin de ce qu'il avait vécu là-bas, de ces graves erreurs ; attendant qu'il lui confie cette partie de sa vie qui semblait le perturber.

Mais il resta silencieux.

— Si jamais tu veux en parler, je suis là, dit-elle d'une voix douce.

Après un nouveau temps de silence, il sembla sortir de son brouillard mental.

— Je te propose un marché, Jess. Je t'en parlerai à condition que tu me racontes tout ce qui s'est passé cette nuit-là avec Dalton. Sans oublier un seul détail.

C'était un marché qu'elle ne pouvait pas — et ne voulait pas — accepter.

— Je croyais que tu ne tenais pas à connaître des détails que tu serais forcé de révéler au tribunal, rétorqua-t-elle.

— Si je suis appelé à la barre, je déclarerai que je ne sais rien.

Elle ouvrit de grands yeux.

— Tu mentirais sous serment ? Toi ?

— Oui, si c'était pour te sauver.

— Ne t'inquiète pas. Tu ne seras pas obligé de mentir, car je t'ai déjà tout dit.

Enfin, tout ce qu'elle avait bien voulu lui dire.

Mais le regard qu'il lui jeta lui fit comprendre… qu'il ne la croyait pas. Pour une fois, elle regretta qu'il la connaisse aussi bien.

— Je n'ai pas agressé Dalton, répéta-t-elle. Je n'ai pas touché à un seul cheveu de sa tête. Et cela ne me pose aucun problème de le déclarer sous serment.

Mais il continuait de la fixer, comme pour essayer de découvrir des vérités cachées.

— Je te crois, dit-il enfin d'une voix qui manquait de conviction.

— Merci. Et maintenant à ton tour de me dire ce qui s'est passé en Afghanistan.

Un bruit de verre cassé interrompit brutalement leur conversation, et Chase quitta le canapé pour aller voir ce qui se passait. Elle le suivit, restant prudemment derrière lui tandis qu'il allumait la lumière et ouvrait la porte d'entrée. Comme ses larges épaules lui cachaient la vue, elle se pencha et vit un grand vase noir en miettes sur le perron.

— J'avais dit à Savannah de ne pas le poser là, marmonna-t-il. Mais elle a pensé que cela donnait du caractère à l'entrée.

— Plus maintenant. Que s'est-il passé ? Il n'y a pas un souffle d'air, j'ai du mal à croire qu'un truc aussi lourd ait pu tomber tout seul.

— Probablement un raton laveur ou un opossum qui cherchait de quoi manger et l'a bousculé.

Cela semblait plausible, mais elle n'en continua pas moins de craindre que quelqu'un soit peut-être tapi dans le noir à les observer.

— C'est sûrement un animal, répéta Chase, comme s'il avait lu dans ses pensées. Je doute fort que quelqu'un essaie d'entrer par effraction dans la maison d'un shérif adjoint. A moins d'être incroyablement stupide. Je vais aller prendre une lampe et jeter un coup d'œil dans le coin, juste pour m'assurer qu'il n'y a personne.

— D'accord. Mais sois prudent. Je ne voudrais pas que tu tombes dans un guet-apens.

— Le gang des opossums ne me fait pas peur.

Il retourna à l'intérieur et prit une torche et son blouson. Dès qu'il fut ressorti, Jess se laissa tomber sur une chaise et songea à ce qu'elle allait faire ensuite. Elle avait toujours cru l'adage « Il y a pire que la solitude », mais elle ne s'était jamais trouvée dans cette situation, sans son fils, et devant faire face à une accusation pour un crime qu'elle n'avait pas commis ; et il lui semblait que le pire, c'était ça. Elle aurait donné n'importe quoi pour échapper à ses ennuis, oublier son avenir incertain. Oublier le monde entier dans les bras d'un homme qui avait le pouvoir d'effacer tous ses soucis… L'ennui, c'est que cet homme pouvait très bien rejeter sa demande. Mais elle ne le saurait que si elle essayait. Et elle avait bien l'intention d'essayer.

— Tout va bien, annonça Chase en revenant. Il n'y a personne.

Jess se leva et alla jusqu'à la fenêtre. Tirant l'épais rideau marron, elle scruta l'obscurité.

— Si tu le dis, murmura-t-elle.

— Tu ne me fais pas confiance ?

Bien sûr que si ! Sinon elle ne serait pas là, en train de chercher le moyen de s'inviter dans son lit.

En se retournant, elle s'aperçut qu'il avait gardé son blouson. Il allait sûrement lui proposer de la raccompagner. Et ça, il n'en était pas question.

— Je te fais confiance, dit-elle. Je suis juste un peu nerveuse ce soir.

— Tu as besoin de quelque chose avant que je te ramène ? J'ai de l'argent liquide à la maison.

Elle avait besoin de quelque chose, oui, mais cela n'avait strictement rien à voir avec l'argent.

— Tout va bien sur ce plan-là, merci. Je mettais de l'argent de côté quand j'étais mariée avec Dalton. En prévision des mauvais jours. J'ai été bien inspirée, non ?

— Fais-moi savoir si tu viens à manquer.

Il jeta un coup d'œil à l'horloge qui était suspendue au-dessus de la bibliothèque.

— Il se fait tard, je ferais mieux de te ramener chez toi, répéta-t-il.

C'était maintenant ou jamais. Elle choisit maintenant.

— Je ne veux pas rentrer chez moi, Chase. Pas maintenant. Pas ce soir.

Elle s'attendait à un refus retentissant, mais il parut réfléchir à la question.

— Si tu as si peur d'être seule, je pense que tu peux rester dans la chambre d'amis, si dormir dans un petit lit ne te dérange pas. Mais il faudra que tu sois partie d'ici avant l'aube.

— Je préférerais ton lit.

— Alors je prendrai la chambre d'amis et tu prendras mon lit.

Mais à quoi jouait-il ? Il faisait semblant de ne pas comprendre ou il était sérieux ?

— Je ne veux pas que tu dormes dans la chambre d'amis, et je ne veux pas non plus que tu dormes dans ton lit.

— Ce que tu dis ne rime à rien, Jess.

— Tu n'es vraiment pas dans le coup si tu ne sais pas reconnaître une proposition quand on t'en fait une ! lança-t-elle, à bout.

Il se mit à marcher autour de la pièce, les mains croisées sur la nuque.

— On ne peut pas faire ça, Jess.

— Bien sûr qu'on peut ! Si tu te rappelles, nous l'avons déjà fait. Mais c'est vrai que tu m'as dit cette nuit-là que nous devions rayer cela de notre mémoire. Mais je vais te confier un secret, Chase. Moi je n'ai pas oublié cette nuit, et je ne l'oublierai jamais, contrairement à toi.

Il fit volte-face et lui jeta un regard courroucé.

— Tu crois vraiment que j'ai oublié ?

Elle s'appuya contre la porte et le regarda sans ciller.

— Je ne serais pas du tout surprise si tu n'y avais plus jamais pensé. Après tout, je n'étais pour toi qu'une de tes nombreuses conquêtes. Une erreur que tu avais commise en passant.

Il se trouva devant elle avant qu'elle ait compris qu'il avait bougé. Posant les deux mains de chaque côté de sa tête, il la coinça contre le bois massif de la porte, si près qu'elle sentit la chaleur de son corps.

— D'abord, il n'y a pas eu autant de femmes que tu crois, laissa-t-il tomber. Ensuite, il ne s'est pas passé un seul jour sans que je pense à cette nuit-là.

— C'est bizarre que tu ne m'en aies jamais reparlé. Pas une seule fois dans toutes ces lettres que nous avons échangées.

A vrai dire, elle non plus, songea-t-elle aussitôt, regrettant ses paroles.

— Tu attendais quoi, après que tu as épousé Dalton ? Tu as raison. J'ai fait des erreurs dans ma vie, mais voler la femme d'un autre homme n'en fait pas partie.

Elle ne serait peut-être pas devenue la femme d'un autre homme si elle n'avait pas été pour lui qu'une rapide partie de jambes en l'air ! faillit-elle lui rétorquer.

— J'ai tout de même du mal à te croire, dit-elle.

Il pressa son corps contre le sien.

— Je vais te confier un secret, Jessica, dit-il en lui renvoyant ses propres paroles. La nuit, à la caserne, quand il n'y avait aucune femme en vue et que j'étais obligé de me débrouiller tout seul, est-ce que tu sais sur qui je fantasmais ?

— Des top models ?

Il se pencha plus près, son souffle chaud contre son oreille, et murmura :

— Toi.

Le cœur battant, elle plongea son regard dans le sien, essayant de reprendre son souffle.

— Alors tu ne regrettes pas d'avoir passé cette nuit avec moi ? murmura-t-elle, d'une voix tremblante.

— Je regrette simplement de ne pas avoir pris mon temps.

Une vague de chaleur la traversa. Elle se sentait incroyablement forte. Forte, audacieuse et effrontée. Et séduisante, pour la première fois depuis des années !

— Tu peux te rattraper maintenant, dit-elle. Je ne demande qu'une nuit.

— Je ne veux pas te faire de la peine, Jess.

— Tu ne m'en feras pas, sauf si tu refuses. Je t'assure, je suis pleinement consciente de ce que je fais. Tu n'es même pas obligé de me dire que tu tiens à moi plus que nécessaire.

— Si je me fichais de toi, il y a longtemps que je t'aurais mise toute nue par terre avant que tu aies pu dire « ouf ».

L'expression intense de son regard et sa respiration rapide lui firent comprendre qu'elle était sur le point de triompher. Ce n'était pas le moment d'abandonner.

— Laisse-moi rester, Chase. Tu ne le regretteras pas.

— C'est très difficile de dire « non »…

Elle dessina le creux de ses fossettes puis effleura légèrement ses lèvres du bout des doigts.

— Je t'ai réconforté cette nuit-là avant ton départ, susurra-t-elle. Cette fois, j'ai moi aussi besoin de réconfort. J'ai besoin de toi, Chase…

Elle vit dans ses yeux le combat qu'il menait, et sut qu'il s'avouait vaincu à l'instant où il l'embrassa.

Après dix longues années, elle aurait ce qu'elle avait cru ne plus jamais obtenir : passer une nouvelle nuit avec Chase Reed.

9

En quelques secondes il ôta son blouson, allongea Jess sur le canapé, et commença à lui ôter son T-shirt, tandis que de l'autre main, il défaisait les boutons de son jean. Puis un instant de lucidité le fit s'arrêter net. Il releva la tête et la regarda dans les yeux.

— Tu prends la pilule ?

— Non.

La question suivante avait peu de chance d'obtenir une réponse positive.

— Et tu n'as pas apporté de préservatifs, n'est-ce pas ?

— Non, ils sont à la maison, dans la boîte de cookies.

— Je ne plaisante pas, Jess.

— Non, je ne garde pas de préservatifs dans ma poche au cas où.

— Alors on ne peut pas continuer, décréta-t-il en se redressant.

Elle se redressa à son tour et le regarda d'un air furieux.

— Si je comprends bien, tu vas juste m'embrasser comme ça, sans aller jusqu'au bout ? lança-t-elle. Comme si on était deux collégiens ?

Il avait bien eu l'intention d'aller jusqu'au bout, mais pas sans préservatif. Il n'était pas inconscient à ce point.

— Nous n'avons pas le choix, dit-il. Il ne manquerait plus que je te mette enceinte !

Une expression étrange et indéchiffrable passa dans le regard de Jess.

— Evidemment, ce ne serait pas du tout recommandé, marmonna-t-elle. Mais laisse-moi te poser une question. Comment se fait-il que tu n'aies pas une réserve de préservatifs ? C'est toi, le célibataire endurci et le chéri de ces dames. Pas moi.

Parce qu'il n'avait pas fréquenté de femme depuis plus de six mois, voilà pourquoi ! Comme chéri de ces dames, on faisait mieux.

— Comme je te l'ai déjà dit, j'ai traversé une période...

— Sèche, je sais, le coupa-t-elle. Mais je croyais que tu avais toujours tout ce qu'il fallait, au cas où.

— Eh bien, non ! C'est peut-être un signe que nous ne devons pas succomber.

Elle se leva d'un bond, l'air plus déterminé que jamais.

— Ce n'est pas un signe, dit-elle. C'est un léger inconvénient auquel on peut remédier. C'est pour cette raison que l'on a inventé les commerces de proximité. Il se trouve qu'il y en a un de ce côté de la frontière du comté, et il est ouvert jusqu'à minuit. J'irais bien, mais le temps que je fasse l'aller-retour à pied je serais trop fatiguée pour danser le tango. Et ça, c'est hors de question.

Il soupira et leva les yeux au ciel. Elle tenait vraiment à aller jusqu'au bout. Personne ne l'avait jamais accusé de ne pas céder aux désirs d'une dame, même si, dans ce cas précis, il pourrait le regretter. Si quelqu'un découvrait ce qu'ils étaient en train de faire — ou se préparaient à faire —, ils apporteraient aussitôt de l'eau au moulin de toutes les commères de la ville.

Au diable les hésitations ! Personne n'en saurait rien. Les voisins les plus proches vivaient à deux kilomètres de là, et il doutait fort qu'ils soient dehors à cette heure et par ce temps. D'autre part, s'il reculait maintenant, il devrait vivre avec le remords d'avoir déçu Jess. Encore une fois. Elle avait besoin de lui et il avait besoin d'elle, et c'était une raison suffisante pour foncer.

Il enfila son blouson, prit les clés de sa voiture et se tourna vers elle.

— J'y vais. Tu m'attends ici.

Elle lui adressa un sourire si sensuel qu'il faillit dire adieu au magasin et bonjour à la folie.

— C'est une merveilleuse idée..., murmura-t-elle.

Elle le suivit tandis qu'il se dirigeait vers la porte. Avant qu'il ne mette le pied sur la première marche du perron, elle lui tapa sur l'épaule et, lorsqu'il se retourna, prit sa bouche d'assaut. Si elle ne se dépêchait pas de le lâcher, il ne pourrait jamais arriver au magasin en préservant sa dignité.

— C'était quoi, ça ? demanda-t-il quand elle l'eut relâché.

— C'était pour te rappeler ce que tu manqueras si jamais tu décidais de ne pas revenir.

— Je reviendrai. En attendant, déshabille-toi et mets-toi au lit.

Elle le salua comme un sergent instructeur.

— Tu veux que je te repasse quelques chemises avant ? lui lança-t-elle, moqueuse.

Bon sang ! Elle venait de lui faire remarquer qu'il n'était pas plus romantique que son minable d'ex-mari.

— A la réflexion, je vais te déshabiller, très lentement, et ensuite je te porterai dans le lit, se reprit-il. Si on arrive à tenir jusque-là.

Sans attendre la réponse, il se dirigea à grands pas vers son pick-up et se glissa au volant. Pour une fois, il aurait préféré avoir la voiture de patrouille à sa disposition, mais il avait été obligé de la laisser au poste après sa suspension temporaire. Qui serait une suspension définitive si jamais Buck avait vent de ce petit rendez-vous.

Il attendit quelques secondes avant de mettre le contact, fermant les yeux pour reprendre son calme. Quand il les rouvrit, il vit Jess debout sur le perron et tapant du pied. La patience n'avait jamais été une de ses qualités premières. De toute évidence, la pudeur non plus, s'aperçut-il en la voyant se déhancher pour ôter son jean. Le T-shirt trop grand qu'elle portait la couvrait suffisamment, mais révélait aussi ses jambes et ses cuisses nues. Ce spectacle eut le don d'allumer un feu qui se propagea dans tout son corps avec la rapidité d'un éclair.

Il quitta l'allée en marche arrière et à toute vitesse, faisant voler le gravier et la poussière quand il rejoignit la route. Manque de chance, il avait parcouru quelques mètres quand une vieille berline déglinguée sortit juste devant lui. La voiture roulait à une quinzaine de kilomètres au-dessous de la vitesse autorisée, si bien qu'il se demanda si le chauffeur avait bu. Mais la voiture suivait bien le tracé de la route.

Elle finit par s'arrêter sur le bas-côté pour lui permettre de doubler. Il appuya sur l'accélérateur et arriva au magasin en un temps record, trouvant par chance le parking désert. Il n'avait certainement pas envie de faire son achat devant des gens. Malheureusement, il connaissait l'employé qui se tenait derrière le comptoir, un grand garçon efflanqué qui jouait dans l'équipe de basket du lycée.

Il se servit une tasse de café noir à la cafetière qui se trouvait près du distributeur de sodas, avant de se diriger vers l'allée des confiseries. Après avoir pris une boîte de chocolats à la menthe, les préférés de Jess, il se dirigea vers les présentoirs sur le devant du magasin. Pourquoi mettait-on les préservatifs aussi en évidence ? Sans doute à cause des adolescents qui tentaient de les voler. A cet instant même, il se sentit dans la peau d'un ado sournois à la veille de sa première expérience sexuelle. C'était pathétique.

Après avoir pris deux paquets de préservatifs sur le présentoir, il les posa sur le comptoir, avec les chocolats et son café.

— Bonsoir, shérif adjoint Reed.

Levant les yeux, Chase croisa le sourire narquois de l'adolescent.

— Bonsoir, marmonna-t-il.

— On va faire la fête, hein ?

Sans répondre il sortit son portefeuille de sa poche arrière, en tira un billet de vingt dollars et le tendit au jeune caissier, lui lançant en même temps un regard qui disait clairement « Mêle-toi de tes oignons ».

— Pourquoi est-ce que tu travailles si tard un jour d'école ?

— C'est les vacances, shérif. Vous voulez un sachet ?

— Non merci. Et garde la monnaie.

Il mit les articles dans ses poches et prit son café à la main. En sortant, il remarqua une voiture garée près d'un lampadaire dans un coin du parking. La voiture ressemblait fort à celle qu'il avait doublée sur la route. Il ne distinguait pas les traits du conducteur qui était dans l'ombre, mais il vit qu'il s'agissait d'un homme à cause de la main qui tenait une cigarette allumée par la vitre ouverte.

Il était peut-être perdu, ce qui expliquait sa lenteur au volant. Ou il préparait un mauvais coup.

Chase songea aussitôt au gamin du magasin, seul et probablement pas armé, et crut de son devoir de le protéger. Il ouvrit la portière, se pencha à l'intérieur et prit son arme enfermée dans la boîte à gants. Il posa sa tasse de café sur le porte-gobelet, et enfonça l'arme dans sa ceinture. Mais quand il se redressa, il constata que la voiture s'en allait. Il ne bougea pas avant d'avoir vu les feux arrière disparaître complètement.

Rassuré sur le sort du jeune employé, il remonta en voiture, rangea son pistolet et fonça vers la maison sans rencontrer personne sur la route.

Il coupa le contact et avala le reste de son café.

Le craquement du parquet sous ses pas brisa le silence qui régnait dans le séjour. En voyant le feu qui se mourait dans l'âtre, il se dit que Jess avait décidé de l'attendre dans son lit, mais cette hypothèse s'écroula quand il aperçut une boucle auburn sur le bras du canapé. Comme il le supposait, Jess était allongée sur le côté, les deux mains sous sa joue. Elle dormait. Son T-shirt remontait sur ses jambes, et dévoilait ses cuisses nues et le bord en dentelle d'un slip noir, suscitant un désir violent qui se transforma en douleur physique. Une douleur qu'elle seule pouvait apaiser.

Il résista à la tentation de la réveiller, au désir irrépressible de la prendre, et décida de la laisser dormir. Outre les kilomètres qu'elle avait parcourus pour le rejoindre, elle venait de vivre cinq jours psychologiquement épuisants, et il estimait qu'elle avait besoin de repos.

Il alla chercher une couverture de laine dans le placard de la chambre, et quand il l'eut bien couverte, il s'assit dans le fauteuil à côté du canapé et la contempla, pensif.

Elle lui rappelait la Jess qu'il avait connue autrefois, et les souvenirs remontèrent à la surface… Il revit le jour où il avait défendu son honneur dans la cour de récréation et qu'elle lui avait donné un coup de pied dans le tibia pour avoir dérangé sa séance de flirt. Après avoir subi une série de ruptures avec des petits amis, elle l'avait chargé de panser son cœur brisé. Et c'était elle qui le grondait chaque fois qu'il brisait le cœur d'une fille. Ils s'entendaient comme larrons en foire, et leur amitié était indestructible… jusqu'au jour où Dalton Wainwright était entré dans la vie de Jess au volant de sa voiture de sport rutilante. Il l'avait conquise en la comblant de cadeaux de prix et en lui faisant des promesses qu'il n'avait jamais eu l'intention de tenir. Pour Dalton, elle n'était rien de plus qu'une jolie conquête. La fille inaccessible que beaucoup de garçons désiraient. Dont Chase.

Il se rappelait le moment précis où son amitié avait commencé à se muer en sentiment amoureux. Cela s'était passé bien avant sa première mission au Moyen-Orient. Elle était venue à la soirée que ses parents avaient organisée la veille de son départ pour l'entraînement militaire. Il se souvenait parfaitement de la robe blanche à pois noirs, sans manches, qu'elle portait. Il se rappelait aussi la dernière chose qu'elle lui avait dite : « Si jamais tu te sens seul, dis-toi que je pense à toi, et que je regrette que tu sois loin de moi. »

A cet instant-là, il l'avait vue comme une femme qui valait la peine qu'on l'attende. Une femme qu'il aimait, et pas seulement une amie. Il avait refusé de l'admettre alors, mais à présent il s'en rendait compte. Et cela lui faisait très peur.

Quand elle bougea, il crut qu'elle allait se réveiller et lui demander de terminer ce qu'ils avaient entrepris. Au lieu de quoi, elle se tourna sur le ventre et soupira. Il était déçu, bien sûr, mais peut-être valait-il mieux qu'il en soit ainsi.

Il se leva sans bruit, déposa un léger baiser sur sa joue et alla se coucher. Seul. Pas complètement seul. Il savait qu'il serait hanté par les horreurs de la guerre qui se mêlaient à ses rêves, et le visage de la petite fille qui était morte dans ses bras.

La petite fille qui était morte par sa faute.

Jess se réveilla en sursaut, tirée du sommeil par une voix angoissée. Quand elle eut trouvé ses repères, elle se dirigea vers l'endroit d'où venait la voix. La chambre de Chase.

Elle avança à tâtons dans le couloir avant de trouver un interrupteur. Quand la lumière s'alluma, elle aperçut une porte entrouverte, et le lit où Chase se débattait. Elle entra et s'assit sur le bord du matelas. Le visage crispé, Chase marmonnait des mots inintelligibles. Mais quelques-uns étaient très clairs : « Sauvez-la » et « Trop tard ».

La plaque d'immatriculation qu'il avait sur son torse nu brillait dans la pénombre, comme un symbole de ce qu'il était, un rappel d'une guerre qu'il continuait visiblement de mener dans ses rêves. Elle ne savait pas trop comment le réveiller. Elle ne savait pas vraiment si elle devait le faire. Pourtant le voir souffrir lui était intolérable. Mais tandis qu'elle passait la main sur son front humide, il lui saisit le poignet en se redressant si brusquement qu'elle en fut presque effrayée.

— C'est Jess, Chase, murmura-t-elle doucement. Tout va bien.

Il desserra sa prise tandis que ses yeux sombres se posaient sur elle, et qu'il revenait à la réalité.

— Est-ce que je t'ai fait mal ? demanda-t-il d'une voix un peu râpeuse.

— Non, tu ne m'as pas fait mal.

Il s'effondra sur les oreillers et contempla le plafond.

— Excuse-moi, murmura-t-il.

— Tu n'as pas à t'excuser. Je m'inquiétais pour toi, c'est tout.

Il se poussa vers le milieu du lit et ouvrit les bras.

— Viens.

Elle ne se le fit pas dire deux fois. Elle se pelotonna contre lui et posa le bras sur son ventre à l'endroit où le drap couvrait à peine ses hanches.

Mais tandis qu'il caressait son bras d'un mouvement régulier, elle se rendit compte qu'elle en voulait plus. Elle voulait tout ce qu'il pouvait lui donner, ce qu'il lui aurait donné si elle ne s'était pas bêtement endormie tout à l'heure. Mais en avait-il encore envie ?

Elle s'agita contre lui, espérant qu'il comprendrait son désir. Il prit son visage entre ses mains et l'embrassa. D'abord un baiser plein de douceur, puis plus intense. Elle laissa échapper un petit gémissement d'aise. Il la désirait autant qu'elle le désirait.

Sans un mot elle se releva et fit passer son T-shirt par-dessus la tête, puis ôta son soutien-gorge, sous le regard attentif de Chase. La maternité et l'âge avaient un peu adouci certaines parties de son corps et en avaient élargi d'autres, et elle n'était pas aussi mince qu'à l'époque où ils avaient fait l'amour pour la première fois, mais bizarrement, elle ne se sentait pas du tout complexée ou embarrassée. Elle se sentait… excitée. Lorsqu'il repoussa le drap, il était complètement nu, une vague de désir la submergea. Il était dans le même état d'excitation qu'elle, et quand elle s'allongea à son côté, il lui enleva son slip d'un geste rapide et sûr.

Sans le quitter des yeux, elle déposa deux petits baisers sur ses lèvres avant de glisser les mains le long de son corps, cherchant à retrouver les sensations qu'elle avait éprouvées, dix ans auparavant. Il caressa légèrement les courbes de ses hanches.

— Tu es belle, murmura-t-il. Tu le savais ?

Pas jusqu'à aujourd'hui. C'était son regard qui la rendait belle et désirable.

Elle voulut reprendre l'exploration de son corps, mais quand elle tendit la main vers lui, il lui saisit le poignet.

— Si tu poses la main sur moi maintenant, cela ne durera pas assez longtemps, ma belle.

Il la fit rouler sur le dos et se dressa au-dessus d'elle.

— Et je veux que cela dure très, très longtemps, ajouta-t-il. Contrairement à la dernière fois.

Elle hocha la tête sans répondre. Tout s'était passé tellement vite cette nuit-là qu'elle n'avait pas vraiment eu le temps de profiter pleinement de l'instant. Sans compter que le départ de Chase pour la guerre l'avait remplie de tristesse et de crainte. Ensuite, c'était le remords qui l'avait tenaillée.

Là, elle vivait l'instant présent, et ne pensait à rien d'autre qu'à la progression des lèvres de Chase le long de son corps… Il s'arrêta un instant sur ses seins avant de descendre vers son ventre, et de poursuivre sans ralentir. Tandis qu'il approchait de sa destination finale, elle comprit ce qu'il se préparait à faire. Elle n'était plus en mesure de l'arrêter, même si elle l'avait voulu. Elle n'en avait pas la force. Ni l'envie.

Cet acte d'intimité absolue exigeait sa confiance et son désir de le suivre jusqu'où il avait envie de l'emmener. Et comme elle lui faisait confiance, elle s'abandonna totalement, se laissant emporter vers les rives de l'extase.

Des milliers de sensations grisantes l'envahirent, les battements de son cœur s'accélérèrent et sa respiration se fit haletante. Tandis qu'elle se laissait envahir par le plaisir qui montait, elle s'efforça de savourer chaque sensation, chaque frisson, priant pour que cela ne s'arrête pas. Mais l'orgasme libérateur fut si puissant, si rapide, qu'elle ne put faire autrement que de s'abandonner.

Elle baignait dans une telle béatitude qu'elle ne s'aperçut même pas que Chase avait bougé. Ce fut un bruit de papier déchiré qui la ramena à la réalité. Chase, assis au bord du lit, lui tournait le dos.

Elle l'attendit, frémissante, impatiente de lui donner le plaisir qu'il attendait, qu'il méritait. Pourtant, au lieu de faire ce qu'elle espérait, il se retourna et se pencha sur elle, en appui sur ses bras tendus, laissant trop d'espace entre leurs deux corps.

— Parle-moi de tes fantasmes, dit-il d'une voix basse et sensuelle.

Elle n'avait pas l'habitude de parler pendant les rapports sexuels. Dalton n'avait jamais émis un son, à part des ronflements, après. Elle chassa son ex-mari de son esprit et essaya de trouver une réponse pas trop saugrenue à la question de Chase.

— Je n'ai pas vraiment de fantasmes.

— Bien sûr que tu en as. Tout le monde en a. Il peut s'agir d'un endroit où tu aimerais faire l'amour, une façon dont tu aimerais faire l'amour, mais que tu n'as jamais eu le courage d'essayer.

Elle réfléchit quelques secondes, et rougit. Une chose lui était venue à l'esprit. Elle aurait dû être gênée d'en parler, mais le regard de Chase balaya toute gêne.

— Tu me promets de ne pas rire ? demanda-t-elle.

Il l'embrassa sur le front.

— En cet instant précis, s'il y a bien une chose dont je n'ai pas envie, c'est de rire, lui affirma-t-il.

— J'ai souvent imaginé faire l'amour sur le bureau de Dalton à la banque, dit-elle précipitamment. Mais pas avec Dalton.

— Avec qui, alors ?

— Avec toi.

Il lui offrit un grand sourire.

— Je ne peux pas t'emmener là-bas physiquement, là tout de suite, mais imagine que nous sommes sur ce bureau pendant que je t'emmènerai dans un endroit où tu n'es jamais allée.

Elle esquissa un vague sourire.

— Un peu présomptueux, jeune homme, non ?

— Pas du tout. Juste sûr de moi.

Chase fut capable de confirmer son assurance avec talent, fut-elle obligée de reconnaître, quand il se glissa en elle et imprima un rythme régulier à son corps puissant. Comme promis, il l'emporta vers des sphères où elle n'était jamais allée auparavant, directement dans les transes d'un nouvel orgasme aussi intense que le premier. Et il la suivit de près. Avec une dernière poussée, chaque muscle de son corps se tendit, et un grognement monta du fond de sa gorge. Et il s'effondra de tout son poids sur elle.

Ils restèrent ainsi pendant un moment, collés l'un à l'autre, encore frémissants de leur voyage, puis il s'écarta et la prit dans ses bras. Elle n'arrivait pas à imaginer un autre endroit où elle aurait voulu être. Elle n'arrivait pas à imaginer qu'un autre homme puisse être à la hauteur de Chase.

— Tu es bien ? demanda-t-il enfin.

— Oui, et toi ?

— Je ne pourrais pas être mieux.

Oh que si, songea-t-elle. Et même si elle avait envie de rester dans cet état de béatitude absolue, elle voulait qu'il se livre, plus que jamais. Après ce qu'ils venaient de vivre ensemble, peut-être se laisserait-il aller à lui parler.

Se couvrant avec le drap emmêlé, elle se pencha pour allumer la lampe de chevet, puis se redressa pour s'appuyer à la tête du lit.

— J'ai quelque chose à te demander, dit-elle.

Il lui adressa son grand sourire irrésistible.

— Oui, j'ai d'autres préservatifs. Accorde-moi quinze minutes et on va en faire bon usage.

Elle se mit à rire. Sa proposition était bien tentante, mais elle avait une question plus urgente à régler. Et même si elle détestait gâcher l'ambiance, elle ressentait un besoin impérieux de savoir ce qui se cachait derrière les terreurs nocturnes de Chase.

Elle inspira profondément, relâcha son souffle lentement.

— Chase, qui était cette femme que tu n'as pas pu sauver ?

10

Bon sang ! Juste au moment où il était parvenu à trouver un semblant de paix intérieure, elle le forçait à replonger dans le cauchemar de ses souvenirs.

La première réaction de Chase fut de se fermer, de se replier sur lui-même et surtout de refouler l'angoisse et les émotions que la question de Jess venait de raviver.

Il posa un bras sur ses yeux afin d'éviter le regard scrutateur de son amie.

— Laisse tomber, marmonna-t-il.

— Je ne peux pas, Chase. Il faut que tu en parles à quelqu'un. Pourquoi pas à moi ?

— J'en ai déjà parlé à des médecins, à des psychologues. J'ai même pris des pilules pendant un temps, mais je n'ai pas aimé l'effet qu'elles me faisaient, j'avais l'impression de ne plus rien ressentir.

— Je vois. Tu refuses d'oublier, parce que tu éprouves le besoin absurde de te punir.

— Oublie simplement ce que tu as vu et entendu, et laisse-moi gérer ça tout seul.

— Comment puis-je l'oublier alors que toi-même tu n'y arrives pas ? Tu ne crois pas que tu es incapable de le gérer tout seul ?

Très bien ! Elle voulait entendre l'ignoble récit dans les moindres détails ? Soit. S'il avait voulu la tenir en dehors de tout cela, c'est qu'il savait que dès qu'il aurait terminé son récit, elle cesserait de le tenir en haute estime. Mais puisqu'elle le voulait absolument, il n'avait pas d'autre choix que de lui raconter la vérité.

Il descendit du lit, prit quelques vêtements dans la commode, et se rendit dans la salle de bains pour prendre une douche rapide. Et se préparer à revivre ce moment horrible. Peut-être en profiterait-elle pour partir ? espéra-t-il un instant. Mais c'était peu probable. Elle n'était pas du genre à lâcher prise quand elle voulait quelque chose.

Quand il retourna dans la chambre, elle n'avait pas bougé, et semblait furieuse. Malgré tout, il la trouva terriblement excitante avec ses cheveux ébouriffés et ses joues empourprées. Il aurait bien aimé recommencer à couvrir son corps de baisers…

— Tu vas quelque part ? lança-t-elle d'un ton sec en le voyant habillé.

Exact. Il était sur le point de monter à bord du train de l'horreur.

Il rassembla les vêtements de Jess qui étaient par terre et les jeta sur le lit devant elle.

— Habille-toi.

La colère étincela de plus belle dans les yeux de Jess.

— Oh ! Alors c'est fini. Maintenant que tu as eu ce que tu voulais, tu me donnes une tape sur les fesses et tu me ramènes à la maison. Heureusement pour moi, je veux être ton amie, et pas seulement l'amante d'une nuit.

— Habille-toi, Jess.

— Peut-être que d'après toi, garder ses émotions sous contrôle est une attitude virile, avoir besoin de quelqu'un est un signe de faiblesse. A mon avis, tu fais preuve d'arrogance, une arrogance dangereuse. Il se pourrait qu'un jour tu te retranches si loin au fond de toi-même que tu finiras par devenir incapable de ressentir quoi que ce soit. Mais je suppose que cela te convient parfaitement, n'est-ce pas ? Tout cela fait partie de ton personnage tordu de macho !

Elle était loin de la vérité, mais elle n'allait pas tarder à l'apprendre, cette vérité qui lui brûlait le cœur. A condition qu'elle se taise, le temps qu'il dise ce qu'il avait à dire.

— Tu veux connaître la vérité sur mes cauchemars, je suis d'accord, dit-il calmement. Mais si je dois te raconter ce qui s'est passé, nous allons le faire ailleurs que dans un lit.

Sinon, il n'arriverait pas à se concentrer.

— Viens me rejoindre dans le séjour quand tu seras habillée, ajouta-t-il.

Puis, sans ajouter un mot, il quitta la chambre.

Dans la cuisine, il alla tout droit vers la bouteille de tequila qu'un de ses amis avait laissée pendant une partie de cartes, l'été précédent. Il ne buvait jamais d'alcools forts. Il avait vu les dégâts que provoquait l'excès d'alcool sur des compagnons d'armes, des amis et même des ennemis, à savoir Dalton Wainwright. Et il ne pourrait jamais oublier le père de Matt Boyd. Mais dans le cas présent, les confessions extrêmes exigeaient des moyens extrêmes.

Il se servit une bonne rasade de tequila, l'avala rapidement et s'en servit une autre. L'alcool lui brûlait la gorge, lui laissant un mauvais goût dans la bouche. Il avait très envie de s'engourdir l'esprit mais pas pour autant d'être ivre au moment où il rouvrirait les vieilles blessures.

Après avoir vidé le reste de la bouteille dans l'évier, il posa le verre et retourna dans le séjour. Le feu s'était complètement éteint, mais il n'avait pas le courage de le rallumer. Le tas de cendres éparpillées dans l'âtre lui parut être parfaitement dans la note de ce qu'il allait évoquer.

Il se laissa tomber sur le canapé et attendit Jess. Elle entra dans la pièce quelques instants plus tard, évitant de passer à côté de lui.

Elle s'assit dans le fauteuil, raide comme un piquet, les mains crispées sur les accoudoirs.

— Je suis prête à t'écouter, dit-elle. Tu peux commencer quand tu veux.

Sa voix était si sèche qu'il était difficile d'imaginer qu'ils avaient été aussi intimes peu de temps auparavant.

Se penchant en avant, il posa ses bras sur ses cuisses et se concentra sur le tapis beige à ses pieds.

— J'étais sur le point de terminer mon service de garde, commença-t-il. C'était un jour comme les autres.

L'atmosphère était lourde de poussière et de tension. Les armes étaient chargées, et tous les hommes étaient prêts à se lancer dans l'action d'une seconde à l'autre. Tous, sauf lui.

— Nous étions en patrouille dans les rues cet après-midi-là, à essayer de maintenir le calme, poursuivit-il. Le marché en plein air était bondé de civils. C'est la première fois que je l'ai vue, du moins ce jour-là. Elle était déjà venue dans le coin.

— Tu parles de la femme ?

Il leva les yeux et s'aperçut que Jess s'était mise sur le bord de son siège, attentive.

— Ce n'était pas une femme. C'était une petite fille. Elle avait peut-être un an de moins que Danny.

Il la vit tressaillir, mais elle demeura calme.

— Continue, dit-elle.

— C'était une petite fille avec de grands yeux bruns et un immense sourire. Elle traînait dans le coin quand nous donnions des friandises aux enfants du village. Pour autant que je sache, elle ne connaissait qu'un seul mot dans notre langue : bonbon.

Il se laissa aller à sourire aux quelques bons souvenirs.

— Je crois que l'amour des bonbons est universel, murmura Jess d'une voix douce. Elle devait être une petite fille extraordinaire si elle se détachait du groupe.

— Elle était extraordinaire. Ils l'étaient tous car ils avaient réussi à survivre à l'enfer. Mais ils avaient encore la faculté d'être contents d'avoir un chewing-gum. Beaucoup de ces gosses étaient orphelins. Mais cette petite fille avait toujours sa mère auprès d'elle. Et c'était le cas ce jour-là.

Tandis que les événements se déroulaient dans son esprit, il se rendit compte que les images étaient aussi claires et vives que si cela s'était passé quelques heures auparavant et non des années. La forteresse qu'il avait bâtie pour se protéger commençait à s'écrouler à chaque mot. Et, ironie du sort, s'il n'avait pas pu en parler jusque-là, à présent il n'arrivait plus à s'arrêter.

— Elle m'a donné un bout de papier, reprit-il. Un dessin qu'elle avait fait, et je me suis agenouillé pour le prendre.

Il s'interrompit brusquement ; son cœur s'était mis à battre sourdement dans sa poitrine.

— Elle souriait au moment où les tirs ont éclaté, laissa-t-il brusquement tomber.

Les balles pleuvant autour de lui. La terreur à l'état pur.

Quand il appuya sa tête contre le dossier du canapé, Jess vint s'asseoir à côté de lui.

— Tu veux faire une pause ? demanda-t-elle.

— Non, je veux en finir.

Il attendit le temps de reprendre son calme avant de poursuivre :

— Les gens se sont mis à courir dans tous les sens quand les coups de feu ont éclaté. Je lui ai pris la main et l'ai tirée derrière moi. J'entendais sa mère qui hurlait « Safa ! » sans pouvoir s'arrêter. Bizarre, je ne connaissais même pas son nom avant cet instant.

Il s'arrêta pour reprendre son souffle.

— Tout à coup j'ai vu l'un des insurgés abattre un de mes hommes, puis il a essayé de fuir en me voyant. Je n'en étais pas sûr mais je croyais qu'il n'avait plus de munitions.

Son esprit se figea un instant alors que les images suivantes éclataient devant ses yeux.

— Continue, Chase.

La voix de Jess le tira de sa stupeur.

— J'étais si acharné à l'arrêter que j'ai lâché la main de Safa. Elle s'est alors mise à courir dans la rue pour essayer de rejoindre sa mère. J'ai tiré une rafale en direction du rebelle, et elle a pris une balle. En plein cœur.

Jess poussa un petit cri et mit la main sur sa bouche.

— Oh ! Chase…

— Je me suis jeté à terre et j'ai rampé vers elle. Je l'ai

relevée et j'ai maintenu une main sur sa blessure, mais je n'arrivais pas à arrêter le sang qui coulait. Elle était encore vivante et j'ai regardé la vie quitter ses yeux. Et sa mère…

Il passa les deux mains sur son visage.

— Sa mère ne cessait de hurler. J'en ai beaucoup vu dans ma vie, mais je n'ai jamais entendu une telle douleur chez un être humain.

Quand il regarda Jess, il vit ses larmes et pensa un instant qu'il allait l'imiter. Mais il n'osait pas pleurer. S'il commençait, il ne pourrait plus s'arrêter.

— Et tu sais ce qui est le plus injuste ? dit-il au bout d'un moment. Le rebelle sur lequel j'ai tiré a survécu, alors qu'une petite fille innocente est morte. Le monde est sacrément mal foutu !

Elle lui prit la main et la posa contre sa joue humide.

— Ce n'était pas ta faute, Chase. Tu ne pouvais pas savoir ce qui allait se passer.

Il avait essayé de s'en convaincre depuis des années, mais il n'y était pas encore arrivé.

— J'aurais pu ne pas lâcher sa main. J'aurais pu laisser partir ce salaud. Alors Safa serait encore en vie.

— Je comprends ce que tu ressens, mais tu devrais cesser de culpabiliser.

— Je n'y arrive pas ! J'ai arraché cette enfant à sa mère, exactement comme si j'avais retourné l'arme contre elle. Et c'est ce qui m'obsède la nuit, l'image de cet instant où je lui ai lâché la main. La peur que j'ai lue dans ses yeux à la seconde où elle a quitté ce monde. J'entends les hurlements de sa mère.

Des images et des cris qui ne s'effaceraient jamais.

Incapable de rester assis plus longtemps, il se leva et alla vers la cheminée, avec l'envie de se taper la tête contre le manteau de pierre.

— Mais pourquoi es-tu reparti là-bas ? demanda Jess.

— En quête de pardon, peut-être.

— Mais tu ne l'as pas trouvée, n'est-ce pas ?

— Non.

— Et qu'est-ce qui t'a poussé à entrer dans la police ? Cela ne pouvait qu'aggraver les choses.

— Parce que j'avais promis à Buck de le faire. Parce que c'est ce que l'on a toujours attendu de moi.

Etre le meilleur soldat. Etre le meilleur adjoint du shérif.

— Alors, ton père ne sait rien de ce qui s'est passé.

— Bien sûr que non. Je ne pouvais pas lui dire que son héros de fils n'était pas un héros finalement.

Sentant le léger contact de la main de Jess sur son épaule, il se crispa.

— Tu es un héros, Chase. Pense à toutes ces autres vies que tu as sauvées. Tu es certainement le héros de Danny.

Il se tourna vers elle.

— Il faut que Danny trouve quelqu'un d'autre à admirer. Je ne suis qu'un homme qui a commis une faute impardonnable.

— Je te pardonne.

— Je ne mérite pas ton pardon, Jess. Je n'en veux pas.

Elle leva le menton et lui lança un regard furieux.

— Eh bien, je te le donne, que tu le veuilles ou non ! Et tu peux te flageller tant que tu voudras, tu seras bien obligé d'accepter un jour le fait que tu es un simple mortel. Tu n'as jamais eu l'intention de faire du mal à cette petite fille, et le fait que tu ne cesses de pleurer sa mort démontre que tu es un être bon.

Il la regarda un instant sans rien dire.

— Et toi, Jess ? As-tu jamais fait une chose que tu regrettes ? Une chose qui t'empêche de dormir la nuit ?

Elle détourna vivement le regard.

— Si tu parles de ce qui est arrivé avec Dalton, j'ai déjà dit tout ce que je voulais dire là-dessus ! répondit-elle d'un ton sec.

Il ne comprit pas la raison de sa colère, mais elle le frappa comme un crochet du gauche.

— Je n'y crois pas ! Tu m'obliges à me mettre à nu devant toi et tu n'acceptes pas de faire de même. C'est plutôt injuste, tu ne trouves pas ?

— Tout ce que j'ai fait dans ma vie de femme adulte, de

bien, ou de mal, je l'ai fait pour protéger mon fils. Peut-être que cela n'a pas eu l'effet souhaité, mais cela partait d'une bonne intention, et pour toi aussi.

— Tu sais ce que l'on dit sur le chemin de l'enfer et les bonnes intentions.

— Je n'y crois pas. Si on a le cœur au bon endroit, on peut tout pardonner.

Il aurait bien aimé souscrire à son optimisme. Il aurait bien voulu se coucher le soir avec la certitude d'avoir complètement retrouvé son honneur. Mais il savait que c'était impossible. Soudain, il eut envie de la prendre dans ses bras, de la porter de nouveau jusqu'au lit et tout oublier en faisant l'amour avec elle. Mais cela aussi, c'était impossible ; il devait rester éloigné d'elle s'il ne voulait pas risquer de la décevoir elle aussi.

— Il faut que je te ramène chez toi, dit-il. Je vais mettre le pick-up en marche pendant que tu te prépares.

Quand elle se rapprocha de lui et caressa sa joue, il lut la compassion dans son regard.

— Je peux rester encore un peu, murmura-t-elle. Il fait encore nuit dehors.

Il lui prit le poignet pour écarter sa main.

— Non, Jess. Je ne veux pas être responsable de gâcher ta vie aussi.

Elle croisa les bras en soupirant.

— D'accord. Nous ne pouvons pas prendre ce risque. Mais pour ce qui est de gâcher ma vie, je ne me fais aucun souci, car tu en es incapable. Tu n'as pas ce pouvoir sur moi. Je vais rentrer à présent, mais dès que cette affaire avec Dalton sera réglée, je vais t'aider à combattre ton sentiment de culpabilité, comme tu m'as aidée à combattre le mien au cours de ces derniers jours. Même si je dois le faire depuis ma prison.

— La plupart du temps je ne suis pas vivable.

Elle sourit.

— Seulement quand tu n'as pas pris ton café ou quand tu ne peux pas regarder un match de qualification. Mais pour moi, tu es toujours ce que l'on fait de mieux comme ami.

Il avait envie de la contrer sur ce point, mais il était trop épuisé. Malgré ce qu'elle venait de dire, il se promit de garder ses distances, du moins pour le moment. S'il avait un tant soit peu de bon sens, il sortirait de sa vie définitivement. Mais le fait qu'elle connaissait son secret et continuait à le tenir en estime ne lui facilitait pas la tâche. Sans parler des sentiments qui commençaient à émerger. Des sentiments aussi difficiles à ignorer que ses terreurs nocturnes.

Buck avait raison. Il était amoureux d'elle. Seulement, il ne savait pas du tout quoi faire.

C'était clair, tout était fini entre eux.

Jess en était arrivée à l'accepter au bout de trois jours. Chase ne s'était pas donné la peine de l'appeler, ni de répondre à ses appels. Et il s'était gardé de lui rendre visite. Sa fierté l'avait empêchée de se rendre chez lui — et aussi la crainte que cette fois, il ne la rejette définitivement.

Pourtant, la pluie qui était tombée toute la nuit et une grande partie de la journée lui offrit l'occasion de le revoir — et elle remerciait le ciel pour la fuite d'eau et le toit abîmé, ainsi que le propriétaire qui refusait de payer le tarif double un jour férié.

Elle attendit Chase debout devant la fenêtre, le gris du ciel ajoutant à son humeur mélancolique. Son moral se remit très vite au beau en voyant un pick-up qui remontait l'allée. Mais ce n'était pas le pick-up de Chase. Elle reconnut le véhicule mystérieux au moment où il s'approcha et qu'elle put lire l'inscription sur la portière : Matthew Boyd, DVM.

Elle éprouva tout d'abord une sorte de panique en songeant qu'il était arrivé quelque chose à Danny, mais fut vite soulagée quand elle vit Chase descendre du côté passager. Il était magnifique, et elle dut se retenir pour ne pas courir vers lui. Il portait une chemise de coton uni sur un T-shirt blanc, et son jean foncé habituel, mais depuis qu'elle avait vu de très près ce qui se cachait sous ces vêtements ordinaires, elle le voyait sous un jour tout nouveau.

Elle s'empressa de balayer ces pensées de son esprit et sortit sur le perron pour accueillir les deux hommes. Matt arriva le premier, une boîte à outils à la main, et déposa un baiser rapide sur sa joue.

— Comment tu tiens, Jess ?

— Sur mes deux jambes, Matt.

Même si ses jambes menaçaient de se dérober à cause de Chase.

Comme ce dernier ne daignait même pas lui dire bonjour, elle se retourna vers Matt.

— Comment va mon fils ?

— Je suis sûr que tu lui manques, répondit Matt. Mais Chase est venu jouer avec lui. Il l'a emmené chez lui hier, pas vrai, Chase ?

— Oui. Je lui ai donné un marteau et je lui ai montré comment planter des clous sur une planche. Il a vite pris le coup. Il a une bonne coordination.

Elle aurait eu bien besoin d'un marteau et d'une planche pour passer sa colère ! Elle était reconnaissante à Chase de s'être occupé de Danny, mais n'appréciait pas tellement son regard fuyant.

— C'est génial, dit-elle. Merci.

— Je t'en prie.

Matt tira sur le col de sa chemise, visiblement gêné devant la tension évidente qui régnait entre Chase et elle.

— Chase m'a dit que tu avais une fuite sur le toit, enchaîna-t-il.

— Oui. Il y a de l'eau qui tombe du plafond de la chambre d'amis. J'ai appelé Gabe et il m'a dit de mettre un seau sous la fuite en attendant lundi. Pour couronner le tout, l'évier de la cuisine est bouché, et quand j'ai pris mon bain ce matin, la baignoire ne s'est pas vidée.

Chase se tourna vers Matt.

— Tu vas vérifier le toit et je m'occupe de la plomberie.

— Bonne idée, Reed, répondit Matt. Je n'aime pas m'occuper de la plomberie, et tu t'y connais beaucoup mieux que moi.

— Tu ne m'avais jamais parlé de tes talents de plombier, dit Jess, forçant Chase à la regarder.

Il répondit d'un haussement d'épaules.

— Pour s'y connaître, il s'y connaît, renchérit Matt. Il sait s'y prendre avec la plomberie aussi bien qu'avec les femmes.

Il adressa un clin d'œil à son ami avant d'ajouter :

— Mais je ne t'apprends rien, n'est-ce pas, Jess ?

— Le toit t'attend, Boyd, répliqua Chase.

— O.K. Je vais sortir l'échelle du pick-up.

Quand Jess se trouva seule avec Chase, elle se tourna vers lui dans l'intention de lui demander ce qu'il avait dit à Matt au sujet de leur relation. Et si elle découvrait qu'il avait trop parlé, elle lui dirait ses quatre vérités.

Mais Chase prit sa boîte à outils et entra dans la maison, lui claquant presque la moustiquaire au nez. Elle envisagea de le suivre mais y renonça. Mais il ne perdait rien pour attendre. De toute façon, elle avait besoin de se calmer un peu.

Elle le rejoignit un peu plus tard, dans la cuisine. Il avait fini d'examiner l'évier et semblait concentrer toute son attention sur le robinet.

Elle s'appuya contre le comptoir et lâcha :

— Est-ce que tu as raconté ce qui s'est passé entre nous l'autre soir à Matt ?

— Je n'ai pas dit un mot. Si tu fais allusion à ce qu'il a dit tout à l'heure, ce n'était qu'une pique sur ma réputation.

— D'accord. Mais pourquoi est-ce que tu évites de me regarder depuis que tu es arrivé ?

— Parce que si je le faisais, Matt serait vite au courant.

Elle trouva cette affirmation ridicule.

— Mais bien sûr. Il va savoir que tu m'as déshabillée et que tu m'as fait l'amour, juste à cause d'un regard.

— Oui. Nous les hommes, on sent ces choses-là. Nous avons un radar intégré quand il s'agit de sexe.

— Ecoute, Chase, je sais que ce qui s'est passé entre nous est plutôt fâcheux, mais il va falloir que l'on se comporte en adultes et que l'on assume ce que l'on a fait. Alors il est inutile de stresser pour ça.

Il posa enfin son regard sur elle, et ce qu'elle lut dans ses yeux la fit frissonner.

— Le seul stress que j'ai en ce moment se situe dans mon pantalon, dit-il d'une voix sourde. Quand je t'ai vue debout sur le perron, avec ton jean plein de trous, il m'a fallu rassembler tout mon courage pour ne pas dire à Matt d'aller faire un tour. J'étais prêt à te sauter dessus et te prendre sur le perron.

Une onde de chaleur la parcourut tout entière. Elle avait mis ce jean par hasard, son jean des jours de pluie qui avait une déchirure sur le haut de la cuisse droite et une autre sous la poche arrière gauche. Comment aurait-elle pu savoir que quelques déchirures pouvaient l'exciter à ce point ?

— Puisque faire l'amour en plein air n'est pas raisonnable, bien que tentant, il va falloir que tu te reprennes, et que tu sois un homme.

Il grogna.

— Que je sois un homme ? Ce n'est pas la chose à dire en ce moment, Jess.

Il lui fallut quelques secondes pour comprendre à quoi il faisait allusion.

— Oh ! Pardon. J'aurais peut-être dû dire : « Du calme, mon garçon. »

Il se remit à examiner l'évier.

— J'en crève de ne pas pouvoir te toucher, marmonna-t-il.

— Je ne supporterais pas d'être responsable de ta mort prématurée, alors je vais te laisser travailler.

Avant qu'elle ait pu faire un pas, il la prit et la bloqua contre le comptoir. C'était fou ce qu'un homme pouvait faire avec sa langue, ce qu'il pouvait faire juste avec une légère inclinaison des hanches… Oui, Chase était sans aucun doute un homme, et il fallait qu'elle le calme avant que cela n'aille trop loin.

Le bruit de la moustiquaire qui se refermait les fit se séparer comme s'ils avaient été frappés par la foudre. Et Chase sortit par la porte de derrière, laissant Jess affronter Matt.

Elle sortit un chouchou de sa poche et noua ses cheveux sur la nuque dans l'espoir de paraître un peu plus normale. Hélas, elle ne pouvait pas effacer la rougeur de son visage.

— Où est passé Chase ? demanda Matt en entrant dans la cuisine.

— Il... est allé vérifier quelque chose dans le jardin.

— J'ai trouvé le bardeau qui manque et qui laisse passer l'eau. Mais il faut qu'il vienne m'aider à le réparer.

— Très bien !

Quand elle s'aperçut que Matt regardait sa bouche fixement, un sourire moqueur aux lèvres, elle lança vivement :

— Où est Rachel ?

— Elle a emmené Danny passer l'après-midi en ville. Edwin lui a demandé de participer à la collecte de sang.

— Une collecte de sang la veille de Noël ?

— Edwin prétend que la famille doit faire un effort pour rendre le sang que l'on a donné à Dalton lors de son séjour à l'hôpital.

— Dalton a toujours été une sorte de suceur de sang, ne put-elle s'empêcher de répliquer.

Matt afficha un grand sourire qui fit ressortir la blancheur de ses dents sur son visage perpétuellement hâlé.

— Je suis entièrement d'accord avec toi !

— Figure-toi qu'après toutes ces années de mariage, je n'ai jamais su quel était le groupe sanguin de Dalton.

— C'est O. Le même groupe que Rachel.

Et aussi le même qu'elle, songea-t-elle soudain. Seigneur ! Si ses souvenirs scolaires étaient bons, la probabilité que Dalton soit le père de Danny s'amenuisait de plus en plus...

Chase réapparut enfin, visiblement plus calme que tout à l'heure.

— La tuyauterie va devoir être révisée, dit-il. On dirait que les problèmes d'écoulement ne datent pas d'hier.

— Je pense qu'il faut faire appel à un professionnel, répondit Matt. Tu peux monter sur le toit pour m'aider à le réparer ?

— Pas de problème.

Jess les écoutait d'une oreille distraite. Ses problèmes de fuite étaient devenus le cadet de ses soucis. Il fallait à tout prix qu'elle connaisse le groupe sanguin de Chase.

Avant que les deux hommes s'en aillent, elle se tourna vers Chase.

— Matt me dit qu'il y a une collecte de sang en ville. Je me suis dit que tu voudrais peut-être contribuer. Ils ont surtout besoin du groupe O.

— Je suis du groupe A. Je passerai donner mon sang en rentrant.

Mon Dieu ! C'était le groupe sanguin de Danny ! Elle sentit le sol se dérober sous ses pieds.

— Le temps que nous arrivions là-bas, ce sera trop tard, intervint Matt. Nous avons prévu de faire un bon dîner avec Danny ce soir, et d'ouvrir les cadeaux.

— Cela me fait penser que je suis allée au centre commercial hier et j'ai acheté quelques cadeaux pour Danny, dit Jess, essayant de garder un visage serein. Est-ce que tu pourrais les lui apporter ?

— Ce n'est pas bien, Jess.

— Pourquoi ? Je ne vois pas ce qu'il y aurait de mal à lui donner ses cadeaux de Noël.

— Tu n'as pas compris, dit Matt. Tu devrais être avec Danny pendant les fêtes, et pour autant que je puisse en juger, tu lui remettras ses cadeaux toi-même ce soir.

— C'est risqué, Matt, intervint Chase. Elle n'a pas le droit de le voir.

Matt fronça les sourcils.

— Les employés du procureur ont autre chose à faire que de surveiller notre maison. Tu peux amener Jess dans ton pick-up. Tu es déjà venu plusieurs fois cette semaine, donc cela n'aura rien d'anormal.

Chase se tourna vers elle.

— Si tu es d'accord, je te conduirai là-bas.

Elle était plus que d'accord !

— Le jeu en vaut la chandelle, répondit-elle, un grand

sourire aux lèvres. Tu m'appelles pour me dire à quelle heure tu viens me chercher ?

— Entendu.

— Bien ! Cela étant dit, on ferait mieux d'aller voir cette fuite sur le toit, intervint Matt. J'ai promis à Rachel de rentrer tôt pour l'aider, et si je ne le fais pas, je serai privé de cadeaux.

Quand Chase et Matt se furent éloignés, Jess attendit quelques instants avant d'aller téléphoner dans la chambre.

Elle se laissa tomber sur le lit et fit le numéro d'une de ses amies de fac, devenue infirmière, et qui vivait en Alabama.

— Libby, je suis désolée de te déranger un soir de Noël, mais il faut que je te pose une question.

— Jess ? Mais comment vas-tu ? Cela fait six mois que l'on ne s'est pas parlé !

— Je sais, et je suis désolée. J'ai été très occupée depuis mon divorce. Mais tout va bien. Danny va bien. J'aurais besoin que tu me donnes un renseignement d'ordre médical.

— Bien sûr. J'étais sur le point d'aller chez mes beaux-parents, mais, crois-moi, je ne serai pas fâchée d'être en retard !

— Ce ne sera pas long. J'ai juste besoin de savoir si deux parents qui ont le même groupe sanguin, disons O, par exemple, peuvent avoir un enfant du groupe A ?

— Non, c'est impossible. Je pourrais t'expliquer le pourquoi et le comment, mais tu finirais par t'endormir.

Même si elle s'en doutait un peu, en avoir la certitude lui fit battre le cœur un peu plus vite.

— Tu en es absolument sûre ?

— Absolument.

— Tu m'as été d'une aide précieuse, Libby, merci. Embrasse Johnny et les enfants pour moi.

Quand elle eut raccroché, elle resta immobile au milieu du lit, incapable de bouger.

Chase était le père de Danny.

Même sans test ADN, il n'y avait aucun doute là-dessus. Et ce soir-là, quand elle aurait enfin l'occasion de voir son fils, elle saurait qu'il venait de recevoir le plus beau cadeau de Noël : la possibilité de couper les liens avec un homme qui n'était pas digne d'être son père.

L'ennui c'est qu'elle ne pouvait pas offrir ce cadeau à son fils. Il lui faudrait garder la nouvelle pour elle pendant un temps indéterminé. Elle ne pouvait pas non plus en parler à Chase. Un secret de plus parmi tant d'autres. Et elle craignait qu'un jour, l'un de ces secrets ne se retourne contre elle.

11

La pluie avait cessé, et dans le ciel dégagé brillaient une lune d'argent et une multitude d'étoiles. Jess fut plus que jamais sensible à la beauté de la nuit ce soir-là. Et pour la première fois depuis des années, elle éprouvait une sorte de griserie. Dans moins d'une minute, elle allait enfin revoir son fils.

Chase engagea le pick-up dans l'allée qui menait à la maison de Matt et de Rachel, un grand ranch en pierre qui n'aurait pas détonné dans un western. Jess avait d'ailleurs toujours pensé que cette maison aurait été plus à sa place au Texas que dans le delta du Mississippi. Rachel s'était surpassée dans les décorations de Noël. Au milieu du jardin elle avait installé un chariot et des chevaux faits de minuscules ampoules lumineuses, et un Père Noël grandeur nature coiffé d'un superbe Stetson.

Jess n'avait aucun mal à imaginer la joie de Danny qui passait les fêtes dans cette maison. Il avait probablement suivi son oncle Matt dans la grange, et aidé sa tante Rachel à confectionner les bonshommes en pain d'épices. Elle espérait que cela lui aurait changé les idées. Il avait tellement besoin de redevenir un petit garçon heureux.

Dès que Chase eut arrêté le pick-up, elle prit le sac de cadeaux sur le siège arrière. La plupart étaient destinés à Danny, mais elle avait réussi à en trouver deux ou trois pour ses hôtes. Elle avait également fait quelques achats pour elle, parmi lesquels une petite robe noire qu'elle portait avec ses fameuses chaussures rouges. Elle avait eu une brusque envie de nouvelles tenues pour remplacer celles qui pendaient encore dans les placards de son ancienne résidence. Elle voulait prendre un nouveau départ, et des vêtements neufs semblaient tout indiqués pour faire un premier pas vers l'avenir. Si toutefois son avenir s'annonçait sous de bons auspices…

Décidée à ne pas gâcher cet instant de bonheur si rare, elle chassa toute pensée négative et se dirigea vers la porte d'entrée au côté de Chase. Rachel vint leur ouvrir la porte, vêtue d'une tunique flottante de soie rouge qui mettait en valeur ses longs cheveux noirs. Son visage était animé de cet éclat particulier des femmes enceintes.

Elle les serra dans ses bras.

— Joyeux Noël à tous les deux. Je suis très heureuse que vous soyez venus.

— Merci mille fois de m'avoir invitée ce soir, dit Jess. Je sais que vous contrevenez à la loi.

— Ce sont des lois stupides, répliqua Matt en les rejoignant. Entrez donc.

Ils passèrent dans le séjour, et Matt tendit une bière à Chase.

— Je me suis dit que tu préférerais ça à un lait de poule.

— Tu as eu raison, répondit Chase qui prononçait ses premiers mots depuis son arrivée.

Il avait été particulièrement sombre quand il était venu la chercher, et n'avait pas dit un mot pendant le trajet. Elle s'était d'abord demandé ce qu'elle avait fait pour le mettre en colère, puis elle avait renoncé à chercher à comprendre un homme qui était encore en butte à ses nombreux démons.

— Que veux-tu boire, Jess ? demanda Matt.

— Rien pour le moment.

Elle fouilla du regard la grande pièce, à la recherche de son fils. Mais elle ne vit qu'un décor raffiné et un immense sapin de Noël dont le pied était entouré d'une multitude de cadeaux.

— Où est Danny ?

Matt et Rachel échangèrent un regard soucieux.

— Où est Danny ? répéta-t-elle, d'une voix qui montait dans les aigus. Qu'est-ce qui se passe ?

— Je crois que tu devrais d'abord prendre un verre, dit Matt.

— Je n'ai pas envie de boire ! J'aimerais simplement le voir le plus vite possible, ajouta-t-elle, plus calmement. Nous ne pouvons pas nous attarder ici, et c'est peut-être ma dernière occasion de passer un peu de temps avec lui avant longtemps.

Rachel passa le bras autour de ses épaules.

— Il a eu une mauvaise journée, Jess. Quand nous étions en ville, un de ses copains de classe lui a dit quelque chose qui l'a mis dans tous ses états.

— Qu'est-ce qu'il lui a dit ?

Rachel haussa les épaules.

— Il n'a pas voulu en parler. Je n'en aurais même rien su s'il n'y avait eu la bagarre.

La bagarre ? Mon Dieu !

— Il a été blessé ? s'écria-t-elle.

— Non, répondit Matt. Ce n'était qu'une querelle de gamins. Danny n'a pas une égratignure.

— Est-ce que quelqu'un est allé voir les parents de ce garçon ? Il ne devrait pas s'en tirer comme ça, sans en supporter les conséquences. Et si…

— C'est Danny qui a commencé, Jess, la coupa Chase.

Elle le regarda sans comprendre. Qu'est-ce qu'il racontait ? Son fils n'avait jamais été enclin à la violence. Son copain l'avait probablement frappé, et il s'était défendu. Quoi qu'il en soit, il faudrait qu'elle explique à Danny que se battre ne résolvait pas les problèmes.

— Je lui en parlerai, dit-elle. Où est-il ?

— Dans sa chambre, répondit Matt. Mais il ne veut voir personne, précisa-t-il. Quand nous lui avons dit que tu allais venir, il s'est enfermé dans sa chambre avec Bo, et n'en est pas ressorti depuis.

Mon Dieu, et dire qu'elle le pensait heureux ici, songea Jess. Jamais elle ne s'était sentie aussi désemparée et impuissante. Mais elle refusait de se laisser aller. Elle tendit les cadeaux à Chase, ôta son manteau, puis retroussa ses manches comme si elle se préparait à se battre.

— Je ne vais pas partir d'ici avant de lui avoir parlé, décréta-t-elle.

— Je vais lui parler, proposa Chase.

— Non. S'il ne réagit pas bien avec moi, alors je te laisserai faire. Où est-il ?

— Dans la chambre en face de la chambre du bébé, lui dit Rachel. Tu connais le chemin.

En effet. Elle avait aidé son amie à peindre au pochoir les chevaux sauvages qui ornaient un mur, un mois plus tôt.

— Merci. Mets ces cadeaux au pied du sapin, je reviens tout de suite.

Quand elle arriva devant la porte de la chambre, elle s'arrêta, la main sur la poignée. Elle hésitait entre frapper ou entrer tout simplement sans s'annoncer. Frapper était sans doute plus courageux, mais elle n'était pas sûre que Danny la laisse entrer. Trouvant un compromis, elle gratta légèrement à la porte avant de l'entrebâiller pour regarder à l'intérieur.

— Danny ? C'est maman.

— Va-t'en !

Habituée à ce qu'il ne veuille pas lui parler, elle ne s'émut pas vraiment de cet accueil, même si elle aurait préféré un peu plus d'enthousiasme de la part de son fils qui ne l'avait pas vue depuis plusieurs jours.

— Je ne vais pas m'en aller, Daniel, dit-elle en entrant.

Elle le trouva assis par terre, les jambes croisées devant lui, un livre ouvert sur les genoux. Le chien au moins semblait content de la voir ; allongé à côté de Danny il la regardait de son regard doux, la queue frappant la moquette à un rythme régulier. Danny, lui, ne bougea pas et continuait à fixer son livre.

Elle eut une envie folle de le serrer dans ses bras, d'embrasser son visage et de lui dire combien il lui avait manqué, combien elle l'aimait. Mais comme il n'avait même pas levé les yeux de son livre, elle se contenterait de lui parler.

Elle s'assit sur le bord du lit.

— Qu'est-ce que tu lis, mon cœur ?

Il leva enfin la tête, la fixant de ses grands yeux bruns pleins de mélancolie.

— Tu vas aller en prison ? demanda-t-il.

La conversation s'annonçait difficile… Si elle répondait « non », elle risquait de lui donner de faux espoirs. Si elle disait « peut-être », elle ne ferait que l'effrayer. Il lui fallait trouver un juste milieu.

— Je ne sais pas ce qui va se passer, Danny. Mais je sais que j'ai des gens qui travaillent pour m'aider. Ils vont faire tout ce qu'ils peuvent pour empêcher ça.

Il ferma son livre et le posa à côté de lui.

— C'est moi qui devrais aller en prison, murmura-t-il. C'est moi qui ai poussé mon père.

Seigneur, que de souffrance dans la voix de son fils ! C'était tellement facile de lui avouer que Dalton n'était pas son père. Pourtant, elle ne pouvait pas le lui dire ; pas maintenant, pas comme ça.

— Oh, mon cœur, ne dis pas ça. Tu étais bouleversé, et tu avais toutes les raisons de l'être. Tu ne voulais pas lui faire du mal.

— Si, je voulais lui faire du mal. Il me déteste et je le déteste !

Le cœur de Jess se serra. Il y avait tant de colère en lui, tant de chagrin… Et tant de peur. Si jamais il avouait qu'il avait poussé Dalton, il serait libéré de ce poids, bien sûr, mais il serait aussi jugé par un tribunal pour enfants et peut-être condamné.

Elle descendit du lit et s'assit à côté de lui. Mais quand elle tendit la main vers lui, il se pencha en arrière pour l'éviter. Ce fut comme si elle avait reçu une gifle.

— Danny, je sais que tu es très en colère en ce moment. Je sais aussi qu'un garçon t'a dit quelque chose aujourd'hui qui t'a rendu encore plus furieux. Tu veux m'en parler ?

Il baissa les yeux.

— Il a dit que nous étions de la racaille, murmura-t-il

d'une voix sourde. Il a dit que tu étais une tueuse de mari et il t'a traitée avec un gros mot.

— C'était qui ?

— Austin Prather.

Le fils du bras droit d'Edwin à la banque.

— Il a dit n'importe quoi.

— C'est moi, le criminel. Toi tu n'as rien fait.

— Tu lui as dit ça ? demanda-t-elle, prise de panique soudain.

Heureusement, il secoua la tête.

— Tant mieux ! s'écria-t-elle, soulagée.

— Mais je veux le dire à Chase. Il va tout faire pour que je n'aille pas en prison.

Surtout pas ! Il fallait à tout prix qu'elle l'en dissuade.

— Tu ne dois pas lui en parler, mon cœur. Il ne faut pas le mêler à ça. D'accord ?

— D'accord, murmura Danny d'une petite voix.

Elle sentit les larmes lui monter aux yeux. Elle avait l'impression d'être dans une impasse, elle ne savait plus quoi faire. En demandant à son fils de ne rien dire sur les causes véritables du drame, lui avait-elle imposé un fardeau trop lourd à porter ? Pourtant elle avait cru le protéger. Peut-être s'était-elle trompée. Devrait-elle se résoudre à dévoiler la vérité en espérant que son fils ne subirait pas les conséquences de ses actes ? Elle ne savait plus.

— Je vais te demander de me faire confiance, Danny, reprit-elle. Donne-moi juste quelques jours pour régler tout ça. D'autre part, j'ai appris que ton père va bien, c'est une bonne nouvelle, pas vrai ?

Le désespoir de Danny céda brusquement la place à la colère.

— Je suis obligé de le voir demain chez grand-père Edwin, et je ne veux pas ! Je ne veux plus jamais le voir !

— Il est sorti de l'hôpital ?

Danny hocha la tête sans répondre.

Cette nouvelle était une bonne nouvelle en soi ; si Dalton était sorti, c'est qu'il allait mieux. Mais elle ne parvenait pas à s'en réjouir complètement. De plus, elle n'avait pas songé que

Dalton irait chez son père et qu'ils fêteraient Noël en famille, comme chaque année, ni que Matt et Rachel emmèneraient Danny avec eux. Malheureusement, elle n'avait pas le pouvoir d'éviter ce désagrément à son fils.

Elle releva doucement le menton de Danny pour le forcer à la regarder.

— Tu n'es pas obligé de rester seul avec ton père. Tu n'es même pas obligé de lui parler si tu n'en as pas envie. Et puis il ne faut pas que tu t'inquiètes, il ne va rien dire de ce qui lui est arrivé.

Tout au moins elle l'espérait.

Comme elle continuait d'espérer que Dalton ne se souvenait plus de ce qui s'était passé ce soir-là. Ou peut-être s'en souvenait-il et était-il résolu à la punir, elle, sachant qu'elle n'accuserait jamais son fils. Il était bien capable de s'abaisser à cela.

— Il faut que je m'en aille, mon cœur, mais je t'ai laissé quelques cadeaux sous le sapin. Ce n'est pas grand-chose, mais je sais que ton grand-père t'aura préparé d'agréables surprises.

Edwin n'avait jamais manifesté beaucoup d'affection à l'égard de Danny, mais il avait toujours été généreux en cadeaux.

Jess vit les yeux de son fils se remplir de larmes et cela lui brisa le cœur.

— Quand est-ce que tu reviens ? murmura-t-il.

— Je n'en sais rien. Sans doute pas tout de suite. Mais je pense à toi à chaque minute de la journée.

— Je vais être obligé de vivre avec papa ?

Maintenant que Dalton était sorti de l'hôpital, c'était plus que probable, et elle en était malade. Mais elle ne voulait pas affoler Danny plus qu'il ne l'était déjà.

— Pour l'instant prenons les choses au jour le jour, dit-elle simplement.

Elle se pencha pour l'embrasser et cette fois, il ne s'écarta pas.

— Je t'aime, mon chéri. Ne l'oublie jamais.

— Il me déteste, et je ne peux même pas lui en vouloir !

Chase quitta la route des yeux pour jeter un coup d'œil à Jess et vit qu'elle s'efforçait de refouler ses larmes.

— Il ne te déteste pas, la rassura-t-il. C'est un gosse qui a peur et dont la vie a été complètement bouleversée. Il a besoin de détester quelqu'un, et tu es une cible facile. Mais s'il y a quelqu'un de responsable dans cette histoire, c'est ce salaud de Dalton.

— Il a quitté l'hôpital. Il sera chez son père demain, et Danny va être obligé de le voir.

Chase crispa les mains sur le volant. La vie était terriblement injuste, songea-t-il. Un pauvre type comme Dalton Wainwright pouvait passer les fêtes de Noël avec un fils dont il ne voulait pas, alors que Jess n'en avait pas le droit.

— Je pourrais peut-être m'inviter au repas de Noël, dit-il.

— J'aimerais bien voir ça !

Il perçut un soupçon de sourire dans sa voix et s'en réjouit, même s'il savait qu'elle essayait seulement de cacher sa détresse. Pour bien faire, il aurait dû la déposer devant la maison Wooley et rentrer chez lui ensuite. Mais le matin même, il avait pris la décision de ne pas l'abandonner le soir de Noël. Il avait également fait le projet de rendre cette soirée aussi exceptionnelle que possible.

Quand il eut arrêté le pick-up dans l'allée et coupé le contact, il lui prit la main.

— Tu sais ce qu'il te faut ?

Elle sortit un mouchoir en papier de sa poche et se tamponna les yeux.

— Là tout de suite, il me faut un démaquillant. Et deux billets pour la Bolivie.

— Je pensais plutôt à quelque chose du genre « soirée juste toi et moi ». Bien sûr, ça ne vaut pas la Bolivie, mais quand même…

Elle lui adressa un vrai sourire cette fois, un sourire doux et sensuel. Peut-être même… un peu enjôleur ? Ou alors il avait tellement envie d'elle qu'il se faisait des idées.

— Intéressant, dit-elle. Est-ce que les vêtements sont facultatifs ?

D'accord. Il ne se faisait pas du tout des idées.

— C'est toi qui vois, ma belle.

— As-tu apporté du champagne, au moins ?

Et lui qui croyait avoir pensé à tout.

— J'ai complètement oublié.

— Ce n'est pas grave. J'ai du jus d'orange et de la limonade, alors on peut faire comme si. Et je peux peut-être dénicher du fromage et des crackers.

— Et si on sautait les rafraîchissements pour passer directement à la fête ?

— Tu sais, pour deux personnes à qui l'on a conseillé de rester à l'écart l'une de l'autre, je trouve que nous ne sommes pas très raisonnables.

— C'est juste, reconnut-il. Mais je me suis dit que nous méritions tous les deux de passer un bon moment. Après tout, c'est Noël, non ?

— Tu n'as pas peur que l'on se fasse attraper ?

— Je mettrai le pick-up dans le hangar derrière la maison, si ça peut te rassurer.

— Ce ne sera probablement pas nécessaire. Je ne vois pas qui pourrait venir fouiner par ici un soir de Noël pour essayer de me surprendre en flagrant délit de conduite illicite.

Il sourit.

— Tu as oublié le Père Noël.

Elle lui rendit son sourire.

— Il ne me manquerait plus qu'un gros bonhomme se promène sur le toit que Matt et toi venez de réparer !

Son sourire s'effaça aussitôt et elle ajouta :

— Je ne sais pas pourquoi le Père Noël passerait. Il n'y a pas d'enfant ici.

Il y avait tant de tristesse dans sa voix que Chase sut qu'il avait raison de rester. Il pourrait essayer de lui faire oublier l'absence de son fils au moins pendant quelques heures. Et il allait commencer sans attendre.

— Je t'ai apporté quelques cadeaux, dit-il.

Le visage de Jess s'éclaira aussitôt.

— Je t'ai acheté quelque chose moi aussi. Ce n'est pas grand-chose mais c'est joli.

Quand elle évoquait quelque chose de « joli », cela n'augurait jamais rien de bon.

— Tu ne m'as pas acheté un autre boxer avec des rennes, n'est-ce pas ? demanda-t-il.

— Tu verras.

— Alors qu'est-ce qu'on attend ?

A peine avait-il dit ces mots que Jess sauta du pick-up et se trouva sur le perron avant qu'il ait eu le temps de défaire sa ceinture de sécurité. Il la rejoignit en quelques bonds tandis qu'elle mettait la clé dans la serrure, et il la fit se retourner avant qu'elle n'ouvre la porte.

Il posa une main sur sa taille et montra du doigt ce qui était suspendu au-dessus du perron.

— Tu sais ce que cela signifie, n'est-ce pas ?

Elle leva les yeux, puis le regarda d'un air étonné.

— Où as-tu trouvé du gui, et quand l'as-tu suspendu ?

— Ma mère en avait dans le jardin.

Elle arqua un sourcil dubitatif.

— Ta mère a du gui juste dans son jardin ?

— Bon, d'accord. Je l'ai volé à la mairie. Je l'ai suspendu ce soir pendant que tu te préparais.

— Puisque tu t'es donné tout ce mal, faisons-en bon usage.

Il la prit dans ses bras et déposa un baiser rapide sur ses lèvres.

— Ça te va ? demanda-t-il.

— C'est le baiser le plus nul que j'aie reçu depuis que j'ai quitté mon mari !

Il n'avait aucun problème à relever le défi. Mais il n'en eut pas le temps car un crissement de pneus attira son attention.

Il vit une expression de panique traverser le regard de Jess.

— Nous n'aurions pas dû rester dehors, dit-elle vivement.

Elle avait raison, mais il se devait de la rassurer.

— C'est probablement un gamin qui cherche à épater sa petite amie. Mais tu as raison. Nous devrions rentrer.

Ils entrèrent et refermèrent rapidement la porte, et quand il alluma la lumière du séjour, Jess poussa un petit cri de surprise en découvrant le sapin qu'il avait acheté avec Danny décoré et scintillant de toutes ses branches.

— Quand as-tu fait ça ? s'exclama-t-elle, ravie.

— Je ne l'ai pas vraiment fait. J'ai embauché deux elfes qui se sont occupés de tout pendant notre absence. Je suis d'ailleurs assez surpris qu'ils aient réussi à tout faire, vu qu'ils sont constamment occupés à s'embrasser.

— C'est Sam et Savannah qui ont fait ça ? Je croyais qu'ils passaient Noël chez la mère de Savannah à Knoxville ?

— C'est le cas. Leur vol ne part qu'à minuit.

— C'est absolument magnifique. Merci, Chase.

— Je sais que tu ne voulais pas mettre de décorations si Danny n'était pas là, mais…

Elle l'interrompit en prenant ses lèvres pour un rapide — mais fougueux — baiser.

— Toi tu es là, et c'est ce qui compte, dit-elle.

Ces mots valaient plus que le plus beau des cadeaux de Noël.

Il passa derrière elle et la prit par la taille.

— Il n'est pas mal, en effet.

— Il est merveilleux, tu veux dire ! Ce sont les décorations de Missy ?

— Oui. Ma mère a choisi de suivre la mode cette année. Elle a mis du violet et du noir avec des tas de nœuds et de trucs brillants. J'ai cru que mon père allait avoir une attaque quand il a vu ça. Il n'aime pas tout ce qui sort de l'ordinaire et *ne ressemble à rien*, comme il dit.

Jess prit une décoration sur une branche et l'examina de près. C'était un cercle de carton recouvert d'une feuille d'aluminium, avec une photo collée en plein milieu.

— Je me souviens de cette photo, dit-elle. Tu étais au cours préparatoire. Tu refusais de sourire parce qu'il te manquait tes dents de devant.

— Exact. Ma mère était furieuse. Bien fait pour elle, elle n'aurait pas dû me faire cette coupe au bol !

— C'est mignon. A propos de mignon, je veux que tu ouvres ton cadeau.

— Et tu peux ouvrir les miens.

Il s'agenouilla pour prendre les deux paquets qui étaient sous le sapin. Quand il se redressa, elle avait disparu.

— Où es-tu passée ? cria-t-il.

— Je suis allée chercher ton cadeau ! Je reviens dans une seconde.

Il passa à côté de l'arbre et regarda par la fenêtre, toujours inquiet à l'idée que quelqu'un puisse les espionner. Avec Dalton en liberté, tout était possible. Mais il ne vit personne. Il n'y avait aucun véhicule garé sur la route. Rien ne bougeait, à part les branches des arbres secouées par le vent qui avait forci en début de soirée. Pourtant son instinct lui disait qu'il se passait quelque chose d'anormal. Mais peut-être était-il en train de devenir paranoïaque.

— Je suis prête ! lança Jess d'une voix joyeuse.

En se retournant, il vit qu'elle s'était installée sur le canapé, et avait posé un sac cadeau rouge sur la table basse devant elle. Elle portait encore cette robe noire qui épousait chaque courbe de son corps à la perfection. Quand elle croisa les jambes, le bas de la robe remonta sur ses cuisses, et la température de Chase grimpa aussitôt. Et que dire de ces talons aiguilles rouges ! Il s'imaginait en train de lui retirer sa robe et de lui faire l'amour tandis qu'elle portait encore ses chaussures… S'il ne chassait pas ce fantasme tout de suite, il ne répondrait plus de rien et brûlerait les étapes pour l'emmener directement dans son lit, sans attendre l'ouverture des cadeaux. Mais il devait s'en tenir au programme.

Après avoir posé ses cadeaux sur la table basse, il s'installa à côté d'elle.

— Tu veux que je commence ? demanda-t-il.

— Bien sûr !

Elle paraissait aussi excitée qu'une enfant. Mais elle n'était absolument plus une enfant. Elle était femme jusqu'au bout des ongles.

Il lui tendit le plus gros des deux paquets.

— Je veux que tu ouvres celui-ci maintenant, et ensuite l'autre quand j'aurai ouvert le mien.

Elle déchira l'emballage avec ardeur et ouvrit la boîte. Au moment où elle retira le papier de soie, il regretta de ne pas avoir un appareil photo pour saisir l'émotion qui se peignit sur son visage. Il ne pensait pas qu'un cadeau aussi simple qu'une photo de lui montrant à Danny comment tenir une batte pouvait avoir un tel effet sur elle. Après avoir examiné la photo de plus près, ses yeux s'embuèrent.

— Quand a-t-elle été prise ? demanda-t-elle d'une voix enrouée.

— Jeudi dernier chez Matt et Rachel. Matt a pris la photo et Rachel l'a fait encadrer. Tu me croiras si tu veux, mais c'est moi qui l'ai emballée.

Les larmes se mirent à rouler sur ses joues.

— C'est le plus beau cadeau que j'aie jamais reçu, à part mon fils.

Il l'entoura de son bras et essuya une larme avec son pouce.

— Je suis désolé, Jess. Je ne voulais pas te faire pleurer.

Elle s'essuya les yeux en reniflant.

— Ce sont des larmes de joie. Je ne me souviens pas avoir vu Danny aussi heureux. Et je t'en remercie car c'est grâce à toi.

— C'est un gosse génial, Jess. Et il est plus solide que tu ne crois.

Elle soupira.

— C'est le fils de son père.

Chase serra les dents mais ne fit aucun commentaire ; il ne voulait pas gâcher un tel moment.

— C'est *ton* fils, Jess. Il a la même volonté et la même détermination que toi. Il va s'en sortir et toi aussi. Et je vais faire tout ce qui est en mon pouvoir pour vous aider.

Même s'il fallait franchir les limites de la légalité.

— C'est vraiment très gentil, ce que tu as fait pour Danny,

murmura Jess. Tu lui as accordé plus d'attention en une semaine que Dalton en neuf ans.

— Passer du temps avec Danny m'a rappelé des souvenirs avec mon père. Buck était peut-être sévère et me faisait marcher droit, et parfois il me rendait furieux, ce qui est toujours le cas, d'ailleurs, mais il n'a jamais manqué un de mes matchs, et il m'emmenait camper au moins deux fois par an. On a encore des prises de bec au travail assez fréquemment, mais à la fin de la journée, je sais que je peux compter sur lui.

— C'est ainsi qu'agissent les pères. Et c'est ce qui me fait croire que tu serais un bon père. Tu as l'exemple du tien.

Oui, c'était vrai. Et pour la première fois de sa vie, il commença à penser qu'il pourrait se laisser tenter par la paternité, un jour ou l'autre.

Mais il décida de laisser tomber ces pensées trop sérieuses pour revenir à des choses plus légères.

— Est-ce que je peux ouvrir mon cadeau à présent, ou bien allons-nous rester là à attendre qu'il s'ouvre tout seul ?

— Patience, shérif. J'allais juste y venir.

Elle posa la photo sur la table et lui tendit le sac cadeau.

— Ne t'attends pas à quelque chose d'aussi beau que ce que tu m'as offert, le prévint-elle.

Il plongea la main dans le tas de papier de soie avant d'arriver au cadeau lui-même : un boxer de soie bleu marine décoré d'un traîneau et de rennes au nez rouge.

— Oh. Tu n'aurais pas dû…, dit-il.

Elle éclata de rire.

— Je suis désolée. Quand je l'ai vu dans la boutique, je n'ai pas pu résister. Il est beaucoup plus chic que le dernier que je t'ai offert. D'autre part, je suppose que comme je te l'ai donné quand tu étais au collège, il est devenu trop petit et tu l'as jeté.

— Oui, il est devenu vraiment *trop* petit. Mais comme tu ne me connaissais pas aussi bien que maintenant, il faudra me croire sur parole.

Il lui fit un clin d'œil, et elle fronça les sourcils.

— Tu es un sale gosse, Chase Reed !

Oui, et elle saurait à quel point il l'était en ouvrant le cadeau suivant. Il lui tendit donc la dernière boîte.

— Juste pour que tu le saches, celui-ci est autant pour toi que pour moi.

Elle le regarda sans comprendre un instant, puis son regard se fit malicieux.

— Si c'est ce à quoi je pense, on ne doit pas en trouver à Placid, donc tu as dû le commander en ligne ou alors tu l'as acheté dans une autre ville. Chase Reed, tu es un vilain garçon…

Ce fut à son tour de la regarder sans comprendre, puis il comprit.

— Désolé, mon chou. Il ne s'agit pas de ce à quoi tu penses.

— Dommage…

— Et c'est moi que tu traites de vilain garçon ? Alors, tu l'ouvres, ce paquet ?

Elle arracha le papier d'emballage, petit à petit, s'amusant de son impatience, et quand enfin elle ouvrit la boîte, il était sur le point de le faire à sa place.

Elle souleva la nuisette de soie rouge presque invisible et retourna la boîte vide.

— Où est le reste ?

— C'est tout ce qu'il y a, ma belle. Et tu as intérêt à l'apprécier. La boutique était déjà fermée, et j'ai dû faire des ronds de jambe à Polly pour qu'elle me laisse faire mes achats en privé.

— Connaissant Polly, elle aurait préféré te montrer tous ses articles en privé. Elle offrait régulièrement ses faveurs à Dalton.

L'entendre une nouvelle fois parler de Dalton le mit de mauvaise humeur.

— Si elle ne te plaît pas, je peux la rendre, marmonna-t-il.

— Elle me plaît beaucoup. Mais je ne peux pas la mettre. Elle ne va pas avec ma morphologie.

— Jess ! Je ne sais pas ce que Dalton a bien pu te raconter pour te faire croire une idiotie pareille, mais il se trompait complètement. Rien que de t'imaginer dans cette nuisette, je suis en feu.

Les joues de Jess s'empourprèrent.

— Puisque tu le dis, je pense que je pourrais l'essayer. Mais si elle ne me va pas, il faudra que tu la rapportes.

Il était certain qu'elle lui irait. Il était capable d'évaluer la taille d'une femme au toucher, un talent qu'il avait mis au point au fil des années. Mais il se garderait de s'en vanter devant elle.

— Alors va l'essayer, dit-il.

— Maintenant ?

— Oui. Comme ça tu seras fixée.

— D'accord. Tu ne bouges pas !

Il aurait fallu une tornade pour qu'il bouge.

Quand elle quitta la pièce, il retira son blouson et le mit sur le dossier du canapé. Après réflexion, il se débarrassa aussi de ses bottes et de ses chaussettes, mais n'alla pas plus loin. Se mettre totalement nu aurait été une maladresse.

Il se laissa tomber sur le canapé, croisa les mains sous sa nuque et attendit le retour de Jess. Il lui en fallait, du temps, pour se déshabiller et enfiler ces quelques centimètres de tissu !

Au moment où il commençait à se dire qu'elle avait changé d'avis, deux mains de femme aux ongles peints en rouge glissèrent sur ses épaules.

— Ferme les yeux, et ne les ouvre qu'à mon signal, lui ordonna la voix sensuelle de Jess.

Ce serait une vraie torture, mais il obéit. Au bout de quelques secondes interminables, elle l'autorisa à regarder.

Il ouvrit les yeux et découvrit qu'elle était exactement telle qu'il l'avait imaginée vêtue de ce bout de soie qui la moulait à la perfection.

— Mon Dieu, comme tu es belle !

Elle lui lança un regard perplexe.

— Tu es sûr ? Je crois que c'est un peu trop serré. Je ne suis pas certaine que ça m'aille bien. Peut-être sur quelqu'un de plus mince…

Il se leva et prit son visage entre ses mains.

— Depuis le temps que nous nous connaissons, Jess, je ne t'ai jamais dicté ce que tu devais penser. Mais c'est fini. Je ne veux plus jamais t'entendre dire que tu n'es pas assez bien, pas assez belle, et j'en passe. Parce que c'est faux.

Elle baissa les yeux d'un air timide.

— Tu dis ça uniquement parce que tu as jeté le reçu et que tu ne peux pas la rendre.

— Je parle très sérieusement, Jess. Et maintenant, il faut que tu me promettes autre chose.

— Quoi ? demanda-t-elle en le regardant.

— Dans un instant, nous allons faire l'amour. Et je te demande de ne pas fermer les yeux. Je veux que tu me voies ce soir. Je veux que l'on se voie tous les deux. Nous n'avons pas besoin de fantasmes car la réalité est plus belle. Tu peux me le promettre ?

— Oui.

— C'est tout ce que je voulais savoir.

Il la prit par la main et l'emmena vers la chambre, puis il la fit asseoir sur le bord du lit et commença à se déshabiller. Elle suivit chacun de ses gestes, le regarda défaire les boutons de sa chemise avant de l'enlever. Elle ne cilla pas en le voyant déboutonner sa braguette et ôter son jean. Elle sourit quand il enleva son caleçon, mais ne détourna pas le regard un seul instant.

Il s'assit auprès d'elle et lui prit la main.

— C'est toi qui commandes ce soir, chérie. Je te laisse entièrement libre de faire tout ce que tu veux de moi.

Il la relâcha et s'allongea sur le dos, prêt à savourer son plaisir. Mais voyant qu'elle ne bougeait pas, il se demanda s'il n'y était pas allé trop fort. Sans doute n'était-elle pas prête à prendre la direction des opérations.

Il se trompait lourdement. Elle se mit à genoux et glissa lentement son corps chaud et soyeux sur le sien, s'arrêtant pour insister sur certaines parties en tortillant des hanches. Ensuite, elle l'embrassa avec passion, et quand elle s'arracha à ses lèvres, il sut sans aucun doute qui commanderait les opérations. Et ce ne serait pas lui.

Elle déploya des trésors de créativité, utilisant toutes les ressources de ses mains, de sa bouche.

Quand elle s'agenouilla à côté de lui, enleva la nuisette et s'en débarrassa, il tendit la main vers ses seins. Elle lui saisit le poignet pour l'arrêter.

— On ne touche pas encore.

— Tu essaies de me rendre fou ?

— Tu as tout compris.

Elle se mit à califourchon sur ses cuisses et l'emmena dans une chevauchée endiablée qui lui fit tout oublier. Elle finit enfin par accepter qu'il la touche, mais comme elle le souhaitait, elle, et il en profita pleinement. Elle ne ferma pas les yeux un seul instant, et lui non plus. C'est à peine s'il se rappela qu'il devait mettre un préservatif.

Il sentit bientôt qu'elle allait atteindre l'orgasme, et lut le plaisir absolu sur son visage et dans ses yeux. A cet instant il renonça à se retenir, et se laissa emporter par la vague sans se soucier de savoir s'il allait se noyer.

Quand ils furent tous les deux épuisés et à bout de souffle, elle s'effondra contre lui et posa la joue sur sa poitrine, juste au-dessus de son cœur qui battait très fort. Il ne se rappelait pas avoir éprouvé un plaisir aussi intense, ni avoir été exténué au point de ne pas pouvoir bouger. Il venait de vivre un moment éblouissant, unique.

Tandis que son corps commençait à s'apaiser et sa respiration à reprendre un rythme normal, il se dit que le moment était venu de s'habiller et de partir. Ce qui résumait assez bien sa vie amoureuse, songea-t-il, soudain triste. Rencontrer une fille, passer un bon moment, lui dire au revoir ou à bientôt, et surtout prendre garde à ce que les choses ne deviennent pas trop sérieuses. Ses relations ne duraient jamais au-delà de deux mois, parce qu'il n'avait jamais rencontré la femme qu'il cherchait. Tout au moins jusque-là. Et Jess… Jess était cette femme-là. Le plus drôle, c'est qu'il l'avait sous le nez depuis longtemps. Et il était grand temps qu'il le lui dise.

Il ne pouvait pas nier que l'idée de mettre des mots sur ses sentiments — des mots qu'il n'avait jamais dits à une femme — lui faisait une peur bleue. Mais il devait se lancer avant de risquer de perdre son courage. Il n'avait que trop attendu.

— Jess, j'ai quelque chose à te dire.

Etonné de son silence, il leva la tête et s'aperçut qu'elle dormait profondément. Il tendit la main vers le drap replié au pied du lit et le ramena sur eux, puis il laissa retomber sa tête sur l'oreiller. En général, il ne dormait pas plus de quelques heures d'affilée, donc il pouvait se permettre de rester auprès d'elle un peu plus longtemps que prévu.

Juste un petit moment, se dit-il. Ensuite il s'en irait.

Pourquoi était-il encore là ?

Jess s'était réveillée quelques minutes plus tôt et avait trouvé Chase profondément endormi dans son lit, alors que le soleil matinal entrait à flots par la fenêtre. Et elle n'avait pas pensé à mettre son réveil.

En regardant à gauche, elle vit l'heure et sauta aussitôt en bas du lit, alla chercher sa robe de chambre dans la salle de bains et l'enfila. Quand elle revint, Chase n'avait pas bougé d'un pouce.

Elle se pencha sur lui et lui secoua le bras.

— Chase, réveille-toi.

— Humm… ?

— Il est 7 heures et il fait jour.

Il roula sur le dos sans ouvrir les yeux. Elle s'assit sur le bord du lit et l'embrassa doucement.

— Lève-toi, espèce de marmotte.

Il sourit très lentement et ouvrit les yeux.

— Non. Ou alors, viens m'aider…

Il lui saisit le bras et la tira vers lui, ignorant ses cris de protestation. Quand il commença à couvrir son cou de baisers, elle se mit à rire. Elle réussit à se libérer de son emprise, se releva et s'éloigna de lui.

— Arrête. Il faut que tu partes.

— Je n'ai rien de mieux à faire, et toi non plus.

— Oh ! Bien sûr que si, rétorqua-t-elle. C'est Noël et je connais les habitudes de Missy et Buck. Ils t'attendent à la maison dans une heure ou deux pour ouvrir tes cadeaux. Si tu ne te montres pas, ils vont venir te chercher.

— Je leur dirai que j'ai rencontré une diablesse hier soir et que je n'ai pas pu m'en défaire. Buck comprendra.

— Et ta mère t'enverra dans ta chambre pour le restant de la journée.

— Tu veux venir avec moi ?

— Bien sûr ! Et tout le monde trouvera tout à fait normal que je passe la journée dans ta chambre avec toi.

Il se redressa, s'appuyant contre la tête du lit.

— Je voulais dire que tu pourrais venir déjeuner chez mes parents.

A une autre époque elle aurait accepté l'invitation avec plaisir, mais pas aujourd'hui.

— Tu sais que ce n'est pas possible, Chase. Ton père va faire une attaque si j'arrive à l'improviste.

— Tu as raison. Le devoir m'appelle, même si je préférerais rester ici.

Sans une once de pudeur, il sortit du lit tout nu et ramassa ses vêtements.

Quand il eut fini de s'habiller, elle le suivit dans le séjour où il s'assit pour enfiler ses bottes. Elle s'attendait à ce qu'il parte après cela, mais il lui sourit et tapota la place à côté de lui.

— Assieds-toi. Il faut que l'on parle avant que je m'en aille.

Devant le ton sérieux de sa voix, elle se prépara à entendre le même vieux discours sur la nécessité de prendre des distances, de ne plus se voir sous peine de lui causer des ennuis. Elle soupira et prit place à côté de lui.

Il contempla le plafond pendant quelques instants avant de se tourner vers elle.

— Quand cette affaire sera terminée, et que nous serons libres d'agir comme bon nous semblera, je veux continuer à te voir, Jess. Et je ne veux plus me cacher.

Que voulait-il dire par là ? Elle en avait bien une petite idée, mais…

— Quelle est exactement la nature de notre relation ? demanda-t-elle.

— Je ne veux pas vivre sans toi, ne serait-ce qu'une minute.

— Tu veux… tu veux que nous vivions en couple ?

— Oui. Ou en trio. Toi, moi et Danny.

Cet instant était si surréaliste qu'elle ne savait plus quoi dire.

— Je suis encore loin d'être tirée d'affaire, tu sais, et je ne pense pas que nous puissions faire des projets pour le moment.

Il lui entoura les épaules d'un bras rassurant.

— Si tu es innocentée et que tout se termine, est-ce que tu serais prête à le faire ?

Elle n'eut pas besoin d'y réfléchir à deux fois pour trouver une réponse.

— Oui, mais…

— C'est tout ce que je voulais savoir, la coupa-t-il. La version de Dalton ne tient pas la route. J'ai l'intention de creuser un peu pour voir si je ne peux pas trouver des failles dans sa déposition.

L'idée de « creuser » inquiéta Jess.

— Je doute que cela te mène bien loin, dit-elle. Il ne va pas revenir sur sa version même si elle est fabriquée de toutes pièces. Ce qui est le cas.

— Laisse-moi m'en occuper. En attendant, si je ne viens pas te voir, ne pense pas une seconde que c'est parce que je n'en ai pas envie. Au contraire, je n'ai qu'un seul désir, c'est d'être avec toi.

Il méritait un baiser pour ces douces paroles, et elle s'en occupa dans l'instant. Quand ils se séparèrent, elle eut l'impression qu'il avait autre chose à dire, mais il se leva.

— Je t'appelle.

Tandis qu'elle l'accompagnait à la porte, il resta silencieux.

Mais comme il posait la main sur la poignée, il se tourna vers elle, la mine grave.

— J'ai encore une chose à te dire, Jess, et je vais essayer de bien le dire.

Si ce qu'il avait à dire était aussi merveilleux que ce qu'il avait déjà dit, elle était plus que prête à l'entendre.

— Je t'écoute.

— Je ne l'ai sans doute compris que récemment, mais depuis longtemps je cherche quelqu'un avec qui passer le reste de ma vie. Ce quelqu'un c'est toi.

Il l'embrassa doucement, avec sincérité.

— Je t'aime, Jess.

Là-dessus il sortit avant qu'elle ait eu le temps de lui répondre. Elle le regarda démarrer et s'éloigner, bouche bée, et continua de regarder bien après que son pick-up eut disparu.

Quand elle revint enfin à la réalité, elle courut dans toute la maison comme une adolescente idiote et amoureuse, songea un instant à faire la roue, mais se contenta de sauter.

Chase l'aimait ! Elle ne pouvait pas imaginer plus beau cadeau de Noël !

Elle ne pensa qu'à ce qu'il venait de lui avouer pendant qu'elle prenait son bain, qu'elle triait le linge, qu'elle préparait le petit déjeuner qu'elle mangea toute seule sans problème. Tout lui souriait, et l'espoir se levait enfin devant elle. Tout ça parce que Chase l'aimait.

Quand on sonna à la porte, elle pria pour que ce soit lui. Elle ouvrit la porte, un grand sourire aux lèvres, et se figea.

— Joyeux Noël, chérie. Je t'ai manqué ?

12

— Qu'est-ce que tu veux, Dalton ?

Il la regarda avec un sourire plein de dédain.

— Est-ce là une façon d'accueillir son mari ?

Il aurait dû s'estimer heureux qu'elle ne lui fasse pas dégringoler les marches du perron à coups de pied.

— *Ex*-mari. Qu'est-ce que tu veux ? répéta-t-elle sèchement.

— Je veux avoir une petite conversation avec toi.

— Qu'est-ce qui te fait croire que je puisse encore avoir envie de parler avec toi ?

— J'ai un marché à te proposer, et tu ne peux pas le refuser.

Il avait toujours des marchés à proposer, tous plus douteux les uns que les autres.

— Ecoute, Dalton, tu m'as fait arrêter et je vais probablement être condamnée à la prison. Je suis séparée de mon fils, et je ne sais pas ce que me réserve l'avenir. Mais il me reste assez de bon sens pour t'empêcher de m'approcher.

— Si tu ne m'écoutes pas jusqu'au bout, tu n'auras plus jamais la garde du gosse.

Le salaud ! Il savait où la toucher pour lui faire mal.

— D'accord. Je te donne cinq minutes.

Elle ne lui tint pas la porte moustiquaire, la laissa se refermer en claquant et attendit au centre du séjour qu'il entre. Il entra d'un air décontracté, les mains dans les poches, et s'installa sur le canapé, comme chez lui.

Il s'appuya contre le dossier et croisa les jambes, puis parcourut la pièce d'un regard dédaigneux.

— Je vois que tu es retournée à tes origines crasses. Quel effet ça fait de descendre du sommet de la montagne pour se retrouver dans l'égout, en l'espace d'une semaine ?

« Quel effet ça te ferait de prendre une gifle ? » eut-elle envie de rétorquer.

— Il te reste quatre minutes, Dalton. Tu me dis ce que tu as à dire et tu fiches le camp, sinon j'appelle le shérif et je te fais arrêter pour harcèlement.

— Le shérif ou son crétin de fils ?

— Laisse Chase en dehors de ça.

— Ma chérie, ce n'est pas possible. Surtout quand il couche avec ma femme.

Jess crut qu'elle allait vomir. Sa nausée devint plus forte quand elle le vit mettre la main dans la poche intérieure de sa veste et en sortir des photos qu'il jeta sur la table.

— Ne fais pas ta timide, Jessica. Jette un œil à tes exploits sexuels, saisis sur le vif et en couleurs.

Elle eut l'impression d'assister à un abominable film d'horreur dont elle était l'héroïne — une bien triste héroïne.

Mais il fallait qu'elle sache, et elle prit les photos. Elle fut soulagée et heureuse de constater qu'elles étaient très floues et montraient deux personnes dans un décor inconnu.

— Alors, qu'est-ce que tu en penses ?

— Je ne sais pas, Dalton. C'est tellement flou que ce pourrait être n'importe qui. Peut-être même le maire en compagnie de la secrétaire de mairie.

Il poussa un soupir exagéré.

— Je suis de ton avis, ma chérie. Buster voulait bien faire, mais ses talents de photographe laissent beaucoup à désirer. C'est surprenant, vu qu'il a fait de bons clichés autrefois. C'est sans doute ce coup de genou que tu lui as donné qui a affecté son cerveau.

Elle repensa soudain à cette soirée chez Chase. Apparemment, ce n'était pas un raton laveur qui avait cassé le vase. C'était ce serpent visqueux de Buster.

Elle croisa les bras et soutint le regard de Dalton.

— Tu ne peux rien prouver avec ces photos.

— C'est vrai. Mais avec celles-ci je peux, dit-il en mettant de nouveau la main dans sa poche.

Il en retira d'autres photos et les étala comme un paquet de cartes à côté des autres.

— Contrairement à Buster, j'ai un appareil photo muni d'un téléobjectif, et plus d'habileté à saisir le bon cliché au bon moment, précisa-t-il. C'est un de mes nombreux talents. A propos de talents, je ne savais pas que tu en avais autant.

Elle frissonna en voyant la netteté des photos. Elle et Chase dans les bras l'un de l'autre, la veille au soir sur le perron. Elle, portant la nuisette devant Chase. Et, pire que tout, Chase et elle faisant l'amour dans plusieurs positions. De toute évidence vus par la fenêtre de la chambre.

— Quoi qu'il en soit, je me suis donné beaucoup de mal pour te procurer ces photos, reprit Dalton. J'ai dû parcourir soixante kilomètres en voiture en pleine nuit pour trouver un magasin ouvert nuit et jour, et j'ai dû également donner cent dollars au gamin qui était derrière le comptoir pour qu'il les développe sur-le-champ. Cependant, il a eu en prime le plaisir de te voir dans toute ta splendeur.

— Tu es un malade pervers, siffla-t-elle, mortifiée.

Son petit sourire mielleux lui glaça le sang.

— Je connais quelques personnes qui diraient la même chose de toi en voyant ces photos, Jessica. Je les verrais bien à la une du journal de Placid.

Elle sentit les larmes lui monter aux yeux, mais il n'était pas question de pleurer devant lui. Ni de se rétracter non plus.

— Pour commencer, le journal de Placid n'est pas un tabloïd. Ensuite, même si tu publiais ces images sur internet, je suis une femme divorcée et adulte qui est libre de faire ce qui lui plaît avec qui elle veut.

— Réfléchis, chérie. Souviens-toi que ton petit ami est arrivé le premier sur les lieux, cette fameuse nuit où je suis... *tombé*.

Il se tapota le menton, faisant semblant de réfléchir, et poursuivit :

— Attends un peu… Je me souviens d'autre chose. Je suis sûr que c'est lui qui m'a frappé sur la tête avec le tisonnier. Deux amants complotant la mort de l'ex-mari afin de toucher l'assurance vie que l'ex-mari en question a été obligé de souscrire pendant la procédure de divorce.

Seigneur ! Il était encore plus tordu qu'elle ne le pensait. Plus impitoyable qu'elle ne l'aurait jamais imaginé.

— Nous savons bien toi et moi que les choses ne se sont pas passées ainsi, dit-elle.

Il éclata de rire.

— En fait, je ne sais pas du tout ce qui s'est passé. Je n'étais pas en état.

Exactement ce qu'elle avait soupçonné : il avait tout inventé pour se venger d'elle. Au moins Danny ne craignait rien. Et elle aussi, probablement, car il avait commis une grosse erreur de jugement.

— C'est très intéressant, Dalton. Je mettrai Buck au courant de ton histoire de perte de mémoire quand il viendra te faire partir d'ici.

Il lui lança un regard furieux qui la cloua sur place.

— Tu penses vraiment que Buck va croire une petite traînée comme toi ? Et même si c'était le cas, n'oublie pas que mon père a tous les juges du comté dans sa poche, et qu'il joue au golf avec le procureur. La vérité ne tient pas devant l'argent.

Il n'avait hélas pas tort, elle le savait. Et il allait devenir comme son père. Il avait travaillé sans relâche pour arriver à lui ressembler, afin de gagner son approbation, la plupart du temps sans y parvenir. Mais il n'était jamais tombé aussi bas. Elle était obligée de se demander ce qu'elle avait bien pu lui trouver, et pourquoi elle l'avait épousé. Peut-être n'était-il pas encore ainsi au début. Ou alors avait-elle été trop aveuglée par ce qu'elle croyait être de l'amour pour le voir tel qu'il était ?

— Je vais tenter ma chance avec un jury, dit-elle.

— Tu es certaine de vouloir faire ça alors que je suis sur le point de proposer une solution ?

— Sauf si tu abandonnes ta plainte et que tu me rends mon fils, je ne veux rien entendre.

— C'est exactement ce que j'allais te proposer. Je suis prêt à retirer ma plainte et à te rendre ton gamin.

C'était trop facile.

— Où est le piège ? demanda-t-elle.

Il se leva, s'avança vers elle d'un pas nonchalant et posa la main sur sa hanche.

— Tu reviens vivre avec moi, nous nous remarions et nous retournons vivre dans notre maison comme si rien ne s'était passé. Qu'en dis-tu, chérie ?

Elle détacha brusquement sa main.

— Comment peux-tu croire une seconde que je pourrais accepter ? lança-t-elle. Et pourquoi cette proposition, alors que tu as accepté le divorce sans poser de questions ? Tu t'es contenté de signer les papiers sans discuter.

— J'ai divorcé uniquement pour faire enrager mon père. Pour je ne sais quelle raison bizarre, il était vraiment content de t'avoir comme bru, même en sachant de quel milieu minable tu sortais.

— Oh ! Et pourquoi veux-tu me reprendre maintenant ? Ta dernière conquête t'a laissé tomber après avoir découvert que finalement la rumeur avait grandement exagéré tes atouts ? Je parle d'atouts virils, évidemment.

Il glissa carrément sur cette remarque insultante.

— Si je te propose de reprendre la vie commune, c'est parce que tu me manques dans la maison. Tu cuisines pas mal et tu repasses mes chemises. Tu n'es pas terrible au lit, mais je peux me débrouiller hors de la maison pour trouver ce qui me manque.

— Eh bien, toi, tu ne me manques pas du tout. Au contraire, je me porte bien mieux de ne pas être traitée comme une moins-que-rien, et surtout de ne pas t'entendre rabaisser Danny.

— Comme tu veux. Mais même si tu réussis à te faire acquitter, ce dont je doute sérieusement, je réclamerai la garde complète de ce morveux et je l'obtiendrai. Et tu ne le reverras jamais. Alors ? Que penses-tu de ma proposition maintenant ?

L'idée qu'elle ne reverrait jamais plus son fils était si douloureuse qu'elle faillit céder.

— Pourquoi voudrais-tu avoir la garde de Danny alors que tu as dit ne pas le supporter ?

— Parce que j'ai investi beaucoup de temps et d'argent pour lui, et je n'aime pas perdre un investissement. Et puis j'en ai assez d'entendre Edwin me dire que je suis un père nul, comme si ce salaud avait des conseils à donner en matière de paternité. Pour ce qui est d'avoir Danny dans les pattes, ce n'est pas pour rien que l'on a inventé les pensionnats. Je pense qu'une école militaire lui irait très bien. Apprendre à marcher droit ne lui ferait pas de mal.

L'ordure ! Elle fit des efforts désespérés pour ne pas se mettre à pleurer.

— Je ne sais pas ce qui t'est arrivé, Dalton. Tout ce que je vois, c'est que tu n'es pas l'homme que j'ai épousé.

— Tu as peut-être raison, mais je suis l'homme qui tient ton avenir entre les mains. Alors, qu'est-ce que tu décides ? Une vie de luxe et élever ton gosse ? Ou alors une vie derrière les barreaux sans espoir de le revoir un jour ?

Si elle acceptait, elle serait condamnée à vivre avec un homme qu'elle ne supportait plus d'avoir à ses côtés. Une vie sans Chase. Mais elle aurait toujours son fils adoré, et personne ne saurait jamais rien du rôle qu'il avait joué dans les blessures de son père.

Elle essaya de réfléchir. Elle pouvait accepter les conditions de Dalton et envoyer Danny vivre chez ses parents. Elle irait le voir souvent puisque Dalton n'y trouverait rien à redire, vu qu'il ne s'intéressait qu'à l'argent et à l'opinion de son père. Elle éloignerait aussi Danny de Chase, mais de toute façon, elle ne pouvait pas révéler ce secret non plus.

Elle avait besoin de plus de temps pour réfléchir, pour peser le pour et le contre. En attendant, elle décida de faire semblant d'accepter la proposition de Dalton.

— D'accord, dit-elle. Je ferai ce que tu dis. Mais il me faut une preuve que tu retires ta plainte, et rien ne changera tant que je n'aurai pas récupéré Danny.

Il lui tapota les fesses, ramassa les photos et les remit dans sa poche.

— Je savais que tu te rendrais à la raison. Pour ce qui est de la plainte, je ne peux rien faire avant demain matin à l'ouverture des bureaux. Mais je reviendrai vers 15 heures avec ton gosse. En attendant, tu peux préparer tes bagages.

Il tourna les talons pour partir, mais se retourna brusquement.

— Oh ! Et quand nous retrouverons notre lit, j'espère que tu m'accorderas les mêmes faveurs qu'à ce moins-que-rien de Reed.

Elle réprima un frisson de dégoût.

— Tout ce que tu voudras, chéri.

— Une dernière chose encore. Si jamais je vois ce minable s'approcher de toi, le marché est annulé.

Il lui adressa un sourire cynique et finit par sortir.

Elle resta figée un long moment, se demandant si cette conversation sordide avait bien eu lieu.

Mais l'odeur de l'after-shave de Dalton flottait encore dans la pièce. Elle n'avait pas rêvé. Et maintenant il allait falloir qu'elle fasse une chose horrible.

Dire à Chase que tout était terminé entre eux.

— Qu'est-ce que tu viens de dire ?

— Je retourne vivre avec Dalton.

Chase avait été terriblement surpris de trouver Jess sur son perron en plein jour, mais ce n'était rien comparé à la surprise de l'entendre énoncer cette phrase impensable.

— Ce salaud t'a menacée ?

Elle baissa les yeux.

— Il a promis d'abandonner les poursuites et de me rendre Danny.

— Et tu as accepté ?

— Je n'ai pas le choix, Chase. Il a des photos.

— Quel genre de photos ?

— De nous deux, en train de faire l'amour. Il a réussi à transformer quelque chose d'exceptionnel en une chose laide et sordide. Je n'ai jamais été aussi humiliée de ma vie.

Et lui il n'avait jamais été aussi près de tuer quelqu'un de sa vie ! Il aurait dû suivre son instinct, la veille au soir. Il aurait dû raccompagner Jess et rentrer chez lui.

— Si jamais il ose montrer ces photos à quelqu'un, je l'arrête pour atteinte à la personne.

— Et il prétendra qu'il a engagé Buster Eustace pour les prendre, et c'est ce qu'il a fait. Seulement les photos de Buster n'étaient pas assez nettes. Je pense qu'elles ont été prises chez toi, mais je n'en suis pas sûre.

Le vase cassé, les crissements de pneus… Cela expliquait tout. Ils s'étaient conduits comme des collégiens. Et tous les risques qu'ils avaient pris leur avaient explosé en pleine figure.

— Entre, dit-il. On va parler de tout ça.

— Je ne peux pas. Il va venir chez moi avec Danny dans moins d'une heure. Il faut que je prépare mes affaires et que je sois prête à partir quand il arrivera.

Bon sang ! C'était un vrai cauchemar ! Mais il devait rester calme pour ne pas ajouter au désespoir de Jess.

— Je vais trouver un autre moyen de te sortir de là, dit-il. Tu n'es pas obligée de céder au chantage.

— Il n'y a aucun autre moyen, Chase. Il a menacé de dire que toi et moi avions conspiré pour le tuer afin de profiter de l'assurance vie qui faisait partie des conditions du divorce.

Bon sang ! L'existence de cette assurance vie n'était pas faite pour leur faciliter la tâche.

— Ne t'inquiète pas, Jess. Je m'occupe de lui. Nous savons qu'il ment. Il nous suffit de trouver un moyen de le prouver.

Comme elle baissait de nouveau les yeux, il s'inquiéta.

— Dalton ment, n'est-ce pas ? demanda-t-il.

Elle commença à reculer.

— Il faut que j'y aille, murmura-t-elle. Je ne veux pas

qu'il me fasse le moindre reproche sur mon retard. Chase, comprends-moi, c'est… c'est compliqué tout ça. Il nous a pris en traître, mais il a toutes les cartes de son côté, et je…

— Je ne peux pas le laisser faire ça, la coupa-t-il. Je ne peux pas te laisser faire ça à Danny. Si tu retournes vivre avec Dalton, tu risques de perdre ton fils pour toujours.

— Si je ne le fais pas, je le perdrai aussi.

Quand elle essaya de partir, Chase lui saisit le poignet et l'attira dans ses bras.

Elle posa les mains contre sa poitrine pour tenter de le repousser, mais sans trop insister.

— Il faut que tu me laisses partir, murmura-t-elle sans conviction.

— Je t'aime, Jess. Je ne peux pas te laisser partir. Pas après tout le temps qu'il m'a fallu pour te retrouver.

Comme les larmes commençaient à rouler sur ses joues, il la serra contre lui sans un mot.

Au bout d'un moment, elle leva son visage baigné de larmes et déposa un rapide baiser sur ses lèvres.

— Je t'aime aussi, répondit-elle. Mais j'aime également mon fils. Il faut que je trouve un moyen de le protéger, tout comme je l'ai protégé ces derniers temps. Il faut que tu me croies quand je dis que je fais ça uniquement pour lui.

Elle se dégagea, descendit les marches en courant et monta dans sa voiture. Avant qu'il ait pu la rejoindre pour essayer de la convaincre, elle avait démarré et s'éloignait à toute allure.

Anéanti par ces quelques minutes qui avaient été aussi dévastatrices qu'un raz-de-marée, il contempla un instant le petit nuage de poussière qu'avait laissé la voiture de Jess, essayant de réfléchir le plus calmement possible. Il remonta lentement vers la maison et se laissa tomber sur les marches du perron. Il devait absolument trouver un moyen de l'empêcher de faire la deuxième grosse erreur de sa vie — la première ayant été d'épouser Dalton Wainwright.

Il repassa leur conversation en boucle dans sa tête. Puis soudain il se rappela quelque chose. Une phrase qu'elle avait prononcée à propos de son fils. Un chemin possible vers la vérité.

« Il faut que je trouve un moyen de le protéger, tout comme je l'ai protégé ces derniers temps. »

Elle avait protégé Danny pendant toute sa vie, pas seulement pendant la semaine écoulée. Pourquoi Danny avait-il besoin de ce supplément de protection ? Avait-il été vraiment traumatisé par l'accident de son père ou avait-il vu quelque chose qu'il n'aurait pas dû voir ? A moins que…

Bon sang ! Jess n'avait pas menti pour se protéger. Elle avait menti pour protéger son fils.

S'il voulait les aider tous les deux, il devait absolument connaître la vérité. Et il n'avait pas une minute à perdre.

— Vous désirez, monsieur ?

Chase ne connaissait pas la gouvernante qui servait de rempart contre les intrus qui tentaient d'envahir le sanctuaire d'Edwin Wainwright. Elle était très grande, et beaucoup d'hommes lui auraient sans doute envié son gabarit, mais au moins il ne se trouvait pas face à un agent de sécurité armé. Il n'empêche que cela aurait été plus facile si Danny était rentré chez Rachel et Matt après le déjeuner de Noël.

Il lui montra son badge de shérif adjoint.

— Je suis l'adjoint du shérif Reed et il faut que je parle à Danny Wainwright.

Elle regarda son badge mais continua de lui bloquer le passage.

— Monsieur Daniel fait sa sieste. On ne peut pas le déranger en ce moment.

Monsieur Daniel ? Il eut soudain l'impression d'avoir pris le mauvais embranchement et d'avoir atterri dans une propriété prétentieuse de Nouvelle-Angleterre. Peu importait, il n'avait pas le temps d'attendre, et cette charmante personne avait tout intérêt à le comprendre rapidement.

— Il faut que je lui parle immédiatement, répéta-t-il. C'est très important.

Jaillissant d'un coin du hall d'entrée, Danny se précipita vers lui et jeta les bras autour de sa taille.

— Chase ! Tu es venu jouer au catch avec moi ?

Emu, Chase ébouriffa les cheveux de Danny et l'écarta un peu.

— Pas aujourd'hui, bonhomme. Je suis venu pour te parler, d'homme à homme.

La gouvernante s'écarta et indiqua une pièce.

— Si vous voulez vous installer dans le salon, monsieur.

Certainement pas. Si par hasard il y croisait Dalton, il n'avait pas la certitude de garder tout son calme.

— Il fait beau dehors, dit-il. Je crois que je vais faire une petite promenade avec *monsieur* Daniel.

— Mais, monsieur, je ne peux pas permettre…

— Vous le pouvez très bien, et vous le ferez car je représente la loi. Je ne sais pas d'où vous venez, mais ici, ça veut dire quelque chose.

Elle leva le nez, vexée, et tourna les talons pour s'enfoncer dans les profondeurs de la maison. Sans doute pour aller avertir Edwin. Mais Chase n'avait aucune inquiétude. Edwin ne lui faisait pas peur, et de toute façon, il serait bien obligé d'avoir affaire à lui un jour ou l'autre. Il préférait simplement l'éviter pour le moment, et attendre d'avoir réglé le sort de Dalton.

Chase sortit avec Danny, et ils se dirigèrent vers une pelouse aussi grande que celle du parc de la ville.

A peine avaient-ils parcouru quelques pas que Danny s'arrêta et leva les yeux vers lui.

— Est-ce que je peux aller chercher Bo ? Il est derrière la maison parce que grand-père ne veut pas le laisser entrer. Il dit qu'il fait pipi sur les tapis.

Chase hésita. Il avait envie de faire plaisir à Danny, mais il avait besoin de toute son attention, et le chien pourrait le distraire.

— Ecoute, bonhomme, pas aujourd'hui. Mais demain,

je reviendrai et nous apprendrons à Bo comment attraper un Fisbee. Qu'est-ce que tu en penses ?

Si tout se passait comme prévu, Danny aurait quitté cette maison le lendemain, il serait chez lui avec Jess, et ils seraient tous libres de faire ce qui leur plairait. Comme une famille normale.

— Oui, j'aimerais bien.

Chase aperçut une table en pierre à quelques mètres, derrière une rangée de buissons qui leur permettrait d'être à l'abri des regards. Il aurait peut-être le temps de passer un moment avec Danny avant qu'Edwin ne le fasse chasser de la propriété manu militari.

Il fit asseoir Danny sur une chaise et s'installa en face de lui.

— Danny, les questions que je vais te poser sont peut-être difficiles, mais il faut que tu me répondes franchement. D'accord ?

Danny se tortilla sur sa chaise.

— D'accord, dit-il.

— Réfléchis bien avant de répondre, Danny. Le soir où ton père a été blessé, est-ce que tu as vu ce qui s'est passé ?

Danny ouvrit de grands yeux terrifiés mais finit par hocher la tête.

— Peux-tu me dire ce que tu as vu ? insista Chase.

Danny arracha une fleur qui se trouvait à côté et la froissa dans sa main, mais il ne répondit pas.

— Tu peux me faire confiance, dit Chase. Je ne laisserai personne te faire du mal, quoi que tu me dises.

Juste quand il était sur le point de renoncer, Danny lâcha brusquement :

— Je l'ai pas fait exprès. Je jure que c'est vrai.

Il fondit aussitôt en larmes, et Chase sentit le sol s'ouvrir sous ses pieds. Son intuition était la bonne, et il n'osa imaginer ce que Danny avait vécu depuis ce drame.

— Ce n'est pas grave, bonhomme, murmura-t-il. Je sais que tu n'as pas fait exprès de lui faire mal. Mais il faut que tu me dises exactement ce qui s'est passé.

Danny renifla et s'essuya les yeux d'un revers de main. Puis il leva un regard inquiet vers lui avant de commencer :

— Il n'arrêtait pas de dire des méchancetés sur moi. Il disait des gros mots à maman. Puis il l'a attrapée par le bras et j'ai cru qu'il allait la frapper. J'ai couru vers lui et je l'ai poussé de toutes mes forces.

Il hoqueta avant de poursuivre :

— Sa… tête a heurté la cheminée. Il ne bougeait plus. Il y avait du sang partout, et…

Il s'interrompit, et ses larmes se remirent à couler.

Chase lui laissa le temps de se calmer avant de demander :

— Qu'a fait ta mère après ça ?

— Elle m'a dit que c'était un accident et que je ne devais en parler à personne. Puis elle m'a dit de monter dans ma chambre.

Il ne comprenait que trop bien pourquoi Danny avait été si traumatisé, mais ne comprenait pas pourquoi Jess n'avait pas avoué la vérité dès le début. Elle était trop intelligente pour penser que l'on condamnerait un enfant pour avoir essayé de protéger sa mère. Même Edwin Wainwright n'aurait pas puni son petit-fils. Il l'avait prouvé en protégeant son fils de toutes les bêtises qu'il avait commises, dont certaines frisaient le délit.

Mais il n'avait pas le temps de réfléchir aux motivations de Jess pour le moment. Il devait la rejoindre avant Dalton.

Il se leva et vint s'agenouiller devant Danny.

— Il ne va rien t'arriver, dit-il en le forçant à le regarder dans les yeux. Dès que tout sera mis au clair, tu retrouveras ta maman.

— Je ne vais pas aller en prison ?

Chase sourit.

— Sauf si tu me demandes de te la faire visiter.

Le visage de Danny s'éclaira.

— Cool !

— Daniel, viens ici immédiatement !

Chase se redressa et vit Edwin qui s'approchait à grands

pas, la gouvernante le suivant d'un pas tout aussi militaire. Les ennuis commençaient.

Danny se leva d'un bond et se mit à trembler. Chase se posta derrière lui, les mains posées sur ses épaules. Il n'allait certainement pas laisser ce vieux grigou intimider Danny.

Edwin s'arrêta à quelques pas, le regard noir.

— Adjoint Reed, je dois vous demander de lâcher mon petit-fils et de partir immédiatement.

Chase regarda la gouvernante.

— Si je refuse, est-ce qu'elle va m'attaquer avec une louche ? lança-t-il. Si c'est le cas, ça lui vaudra entre quinze et vingt ans pour agression d'un officier de police. Qui se chargera alors de laver vos shorts à clous dorés ?

Quand Danny gloussa, Edwin grimaça comme s'il avait mangé un pot de cornichons au vinaigre.

— Je vous préviens, Reed. Si vous n'avez pas quitté les lieux dans soixante secondes, j'appelle votre père.

— Ne vous gênez pas. Il est à la maison et regarde le match. Je l'appellerais bien pour vous, mais je dois partir pour régler un autre problème.

— Eh bien, allez-y immédiatement.

Chase fit retourner Danny vers lui et lui sourit.

— Ne t'inquiète pas, bonhomme. Je viendrai te chercher dès que possible.

— Va avec Zelda, Daniel, ordonna Edwin d'un ton sec.

Zelda ? Le nom lui allait comme un gant.

Danny obéit, jetant un regard apeuré à Chase qui lui fit un clin d'œil pour le rassurer.

Quand Danny fut hors de portée de voix, il se tourna vers Edwin.

— Avant de partir, je voudrais vous dire encore une chose, laissa-t-il tomber d'un ton sec.

Le visage d'Edwin devint si rouge que Chase crut qu'il allait exploser.

— Est-ce que vous savez à qui vous parlez, Reed ?

— Je parle à quelqu'un qui n'a de pouvoir sur personne, y

compris sur moi et sur son ex-belle-fille. Je quitte votre propriété puisque vous le demandez *si gentiment*, mais soyez sûr que je reviendrai. Nous avons un compte à régler, tous les deux.

Sans attendre la réponse d'Edwin, il s'éloigna, satisfait de détenir à présent le renseignement qui mettrait fin au règne de terreur de Dalton Wainwright.

13

Jess avait conçu un plan destiné à empêcher Dalton de la forcer à reprendre la vie commune. Ce plan reposait sur un petit objet qui lui avait sauvé la vie en de multiples occasions. Elle priait pour que ce soit le cas une nouvelle fois.

Dalton était arrivé quelques instants auparavant, avec la mine satisfaite du chat qui a mangé le canari. Elle ne savait pas ce qui l'irritait le plus, qu'il soit arrivé très en avance ou qu'il n'ait pas amené Danny avec lui.

Mais elle s'efforçait de ne rien laisser paraître tandis qu'elle continuait à prendre les produits dans le placard. Dalton, assis à la table de la cuisine, la regardait d'un air renfrogné.

— Je croyais que tu aurais fini d'emballer tes affaires, marmonna-t-il.

— Et moi je croyais que tu devais venir avec Danny.

— Je t'ai dit qu'il préférait rester pour jouer avec le train électrique que mon père lui a acheté. De plus il n'avait pas l'air très enthousiaste à l'idée de te voir.

Elle aurait parié n'importe quoi que Dalton n'avait pas parlé à Danny de ce qu'il avait décidé. Mais elle se garda bien de mettre le sujet sur le tapis.

Tout en mettant un paquet de pâtes dans un sac, elle jeta un regard au stylo qui dépassait à peine entre les deux boîtes posées sur le comptoir. Un stylo en argent qui servait de micro — son arme secrète. Chaque fois que l'on parlait, une petite lumière rouge s'allumait. Elle l'avait placé à un endroit stratégique où il enregistrerait clairement leur conversation, tout en étant suffisamment dissimulé au regard de Dalton. Du moins l'espérait-elle.

— Laisse tomber ces fichus produits, Jess, pour qu'on puisse filer d'ici.

— Je n'aime pas gâcher la nourriture. D'autre part, il n'y a pas grand-chose à la maison, et le peu qu'il y a doit être périmé.

— Tu auras tout le temps de faire des courses demain.

— Tu pourrais faire preuve d'un peu plus de patience à mon égard. Tu ne m'as pas laissé beaucoup de temps pour rassembler mes affaires.

Et naturellement, il n'avait pas proposé son aide. Il restait assis à observer tous ses mouvements comme un faucon prêt à fondre sur sa proie.

Il poussa un soupir irrité.

— Je trouve que c'est un peu long. Presque toutes tes affaires sont dans notre maison.

Elle aurait mieux aimé ne jamais remettre les pieds dans cette maison…

— Mais j'y pense, dit-elle. Depuis l'accident, on ne m'a pas autorisée à y entrer. Si tu ne peux pas retirer ta plainte avant demain, comment comptes-tu expliquer ma présence là-bas ? L'adjoint Barkley semble avoir décidé de monter la garde.

— Je me suis déjà occupé de Barkley. Plus personne n'y est.

« S'occuper de Barkley » signifiant, sans aucun doute, qu'il lui avait donné une somme d'argent pour qu'il aille faire ses rondes ailleurs. Elle jeta de nouveau un regard furtif au stylo.

— Je me pose une autre question, poursuivit-elle. Comment pourras-tu abandonner les poursuites contre moi sans révéler que tu ne te souviens plus de rien ?

— Ne t'en fais pas pour ça. Occupe-toi seulement de rassembler tes affaires.

Chaque fois que la petite lumière rouge s'allumait, elle avait l'impression de faire un pas de plus vers la victoire.

— Autre chose, Dalton, es-tu pour quelque chose dans la disparition du tisonnier ?

Elle regarda par-dessus son épaule et vit son sourire satisfait.

— Je ne l'ai pas pris, répondit-il. Mais je sais qui l'a pris et où il se trouve en ce moment.

— Buster Eustace ?

— Non. Je ne confierais jamais une preuve matérielle de cette importance à un moins-que-rien pareil. Barkley s'est fait un plaisir de me rendre ce service.

Barkley, évidemment.

— Et comment l'as-tu convaincu de faire ce sale boulot ? voulut-elle savoir.

— Il est endetté jusqu'au cou auprès de sa banque, et il a un gosse qui va entrer à l'université. Cet idiot n'a pas pu refuser ma proposition. Et en plus, ça ne m'a pas coûté très cher.

Elle faillit éclater de rire. Et lui, qui avouait tranquillement avoir menti à tout le monde, il n'était pas un idiot peut-être ?

— Je ne vois toujours pas comment tu vas expliquer l'histoire du tisonnier, reprit-elle.

— Pas de problème. Il apparaîtra comme par magie quand il faudra.

— Tu as tout calculé, n'est-ce pas ?

— Oui, mon chou. Absolument tout.

Venant de Chase, ce mot tendre lui avait toujours fait plaisir, mais dans la bouche de Dalton, il avait quelque chose de condescendant qui lui déplaisait.

— A propos, ajouta-t-il. Nous irons demain au tribunal. Nous demanderons une licence de mariage et nous organiserons une petite cérémonie chez mon père le week-end prochain. Je me suis dit que ce serait une bonne façon de commencer la nouvelle année. Qu'en dis-tu ?

— Je ne vois pas pourquoi nous serions obligés de nous remarier alors que nous pouvons simplement vivre ensemble.

— Je veux que tu sois liée à moi légalement.

Elle retint un sourire. Le lendemain, quand elle aurait confié son petit enregistrement à Chase, Dalton serait empêtré jusqu'au cou dans des problèmes judiciaires et n'aurait plus l'envie de demander une licence de mariage. Et cette fois, son père aurait bien du mal à le tirer d'affaire.

Elle se dirigea vers le dernier placard à vider. Elle avait recueilli suffisamment d'éléments pour prouver son innocence et dévoiler la machination de Dalton ; il ne lui restait plus qu'à récupérer son stylo le plus discrètement possible.

— J'ai presque terminé, dit-elle. Si tu veux y aller, nous nous retrouverons à la maison.

— Pas question, Jess. Je te suivrai pour m'assurer que tu ne vas pas t'enfuir.

— Tu crois vraiment que j'abandonnerais Danny ?

— Je ne sais pas de quoi tu es capable, Jessica. Après ce que tu as fait avec Reed, tout est possible.

— Je suis vraiment surprise que nous ne t'ayons pas entendu te glisser dans les buissons pour jouer les voyeurs et prendre des photos.

— Tu étais bien trop occupée à te faire baiser par ce minable pour m'entendre ! lança-t-il, de la haine dans la voix.

— Tu vas détruire les photos, n'est-ce pas ? demanda-t-elle, inquiète soudain.

Quand il se leva, s'approcha d'elle et passa la main sous son chemisier, elle comprit ce qu'il voulait et ne put réprimer un frisson de dégoût.

— Qu'est-ce que tu fais ? demanda-t-elle.

Il mit les paumes sur sa taille.

— Je suis en train de voir si tu as perdu quelques kilos, et je crois bien que si. Essaie de ne pas les reprendre. Je n'aimerais pas être marié avec une grosse femme.

Elle chercha avec quelle boîte elle pourrait le frapper — du maïs ou de la soupe ? Mais elle se retint à temps. Retourner en prison sur des accusations qui seraient justifiées cette fois n'était pas recommandé. Surtout maintenant. Elle s'esquiva et se tourna vers lui, un sourire sarcastique aux lèvres.

— Voyons, je ferai certainement tout ce qui est en mon pouvoir pour plaire à mon *maître*.

Le visage de Dalton se durcit, et il la colla contre le comptoir.

— Puisque tu n'aimes pas gâcher, et que tu as déjà gaspillé

un mois de loyer pour ce taudis, nous pourrions juste utiliser le lit une dernière fois, dit-il. Ainsi tu en aurais pour ton argent.

Cette idée lui donna la nausée.

— Bien essayé, Dalton. Mais c'est donnant donnant, je veux mon fils d'abord.

Quand il l'embrassa dans le cou, elle se hérissa.

— Allons, Jess. C'était bien entre nous avant que tu ne deviennes une garce frigide.

— C'était peut-être bien pour toi, mais pas tellement pour moi. Tu faisais ta petite affaire et tu t'endormais. Rien de bien sensationnel pour moi.

— C'était avant que je sache que tu aimais goûter à d'autres plaisirs, ma chérie…

Jess sentit la colère l'envahir quand il posa sa main sur son ventre, juste au-dessus de la ceinture de son jean.

— Ne t'imagine pas un seul instant que Chase Reed pourra te combler comme tu le mérites, ajouta-t-il avant d'éclater de rire.

Chase l'avait déjà comblée. Il lui avait donné un fils et son amour, une chose que lui, Dalton Wainwright, ne pourrait jamais comprendre. Elle n'était même pas sûre qu'il soit capable d'aimer quelqu'un d'autre que lui-même.

Au moment où il lui prenait les boîtes des mains pour les poser sur le comptoir, il plissa les yeux.

— Qu'est-ce que c'est que ce truc ?

Le cœur de Jess se mit à battre très fort quand Dalton tendit la main vers le comptoir et prit la seule chose qui aurait pu lui valoir la liberté.

— C'est un stylo électronique, répondit-elle, cherchant une explication. Il indique l'heure et la température.

— Tu crois vraiment que je suis stupide à ce point ?

Il lança violemment le stylo contre le mur.

— Espèce de garce !

Voyant sa seule chance de s'échapper, Jess saisit une boîte, visa sa tempe et le frappa de toutes ses forces. Elle eut juste le temps de voir une expression d'étonnement se peindre sur son visage avant de le pousser et de courir vers la sortie la plus proche.

Mais Dalton la rattrapa et la saisit par les cheveux avant de lui tordre le bras derrière la taille, ce qui lui envoya une décharge électrique dans l'épaule au moment où elle se retournait. Elle cria.

Il la coinça contre la porte et ricana.

— Où est-il, ton petit ami, maintenant, Jessica ?

— Arrête, Dalton. C'est fini entre nous, et tu le sais très bien.

— Ce ne sera jamais fini, Jessica. Tu es à moi. Tu seras toujours à moi !

— Je n'appartiens à personne.

— Bien sûr que si ! J'ai scellé notre union le jour où je t'ai donné cet enfant.

— Il n'est pas ton fils, Dalton ! Il est le fils de Chase, et j'en remercie le ciel tous les jours !

Il la fixa quelques secondes, le regard vide de toute expression, et frappa la porte derrière elle.

— Tu mens ! s'écria-t-il d'une voix blanche.

Elle aurait dû se taire, mais la haine qui l'habitait depuis des années lui fit oublier toute prudence.

— Non, Dalton, je ne mens pas. Il y a dix ans, pendant que tu passais ton temps à me lancer des ultimatums, je faisais l'amour avec Chase. C'est lui qui m'a donné Danny, pas toi. Et il peut me donner ce que tu n'as jamais pu me donner : son amour inconditionnel.

Elle vit brusquement un éclair de folie traverser son regard, et elle sentit ses mains se refermer autour de son cou. Elle lui saisit les poignets et essaya de desserrer ses doigts. Mais il avait trop de force. Seigneur ! Il allait la tuer…

La photo que Chase lui avait offerte, où il apprenait à Danny à tenir une batte, lui traversa l'esprit. Si elle avait dit à Chase que Danny était son fils, ce dernier serait à l'abri auprès de son véritable père… Mais elle ne l'avait pas fait, et Chase et Danny ne connaîtraient jamais la vérité.

Les yeux fixés sur les yeux de Dalton devenu fou, elle

éprouva une terreur effroyable bientôt remplacée par une fureur indicible. Elle décida de se battre et utilisa la seule arme qui lui permettrait de vivre et de passer le reste de son existence avec son fils et avec l'homme qu'elle aimait.

Son genou.

Tandis que Chase prenait un virage sur la route de la maison de Jess, une voiture de patrouille munie d'un gyrophare le doubla. Et quand il entendit le hurlement d'une autre sirène, il regarda dans son rétroviseur et vit une ambulance qui le suivait à vive allure.

N'ayant pas allumé sa radio, il ne savait pas du tout ce qui se passait, mais son instinct lui disait de rejoindre Jess le plus vite possible. Au lieu de se rabattre sur le côté pour laisser passer l'ambulance, il accéléra à fond, et dépassa la voiture de patrouille qui venait de le doubler. Il lui faudrait peut-être payer le prix fort pour ce manquement au Code de la route mais c'était le cadet de ses soucis pour le moment.

Il arrêta son pick-up dans l'allée, et descendit juste avant que la patrouille n'arrive derrière lui. Son cœur battait à tout rompre et son esprit échafaudait les pires scénarios tandis qu'il montait les marches du perron à toute vitesse.

Une vague de soulagement le submergea en voyant Jess qui sortait. La fureur remplaça le soulagement devant les marques qu'elle portait sur le cou.

— Ça va ?

— Je crois que Dalton m'a cassé l'épaule, et en dehors du fait qu'il a essayé de m'étrangler, ça va.

Chase sentit un violent désir de vengeance monter brusquement.

— Où est-il ?

— A l'intérieur, répondit-elle. Plié en deux dans la cuisine. Sa tête lui fait probablement assez mal, et pendant quelque temps il aura sans doute une voix plus aiguë, mais il survivra.

En temps normal, il aurait apprécié son trait d'humour, mais à cet instant-là, il n'avait qu'une idée en tête : trouver Dalton Wainwright et lui donner enfin ce qu'il méritait.

Il aperçut son père qui descendait de la voiture de patrouille.

— Reste ici et raconte à Buck ce qui s'est passé, ordonna-t-il à Jess.

Il se précipita à l'intérieur, puis se dirigea d'un pas décidé vers la cuisine. Il trouva Dalton exactement comme Jess le lui avait décrit, plié en deux sur le sol de la cuisine, complètement étourdi.

Il le saisit par le col de sa chemise, le souleva et le plaqua contre le mur.

— Donne-moi une bonne raison de ne pas te tuer de mes mains tout de suite, dit-il entre ses dents.

Dalton tenta de sourire, mais il ne pouvait cacher l'angoisse de son regard.

— Hé, vieux ! C'était un malentendu. Elle n'a rien.

— Elle n'a rien ? Elle a les marques de tes doigts sur le cou, espèce de salaud !

— C'est elle qui a commencé. Elle m'a frappé à la tête avec une boîte de conserve. J'ai bien été obligé de me défendre.

— Je vais te dire ce qu'on va faire. Je vais t'emmener derrière la maison et nous allons régler ça d'homme à homme. Et pendant que je te donnerai la correction que tu mérites, je veux que tu penses à ce que ressentait Jess au moment où tu te *défendais*.

— Lâche-le, fils.

Chase jeta un regard vers son père qui se tenait à la porte, mais il ne relâcha pas Dalton.

— Je ne suis pas de service, répliqua-t-il. Je peux faire de lui ce que je veux.

— Et tu le feras devant un officier de police, car je ne vais pas te le laisser entre les mains. Et tu finiras dans le panier à salade avec lui. Et puis tu ne devrais pas oublier que Jess a peut-être besoin de toi.

Buck avait prononcé les mots magiques, et Chase se retourna vers Dalton.

— C'est ton jour de chance, Wainwright. Mais on ne sait jamais ce que le lendemain réserve, alors surveille tes arrières.

Il relâcha la chemise de Dalton et le prit par le bras pour le livrer à Buck. Mais son père lui tendit une paire de menottes.

— A toi l'honneur, dit-il. Je crois que tu le mérites pour ne pas l'avoir assommé pendant que tu en avais la possibilité.

Chase saisit les menottes, fit passer les bras de Dalton dans son dos un peu plus sèchement que nécessaire, et les referma d'un coup sec.

— Dalton Wainwright, tu es en état d'arrestation, dit-il d'une voix forte.

— Je prends le relais, dit Buck. Va t'occuper de Jess. Les urgentistes sont en train de l'examiner.

Il ne se le fit pas dire deux fois et trouva Jess assise à l'arrière de l'ambulance, le bras en écharpe. Lorsqu'il vit les ecchymoses qui s'étaient formées sur son cou, la colère l'envahit de nouveau.

— Tu as le bras cassé ? demanda-t-il.

— Non. Juste l'épaule déboîtée. Il faut que j'aille quand même passer une radio à l'hôpital pour savoir si c'est grave. Heureusement c'est mon bras gauche.

— Où est Danny ? demanda-t-il soudain, espérant que le petit garçon n'avait pas été une nouvelle fois témoin d'une scène de violence entre ses parents.

— Par chance il est encore chez Edwin. Si Dalton l'avait amené, il ne se serait sans doute rien passé.

— Je n'en suis pas si sûr que toi.

— Tu as raison. Oh, mon Dieu ! Cela aurait été horrible...

Il aurait peut-être dû la laisser se reposer, mais il lui fallait savoir exactement pourquoi ils en étaient arrivés là. Il s'assit à côté d'elle et posa la main sur sa jambe.

— Jess, tu peux me dire ce qui s'est passé ?

Elle soupira, et son regard se perdit dans le vague un instant.

— J'avais décidé de me prêter au jeu de Dalton, de faire semblant d'accepter ses conditions, et de le battre ensuite à son propre jeu en le faisant parler, dit-elle. Tu sais combien il aime raconter ses sales combines, persuadé que son père le sortira de tous les mauvais pas. J'ai utilisé un stylo micro pour enregistrer notre conversation, et je suis arrivée à lui faire avouer qu'il ne se souvenait plus de rien, qu'il avait inventé toute cette histoire, et avait payé Barkley pour voler le tisonnier dans la cheminée.

Chase laissa échapper un juron. Il avait toujours su que ce pourri de Barkley était capable de tout. Mais il s'occuperait de lui plus tard.

— Continue.

— Dalton a vu le stylo, poursuivit-elle. Et il a piqué une crise. J'ai essayé de m'enfuir mais il a réussi à m'attraper. Si je ne lui avais pas donné un coup de genou bien placé, il m'aurait tuée.

— Tu n'aurais jamais dû faire une chose pareille toute seule, Jess. Dalton a toujours été enclin à ce genre de violence.

— Je m'en rends compte à présent. Mais il fallait que je fasse quelque chose pour m'innocenter. Le stylo est par terre, dans la cuisine, près de la porte de derrière. J'espère qu'il ne l'a pas cassé et que la conversation est toujours là.

Mais ils n'auraient peut-être même pas besoin des aveux à présent qu'il connaissait la vérité, songea Chase.

— Jess, j'ai parlé avec Danny avant de venir ici. Il m'a dit que c'était lui qui avait poussé Dalton, et non toi.

Elle le fixa, un éclair de panique voilant soudain son regard, puis sembla se détendre.

— Je n'ai jamais eu l'intention de te cacher cette information, dit-elle, mais j'avais mes raisons pour agir ainsi.

— J'ai beau essayer, Jess, je ne vois pas du tout ce qu'elles pourraient être. Danny est un gosse malheureux qui a voulu protéger sa mère de la violence d'un père indigne. Tu aurais dû comprendre que l'on ne pouvait pas le punir pour ça.

— Il y a une autre raison qui m'a poussée à me taire.

Le ton sérieux de sa voix l'alarma, et il faillit lui conseiller d'aller à l'hôpital et de lui en parler plus tard, quand elle serait remise de ses émotions.

Le bruit de la moustiquaire qui se refermait l'en empêcha.

Buck sortait de la maison, poussant Dalton devant lui. Comme ils devaient passer devant l'ambulance pour rejoindre la voiture de patrouille, Chase prit doucement la main de Jess dans la sienne pour la réconforter.

Dalton leur jeta un regard mauvais.

— Est-ce qu'il sait ce qui l'attend, Jess ? lança-t-il d'une voix hargneuse.

Chase avait appris à ignorer les propos décousus des prévenus, mais quelque chose dans le regard de Jess attira son attention.

— Qu'est-ce qu'il raconte ? demanda-t-il en se tournant vers elle.

Comme elle ne répondait pas, Dalton se mit à rire.

— Tu ne lui as pas dit que le petit bâtard était son fils ? Bravo, Jess !

Buck poussa Dalton en avant.

— Avance, Wainwright, dit-il sans montrer l'ombre d'une surprise en apprenant la nouvelle.

Chase, lui, était en état de choc. Il ne comprenait pas. Enfin si, il croyait comprendre…

— Est-ce qu'il dit que Danny est…

— Ton fils, Chase.

Il se releva lentement et lui fit face.

— C'est vrai ?

— Oui, c'est vrai, répondit-elle en levant vers lui ses yeux remplis de larmes. Je peux t'expliquer.

Mais elle n'en eut pas le temps, car un ambulancier vint lui annoncer que les urgences avaient été prévenues de leur arrivée, qu'ils devaient y aller.

— Donnez-moi juste une minute, lui dit-elle. Je dois parler à l'adjoint Reed.

Submergé soudain par la colère et la rancune, Chase recula.

— Non, elle n'a rien à me dire, laissa-t-il tomber d'un ton sec. Nous avons terminé. Allez-y, emmenez-la.

— Chase, je t'en prie, écoute-moi…

Ignorant sa prière, il tourna les talons pour rejoindre son pick-up, des milliers de pensées défilant dans son esprit, en même temps que les mots prononcés par son père, quelques jours plus tôt.

« C'est une Wainwright depuis dix ans. Elle a forcément appris à mentir… »

Son père avait dit vrai. Chase n'avait vu que ce qu'il voulait voir : la fille qui avait été sa meilleure amie. La femme qu'il avait toujours aimée ne pouvait pas être capable de faire une chose aussi cruelle.

Le sentiment d'avoir été trahi lui perça le cœur. Si ce qu'elle avait dit de Danny était la vérité, alors elle lui avait volé la possibilité de connaître son fils. Elle avait obligé son fils — *leur* fils — à vivre avec un homme méprisable qui ne connaissait rien au rôle de père.

Il avait beaucoup de questions à lui poser, et elle allait devoir lui expliquer beaucoup de choses. Mais il lui fallait prendre le temps de réfléchir, loin d'elle. Du temps pour pleurer tout ce qu'il avait perdu, y compris Jess.

Elle l'avait perdu.

Au bout de trois jours sans nouvelles de Chase, cette réalité avait fini par s'installer.

Jess était restée dans la maison de Gabe Wooley car elle n'avait nulle part où aller. A mesure que le temps passait, ses espoirs de mener une vie normale commençaient à s'évanouir.

Et ce silence, dans cette maison vide…

C'était ce qu'elle avait le plus de mal à supporter, et c'est pourquoi elle était allée voir Rachel.

— Qu'est-ce que tu envisages de faire dans l'immédiat ? lui demanda cette dernière en posant un verre de vin rouge devant elle.

« Se lever chaque matin », aurait-elle été tentée de répondre.

— Je n'en sais rien. Tout dépendra s'ils abandonnent les poursuites contre moi et à quel moment.

— Savannah est certaine qu'ils les abandonneront. Grâce aux aveux de Dalton que tu as enregistrés et à la déclaration de Danny, tu seras libre et lavée de tout soupçon d'ici la fin de la semaine.

Peut-être lavée de tout soupçon, mais pas libre.

— Buck a parlé d'éventuelles poursuites pour parjure, avança-t-elle.

L'expression grave de Rachel ne fut pas de nature à lui redonner confiance.

— Savannah a dit que tu pourrais y être confrontée dans l'avenir, c'est vrai, répondit son amie. Mais regarde les choses autrement. Dalton va pourrir en prison très longtemps. Tu devrais être ravie. Moi, ça me fait sauter de joie.

Jess fut complètement décontenancée par sa remarque.

— Mais c'est ton frère, Rachel…

Rachel haussa les épaules.

— Je n'ai jamais cru à cette histoire de voix du sang, répondit-elle. Dalton mérite d'aller en prison et je serais ravie que l'on perde la clé. Ainsi on serait sûrs qu'il ne fera plus de mal à personne.

Jess se tut un instant, savourant une gorgée de vin. Peut-être fallait-il qu'elle dise la vérité à Rachel avant qu'elle ne l'apprenne par quelqu'un d'autre. Mais ce ne serait pas facile de lui révéler que Danny, le neveu qu'elle adorait et dont elle s'était occupée, n'était pas son neveu biologique.

— Combien de temps crois-tu que Danny va rester avec Matt ? demanda-t-elle pour s'assurer qu'elle pouvait parler librement.

— Ils ne reviendront pas avant une heure.

— Tant mieux. J'ai quelque chose d'important à te dire, Rachel. Quelque chose que je ne veux pas qu'il entende pour le moment.

— Tu as couché avec Chase.

— Comment le sais-tu ?

— Matt m'a dit qu'il s'en était rendu compte le jour où il est venu aider Chase à réparer le toit. Pour moi c'est génial.

Même si vous ne vous en êtes pas rendu compte, le courant passe entre vous depuis le lycée. J'ai toujours pensé que vous auriez dû être ensemble depuis des années.

— Nous l'avons été. En fait une fois seulement.

— Ah bon ? C'était quand ?

— La veille du départ de Chase pour l'Afghanistan.

Rachel lui jeta un regard pénétrant.

— Deux semaines avant ton mariage avec Dalton ? demanda-t-elle.

Jess supposa que tout comme Savannah, Rachel avait déjà fait un rapide calcul. Et sûrement compris.

— Oui, et avant que tu ne le demandes, Danny aurait pu être le fils de Chase ou de Dalton, lâcha-t-elle brusquement. Il se trouve qu'il est celui de Chase. Cela ne change rien entre nous, s'empressa-t-elle d'ajouter.

Rachel fit une grimace et toucha son ventre arrondi.

— Est-ce que Danny est au courant ? s'enquit-elle.

— Pas encore. Rachel, ça va ? demanda-t-elle en voyant son amie grimacer de nouveau.

— Juste un petit élancement, répondit-elle en changeant de position. Ce bébé aime se rouler en boule au mauvais endroit. Revenons-en à ton bébé à toi. Quand vas-tu lui dire ? Quand il sera à l'université ?

— Quand il sera revenu vivre avec moi et que je pourrai convaincre Chase de le lui dire avec moi. Ce ne sera sans doute pas facile car Chase ne me parle pas en ce moment.

Rachel fronça les sourcils.

— Donc Chase est au courant.

— Oui.

Elle n'eut pas le courage d'expliquer comment il l'avait appris.

— Il m'en veut de ne pas le lui avoir dit plus tôt, précisa-t-elle.

— Oh ! ça lui passera. Il devrait être ravi d'avoir un fils aussi génial que Danny. Moi je suis ravie que Danny n'ait pas hérité du gène impitoyable des Wainwright.

— Alors tu ne m'en veux pas ?

— Non, Jess, pas du tout. Je t'en voudrais si cela ne

marchait pas entre toi et Chase. Danny mérite d'avoir un vrai père. Un bon père. Et toi, tu mérites de vivre avec l'homme que tu aimes. Car tu aimes Chase, n'est-ce pas ?

— Oui.

Plus qu'elle n'aurait pu le dire.

Toutefois savoir si elle aimait Chase ou si elle méritait de vivre avec lui n'avait pas vraiment d'importance tant qu'il ne déciderait pas de lui donner une chance, ou de lui pardonner.

Et elle commençait à désespérer que cela arrive un jour.

14

Quatre jours s'étaient écoulés depuis que Chase avait vu Jess et qu'il avait appris qu'il était le père de Danny. Quatre jours interminables et affreux.

Il avait repris son travail, et passé de longues nuits de solitude à réfléchir. Les cauchemars sur la guerre avaient commencé à diminuer, mais deux nuits plus tôt, ils avaient été remplacés par d'autres tout aussi pénibles. Il avait rêvé de Jess qui avançait vers lui, le visage illuminé par le sourire qu'il aimait tant. Mais quand il avait tendu la main vers elle, elle avait soudain disparu. Au moment où il s'était réveillé et ne l'avait pas trouvée à son côté, un chagrin indicible lui avait serré le cœur.

Et c'était la première fois qu'il s'était laissé aller à pleurer.

Ses émotions étaient encore à vif et son esprit en pleine confusion. Il lui fallait réfléchir à beaucoup de choses et prendre des décisions. Il n'avait pas cessé de l'aimer, mais il ne savait pas s'il aurait la force de lui pardonner ce qu'elle lui avait fait en lui cachant si longtemps la vérité.

Pour le moment, il lui fallait avancer, vivre sa vie même s'il n'imaginait pas en exclure Jess tout à fait.

Il décida ce matin-là d'aller voir Edwin Wainwright. Il tenait au moins à s'assurer que Jess retrouverait son emploi, ce qui lui permettrait de subvenir aux besoins de Danny. Il était aussi curieux de voir comment Edwin avait pris l'arrestation de son fils. Peut-être qu'il ne pouvait pas acheter tous les juges du comté, finalement.

Par commodité, il avait choisi la banque pour cette confrontation. Il avait pris soin de téléphoner pour s'assurer qu'Edwin serait à son bureau jusqu'à midi, heure où la banque fermerait pour les fêtes du nouvel an.

Il entra dans le hall et regarda autour de lui. Il s'avança vers le bureau d'Edwin sans prendre la peine de s'adresser à la réceptionniste, et elle le laissa passer sans rien dire, preuve qu'un représentant de la loi jouissait de certains privilèges.

Il frappa à la porte, mais c'était le dernier geste courtois qu'il avait décidé de faire à l'intention du riche banquier.

Dès qu'il entendit « Entrez », il entra sans hésiter. Il s'attendait à trouver Edwin assis derrière son grand bureau d'acajou, fumant la pipe tout en jouant avec l'avenir des autres comme s'ils étaient des pions de son jeu d'échecs personnel. Au lieu de quoi, il était debout devant la fenêtre, regardant la rue.

— Je vous avais promis de revenir, dit-il.

Edwin Wainwright lâcha le rideau et se retourna. Il posa un regard las sur Chase, et ne sembla pas surpris de le voir.

— Asseyez-vous, Reed, dit-il en désignant un des deux fauteuils face à son bureau.

— Je n'ai pas l'intention de m'attarder. Je suis juste passé pour vous dire que lorsque le conseil d'administration de l'école se réunira la semaine prochaine, j'attends que vous redonniez son poste à Jess. C'est le moins que vous puissiez faire compte tenu de ce que votre fils lui a fait subir.

— Vous pouvez considérer que c'est fait.

Chase le regarda d'un air surpris.

— Vous allez convaincre le comité de lever la suspension comme ça ? demanda-t-il. Sans discuter ?

— Je vous en donne ma parole.

Edwin se laissa tomber dans son fauteuil et poussa un long soupir.

— Vous n'avez pas d'enfants, n'est-ce pas, Reed ?

« Question embarrassante », songea Chase. Mais il n'avait toujours pas de preuve que Danny était son fils, à part l'affirmation de Jess. Et même si cela se révélait vrai, Edwin n'était pas au courant apparemment. Et ce n'était pas lui qui allait le lui apprendre.

— Non, répondit-il.

— Si un jour vous décidez de franchir le pas, vous apprendrez que l'on déploie beaucoup d'efforts pour les protéger. On croit à leurs mensonges. On ment pour eux. Et quoi que l'on fasse, ils commettront leurs propres erreurs. On espère seulement que ces erreurs de jugement ne présageront pas de leur avenir. Et un matin on se réveille et on se rend compte que l'on est responsable de leurs échecs.

Chase observa Edwin attentivement. L'homme qu'il avait devant lui n'était plus l'homme d'affaires intraitable que tout le monde connaissait. C'était un vieil homme brisé qui venait d'assumer la responsabilité des erreurs de son fils. C'était drôle, mais il le plaignait.

— Je ne crois pas que vous devriez vous sentir coupable des actes de Dalton, dit-il. C'est un adulte responsable de ce qui lui arrive.

— Il est faible, répliqua Edwin. Et je voulais qu'il soit un homme fort. Je l'ai constamment poussé à prouver sa force. Je ne croyais pas qu'il irait aussi loin dans la bêtise. Mais à présent, je m'en lave les mains. Pourtant, il n'y a pas plus grande douleur pour un père que de bannir son enfant.

Cela expliquait sans doute pourquoi Dalton n'avait pas obtenu la liberté conditionnelle et pourquoi Edwin ne lui avait pas rendu visite.

— Vous croyez que vous arriverez un jour à pardonner à Dalton ? demanda-t-il.

— C'est déjà fait. C'est ce que sa mère aurait voulu. Elle disait toujours que si on se laissait guider par son cœur, il n'y avait rien que l'on ne puisse pardonner.

Chase se rappela aussitôt ce que lui avait dit Jess le soir où il lui avait parlé de la guerre. Des paroles qui méritaient d'être une règle de vie. Surtout pour lui. « Si on a le cœur au bon endroit, on peut tout pardonner. »

Et quand il songea à ce qu'avait enduré Edwin Wainwright

après la mort de sa femme, il ne put s'empêcher de ressentir une certaine admiration pour lui.

— Cela a dû être difficile pour vous d'élever deux enfants tout seul, dit-il.

Il perçut un voile de tristesse qui passait sur le visage d'Edwin.

— Oui, très difficile. Ellen était une femme remarquable, et Rachel lui ressemble beaucoup. C'est pourquoi je crois qu'elle surmontera ce malheur qui les touche, Matt et elle.

Chase n'était pas au courant d'un malheur concernant Rachel et Matt.

— Quel malheur ?

— J'ai reçu un appel avant que vous n'arriviez, répondit Edwin. Je n'ai pas seulement perdu mon fils, j'ai perdu aussi un petit-fils. Rachel a accouché prématurément, et l'enfant n'a pas survécu.

Chase accusa le coup. Cette semaine resterait dans l'histoire comme une des plus pénibles pour leur groupe d'amis. Apprendre que Matt et Rachel venaient de perdre le bébé qu'ils attendaient depuis si longtemps le bouleversa.

— Je suis désolé de l'apprendre.

— Moi aussi, murmura Edwin d'une voix lasse. Moi aussi. Je vais aller la voir à l'hôpital dès la fermeture de la banque.

Chase allait prendre congé, mais il se rappela qu'il lui restait un point à régler avec Edwin Wainwright.

— Avant de partir, j'ai une autre requête à vous faire, monsieur.

Edwin se leva.

— De quoi s'agit-il ?

— Jess encourt une accusation de parjure pour ne pas avoir révélé le rôle qu'a joué Danny dans l'agression de Dalton. Vous avez toujours beaucoup de poids par ici, alors j'apprécierais ce que vous pourriez faire pour régler ce problème. Dans la mesure où cela n'implique pas un échange d'argent de la main à la main, bien sûr.

— Je vais voir ce que je peux faire. Jessica ne mérite pas

d'être punie au-delà de ce qu'elle a déjà subi. Et je suis la preuve vivante de ce qu'un parent peut faire pour protéger son enfant. Son seul crime est d'avoir voulu protéger Daniel.

Décidément, Wainwright le surprenait.

— Merci. C'est gentil d'avoir pris le temps de m'écouter.

— Une dernière chose, dit Edwin. J'espère que vous continuerez à prendre soin de mon ex-belle-fille. Elle fait partie des rares personnes capables de me faire sourire.

Chase ne répondit pas ; prendre soin de Jess en ce moment lui semblait si difficile…

Il se contenta de serrer la main d'Edwin Wainwright et de quitter le bureau.

Quand il arriva à sa voiture, il changea d'avis et traversa la rue en direction du parc. Il s'installa sur un banc et repassa dans son esprit tout ce que Wainwright lui avait dit à propos de pardon et des parents protégeant leurs enfants. Chaque mot résonnait en lui avec une netteté et une logique implacables.

Il ne devait pas oublier que Jess lui avait pardonné, le jour où il lui avait parlé de Safa, alors que lui-même avait été incapable de se pardonner. Si elle avait accepté d'absoudre ses péchés, ne méritait-elle pas qu'il fasse de même pour elle ?

Bien sûr que oui !

Maintenant qu'il se sentait prêt à discuter de tout cela avec Jess, il était impatient d'aller la trouver.

Que pouvait-on dire à une femme qui venait de perdre un enfant ?

Jess ne savait pas du tout.

A la recherche de son amie, elle passa devant quelques chambres remplies de familles joyeuses, les cris des bébés résonnant dans le couloir. Elle imaginait quelle torture cela devait être pour Rachel.

Elle trouva finalement la bonne chambre, et en arrivant devant la porte entrouverte, elle la poussa légèrement et regarda à l'intérieur, le cœur battant. Rachel était allongée sur le dos, ses cheveux noirs formant un halo autour de sa tête, les yeux fermés.

Comme visiblement elle dormait, Jess se demanda si elle devait partir et revenir plus tard. Elle choisit de s'asseoir près du lit et d'attendre. Elle n'eut pas longtemps à le faire.

— Bonjour, Rachel, dit-elle doucement. Comment tu te sens ?

— Groggy.

Elle posa une main sur son ventre et ajouta :

— Et vide.

Jess sentit la peine de Rachel aussi vivement que si c'était la sienne.

— J'ai vu Matt qui traversait le parking au moment où j'arrivais, mais je n'ai pas pu lui parler, avoua-t-elle.

— Je lui ai dit de rentrer à la maison.

Quelque chose dans le ton de Rachel intrigua Jess.

— Je suis sûre qu'il est épuisé, et il avait l'air si bouleversé quand il m'a appelée ce matin, dit-elle.

Rachel se tourna avec précaution sur le côté et lui prit la main.

— Nous avions décidé de l'appeler Caleb. C'était un très beau bébé. Il était tout petit mais il avait des petits pieds et des petites mains parfaits, et beaucoup de cheveux bruns. On me l'a laissé voir un instant avant de l'emmener. Et il a disparu. J'ai demandé à le prendre dans mes bras, mais Matt a pensé que cela aurait été trop pénible pour moi. Personne ne s'est préoccupé de ce que je ressentais.

Cela expliquait sans doute pourquoi Rachel lui avait paru presque fâchée contre Matt.

— Est-ce que l'on sait pourquoi le bébé est né avant terme ? demanda-t-elle. J'espère que ce n'est pas à cause du stress. Il y a eu Dalton, et puis tu as été obligée de garder Danny.

— Ce n'est la faute de personne, Jess. C'est ce que l'on m'a dit. Mais je ne peux m'empêcher de penser que je… Enfin peu importe.

Jess serra sa main.

— S'ils t'ont dit que ce n'était la faute de personne, alors j'espère que tu le crois aussi. Tu as fait très attention pendant ta grossesse. Tu t'es reposée, tu as suivi un régime. Moi, je mangeais tout ce qui me tombait sous la main quand j'attendais Danny.

— Comment va Danny, au fait ? Je n'ai pas cessé de penser à lui depuis qu'il est parti de chez nous.

— Il va bien. Il ne parle toujours pas beaucoup, mais il s'ouvre un peu plus. J'ai parlé avec ton amie psychologue, hier après-midi. Elle va voir Danny la semaine prochaine. Je lui ai fait un résumé de la situation, mais nous verrons cela de plus près.

— C'est bien. Et ton épaule ?

— Elle va se remettre toute seule avec le temps.

Elle aurait voulu pouvoir en dire autant de son cœur…

— J'ai eu du mal à m'habituer à l'écharpe au début, mais j'apprends à fonctionner avec une seule main, précisa-t-elle.

Les paupières de Rachel commencèrent à s'alourdir, et elle comprit qu'elle devait la laisser se reposer. Elle se leva et lâcha la main de son amie.

— Je vais te laisser te reposer. Tu sais quand tu rentreras chez toi ?

— Demain. Mais je vais aller passer quelques jours chez papa puisque Matt travaille.

— Il va certainement laisser son travail en attendant que tu ailles mieux.

Rachel secoua la tête.

— Non. Pas Matt. Quand ça va mal, il se noie dans le travail. Il ressemble beaucoup à mon père sur ce point.

Il ne serait jamais venu à l'idée de Jess de comparer Matt Boyd et Edwin Wainwright — ils étaient comme le jour et la nuit —, mais si Rachel le disait.

— Je t'appellerai demain pour avoir de tes nouvelles, lui promit-elle. Si tu es d'attaque, j'amènerai Danny. Je sais qu'il a envie de voir sa tante préférée.

Rachel tenta de sourire.

— Ce serait bien. Je te dirai quand vous pourrez venir.

— Est-ce que je peux faire quelque chose avant de partir ?

— Oui. Si toi et Chase n'avez pas encore résolu votre problème, alors va le voir et fais-lui entendre raison. C'est un ordre.

Jess fut contente de voir Rachel sourire, même si elle n'était pas très sûre de pouvoir obéir à son ordre.

— Je vais y réfléchir, répondit-elle.

— Ne réfléchis pas, Jess. Tu le fais. La vie est trop précieuse pour qu'on la gâche, même pendant une minute.

Elle se pencha et embrassa Rachel sur la joue.

— Tu as parfaitement raison, ma belle.

Et elle le pensait. Si elle voulait résoudre ses problèmes avec Chase, elle ne pouvait pas attendre qu'il bouge, car elle risquait d'attendre encore dix ans !

Elle quitta la chambre de Rachel, résolue à accomplir sa mission. Elle trouverait Chase et l'obligerait à lui parler. Elle lui ferait comprendre qu'ils étaient faits l'un pour l'autre. Il restait à savoir comment elle le trouverait. En lançant une alerte à toutes les patrouilles ? En traversant hors des clous en espérant que ce serait lui qui lui mettrait une amende ?

Aller au poste du shérif semblait être une solution plus logique.

Mais tandis qu'elle poussait la porte à double battant qui donnait dans le hall, elle tressaillit en l'apercevant, appuyé au comptoir de l'accueil, en train de flirter avec la standardiste de l'hôpital, du moins si elle en croyait le sourire d'écolière de cette dernière. Le mauvais garçon était de retour. Mais il était encore son mauvais garçon à elle, ou en tout cas elle l'espérait.

Il était superbe en uniforme, avec sa chemise kaki, son jean foncé, ses rangers marron, et le Stetson que Buck exigeait que ses hommes portent en service. Une réminiscence du Vieil Ouest, même si Placid était beaucoup plus à l'est.

En s'éloignant de la réception il jeta un regard dans sa direction, puis s'avança vers elle. Elle ne pouvait plus s'échapper, même si elle l'avait voulu.

Ils traversèrent le hall en même temps et se rejoignirent au milieu.

— Je pensais que je te trouverais ici, dit-il.

Et il ne l'avait pas évitée. C'était bon signe.

— Je sors de la chambre de Rachel.

— Comment va-t-elle ?

— Aussi bien que possible. Elle était sur le point de s'endormir quand je l'ai quittée.

— J'attendrai donc un peu avant d'aller la voir.

Bien. Et maintenant ? C'était le moment de suivre son programme. Elle se lança.

— Si tu as un peu de temps à m'accorder dans les jours qui viennent, j'aimerais te parler, dit-elle. Bien sûr, tu peux attendre lundi, après les fêtes, si tu veux.

— J'ai le temps maintenant. On pourrait peut-être trouver un coin tranquille par ici.

Jess ne voyait pas du tout où. L'hôpital du comté était petit. Il se composait d'une salle d'urgences, un service de maternité et deux autres étages de chambres. Il y avait bien une petite salle où se trouvaient les distributeurs de boissons, mais il y avait beaucoup de passage. Elle parcourut des yeux le hall d'entrée, et ne vit que deux chaises libres dans le coin opposé de la pièce.

— Qu'est-ce que tu proposes ? demanda-t-elle, à court d'idées.

— Il y a une cour non loin de l'entrée, avec des tables et des chaises. On pourrait aller s'asseoir là. Je te proposerais bien d'aller chez moi, mais je dois retourner travailler dans une heure.

Elle aurait préféré aller chez lui, mais elle n'allait pas faire la fine bouche. De plus, peu importait le lieu pourvu qu'elle puisse lui parler.

— Je dois passer prendre Danny chez une amie, donc la cour me va très bien à moi aussi, répondit-elle.

Ils franchirent la porte de verre et prirent une table et deux chaises dans un coin du petit patio.

Quand ils furent installés l'un en face de l'autre, Chase ôta son chapeau et le posa sur la table. Il passa la main dans ses cheveux blonds qui brillaient au soleil, tout comme les cheveux de Danny.

— Il fait bon aujourd'hui, dit-il. Surtout pour un mois de décembre.

— On est presque en janvier.

— Oui, c'est vrai.

Pour des personnes qui avaient toujours parlé de tout, il semblait étrange qu'ils discutent de la pluie et du beau temps.

Au bout d'un moment, Chase brisa enfin le silence gêné qui s'était installé.

— Comment va Danny ?

— Il est revenu à la maison hier, et il va bien. Il commence ses séances chez la psychologue la semaine prochaine.

— Tant mieux.

— Il a demandé plusieurs fois de tes nouvelles.

Cela amena un sourire sur ses lèvres, creusant ses fossettes.

— Ah oui ?

— Oui. Il a dit que tu avais appris à Bo à attraper un Frisbee.

— Ah, oui. J'avais oublié. J'aurai peut-être l'occasion de recommencer bientôt.

— J'ai parlé avec ma mère hier et je lui ai raconté ce qui s'est passé. Inutile de te dire qu'elle a été surprise. Elle m'a proposé de venir habiter près d'eux avec Danny.

Le visage de Chase s'assombrit.

— Tu vas accepter ? demanda-t-il d'une voix sourde.

Cela allait dépendre du tour que prendrait leur conversation.

— J'y ai songé, répondit-elle. Sauf que Danny ne veut pas partir, même après tout ce qui s'est passé. Mais je crois que peu à peu il se fera à l'idée.

— Et toi, Jess ? Tu veux partir ?

Pas vraiment. Pas du tout !

— Je n'ai guère de raisons de rester ici, avança-t-elle. Je n'ai pas de travail et…

— Cette question a été réglée, la coupa-t-il. Tu retrouveras ton poste dès la semaine prochaine.

Elle le regarda avec surprise.

— Comment le sais-tu ?

— Parce que je sors à l'instant du bureau de Wainwright où j'ai plaidé ta cause, et il a accepté de convaincre le comité de te reprendre. C'est sa façon de racheter ce que son fils t'a fait subir.

— Merci d'être intervenu pour moi, Chase. Mais pourquoi as-tu fait ça ?

— Je me soucie de ce qui vous arrive, à toi et à Danny.

— Parce que je suis la mère de ton fils ?

Comme il ne répondait pas tout de suite, elle craignit d'avoir déjà la réponse.

— Cela m'amène à poser une question très importante, éluda-t-il. Comment sais-tu que Danny est mon fils, alors que tu n'as jamais demandé de test de paternité ?

Elle se lança dans une brève explication sur la question des groupes sanguins et conclut en disant :

— Mais si tu n'es pas convaincu, ne te gêne pas pour faire un test ADN.

Il soupira.

— Ce ne sera pas nécessaire, murmura-t-il. Je sais qu'il est de moi.

Une phrase qu'elle attendait depuis si longtemps !

— A mon avis, les fossettes sont un indice irréfutable, fit-elle remarquer.

— Oui, et il frappe la balle exactement comme moi quand je jouais au base-ball.

Ils échangèrent un rapide sourire, puis Chase redevint sérieux.

— Pourquoi ne me l'as-tu pas dit plus tôt, Jess ? Si je l'avais su, j'aurais quitté l'armée bien avant. Je n'aurais certainement pas signé pour trois missions.

— J'ai passé toutes ces années dans le déni. Je ne voulais pas me laisser aller à croire que tu étais son père, parce que j'avais peur que tu ne reviennes plus. Tu repartais toujours, et chaque fois que tu m'écrivais pour me le dire, je pleurais pendant des jours.

— Pourquoi ? Tu avais Dalton.

— Oui, mais je t'aimais. Je l'ai compris cette nuit-là dans ma chambre d'étudiante. Mais comme tu as dit que c'était une erreur, j'en suis restée là. Et tu ne m'as plus jamais reparlé de cette nuit après ça.

— Nous aurions commis une erreur à cette époque-là, dit-il d'une voix douce. Je n'étais pas prêt à me ranger et à fonder une famille. Il n'y a pas si longtemps, je me disais encore que ce ne serait jamais pour moi.

Jess sentit un grand vide en elle. Eh bien, il n'y avait plus rien à faire. Il venait de dire que leur route allait prendre des directions opposées.

De crainte de s'effondrer en pleurs devant lui, elle se leva.

— Maintenant que je sais à quoi m'en tenir, il faut que j'y aille, dit-elle. Appelle-moi si tu veux voir Danny. Et si tu ne veux pas, fais-le-moi savoir également. Je lui expliquerai.

Tandis qu'elle se retournait pour partir, Chase lui saisit le poignet.

— Ne pars pas, Jess. J'ai encore beaucoup de choses à te dire.

— Je crois que tu as déjà tout dit. J'avais l'intention d'essayer de te convaincre que nous devrions vivre ensemble. Que ce que nous vivons est trop rare pour qu'on le gâche. Mais de toute évidence tu penses différemment.

— Tu te trompes. Je pense exactement comme toi. Tu ne m'as pas laissé le temps de m'exprimer, c'est tout.

Jess se laissa tomber sur sa chaise et le regarda sans comprendre. Ou plutôt, elle n'osait comprendre…

— Alors, tu m'aimes encore ? murmura-t-elle.

Il lui prit la main et la porta à ses lèvres.

— Je ne pourrais pas cesser de t'aimer même si j'essayais, avoua-t-il. Il me fallait simplement prendre le temps d'y voir clair en moi. Ensuite, Edwin m'a dit une ou deux choses qui m'ont aidé à comprendre pourquoi tu avais agi comme tu l'as fait. Tu tenais à protéger Danny. Et je suis prêt à te pardonner de m'avoir caché que j'étais son père, si tu me pardonnes de ne pas t'avoir accordé le bénéfice du doute.

Le cœur de Jess bondit de joie.

— Je te pardonne tout ce que tu as pu faire dans ta vie, Chase Reed ! Sauf peut-être ces horribles pantoufles que tu m'as offertes pour mes seize ans.

Il lui adressa un sourire lumineux.

— Je crois que le boxer et ses rennes compensent largement.

— Oui, bon. D'accord. Quand penses-tu que nous pourrons dire à Danny que tu es son père ?

— Nous devrions peut-être demander conseil à la psychologue. En attendant, je veux que toi et Danny veniez vivre chez moi.

— Et je quitterais ma jolie maison au toit délabré ? Bien sûr tu ne m'as jamais installé cette fameuse douche. Tu sais ce que c'est de se laver dans une baignoire avec un seul bras ?

Une lueur malicieuse brilla dans ses yeux bruns.

— Crois-moi, mon chou, quand tu seras chez moi, je serai ravi de t'aider à te laver…

Elle sentit qu'elle rougissait mais se reprit aussitôt.

— Je serais ravie d'emménager chez toi, mais je ne suis pas sûre que ce soit une bonne idée pour le moment. Certaines personnes n'approuvent pas la cohabitation avant le mariage. Danny a déjà été exposé à trop de scandales.

— En fait j'y ai pensé.

Il plongea la main dans sa poche, et en sortit un magnifique solitaire qu'il lui présenta.

— J'ai vu ceci dans la vitrine du bijoutier qui est à côté de la banque. Je suis entré et je l'ai acheté.

Tous ces bonheurs d'un coup, c'était irréel. Elle devait rêver. Oui, elle rêvait. Et elle allait se réveiller… Mais Chase lui prit la main et lui sourit, et ce sourire était bien réel.

— Jessica Keller, veux-tu me faire l'honneur de devenir ma femme ?

Une larme roula sur sa joue, puis une autre, et les paroles

qu'elle rêvait de prononcer depuis toujours franchirent enfin ses lèvres.

— Oui, Chase Reed, je veux t'épouser.

Il se pencha pour l'embrasser sans se soucier des gens qui s'affairaient autour d'eux.

Au bout d'un moment, il s'écarta.

— J'ai pensé à une chose. Ce serait génial de commencer la nouvelle année par un mariage.

Elle ne put s'empêcher de rire.

— Qu'est-ce que j'ai dit de drôle ? demanda-t-il.

— Il se trouve que j'ai eu deux demandes en mariage en l'espace de quelques jours, et les deux disaient à peu près la même chose.

Chase lui lança un regard noir.

— Qui d'autre t'a demandée en mariage ?

— Dalton.

Son visage se détendit aussitôt.

— Je suis content que tu aies refusé.

— Moi aussi ! Bon, qu'est-ce que tu disais sur ce mariage ?

— Marions-nous le jour de l'an. Je connais quelqu'un qui peut nous faire obtenir la licence de mariage très rapidement, à condition d'en faire la demande tout de suite.

— C'est qui ?

— Edwin Wainwright.

Elle ouvrit de grands yeux, et cette fois, ce fut Chase qui se mit à rire. Elle ne pouvait pas imaginer ce qui s'était passé entre son ex-beau-père et lui, mais s'en moquait éperdument du moment que l'amour de sa vie lui était revenu.

— Je n'en sais rien, Chase. Nous sommes vendredi, ce qui signifie qu'il ne nous reste même pas deux jours. Je dois appeler mes parents et voir s'ils peuvent prendre un avion. Il faut aussi que je trouve une robe et…

Il interrompit ses protestations par un autre baiser.

— Tu as toujours été du genre à sauter avant de réfléchir. Le moment est venu pour nous de sauter ensemble.

Un saut dans le vide qui était un acte de foi.

— D'accord. Mais il faut qu'on en parle à Danny. Et l'endroit pour la cérémonie, tu y as pensé ?

— Je crois que je connais quelqu'un qui peut s'occuper de ça.

— Tu ne trouves pas un peu bizarre de te marier dans la maison de l'ex-beau-père de ta future femme ? demanda Sam McBriar.

Chase lança un regard furieux à son témoin.

— Tu peux parler, marmonna-t-il. Tu vas bien te marier sur un vieux pont, toi !

Il reporta son attention sur la petite foule qui s'était rassemblée pour assister au mariage qui allait se dérouler dans l'immense salon de la résidence Wainwright. Tout s'était mis en place sans aucune anicroche. Les parents de Jess étaient au premier rang, encore un peu sous le choc. Les parents de Chase se tenaient en face, et assis derrière eux se trouvaient Edwin Wainwright et sa gouvernante, Zelda, qui s'était mise à pleurer dès les premières notes de musique jouées par le quatuor à cordes.

Savannah, qui était la demoiselle d'honneur de Jess, s'avança dans l'allée improvisée, et quand elle arriva devant l'arche de fleurs, elle fit un clin d'œil à Sam. Jess avait souhaité la présence de Rachel à la cérémonie, mais cette dernière, encore sous le choc de la perte de son bébé, n'avait pas eu envie de descendre. Et Matt avait refusé d'être garçon d'honneur si sa femme ne participait pas à la cérémonie. C'était le seul contretemps qu'ils avaient eu jusque-là.

Quand la musique commença à s'amplifier, et que Jess apparut au bras de Danny, l'émotion fut si forte pour Chase qu'il eut du mal à respirer. Jess portait une robe blanc cassé et tenait un bouquet de fleurs blanches cueillies dans le jardin. Elle lui parut plus belle que jamais. Souriante. Radieuse. La promesse d'une vie merveilleuse…

Quand elle le rejoignit, elle donna son bouquet à Savannah

pour prendre la main de Chase, tandis que Danny, fier comme Artaban, allait se placer à côté de Sam.

— Mes amis, commença le juge de paix, nous sommes réunis ici aujourd'hui, pour unir cette femme et cet homme par les liens sacrés du mariage. A leur demande, je leur laisse à présent la parole.

Chase était un peu intimidé à l'idée d'énoncer ses vœux, mais Jess l'avait appelé la veille et ils les avaient écrits ensemble. Il s'éclaircit la voix et se concentra sur les yeux de Jess.

— Jess, je te promets de t'être fidèle et de te faire confiance jusqu'à la fin de ma vie. Je te promets de prendre soin de toi et de Danny, et de veiller à ce que vous ayez toujours un toit et une douche correcte. Et je ne te demanderai jamais de me repasser mes chemises.

Il attendit que les gloussements cessent avant de poursuivre :

— Je te promets aussi d'être ton meilleur ami, et de te donner une partie de moi-même que je n'ai jamais donnée à personne : mon cœur. Je t'aime, mon chou, et je t'aimerai toujours.

Il vit que la lèvre de Jess tremblait un peu, mais elle ne pleura pas. Pas encore.

— Chase, commença-t-elle, je te promets de t'être fidèle jusqu'à la fin de mes jours, de te donner un autre enfant, mais pas plus de trois. Et j'essaierai de faire un lancer arrière dès que je serai débarrassée de cette fichue écharpe.

Les gloussements se transformèrent en rires qui s'arrêtèrent quand elle poursuivit :

— Je te promets de te prendre dans mes bras quand les cauchemars troubleront ton sommeil, et pour être franche avec toi, je commencerai dès aujourd'hui. Je te prends pour le meilleur et pour le pire, sachant que nos pires moments sont déjà derrière nous. Et le jour où je pousserai mon dernier soupir, ton amour sera la seule chose que j'emporterai avec moi.

Ils se regardèrent en souriant, jusqu'au moment où le juge de paix leur demanda d'échanger les alliances. Quand arriva le moment du baiser, Chase s'empressa de sceller leur union, s'attardant sans doute un peu plus longtemps que ne l'aurait voulu la bienséance. Mais peu lui importait.

— Mesdames et messieurs, annonça le juge, je vous présente Chase et Jessica Reed, et leur fils, Daniel.

Ils prirent tous deux Danny par la main, et redescendirent l'allée, comme une vraie famille cette fois. Cette famille, Chase n'avait jamais su qu'il la désirait, jusqu'au jour où il avait rencontré le fils dont il ne connaissait pas l'existence. Et sa vie avait fini par se forger, se structurer grâce à l'amour d'une femme courageuse, spontanée et déterminée : sa meilleure amie.

Quand la foule des amis et des parents commença à les entourer pour les féliciter, Jess se retourna en souriant et lâcha la main de Chase. Mais il l'accepta car il savait qu'il ne la lâchait pas vraiment.

Il ne la lâcherait jamais plus.

KRISTI GOLD

Les fleurs de l'espoir

INTÉGRALE

LES SECRETS DU MISSISSIPPI

Traduction française de
FRANÇOISE RIGAL

SAGAS

HARLEQUIN

Titre original :
THE ONLY MAN FOR HER

Ce roman a déjà été publié en 2013

Prologue

Tandis qu'ils roulaient sur les routes tortueuses qui serpentaient à travers les Smoky Mountains, Rachel Wainwright jeta un regard en coin à Matthew Boyd. Depuis six ans maintenant, Matthew constituait le centre de son univers. Les mèches dorées qui éclairaient ses cheveux châtain clair s'harmonisaient avec le bleu intense de ses yeux qu'il gardait fixés sur la route. En s'engageant dans ce voyage décisif, elle avait abandonné derrière elle son foyer et la sécurité financière, défiant à la fois son père et, en quelque sorte, le destin.

Mais avant qu'ils n'aillent plus loin dans leurs projets, elle devait savoir si Matt était vraiment prêt pour l'étape suivante : le mariage.

— Tu es sûr que tu veux le faire ? demanda-t-elle.

Il baissa la radio et lui jeta à son tour un regard furtif avant de reporter son attention devant lui.

— Seulement si tu me promets une chose.

— D'accord, répondit-elle, incapable de lui refuser quoi que ce soit.

— Que tu ne me poseras plus jamais cette question.

Il ponctua sa phrase d'un sourire — celui qui l'avait fait craquer en CM1 — même si elle n'était vraiment tombée amoureuse de lui que cinq ans plus tard. Et ce fut le début de leur « petit problème »… En effet, elle était fille de milliardaire et lui le fils d'un ouvrier. Si cela ne l'avait pas stoppée dans son élan, son père, en revanche, n'avait jamais accepté sa relation avec Matt. D'ailleurs, quand il apprendrait qu'elle s'était enfuie avant la session d'orientation des étudiants de première année, il serait furieux. Eh bien tant pis ! Une fois devant le fait accompli, il n'aurait plus qu'à s'y faire — du moins, si Matt ne changeait pas d'avis entre-temps, bien sûr.

— Je sais que je te demande sans arrêt si tu te sens prêt, dit-elle. Mais tout le monde n'arrête pas de répéter que dix-huit ans c'est trop jeune pour se marier et qu'on devrait attendre d'être diplômés. Tu ne te demandes pas s'ils ont raison ?

Le sourire de Matt s'évanouit.

— Rachel, est-ce que tu cherches à te défiler ? demanda-t-il, le visage sombre.

— Non, mais je ne voudrais pas que tu aies des regrets, c'est tout, répondit-elle avec conviction.

— Mon seul regret est de n'avoir pas réussi à persuader ton père que nous étions faits l'un pour l'autre, afin que tu puisses avoir la belle robe, la pièce montée et le mariage à l'église dont tu as toujours rêvés, dit-il en tendant la main pour repousser une mèche rebelle tombée sur sa joue.

— Ça n'a aucune importance.

Et c'était vrai. Etrc avec Matt — épouser Matt — était bien la seule chose qui comptait pour elle.

— Heureux de l'entendre, dit-il, retrouvant un demi-sourire. J'ai réservé un bungalow nuptial équipé d'un lit king-size avec notre nom dessus. Comme j'attends de te faire l'amour depuis des années, je compte bien en faire le meilleur usage durant les deux prochaines nuits.

Malgré son excitation d'être enfin tout entière à Matt, Rachel affecta de faire la moue.

— Alors, c'est pour ça que tu m'épouses, hein, pour le sexe ?

— Je t'épouse parce que, pour moi, tu es la seule et unique.

Tout comme il était le seul et unique pour elle. Depuis le premier jour, et pour toujours.

— Très bien, dit-elle. Tout se passera à merveille si nous nous en tenons à notre plan. D'abord, on termine la fac.

— Puis on achète une clinique.

Ce fameux plan, ils avaient tout de même mis deux ans

à l'élaborer. Quoique consciente des compromis que cela impliquerait de part et d'autre, elle soutenait à fond le rêve de Matt : devenir vétérinaire.

— Je m'occuperai de l'administration pendant que tu deviendras le meilleur vétérinaire que Placid au Mississippi ait jamais vu.

— Tu paries ? fit-il joyeusement. Et quand on aura économisé suffisamment d'argent, nous ferons construire une maison sur la terre de mon grand-père.

— Tu oublies les enfants, ajouta Rachel, pour qui c'était le plus important. Je projette d'en avoir deux, peut-être trois.

D'abord un garçon aux yeux noirs et aux cheveux bruns comme elle, puis une fille qui aurait les cheveux de miel et les yeux bleus de son père. Mais, au fond, peu importait. Tant que les petits seraient heureux et en bonne santé, ils pourraient tous les deux ressembler à Matt !

Toujours aussi mal à l'aise quand on abordait le chapitre des enfants, Matt tripota sa cravate.

— Ne mettons pas la charrue avant les bœufs, dit-il. D'abord, nous devons nous marier. Tiens, on dirait qu'on approche !

Il braqua à droite, et son pick-up s'engagea dans l'embranchement où un panneau indiquait la direction de la chapelle de Wayhurst à trois kilomètres. Le paysage était tout aussi accidenté et boisé, quelques cabanes isolées apparaissant fugitivement à travers les bosquets touffus.

— Comment as-tu découvert cet endroit ? demanda-t-elle.

— Avant la fin des cours, je suis allé dans une bibliothèque de Memphis. La bibliothécaire en chef m'a aidé à trouver la chapelle. Ensuite, j'ai téléphoné pour tout organiser.

— Combien ça t'a coûté ? demanda-t-elle.

Il avait encore dû faire une folie, alors qu'un simple mariage devant le juge de paix aurait suffi.

— Pas beaucoup. Quand j'ai dit à Helen, la dame qui dirige l'endroit, que notre budget était un peu serré et qu'il n'y aurait que nous au mariage, elle nous a réservé la soirée pour le quart du prix normal. Comme un mariage a été célébré avant le nôtre, on profitera même des décorations.

Nul doute que ce rabais inespéré était dû au charme ravageur de Matt !

— C'est très gentil de sa part, mais j'ai mon livret, dit-elle. J'aurais pu prendre de l'argent dessus en disant à mon père que c'était pour la fac.

— Rachel, tu connais mes sentiments sur le fait de toucher à ces économies.

Oh ! oui ! Elle les connaissait, et parfois sa fierté lui portait sur les nerfs.

— Tu ferais bien de t'y faire, répliqua-t-elle. A un moment ou à un autre, nous devrons utiliser une partie de mon capital pour terminer la fac.

— Tu peux l'utiliser pour payer tes études, si tu veux, mais je compte bien assumer tout le reste.

Alors, c'est qu'il n'avait pas peur de mourir de faim... Elle préféra ravaler le commentaire qui lui montait aux lèvres pour ne pas gâcher cette journée exceptionnelle.

Comme le pick-up tournait dans un virage en épingle à cheveux, leur destination apparut enfin devant eux. Quel panorama ! Le soleil avait commencé à se coucher derrière les montagnes embrumées et, au loin, sur l'arrière-plan époustouflant de la vallée couleur émeraude, se détachait une chapelle blanche ornée de vitraux avec une pesante porte de bois. A la fois éblouie et admirative, Rachel fixa ce tableau sans en croire ses yeux. Si seulement ses amis et sa famille avaient pu être là pour assister à la cérémonie, la journée aurait été parfaite !

— Oh ! Matt, c'est magnifique ! On dirait une carte postale.

— Tu peux le dire ! s'exclama-t-il en se garant dans le parking désert. Ma femme mérite le meilleur.

Ma femme.

Dans quelques instants, elle serait son épouse. Une épouse sujette aux traditionnels papillons dans l'estomac, d'ailleurs.

— On dirait que c'est le moment d'officialiser, déclara Matt en se tournant vers elle, après avoir éteint le moteur.

— Oui, on dirait bien, bredouilla-t-elle, la gorge serrée.

— Alors, allons-y ! lança-t-il, après l'avoir embrassée tendrement.

Sans hésiter, il se glissa souplement hors de la cabine, fit le tour du véhicule et lui ouvrit la portière côté passager pour l'aider à descendre. Une fois ses hauts talons sur le pavé, elle ajusta sa robe de lin blanc qui lui arrivait aux genoux et passa une main tremblante dans ses cheveux.

— Comment tu me trouves ?

— Aussi belle que la lune du Mississippi, mon amour. Je suis l'homme le plus heureux du monde, et tu es la plus jolie mariée qu'on n'ait jamais vue.

— Tu n'es pas mal non plus, répliqua-t-elle en rectifiant son nœud de cravate et les revers de sa veste.

— Zut, j'ai failli oublier le plus important !

Il se pencha dans le pick-up, ouvrit la boîte à gants, et en sortit un petit écrin noir.

— On ne peut pas se marier sans cet accessoire, je pense.

— Je n'arrive pas à croire que tu aies fait ça ! souffla-t-elle, après avoir soulevé le couvercle et découvert une alliance en argent parsemée de petits éclats de diamant.

— C'est celle de ma mère, dit-il, ému. Mon père m'a dit qu'elle désirait que je la donne à mon épouse. Alors voilà. Je sais que ce bijou n'est pas à la hauteur de ce que tu mérites, mais je te promets qu'un jour, je t'en achèterai une plus belle.

— Matt, elle est très jolie et très particulière, articula-t-elle, prise à son tour par l'émotion. Une fois que tu l'auras passée à mon doigt, je ne peux pas imaginer porter, un jour, une autre alliance que celle-là. Je me sens minable de n'en avoir pas une à t'offrir.

— Pas de problème, on en achètera une plus tard, dit-il en fourrant l'écrin dans la poche de son pantalon.

Saisie par un brusque accès de mélancolie, Rachel eut du mal à retenir ses larmes. *C'était le jour de son mariage.* Un jour heureux, le plus important de sa vie, sans doute. Pourtant, certaines choses manquaient.

Comme elle baissait les yeux, Matt prit son visage entre ses mains pour la forcer à le regarder.

— Ce n'est pas parce que je n'ai pas d'alliance que je suis moins marié, dit-il. Et, de toute façon, je suis gaucher. Dès que j'intégrerai l'école vétérinaire, je ne pourrai plus la porter.

— Ce n'est pas seulement la bague, souffla-t-elle. Je songeais comme ça aurait été merveilleux d'avoir ma mère auprès de moi. Je sais que c'est dingue, puisque je ne l'ai jamais connue, pourtant, elle me manque. Tu ne souhaiterais pas que la tienne soit ici ?

— Ça ne sert à rien de se lamenter sur ce qui est impossible, répliqua-t-il en fixant le macadam.

Pour Rachel, son attitude n'avait rien de surprenant. Matt ne s'était jamais étendu sur la mort de sa mère — l'événement qui, par l'ironie du destin, les avait réunis. En réalité, révéler que l'alliance avait appartenu à Meg Boyd était le maximum qu'il lui ait dit sur elle depuis des années. Mais elle n'était pas dupe. Elle était même certaine que, depuis cinq ans, il ne s'était pas passé un seul jour sans qu'il n'ait pensé à sa mère, ou ne se soit senti coupable d'avoir été absent le jour de son décès.

— En fait, je ne sais pas ce qui est le pire, dit-elle. Perdre quelqu'un qu'on a connu toute sa vie ou une personne aimée qu'on n'a jamais connue.

Il lui prit la main avec ce regard tendre et sincère qui lui était réservé.

— Je ne sais pas, Rachel. Ce que je sais, en revanche, c'est que jamais tu ne me perdras.

— Toi non plus, tu ne me perdras jamais, assura-t-elle en priant pour que le destin leur donne raison à tous deux.

Matt la serra sur son cœur, avant de faire un pas en arrière.

— On peut entrer maintenant, à moins que tu ne préfères que je leur demande de nous marier ici ? demanda-t-il en lui posant la main sur l'épaule.

— Comme j'ai l'intention de descendre l'allée, mieux vaudrait entrer, répondit-elle en esquissant un sourire timide.

Il posa un baiser sur son front.

— Très bien, alors allons nous passer la bague au doigt et profiter pleinement de notre lune de miel.

— Oui, que la fête commence ! répondit-elle en chassant ses idées noires.

— On y va, ma chérie ? lança-t-il en lui tendant la main, et elle enlaça ses doigts aux siens.

— Allons-y !

Tandis qu'ils remontaient vers la chapelle, Rachel se prépara à lier son avenir à l'homme de sa vie. Pour le meilleur et pour le pire. Dans la maladie et la santé. Durant les bons et les mauvais jours.

Sauf que, à cet instant, elle n'imaginait devant elle qu'une longue vie de bonheur.

1

Je ne sais pas ce qui est le pire. Perdre quelqu'un qu'on a connu toute sa vie ou une personne aimée qu'on n'a jamais connue.

Treize ans plus tard, Matt Boyd connaissait enfin la réponse à la question posée par Rachel, le jour de leur mariage — l'un était aussi douloureux que l'autre.

Plongé dans son désespoir, il s'assit dos au mur dans la nursery vide. Un gant de base-ball miniature dans une main et un verre de bourbon dans l'autre, il parcourut du regard la frise de mustangs multicolores galopant sur le mur bleu pâle — chacun d'eux peint avec minutie par sa femme — avant d'abaisser les yeux sur le prénom inscrit au pochoir au-dessus de la place qu'aurait dû occuper le berceau.

Caleb. Son fils.

Un fils qu'il n'avait connu que quelques heures, alors qu'il avait connu sa mère durant la plus grande partie de sa vie. A présent, tous deux étaient partis. Quatre mois auparavant, son enfant avait quitté ce monde, victime de la cruauté du destin, et, il y a quelques semaines, Rachel l'avait quitté. *Parce qu'il ne lui avait pas laissé le choix.* Du moins, c'était ce qu'elle avait prétendu quand elle lui avait tourné le dos.

Depuis ce jour, chaque fois qu'il se réveillait, il tendait la main vers elle et ne trouvait que le vide — un vide aussi abyssal que celui qu'il éprouvait en ce moment. Il avait essayé de se convaincre que son absence n'était que temporaire. Après tout, la plupart de ses vêtements étaient toujours pendus dans l'armoire, ses chaussures alignées sur les étagères, tout dans cette maison qu'ils avaient bâtie ensemble évoquait Rachel.

Plonger dans la bouteille avait été le seul moyen d'atténuer l'âpreté de ses accusations. D'accord, peut-être bien qu'il n'était qu'un salaud insensible, renfermé, irrécupérable — impardonnable même. Mais traiter leur mariage par-dessus la jambe comme elle l'avait fait l'était tout autant.

Matt se remit debout et posa le gant sur l'étagère vide. Dans le couloir, il se planta devant la suite parentale, leva son verre à moitié vide et porta un toast à la santé de son épouse envolée.

— Chérie, félicitations d'être retournée chez papa !

Après avoir avalé le reste de whiskey — aussi brûlant que ses larmes réprimées — il projeta le verre contre la porte, sa force décuplée par la rage. L'impact déchira le silence et le cristal explosa en mille morceaux. *Mais qu'est-ce qui le prenait ?* Il hésita, fixant les éclats, furieusement tenté de laisser le gâchis en l'état. Mais, s'il faisait cela, Rachel serait furieuse comme un pou... *Comme si elle serait là pour le remarquer !* Il esquissa un rictus amer.

Hanté par les récriminations de sa femme, il ramassa les plus gros éclats dans sa paume et se dirigea vers la cuisine. Il se comportait vraiment comme un idiot. Et si Rachel était partie pour de bon ? Eh bien, il se débrouillerait sans elle. A quoi servait qu'elle revienne si c'était à contrecœur ?

Adieu et bon vent !

Cependant, dès que retentit la sonnette de l'entrée, l'espoir habituel rejaillit instantanément, chassant toutes les pensées négatives qui l'avaient assailli. Peut-être que sa femme avait retrouvé son bon sens et venait tenter de se réconcilier. Comme il serrait machinalement les poings, un morceau de verre acéré se ficha dans son pouce. La douleur fut aussi aiguë qu'une piqûre de scorpion, mais il ne s'en soucia pas, trop obnubilé par l'urgence d'arriver à la porte avant qu'*elle* ne rebrousse chemin.

Il ne devait pas paraître trop empressé non plus... Il prit tout de même le temps, donc, de jeter les débris dans la poubelle, d'ouvrir le robinet pour rincer le sang qui perlait à son doigt et d'attendre la troisième sonnerie avant d'aller ouvrir.

Malheureusement, ce n'était pas Rachel qui patientait sur le seuil, seulement un bon copain qu'il n'avait pas vu depuis un bail.

Sam McBriar, qui avait toujours été quelqu'un de posé et raisonnable, arborait, aujourd'hui, le visage sérieux d'un homme investi d'une mission.

— Aurais-tu quelques minutes à m'accorder ? demanda-t-il de but en blanc.

Cherchant un prétexte pour ne pas le laisser entrer, Matt parcourut mentalement une longue liste d'excuses bidon avant de laisser tomber. Les questions sur sa récente rupture avec Rachel étaient inévitables, alors autant les affronter tout de suite pour en être débarrassé.

— Bien sûr, entre, dit-il à contrecœur en s'écartant pour le laisser passer.

Il guida Sam à travers le vaste séjour vers le coin repas contigu dans la cuisine. Comme il l'invitait à s'asseoir, son ami prit une chaise en jetant un regard oblique sur les emballages de nourriture à emporter du traiteur local et les canettes de bière écrasées qui débordaient de la poubelle. Puis, ses yeux se posèrent sur la bouteille de whiskey ouverte sur le comptoir.

— Tu l'as éclusée dans la soirée et tu as viré la bonne dans la foulée ? lança-t-il.

— Oui, je sais, maugréa Matt en prenant place en face de lui. J'incarne le pire des clichés : le mari quitté par son épouse qui noie sa déprime dans l'auto-apitoiement et les ordures.

— Et la bouteille ?

A quoi bon nier l'évidence ?

— J'ai pris quelques bières après le boulot, comme je l'ai toujours fait, tenta-t-il de se justifier.

— On dirait qu'aujourd'hui tu t'es attaqué à du lourd, répliqua Sam.

C'était un commentaire et non une question.

— On est samedi, reprit Matt, lui sortant la seule excuse

légitime qu'il ait trouvée. Je n'ai pas de vache à faire vêler ou de colique de jument à traiter. D'ailleurs, je n'ai bu qu'un verre.

— Il est à peine midi, observa Sam, après avoir vérifié sa montre de manière bien visible.

— J'ignorais que j'étais orphelin et qu'on t'avait nommé pour être mon tuteur, bougonna Matt qui sentait la moutarde lui monter au nez.

— Matt, je ne te dis pas ce que tu as à faire. Je me demande simplement pourquoi tu éprouves le besoin de boire du whiskey, après ce que ton père t'a fait subir.

Son copain aurait pu s'abstenir d'aborder ce sujet déprimant.

— Ecoute, je ne suis pas mon père, martela-t-il. Je ne passe pas mes nuits dans les bars à me soûler au point de ne pas pouvoir travailler. Je continue à bosser plus de dix heures par jour à la clinique. Alors, je ne vois pas où est le mal de boire un verre de temps en temps. Surtout quand on n'a rien de mieux à faire.

— Mon vieux, ça ne te ressemble pas, soupira Sam, visiblement soucieux. Tu as toujours été un guerrier, prêt à combattre pour obtenir ce qu'il voulait ! Et ce n'est pas en t'apitoyant sur toi-même que tu la feras revenir.

A quoi bon, franchement ? Les chances que Rachel revienne s'amenuisaient de jour en jour.

— Je ne vois pas comment l'obliger à agir contre son gré, répliqua-t-il. Or, en ce moment, elle ne veut plus avoir affaire à moi, c'est aussi simple que ça.

— Tu veux que je te dise, reprit son ami après un long silence. Chase rentre de patrouille à 19 heures. Nous allons passer te prendre pour aller pêcher à Potter's Pond. Au moins, ce soir, tu seras occupé.

Ce plan comportait quelques failles majeures que Matt s'empressa d'énumérer :

— Primo, le père de Rachel est propriétaire des lieux et s'il apprend que j'y suis, il va me faire jeter en taule, répliqua-t-il. Deuzio, je ne crois pas que ta fiancée et la femme de Chase vous laissent partir sans elles. Tertio, il se trouve qu'aujourd'hui, je n'ai aucune envie de pêcher.

Sam leva la main et décompta à son tour ses arguments.

— Premièrement, Wainwright ne saura pas que nous sommes là, et s'il le découvre, nous aurons un représentant de la loi avec nous. Deuxièmement, Savannah est partie passer l'après-midi à Memphis avec Jess et ta femme pour les préparatifs du mariage. Troisièmement, ça te fera du bien de prendre l'air, même si tu refuses de taquiner le goujon.

Ce n'était pas difficile d'imaginer la conversation entre Rachel et ses amies. Il en constituait certainement le plat de résistance.

— Je vais y réfléchir, grommela-t-il.

— Je n'accepterai pas de refus, lança Sam en repoussant sa chaise. Nous serons là vers 19 h 30. Contente-toi de prendre ta canne. Chase s'occupera des appâts. Moi, je fournirai les hot dogs.

Mettre le nez hors de cette maison pour partager un moment de franche camaraderie masculine n'était peut-être pas une si mauvaise idée, après tout. En tout cas, c'était mieux que chercher un programme décent à la télé ou fixer le plafond en se demandant comment les choses avaient pu si mal tourner...

— D'accord, mais je vous retrouve là-bas pour voir si le poisson a décidé de mordre, décréta-t-il.

— Rassure-toi, on est en avril. Il mordra.

— N'empêche, je viendrai avec mon van.

Pour avoir une porte de sortie, au cas où ses copains se mettraient en tête de le sermonner.

— Et j'apporterai la bière, ajouta-t-il.

— Tu es certain que c'est une bonne idée ? répliqua Sam, dubitatif.

Bon sang ! Là, il le traitait carrément d'ivrogne.

— Je te ferai remarquer qu'avant, nous avions toujours une bière à la main, observa-t-il. J'apporterai un pack de six. Avec ça, personne ne risque de se soûler.

Son ami acquiesça.

— Parfait. Deux chacun. Ça nous tiendra la tête hors du trou.

Peut-être pour Sam et Chase, mais pas pour lui. Cela faisait des semaines qu'il était au fond du trou à cause de sa femme. N'importe, ce soir, il allait se détendre et tenter d'oublier ses problèmes. Oublier que Rachel avait pris ses cliques et ses claques. Oublier que, depuis quatre mois, il gardait un secret qui le rongeait. Un secret capable de tout détruire, en particulier la femme qu'il aimait.

Où qu'elle se tourne, Rachel Boyd ne voyait que des bébés. Même au cœur d'un salon de mariage, elle ne pouvait échapper aux souvenirs de la perte qu'elle avait subie quatre mois plus tôt. Par exemple, cette femme avec sa poussette sur le trottoir qui venait de s'arrêter devant la vitrine. Cette dernière se pencha pour prendre sa précieuse petite fille, un nourrisson approximativement de l'âge que Caleb aurait eu s'il avait vécu. Malheureusement, son fils n'avait pas eu cette chance, et chaque jour passé sans lui renouvelait sa douleur, réveillait son désespoir de n'avoir plus Matt à ses côtés.

Cette petite boutique, pleine à ras bord de futures mariées surexcitées, était le dernier endroit où elle pouvait oublier une union chancelante. Alors que toutes ces jeunes femmes attendaient impatiemment l'avenir qui s'ouvrait devant elles, elle-même n'avait aucune idée de ce que lui réservait le futur. Pourtant, pour faire plaisir à ses meilleures amies, elle tentait de faire bonne figure et d'apprécier cette sortie.

Anxieuse, Rachel jeta un coup d'œil en direction de la cabine d'essayage, pressée de voir Savannah revenir dans sa robe de mariée retouchée. Après plusieurs minutes d'attente, elle se tourna vers Jess — son autre meilleure amie et ex-belle-sœur — qui dodelinait du chef dans son fauteuil, pour demander :

— Pourquoi est-ce si long ?

Jess ouvrit brusquement les yeux en camouflant un bâillement dans sa main.

— Je n'en ai aucune idée. Je te jure qu'il m'a fallu moins de temps pour planifier tout mon mariage.

Vu que Jess avait réussi l'exploit d'organiser une fastueuse fête de nouvel an en l'espace de trois jours, Rachel ne pouvait la contredire…

— Si elle ne sort pas tout de suite, je vais la chercher, assena-t-elle, excédée.

— Et je viendrai en renfort, renchérit son amie en bâillant derechef.

Oui, sauf qu'il y avait fort à parier qu'elle s'endormirait avant d'arriver à la cabine…

— Tu devrais dire à ton mari de mettre la pédale douce, la nuit, tu as besoin de repos, observa Rachel.

— Pourquoi je ferais ça, alors que j'ai épousé un type aussi fantastique et sexy que Chase ? s'exclama son amie. En fait, si je suis si fatiguée, c'est parce que l'école finit dans moins de deux mois. Essaye de contenir vingt-deux gamins de CE1 qui ne pensent qu'aux vacances d'été et tu m'en diras des nouvelles. Heureusement que j'aime les gosses !

Rachel aussi les aimait, beaucoup même. Cependant, le destin semblait avoir choisi de l'en priver. Aussitôt, sa tristesse refit surface et elle en eut les larmes aux yeux.

Heureusement, ce fut le moment que Savannah choisit pour sortir de la cabine, lui procurant une diversion bienvenue, accompagnée d'un petit pincement de jalousie. Le jour de son mariage, elle n'avait porté que sa robe blanche des dimanches, pas une robe en satin au décolleté plongeant, la taille soulignée d'une grosse ceinture brodée d'argent. Alors qu'à l'époque, cela n'avait eu aucune importance pour elle, pourquoi est-ce qu'aujourd'hui, bizarrement, cela en avait ?

Savannah se planta devant le miroir à trois faces et rejeta crânement sa chevelure blonde en arrière.

— Alors, qu'est-ce que vous en pensez ?

Rachel chassa l'image de son propre mariage, si austère et dépouillé, et afficha un généreux sourire pour affirmer :

— Ma chérie, tu es éblouissante.

— Sam va faire un infarctus quand il te verra là-dedans, renchérit Jess. J'ai intérêt à réviser la procédure de réanimation cardio-pulmonaire.

Savannah pivota sur elle-même et regarda par-dessus son épaule.

— Vous êtes sûre que cette robe n'élargit pas mes hanches ? demanda-t-elle, étudiant son reflet d'un œil critique.

— Quelles hanches ? s'exclama Jess. Si tu veux voir une vraie croupe de jument, écarte-toi et laisse-moi la place. On fera la comparaison.

— Vous avez fini de comparer vos fesses ! assena Rachel, un peu sur les nerfs. Est-ce que nous avons terminé tout ce que nous avions à faire ici ?

Elle n'avait pas voulu paraître aussi irritée, mais éprouvait le besoin pressant de fuir « Le palais du mariage ».

— Il est presque 18 heures et je meurs de faim, annonça Jess, après avoir vérifié sa montre. On devrait dîner à Memphis. Il y a des restaus super sur Beale Street.

— Je suis en jean et pas du tout habillée pour dîner en ville, argua Rachel, qui, n'aspirant qu'à rentrer chez elle, n'avait aucune envie de traîner au milieu de la foule du samedi soir. Ton mari ne t'attend pas à la maison ?

— Nous sommes toutes en jean, rétorqua Jess, et d'ailleurs, rien ne nous oblige à dîner dans un quatre-étoiles. Quant à mon mari, il est en service jusqu'à 19 heures. Inutile de dire que, depuis le début de notre mariage, nous avons l'habitude d'être séparés. Vous savez ce qu'on dit : loin des yeux, près du cœur.

— Je vote pour le dîner, puisque j'ai annoncé à Sam qu'on rentrerait tard, ajouta Savannah juste au moment où sonnait un portable.

Rachel et Jess vérifièrent leurs téléphones, mais comme la sonnerie s'éternisait, cette dernière prit le sac à main de Savannah sur le plancher et le lui tendit.

— C'est pour toi. Et si j'en crois la romance sirupeuse qui te sert de sonnerie, c'est sûrement ton fiancé.

— Oh ! ça va, fit Savannah en s'emparant du sac pour récupérer son portable. Bonsoir, mon cœur, j'allais justement t'appeler..., dit-elle avec un sourire épanoui. Je sais. Tu me manques aussi...

Et elle s'éclipsa de nouveau dans la cabine pour parler à son fiancé, laissant une fois de plus ses copines en plan.

Rachel réprima un soupir. Elle aurait mieux fait de prendre sa voiture, au moins elle aurait pu partir à l'anglaise... Ce n'était pas l'envie qui lui manquait de renoncer sur-le-champ à tous ses devoirs de demoiselle d'honneur, mais ça n'aurait pas été correct envers ses amies.

— Espérons que cette conversation ne va pas trop s'éterniser, dit-elle.

Etonnée que son amie ne lui réponde pas, elle leva les yeux.

— Jess, tu te sens bien ? demanda-t-elle, surprise de la trouver pâle et décomposée.

— Pas vraiment, marmonna celle-ci, avant de presser la main sur sa bouche et de se ruer vers les toilettes les plus proches.

Bien sûr, ce ne serait pas très réjouissant que Jess couve quelque chose, mais, d'un autre côté, si c'était le cas, la soirée avait des chances de tourner court et comme Rachel n'était pas d'humeur à supporter un dîner prolongé... Vraiment, elle faisait une amie du tonnerre ! Jessica était manifestement malade et tout ce qui la souciait, c'était son propre état psychologique ! Au moment où elle s'apprêtait à aller porter secours à sa copine, Jess sortit des toilettes aussi gaie et pimpante que durant le reste de l'après-midi, ses cheveux auburn tirés en queue-de-cheval se balançant au rythme de sa démarche élastique. L'ancienne cheerleader était de retour.

— Tu as mal digéré ton déjeuner ? s'enquit Rachel comme son amie se rasseyait à côté d'elle.

— Oh ! ça n'a probablement rien à voir avec la nourriture, répondit celle-ci, les yeux fixés sur la rangée de robes de mariées suspendues à leur gauche. En ce moment, ça ne me réussit pas d'avoir l'estomac vide.

L'estomac vide ? Bizarre, elles avaient déjeuné moins de cinq heures plus tôt... Rachel, qui ne voyait qu'une seule explication possible aux « troubles intestinaux » de son amie, demanda de but en blanc :

— Serais-tu enceinte ?

— Qu'est-ce qui te fait croire ça ? répliqua Jess en esquivant son regard.

— Allons, Jess, soupira-t-elle, excédée. Tu as bâillé toute la journée et maintenant tu vomis, signes évidents de nausées matinales.

— On est l'après-midi, rétorqua son amie, le regard penaud.

— Ça ne change rien. Quand j'attendais Caleb, je vomissais matin, midi, et parfois même le soir. Alors, tu l'es oui ou non ?

— Affamée ?

C'était tout Jess ! Faire avouer cette tête de mule était aussi difficile que de faire passer un projet de loi au Congrès.

— Enceinte, en cloque, avec le ballon ? insista-t-elle.

— Avant tout, je dois te dire que je suis désolée de ne pas en avoir parlé plus tôt, mais je ne voulais pas t'affecter, bredouilla sa copine, embarrassée.

Rachel, qui en avait par-dessus la tête d'être traitée avec des pincettes, en attendait plus de ses amies.

— Ce n'est pas parce que j'ai perdu un enfant que je ne peux pas me réjouir pour Chase et toi, reprit-elle. Jess, je suis très heureuse pour vous. Je t'assure, renchérit-elle, espérant paraître sincère.

Oui, elle était heureuse pour ses amis, même si elle éprouvait un zeste de jalousie. Ce qu'elle pouvait être mesquine, vraiment ! Elle ferait mieux à l'avenir de mettre ses problèmes personnels de côté. Comme un silence gêné s'était installé, elle en profita pour changer de sujet :

— Que pense Daniel d'avoir un nouveau petit frère ou petite sœur ?

— En fait, il ne le sait pas encore. Daniel a traversé assez d'épreuves, ces derniers mois. Il lui faut digérer tant de choses : le fait d'avoir blessé Dalton, le fait que celui-ci soit en prison pour avoir voulu me tuer, sans compter la découverte que Chase est son père biologique. Tu ne trouves pas qu'on nage en plein dans le mélodrame ?

Rachel en voulait à son frère d'avoir fait vivre l'enfer à Jess et à son fils. Vingt-cinq ans de prison semblaient peu cher payé pour ses crimes.

— Mélodrame ou pas, ce serait déjà beaucoup à assimiler pour un adulte, alors pour un enfant de neuf ans…

— Oui, mais il fait un formidable travail avec sa psychologue, fit Jess, positive. Quelle chance qu'il aime tant Chase ! La transition a pu se faire facilement.

Une perte de plus pour Rachel, traumatisée d'apprendre que Danny n'était pas son neveu, pas son neveu biologique du moins. Cependant, celui-ci était bien mieux avec Chase qu'avec son bon à rien de frère, c'était une évidence.

— Je suis heureuse qu'il s'en tire sans trop de dégâts, dit-elle. J'aimerais bien le voir bientôt.

— Eh bien, figure-toi qu'il a justement réclamé plusieurs fois d'aller rendre visite à oncle Matt et tante Rachel, dit son amie, laissant sa phrase en suspens.

Avant qu'un silence ne s'installe, elle se décida à poursuivre :

— En parlant de Matt, quand allez-vous faire la paix ? Et quand vas-tu retourner chez toi ?

Elle reconnaissait bien là le franc-parler de sa bonne copine !

— Tant qu'il refusera d'aborder les problèmes et qu'il continuera à boire, je resterai où je suis, répondit-elle.

Prostrée toute seule dans la maison d'amis de son père, à pleurer presque toutes les nuits pour trouver le sommeil.

— N'attends pas trop pour arranger les choses, conseilla Jess en posant la main sur son épaule. Crois-en mon expérience, le temps est un bien précieux qui, une fois envolé, ne revient jamais. Pense à toutes les années que j'ai perdues.

— C'est différent, argua Rachel. Chase était parti à la guerre et tu étais mariée à mon frère. Pendant ces dix ans, vous étiez dans l'impossibilité d'être ensemble.

Son amie ne se démonta pas.

— Si je ne m'étais pas entêtée dans un mariage voué à l'échec depuis le premier jour, je n'aurais pas perdu autant de temps.

— Est-ce que tu suggères que je devrais divorcer de Matt ? demanda Rachel, interloquée.

— Mon Dieu, non ! répliqua Jess, horrifiée. Dalton était un minable et Matt est un type super. Ce que je dis c'est que la vie est trop courte pour laisser l'orgueil, la peur ou l'entêtement gâcher notre bonheur. Matt et toi avez tant investi dans votre mariage. Je suis sûre que ça peut encore marcher si vous vous en donnez la peine.

Rachel comprenait ce que son amie voulait dire, mais ces derniers mois, elle était révulsée par la conduite de son mari. D'ailleurs, elle avait singulièrement manqué d'occasions de se réjouir depuis qu'elle avait perdu son enfant sans avoir eu la possibilité de lui faire ses adieux. Pire, alors que la tragédie aurait dû les rapprocher, Matt et elle, cela n'avait fait que les éloigner l'un de l'autre.

Savannah revint une fois de plus. Cette fois, elle s'était changée et portait sa robe de mariée pliée sur son bras.

— Changement de programme pour le dîner, annonça-t-elle.

— Je dois manger au plus vite, gémit Jess. Ce bébé a décidé de se faire nourrir à heure fixe.

— Jessica ! s'exclama Savannah en lui faisant les gros yeux.

— Calme-toi, Savy, éluda Jess d'un mouvement de la main. Rachel a compris la situation quand j'ai vomi mes cookies, il y a quelques minutes.

— Oh ! et ça va ? demanda Savannah en lui jetant un regard plein de compassion.

Si seulement tout le monde pouvait arrêter de lui poser cette question débile !

— Oui, ça va très bien, répliqua-t-elle sèchement. La vie va de l'avant et je suis ravie pour Chase et Jessica.

— Bon ! Tu comprends, on craignait un peu ta réaction, souffla Savannah, en prenant son sac sur l'épaule après y avoir jeté son téléphone. On va faire un arrêt à la pâtisserie pour goûter la pièce montée — ce qui ne devrait pas prendre plus d'une heure — et on retourne à Placid. Sam prépare à dîner.

— Et nous, alors ! protesta Jess, dépitée.

— Quand il y en a pour deux, il y en a pour trois… et même pour quatre ! D'ailleurs, il a prévu à manger pour tout un régiment.

— Des burgers au fromage ? hasarda Rachel, Sam n'ayant jamais été réputé pour ses qualités de cordon-bleu, il fallait bien l'avouer.

— Il a juste dit : à endroit exceptionnel, menu exceptionnel.

— Donc nous ne rentrons pas chez toi, observa Rachel, à qui ce programme surprise ne disait rien qui vaille.

— A partir du moment où on dîne, qui se soucie de l'endroit ? lança Jess en se levant. J'ai tellement faim que, si je me laissais aller, je pourrais dévorer une chaise.

Harcelée par les idées noires qui s'entrechoquaient dans sa tête, Rachel se leva à son tour et suivit ses amies vers la sortie. Les surprises étaient rarement bonnes et son instinct lui criait que c'était le cas de celle-ci.

Ses copains l'avaient entraîné dans un traquenard, il n'y avait pas d'autre mot. Matt le comprit à la minute où il entendit des claquements de portières et des voix féminines. Une simple partie de pêche à Potter's Pond ? Tu parles !

Sur le coup, quand Jess et Savannah débouchèrent dans la clairière, il se dit que Rachel, apprenant qu'il serait là, avait forcément décliné l'invitation. C'est alors qu'il l'aperçut, debout devant le vieux chêne où ils se retrouvaient en secret dans leur jeunesse. Les poings serrés, comme si elle avait envie de cogner sur quelqu'un, elle observa la bière qu'il tenait à la main avec un regard de mépris aussi corrosif que l'acide.

Manifestement, on s'était joué d'elle aussi et elle devait s'imaginer qu'il avait pris part au complot. Mais elle se trompait complètement et il comptait bien mettre les choses au point au plus vite — si elle ne prenait pas ses jambes à son cou avant.

Il se leva et attendit que les deux couples aient fini de s'embrasser et de manifester leur affection — comme Rachel et lui avaient l'habitude de le faire, il n'y avait pas si longtemps. Alors qu'à présent, ils gardaient leur distance, séparés par un mur de ressentiment.

Cette attitude n'avait pas échappé à leurs amis, d'ailleurs. Après un long silence inconfortable, Sam leur indiqua la table pliante où se trouvait la nourriture.

— Il y a des hot dogs et des brochettes, et vous trouverez de la bière et des sodas dans la glacière, annonça-t-il. Servez-vous, les amis.

L'empressement de Savannah et de Jess à foncer vers la table, Sam et Chase sur leurs talons, semblait plus dicté par la gêne que par la faim, car aucun des quatre n'osa leur adresser un regard au passage. Bien fait pour eux ! Ils auraient dû s'abstenir de jouer les entremetteurs.

Comme Rachel ne bronchait pas, Matt posa sa bière à côté de sa chaise longue et s'approcha d'elle, gardant toutefois une distance prudente au cas où l'envie la prendrait de lui décocher ce fameux coup de poing qu'elle semblait retenir depuis tout à l'heure…

Avant qu'il ait pu ouvrir la bouche, elle crispa les mâchoires et, exactement comme il l'avait prédit, marmonna entre ses dents serrées :

— As-tu quelque chose à voir avec ça ?

— Pas du tout, coupa-t-il aussitôt. Je suis le premier surpris, même. Sous prétexte que les filles et toi étiez à Memphis, Sam m'a invité à une partie de pêche entre copains. Je pensais que vous passeriez la soirée en ville.

— Eh bien tu avais tort, répliqua-t-elle en se tordant les mains comme une serpillière. L'un de nous devrait s'en aller et j'estime que c'est toi. Tu n'as pas une vache à vacciner quelque part ou un bar qui t'appelle ? Tu fréquentes bien le bistro en lisière du comté, non ?

Même si elle marquait un point à propos du bar, sa réflexion le mit en colère. Quand son foyer n'était plus un havre de paix, un homme finissait toujours par partir à la dérive.

— Non, ma chérie, articula-t-il sèchement, ma soirée est libre. Mais, si tu veux, je serais ravi de te raccompagner chez toi.

Sans répondre, elle le bouscula pour rejoindre les autres à table. Il n'allait pas la laisser s'en tirer comme cela. Quand il arriva à sa hauteur, leurs amis se dispersèrent comme une volée de moineaux et retournèrent s'asseoir autour du feu.

Rachel refusait obstinément de le regarder ? C'est ce qu'on allait voir ! Pour attirer son attention, il se planta devant elle, piqua un hot dog avec une brochette et le lui tendit.

— Puis-je te proposer…

— N'ajoute rien, Matthew, le coupa-t-elle sans ménagement.

— Un hot dog ?

— Ce n'est pas ce que tu t'apprêtais à dire.

Eh bien, comme stratège, il se posait là !

— J'ignorais que tu lisais dans mes pensées, rétorqua-t-il.

— Je ne suis pas extralucide, mais je te connais. Tu es un expert des formules à double sens.

Il était temps de sortir la grosse artillerie — une larme de soda avec un zeste de séduction.

Il passa derrière sa femme, posa la main sur sa hanche et se pencha pour prendre une boisson dans la glacière posée au bout de la table. Puis il se redressa et frôla son cou avec la canette, à l'endroit du décolleté.

— Voilà, madame est servie ! Un soda bien frais pour refroidir son humeur.

Elle prit la boisson en lui décochant un sourire mielleux par-dessus son épaule.

— Tu ne connais pas le scoop ? Je suis immunisée contre ton charme.

Elle pivota sur elle-même, le plantant là, la brochette à la main, avec une envie folle de lui prouver qu'elle se trompait. Il laissa tomber le hot dog et retourna à sa chaise longue — obligeamment placée à côté de celle de Rachel. Ni une ni deux, celle-ci prit son siège et l'installa le plus loin possible de lui, de l'autre côté du feu de camp. Si leurs amis n'avaient pas encore compris que leur stratagème avait fait long feu, à présent, ils devaient savoir à quoi s'en tenir.

Dans le silence embarrassé, Sam s'éclaircit la gorge et sourit.

— Ça me rappelle le bon vieux temps, dit-il. Vous vous souvenez de ce dimanche où nous étions partis voir un match de foot à Nashville sans prévenir nos parents ?

— Qui pourrait l'oublier ? répliqua Chase. On n'avait pas d'argent pour acheter les tickets et on a passé la journée sur le parking à pique-niquer à l'arrière de la voiture.

— Au retour, Matt a été le seul à ne pas en prendre pour son grade, renchérit Savannah.

Forcément, son père se fichait bien de ce qu'il faisait !

— Si on avait accordé nos violons avant, personne ne se serait fait prendre, observa-t-il.

— Dis donc ! Si je me souviens bien, c'est toi qui as raconté au père de Chase qu'on était allés au lac, juste au moment où Chase lui avait dit qu'on avait assisté au festival d'automne à Yazoo City, répliqua Rachel avec un regard accusateur.

— La moindre de mes bévues, reconnut-il. Veux-tu profiter de l'occasion pour en dresser publiquement la liste ?

Jess s'interposa avec la promptitude d'un arbitre :

— En fait, c'est le journal de Savannah qui a causé le plus de dégâts.

— Désolée, marmonna l'intéressée. Je n'imaginais pas que ma mère le lisait et qu'elle aurait en prime le culot d'appeler vos parents.

— Je me rappelle que ton père n'était pas aux anges non plus, gloussa Sam. Je n'ai pas eu le droit de venir chez toi pendant une bonne quinzaine, ce qui ne m'a pas empêché de me glisser en douce dans ta chambre.

— C'est vrai, sourit-elle. C'est comme ça qu'on a failli se faire prendre.

— Ce n'était pas justement le jour de votre première fois ? s'enquit Jess, toujours aussi franche.

— Oui, je crois bien, souffla Savannah, en rougissant comme une pivoine.

— Ça m'a pris deux ans pour la convaincre, déclara Sam en lui caressant la hanche. Enfin, une nuit, j'ai réussi à escalader la vieille treille et, à force de belles paroles, à la persuader de m'accueillir dans son lit.

— Moi, il ne m'a fallu que cinq minutes pour convaincre Jess de faire la même chose, annonça Chase avec un petit sourire en coin.

— Oh ! je t'en prie ! protesta cette dernière en levant les yeux au ciel. Nous n'avions pas prévu l'incident du dortoir. Sur le moment, je t'ai trouvé… divertissant.

— Tu ne vas pas nier qu'on s'est amusés comme des fous, dit-il en l'embrassant.

— Un peu trop à mon goût, répliqua-t-elle. Et c'est comme ça que j'ai hérité de Danny. N'empêche que je ne le regrette pas.

Matt appréciait modérément le tour qu'avait pris la conversation. Il espérait juste que ses amis auraient assez de jugeote pour éviter d'évoquer leur première fois à Rachel et à lui…

— Et ta première fois avec Rachel c'était quand ? lança Chase.

Super ! Génial ! Il regarda sa femme qui lui rendit son regard, juste avant qu'ils ne répondent en chœur :

— Durant notre nuit de noces.

— Pas possible ! s'exclama Sam. A t'entendre, Matt, vous couchiez ensemble depuis la troisième.

Cette réflexion lui valut d'écoper d'un nouveau regard meurtrier de Rachel.

— C'est faux, se récria-t-il. Chaque fois que tu m'as posé la question, je t'ai répondu qu'il était, hum… indélicat de raconter ce qu'on faisait avec une dame.

— Matt a raison, renchérit Chase. Il savait rester évasif — tout en s'arrangeant pour nous faire croire qu'ils le faisaient.

— Je trouve ça magnifique, observa Savannah. Je suis sûre que le fait d'avoir attendu a rendu votre nuit de noces encore plus exceptionnelle.

— A l'époque, ça paraissait une bonne idée, mais les choses ne sont pas toujours telles qu'on les avait prévues, déclara Rachel en remuant sur son siège — signe évident de malaise.

Cette réponse pouvait avoir plusieurs sens, tous aussi peu flatteurs les uns que les autres. Alors Matt choisit l'option la moins désagréable.

— Désolé si je t'ai déçue, ma chérie.

— Je crois que ce hot dog est cuit ! lança Jess en se levant si brusquement de sa chaise longue qu'elle manqua de se renverser. Puisqu'à présent, je mange pour deux, quand j'aurai fini celui-ci, je pense que j'aurais droit à un autre.

Si c'était un scoop pour Matt, Rachel ne paraissait pas surprise le moins du monde par la nouvelle. Toutefois, elle ne semblait pas non plus s'en réjouir. Mais peut-être était-ce dû à la tristesse qui voilait continuellement son regard depuis quelque temps. Dans d'autres circonstances, Matt serait allé la consoler, mais ces derniers mois, sa femme lui avait fait clairement comprendre qu'elle n'avait ni besoin ni envie de son réconfort. Par conséquent, il n'avait aucune raison de penser qu'elle l'accueillerait mieux aujourd'hui.

— Tu en es à quel stade, Jess ? demanda-t-elle en plaquant sur son visage un sourire qui n'abusa pas son mari.

— Douze semaines, répondit Jess, une assiette pleine de nourriture à la main, en se laissant tomber sur sa chaise.

— Pourtant, vous vous êtes mariés il y a quatre mois, pas trois, observa Sam, amusé.

— On a eu une longue lune de miel, répliqua Chase en adressant un clin d'œil à sa femme.

— Oh ! oui ! renchérit Jess. Et on a préféré attendre avant de l'annoncer à tout le monde — au cas où.

Au cas où la grossesse tournait mal. On avait expliqué à Matt que des problèmes se produisaient souvent au cours du premier trimestre, pourtant son fils était né bien plus tard. Après les faits, on l'avait informé que, si quelque chose se passait mal, la grossesse comportait des risques, aussi bien pour la mère que pour l'enfant. Et c'était exactement ce qui était arrivé.

Des risques qu'il ne voulait plus prendre. Des risques qu'il *ne prendrait plus.*

— Désolée d'écourter la soirée, mais j'ai la migraine, annonça Rachel qui s'était brusquement levée en se frottant les tempes. Savannah, ça t'ennuierait de me ramener ?

— Oh... Pas du tout.

Sans plus attendre, sa femme s'engagea sous les arbres et se dirigea à marche forcée vers la voiture. Avant que Savannah ait eu le temps d'amorcer un geste, Matt se leva à son tour et la suivit en lançant par-dessus son épaule :

— Je m'en occupe.

Même s'il n'avait pas la plus petite idée du *comment*, il était persuadé qu'il devait tenter sa chance.

Il trouva Rachel, bras croisés et tête légèrement baissée, debout à côté de la luxueuse berline de Savannah. Elle devait être en train de pleurer, mais s'efforçait de le lui cacher.

— Tu vas bien ? demanda-t-il en s'approchant.

— Oui, ça va, répondit-elle en s'essuyant discrètement les joues. Je suis fatiguée. Je voudrais rentrer.

— Je te raccompagne, dit-il, saisissant l'opportunité au vol.

— Ce n'est pas une bonne idée, Matthew.

Bon sang, mais quelle bourrique !

— Je te propose juste un bout de conduite, dit-il. Je ne te demanderai pas d'entrer ou ne t'obligerai à quoi que ce soit. Nous n'aurons même pas à parler.

— Ça serait une première, observa-t-elle en redressant le menton avec un regard déterminé. Je préfère que ce soit Savannah qui me ramène.

— Pourquoi la déranger puisque je m'en vais ? argua-t-il, décidé à insister jusqu'à ce qu'elle se rende.

Mais manifestement, elle était résolue à ne pas céder. Soit. Inutile de perdre son temps.

— Très bien, lança-t-il en reculant, les mains levées en signe de reddition. Au moins, tu ne peux plus m'accuser de ne pas faire d'efforts pour te donner ce que tu attends. Même si j'avoue que, dernièrement, je n'ai pas la plus petite idée de ce que tu veux de moi.

— Je voudrais..., hésita-t-elle, avant de détourner les yeux pour lâcher : Aucune importance.

Bien sûr que si ! Pour lui, c'était important. Mais il n'allait pas la supplier, tout de même !

Enervé, Matt fit volte-face et retourna vers le groupe. En chemin, il s'écorcha le front à une branche basse, ajoutant la douleur à l'insulte. C'était le bouquet ! Dès qu'il réapparut dans la clairière, l'assistance se tut et le fixa comme s'il lui était poussé une seconde tête.

— Savannah, elle veut que ce soit toi qui la ramènes, annonça-t-il.

— D'accord, je reviens dans quelques minutes, fit celle-ci, diplomate.

— Je t'accompagne, décréta Jess qui se leva et tendit son assiette à Chase. A plus tard, les amis.

Après le départ précipité des filles, Matt se rassit dans sa chaise longue et but une gorgée de bière. Elle était tiède. Dépité, il la vida sur le sol, écrasa la canette dans son poing et la jeta dans le feu.

— Votre plan pour nous jeter dans les bras l'un de l'autre est un fiasco, assena-t-il. J'espère que vous êtes fiers de vous.

— Excuse-nous, mon vieux, je n'avais jamais réalisé à quel point ça allait mal entre vous deux, déclara Sam, après l'avoir scruté attentivement.

En effet, c'était un doux euphémisme.

— Oui, on peut le dire, répliqua-t-il. D'après sainte Rachel, je bois trop et je suis incapable d'exprimer mes *sentiments*. Mais, chaque fois que j'essaye de discuter avec elle, je reçois une fin de non-recevoir. Bref, on tourne en rond.

— Alors, tu préfères baisser les bras ? demanda Chase.

— Puisqu'elle ne veut pas me voir, je vais la laisser tranquille, répliqua-t-il en haussant les épaules. Une tranquillité absolue, même.

— Comme je te l'ai dit tout à l'heure, ne pas réagir rapidement, c'est s'engager sur une pente savonneuse, insista Sam. Ça vaut le coup de lutter pour ce qui a de la valeur, tu ne crois pas ?

Matt commençait à en avoir assez. Il était fatigué de cette guerre continuelle, comme de tous leurs fichus conseils.

— Vous qui êtes si avisés, quelle solution proposez-vous pour qu'elle change d'état d'esprit ? demanda-t-il, narquois.

— Je ne sais pas, moi… D'être tenace, d'user de tous les trucs pour te retrouver avec elle, suggéra Chase en fourrageant dans ses cheveux blonds.

— La séduction marche pas mal, d'ordinaire, renchérit Sam. Ça a fait des merveilles pour Savannah et moi, quand elle est revenue en ville. Tu te rappelles ?

Pas facile d'user de son charme, alors que Rachel refusait qu'il l'approche à plus de deux mètres…

— On ne peut pas séduire une femme qui passe son temps à fuir, assena-t-il, amer.

— Bien sûr que si, tu peux, si tu joues bien tes cartes, rétorqua Chase en souriant. Tu as été marié si longtemps que tu ne te souviens plus comment on emballe les filles ?

— Je n'apprécie pas beaucoup de me faire envoyer sur les roses, répliqua Matt, qui, en effet, commençait à douter de son charme.

— Voilà ce que tu devrais faire, dit Sam. Ce soir, laisse-lui le temps de se calmer, puis roule jusqu'au domaine Wainwright et demande-lui poliment de te laisser entrer. Après, fais de ton mieux et laisse opérer la nature !

Facile à dire ! Ce n'était pas lui qui avait toutes les chances de se faire botter les fesses.

— Et si elle refuse de me laisser entrer ? répliqua-t-il.

— Tu recommences demain, dit Chase. Tu tentes le coup chaque jour, jusqu'à ce qu'elle finisse par t'écouter. Elle finira bien par céder devant ton insistance.

Oui, bien sûr. Dans un an ou deux, peut-être… Mais ses amis avaient raison. Il devait insister jusqu'à ce qu'ils aient réglé leur contentieux. Sinon, il ne la ferait jamais revenir à la maison et c'en serait terminé de leur histoire. Pour de bon.

— D'accord, soupira-t-il. Dans une demi-heure, je lui rendrai une petite visite. En attendant, je vais boire une bière.

Mais avant qu'il arrive à la glacière, Sam lui bloqua le passage.

— Tu ne viens pas de dire que Rachel trouvait que tu buvais trop ?

— C'est qu'une bière, je n'ai même pas fini la première, rétorqua-t-il, sur la défensive.

Il avait bien besoin d'un peu de courage en bouteille pour mettre son plan à exécution, non ?

— Peu importe ! répliqua Chase. Si tu veux arriver à tes fins avec ta femme, tu as intérêt à rester sobre comme un chameau. Et vu que je représente la loi, si tu bois trop, je serai obligé de t'interdire de conduire.

Voilà qu'il était coincé par la ligue de tempérance !

— D'accord, vous avez gagné, pas de bière, maugréa-t-il.

Et pas d'illusions non plus. Il était douteux qu'alors qu'elle avait décidé de le chasser de sa vie, Rachel puisse changer d'attitude en moins d'une heure et décide soudain de l'écouter.

Mais, il n'y avait qu'une façon de le savoir. Dans quelques minutes, il serait fixé.

2

— Tu veux qu'on reste avec toi ?

Savannah était vraiment adorable de le lui proposer, et Rachel adorait ses amies, mais à cet instant, ce dont elle avait besoin c'était de solitude.

— Ça ira, dit-elle. Je vais prendre une douche et me mettre au lit. Je parie que je m'endormirai dès que ma tête touchera l'oreiller.

Quel mensonge éhonté ! Après une journée aussi calamiteuse, elle aurait de la chance si elle réussissait à fermer l'œil.

— Tu devrais manger quelque chose, lança Jess de la banquette arrière.

Malheureusement, son appétit s'était envolé à la seconde où elle avait posé les yeux sur Matt.

— Ne t'inquiète pas pour moi, ça va aller, dit-elle.

— Tu en es sûre ? insista Savannah. J'ai l'impression que Matt et toi avez de nombreux problèmes à résoudre.

— C'est peu dire, marmonna Jess.

En effet !

— Je suis d'accord, acquiesça Rachel, et je projette de m'y employer dans un futur proche. Promis. Mais là, il faut vraiment que je me repose.

— Si tu as besoin de quelque chose, n'importe quoi, fais-le-moi savoir, déclara Savannah en posant la main sur son épaule. Tu prends ton téléphone et tu m'appelles, d'accord ?

— Pareil pour moi, même simplement pour parler, renchérit Jess. Et si tu cherches quelqu'un pour mettre un peu de plomb dans la cervelle de ton mari, je suis la personne qu'il te faut. Demande à Chase !

Rachel réprima le commentaire amer qui lui montait aux lèvres. Son amie pourrait user sa salive toute la sainte journée, elle n'arriverait à rien avec Matt. Et elle savait de quoi elle parlait...

— J'ai une faveur à vous demander, dit-elle. Assurez-vous que quelqu'un raccompagne Matt à la maison s'il a trop bu. En ce moment, il abuse pas mal de la bouteille.

C'était d'ailleurs un de leurs principaux problèmes...

— Ni Sam ni Chase ne le permettront, mais, en cas de besoin, on sera là pour veiller au grain, ne t'inquiète pas, assura Savannah.

— Merci.

Après avoir embrassé ses amies, Rachel descendit de voiture et rentra seule dans sa maison, où elle alluma les lumières pour rendre l'endroit plus chaleureux et accueillant. Malheureusement, même si le bungalow de deux pièces était plus agréable que beaucoup de logements de cette taille, ce n'était pas un foyer au vrai sens du terme. En tout cas, il lui procurait une certaine indépendance — du moins, jusqu'au retour de son père qui insisterait sûrement pour qu'elle réintègre sa chambre d'adolescente ! Qui sait ? Peut-être qu'à ce moment-là, elle serait retournée chez elle, avec son mari. Mais, vu les circonstances, cela semblait douteux. Elle devrait peut-être se mettre en quête d'une résidence à elle, ce qu'elle n'avait pas eu l'énergie de faire jusqu'à présent.

Après avoir posé son sac sur le comptoir, elle se dirigea vers la vaste baie vitrée pour vérifier si la maison principale était plongée dans le noir. Zelda, la bonne, se couchait toujours avec les poules pour se réveiller au chant du coq. Combler les desiderata d'un milliardaire était un travail exténuant.

Nerveuse et tendue, elle décréta qu'un bon bain chaud l'aiderait à se détendre et se dirigea vers sa chambre où, après une brève hésitation, elle contourna la commode contenant ses maillots de bain. Normalement, elle n'aurait jamais osé sortir toute nue, mais la propriété était suffisamment écartée pour ne pas craindre d'être épiée. De plus, à cette heure, il y avait fort peu de chance que des visiteurs se présentent et, si c'était le cas, ils devraient d'abord faire halte à la barrière sécurisée.

Elle se déshabilla donc, s'enveloppa dans un grand drap de bain et tira ses cheveux en arrière. Pour plus de sûreté, elle éteignit toutes les lumières, avant d'ouvrir la porte-fenêtre donnant sur la terrasse. Là, elle s'arrêta devant le panneau de contrôle fixé au mur et tourna les jets et le thermostat. Enfin, dans un élan d'audace, elle jeta le drap sur la chaise la plus proche et s'immergea dans le Jacuzzi.

Plongée dans le bain bouillonnant, elle tendit la tête en arrière pour observer les étoiles qui parsemaient la voûte céleste ainsi que le croissant de lune partiellement voilé par un nuage. Mais trop d'idées s'agitaient dans sa tête, l'empêchant de jouir du ciel nocturne et du calme environnant.

Elle ferma les yeux pour tenter de refouler la scène puérile qui s'était déroulée près de l'étang entre Matt et elle, désireuse d'oublier que l'homme exceptionnel et affectueux qu'elle avait toujours aimé lui était presque devenu étranger — et qu'elle appréciait peu sa propre attitude quand elle était en sa présence.

Malgré ses efforts, il lui fut impossible d'effacer ce qui venait de se passer. La discussion, à propos des premières fois de chacun, avait fait resurgir trop de souvenirs — et pas seulement de sa nuit de noces. Elle n'avait pu s'empêcher de songer à toutes ces années passées avec Matt et à la passion qui les liait en toutes circonstances, et ce jusqu'à tout récemment.

Matt… Même les jours où elle était trop fatiguée ou pas d'humeur à faire l'amour, Matt trouvait le moyen de la faire tomber dans ses bras. Elle se souvenait qu'avant de quitter leur lit, les nuits où il était appelé en urgence, il lui donnait toujours un baiser accompagné de quelques caresses suggestives, comme une promesse de terminer ce qu'il avait commencé — promesse qu'il s'empressait de tenir, à son retour, aux petites heures de la matinée. Et que, les fois où elle courait le rejoindre à la clinique, il n'avait aucun scrupule à verrouiller la porte pour la renverser sur son bureau.

Malgré la chaleur, elle frissonna, envahie par le regret de ce qu'ils avaient partagé. Elle avait la nostalgie du passé et Matt lui manquait. Tout cela était perdu — à moins que les choses ne changent radicalement. Ce qui ne l'empêchait pas d'aspirer à revenir en arrière, à retrouver les bras de l'homme de sa vie…

— C'est une fête privée, ou c'est ouvert à tous ? lança une voix traînante aux accents rauques.

Tétanisée, Rachel ouvrit les yeux. Elle distinguait à peine les traits dissimulés dans l'ombre, mais n'avait pas besoin de voir pour identifier le propriétaire de la voix. Elle se redressa d'un bond et embrassa ses genoux pour dissimuler ses seins.

— *Matthew Boyd*, qu'est-ce que tu fiches ici ? D'abord, comment as-tu passé la barrière ?

— Je connais le code.

Evidemment.

— Comment se fait-il que je n'aie pas entendu ton pick-up ? insista-t-elle.

— Parce que je me suis garé au bout de l'allée et que j'ai marché jusqu'ici, expliqua Matt en s'appuyant nonchalamment au mur, les pouces dans les poches. En rentrant de l'étang, je me suis dit : tiens, je me demande ce que fait Rachel. Je parie qu'elle prend du bon temps dans son Jacuzzi.

Quel ramassis de balivernes !

— Tiens donc ! Parce que tu crois si bien me connaître ?

— En effet, ma belle.

Il s'accroupit, plongea son doigt dans l'eau et le fit nonchalamment tournoyer pour l'arrêter à quelques centimètres de sa poitrine nue.

— Je te connais mieux que tu ne te connais toi-même, affirma-t-il. Quant à ton corps, je le connais mieux que personne.

Le mouvement de sa main, bien qu'apparemment innocent, éveilla en elle une sensation de chaleur qui la parcourut de la tête aux pieds en s'immisçant dans des recoins cachés. Sa chair devint si chaude que sa température aurait suffi à porter l'eau à ébullition. Si elle ne le chassait pas illico, elle risquait de commettre une énorme bévue.

— Aurais-tu l'obligeance de retourner à ta voiture et de me laisser tranquille, assena-t-elle en insistant lourdement sur *tranquille*.

— Je te rends nerveuse, ma belle ?

Exactement.

— Pas du tout, mentit-elle. Tu me rends folle. Parce qu'il faut toujours te mettre les points sur les i.

— Je désire simplement parler un peu avec toi, c'est tout.

Pendant des semaines, elle s'était escrimée à faire parler Matt, à essayer de le forcer à poser des mots sur leur tragédie. Alors, s'il avait enfin décidé de céder à sa requête, elle ne devait pas laisser passer cette chance.

— Je suis dans ce Jacuzzi pour me libérer de mon stress, dit-elle finalement. Je n'ai pas envie de ruiner ce moment de détente en tournant en rond avec toi pour n'aboutir à rien. Mais, si tu es décidé à discuter franchement de nos problèmes conjugaux, je suis prête à t'écouter.

— Ce n'est pas pour ça que je suis venu. En revanche, j'ai quelques questions à te poser.

— Des questions à propos de quoi ? demanda Rachel, qui commençait à perdre patience. Le temps qu'il fait ? Le cours de la bourse ? Si le verrat de concours de Foy Lowry va remporter le prix à la foire du comté ?

— Tout ce qui te plaira, chérie.

Elle qui s'imaginait qu'il voulait discuter sérieusement. C'était raté.

— Pas question de sortir de ce bain pour parler de la pluie et du beau temps avec toi ! dit-elle sans ménagement.

— Qui t'a demandé de sortir ? En revanche, je serais ravi de te rejoindre. J'aurais bien besoin, moi aussi, de relâcher un peu la pression.

Oh ! non, non, non... pas ça !

— Ne t'avise pas d'essayer ! menaça-t-elle.

— De quoi tu as peur ? lança-t-il avec un sourire taquin. Que je te vois en Bikini ?

Cela risquait d'être difficile vu qu'elle n'en portait pas...

— Non, je m'en fiche, riposta-t-elle. J'estime seulement que ce n'est pas une bonne idée de nous retrouver si proches.

Il se redressa et resta planté au-dessus d'elle.

— Très bien, dit-il. Reste à ta place et moi à la mienne. Mais je veux te voir pendant que je te parle.

Avant qu'elle ait pu protester, il se dirigea vers le panneau de contrôle et pressa sur le bouton de l'éclairage sous-marin. Quand il se retourna, elle se raidit et pressa les genoux sur sa poitrine.

— Tu permets ? lança-t-elle aigrement.

— Je permets tout à fait, répliqua-t-il en examinant son corps sans même chercher à s'en cacher. J'adore te voir nue et toute mouillée. Tu es fantastique. Mais j'imagine que papa n'approuverait pas que tu te baignes à poil dans son enceinte sacrée.

Comme d'habitude, Matt ne ratait jamais une occasion de lui jeter le code moral de son père à la figure.

— Ce que je fais ne le regarde pas, rétorqua-t-elle.

— Alors, on ne lui dira rien, hein ?

Elle aussi avait un bon paquet de choses à dire à Matt, mais il lui coupa le sifflet en s'emparant d'une chaise où il s'assit sans attendre d'y être invité.

— Matt, dans la phrase « j'aimerais que tu me laisses tranquille » quel est le mot qui t'a échappé ? grommela-t-elle.

— Je te laisserai tranquille dès que j'aurai obtenu ce que je suis venu chercher, dit-il en étendant ses longues jambes, bottes croisées sur les chevilles, les mains nouées sur l'estomac. J'imagine que, puisque tu ne sortiras pas de ce bain et que tu ne me laisseras pas y plonger, on peut continuer notre conversation ici.

Manifestement, il n'avait aucune intention de s'en aller, du moins pas dans l'immédiat.

— Très bien, soupira-t-elle. Tu as cinq minutes pour me dire ce que tu as sur le cœur.

— Première question.

— Vas-y, mais dépêche-toi, répliqua Rachel qui redoutait déjà le pire.

— Est-ce que tu regrettes que je sois le seul homme que tu aies jamais connu ? demanda-t-il, le visage sérieux.

Rachel ne s'attendait pas à cela. En vérité, elle ne s'était jamais intéressée à un autre homme.

— Non, je ne regrette pas que tu sois le seul avec qui j'ai fait l'amour. Et toi, tu regrettes que je sois la seule femme… Attends un peu ! fit-elle en fronçant les sourcils. Je ne suis pas la seule. J'avais oublié cette bimbo que tu as rencontrée, l'été où Chase et toi avez bourlingué à travers l'Etat.

— Tu parles de l'été où tu m'as largué sur ordre de ton paternel ?

Là, il l'avait mouchée.

— N'empêche que tu t'es empressé d'honorer la première paire de fesses et le premier décolleté plongeant qui passait, rétorqua-t-elle.

— Et quand je te l'ai avoué, tu n'as pas hésité une seconde à me récupérer.

Un nouveau point en sa faveur.

— A l'époque, j'étais jeune et stupide, marmonna-t-elle.

— Jeune, oui, mais pas stupide, répliqua-t-il en se reculant dans son siège, les mains sur les genoux. Tu savais que nous étions faits l'un pour l'autre. Et c'est toujours vrai.

A la fois incommodée par le cours que prenait la conversation et le fait d'être trempée, Rachel sentit que c'était le moment de mettre un terme à cette situation. Soit elle demandait à Matt de lui tendre la serviette, soit elle sortait pour la récupérer. Elle pouvait également lui demander de se retourner ou faire comme si de rien n'était, mais à quoi bon tous ces chichis ? Après tout, ils avaient plus de dix ans d'intimité derrière eux.

A la seconde où elle se dressa dans le bain, il fixa sur elle ses yeux bleu ciel que le doux éclat de l'eau rendait comme translucides. Elle ne connaissait que trop bien le sourire lent et sensuel qui s'ensuivit. Ces atouts physiques l'avaient fait plier à plus d'une occasion.

Même si elle se refusait à ressentir l'attrait habituel qu'il lui inspirait, le désir se répandait déjà dans sa chair comme une traînée de poudre, faisant courir de longs frissons sur sa peau.

Si elle avait su ce qui était bon pour elle, elle aurait foncé vers la sécurité de sa maison aussi vite que ses pieds pouvaient la porter. Au lieu de quoi, une force primitive s'empara d'elle, un étrange sentiment de puissance. Elle agrippa la serviette et commença langoureusement à se sécher, débutant par les jambes et remontant au fur et à mesure. Elle n'avait pas besoin de jeter un regard vers Matt pour savoir qu'il l'observait toujours et, peut-être même, qu'il la désirait. Elle s'en assura d'un regard furtif et, remarquant qu'il remuait nerveusement sur sa chaise, elle baissa les yeux sur sa braguette.

Il la désirait, c'était manifeste. Mais il ne l'aurait pas. Du moins, pas ce soir.

Après s'être enroulée dans le drap de bain, elle en noua les pans entre ses seins, et se retourna vers Matt qui, entre-temps, s'était levé.

— Je rentre, annonça-t-elle d'une voix peu assurée.

— Tu sais ce que tu viens de m'évoquer ? demanda-t-il en s'avançant vers elle. Ce matin du printemps dernier, quand je suis rentré à l'aube, après avoir passé la nuit à soigner le hongre des Fielder. Je me suis assis à la table du petit déjeuner et tu m'as fait un strip-tease improvisé à tomber à la renverse. Mais le mieux, c'était la partie de jambes en l'air qui a suivi sur le carrelage de la cuisine.

Honteuse de son manque d'inhibition, Rachel rougit comme une pivoine. Elle aurait parié que c'était ce matin-là qu'elle était tombée enceinte.

— Je préfère oublier cet épisode, si tu veux bien, répliqua-t-elle.

Comme il avançait d'un pas, elle s'empressa de reculer contre le mur de brique.

— Tu rougis parce que tu es embarrassée, chérie ? demanda-t-il. Ou parce que tu te souviens comme c'était bon nous deux ?

Un peu des deux.

— Les choses ont beaucoup changé depuis, dit-elle vivement.

— Peut-être, mais pas tout.

Il s'approcha plus près pour se retrouver à peine à quelques centimètres d'elle.

— Tu es toujours aussi incroyablement sexy, reprit-il. Et on peut encore prendre du bon temps ensemble. Je serais très heureux de te le prouver.

Même si elle mourait d'envie de le prendre au mot, la réalité reprit le dessus.

— Coucher ensemble ne résoudra pas nos problèmes, répliqua-t-elle.

— Il n'empêche que ça pourrait nous les faire oublier pendant un moment, affirma-t-il en repoussant une mèche derrière son oreille. D'ailleurs, c'est bien toi qui viens de parler de coucher ensemble, non ? Je ne suis pas fatigué, alors…

Oui, mais elle, elle était fatiguée. Fatiguée de lutter. Au point d'être presque prête à céder et à s'abandonner. Malheureusement, si elle ne voulait pas s'en mordre les doigts, elle devait se montrer forte.

— Je te répète que je rentre. Seule. Bonne nuit ! lança-t-elle.

Elle ouvrit la porte-fenêtre, mais Matt la suivit. Comme elle se retournait pour protester il en profita pour lui voler un baiser. Un baiser sensuel et langoureux qui la fit trembler sur ses bases. Elle avait oublié la dernière fois où ils s'étaient embrassés avec tant de fougue. La dernière fois où ils avaient été si proches. Soudain, elle se rappela toutes ces nuits où, torturée par le manque de lui, la colère et la rancune l'avaient empêchée d'assouvir ses désirs.

Cette colère, toujours bien présente, aurait dû la retenir, or sa résistance s'évanouit dès que Matt glissa un doigt sous le nœud de la serviette. Même s'il était évident qu'il en mourrait d'envie, il n'alla pas plus loin, attendant sa permission. Si elle lui disait d'arrêter, il le ferait. Si elle lui demandait de partir, de la laisser, il obtempérerait. Son mari avait beau être audacieux et têtu comme une bourrique, il ne la forcerait jamais à agir contre son gré. Malheureusement, c'était bien ce dont elle avait envie ! Bonne ou mauvaise idée, raisonnable ou pas, elle le désirait.

Et comme, à cet instant, ressentir autre chose que de la colère, du ressentiment ou de la tristesse comptait plus pour elle que la raison, elle dénoua la serviette qui tomba au sol, la laissant totalement exposée — aussi bien moralement que physiquement.

A partir de là, tout se déroula à une vitesse folle. Ils foncèrent vers la chambre adjacente en s'embrassant à pleine bouche. Matt la fit asseoir au bord du lit d'où elle le regarda arracher son T-shirt et le jeter par terre. Puis il tâtonna sur sa braguette et abaissa fiévreusement son jean et son boxer-short sans même se soucier d'ôter ses bottes. Quelque part au fond de sa conscience, une voix murmura à Rachel qu'elle aurait dû protester que ce n'était pas la chose à faire. Trop tard ! Ils avaient déjà dépassé le point de non-retour.

Matt la coucha sur le lit et se glissa en elle avec plus de retenue qu'elle ne l'aurait cru, malgré le bleu intense de ses yeux rivés sur elle et la crispation de ses mâchoires, signes qu'il luttait pour garder son self-control. En temps normal, il aurait pris le temps de la caresser pour la faire jouir, mais, aujourd'hui, Rachel n'avait que faire de ces préliminaires. Presser sa peau moite contre la sienne, sentir la puissance de son corps en mouvement et se laisser bercer par les mots osés qu'il chuchotait à son oreille suffisaient amplement à son bonheur.

Si Matt s'était toujours enorgueilli de faire durer les choses, ce soir, pas plus qu'elle, il n'arriva à se retenir. Ces ébats aussi spontanés que déraisonnables les portèrent au bord de l'orgasme en un temps record et, après une ultime poussée, il s'écroula sur elle.

Leurs souffles haletants faisaient écho dans la pièce. Le cœur de Rachel ralentit à mesure qu'elle réalisait la situation.

Elle avait oublié comme c'était bon d'être dans ses bras — ou plutôt, elle s'était interdit d'y penser. A présent, tout lui revenait. Toutes ces choses qu'elle avait appris à apprécier au cours des années. Sa manière de la tenir enlacée après l'amour, qui lui procurait une merveilleuse impression d'être aimée, chérie, en sécurité. Malheureusement, à la lumière des récents événements, elle ne pouvait plus se fier à ses sentiments.

Un homme qui aimait réellement sa femme ne se plongeait pas dans le travail pour la fuir. Il ne troquait pas les soirées à la maison pour la fréquentation de bars mal famés. Il n'ignorait pas le chagrin de son épouse parce qu'il refusait de faire face au sien.

Comme cet instant suspendu s'éloignait à tire-d'aile, Rachel, de nouveau oppressée par la nostalgie de ce qui avait été et ne reviendrait peut-être jamais, fit la seule chose à sa portée. Elle pleura.

Matt n'aurait pas été plus surpris s'il y avait eu une explosion dans le comté voisin.

Après tout, peut-être qu'il n'avait pas perdu la main. Voilà qu'il tenait sa femme dans ses bras après lui avoir fait l'amour avec la même fougue qu'autrefois. Peut-être que, au bout du compte, ils pourraient redresser la situation. Que Rachel réintégrerait leur foyer.

Soudain, il sentit comme de l'humidité sur son épaule, entendit un sanglot, et comprit qu'il avait mis la charrue avant les bœufs. Son optimisme était très prématuré. L'euphorie le déserta aussi vite qu'elle était venue.

Il souleva la tête. Rachel avait les paupières serrées et les joues trempées de larmes. Des larmes, il en avait vu souvent ces derniers mois, par sa faute la plupart du temps. Et, peu importaient ses efforts, il avait toujours échoué à la consoler. Ce soir ne ferait donc pas exception ?

— Rachel, qu'est-ce qui ne va pas, mon amour ? demanda-t-il en posant un baiser sur son front.

— Je ne comprends pas comment le sexe peut marcher si bien entre nous, alors que tout le reste va de travers, soupira-t-elle d'une voix tremblotante.

Il aurait dû anticiper sa réaction, savoir qu'elle envisagerait les choses sous cet angle, que son plan pour la reconquérir risquait d'échouer lamentablement.

Il roula sur lui-même en se couvrant les yeux de son bras, pour se protéger de la lumière qu'ils avaient négligé d'éteindre. Bon sang ! Il n'avait même pas ôté ses bottes et son pantalon…

Cette pensée le glaça. Poser la question suivante risquait de jeter de l'huile sur le feu, mais il fallait qu'il sache.

— Tu prends la pilule ?

— Non, je n'avais pas besoin de contraception, tu t'en doutes ! répondit-elle sèchement.

Bon sang ! Exactement ce qu'il craignait.

— Est-ce qu'on vient de prendre un gros risque ? demanda-t-il.

Comme le matelas s'affaissait, il ouvrit les yeux. Rachel était assise au bord du lit, en train d'enfiler un peignoir.

— Tu veux savoir si je pourrais tomber enceinte, c'est ça ?

— Euh… Oui. C'est possible ?

— Pourquoi ? Ça ne te ferait pas plaisir, Matthew ? rétorqua-t-elle, plantée devant lui, en serrant étroitement sa ceinture.

— Qu'est-ce que tu cherches à dire ? demanda-t-il, ne pouvant ignorer le sarcasme dans sa voix.

— Ne fais pas l'innocent, tu le sais parfaitement, répliqua-t-elle d'une voix glaciale. Tu n'as *jamais* voulu d'enfant.

— Je n'ai jamais dit ça, protesta-t-il en remontant son jean à la hâte pour sauter du lit.

Même s'il l'avait pensé très fort.

— Peut-être que tu ne l'as pas dit en ces termes, mais tes excuses exprimaient ce message haut et fort, dit-elle, après avoir traversé la chambre pour s'asseoir sur une chaise. D'abord, nous ne pouvions pas avoir d'enfant parce que tu devais finir tes études. Ensuite, parce qu'il fallait te créer une clientèle et construire la clinique. Plus tard encore, parce que nous devions bâtir la maison. Seulement, après tout ça, tu t'es retrouvé à court d'arguments...

— De toute façon, tu l'as attendu, ton bébé !

— Tu n'as rien fait pour, tu veux dire ! Je me demande si, au fond, tu n'es pas soulagé d'être débarrassé du souci d'être père.

L'accusation le frappa avec la puissance d'un direct à la mâchoire. Si Rachel avait su les affres qu'il avait traversées au moment de la naissance de leur fils, elle n'aurait pas été si prompte à juger. Mais s'il lui révélait la vérité, fournissait le moindre détail, elle lui en voudrait à mort de la décision qu'il avait prise.

— Ravi d'apprendre que tu as une si haute opinion de moi, répliqua-t-il. Si tu veux savoir, bien sûr que non, je n'ai jamais souhaité qu'il arrive quelque chose au bébé !

— *Caleb*, dit-elle, raide comme la justice. Son nom est Caleb.

Inutile de le lui rappeler, vu que c'était lui qui avait choisi ce prénom dans la liste qu'elle lui avait proposée. Il choisit de changer de sujet avant de laisser échapper des aveux aussi inutiles que déplacés.

— Ce qui nous est arrivé était insupportable, mais il faut aller de l'avant, dit-il. Sinon, nous ne surmonterons jamais cette épreuve.

— Tu peux peut-être la surmonter, moi pas, assena-t-elle en posant sur lui un regard sombre. Je l'ai porté dans mon ventre pendant sept mois. J'ai senti ses coups de pied. Il faisait partie de moi. De *nous*.

Ils avaient maintes fois abordé le sujet auparavant, et chaque fois le fossé entre eux s'était creusé davantage. Aujourd'hui, Matt préférait se concentrer sur le pas qu'ils avaient fait ensemble, quelques minutes plus tôt. Un pas dans la bonne direction.

— Ecoute, Rachel, je sais que nous sommes loin d'avoir tout réglé, dit-il. Si tu me permettais de rester, on pourrait reprendre cette conversation demain matin, après une bonne nuit de sommeil.

Elle se leva de sa chaise avec la majesté d'une princesse — ce que son père l'avait persuadée d'être — et lança :

— Tu as raison. Je suis trop fatiguée pour discuter. Mais tu ne peux pas rester cette nuit.

Parfois, elle était aussi obstinée qu'un troupeau de mules ! Qu'importe, il ne s'était jamais laissé décourager.

— Je suis ton mari, bon sang ! Et si ce que nous venons de faire, il y a quelques minutes, ne prouve pas qu'il reste quelque chose entre nous — quelque chose qui vaut la peine de s'accrocher — je ne vois pas ce qui pourrait le faire.

— Matthew, c'était du sexe, corrigea-t-elle aussitôt. Le sexe seul n'a jamais fait un bon mariage.

— Excuse-moi, je pensais que nous avions *fait l'amour*, riposta-t-il avec un rire sarcastique. Finalement, peut-être que tu ne m'aimes plus.

Troublée, elle détourna fugitivement le regard, avant de le fixer de nouveau pour répliquer :

— Comme on dit : l'amour ne suffit pas toujours.

— Je me fiche de ce que disent les gens. Nous sommes faits l'un pour l'autre. Que dois-je faire pour t'en convaincre ?

Bon sang ! Ça sonnait presque désespéré. Peut-être parce qu'il l'était…

— Tu pourrais commencer par accepter d'entamer une thérapie conjugale ou, au moins, de m'accompagner au groupe de soutien pour les familles en deuil, le lundi soir, à Trimble Oaks, lui proposa-t-elle.

Ça, c'était trop lui demander.

— Rachel, je ne suis pas comme toi. Je ne peux pas cracher mes tripes devant le premier venu. Tu le savais quand tu m'as épousé. Ma manière de gérer mes émotions ne regarde que moi.

— Je comprends que chacun a sa façon de vivre le deuil, mais toi, on dirait que tu te contentes de refouler ton chagrin — et ça concerne aussi la mort de ta mère. Exprimer tes sentiments est la seule façon d'affronter ta douleur, dit-elle d'une voix vibrante.

Encore un sujet déprimant qu'il ne souhaitait pas aborder.

— Mon père parlait tout le temps de ma mère, même au bout de dix-huit ans, et regarde où il en est arrivé, riposta-t-il.

A vivre seul, incapable de travailler parce qu'il boit tant qu'il creuse sa tombe avant l'heure.

— Ces derniers temps, tu sembles prendre le même chemin, dit-elle en le regardant droit dans les yeux.

Submergé par la rage, il empoigna son T-shirt et l'enfila brutalement en ripostant :

— Je ne veux pas écouter ça.

Il quitta la chambre et ouvrit si violemment la porte-fenêtre que la vitre en vibra. Au moment où il mit le pied sur la terrasse, l'éclairage du porche s'alluma. Il jeta un regard en arrière. Rachel, plantée sur le seuil, semblait aussi frustrée que lui. Il fit volte-face pour lancer son ultimatum :

— A présent, la balle est dans ton camp. Appelle-moi quand tu sauras ce que tu veux. Jusque-là, je ne t'embêterai plus. Satisfaite ?

Sur ces mots, il descendit l'allée qui menait à la barrière. Il avait à peine fait quelques pas que Rachel cria son nom. Il faillit continuer sur sa lancée, mais une vieille habitude difficile à perdre le poussa à se retourner.

— Quoi ?

— Je sais déjà ce que je veux, annonça-t-elle en baissant les yeux.

A son ton navré, il comprit qu'il risquait de ne pas aimer ce qu'il allait entendre.

— Alors, dis-le-moi, parce que je te jure que je ne le sais plus.

— Je veux divorcer, dit-elle en posant sur lui ses yeux mouillés de larmes.

C'était une déclaration de guerre et Matt n'était pas prêt à agiter le drapeau blanc — pas tout de suite, en tout cas.

— Eh bien, princesse, je vais t'apprendre une nouvelle : tu pourrais bien ne pas obtenir ce que tu veux, pour une fois.

3

— Tu es absolument sûre que c'est ce que tu veux ?

Prête à dire non et à s'enfuir de l'étude, Rachel jeta un regard éperdu à Savannah de l'autre côté du bureau en acajou. Mais son incapacité à résoudre ses problèmes conjugaux la retint sur sa chaise.

— Je ne suis pas sûre de grand-chose en ce moment, soupira-t-elle. Tout ce que je sais c'est que je dois réagir.

Savannah se pencha en avant, mains jointes sur le bureau — parfaite incarnation de l'avocate sérieuse et prospère qu'elle était.

— Matt est-il au courant que tu envisages de divorcer ? demanda-t-elle.

— Je le lui ai annoncé, il y a quinze jours, quand il est passé chez moi peu après votre départ, la nuit du pique-nique à l'étang.

— Quelle a été sa réponse ?

— Que je pourrais ne pas obtenir ce que je voulais, je cite. Mais depuis, je n'ai plus entendu parler de lui. Il s'est peut-être résigné.

Ce qui la rendait atrocement triste. Elle s'était attendue à une guérilla larvée, et plus d'efforts pour la détourner de son projet. Mais peut-être que Matt ne voyait pas de raison de se battre. Et il pourrait bien ne pas avoir tout à fait tort.

— Avant tout, sache que je ne peux pas te représenter, annonça Savannah en mettant de l'ordre sur son bureau.

Ce n'était pas ce que Rachel avait envie d'entendre.

— Je croyais que, depuis que tu étais rentrée de Chicago, tu ne pratiquais plus seulement le droit des affaires, mais le droit en général, observa-t-elle, dépitée.

— Je l'ai toujours fait, tu as raison, et ça inclut malheureusement les divorces. Mais Matt et toi êtes des amis. Te représenter serait prendre parti. Ce que je ne ferai pas. J'espère que tu comprendras.

— Et si Matt est d'accord pour divorcer et qu'il ne s'agisse que de remplir des formulaires ? demanda-t-elle, déçue, mais peu surprise de la loyauté de Savannah.

— Tout dépend si vous êtes capables de diviser équitablement vos biens tout seuls. Ce qui sera difficile s'il refuse de coopérer…

Le partage des biens n'était pas un problème — du moins, de son côté.

— Je n'ai pas l'intention de lui demander grand-chose. Il peut garder la maison et la clinique. J'ai suffisamment d'argent.

— As-tu songé à l'appeler pour lui parler de ton projet ? Le mieux serait d'envisager un entretien en tête à tête.

Leur dernier tête à tête s'étant transformé en corps à corps, mieux valait éviter. Elle ne pouvait laisser Matt user des mêmes armes pour la faire tomber à la renverse et la mettre dans son lit.

— La perspective de le voir me fait trop de mal, dit-elle. Nous n'arrêtons pas de tourner en rond en ressassant nos problèmes.

— Rachel, est-ce que tu l'aimes encore ?

— Oui, répondit-elle sans la moindre hésitation. Mais ça ne suffit pas — même si je le souhaiterais, crois-moi.

— Je me marie dans moins d'un mois et voilà que j'assiste à la déconfiture du couple le plus solide que je connaisse, soupira son amie. Si votre mariage échoue, je me demande si nous pouvons avoir une chance.

— Malgré une séparation de dix ans, Sam et toi n'avez pas cessé d'être amoureux, ça prouve que vous êtes faits l'un pour l'autre, la rassura-t-elle en lui tapotant la main.

— J'espère que tu as raison.

Rachel le souhaitait de tout son cœur.

— Et, moi, j'espère que tu accepteras ma future requête, ajouta-t-elle.

— Mon petit doigt me dit que je devrais refuser, répliqua Savannah en fronçant les sourcils.

Probablement, mais elle devait tout de même poser la question cruciale.

— Accepterais-tu de remplir les papiers et de les envoyer à Matt ? Histoire de lui montrer que je ne plaisante pas.

Savannah la scruta du regard.

— Tu veux utiliser une assignation en guise de coup de semonce ?

— On peut dire ça comme ça. Si, avec ces preuves en main, il ne veut toujours pas s'employer à sauver notre mariage, alors j'irai au bout de la procédure.

— Rachel, permets-moi de te mettre en garde. Proclamer le mot *divorce* est toujours risqué. Il est irrattrapable, même si Matt et toi décidez de vous réconcilier.

Tant pis, elle devait prendre ce risque. Matt était trop entêté, trop orgueilleux pour accepter une réconciliation suivant ses termes à elle. Il niait avoir un problème avec l'alcool, refusait de consulter un conseiller conjugal et excluait d'avoir un autre enfant.

— Je sais que c'est excessif, mais il ne m'a pas laissé d'autre choix, soupira-t-elle.

— Je comprends, mais je ne peux tout de même pas te représenter, répéta Savannah, après un bref moment de silence. En revanche, si tu es persuadée que c'est une bonne chose, je veux bien remplir les documents préliminaires.

Bonne, sans doute. Nécessaire, incontestablement.

— Je suis aussi sûre que je peux l'être, dit-elle. Avec Matt, il va falloir que ça passe ou ça casse.

— Très bien, dit Savannah en ôtant ses lunettes pour se pincer l'arête du nez. Dès que j'aurai rempli les papiers, je t'appellerai pour les signer. Ils devraient être prêts dans l'après-midi et je les ferai délivrer à Matt vendredi.

Quoi, dans deux jours ! Elle n'avait pas envisagé que ce serait si rapide.

— On ne doit pas attendre une certaine période de séparation ? demanda-t-elle, moins assurée qu'elle ne l'aurait voulu.

— Dans cet Etat, aucune loi n'exige de période de probation avant une demande de divorce. Comme vous êtes séparés depuis plusieurs semaines, j'imagine que vous n'avez pas eu de rapports. Et si vous n'avez pas eu de rapports, j'en déduis qu'aucun enfant n'est impliqué.

Rachel, incapable de démentir, n'osa regarder son amie, ce qui lui mit la puce à l'oreille.

— Rachel ? Est-ce que tu me caches quelque chose ?

— Matt et moi avons eu un petit « rapprochement » post-séparation, donc je suppose que je pourrais être enceinte, mais les chances sont minces.

— Quand est-ce arrivé ? demanda Savannah, bouche bée.

— La nuit où je lui ai annoncé que je voulais divorcer, répondit-elle, penaude, avec l'impression d'être une ado en fugue surprise sur un parking avec son petit ami.

— Si tu étais enceinte, tu projetterais de le lui dire ? Tu ne lui diras pas, c'est ça ? déduisit Savannah, comme elle ne répondait pas.

— Je n'en sais rien — *c'était la vérité*. Mais je ne vois pas de raison de s'inquiéter à l'avance. Il n'y aura certainement rien à lui apprendre.

— J'ai autre chose à te demander, reprit son amie en tapotant nerveusement son stylo sur le bureau, avant de le lâcher : Tu te souviens du soir où nous sommes allés tous ensemble chez *Rudy*, peu avant que je me réinstalle ici ?

Comment aurait-elle pu l'oublier ? C'était la nuit où elle avait annoncé sa grossesse à ses amis.

— Tu parles que je m'en rappelle !

— Tu as dit quelque chose qui m'a titillée pendant presque un an, continua Savannah. Tu as dit : « j'ai » décidé d'attendre un bébé. Pas « nous ». Alors, pour être franche… je me suis demandé si tu ne lui avais pas fait un enfant dans le dos.

C'était un fardeau que Rachel portait depuis des mois. Un fardeau qu'elle était contente de partager avec quelqu'un, enfin.

— J'ai peut-être oublié une ou deux fois de prendre la pilule, avoua-t-elle.

— *Oublié* ?

— Bon, d'accord, je l'ai fait exprès, admit-elle. Je pensais que si je laissais faire la nature et tombais enceinte, Matt se ferait une raison. J'avais même espéré que ça le rendrait heureux.

Ce en quoi elle s'était trompée sur toute la ligne.

— Matt ignore toujours que ce n'était pas un accident ?

— A quoi bon lui dire, Savannah ? dit-elle un peu sèchement. La messe est dite. Je suis tombée enceinte et j'ai perdu mon bébé.

Même si c'était absurde, elle redoutait que la perte de Caleb ne soit une sorte de punition karmique pour avoir manipulé son père.

— Mais, à présent, Matt sait que tu n'es plus sous pilule, n'est-ce pas ? insista son amie.

— Oui, il le sait, soupira-t-elle, la réaction de celui-ci étant encore vive à sa mémoire. Et c'est un des problèmes qui affectent notre union. Je veux un autre enfant et pas lui. En réalité, il n'a jamais vraiment désiré Caleb.

— Enfin, Rachel, bien sûr que si ! Matt est un homme bon.

Effectivement, un homme bon — qui n'a pas la fibre paternelle.

— Tout ça n'a plus d'importance, soupira-t-elle. Je dois me concentrer sur mon avenir, avec ou sans lui.

— Tu te sens prête à un avenir sans Matt ? interrogea Savannah.

Non ! Même si elle se sentait capable de se débrouiller sans lui, jamais elle ne serait prête à cette éventualité.

— Contentons-nous de procéder par étapes et de remplir les papiers, reprit-elle posément. Pour le reste, je déciderai plus tard.

A l'instant, sa principale préoccupation était la réaction de Matt quand il apprendrait sa démarche. Elle espérait que tout se passerait pour le mieux — tout en redoutant le pire.

— Hé, Matt, où tu te caches ?

La question résonna dans la grange au moment où Matt plantait son aiguille dans le garrot de la jument. Plus effrayé par la voix de stentor que par l'injection, l'animal cambra la tête avec un brusque pas de côté, manquant lui faire perdre l'équilibre. Seules ses années d'expérience et l'habileté qui allait de pair lui évitèrent de s'écrouler et de se faire piétiner par le cheval. C'eût été le bouquet de se retrouver hors de combat, alors qu'en ce moment son travail était sa seule planche de salut !

Il calma suffisamment la jument pour ôter l'aiguille, en tenant fermement la longe, au cas où elle déciderait de nouveau de faire un écart. Heureusement, l'attention du cheval fut attirée par une balle de foin, au moment où Chase apparut sur le seuil de la stalle.

— Tu as une minute ? lança-t-il.

La question énerva Matt au plus haut point. Il faut dire qu'en ce moment, il n'était pas à prendre avec des pincettes. Il remit le capuchon sur l'aiguille, ouvrit la porte du box et posa la seringue sur son chariot de matériel en attendant de s'en débarrasser convenablement.

— Une minute, c'est tout ce dont je dispose, répliqua-t-il. Je dois me rendre à la ferme de Bailey vacciner ses génisses.

— Jolie jument baie, observa Chase en lorgnant dans le box. A qui appartient-elle ?

— Sam. Elle a été saillie par son étalon et doit pouliner dans quelques semaines.

— Je croyais que ça faisait des années que Sam avait arrêté d'utiliser son vieil étalon pour la reproduction ?

— Ce poulain sera le dernier de la lignée et le cadeau d'anniversaire de Rachel, expliqua Matt, à contrecœur. Si ma femme réintègre le domicile conjugal, bien sûr. Ce qui est loin d'être gagné.

— Ça, tu peux le dire !

Quoi ? Vu le discours que Chase lui avait sorti quelques jours plus tôt — comme quoi il devait « se battre pour reconquérir sa femme » — son commentaire avait de quoi interpeller Matt.

— Merci pour ton vote de confiance, répliqua-t-il sèchement. As-tu fait tout ce chemin pour me démonter, à cause de la petite scène entre Rachel et moi à l'étang ?

— En fait, je suis ici pour un motif officiel, déclara son ami, soudain très intéressé par ses pieds.

Ceci expliquait pourquoi il portait son uniforme, mais pas ce que recouvrait la formule « motif officiel ». Matt aurait parié le ranch que son père avait encore fait des siennes.

— Laisse-moi deviner, dit-il. Mon paternel vient de nouveau de se faire coffrer, et tu cherches quelqu'un pour payer sa caution ?

— Ça n'a rien à voir avec Ben, répondit Chase en lui tendant un pli. Savannah m'a demandé de te délivrer ça. A ce stade, la procédure voudrait que je déclare : « Vous êtes assigné », mais je ferai une exception pour te dire juste que je suis désolé.

Matt regarda fixement l'enveloppe, avant de s'en emparer. Quelque éleveur mal embouché avait dû décider de le traîner en justice pour un motif insignifiant. *Ça ne pouvait être que ça.* Pourtant, jamais personne à Placid n'avait encore menacé de le poursuivre. Il avait bien été menacé personnellement, sans que sa pratique ne soit jamais remise en cause. La possibilité que Rachel soit derrière cette démarche lui donnait la chair de poule.

Pressé de mettre fin au suspense, il arracha l'agrafe et ouvrit l'enveloppe. En effet, ses pires peurs se confirmaient. *C'était une demande de divorce, signée par sa femme.*

Submergé par une rage issue des tréfonds de son être, il eut la tentation de donner un coup de poing dans la porte du box. Au lieu de quoi, il tourna sa colère contre son ami.

— Tu as bien dit que Savannah était impliquée là-dedans ? s'écria-t-il en brandissant les papiers.

Il détesta la compassion dans le regard de Chase autant que le timbre de sa voix quand il répondit :

— C'est elle qui a décidé de ne pas utiliser la procédure habituelle pour me charger de cette *mission*, dit ce dernier. Elle s'inquiétait de ta réaction et a pensé que je pourrais te calmer.

Un plein verre de whiskey n'aurait pas pu y arriver, bien qu'il eût volontiers tenté le coup. Mais mieux valait commencer par le commencement.

Sans un mot, il prit l'allée centrale et se dirigea droit vers la porte de l'écurie, sans même s'arrêter quand Chase lui cria :

— Matt, ne fais pas de bêtise !

La bêtise aurait été de ne pas réagir, de baisser les bras et de se laisser piétiner par Rachel. Avant de lâcher sa bombe, le moins qu'elle aurait pu faire aurait été de l'avertir. Elle lui devait bien cela, non ? Pour être franc, l'autre nuit, elle lui avait effectivement annoncé son intention de divorcer. Mais, comme un idiot, il avait refusé de la croire et décidé de lui laisser de l'espace, du temps pour prendre conscience que, séparés, ils étaient comme amputés d'eux-mêmes. Manifestement, elle se fichait comme d'une guigne qu'ils aient fait l'amour. Eh bien, pour lui, cela comptait ! Et il comptait bien le lui faire savoir sur l'heure.

Il sauta dans son pick-up, jeta les documents sur le siège passager et, fonçant à tombeau ouvert sur le sentier, il dépassa le véhicule de Chase en projetant dans son sillage un nuage de poussière et des graviers. Arrivé à la grand-route, il décida de tourner à gauche en direction de la propriété des Wainwright pour affronter Rachel. Au lieu de quoi, au dernier moment, il bifurqua pourtant sur la droite, en direction de la ville. Il venait de réaliser qu'elle pourrait ne pas le laisser entrer chez elle et peut-être même refuser de lui répondre à l'Interphone. A moins qu'elle n'ait posté son père en sentinelle… Une altercation avec son futur ex-beau-père risquant de lui faire perdre les pédales, il considéra finalement qu'avoir un entretien avec la chef d'orchestre de tout ce gâchis serait un bon début.

Il déboucha dans Main Street en un temps record, virant sur les chapeaux de roues dans le parking en face de ce qui était autrefois le bazar, et qui servait à présent de bureau à Savannah Greer. Après avoir empoigné les papiers, il bondit hors de sa voiture et poussa la porte de bois, s'attendant à trouver une hôtesse à l'accueil. Au lieu de quoi, ce fut Savannah en personne qu'il découvrit, appuyée à la réception. Elle ne se montra pas le moins du monde surprise de le voir. Apparemment, Chase l'avait appelée pour l'avertir. Le traître.

— Tu peux m'expliquer ça ? lança-t-il en lui montrant la liasse de papiers dans sa main.

Après avoir jeté un regard à Ike Wilkins, assis sur une chaise dans un coin, les mains croisées sur son gros ventre, elle dit :

— Monsieur Wilkins, je m'occupe de vous tout de suite. Matt, viens avec moi.

Super ! A présent, toute la ville allait être au courant des problèmes légaux de leur vétérinaire et se lancer dans des spéculations. Mais personne ne devinerait qu'un divorce se préparait — un divorce qu'il refusait et avait bien l'intention de saboter.

Il suivit Savannah le long d'un petit couloir. Elle l'invita à entrer dans une pièce occupée par une table de conférence entourée de quatre chaises. Dès qu'elle ferma la porte et lui fit face, sa fureur se déchaîna contre elle.

— Comment as-tu pu laisser Rachel me faire ça ?

— Premièrement, Rachel a sa volonté propre, le coupa-t-elle. Deuxièmement, j'ai essayé de la décourager d'entamer une procédure de divorce, avant d'en avoir discuté avec toi. Tu sais aussi bien que moi que si tu cherches à la forcer, elle va se cabrer et s'entêter encore plus.

Oh que oui, il ne le savait que trop ! Enervé et désemparé, il se mit à faire les cent pas et finit par se planter devant la fenêtre.

— N'empêche que ce n'est pas très beau de me poignarder dans le dos, comme ça, observa-t-il.

— Je sais, Matt, et j'en suis désolée, dit-elle après un blanc. J'aimerais pouvoir faire quelque chose pour te rendre la situation moins difficile.

— Tu le peux, lança-t-il en se tournant vers elle. Appelle Rachel et dis-lui de venir ici. Qu'elle m'explique en face pourquoi elle est si pressée de ficher en l'air treize années de mariage. Elle me doit bien ça, non ?

— Mieux vaudrait que tu te calmes avant de lui parler, lui conseilla Savannah en posant les deux mains sur la table. Tu devrais retourner chez toi et lui téléphoner demain.

— Je suis très calme, riposta-t-il en tirant une chaise pour s'y carrer, les bras croisés. Comme elle refusera probablement de répondre à mes appels, et que mon beau-père apprécierait peu que je campe devant chez lui, je vais attendre ici jusqu'à ce que tu l'appelles. Tu n'as pas besoin de lui dire que je suis là.

— Elle le sait déjà... parce qu'elle est dans mon bureau, bredouilla Savannah en détournant le regard.

— Et tu ne me l'avais pas dit ? s'écria-t-il, encore plus furieux.

— Elle m'a interdit de le faire, sauf en cas de force majeure.

— Parce qu'elle s'attend à ce que je me donne en spectacle ? lâcha-t-il avec un rire cynique.

— En fait, oui, admit Savannah. Elle a supposé que tu foncerais droit ici et, craignant ta réaction, elle a préféré venir pour intervenir au cas où tu me ferais passer un sale quart d'heure.

Erreur. La seule personne à qui il voulait faire passer un sale quart d'heure se trouvait dans la pièce à côté.

— Fais-lui savoir que je ne partirai pas avant de l'avoir vue, dit-il sur un ton sans appel.

— D'accord. Je vais lui demander si elle accepte de te rencontrer, mais je ne garantis rien, soupira Savannah. Et si elle décide de le faire, tu dois me promettre de ne pas te montrer agressif. Je détesterais devoir appeler Chase pour te traîner dehors.

Vu que Matt était largement aussi buté que sa femme, il faudrait à Chase le renfort de la moitié des forces de police du comté pour le chasser d'ici.

— Je ne ferai pas d'esclandre, dit-il avec amertume. Je veux seulement qu'elle m'accorde quelques minutes de son précieux temps.

— Très bien. Attends-moi là, je reviens tout de suite. Avec ou sans elle.

Après le départ de Savannah, il se leva et recommença à arpenter la pièce. Il ne voyait pas ce qu'il pouvait faire, à part réclamer une explication. Mais il n'en avait pas besoin, à vrai dire. Il connaissait déjà son point de vue. Elle le lui avait suffisamment exposé. Comme l'avait dit Savannah, Rachel ne serait pas prête à céder — surtout s'il la pressait un peu trop.

En proie à une idée subite, il se rassit. Son épouse s'attendait à ce qu'il l'attaque bille en tête, c'était donc le moment de créer la surprise. Même s'il n'avait aucunement l'intention de la laisser s'en aller, il pouvait faire semblant d'être d'accord pour divorcer. Peut-être qu'un choc salutaire l'inciterait à recouvrer son bon sens. Dans le cas contraire, il serait toujours temps d'aviser.

Comme la porte s'ouvrait, il prit sur lui pour se conduire en gentleman et se leva, même s'il n'avait aucune envie de se montrer poli. Savannah entra la première, Rachel sur ses talons. Elle portait un T-shirt moulant qui découvrait une épaule, et son pantalon noir mettait en valeur ses courbes voluptueuses. De plus, elle avait récemment fait couper ses cheveux noirs et elle était plus maquillée que d'habitude. La voir aussi éblouissante renforça sa détermination à faire cesser cette absurdité.

Comme elle s'asseyait en face de lui, il reprit son siège et la fixa jusqu'à ce qu'elle détourne les yeux.

— Puisque Wilma est en congé, il faut que je demande à Ike de signer des papiers, annonça Savannah, après s'être éclairci la gorge. Je reviens tout de suite. En mon absence, j'espère que vous vous tiendrez à carreaux. C'est promis ?

— S'il est correct, je le serai aussi, dit Rachel en le regardant en face.

D'accord. Il allait la jouer en douceur — pour l'instant.

— Pas de problème, acquiesça-t-il.

Savannah ayant tourné les talons, un long silence s'éternisa qu'il décida de rompre avec un compliment équivoque :

— Jolie tenue. Je ne t'avais encore jamais vue en imprimé léopard. On dirait une panthère qui part en chasse, toutes griffes dehors, lança-t-il en jetant un regard évocateur sur ses ongles fraîchement manucurés.

— Crois-moi, ce n'est pas mon intention, répliqua-t-elle en levant les yeux au ciel.

— Alors, prête pour le divorce ?

— Ecoute, Matt, je comprends que tu sois furieux, mais je t'ai prévenu, il y a quinze jours.

— Je ne suis pas furieux.

Le plus gros mensonge qu'il ait proféré récemment.

— Tu ne l'es pas ? demanda-t-elle, éberluée.

— Pas du tout. Simplement déçu. Quand je t'ai quittée après notre petite sauterie, je pensais que tu avais réfléchi et changé d'avis. Mais, si c'est ce que tu veux, je ne vais pas tenter de te forcer.

— Tu ne vas pas me mettre des bâtons dans les roues ? dit-elle, les yeux ronds.

— A quoi bon ? Tu as pris ta décision. Je vais donc la respecter.

Mensonge encore plus gros.

— Parfait, dit-elle doucement. Je suis heureuse que nous nous conduisions en gens civilisés.

— A une condition.

— Laquelle ?

— Puisque tu ne m'as pas prévenu avant de lâcher ta petite bombe, il serait juste que Savannah soit mon avocat.

— C'est une de mes meilleures amies ! protesta-t-elle en le foudroyant du regard. Et j'étais la première sur le coup.

Si elle voulait jouer ce petit jeu, elle allait se faire battre à plates coutures.

— Je l'ai rencontrée bien avant toi, j'ai donc la priorité, rétorqua-t-il.

— C'est la chose la plus stupide que tu aies jamais dite !

— J'imagine qu'il va falloir diviser nos amis en même temps que nos biens, dit-il en se reculant dans son siège. Alors, autant commencer tout de suite par Savannah.

— C'est comme ça que tu envisages les choses, Matt ? demanda-t-elle, manifestement au bord de l'explosion. Tu vas me pourrir la vie durant toute la procédure ?

Il allait se gêner !

— Hé, c'est toi qui as voulu ce divorce. Alors, il va falloir en affronter toutes les conséquences.

Rachel s'emporta.

— Tu es l'homme le plus borné, le plus exaspérant que j'aie rencontré de ma vie !

Même en colère, tu es la femme la plus sexy que j'aie jamais vue.

— Je te retourne le compliment, princesse.

— Arrête de m'appeler comme ça ! vociféra Rachel, hors d'elle.

— Vous pouvez baisser d'un ton, ordonna Savannah, le regard noir, en se ruant dans la pièce. La ville entière vous entend brailler !

— Désolée, marmonna Rachel. Monsieur a commencé par clamer que c'est lui qui avait droit à tes services plutôt que moi.

— J'ai seulement dit qu'après la petite surprise que tu m'as faite, ce ne serait que justice, rectifia Matt, appréciant peu d'être dépeint comme le méchant de l'histoire.

— Pause ! lança Savannah en formant un T avec ses mains.

— Je m'excuse et Matt aussi, bredouilla Rachel, passée de la rage à la honte en moins de cinq secondes.

Il tressaillit, car elle venait de lui décocher un coup de pied sous la table.

— Euh... oui, moi aussi, désolé de m'être emporté, s'empressa-t-il de renchérir.

— Primo : comme je l'ai dit à Rachel à notre premier entretien, mon rôle se limitera à cette assignation, déclara Savannah. Je ne vous représenterai ni l'un ni l'autre parce qu'il y aurait conflit d'intérêt. Vous devrez engager chacun un avocat. Je vous souhaite bon courage, si c'est ainsi que vous comptez vous conduire chaque fois que vous vous retrouverez en présence l'un de l'autre.

— Tu n'avais pas dit que tu t'occuperais du divorce jusqu'à ce que nous nous soyons accordés sur un partage équitable de nos biens ? rétorqua Rachel, dépitée.

— A mon avis, vous n'êtes même pas en mesure de vous accorder sur le temps qu'il fait, alors sur le partage..., soupira Savannah en se frottant les tempes comme si elle souffrait d'une migraine foudroyante.

Rachel, tout sucre et miel, reporta son attention sur Matt.

— Personnellement, je ne souhaite pas engager d'avocat. Je ne vois pas d'objection à faire la paix pour régler cette question.

Matt, qui, lui, ne voyait pas l'utilité de la régler du tout, affecta quand même d'être d'accord.

— Ça marche pour moi, dit-il.

— Tu vois ? lança Rachel à Savannah, avec un sourire forcé. Quand il le faut, nous pouvons nous montrer conciliants, nous comporter en adultes responsables.

— Il faudra me le prouver, riposta leur amie. Si vous arrivez à établir une liste et me la laissez l'examiner sans exprimer aucun désaccord, peut-être que j'accepterai de terminer la procédure. Mais s'il y a la moindre contestation, même à propos d'un DVD, vous vous débrouillerez tout seuls. Nous sommes bien d'accord ?

Matt était prêt à jouer le jeu. Etablir le partage des biens lui donnerait l'occasion de passer du temps avec Rachel et d'épuiser, petit à petit, sa résistance. Avant la fin, il comptait bien l'avoir récupérée dans sa maison et dans son lit.

— Appelez-moi quand vous serez prêts à fixer tous les détails, dit Savannah en repoussant sa chaise. A présent, j'ai rendez-vous avec mon cher fiancé pour déjeuner et parler du mariage. Vous pouvez vous revoir, quand vous serez disposés à négocier, mais je vous en prie, ne recommencez pas à vous écharper — au moins avant d'être dehors.

Comme elle s'apprêtait elle aussi à se lever pour se diriger vers la porte, Rachel posa sur Matt un regard glacial.

— Je suppose que la prochaine étape consiste à fixer une date et une heure pour faire le décompte de nos biens. Demain, ce ne sera pas possible. Je suis bénévole au rodéo des pompiers.

— Tiens, j'y serai aussi ! observa-t-il, saisissant l'opportunité au vol.

— Pour y faire quoi ? fit-elle en fronçant les sourcils.

— Je te rappelle que je suis toujours en service, au cas où un cheval se blesserait, ce qui arrive régulièrement.

— Je comprends.

Elle se rassit et croisa les mains sur la table, aussi correcte et guindée qu'une vieille fille — plutôt : aussi correcte qu'on pouvait l'être en T-shirt léopard.

— Puisque nous vivons tous deux dans cette ville, il nous arrivera de tomber l'un sur l'autre, reprit-elle. Mais nous pouvons nous limiter à des rapports cordiaux.

— Alors, tu te sens prête à ce que tout le monde sache que nous sommes séparés ? dit-il pour la pousser dans ses retranchements.

— Ce n'est peut-être pas une bonne idée, du moins, à court terme, répondit-elle, après un moment de réflexion. Mon père ne le sait pas encore.

— Tu vis sous son nez et il ne l'a pas remarqué ? observa Matt, étonné.

— Il est parti en Floride, la veille de mon installation, et ne revient pas avant une bonne semaine, avoua-t-elle.

— Tu as réussi à le cacher à la domestique ?

— J'ai expliqué à Zelda que nous repeignions la maison et que les vapeurs me rendaient malade.

— Eh bien, les peintres prennent leur temps ! Ça fait un mois que tu vis là-bas. A moins que tu ne sois une sacrée menteuse…

— Je ne suis pas encore prête à affronter mon père, ça peut se comprendre, non ?

— Tu crains qu'il te dise : « Je te l'avais bien dit » ?

Matt réprima un sourire amer.

— Non, c'est juste que je ne veux pas le stresser davantage. Il a été suffisamment éprouvé par le procès et la condamnation de Dalton.

Personne ne méritait plus que son beau-frère de moisir en prison. Et Matt se fichait totalement de son beau-père.

— Ma chérie, il faudra bien que tu lui apprennes un jour, observa-t-il en se levant pour se pencher vers elle, mains plaquées sur la table. Tu aurais dû y penser avant de tout ficher en l'air.

Sans ajouter un mot, il quitta le bureau et grimpa dans son pick-up. Même si ce coup en douce lui avait fait un choc terrible, au moins, à présent, il connaissait son objectif. Sans tenir compte des obstacles, il allait trouver le moyen de la faire revenir.

4

« A présent, dans l'épreuve de capture de veau au lasso, notre dernier concurrent, Matt Boyd de Placid. »

Rachel avait dû mal entendre.

Elle tendit la boîte de pop-corn et le soda à sa cliente en lançant : « cadeau de la maison », et se rua hors de la tente sans un regard en arrière. Elle se planta à l'extrémité de l'arène pour vérifier que ses oreilles ne l'avaient pas abusée. Matt, chevauchant son vieux hongre, Cody, patientait dans le box. Il portait une chemise bleue à carreaux sur un T-shirt blanc, un jean éculé et le feutre qu'elle lui avait offert l'année précédente pour son anniversaire.

Dès qu'il hocha la tête, la barrière se souleva, libérant le veau de la glissière. Aussi rapide que l'éclair, Matt fit voler le lasso au-dessus de sa tête. Il ne lui fallut que quelques secondes pour terrasser le pauvre animal, lui ligoter les pattes et se redresser mains en l'air. Le souffle coupé, elle le regarda remonter en selle et s'éloigner sur son cheval. Le veau se débattit faiblement pour se libérer de ses liens, mais, bien que l'opération n'ait pris que six secondes, le nœud était solide. Ce n'est qu'à ce moment qu'elle arriva à se détendre — comme si son succès lui importait.

« Mesdames et messieurs, nous avions gardé le meilleur pour la fin ! Avec un temps de six secondes, neuf centièmes, ce cow-boy est notre gagnant. »

Ce cow-boy… Comme tant d'autres femmes, elle avait toujours succombé au charisme des cow-boys. Et Matt en avait à revendre. Elle repensa à l'époque du lycée, quand elle le suivait de ville en ville, le week-end, pour assister à d'innombrables rodéos. Plus audacieux dans ce temps-là, Matt ne se contentait pas de capturer des veaux, mais chevauchait aussi des taureaux sauvages. Après quelques côtes cassées et deux commotions cérébrales, elle avait réussi, à son grand soulagement, à le persuader d'abandonner cette activité périlleuse. A présent, il était plus conscient de ses limites — du moins le croyait-elle. Cependant, elle n'aurait pas été surprise de le voir participer à toutes les épreuves, incluant la chevauchée d'un taureau furieux, rien que pour la faire enrager.

Sa conduite aurait dû la laisser indifférente. Malheureusement, ce n'était pas le cas. Bien que leurs routes soient destinées à se séparer bientôt, elle refusait qu'il lui arrive quoi que ce soit. Mais elle ne pouvait pas plus contrôler ses actes que l'attraction qu'il exerçait sur elle.

Elle attendit qu'il ait ôté son chapeau et ait salué la foule qui l'ovationnait pour réintégrer la tente. Elle avait à peine repris son poste quand Mary Lou Tremaine, la présidente du comité, aussi affairée qu'un oiseau-mouche, fit irruption pour lancer :

— Rachel, on a besoin de toi. Viens tout de suite.

— Où ça ?

— Matt pose pour la photo du vainqueur et il faut que tu y sois. C'est pour le site !

Ce maudit site web était une idée de son père — une très mauvaise idée. La perspective d'être immortalisée sur internet au bras de son futur ex-mari ne la réjouissait pas.

— Là, tout de suite, je suis un peu débordée, dit-elle.

— Enfin, ma chérie, c'est aussi calme qu'un cimetière, répliqua Mary Lou, après avoir observé la tente déserte et les deux bénévoles qui bavardaient près de la machine à glace. En cas de besoin, Nancy et Joe te relaieront.

Super ! C'était génial ! Elle se creusa la cervelle pour trouver une excuse, craignant, si elle protestait trop, que les gens ne se posent des questions, or elle n'était pas prête à affronter la rumeur.

— D'accord, mais seulement deux minutes, au cas où il y aurait de l'affluence, décréta-t-elle en suivant Mary Lou hors de la tente.

Elles dépassèrent l'arène pour se diriger vers la petite loge où Harvey Gallagher, un homme de soixante-dix ans bien sonnés, avait son stand de photo. Elle lorgna sur la droite et découvrit son mari qui se dirigeait vers elles. Il était en grande conversation avec une fraîche et jolie blonde qui arborait une ceinture de reine du rodéo, et un sourire radieux indiquant qu'elle avait gagné le pompon — à savoir Matt.

Bien que son mari ait toujours été un incurable charmeur, la plupart du temps, Rachel ne s'en souciait guère, ayant la certitude que c'était avec elle qu'il rentrerait à la maison. Mais ce n'était plus le cas. Si la jalousie avait été du kérosène, elle aurait pu faire voler une escadrille. Après tout, ils n'étaient pas encore divorcés. Et elle avait bien l'intention de le faire comprendre à cette nymphette déguisée en cow-girl.

Dès qu'Harvey ordonna à Matt de se poster devant le panneau de bois, elle s'immisça entre lui et la blonde et prit place au côté de son époux en susurrant :

— Félicitations, mon amour. Quelle agilité stupéfiante ! Je n'imaginais pas que tu sois aussi en forme *à ton âge*.

— J'ignorais que tu m'avais vu, dit Matt, visiblement surpris.

— Bien sûr que si. Pour rien au monde, je n'aurais manqué ton exploit.

— Où dois-je me placer, Harvey ? demanda Boucle d'or.

Dans le comté d'à côté, faillit répondre Rachel, qui garda toutefois une attitude polie, même quand le photographe demanda à la fille de se placer de l'autre côté de Matt… et de se rapprocher de lui.

Elle encercla la taille de son mari et perçut, aussitôt, la sueur qui imprégnait sa chemise et sa chaleur animale. Les narines chatouillées par les effluves de son after-shave, elle dut lutter contre l'envie d'enfouir son visage dans son cou. Mon Dieu ! Voilà qu'elle était victime d'une attaque de phéromones… et dans l'incapacité de prendre ses distances. Pire, comme un fait exprès, Harvey s'éternisait à prendre son cliché.

— Merci, Tina, lança Matt en se tournant vers la blonde, dès que le photographe les libéra.

— Merci à toi, Matt, répondit-elle. Et fais-moi savoir quand tu veux qu'on se voie.

— C'est promis. Tu peux aussi m'appeler au numéro que je t'ai donné.

Rachel eut l'impression que sa tête allait exploser. Elle n'arrivait pas à croire que son mari ait donné, sans la moindre vergogne, un rendez-vous galant à une fille de dix ans au moins sa cadette !

— Qui est-ce ? demanda-t-elle, à la seconde où la dénommée Tina eut tourné les talons, tout en lâchant prestement son bras pour se camper face à lui, mains sur les hanches.

— Tu ne l'as pas reconnue ? répliqua-t-il avec un sourire irritant. C'est la fille de Jeb Henson.

— Non, je ne l'ai pas reconnue. Elle a quel âge ? Dix-huit ans, à tout casser ?

— Vingt et un, dit-il en pointant son index vers la droite. Il faut que je desselle Cody et le ramène à la maison.

Après qu'il se fut éloigné, Rachel resta figée sur place, pétrifiée par la rage. Puis elle s'élança à sa poursuite, résolue à exiger une explication, même si elle n'était pas vraiment en droit de le faire. A présent, Matt était libre d'agir comme il l'entendait et avec qui il voulait. Toutefois, elle se refusait à devenir la risée de la ville parce que son mari draguait une petite allumeuse, bien avant que l'encre ait séché sur leur acte de divorce ! Il la précédait de quelques mètres à peine. Elle ralentit intentionnellement le pas au milieu du parking. A l'évidence, elle était folle, mais elle ne pouvait s'empêcher d'apprécier ses atouts physiques. Comme sa façon de balancer les bras au rythme de sa démarche chaloupée — ses bras musclés et virils parfaitement assortis à ses mains puissantes. Quant à son derrière, il n'était pas mal non plus. Sans parler de ses hanches étroites et de ses cuisses moulées dans son jean. Pour le rendre fou, il avait toujours suffi qu'elle lui chatouille l'arrière des genoux du bout des doigts, avant de remonter plus haut…

Elle secoua la tête, comme si cela pouvait chasser ces souvenirs troublants. Comme si elle pouvait oublier ces innombrables nuits où elle avait exploré chaque recoin de son corps.

Elle l'observa à distance, pendant qu'il dessellait le hongre et le faisait rentrer dans le van. Plusieurs fois, ils avaient fait l'amour dans la couchette de cette remorque — quand Matt était de service comme vétérinaire de garde dans diverses villes de l'Etat. Et jamais l'exiguïté des lieux ne l'avait dérangée. Matt avait toujours su y faire et il l'avait toujours très bien fait.

Si elle avait été raisonnable — ce qui, en l'occurrence, ne semblait pas le cas — elle aurait banni immédiatement ces souvenirs. S'il était naturel qu'elle pense à lui, il ne méritait pas d'éloges pour un passé qu'elle devait oublier.

Dès qu'il se retourna, après avoir refermé la double porte, elle s'approcha pour décharger sa rage.

— Peux-tu me dire ce que tu as en tête ?

Avant de lui répondre, il fit le tour du van et ouvrit la portière du conducteur.

— Si tu parles du rodéo, je participerai à toutes les épreuves qui me plairont.

— Je ne parle pas que de ça, le coupa-t-elle. Je parle de tes efforts pour revivre ton adolescence. Tu agis comme si tu avais treize ans et pas trente-deux !

Sans regarder autour de lui, il déboutonna les poignets de sa chemise, puis s'attaqua aux boutons du plastron.

— Toute ma vie ou presque, j'ai attrapé des veaux au lasso, répliqua-t-il. Ça m'arrive encore de temps en temps, quand mon métier s'y prête. Je ne joue pas les ados. C'est mon quotidien.

— De nouveau, je ne parlais pas *que* du rodéo. Dis-moi, tu semblais bien intime avec la reine de la fête ?

— Qu'est-ce que ça peut te faire ? répliqua-t-il en ôtant la veste, avant de tirer son T-shirt par-dessus sa tête. Tu es jalouse ?

Oui, et totalement fascinée par le torse nu de Matt, manifestement peu pressé de se couvrir. Etrange, alors qu'elle avait vu sa poitrine des milliers de fois, qu'elle connaissait chaque détail de son corps sur le bout des doigts, qu'elle avait caressé la cicatrice qui barrait ses côtes, le tatouage de scorpion qui cerclait son biceps droit, le fin duvet qui ombrait son sternum et ses plaques de chocolat — elle restait bouche bée, comme si elle n'avait jamais posé les yeux sur lui, et encore moins les mains. Depuis la séance de photo, elle se conduisait comme s'il était un cow-boy sexy qu'elle venait de rencontrer quelques minutes plus tôt. Après toutes ces années, elle n'aurait jamais dû être autant attirée par son mari, or, c'était plus fort qu'elle ! Et cette attirance était encore exacerbée par l'idée qu'il puisse partager tous ces sublimes attributs *avec une autre femme*. Ou plutôt, une fille.

— Rachel ?

Elle s'arracha à la contemplation de son ventre dur et plat pour tomber sur son sourire ironique.

— Quoi ?

— Tu n'as pas répondu à ma question.

Manifestement, toutes ses pensées cohérentes s'étaient envolées à la minute où il s'était mis torse nu.

— Euh… Quelle question, au fait ? bredouilla-t-elle.

— Es-tu jalouse de Tina ?

Bien sûr que oui, mais pas question de l'admettre.

— Non, évidemment, quelle idée ! se défendit-elle. Mais je me soucie de l'opinion des gens. Je n'ai pas envie qu'on se moque de moi parce que tu dragues une minette, trop jeune, blonde et écervelée, et qui se trouve être la fille d'un commissaire de police.

Après avoir jeté ses vêtements et son chapeau dans la cabine, il en sortit un polo bordeaux à manches courtes qu'il enfila prestement.

— Tu as trop d'imagination, ma douce. Puisque tu t'inquiètes, je vais rectifier les choses. C'est au bureau que Tina va prendre ta place, pas dans mon lit.

Cette mise au point aurait dû la rassurer, eh bien, pas tant que cela.

— Qu'est-ce que cette fille connaît à l'administration d'une clinique vétérinaire ? Elle doit à peine savoir faire des divisions !

— Tina possède un diplôme de gestion, de plus, elle a payé ses études en travaillant dans un cabinet médical, ce qui la rend hautement qualifiée pour le poste, la contra-t-il en se coiffant d'une casquette de base-ball. Puisque tu ne veux plus t'occuper de mes affaires, je dois bien engager quelqu'un.

Elle ne doutait pas un seul instant que Miss Cow-girl serait ravie de prendre ses affaires en main — et pas seulement celles impliquant des talents comptables.

— Ne fais pas comme si je vous avais totalement laissé tomber, toi et ta clinique, répliqua-t-elle Je m'occupe toujours des dépôts et de payer les factures.

— Oui, mais tu m'as laissé sur les bras le planning des rendez-vous. Comment pourrais-je avoir le temps de voir mes patients et de m'occuper du cabinet ?

Comme d'habitude, ils aboutissaient à une impasse.

— Très bien, répliqua-t-elle. J'espère que ça marchera avec ta nouvelle assistante.

— Je te tiendrai au courant, promis.

Elle se pinça les lèvres.

— Epargne-moi cette faveur.

Il s'appuya de l'épaule au camion derrière lui, l'air bien plus dégagé qu'elle.

— A propos de faveur, si tu as du temps libre la semaine prochaine, j'apprécierai que tu passes à la clinique pour mettre Tina au courant. On pourrait en profiter pour régler le partage de nos biens.

Rachel ne prit pas plus d'une minute pour réfléchir. Si elle rencontrait la nouvelle recrue de Matt, elle serait capable de flairer s'il y avait anguille sous roche et découvrir si Tina se préoccupait exclusivement de médecine vétérinaire — ou non. Mais tenait-elle vraiment à savoir ? C'était la question.

— Je pourrais venir une heure, lundi après déjeuner, proposa-t-elle.

— Tu crois vraiment que ça suffira pour lui expliquer toute l'organisation et diviser nos avoirs ?

Oui, car elle ne voulait rien de lui, sur le plan financier. Ce qu'elle désirait, il ne pouvait pas le lui donner.

— Il faudra bien, conclut-elle. Je n'ai pas l'intention de passer la journée à materner ton assistante.

— A ta guise.

Exactement. Pour une fois, elle allait suivre son bon vouloir. Comme elle se tournait pour partir, Matt l'interpella, pour la forcer à le regarder, à coup sûr :

— Et maintenant ? lança-t-il en lui décochant ce regard sensuel et enjôleur qui l'avait toujours fait fondre. Puisque apparemment, le spectacle que tu viens de voir ne t'a pas laissée indifférente, je t'inviterais bien à un frotti-frotta au bal de ce soir.

Là, il prenait ses rêves pour la réalité.

— J'aurai autre chose à faire que me frotter contre toi, figure-toi, vu que je serai en train de travailler à la buvette, répliqua-t-elle.

Malheureusement, à moins de simuler une migraine et d'esquiver ses devoirs de volontaire pour rentrer prématurément chez elle, elle serait obligée de le regarder danser avec d'autres. Mais mettre les voiles n'aurait pas été très correct. Les dames du comité comptaient sur elle pour la tombola finale.

Matt eut le toupet de lui faire un clin d'œil !

— Même pas une petite danse en souvenir du bon vieux temps ?

— Hors de question ! lança-t-elle en détalant pour ne pas céder à la tentation.

Son rire la poursuivit durant tout le trajet jusqu'à la tente.

Si elle voulait arriver à divorcer, elle devait éviter à tout prix de se retrouver en sa présence — en particulier ce soir.

— Elle te fuit, c'est évident, observa Sam.

Matt était tout à fait du même avis. Il jeta un regard en direction de la buvette, où Rachel, assise sur un tabouret, tournait le dos au bar. L'orchestre venait à peine de commencer et la piste de danse était encore déserte, ce qui lui offrait une vue dégagée sur sa femme. Quelques minutes plus tôt, il avait réussi à croiser son regard. Depuis, elle s'était arrangée pour éviter tout contact.

Si elle avait décidé de l'ignorer, grand bien lui fasse ! Cette indifférence feinte lui donnait l'occasion de lorgner son corps à loisir, de son minichemisier bleu à son jean moulant. S'il ne l'avait pas connue, il aurait juré qu'elle était en chasse. *Après tout, peut-être était-ce le cas.* Ce qui ne lui aurait pas plu du tout.

Elle était encore sa femme, tout de même ! Alors, qu'elle le veuille ou non, il allait trouver le moyen d'attirer son attention.

— Tu veux une bière ? s'enquit Sam.

Oui. Il en mourrait d'envie.

— Non, ça va, répondit-il.

Il devait prouver à Rachel qu'il n'avait pas besoin d'alcool pour passer du bon temps.

— En revanche, si tu en veux une, je serai ravi d'aller te la chercher, ajouta-t-il, prenant cette excuse pour aller rappeler sa présence à sa femme.

— Je crois que je ferai mieux de m'en passer, ma gamine arrive, répliqua son ami.

Jamie McBriar, sept ans, s'engouffra dans la tente aussi vite que le lui permettaient ses bottes de cow-boy miniature. Elle dépassa son père et se jeta dans les bras de Matt.

— Salut, oncle Matt ! lança-t-elle en lui offrant un sourire aussi large que le Mississippi.

C'était sa nièce, en quelque sorte, vu qu'il la connaissait depuis le moment où elle avait vu le jour en braillant et donnant des coups de pied.

— Salut, mon chou. Quand es-tu arrivée ? demanda-t-il.

— C'est mon week-end avec papa, alors maman m'a déposée

ce matin, expliqua-t-elle, le visage maculé de sucre rose par la barbe à papa qu'elle tenait en main. Je t'ai vu attraper le veau. C'est toi qui as gagné !

Au moins, quelqu'un qui appréciait sa prouesse…

— En effet, répondit-il.

— Oncle Matt, tu as déjà monté un taureau ? demanda la petite en fronçant son joli nez.

Pas depuis qu'il tenait à ses os, en fait.

— Oui, mais ça fait un moment que j'ai arrêté.

— Tu pourras m'apprendre à attraper un veau et à chevaucher un taureau ? demanda-t-elle, ses grands yeux bleus ronds comme des soucoupes.

— Certainement pas les taureaux, intervint Sam. Par contre, si tu veux, je peux t'apprendre à te servir d'un lasso.

— Tu as déjà reçu un prix ou dompté un taureau comme oncle Matt ? demanda Jamie, dubitative.

Savannah vint se planter près de Sam et lui embrassa la joue.

— Oui, ton père l'a fait, lança-t-elle. J'étais là quand il a caracolé sur le monstre. A l'époque, il était bien plus jeune et n'avait pas plus de cervelle qu'un oiseau.

— Admets que ça t'a excitée, répliqua l'intéressé, avec un clin d'œil égrillard.

— J'ai oublié de dire que je n'avais pas plus de jugeote que lui, avoua Savannah avec une grimace.

— Qu'est-ce que papa veut dire par « ça t'a excitée » ? s'enquit Jamie en lui secouant la main.

Pour sortir Sam d'embarras, Matt chipa prestement un morceau de barbe à papa qu'il fourra dans sa bouche. C'était si sucré qu'il faillit le recracher.

— Ton père et moi pouvons tous les deux t'apprendre à lancer le lasso, dit-il pour faire diversion. Comme ça, si tu as besoin d'immobiliser un veau blessé pour le soigner, tu sauras comment t'y prendre.

— Darlene va adorer la chose, marmonna Sam. Merci de lui fournir des prétextes pour limiter mes week-ends avec ma fille.

Dans l'esprit de Matt, l'ex-femme de Sam s'était toujours

montrée accommodante sur la question du droit de garde. En fait, leurs relations étaient si bonnes que c'en était presque écœurant.

— Si tu veux, j'aplanirai les choses avec elle, proposa-t-il.

— Maman ne va pas se fâcher, elle est trop occupée par Brady, déclara la petite.

Matt éprouva un pincement aigu de regret. Le demi-frère de Jamie, né deux mois avant Caleb, était un magnifique bambin en pleine santé.

— Alors, tu aimes ton rôle de grande sœur ? demanda-t-il.

— Brady fait caca tout le temps et il me tire les cheveux, dit-elle, l'air pincé, comme si elle venait d'avaler un piment plutôt qu'une sucrerie.

Même s'il n'avait pas le cœur à rire, mais plutôt à défoncer un mur à coups de poing, Matt s'esclaffa avec les autres. Il s'en voulait à mort d'être incapable de se dépouiller de sa culpabilité, même le temps d'une soirée.

— Je vais conduire Jamie chez tes parents, avant que l'ambiance ne dégénère, annonça Savannah. Gracie a dit qu'elle la garderait pour la nuit.

— Bonne idée, reviens vite, répondit Sam en lui décochant un regard de braise qui n'échappa pas à Matt.

— Tu vas dormir chez Savannah ? demanda Jamie en tirant sur le bras de son père pour attirer son attention.

— J'allais poser la même question, plaisanta Matt, ne pouvant résister à l'envie de taquiner ses amis.

Après lui avoir jeté un sourire complice, Sam se tourna vers sa fille.

— Non, mais je vais rentrer tard et ne te verrai qu'au petit déjeuner. En attendant, occupe-toi bien de tes grands-parents, d'accord ?

— Je voudrais dire bonjour à Rachel, avant de partir, dit Jamie, en se balançant d'avant en arrière sur ses talons.

— D'accord, acquiesça Savannah. En revanche, je ne sais pas trop où elle se trouve.

Avant que Matt ait eu le temps de résumer les faits et gestes de sa femme, Jamie pointa du doigt l'autre côté de l'allée.

— Elle est là-bas en train de parler à cet homme affreux. Papa, qui c'est ?

Matt se retourna. En effet, un cow-boy avait pris place sur le tabouret à côté de Rachel. *Et pas n'importe quel cow-boy.* R.J Harbin, un minable cavalier de rodéo, à la réputation exécrable. Un mauvais coucheur et une langue bien pendue, en prime.

— Bon sang ! Qu'est-ce qu'Harbin fiche là ? s'exclama-t-il.

— Figure-toi qu'il devait monter aujourd'hui, mais n'est pas arrivé à temps, répondit Sam en jetant un regard en direction du coupable. On dirait que cet énergumène est à l'affût d'une proie. Quiconque possédant une fille de plus de seize ans ou une femme de moins de soixante a intérêt à l'enfermer.

Matt n'allait certainement pas rester là les bras croisés pendant qu'un bon à rien de cow-boy à deux balles importunait Rachel. Au moment où il s'avançait, Sam le retint par l'épaule.

— Attends, Matt ! Si tu te pointes, tu vas énerver ta femme.

Ah vraiment ? Bienvenue au club. Lui, il était déjà énervé. Prêt à exploser, même.

— Tu te souviens des rumeurs sur ce type ? lança-t-il sèchement.

— Quelles rumeurs ? s'enquit Savannah.

— A l'époque du lycée, il a été sérieusement mis en cause par une fille, mais ça n'a pas été plus loin, expliqua Sam.

— Il n'y a pas de fumée sans feu, assena Matt, refusant de prendre le risque qu'Harbin tente quoi que ce soit avec Rachel. Le moins que je puisse faire, c'est de la prévenir.

— Sam a raison, intervint Savannah. Laissons Rachel se débrouiller. Vu sa manière vicieuse de jouer au basket à l'école, elle est capable de s'en tirer toute seule, crois-moi. Et puis, de toute façon, elle ne va partir nulle part avec ce type.

— Vous me demandez de rester les bras croisés, pendant que cette saleté drague ma femme ? répliqua Matt.

Pour une autre, il aurait peut-être lâché l'affaire, mais avec Rachel certainement pas !

— Je sais que tu cherches la bagarre, mais si tu interviens sans raison valable, tu ne feras qu'empirer les choses, c'est certain, dit Sam.

Très bien ! Il attendrait d'avoir un vrai motif pour se manifester. Sans réagir, il regarda Harbin chuchoter quelque chose à l'oreille de *sa* femme. Elle écarta son tabouret de l'importun. Parfait. Mais quand ce fichu cow-boy tira son siège pour se rapprocher d'elle et poser la main sur sa cuisse, son sang ne fit qu'un tour. Il renonça illico à son rôle de témoin passif.

— Je vais aller arracher la barbe à cette ordure, annonça-t-il, les dents serrées.

Alors qu'il traversait la piste, il entendit à peine Sam lancer à Savannah :

— Toi et la petite, sortez en vitesse !

Arrivé au bar, il s'interposa entre Rachel et Harbin et, tournant le dos au débile, demanda à sa femme :

— Tu vas bien ?

— Très bien, merci, fit-elle avec un regard qui aurait fait fondre l'acier.

— On fait juste un brin de causette, lança Harbin dans son dos.

— Si je ne m'abuse, vous parliez surtout avec les mains, jeta-t-il avec un regard de mépris par-dessus son épaule.

Rachel tira sur sa manche pour regagner son attention.

— Matt, calme-toi. Tout va bien, je te dis.

Elle en avait de bonnes ! Comment se calmer alors que la vapeur lui sortait par les oreilles ?

— Ça ne me plaît pas que ce type pose les mains sur toi, dit-il, les mâchoires crispées.

— La dame ne s'en plaignait pas, que je sache, ironisa Harbin.

Matt fit volte-face, poings serrés, tentant de se raccrocher au peu de contrôle qui lui restait.

— Il se trouve que la *dame* est mon épouse, et donc intouchable pour ceux de ton espèce.

— Si c'est le cas, pourquoi est-ce qu'elle traîne toute seule ici et vous dans le coin opposé ? riposta le cow-boy. Vous avez eu une dispute d'amoureux, c'est ça ?

— Ce sont mes affaires, enfant de salaud, éructa Matt.

Harbin se laissa glisser du tabouret et se redressa de tout son haut — c'est-à-dire cinq bons centimètres de moins que Matt.

— Peut-être que si vous vous occupiez mieux de vos *affaires*, la petite dame n'aurait pas besoin de me courir après, rétorqua-t-il.

— Je ne vous ai jamais couru après ! s'indigna Rachel en le foudroyant du regard. C'est même tout le contraire, mais vous n'avez pas l'air d'avoir compris le message.

Après l'avoir toisée d'un œil sarcastique, le cow-boy se tourna vers Matt.

— Dis donc, Boyd, chapeau ! Ce n'est pas évident de se trouver une petite prétentieuse qui s'habille comme une traînée.

L'insulte provoqua un brusque déclic dans le cerveau de Matt, déclenchant une fureur dévastatrice. Sans réfléchir, il tendit le bras gauche en arrière et frappa Harbin d'un direct au visage qui l'envoya valser contre le bar. En un éclair, il le saisit au collet et s'apprêtait à le rouer de coups, inconscient des gens autour de lui, quand quelqu'un le ceintura dans le dos pour l'empêcher de continuer. En bon lâche qu'il était, Harbin en profita pour lui décocher un crochet du droit si violent que sa tête fut projetée en arrière par l'impact.

— Matt, tu vas sortir d'ici avant que je t'arrête.

Ce ne fut qu'à cet instant qu'il réalisa que son « protecteur » était Chase.

— Non, je n'en ai pas fini avec cette ordure, rugit-il en se débattant.

Il s'arracha à l'étreinte de son ami, mais celui-ci lui bloqua le passage avant qu'il puisse sauter de nouveau sur sa proie.

Chase avait beau être son ami, il restait malgré tout l'adjoint du shérif.

— Oh que si ! C'est terminé, affirma ce dernier en le poussant vers la sortie. Assure-toi qu'il monte dans son pick-up et qu'il décampe, ordonna-t-il à Sam qui les attendait dehors. Je m'occupe d'Harbin.

Matt, qui n'avait ni envie ni besoin d'une escorte, les poussa d'un geste brusque et traversa le parking pour rejoindre son véhicule, garé au fond, sous un lampadaire. Ce fut seulement une fois arrivé que, remarquant un goût métallique dans sa bouche, il examina la coupure au coin de sa lèvre dans le rétroviseur latéral. Il vérifia que ses dents étaient intactes, fit marcher ses mâchoires et décela une fêlure. On n'y pouvait pas grand-chose. En revanche, ses doigts tuméfiés risquaient de causer problème à son travail. Tant pis, il verrait bien. Il avait subi des blessures bien pires au cours de sa vie — du moins physiquement. Celles infligées par le départ de Rachel et sa demande de divorce semblaient, elles, inguérissables.

Un bruit de pas se fit entendre derrière lui. Il plaqua ses mains sur la carrosserie et baissa la tête vers le sol. L'escorte devait être en route, probablement armée d'un arsenal de phrases du genre : « Je te l'avais bien dit » ou « Qu'est-ce qui t'est passé par la tête ? » Peut-être que Chase avait l'intention de mettre sa menace à exécution et, s'il l'arrêtait, Matt échouerait à la prison du comté. Joyeuse soirée en perspective !

Pas de problème. Monsieur l'adjoint du shérif pouvait bien le mettre sous les verrous si cela lui chantait. Il s'en fichait. Pour une nuit, il pouvait s'accommoder d'une couchette étroite et d'un maigre matelas, puisque, ces derniers jours, sa propre maison avait pris l'apparence d'une prison.

— Cherches-tu à retrouver ton heure de gloire ou as-tu totalement perdu le sens commun ?

Rachel. C'était pire qu'affronter ses amis.

Il se raidit et s'adossa à son pick-up, avant de croiser son regard sévère.

— Mon heure de gloire ? répéta-t-il.

— C'est la première fois en cinq ans que tu participes à un rodéo, répliqua-t-elle en croisant les bras. Ensuite, je te surprends à flirter avec une fille bien trop jeune pour toi. Et voilà que, cerise sur le gâteau, tu joues les machos et fonces bille en tête sur un imbécile à qui tu casses le nez. Si ce n'est pas chercher à revivre sa jeunesse, je ne sais pas ce que c'est !

Elle y allait fort ! Il avait seulement cherché à récupérer son attention… même s'il n'avait pas prévu de s'y pendre en déclenchant un pugilat.

— J'écope d'une lèvre fendue et de jointures en purée en te défendant contre ce salaud, et c'est comme ça que tu me remercies ? protesta-t-il.

— C'est ton ego qui en a pris un coup, répliqua-t-elle en levant les yeux au ciel. Je ne vois pas pourquoi je te remercierais. Tu n'as pas frappé ce type pour me sauver. Tu l'as fait parce qu'il insinuait que tu ne t'occupais pas bien de moi. Nuance. Parce qu'au fond, tu savais qu'il avait raison.

Peut-être bien, mais ce n'était pas aussi simple…

— Rachel, R.J Harbin est dangereux, insista-t-il. Des rumeurs ont couru comme quoi, à plus d'une occasion, il aurait agressé des femmes. Tu sais que je défends toujours ceux que j'aime, que ça leur plaise ou non.

— Ce soir, je n'avais pas besoin qu'on me défende, répliqua-t-elle, sans mordre à l'appât qu'il lui tendait. Chase était posté à côté de la tente. Je m'apprêtais d'ailleurs à aller le voir, lorsque ce type m'avait dit…, hésita-t-elle en détournant les yeux.

— Qu'est-ce qu'il t'avait dit ? éructa Matt dont l'imagination s'emballait à la vitesse d'un cheval au galop.

— Ça n'a plus d'importance.

— Pour moi, si, c'est important.

Rachel poussa un soupir exaspéré.

— Matt, calme-toi un peu. Avant, tu savais garder ton sang-froid et t'en aller à temps, quand la situation dégénérait. Cela ne te rendait pas moins viril à mes yeux — bien au contraire. Aujourd'hui, j'ai l'impression de ne plus te connaître.

Il fallait croire que oui ! Si elle avait vraiment connu ses sentiments, elle aurait su qu'être séparé d'elle était une vraie torture pour lui.

— Rachel, je suis le même homme qui partage ta vie depuis près de vingt ans. Quand tu m'as épousé, tu connaissais mes défauts, tout comme mes qualités, il me semble ? Alors oublions le divorce, veux-tu ? Et recommençons de zéro. Si tu reviens à la maison, je te promets de faire des efforts.

Malgré la douleur dans ses mains, il les tendit vers elle, mais elle se recula brusquement.

— Après ce qui s'est passé ce soir, je suis encore plus convaincue de divorcer. Désolée, Matt. Je ne crois pas à tes promesses. Je n'ai confiance ni en toi ni dans les choix que tu fais. Je ne resterai pas assise, bras ballants, à te regarder détruire ta vie comme ton père a détruit la sienne !

Et elle tourna les talons, le laissant là, figé sur place.

Comme il la regardait s'éloigner, une promesse lui revint à l'esprit.

Je me fiche de ce qui m'arrive, Matt. Promets-moi seulement de sauver notre bébé.

Une promesse qu'il avait trahie, parce qu'il avait été forcé de faire un choix. Un choix qui avait sauvé sa femme, mais avait coûté la vie à leur fils.

5

— Qu'est-ce que tu fais encore ici ?

Rachel leva les yeux sur Chase, planté devant elle, parfaite incarnation du représentant de la loi dans sa chemise kaki à la poche-poitrine ornée de l'insigne du département du shérif.

Oui, pourquoi n'était-elle pas partie quand l'orchestre avait arrêté de jouer, des heures plus tôt, et que le gros de la foule s'était dispersé ? Au lieu de quoi, elle était restée prostrée à ce coin de table à siroter son soda et à ressasser la déception causée par son mari, tandis que les retardataires finissaient leurs boissons et leurs conversations.

— Je pensais donner un coup de main au rangement, dit-elle, invoquant la première excuse qui lui passait par la tête.

Chase tira la chaise en face d'elle et s'assit en ôtant son feutre de cow-boy qu'il posa à l'envers sur la table.

— Les pompiers vont rapporter tout l'équipement au centre communautaire et la compagnie de location viendra récupérer les tables et les chaises et démonter la tente, expliqua-t-il. L'équipe du champ de foire commence à ramasser les poubelles et les tonneaux vides. Il ne reste rien à faire, à moins que tu ne tiennes à passer le balai.

— Je pourrais, mais je n'ai pas l'énergie de bouger, répliqua Rachel, pour qui la perspective de faire le ménage était presque plus alléchante que de rentrer seule chez elle.

— Tu sembles sur les rotules, observa-t-il.

Plutôt stressée et déprimée.

— Oui, ç'a été une rude journée.

— Et la soirée n'a pas été terrible non plus, observa Chase.

— Grâce à Matt et à son numéro de macho.

— Je ne lui jette pas la pierre, fit Chase. Harbin a toujours été une ordure. Si les rôles avaient été inversés, si c'était Jess que ce minable avait eu dans le viseur, j'aurais pu réagir comme lui.

— Dès qu'il a ouvert la bouche, j'ai compris que ce type était infréquentable. En fait l'intervention de Matt m'a soulagée, avoua-t-elle, même si elle était vexante par ce qu'elle présupposait que je suis incapable de me débrouiller toute seule. Entre lui et mon père, on pourrait penser que je suis une pauvre créature sans défense.

— Matt cherchait seulement à te protéger. C'est ce qu'on fait chez nous.

Rachel comprenait cette attitude — qu'elle n'appréciait pas toujours — en particulier quand elle induisait un comportement violent.

— Où se trouve Harbin, à présent ? s'enquit-elle.

— En prison.

En prison ? Soulagée de l'apprendre, elle s'inquiéta toutefois du sort de son mari.

— Tu as arrêté Matt aussi ?

— Non, mais, pour éviter ça, il m'a fallu faire un tour de passe-passe, répondit Chase en coiffant son chapeau. J'ai eu une intuition à propos d'Harbin. J'ai profité du moment où le gaillard était aux urgences pour lancer une recherche sur lui dans nos fichiers. Il s'avère qu'il y a un mandat d'arrêt contre lui pour voie de fait à Nashville. Je l'ai bouclé et on l'expédiera là-bas dans la matinée.

Rachel réprima un soupir. Savoir que R.J ne traînerait plus dans les rues était un poids en moins. Il ne risquait pas de pourchasser Matt pour prendre sa revanche.

— Connaissant l'individu, cette accusation n'a rien de surprenant, observa-t-elle.

— En effet ! Et Matt savait à qui il s'attaquait quand il a pris l'initiative de s'interposer.

— N'empêche que, si Harbin avait été armé, il aurait pu être blessé. Mais Matt est tellement autodestructeur en ce moment qu'il s'en fichait peut-être. Oh ! je suis désolée, Chase, se récria-t-elle, se rappelant à qui elle se confiait. Matt est un de tes meilleurs amis. Je ne devrais pas le critiquer devant toi.

— Hé ! Tu es mon amie aussi, répliqua-t-il en se penchant vers elle. Mais si je n'approuve pas toujours son comportement récent, c'est vrai que je le comprends un peu.

Il devait faire allusion à son altercation avec Dalton qui, elle aussi, aurait pu très mal tourner. Dalton qui avait fini en prison, lui aussi.

— Après ce que ton frère avait infligé à Jess, ta réaction était justifiée, déclara-t-elle.

— Je ne parlais pas de Dalton ou d'Harbin, répliqua-t-il. Je parlais de Matt. De sa manière de camoufler le chagrin et la culpabilité qui le rongent. Or, je suis moi-même un expert en ces matières.

— A cause de ton expérience de la guerre ?

Chase sembla mal à l'aise.

— Oui, reprit-il. D'un épisode en particulier. Quand j'étais là-bas, une enfant a été prise entre des tirs croisés. Je suis presque certain que la balle qui l'a tuée venait de mon fusil. L'image de cette fillette agonisant dans mes bras ne me quittera jamais. Jamais.

Le chagrin qui vibrait dans sa voix et son visage décomposé lui coupèrent momentanément la voix.

— Oh ! Chase ! Je l'ignorais totalement, souffla-t-elle.

— Jess est la seule à connaître cette histoire. Je n'ai jamais pu en parler à un civil. Je n'arrivais pas à assumer mon acte. A plus d'une occasion, je me suis retrouvé écrasé sous le poids de la culpabilité. Si je n'avais pas retrouvé Jess à mon retour, je ne sais pas où j'en serais aujourd'hui.

— Chase, ce n'était pas ta faute, insista Rachel. Pas plus que la mort de notre fils n'est celle de Matt.

— C'est vrai. Je ne m'en sens pas moins responsable. J'imagine qu'il éprouve la même chose.

Elle était d'accord avec lui sur un point. Son mari devait avoir plus de mal à surmonter sa culpabilité que son chagrin — la culpabilité de n'avoir jamais voulu être père.

— J'ignore complètement les sentiments de Matt, vu qu'il refuse de m'en parler, soupira-t-elle. Je ne l'ai pas vu verser une larme, même au cours de l'enterrement.

— Les hommes ne sont pas faits du même bois que les femmes, Rachel. Nous ne sommes pas enclins à exprimer nos sentiments — peut-être par orgueil ou par peur d'être pris pour des lâches si nous avouons notre désespoir. Ma théorie, c'est que ce comportement — qui ne lui ressemble pas — est un exutoire à sa souffrance.

Rachel souffrait elle aussi, et durement.

— J'entends bien ce que tu me dis, reprit-elle, n'empêche que son comportement me révulse. En particulier avec l'alcool. Qui sait ce qu'il avait éclusé, avant de venir me secourir…

— Sam affirme qu'il n'avait même pas bu une bière.

— Ça ne veut pas dire qu'il n'avait rien avalé avant de venir, contra-t-elle. Et puis, la boisson n'est qu'un problème parmi tant d'autres.

— On a besoin de votre table, les amis !

Rachel sursauta, saisie par la voix retentissante qui faillit lui provoquer une attaque. Elle jeta un coup d'œil en arrière sur le groupe d'hommes assemblés à quelques mètres d'eux, et qui, manifestement, attendait que les deux traînards lèvent le camp.

— Il est temps d'aller se coucher, lança Chase en se levant. Je t'accompagne à ta voiture.

— C'est gentil, merci, dit-elle, consciente qu'il était inutile de discuter.

Les hommes de leur cercle d'amis — son mari y compris — n'avaient jamais été informés que la chevalerie était morte et enterrée depuis belle lurette.

Quand elle se leva à son tour, Chase la suivit donc jusqu'à son véhicule, garé près de l'entrée.

— Merci de m'avoir écoutée, Chase, dit-elle, après avoir

déniché ses clés dans son sac et déverrouillé la portière. Dis à Jess que je l'appelle bientôt.

— Pas de problème. Mais j'ai autre chose à te dire.

Bien qu'elle ne soit pas en état d'en supporter davantage, Rachel trouva intéressant de bénéficier d'un point de vue masculin sur les problèmes de Matt — même si la gravité sur le visage de son ami ne lui disait rien qui vaille.

— Vas-y, répondit-elle malgré tout.

— Avant de décider de le quitter définitivement, j'espère que tu étudieras toutes les autres options. Vous avez partagé tant de choses tous les deux.

— Sois tranquille, répondit-elle, même si elle avait la nette impression que sa réserve d'options diminuait comme peau de chagrin.

— Je ferais mieux de regagner mes pénates, lança Chase. Danny dort chez un copain et ma femme m'a fermement ordonné de rentrer avant minuit. J'ai déjà cinq minutes de retard. Je vais me faire sonner les cloches.

— Si Jess n'est pas déjà tombée dans les bras de Morphée, fit Rachel en se forçant à esquisser un sourire. Durant ma grossesse, je pouvais à peine garder les yeux ouverts après la tombée du jour.

— Pas elle, répliqua Chase avec une grimace. Crois-moi, Jess va m'épuiser jusqu'à ce que je crie grâce !

— Passe une bonne nuit et merci de m'avoir écoutée, dit-elle en lui retournant son sourire avec un léger pincement de jalousie.

— A ta disposition.

Après une brève embrassade, elle se glissa dans sa voiture et resta immobile, la tête appuyée au dossier, terrassée par un désir pressant de voir Matt, de parler avec lui. Malheureusement, elle se sentait trop déprimée et vulnérable pour prendre ce risque.

Elle devrait patienter jusqu'à lundi après-midi, la prochaine confrontation conjugale… si elle décidait de s'y montrer.

Elle ne va pas venir, songea Matt quand 14 heures eurent sonné sans que Rachel ait daigné se montrer.

Soudain, la porte de la clinique s'ouvrit, et une voix familière s'adressa à Tina. La galanterie aurait voulu qu'il aille à la réception accueillir Rachel, mais il préféra attendre qu'elle vienne jusqu'à lui. A moins que les choses ne se gâtent entre sa femme et la nouvelle directrice administrative, le forçant à s'interposer pour éviter un pugilat. Jusqu'ici, il n'entendait aucun éclat de voix, seulement une conversation courtoise et même quelques rires. Au moins, le premier affrontement avait été évité… L'autre restait à venir.

Au bout d'une dizaine de minutes, des claquements de talons retentirent dans le couloir et Rachel entrebâilla la porte.

— Puis-je entrer ? demanda-t-elle en passant la tête à l'intérieur.

— Oui ! répliqua-t-il sèchement.

Il n'avait pas voulu paraître irrité, mais appréciait aussi peu son formalisme que le temps qu'elle avait pris pour venir le trouver.

— J'espère que je ne te dérange pas, dit-elle un peu gênée en entrant dans la pièce, attaché-case à la main.

Bien sûr que oui, elle le dérangeait ! Cependant pas dans le sens qu'elle s'imaginait. A son entrée, il avait failli exploser en la découvrant dans sa jupe noire ajustée, sa blouse de soie sans manche et juchée sur ses talons vertigineux. Son maquillage sophistiqué et ses boucles brunes cascadant sur ses épaules ne faisaient qu'ajouter à son supplice.

Alors que, dans d'autres circonstances, il se serait levé pour l'embrasser, son émoi et son embarras subits le poussèrent à rester assis. De toute façon, Rachel n'avait pas envie qu'il l'embrasse. Et elle n'aurait pas apprécié de le voir réagir au-dessous de la ceinture parce qu'il trouvait sa tenue sexy. Autrefois, c'était elle qui aurait fait le tour du bureau, se serait placée derrière lui, aurait noué ses bras autour de son cou et l'aurait embrassé sur la joue. Dire qu'il lui arrivait de continuer à vaquer à ses occupations, sans se soucier de son geste tendre ! Que n'aurait-il pas donné pour faire renaître le passé, pour revivre ces instants précieux ? Cette prise de conscience lancinante revenait régulièrement le tourmenter depuis quelque temps.

— Je t'en prie, assieds-toi, dit-il en lui indiquant un siège.

— Merci.

Elle prit une chaise et s'installa en calant le porte-documents sur sa poitrine comme si elle avait peur qu'il le lui arrache. A moins que, ayant surpris son regard concupiscent, elle cherchât à l'empêcher de loucher sur son décolleté.

— Dis donc, tu es sur ton trente et un ! observa-t-il, admiratif. D'où sors-tu comme ça ?

— De la banque. Pour être précise, de la réunion hebdomadaire du bureau directeur.

— Depuis quand y assistes-tu ?

— Depuis que mon père a décidé de prolonger ses vacances et m'a demandé de le représenter.

Donc, le vieil Edwin devait toujours ignorer que sa fille était séparée de son mari.

— Je parie que tu étais la plus jolie femme à la table de conférence, dit-il, sincère.

— Certainement, vu que j'étais la seule, répliqua-t-elle en détournant les yeux. Tina semble contrôler parfaitement la situation et se passer très bien de mon aide. Une directrice administrative aussi jeune, jolie et compétente est un sacré atout pour toi, conclut-elle avec un manque de sincérité flagrant.

— En effet, elle est brillante — mais son café est ignoble.

— Peut-être devrais-tu enfin apprendre à le faire toi-même...

— Tu as raison, admit-il, *peut-être* que je vais m'y mettre.

— Comment va ta main ? s'enquit-elle, après avoir examiné attentivement la pièce comme si elle n'y avait jamais mis les pieds.

— Encore gonflée et un peu raide, mais dans une semaine ou deux il n'y paraîtra plus, dit-il en remuant les doigts. Néanmoins, ça ne facilite pas certaines opérations.

— Si tu cherches à m'apitoyer, c'est raté. Ma compassion est en rupture de stock, désolée.

Il n'avait ni envie ni besoin de sa compassion. Il voulait simplement qu'elle comprenne pourquoi il avait agi comme il l'avait fait. Que c'était pour la protéger.

— Harbin moisit en prison, tu es au courant, annonça-t-il.

— Oui, pour agression.

— Agression *sexuelle*, précisa-t-il.

— Chase ne m'a pas parlé de ça, déclara-t-elle, stupéfaite.

— Probablement parce qu'il préférait que tu ignores le danger auquel tu avais échappé. Si je ne m'étais pas interposé, je préfère ne pas penser à ce que ce salaud aurait pu te faire.

— Comme si j'avais eu l'intention d'aller où que ce soit avec ce type ! répliqua-t-elle en levant les yeux au ciel.

Satanée tête de pioche !

— Comme s'il ne pouvait pas t'attendre pour te suivre jusqu'à ta voiture ! rétorqua-t-il du tac au tac.

— D'accord. Tu es arrivé sur ton cheval blanc et tu m'as sauvé la mise. C'est ce que tu voulais entendre ?

— *Merci* aurait suffi.

— Merci, dit-elle en appuyant bien sur le mot. Maintenant, peut-on s'attaquer à la question qui m'amène ? poursuivit-elle en sortant un bloc-notes de sa mallette. J'ai dressé deux colonnes, une pour chacun de nous, et établi ce qui me paraît un partage équitable.

Matt fit un effort pour se ressaisir. Il se leva, fit le tour du bureau et vint se pencher par-dessus son épaule.

— Tu as mis la maison à mon nom, constata-t-il.

— Je n'ai aucune envie de la garder.

Il se pencha un peu plus et inhala une bouffée de parfum. Rachel sentait si sublimement bon qu'il aurait voulu enfouir son visage dans son cou.

— Je te rachèterai ta part, affirma-t-il, un peu plus troublé. Même chose pour la clinique.

— Je n'en veux pas, elle est à toi, répliqua-t-elle en lui jetant un coup d'œil, avant de retourner à son bloc-notes.

— Comme il te plaira ! répliqua Matt qui n'avait pas du tout l'intention de prolonger cette absurdité, même s'il ignorait complètement comment y mettre fin.

Soudain, un élément qu'il avait négligé retint son attention. Rachel lui tendait une perche qu'il n'allait pas laisser passer.

— On peut savoir pourquoi tu as mis le chalet à ton nom ? s'enquit-il.

— Parce que je me suis servie de mon héritage pour l'acquérir. Ça m'a paru juste, puisque je te laisse la maison.

A son avis, rien n'était juste dans tout cela.

— Le mot-clé c'est *nous*, rétorqua-t-il. Il est à nos deux noms.

— Tu as l'intention de pinailler sur tout, n'est-ce pas ? lança-t-elle avec un regard renfrogné. Veux-tu bien aller te rasseoir, s'il te plaît ? Tu me rends nerveuse.

Cet aveu lui procura une certaine satisfaction.

— Si tu as envie que ça se passe bien, tu n'as qu'à me laisser le chalet, suggéra-t-il en se rasseyant. A moins que nous ne le gardions conjointement pour le louer.

— On peut le vendre et diviser le revenu, plutôt.

Cette option, au demeurant fort peu séduisante, lui suggéra pourtant une idée. Une idée lumineuse susceptible de créer de grandes opportunités.

— Cela ne me gêne pas de le vendre, dit-il. Mais, pour ça, on sera obligés d'y passer un week-end ensemble pour le vider.

— Je préférerais que tu emballes tout et ramènes les caisses ici pour faire le tri, répliqua-t-elle avec un froncement de sourcil suggérant que sa proposition ne la tentait guère.

Manifestement, Rachel ne supportait pas l'idée de se retrouver coincée avec lui. A moins qu'autre chose ne la préoccupe…

— Tu as peur que, si nous passons deux jours en tête à tête dans un chalet, tu n'arrives pas à me résister, c'est ça ? lança-t-il, un brin narquois.

— Qu'est-ce qui te fait croire ça ? se récria-t-elle, contredisant la rougeur éloquente qui lui montait aux joues.

— Oh ! je ne sais pas, peut-être le souvenir d'un Jacuzzi

et d'un jean baissé sur mes chevilles, répliqua-t-il en dissimulant un sourire.

— Oh ! excuse-moi ! Je n'avais plus repensé à cette *bévue*. Mais maintenant que tu en parles, je doute que tu userais des mêmes ficelles, si ?

— Des *ficelles* ? C'est toi qui as commencé en sortant à poil de l'eau et en prenant tout ton temps pour te sécher. Je ne me souviens pas que tu te sois battue contre moi. Ni même que tu aies résisté du tout. En revanche, tu n'as pas été avare de gémissements.

— Laisse tomber, veux-tu ? ordonna-t-elle sèchement. Si tu ramènes nos affaires ici, je partagerai le prix de l'essence.

Matt se creusa la cervelle pour trouver un argument propre à la faire opter malgré tout pour sa solution.

— Très bien, mais avant d'emballer les objets, je vais être obligé de les trier. Ce serait ennuyeux que ta précieuse collection de serviettes en papier souvenir passe à l'as.

— Tu n'oserais pas la jeter, tout de même ! s'offusqua-t-elle en le fusillant du regard.

— Pas *intentionnellement*. Cependant, quand on trie une masse de paperasse, tout peut arriver…

— D'accord, fit Rachel, radoucie. Je te propose un compromis. J'irai récupérer mes affaires un week-end et toi, la semaine suivante.

— Une perte de temps et d'essence, répliqua-t-il, à bout de patience. Le chalet a deux chambres et deux salles de bains. Si tu n'y tiens pas, tu n'auras pas à m'approcher. Puisque je n'ai pas complètement récupéré l'usage de mes mains, autant profiter de ce week-end. Je vais fermer la clinique de vendredi à mardi et demander à Riley d'assumer mes urgences.

— Si j'accepte de t'accompagner, ce qui n'est pas dit, corrigea-t-elle, je dois d'abord vérifier la date pour savoir si je suis disponible.

— Vendredi, nous serons le 27.

— Déjà ! Tu en es sûr ? s'exclama-t-elle sur un ton alarmé.

— C'est écrit là, noir sur blanc, dit-il en tournant le calendrier sur son bureau dans sa direction. Ce sera le dernier week-end d'avril.

— J'avais oublié que j'avais un rendez-vous, lança-t-elle subitement, après avoir fixé le calendrier plusieurs secondes.

— Ce week-end ?

— Non, tout de suite, répliqua-t-elle en fourrant son bloc-notes dans son sac et en bondissant sur ses pieds. Il faut que j'y aille !

Et avant qu'il puisse émettre un son, elle fila comme un éclair.

— Hé ! Qu'as-tu décidé pour le week-end ? lança Matt qui l'avait suivie sur le parking, pendant qu'elle farfouillait dans son sac pour mettre la main sur ses clés.

— Je ne sais pas encore, répliqua-t-elle en s'affairant sur la serrure. Je t'appellerai pour te le dire.

Elle s'engouffra dans la berline et démarra sur les chapeaux de roues, tel un pompier fonçant combattre un incendie de forêt.

Matt, que ce comportement bizarre laissait songeur, chercha à se rappeler si cette date avait quelque chose de particulier. Quelque chose susceptible de tracasser Rachel. Mais il fit chou blanc.

A présent, il n'avait plus qu'à attendre qu'elle l'appelle pour lui donner sa réponse. Mais, même si elle repoussait sa demande, il ne renoncerait pas. La ramener au chalet où ils avaient passé leur lune de miel ne pouvait que plaider pour sa cause. Plongée dans les souvenirs heureux de leur vie commune, peut-être Rachel finirait-elle enfin par mesurer ce qu'elle risquait de perdre s'ils se perdaient l'un l'autre.

Sur des charbons ardents, Rachel, assise dans le box le plus reculé de Chez Stan, tapotait anxieusement la table. Si son amie n'arrivait pas bientôt, elle allait l'appeler. Evidemment, elle pouvait toujours reculer leur rendez-vous et l'inviter ce soir chez elle, quand la domestique aurait terminé le ménage, ou même, remettre à demain. Mais le délai aurait été insupportable, intolérable, atroce. Or, elle venait déjà de passer une nuit blanche à ruminer son angoisse.

Au moment où elle s'emparait de son sac pour y pêcher son portable, la porte s'ouvrit sur Jess, suivie de près par Savannah.

Super ! Le soutien de ses copines avait beau être un réconfort, elle n'avait aucune envie que l'avocate en charge de son divorce connaisse ses intentions. Même si elle ne mettait pas en doute la discrétion de Savannah, elle redoutait de devoir retarder l'opération au prix d'un suspense éprouvant.

Jess se glissa dans le box et Savannah prit place à son côté. Aussitôt, Rachel se pencha vers elle et demanda à voix basse :

— Vous l'avez ?

— J'en ai acheté trois, répondit Jess en sortant de son énorme sac imprimé de zébrures un sachet en papier marron.

— Pour l'amour du ciel, Jess, protesta Savannah, comme celle-ci inspectait la salle du regard, avant de le tendre à Rachel. Ce sont des tests de grossesse, pas des sachets de coke. Arrête ton cinéma et donne-les-lui.

— Chut ! répliquèrent en chœur Rachel et Jess sur un ton impérieux.

— Désolée, marmonna Savannah. N'empêche que personne ne fait attention à nous. Il n'y a pas un chat, à part la serveuse au bar. Et elle est trop occupée à envoyer des textos pour nous épier.

— Tu as raison, concéda Rachel. Mais je ne veux surtout pas que ça arrive aux oreilles de Matt. C'est pourquoi j'ai demandé à Jess d'acheter les tests. Tiens, au fait, combien je te dois ?

— Une explication, répondit Jess en lui donnant le paquet. Pourquoi donc as-tu besoin de ces trucs ?

— Parce qu'un soir, je me suis conduite comme une écervelée et que j'ai fait l'amour sans préservatif, voilà pourquoi, résuma-t-elle, rechignant à rentrer dans les détails.

— Ça, je l'avais compris, merci ! Ce qui m'intéresse c'est avec qui tu as pris ce risque ?

— Avec un réparateur d'électro-ménager, suggéra Savannah

avec un clin d'œil. Il est venu vérifier si son four chauffait correctement et il a fini par l'embraser.

— Savannah Leigh McBriar, tu es à mourir de rire, observa aigrement Jess en lui décochant un coup de coude dans les côtes.

— Avec Matt, annonça Rachel, avant qu'elles n'aient eu le temps d'échafauder d'autres hypothèses. Le soir du pique-nique à l'étang.

— Et tu nous l'avais caché ! protesta Jess, outrée.

— Elle me l'a dit, mais durant un entretien confidentiel pour son divorce, avoua Savannah.

— Tu ne vas tout de même pas divorcer ? se récria Jess.

— Je n'ai aucune idée de ce que je vais faire, répondit Rachel — ce qui était la stricte vérité.

Elle s'était vraiment conduite en irresponsable, et en même temps… si c'était un acte manqué, parce qu'elle souhaitait inconsciemment être enceinte de nouveau ?

— De combien, le retard ? demanda Savannah.

— Au moins une semaine. Peut-être deux. Ces derniers mois, je n'ai pas fait très attention à mes règles.

Il faut dire qu'elle n'avait pas eu de raison de s'en préoccuper…

— C'est peut-être dû au stress, suggéra Jess, après avoir échangé un regard entendu avec Savannah. Mais, ça, tu ne le sauras que quand tu auras fait le test. Alors, vas-y !

On voyait bien que ce n'était pas elle qui était concernée !

— Je ne vais pas aller faire pipi sur un bâtonnet dans des toilettes publiques ! se récria-t-elle. J'attendrai d'être de retour chez moi.

— A ta guise, répliqua son amie. Mais tu dois nous faire part du résultat dès que tu le connaîtras, d'accord ? Ce qui m'amène à une question cruciale : si tu es enceinte, est-ce que les problèmes que tu as eus précédemment impliquent une autre grossesse à risques ?

Durant les dernières vingt-quatre heures, elle n'avait cessé de s'angoisser en ruminant cette question.

— Oui, lâcha-t-elle d'une voix morne. Mon médecin m'a

prévenue que la pré-éclampsie pouvait se reproduire au cours d'une prochaine grossesse. C'est pourquoi je suis déterminée à aller voir un spécialiste dès que possible pour être préparée, en cas de pépin.

— Ce qui nous amène à une nouvelle question, ajouta Jess. Si le test est positif, quand comptes-tu prévenir Matt ?

— Je ne sais pas *quand* je le lui dirai ni même *si* je le lui dirai, répliqua-t-elle, incapable de se projeter aussi loin.

— Il a le droit de savoir, insista Savannah. D'ailleurs, tu ne peux pas assumer ça toute seule. Je suis sûre que, si tu es enceinte, Matt sera aux anges.

— Il ne veut pas d'enfant, coupa Rachel, qui aurait pourtant tellement aimé y croire. Je réalise seulement maintenant qu'il n'en a jamais voulu.

— Il te l'a dit ? s'enquit Jess.

— Pas avec des mots, mais tout dans son attitude le démontrait. J'ai juste choisi de fermer les yeux, voilà tout.

— Cette fois, Matt pourrait bien te surprendre, observa Savannah en posant la main sur la sienne.

Comme il pouvait lui briser le cœur de nouveau, s'il refusait la responsabilité de cet enfant.

— Franchement, je ne sais pas ce que je vais faire, soupira-t-elle. Au moins, si le test est négatif, le problème sera réglé.

— J'espère qu'il sera positif, dit Jess. Bien que ma conviction aille à l'encontre de l'opinion commune, je pense qu'un bébé aiderait grandement à sauver votre mariage.

Qui sait, en effet ? Si Matt éprouvait ne serait-ce que l'ombre d'un désir d'enfant, peut-être qu'il se ressaisirait… Ce serait trop beau ! Non, décidément, elle refusait de lâcher la bride à ses espoirs.

— Vu la situation présente, ça risquerait plutôt d'empirer les choses, répliqua-t-elle. Matt n'a toujours pas accepté la perte de Caleb, du moins, c'est mon impression. C'est difficile d'en avoir le cœur net. Il est fermé comme une huître.

— Il refuse toujours d'évoquer le sujet ? s'étonna Savannah.

— Oui. Il ne m'a donné aucun détail sur ce qui s'était passé après la naissance, alors que j'étais dans les vapes et qu'il sait que je ne me souviens de rien, à part d'avoir posé un regard furtif sur Caleb. Je le soupçonne d'avoir quitté l'hôpital et laissé notre fils mourir seul en présence d'étrangers.

— Rachel, jamais Matt n'aurait fait une chose pareille ! protesta Jess en lui jetant un regard compatissant.

A une époque, elle n'y aurait pas cru elle-même.

— Peut-être. Je ne sais plus. Comme il refuse de me parler, j'ai tendance à soupçonner le pire, rétorqua-t-elle.

— C'est bête que vous soyez incapables de trouver un terrain d'entente ! soupira Jess. Et si vous partiez quelque part ensemble en week-end ?

— C'est drôle, dit Rachel. Hier, quand j'ai rencontré Matt, nous avons décidé de vendre le chalet et de nous partager le prix de la vente. Il a insisté pour qu'avant de le mettre sur le marché, nous nous y rendions ensemble en fin de semaine pour diviser nos affaires.

— Formidable ! s'exclama Jess, le visage aussi rayonnant qu'une ampoule halogène. Ça te donnera le temps de réaliser si tu veux vraiment divorcer.

— Et aussi de lui parler du bébé, intervint Savannah. Si tu es enceinte, ça va sans dire.

Rachel avait peut-être du mal à faire la part des choses, mais elle avait au moins une certitude : ce week-end avec son mari risquait de tourner au vinaigre.

— Je n'ai pas encore accepté, dit-elle.

— Qu'est-ce qui te retient ? répliqua Savannah.

Beaucoup de choses. La peur, par exemple.

— L'idée de me retrouver coincée avec lui m'angoisse, c'est tout, expliqua-t-elle. Il a l'art et la manière de me faire oublier nos problèmes. De les esquiver, plutôt.

— En clair, tu veux dire qu'il est doué pour t'enjôler et te coucher dans son lit, formula Jess, énonçant un état de fait. La bonne nouvelle c'est que, si ça se produit, au moins tu n'auras pas à redouter de tomber enceinte.

— A condition que je le sois déjà, répliqua Rachel, qui aurait apprécié que sa copine change de sujet. Dès que Matt est dans les parages, je deviens vulnérable. Je voudrais résister, mais il lui suffit d'un regard pour que toutes mes belles résolutions s'envolent par la fenêtre.

— Ce week-end t'offre l'opportunité de découvrir si vous êtes capables de surmonter vos différends, dit Savannah en lui pressant la main. Vas-y l'esprit et le cœur ouverts. Tu pourrais avoir des surprises.

Ses amies avaient peut-être raison, après tout. Peut-être qu'elle arriverait à tester Matt et à le persuader de se confier à elle. Se retrouver seuls au chalet, *leur* chalet, avait quelque chose de plus profond, de plus émotionnel. Néanmoins…

— J'y réfléchirai ce soir et déciderai demain, décréta-t-elle.

— Surtout ne réfléchis pas, fais-le ! ordonna Jess. Prends ton portable et appelle-le sur-le-champ, avant d'avoir le temps de te dégonfler.

Inutile de lutter contre ces deux têtes de mules, et puis, après tout, elle ne perdait rien à tenter le coup.

— D'accord, je vais le faire, soupira-t-elle.

Jess et Savannah l'observèrent sortir son téléphone de son sac et appuyer sur le bouton d'appel rapide de Matt.

Au bout de quatre sonneries, elle s'apprêtait à raccrocher, quand une voix profonde et virile qu'elle connaissait bien lança : « Matt Boyd ». Sur le point de prendre une décision qui risquait d'influencer le cours de son mariage — pour le meilleur ou pour le pire — Rachel hésita quelques secondes, avant de lancer :

— Bonjour, Matt ! C'est moi. J'ai décidé de t'accompagner ce week-end au chalet.

6

Rachel avait accepté de venir. Matt n'arrivait toujours pas à y croire. Il avait passé la journée à attendre un appel annonçant qu'elle s'était ravisée. Heureusement, jusqu'à présent, il n'était pas arrivé — du moins, pas encore.

Afin de pouvoir décoller tôt le lendemain matin, il avait préparé son sac, fait le plein d'essence et tout organisé à la clinique. Il ne lui restait plus qu'une corvée à faire. Corvée qui, si elle n'avait rien d'inattendue ou d'inhabituelle, tombait très mal et était plutôt pénible. C'est ainsi qu'à 23 heures il se retrouvait sur la route pour un trajet de quinze kilomètres dont il se serait volontiers passé. Il n'empêche que, dès qu'on l'avait prévenu, quelques minutes plus tôt, il avait tout laissé tomber pour cette expédition de sauvetage hebdomadaire.

Quelqu'un ne connaissant pas bien les routes écartées du comté aurait facilement raté le bâtiment au toit plat et à la peinture écaillée, avec son panneau « *Scuffy Mo's Bar* » surmontant l'entrée. Mais il était venu si souvent qu'il aurait pu retrouver son chemin les yeux fermés. Tout comme son père, malheureusement.

Après avoir garé son pick-up à proximité de la porte, il pénétra dans l'établissement où l'atmosphère saturée de fumée et de bière le prit aussitôt à la gorge. Même si l'endroit avait été bondé, il n'aurait eu aucun mal à repérer son père. Ben Boyd, pilier de bar notoire, était affalé comme de juste au comptoir, la tête appuyée sur ses bras repliés.

A l'autre bout de la salle, le propriétaire, un géant d'une

quarantaine d'années, passait le balai avec un calme de moine zen, comme si un client en coma éthylique faisait partie de son quotidien. Probablement parce que c'était le cas.

Matt fit appel à tout son sang-froid pour s'approcher de Mo Bailey qu'il agrippa par l'épaule.

— Depuis quand il est dans cet état ?

— Une heure, à peu près, répondit le tenancier en appuyant son balai au mur.

Il empoigna une chaise qu'il souleva au bout de son bras tatoué et la posa à la renverse sur une table.

— Tu aurais dû refuser de le servir, lui reprocha Matt.

— Il n'a bu que deux bières, répliqua Mo en fourrageant dans ses cheveux blonds et gras. J'ai l'impression qu'il avait picolé avant de venir.

Tu parles d'une découverte !

— A partir de maintenant, si tu penses qu'il est éméché, refuse de le servir, insista Matt, énervé.

— Hé ! Je ne suis pas son ange gardien, protesta Mo en montant sur ses ergots. Tu as déjà du pot que je n'ai pas appelé les flics.

En effet, je suis un sacré veinard !

— Aide-moi à le relever et à le sortir d'ici, dit sèchement Matt, avant d'aller au bar secouer son père.

— Papa, réveille-toi.

Ce dernier souleva la tête et fixa un œil vague sur son fils, jusqu'à ce que la lumière se fasse dans son cerveau embrumé par l'alcool.

— Salut, fiston ! Tu es venu boire un verre avec ton paternel ?

— Non. Ramener mon paternel à la maison.

— C'est pas drôle, grommela ce dernier en se laissant glisser du tabouret.

Comme il titubait, Matt le retint et agrippa son bras gauche pendant que Mo faisait la même chose à droite. Les deux hommes durent pratiquement le porter jusqu'au pick-up et le hisser dans la cabine.

Après avoir remercié son acolyte du bout des lèvres, Matt

s'installa au volant et jeta un regard à son père. Il était de nouveau complètement parti, la joue pressée contre la vitre. Il continua à dormir en ronflant bruyamment pendant tout le trajet vers la maison où Matt avait passé sa jeunesse. Cette maison, qui avait autrefois été un havre, et servait à présent de prison volontaire à son père.

Il réussit à extraire ce dernier du véhicule avec moins de difficultés que pour l'y faire entrer, fruit d'une longue habitude. Comme toujours, il dut le traîner à l'intérieur puis dans sa chambre où il l'aida à se déshabiller et à se mettre au lit. Puis arriva la dernière étape inévitable : le moment où son père se confondait en excuses aussi inutiles que dénuées de sens.

— Désolé, fiston. Ç'a été une rude journée.

Parce qu'il t'arrive d'en avoir de bonnes ?

— Allez, dors, soupira Matt.

— Mets le réveil, je ne veux pas arriver en retard au boulot, marmonna son père en tâtonnant sur le plateau de la table de nuit.

— Tu es à la retraite depuis deux ans, papa.

— Ah, oui !

Matt fixa la fleur blanche flétrie sur l'oreiller qui appartenait autrefois à sa mère, en ruminant pour la millionième fois : *comment les choses ont-elles pu en arriver là ?* Comment se faisait-il qu'après avoir perdu sa femme, son père se soit laissé consumer par le chagrin au point d'être incapable de fonctionner normalement ? Néanmoins, à présent que Rachel était partie, il comprenait mieux son comportement, même si lui-même ne s'était pas totalement laissé abattre. Pas encore.

— Papa, quand vas-tu arrêter de te détruire ? accusa-t-il brutalement. Quand l'alcool aura creusé ta tombe ?

— Mattie, si tu savais comme elle me manque ! gémit ce dernier, ses yeux bleus injectés de sang ruisselants de larmes.

Matt détestait ce surnom, comme il détestait assumer le rôle du père de son père depuis tout petit.

— Moi aussi, elle me manque, dit-il d'une voix plus douce.

Mais elle s'est tellement battue pour survivre qu'elle serait très triste de te voir dans cet état.

Peine perdue ! Ses paroles étaient tombées dans l'oreille d'un sourd : son père se recroquevilla, face au mur, et étendit le bras dans l'espace vide à côté de lui. Aussitôt, sa respiration régulière emplit le silence.

Sur le chemin de la sortie, Matt s'immobilisa devant le sanctuaire érigé sur la commode. Si la chambre entière était couverte d'une épaisse couche de poussière, ce n'était pas le cas des cadres alignés sur la surface de bois ternie. La photographie de sa mère en robe de mariée voisinait avec une photo de ses parents le jour de leur mariage, des clichés de lui bébé dans leurs bras, aussi — avant que sa mère ne soit trop faible pour le porter — ainsi que des photos d'elle prises à l'occasion de vacances, d'anniversaires, ou simplement à l'improviste. Tristes rappels d'une époque où sa mère était encore capable de sourire, avant que la maladie et la douleur l'aient privée de sa joie.

Après avoir éteint la lumière et refermé la porte derrière lui, il se rendit dans la cuisine pour se remettre d'aplomb. Il lava quelques assiettes abandonnées dans l'évier, jeta les ordures dans le sac-poubelle qu'il sortit sur le perron pour l'emporter à son départ. Ensuite, il démarra une lessive et nota d'aller, à la première heure, ravitailler son père à l'épicerie, avant de partir pour le Tennessee.

Autant rester ici et dormir sur le canapé — s'il réussissait à fermer l'œil. Non seulement la perspective de ce voyage avec sa femme le rendait nerveux, mais tout dans cet environnement lui rappelait son enfance. Les mêmes tapis de laine élimés sur le plancher de chêne, le même papier peint rose dans la cuisine démodée. Quelques années auparavant, Rachel avait proposé de l'aider à restaurer la maison, mais son père, qui tenait à garder les choses en l'état, y avait mis son veto. Aussi tout était resté inchangé. Et le resterait longtemps…

Avant de s'installer pour la nuit, Matt avait encore une dernière corvée à effectuer. Il ouvrit le placard au-dessus du réfrigérateur et s'empara d'une bouteille de vodka à moitié vide. Apparemment, son père avait abandonné son tord-boyaux habituel pour quelque chose de plus discret. Comme si tout le monde ne savait pas qu'il buvait comme un trou !

Il déboucha la bouteille et commença à la vider dans l'évier, avant de se reprendre. Boire de la vodka, à jeun, la veille d'un voyage de sept heures, n'était peut-être pas une idée géniale, mais il avait besoin de se détendre en absorbant quelque chose qui puisse le calmer suffisamment pour l'aider à dormir. Après cela, promis, plus une goutte d'alcool — du moins dans les prochains jours. Il devait absolument convaincre Rachel qu'il ne prenait pas le même chemin que son père.

Il emplit à ras bord un énorme gobelet en plastique, reposa la bouteille et se dirigea vers le salon. Après s'être installé confortablement sur le canapé bleu à rayures, il engloutit une lampée d'alcool qui lui brûla la gorge au passage, mais moins douloureusement que le flot de souvenirs qui l'assaillit quand il posa les yeux dans le fauteuil favori de sa mère. Il revit sa lutte constante contre les attaques de la sclérose sans jamais émettre une plainte, même quand elle souffrait tellement qu'elle ne sortait pas de son lit pendant des jours.

Alors qu'il aurait bien voulu s'amuser avec ses copains, il n'avait pourtant jamais rechigné à l'aider quand elle était incapable de se débrouiller seule. Il avait accompli les tâches ménagères à sa place parce qu'elle était trop faible ou trop épuisée. Il lui avait prêté ses jambes quand elle avait été définitivement coincée dans un fauteuil roulant. Il avait été ses yeux quand sa vision s'était troublée au point qu'elle ne pouvait même plus lire son poème favori.

Comme elle l'appelait toujours « son petit dur », il s'était efforcé de se montrer à la hauteur. Même si, vers la fin, il passait des nuits à sangloter dans son oreiller. Ses pleurs s'étaient taris le jour de ses funérailles. Et durant les dix-huit ans qui avaient suivi, jamais il n'avait versé une larme — même pas quand il avait perdu son fils. D'ailleurs, sa femme le haïssait pour cela.

Enervé, il posa le gobelet sur la table basse, ôta ses bottes et s'étendit sur le sofa avec l'espoir d'arriver à dormir sans avoir besoin de boire davantage. Mais, dès qu'il ferma les yeux, l'image de Rachel vint l'obséder. La douleur familière et une envie pressante de lui parler le fit se redresser en sursaut et s'emparer de son téléphone à l'autre bout de la table.

Après une seconde de réflexion, il vérifia l'horloge sur le mur opposé. Minuit et demi. Rachel dormait sans doute déjà — même si, avec son habitude de lire au lit, elle avait tout de l'oiseau de nuit. Leur voyage du lendemain l'avait peut-être poussée à se coucher plus tôt, à moins qu'elle ne soit encore éveillée, parce que leur expédition la tracassait — tout comme lui. S'il l'appelait, il y avait trois solutions : soit elle ignorerait son coup de fil, soit elle accepterait de lui parler, soit elle lui raccrocherait tout simplement au nez. De toute façon, il ne pourrait pas trouver le sommeil tant qu'il n'aurait pas essayé de la joindre.

Il prit une profonde inspiration et expira lentement en composant le numéro. A la première sonnerie, Rachel décrocha, à bout de souffle. On aurait dit qu'elle était en train de faire un jogging ou qu'elle attendait son appel — ou celui d'un autre homme ? Cette seule pensée éveilla toutes sortes de conjectures qu'il se refusa à considérer.

— Tu es encore debout, dit-il en guise d'introduction.

Parfois il fallait savoir enfoncer des portes ouvertes…

— Oui, j'envisageais justement de t'appeler.

Aïe.

— Tu as changé d'avis, tu ne veux plus venir, lança-t-il, redoutant ce qu'elle allait dire.

— Pas du tout. En fait, je viens de finir mes bagages. Que fais-tu chez ton père ?

Satané affichage du numéro ! S'il lui disait toute la vérité, elle allait défaire ses valises illico.

— Je m'occupais de quelques détails pour lui, avant notre départ. Et de quoi voulais-tu me parler, alors ?

En dépit de l'heure tardive, il lui aurait volontiers proposé de faire quelque chose de bien plus agréable que simplement parler. Mais là, il prenait ses désirs pour la réalité.

— Toi, dis d'abord, répliqua-t-elle.

Etait-ce les effets de l'alcool ou l'excitation d'entendre sa voix ? Il ne put résister à l'envie de jouer un peu avec elle — dommage que le jeu ne soit que virtuel.

— Qu'est-ce que tu portes ?

— Matthew, arrête ça tout de suite !

— Tu as l'esprit bien mal tourné, répliqua-t-il, ravi qu'elle morde à l'hameçon. Je parlais de ta tenue pour le voyage.

— Je ne sais pas, dit-elle après un blanc. Probablement un jean et un T-shirt. Pourquoi ?

— Parce que dans ce cas, je ne mettrai pas mon smoking.

— Ecoute, si tu as juste appelé pour faire le malin, arrêtons tout de suite cette conversation et allons nous coucher.

— Mon lit ou le tien ? répliqua-t-il, puisqu'elle avait foncé tête baissée dans son piège.

— Si tu continues avec tes sous-entendus, je raccroche.

— D'accord, soupira-t-il, car c'était la dernière chose qu'il désirait. J'ai téléphoné pour t'avertir que je passerai te prendre au moins une heure plus tard que prévu. Avant, je dois passer à l'épicerie faire des courses pour mon père.

— Il ne peut pas s'en occuper ? dit-elle d'une voix où perçait le scepticisme.

— Bien sûr que si, mais il ne le fera pas.

— Matt, quand vas-tu cesser de tout assumer à sa place ? soupira-t-elle, excédée.

Ses mécanismes de défense s'enclenchèrent instantanément.

— Quand tu arrêteras de trouver des excuses à ton propre père quand il expulse ses locataires qui ont des retards de loyer, répliqua-t-il, du tac au tac.

— C'est différent. Au moins, mon père ne s'appuie pas tout le temps sur moi.

— Parce que tu crois que ça m'amuse ? assena-t-il, irrité. Je materne mon père depuis que j'ai treize ans et, franchement, j'en ai par-dessus la tête. Pour une fois, j'aimerais me réveiller le matin en sachant que je suis responsable exclusivement de moi-même.

Le silence profond qui s'abattit lui fit comprendre qu'il venait de creuser entre eux un trou sans fond et de sauter dedans à pieds joints.

— Rachel, je ne parlais pas pour toi, se récria-t-il, navré de sa propre bêtise.

A l'autre bout du fil, le silence. Finalement, elle se décida à répondre d'une voix glaciale :

— Matt, je suis une grande fille. Tu n'es pas responsable de moi.

— Tu comprends ce que je veux dire.

— Oui, j'en ai bien peur.

Ce n'était pas du tout ainsi — avec cette animosité grandissante entre eux — qu'il avait prévu d'entamer leur séjour.

— Désolé, je dis n'importe quoi parce que je suis épuisé, s'excusa-t-il. Tu n'as toujours pas dit pourquoi tu comptais m'appeler.

— Ce n'est pas important.

— Ça doit l'être pour envisager de me téléphoner à une heure aussi tardive…

— N'importe, ça peut attendre. Je te vois demain.

Elle raccrocha sans même un au revoir. Au moins, elle n'avait pas annulé. Pas encore.

Matt reposa le téléphone sans fil sur son support et lorgna son verre. S'il finissait la vodka, il serait soûl. S'il s'abstenait, il n'arriverait pas à fermer l'œil de la nuit. Et puis zut ! Puisqu'il ne pouvait pas avoir sa femme auprès de lui, autant accepter le réconfort de cette boisson diabolique.

Comme il portait le gobelet à ses lèvres, une pensée l'arrêta net. S'il continuait sur cette voie, il ne vaudrait pas mieux que son père et risquait de finir comme lui.

Cette perspective le poussa à se rendre dans la cuisine et à jeter la vodka dans l'évier ainsi que le restant de la bouteille. Une nuit sans sommeil valait mieux que de parcourir la route vers l'enfer sans billet retour, en ayant perdu sa femme en prime.

POSITIF.

Depuis que, pressée par la Patrouille de Contrôle des Grossesses, alias Jess et Savannah, elle avait effectué les tests, la veille au soir — les trois tests à la suite, pour être exacte — Rachel n'avait cessé de se répéter ce mot fatal. Malgré cette triple confirmation, elle était toujours rongée par le doute, oscillant entre exaltation et angoisse.

Toutes ses peurs étaient revenues à tire-d'aile : la peur de perdre son bébé, la peur d'élever un enfant toute seule. Peurs qui avaient bien failli lui faire appeler Matt pour lui annoncer la nouvelle. Mais aussitôt qu'il avait exprimé son désir de n'être responsable que de lui-même, elle avait reconsidéré la question. D'un côté, elle comprenait sa frustration. De l'autre, elle soupçonnait que cet aveu motivait sa réticence à être père.

Au moins, il lui avait livré ses sentiments, même si elle ne s'en sentait pas mieux pour autant. Parce que cela risquait de provoquer un terrible dilemme — du moins, dès qu'elle lui aurait annoncé la nouvelle. Bien sûr, Matt devait être au courant, mais pourquoi décider tout de suite du moment de cette révélation ? Il suffisait qu'elle passe le week-end sans lâcher la nouvelle au mauvais moment. En espérant qu'il ne s'ingénierait pas à la pousser à bout…

Les heures passèrent. Soudain, elle tendit l'oreille. Le pick-up et sa remorque remontaient la rue. Elle empoigna aussitôt son sac et s'empressa d'aller à la rencontre de Matt, avant qu'il ne demande à entrer. Elle ne comprit pas l'étrange sentiment d'attente, d'excitation même, qui s'empara d'elle quand il descendit du véhicule et s'approcha, ses yeux bleus rivés sur les siens. D'autant plus qu'il ne paraissait pas au mieux de sa forme, pas rasé, ses cheveux encore humides de la douche, son T-shirt bleu marine fané et son jean ayant connu de jours meilleurs. Néanmoins, il portait ce côté négligé avec une telle noblesse, comme un roi porte une couronne, qu'il était tout à fait digne de gagner les suffrages de la gente féminine… Rachel tiqua. Mais qu'est-ce qui lui passait par la tête, bon sang ?

Comment allait-elle bien pouvoir l'ignorer, enfermée avec lui trois jours durant dans un chalet ? C'était tout bonnement impossible. Toutefois, elle n'était pas obligée de se soumettre à son charme durant le trajet. C'était toujours ça.

— J'ai décidé de prendre ma voiture, annonça-t-elle, à la minute où il atteignit le porche.

— Nous avons déjà discuté de ça, maugréa-t-il, renfrogné. Pourquoi gâcher de l'essence ? Sans compter que je ne suis pas en état de conduire. Tu vas devoir prendre le volant, ajouta-t-il en lui jetant ses clés qu'elle rattrapa de justesse.

— Si je ne me trompe, tu ne m'as jamais laissé conduire ton précieux pick-up avec la remorque, rétorqua-t-elle.

— Tant que tu n'auras pas à effectuer de marche arrière, tu pourras te débrouiller.

C'est vrai, d'accord, elle était nulle quand il s'agissait de manœuvrer ce fichu pick-up en marche arrière…

— On peut savoir ce qui t'a fait changer d'avis ? demanda-t-elle, dubitative.

— Je risquerais de m'endormir au volant avant d'avoir atteint la frontière du Tennessee, avoua-t-il en passant la main sur sa joue rugueuse.

Comme si elle-même avait bien dormi la nuit dernière !

— J'ai veillé aussi tard que toi, répliqua-t-elle, avant de lui lancer un nouveau regard soupçonneux. Tu n'aurais pas la gueule de bois, par hasard ? demanda-t-elle sous le coup d'une idée subite.

Après tout, si on s'en tenait à l'histoire récente, elle était en droit de se poser la question !

— J'ai dormi sur un canapé aussi confortable que des planches de bois, expliqua-t-il, sur la défensive. Sans compter que je suis tombé sur Pearl Allworth à l'épicerie, et elle m'a tenu la jambe pendant dix minutes pour me raconter qu'elle n'arrivait pas à dresser Buttons, son caniche. Tu as pire à m'opposer ?

Oh que oui ! Elle venait d'apprendre qu'elle attendait un

bébé. Découverte qu'elle avait choisi de garder provisoirement pour elle.

— D'accord, je conduis, décréta-t-elle, mais c'est bien parce que tu t'es tapé les radotages de Pearl.

D'un autre côté, s'il ronflait durant tout le voyage, elle n'aurait pas à craindre qu'il joue les séducteurs et cherche à distraire son attention…

— Si tu commences à avoir sommeil, on pourra toujours s'arrêter pour faire la sieste, proposa-t-il. *Ou autre chose.*

La suggestion fit resurgir le souvenir d'un arrêt-repos mémorable sur la banquette arrière de la cabine du pick-up.

— Matt, mettons les choses au point tout de suite. Il n'y aura pas d'« autre chose », compris ?

— A ta guise ! lança-t-il, encore assez fringant pour sourire.

Elle empoigna son sac qu'elle lui jeta, puis se dirigea vers le véhicule sans un regard en arrière. Elle se glissa au volant et claqua la portière, attendant qu'il s'installe sur le siège passager. Par le plus grand des hasards, son regard se posa sous la ceinture qu'il venait de boucler — et s'y s'attarda quelques instants. Elle leva les yeux, juste à temps pour surprendre son sourire entendu et, toute honteuse, reporta vivement son attention sur le démarreur. Mais, avant qu'elle ait pu tourner la clé de contact, Matt détacha sa ceinture et se pencha au-dessus d'elle pour farfouiller dans le vide-poches de la portière du conducteur.

Elle se raidit et se pressa aussitôt contre le dossier du siège en cuir. Son corps irradiait de chaleur par tous les points qui effleuraient le sien. Bon sang, il sentait si bon — comme le parfum de linge propre.

— Qu'est-ce que tu cherches ? protesta-t-elle.

A part m'allumer et me mettre mal à l'aise, mais elle garda cette réflexion pour elle.

— Je m'assure que j'ai bien ma nouvelle attestation d'assurance. Tiens, la voilà ! lança-t-il en se redressant, lui laissant enfin la place de respirer.

Malheureusement, les bonnes résolutions de Rachel en avaient pris un sérieux coup.

— Il ne t'est pas venu à l'esprit que tu pouvais me demander de la chercher au lieu de t'affaler sur moi ? répliqua-t-elle en le foudroyant du regard.

— J'ai eu l'intuition que tu aimerais ça, ma douce, dit-il, après avoir rangé le papier dans la boîte à gants et rebouclé sa ceinture.

— Tu t'imagines des choses, dit-elle d'un air pincé — en s'y reprenant à deux fois pour arriver à démarrer.

— Ce n'est pourtant pas un effet de mon imagination si tu lorgnais ma braguette, je me trompe ? Tu devais te remémorer avec émotion ce qui se cachait dessous, fit-il d'un air narquois. Au fait, tu te rappelles toujours comment passer les vitesses ?

Si elle avait encore eu un zeste de jugeote — ce qui, visiblement, n'était pas le cas — elle aurait sauté du véhicule pour retourner chez elle en quatrième vitesse.

— Si tu tiens à ton embrayage, tu restes à ta place, menaça-t-elle.

— Le manque de sommeil te rend presque terrifiante, ironisa-t-il avec un rire rauque.

Et toi, il te rend bien trop sexy pour que je ne reste pas sur mes gardes.

— Matthew, tais-toi et dors !

Il inclina le siège, renversa la tête en arrière, ferma les yeux et croisa les bras sur son torse en disant :

— Réveille-moi si tu veux que je te relève dans quelques heures.

— Ne t'inquiète pas, je nous amènerai à bon port et en un seul morceau, répliqua-t-elle.

C'est ce qu'elle disait, mais ils devraient pourtant bien s'arrêter une ou deux fois pour prendre de l'essence et aller aux toilettes.

Elle appuya sur le levier, passa la première et mit en marche le moteur diesel. Elle s'était préparée à une remarque narquoise à la Matt Boyd or, quand elle lui jeta un regard en coin, il dormait déjà.

Bien. Maintenant, il fallait souhaiter qu'il reste assoupi le plus longtemps possible. Car, si on se fiait à sa réaction et à ses insinuations douteuses, elle n'aurait aucune chance quand il serait réveillé. Malheureusement, il faudrait bien qu'il se réveille à un moment ou à un autre…

Elle descendit l'allée sans incident, ce qui la rassura sur sa capacité à manœuvrer le pick-up avec sa remorque. Après avoir passé la barrière automatique, elle s'arrêta à l'entrée de la grand-route pour laisser passer un défilé de tracteurs, et en profita pour étudier Matt endormi. Ses paupières aux longs cils dissimulaient ses yeux, et sa bouche pulpeuse était un peu crispée, comme s'il s'apprêtait à sourire. Il semblait si innocent que, sous les traits de l'homme au sourire amer et au cœur blessé, elle discerna l'adolescent d'autrefois qu'elle avait aimé pendant si longtemps.

Les gens avaient toujours dit qu'ils feraient de beaux bébés ensemble. Comme par réflexe, elle toucha son ventre. Chaque chose en son temps. Elle ferait mieux de profiter du week-end pour s'efforcer de sauver son mariage — même si elle n'était pas naïve au point de croire qu'ils arriveraient à résoudre leurs problèmes en deux jours. Elle devait d'abord se débarrasser de son ressentiment, être d'une franchise totale — et se débrouiller pour que Matt collabore cette fois-ci. En tout cas, ce serait un bon début. Cet effort, ils le devaient à leur enfant à naître.

Néanmoins, il était encore trop tôt pour s'avancer. Les choses pouvaient encore empirer. Restait donc à espérer que le mieux triompherait… Dans le cas contraire, elle devrait continuer sur sa lancée, même si cela signifiait élever son enfant toute seule.

— Hé, la Belle au bois dormant, il faut te réveiller, on est arrivés.

Matt ouvrit les yeux sur les frondaisons des grands arbres au-dessus de sa tête. Le chalet apparaissait à l'arrière du pick-up et Rachel l'observait du siège conducteur. Il redressa son siège, tous ses muscles protestant contre son manque d'activité durant ce long trajet.

— La dernière fois qu'on s'est arrêtés pour prendre de l'essence, je pensais que tu me laisserais te relayer, dit-il.

— C'était bien mon intention, jusqu'à ce que tu te traînes jusqu'à ton siège et t'écroules comme une masse, répliqua-t-elle en coupant le moteur et en lui tendant le trousseau de clés.

Eh bien, il devait être sacrément fatigué.

— A présent, me voilà frais comme un gardon, alors allons-y ! lança-t-il.

Les clés serrées dans la main gauche, il tendit le bras droit pour empoigner leurs sacs sur la banquette arrière et sauta dans l'allée gravillonnée, ravi de pouvoir s'étirer les jambes et de retrouver cet endroit qui, depuis le tout début, avait représenté la pierre angulaire de leur mariage. Rachel, qui l'avait suivi sur le perron, patienta pendant qu'il déverrouillait la porte.

Il s'écarta pour la laisser entrer la première, mais elle ne réagit pas, absorbée dans la contemplation du paysage.

— Qu'est-ce que tu attends ? demanda-t-il.

— Je veux m'imprégner des lieux, au cas où ce serait notre dernière visite.

Pas s'il pouvait l'en empêcher. Cependant, Rachel avait dit « serait ». Cela laissait de l'espoir.

— Très bien, je t'attends à l'intérieur, annonça-t-il.

Il entra dans le chalet et se mit, à son tour, à regarder autour de lui. Tout semblait en ordre, comme il l'avait demandé avant d'entreprendre le voyage. Les volets des fenêtres entrebâillées du séjour avaient été ouverts, découvrant une vue magnifique sur les forêts qui descendaient jusque dans la vallée. Mais c'était de la terrasse à l'arrière de la maison, à laquelle on accédait par la cuisine et les chambres, que le panorama était le plus beau. De cette position avantageuse, on voyait à des kilomètres à la ronde. Avec sa femme, ils étaient restés souvent sur ce balcon, à observer le paysage. Et, une fois ou deux, avaient même batifolé sur la banquette double.

Ce souvenir dans la tête, il déposa les sacs sur le canapé, ignorant encore quel arrangement ils choisiraient pour le couchage. S'il avait eu son mot à dire, ils auraient passé les trois prochaines nuits dans le massif lit king-size à baldaquin où ils avaient fait l'amour pour la première fois. Mais il ne devait surtout pas faire pression sur Rachel. L'influencer subtilement, oui, mais la contraindre, impossible. Sauf s'il voulait se retrouver bouclé à l'extérieur de leur résidence d'été…

Comme la porte derrière lui s'ouvrait, il se retourna pour découvrir son épouse, plantée sur le seuil, les sourcils froncés.

— On avait oublié de recouvrir les meubles contre la poussière, la dernière fois qu'on est venus ? demanda-t-elle, perplexe.

— Non. C'est Helen qui a ôté les housses. Je lui ai téléphoné ce matin pour lui annoncer notre arrivée. Elle nous a ouvert la maison.

— Ah…, fit-elle. C'est très gentil de sa part. Et prévenant de la tienne.

Voilà qu'elle lui jetait un os à ronger.

— Helen est vraiment quelqu'un sur qui on peut compter, déclara-t-elle.

Et l'épouse du juge Jack, l'homme qui avait officié à leur mariage. Nul doute que le couple serait très déçu s'ils apprenaient qu'ils étaient au bord du divorce.

— J'ai l'impression qu'elle nous a laissé un mot, observa Rachel en se dirigeant vers la cuisine pour prendre le papier fixé au réfrigérateur par un aimant. « *Chers Rachel et Matt* », lut-elle à haute voix. *Bienvenue à vous. J'ai changé les draps et acheté quelques produits de base, au cas où vous ne pourriez pas aller faire les courses avant demain matin. Il me tarde de vous voir. Bisou, Helen.* »

— Qu'est-ce qu'elle dit d'autre ? s'enquit Matt en voyant qu'elle affichait un visage préoccupé.

— C'est tout, répondit-elle en repliant le papier pour le poser sur le comptoir.

— Alors, pourquoi dirait-on qu'on vient de t'annoncer une mauvaise nouvelle ? insista-t-il.

— Parce qu'elle a écrit « il *me* tarde de vous voir » et non pas « nous ». Tu crois qu'il est arrivé quelque chose au juge ?

Matt se retint de lever les yeux au ciel. Sa femme avait la mauvaise habitude de déceler des problèmes là où il n'y en avait pas.

— Il va très bien, dit-il d'un air entendu. Ce matin, j'ai entendu sa voix pendant que je parlais à Helen. Je suis persuadé qu'il célèbre encore la moitié des mariages à l'Est du Tennessee.

— Tu dois avoir raison, dit-elle en ouvrant le réfrigérateur pour inspecter l'intérieur. Helen nous a acheté du lait, des œufs et du fromage. Et aussi à boire.

Il la rejoignit et jeta un coup d'œil par-dessus son épaule — bien que le contenu du frigidaire soit le cadet de ses soucis. Il cherchait simplement une excuse pour se rapprocher d'elle.

— Tu as faim ? demanda-t-il.

— Ça se pourrait, répondit-elle en refermant la porte, le forçant à reculer.

— Moi aussi. Ça fait trois heures que j'ai digéré mes crackers au fromage.

— Le café va bientôt fermer, dit-elle après avoir vérifié sa montre. On va devoir se débrouiller avec les moyens du bord. Je vais préparer des œufs brouillés. Ça te va ?

La voyant se pencher pour ouvrir un placard, Matt songea soudain qu'il tenait là un bon moyen de l'impressionner. Il ne devait laisser passer aucune occasion.

— Je vais nous faire une omelette, décréta-t-il.

— Tu te fiches de moi ? lança-t-elle, incrédule.

— Pas le moins du monde.

Manifestement étonnée, Rachel se redressa, une poêle à frire dans la main.

— Depuis quand sais-tu cuisiner des omelettes ? demanda-t-elle.

— En fait… depuis l'âge de dix ans.

Son instinct lui criait d'en rester là, de la fermer, de garder la vérité pour lui, mais Rachel se plaignait toujours de sa réticence à partager son passé avec elle. Ce serait un début — même si, émotionnellement, le prix à payer risquait d'être lourd.

— Ma mère m'a appris à préparer quelques plats, avoua-t-il.

— Vraiment ? fit-elle en le dévisageant.

— Vraiment, affirma-t-il en lui prenant la poêle des mains.

Il la posa sur la cuisinière et, désignant l'îlot central, ordonna :

— Assieds-toi et laisse-moi faire.

Rachel, visiblement stupéfaite, se lava les mains, les sécha, fit le tour de l'îlot et se hissa sur un tabouret. Après s'être lavé les mains à son tour, Matt lui tourna le dos. Il prit ce dont il avait besoin dans le réfrigérateur et se mit au travail. Il cassa les œufs dans un bol, y versa du lait, du sel et du poivre, et battit le mélange — un peu plus longtemps que nécessaire, mais tant pis. Puis, il alluma le brûleur sous la poêle antiadhésive et attendit que la chaleur atteigne la bonne température. Il aurait donné cher pour savoir ce que sa femme pouvait bien être en train de penser en ce moment même.

— Qu'est-ce que tu sais cuisiner d'autre ? s'enquit-elle.

— Des bons vieux plats traditionnels du Sud, répondit-il en versant le mélange dans la poêle, avant d'ouvrir le paquet de cheddar râpé. Le poulet grillé en sauce, le pain de maïs, le ragoût de bœuf. Et aussi les légumes verts, mais je déteste ça.

— Comment se fait-il que tu ne me l'aies jamais dit ? insista-t-elle.

Lui expliquer aurait pris toute la nuit, il préféra donc livrer la version abrégée.

— Cuisiner est lié à trop de souvenirs de ma mère.

— Bons ou mauvais ?

— Les deux, dit-il après une hésitation, mais principalement bons — enfin, je crois.

Il prit une assiette dans le placard et y fit glisser l'omelette, puis se retourna vers Rachel qui, la joue pressée dans sa main, tournait vers lui un regard interrogateur.

— Il me semble qui si tu gardais des bons souvenirs d'avoir cuisiné avec elle, tu souhaiterais les revivre, observa-t-elle.

— Ça dépend, reprit-il en disposant l'assiette, une serviette et des couverts devant elle. Quand ils te rappellent ce que tu as perdu, les bons souvenirs peuvent être aussi douloureux que les mauvais.

— Je suis désolée, souffla-t-elle en posant la main sur la sienne.

La plupart des gens auraient accueilli avec gratitude ce geste réconfortant, mais pas Matt. Incapable de supporter les marques de sympathie, il eut un mouvement de recul et retourna au frigidaire — autant pour se dérober que parce qu'il avait oublié de lui servir à boire.

— Tu veux de l'eau ? demanda-t-il. Il y a aussi une bouteille de ton vin favori.

Ainsi qu'un pack de sa bière préférée. Il lui fallut un terrible effort de volonté pour ne pas s'emparer d'une canette et la siffler d'un trait.

— Non, merci, pas de vin, dit-elle. Je boirai du lait.

Manifestement, Rachel avait, elle aussi, décidé de le surprendre.

— J'ignorais que tu avais abandonné le chardonnay pour le lait, dit-il en lui apportant son verre.

— Il semble qu'on a encore beaucoup de choses à apprendre l'un sur l'autre, répliqua-t-elle avec ce sourire angélique qui lui avait tant manqué ces derniers mois.

— Oui, c'est possible.

Qui sait ? Peut-être que ces découvertes — ajoutées à quelques *re*découvertes — feraient la différence, et qu'à la fin de ce week-end, leurs rapports se seraient améliorés, pour de bon.

7

Rachel avait grand besoin d'un lit, et plus que tout, de réponses.

Mais, si elle pressait trop Matt, il risquait de nouveau de se renfermer comme une huître. Ce serait dommage, alors qu'il venait d'effectuer une percée décisive en lui parlant de sa mère. C'était le moment ou jamais d'en apprendre plus.

Pendant qu'il rangeait la cuisine — comme il avait insisté pour le faire — elle déambula dans le salon et examina les bibliothèques attenantes au manteau en pierre de la cheminée. La foule de bibelots retraçait la chronologie de leur mariage. Cela allait des verres gravés à leurs noms aux fossiles découverts au cours de leurs nombreuses randonnées. Elle chercha l'album souvenir, rangé sur l'étagère du milieu, et l'emporta sur le canapé. Elle s'installa contre les coussins en cuir noir et l'ouvrit à la première page. Au beau milieu, figurait la photo qu'avait prise Helen le jour de leur mariage. Matt et elle posaient avec le juge Jack, un beau vieillard aux cheveux argentés. Rachel ne put retenir un sourire devant son mari. Il avait l'air si jeune ! Tout comme elle, d'ailleurs. Probablement parce qu'ils l'étaient. Peut-être trop.

— Tu veux que je sorte les cartons de la remorque ?

Interpellée, elle se retourna pour découvrir Matt, planté derrière le canapé.

— Pas ce soir, je suis trop fatiguée pour emballer quoi que ce soit, répondit-elle, tout en souhaitant au fond de son cœur que, dimanche soir, ils n'aient plus besoin de faire leurs cartons.

Cela dépendrait exclusivement de la coopération de Matt et de sa réaction à l'annonce qu'elle attendait un bébé — une fois qu'elle aurait rassemblé assez de courage pour le lui dire.

Quand il s'assit à côté d'elle, elle posa une moitié de l'album sur ses cuisses et l'autre sur les siennes.

— Regarde, dit-elle. On était des gamins.

— En effet, répliqua-t-il avec un sourire. Difficile de croire que ça fait presque quatorze ans. J'ai l'impression que c'est hier que je t'ai portée dans mes bras pour franchir le seuil de ce chalet.

— Tiens ! Me voilà en mariée toute rougissante le soir de sa nuit de noces, reprit-elle en pointant une photo sur la seconde page. Cette robe de chambre rose en flanelle était des plus sexy.

— Elle était encore plus sexy en boule sur le plancher, répliqua-t-il en étendant son bras sur le dos du canapé pour se rapprocher d'elle. Un moment, j'ai cru que dessous, tu portais une combinaison pyjama.

— Je n'étais pas godiche à ce point ! s'esclaffa Rachel. Ma chemise de nuit n'était peut-être pas aussi excitante qu'un déshabillé transparent, n'empêche que c'était tout de même une chemise de nuit.

Une chemise blanche en dentelle qui lui arrivait au pied.

Matt repoussa ses cheveux derrière son oreille et plongea son regard dans le sien pour dire :

— Tu étais superbe.

Cela aurait été trop facile de s'abandonner aux vieux schémas : Matt la scrutant de ses yeux incroyablement bleus et brûlants de désir, et elle s'offrant sans résistance, comme la femelle écervelée qu'elle devenait en sa présence.

Afin de mettre le holà aux vieilles habitudes, elle tourna la page et se concentra sur les photos.

— Oh ! mon Dieu ! J'avais presque oublié la fois où nous sommes allés faire de la descente en pneumatique à Townsend.

— Moi pas, gloussa Matt. Tu as glissé de ta bouée et perdu ton haut de maillot de bain.

— C'était ta faute, aussi, protesta-t-elle, la chaleur commençant à envahir sa gorge et ses joues. Si tu ne m'avais pas taquinée, je n'aurais pas essayé de t'attraper et je ne serais pas tombée. Heureusement qu'il n'y avait pas d'enfant dans les parages !

— Et si je ne t'avais pas prêté mon T-shirt, tu serais toujours dans cette rivière, rétorqua-t-il en se frottant la mâchoire. Je ne sais pas ce qui m'a plu le plus : toi, seins nus pendant quelques secondes, ou moulée dans ce T-shirt mouillé, durant tout le trajet du retour. Ça valait le coup d'œil, vraiment.

— Si mes souvenirs sont bons, à peine avions-nous mis les pieds dans le chalet que tu as exigé de récupérer ton bien, fit Rachel, amusée.

— Et si les miens ne me trompent pas, nous ne sommes jamais arrivés dans la chambre. Je te l'ai arraché ici même, sur ce canapé.

Le cœur de Rachel s'accéléra au souvenir de leur manque total d'inhibition et de l'appétit insatiable qu'ils avaient l'un pour l'autre. Jugeant plus sûr de discuter d'autre chose, elle tourna vivement la page et dit :

— Voilà la photo de toute la bande dans la salle de bal.

Leurs amis du coin qui avaient tous, au mieux, l'âge de la retraite. Matt et elle avaient toujours été le plus jeune couple du petit bourg isolé de Wayhurst.

— Quel était leur nom, déjà ? demanda-t-il en pointant, sur la photo, un couple d'une quarantaine d'années.

— Josie et Brad quelque chose. Ils possédaient le chalet à côté de la chapelle. Helen m'a dit qu'ils l'avaient vendu parce qu'ils divorçaient.

— C'est trop bête. Ils étaient gentils.

N'était-ce pas aussi ce qu'on disait d'eux ? Et voyez où ils en étaient !

— Je sais, soupira-t-elle. C'est vraiment triste. Ils avaient l'air de former un couple heureux.

— C'est ce que doivent penser de nous la plupart des gens du cru.

Voilà, c'était dit. Rachel redoutait d'annoncer leur séparation à leurs amis, en particulier à Helen et au juge Jack. Elle espérait vraiment qu'elle n'aurait pas à le faire. Bien qu'elle s'efforçât de réprimer son optimisme, il lui semblait que Matt et elle avaient franchi un tournant. Qu'ils pouvaient enfin parler ensemble, évoquer librement le passé sans que le ressentiment et la colère qui, dernièrement, avaient empoisonné leur relation, ne se dressent entre eux.

Elle referma le livre sur leurs beaux jours enfuis, en cherchant dans sa tête une transition pour aborder le passé de son mari.

— Si tu rapportais des photos de chez ton père, je confectionnerais un album pour toi, proposa-t-elle.

— Pour quoi faire ? répliqua-t-il, les sourcils froncés.

Entre autres, pour le bien de ton enfant à naître.

— Tu m'as dit que tu avais de bons souvenirs de ta mère, dit-elle. Ce serait bien de les réunir dans un album que tu pourrais regarder de temps en temps, non ?

— Merci mais je n'ai pas besoin de rappels visuels. Chaque instant que j'ai passé avec elle — bon ou mauvais — reste gravé dans ma mémoire.

— Tout à l'heure, tu as mentionné les mauvais souvenirs, reprit-elle, refusant de laisser l'irritation qui perçait dans la voix de Matt déteindre sur elle. Cela pourrait t'aider d'en parler pour, ensuite, te focaliser sur les bons, tu ne crois pas ?

Il s'écarta d'elle et, après avoir frotté son visage à deux mains, dit d'un ton sans appel :

— Je n'ai pas envie de parler d'elle ce soir.

— D'accord, d'accord ! se récria-t-elle, consciente que sa prochaine suggestion était risquée et mènerait probablement à une nouvelle impasse. Alors, parlons de ce qui s'est passé le jour de la naissance de Caleb.

— Rachel, arrête !

Une impasse, en effet. Que Matt possède à la perfection l'art de cacher ses sentiments n'avait rien de nouveau pour elle — même si son attitude l'inquiétait et l'exaspérait toujours autant. Mais peut-être qu'elle attendait trop de lui. Peut-être qu'à l'inverse de ce qu'elle s'était promis, elle lui mettait trop la pression. Malheureusement, si elle ne venait pas à bout de ses réticences, la réconciliation était vouée à l'échec.

Bien qu'une part d'elle-même ait voulu continuer à s'attaquer au problème en douceur, la fatigue prit le dessus. Baisser les bras n'était pas son genre, mais elle mourrait de sommeil. Demain matin, elle tenterait sa chance de nouveau.

— D'accord, je te fiche la paix — pour l'instant, dit-elle en se levant, mais il la retint par le poignet.

— Tu ne te rends pas compte de ce que tu exiges de moi, quand tu veux m'obliger à regarder en arrière.

Peut-être, mais elle savait très bien ce qu'elle voulait : qu'il devienne l'époux dont elle avait besoin.

— Tout ce que je te demande, c'est de partager ta vie avec moi — passée comme présente — comme des époux sont censés le faire. Au départ, tu affirmais que tu ne voulais pas divorcer. Il n'empêche que, pendant des mois, tu as refusé de changer ta façon d'agir, alors que ça aurait pu sauver notre mariage. J'ai besoin que tu t'ouvres davantage à moi. Je veux être celle sur qui tu t'appuies pour évoluer, et non le contraire.

— J'aimerais te ressembler, Rachel, soupira-t-il en lâchant son bras. Etre capable de parler de mes sentiments au premier venu. Mais je te l'ai déjà dit : je ne suis pas comme ça. Et ne le serai jamais.

— Alors, je crois que la messe est dite, conclut-elle, à la fois découragée et presque anéantie. Sur ce, une douche et au lit !

— Puisqu'on parle de lit, nous pourrions…

— Matt, ne le dis pas.

— Dire quoi ?

— Qu'on devrait dormir ensemble.

— Ne te fais pas de bile, chérie, lança-t-il, un éclair de colère dans les yeux. Ton discours était très clair. Avant que tu ne sautes aux conclusions, j'allais te proposer de dormir dans la grande chambre, où tu seras plus à ton aise. Excuse-moi d'avoir voulu me montrer accommodant.

Elle avait beau se sentir un peu coupable, ses soupçons étaient bel et bien justifiés par son comportement habituel.

D'ailleurs, Matt avait refusé toute tentative de dialogue, ce qui était révélateur. Mais de quoi ? Elle ne savait pas trop.

— Désolée de t'avoir mal compris, s'excusa-t-elle. Je suis vraiment très fatiguée.

Et extrêmement déçue.

— Que tu aies une aussi mauvaise opinion de moi est dur à avaler, cependant, j'imagine que je dois le mériter, lança-t-il en se levant pour ramasser leurs sacs.

— J'ai très mal réagi, alors que tu ne cherchais qu'à te montrer prévenant, se récria-t-elle, stupéfaite par cet aveu spontané.

— Trop de fatigue, sans doute.

Et trop de frustration, surtout.

— Franchement, cela ne me gêne pas de dormir sur la banquette de la chambre d'amis, affirma-t-elle.

— Non, je veux que tu prennes la chambre.

— Bon d'accord, puisque tu insistes, céda-t-elle, n'ayant pas l'énergie d'entamer un débat. Passe-moi mes affaires, s'il te plaît. Je peux les porter moi-même.

— J'en suis sûr, mais je vais me conduire en gentleman et te conduire à ta chambre, répliqua-t-il en lui dérobant son sac. Inutile de craindre que je force le passage, chérie. Je n'envahirai ton espace qu'avec ta permission.

Manifestement, Matt était fâché. Plus qu'elle ne l'aurait cru.

— Très bien, soupira-t-elle. Passe devant.

Ils longèrent le couloir dans un profond silence. Une fois devant la chambre, il lui tint la porte et s'écarta pour la laisser entrer. Tout était à sa place, du lit au bureau en passant par le petit fauteuil vert dans son coin. Ainsi que le berceau en érable de Matt bébé, que son père avait fabriqué de ses mains. Elle avait complètement oublié qu'ils l'avaient apporté l'été précédent, durant leur seul séjour au chalet de l'année.

— Tu veux que je t'en débarrasse ? proposa-t-il.

— Comme tu t'es débarrassé de tous les meubles de la chambre de bébé, avant ma sortie de l'hôpital ? répliqua-t-elle aigrement, submergée par une vague de ressentiment inattendue.

— On en revient toujours là, hein ?

— Nous n'en sommes jamais sortis, rétorqua-t-elle en lui arrachant son sac. Qu'est-ce qui t'a fait croire qu'en ôtant tout ce qui pouvait me rappeler son souvenir, j'oublierais *mon fils* ?

Alors qu'elle s'attendait à voir la rage l'envahir, il sembla simplement résigné.

— Je ne m'attendais pas à ce que tu oublies, je pensais simplement que ça te faciliterait les choses, expliqua-t-il.

— Eh bien tu te trompais.

— Je sais. Depuis quatre mois, tu me l'as fait clairement comprendre. Mais tu dois savoir que toutes les décisions que j'ai prises n'étaient dictées que par ton bien. Je n'ai peut-être pas fait les meilleurs choix, peut-être que je me suis trompé, mais si je l'ai fait, c'était parce que je t'aimais.

Sur ce, il referma la porte derrière elle. Rachel se retrouva plantée au beau milieu de la pièce, son sac pressé sur sa poitrine et le visage dégoulinant de larmes. De tout ce que Matt avait dit, un mot pesait particulièrement sur son cœur comme un sac de pierres.

Aimais. Au passé.

L'idée qu'il puisse ne plus l'aimer était insoutenable. Plus tard, cela l'aiderait peut-être à briser les liens, mais, à cet instant, la cassure était dans son cœur. Elle était partagée entre un terrible besoin de savoir s'ils arriveraient un jour à résoudre leurs problèmes, et la crainte d'avoir attendu trop longtemps pour sauver leur mariage.

Matt vit une ombre se mouvoir derrière la porte-fenêtre et se leva de la banquette. Visiblement, sa femme n'arrivait pas plus à dormir que lui. Qu'est-ce qui l'empêchait de trouver le sommeil ? Elle bénéficiait d'un lit de première classe, alors qu'il devait se farcir un matelas trop court et trop étroit aussi confortable qu'une dalle de béton. Une bonne excuse à son insomnie. Même si ce n'était pas la seule.

Après avoir repassé leur conversation dans sa tête pendant

une bonne heure, il en était arrivé à la conclusion que Rachel n'avait pas exigé grand-chose de lui, finalement. Elle réclamait simplement de la franchise et des réponses. Mais, comme ces réponses impliquaient de rouvrir d'anciennes blessures, il n'était pas très chaud. En même temps, s'il essayait de se livrer, cela allégerait peut-être le fardeau qui l'écrasait depuis des années. Il lui devait au moins ça : essayer.

Le rideau d'arbres fournissait suffisamment d'intimité pour sortir en tenue d'Adam, même avec la lune au-dessus de leur tête — il l'avait souvent fait. Mais, ne souhaitant pas offenser la sensibilité de Rachel, il sauta du lit, fouilla dans son sac et en sortit un T-shirt et un pantalon de pyjama. Après s'être habillé, il ouvrit la baie vitrée et la découvrit sur le balcon. Sa longue chevelure cascadait mollement dans son dos, indiquant qu'elle s'était couchée les cheveux mouillés. Elle portait la chemise de nuit fantaisie, ornée d'une caricature de cheval, qu'il lui avait offerte deux ans auparavant pour Noël, ainsi que de grosses chaussettes. Bizarrement, il n'avait jamais vu quelqu'un d'aussi sexy dans un tel accoutrement.

Pour ne pas l'effrayer, il s'éclaircit la gorge avant de sortir sur la terrasse de bois. Elle lui jeta un bref regard, avant de reprendre sa contemplation du ciel.

Il s'approcha en prenant garde de laisser une distance entre eux pour ne pas la gêner et lança :

— Tu as du mal à dormir ?

— Oui.

— Moi aussi. J'ai trop dormi sur la route. Et puis, c'est difficile de fermer l'œil quand ton cerveau est en surchauffe.

— C'est vrai.

Sa réponse laconique lui fit comprendre qu'il n'arriverait pas à grand-chose de cette façon. Il pouvait lâcher l'affaire et retourner au lit, ou se jeter à l'eau et lui faire les révélations qu'elle demandait. Oui, c'était le moment de se lancer en espérant ne pas se laisser submerger par les souvenirs.

— Ma mère était frileuse, comme toi, commença-t-il. Même par 18 degrés sous abri, elle branchait déjà le chauffage.

— Ça me rappelle quelque chose, dit-elle en lui décochant un sourire qui le surprit. Et, à part être frileuse, comment était-elle ?

Le moment était arrivé de savoir jusqu'où il pouvait se confier sans tomber en morceaux. Il voulait bien saigner, mais plutôt être damné que s'écrouler devant sa femme.

— Elle voulait être danseuse, elle aimait aussi chanter, poursuivit-il.

— Elle chantait bien ?

— Pas vraiment, mais elle avait de la voix. Elle disait que le chant l'aidait à supporter la douleur.

Les souvenirs affluaient à présent, tranchants comme des lames de rasoir. Avant de continuer, il prit une profonde inspiration puis expira lentement.

— Elle adorait les fleurs, surtout les perce-neige, parce qu'ils symbolisent l'espoir. Elle disait qu'elle voulait garder l'espoir dans ses mains, aussi longtemps qu'elle le pourrait. De temps en temps, mon père en posait un sur son oreiller. Il le fait toujours…

— Je n'imagine pas d'être aimée à ce point, soupira-t-elle.

Si elle le pensait vraiment, alors c'était que son échec était encore plus flagrant qu'il ne l'imaginait.

— C'était le genre de personne que tout le monde aime, reprit-il malgré tout.

— Si seulement j'avais pu mieux la connaître, soupira-t-elle en s'appuyant contre la rambarde, le regard tourné vers lui. Je ne l'ai vue qu'à de rares occasions, quand elle venait te chercher à l'école.

— A partir du moment où elle a dû utiliser un fauteuil roulant, elle a presque cessé de sortir. Mais à part sa difficulté à se déplacer, on n'aurait jamais dit qu'elle était malade, parce qu'elle ne s'est jamais laissé abattre. Elle ne se plaignait jamais. Elle a continué à avancer, jusqu'à ce que la sclérose l'en empêche. C'est là que j'ai commencé à prendre le relais et à l'aider, quand mon père était au travail.

— Elle devait apprécier de t'avoir auprès d'elle.

Rachel avait toujours eu tendance à voir le bon côté des choses.

S'il continuait à parler, il risquait d'affronter une satanée tempête. N'importe, il devait prouver à sa femme qu'il pouvait partager son passé avec elle, même les pires épisodes.

— Pourtant, je n'étais pas là quand elle a eu le plus besoin de moi, avoua-t-il.

Il marqua une pause.

— Je n'étais pas présent le jour de sa mort.

— Ce n'est pas ta faute, répliqua-t-elle en lui adressant un regard plein de compassion. Cet été-là, tu étais parti à un camp de base-ball.

Pendant des années, il avait cherché en vain à s'en convaincre.

— J'aurais pu être là, répliqua-t-il. J'avais le choix entre partir ou rester à la maison. J'ai choisi d'y aller, parce que je voulais m'éloigner de tout ça. Pour une fois je voulais être un gamin comme les autres qui s'éclate avec ses copains. Et je le regretterai aussi longtemps que je vivrai.

— Matt, tu *étais* un gamin, insista-t-elle.

— Qui savait que sa mère était mourante et qui l'a abandonnée.

— Matt, tu ne pouvais pas savoir ce qui allait se passer !

L'aveu le plus dur était à venir. Un aveu qui lui coûterait presque autant que celui sur ce qui s'était vraiment passé lors de la naissance de leur fils.

— Le jour précédant mon départ, elle m'a prié de prendre soin de mon père parce qu'il aurait besoin de moi. Je crois que j'ai refusé de comprendre ce que signifiait sa demande.

— Tu avais à peine treize ans, dit-elle en posant une main apaisante sur son bras. Tu n'aurais pas dû avoir à assumer une telle responsabilité. Et que tu sois parti ou resté n'aurait rien changé au décès de ta mère.

Oui, mais cela m'aurait déchargé de ma culpabilité.

— Si elle me l'avait demandé, je te jure que je serais resté, affirma-t-il.

— Je le sais, parce que tu es quelqu'un de responsable. Mais, as-tu jamais pensé qu'elle voulait t'éloigner justement, qu'elle ait pu vouloir que tu ne gardes d'elle que de bons souvenirs ?

— Et il en a eu, dit-il en souriant, malgré son chagrin. Juste avant mon départ, nous avons passé la journée à faire un puzzle — un grand puzzle de New York — tout en discutant de ce que je viens de te raconter. On ne l'a terminé qu'à minuit. Je n'arrêtais pas de lui dire qu'on le reprendrait à mon retour du camp, mais elle a tenu à continuer, jusqu'à ce qu'il soit fini. Elle désirait tellement revoir les gratte-ciel de Manhattan.

— Revoir ?

— Oui. Un été, mon père est parti travailler comme apprenti charpentier au nord de New York. C'est là qu'ils se sont rencontrés. Elle l'a même emmené en ville voir une ou deux comédies musicales.

— J'ai du mal à imaginer ton père s'habillant pour aller au théâtre, observa-t-elle.

— Moi aussi. Il a certainement dû y mettre du sien pour lui faire plaisir. Elle rêvait d'être danseuse, à l'époque. Mais, à la fin de l'été, ils se sont mariés et ils sont repartis pour le Mississippi.

— Ouah ! Se marier après seulement trois mois de cour ! Cela a dû être le coup de foudre.

— Plutôt le manque de bon sens propre à la jeunesse, répliqua-t-il, trop cynique pour y croire.

— Tu pourrais en dire autant de nous…

Probablement, mais il s'y refusait.

— Nous, c'était différent. Nous nous connaissions depuis un peu plus de trois mois, non ? Et, quand nous nous sommes mariés, nous n'avons pas demandé à l'autre de sacrifier ses rêves.

— Peut-être que ta mère ne voyait pas les choses de cette façon, répliqua-t-elle en ôtant sa main de son bras. On doit parfois faire des sacrifices pour ceux qu'on aime.

— Tu n'as jamais eu l'impression d'avoir trop sacrifié à ma carrière ? s'enquit-il de but en blanc.

Et si son ambition avait éclipsé la sienne ?

— Je voulais autant que toi que la clinique ait du succès, affirma-t-elle en secouant la tête. J'ai toujours été fière de la vie que nous avons bâtie.

Ce qui n'empêchait pas qu'elle était prête à tout balancer par-dessus bord. Cependant, mieux valait ne pas aborder ce sujet. Tout ce qu'il désirait, c'était prolonger cette conversation, passer le plus de temps possible avec elle, avant qu'ils ne retournent chacun dans leur lit — au risque de se livrer davantage.

— Ma mère avait projeté d'ouvrir un studio de danse à Placid, dit-il en se tournant vers elle. Elle a préféré attendre que je sois né, mais je n'avais pas un an quand on lui a diagnostiqué une sclérose en plaques. C'est plutôt ironique, non ? Une aspirante prof de danse qui ne peut plus marcher et, a fortiori, danser. Quelquefois, la vie est affreusement injuste.

Au lieu de lui répondre, Rachel fit quelque chose qui le prit totalement au dépourvu : elle glissa son bras autour de la taille de Matt et pressa sa joue contre sa poitrine. L'avoir si près, la tenir de nouveau contre lui, étaient encore plus douloureux que tous les souvenirs déchirants qu'il avait déterrés. Il posa le menton sur sa tête, bien décidé à jouir de ce moment aussi longtemps qu'il durerait.

— Merci d'avoir accepté de partager l'histoire de ta mère avec moi, dit-elle en se reculant, sans qu'il réagisse. Tu n'as pas idée de ce que ça représente pour moi.

Pas plus qu'elle n'imaginait ce que ça représentait pour lui. A quel point il désirait que tout s'arrange entre eux. Qu'il mourrait d'envie de l'emporter dans son lit pour lui faire l'amour. Mais il avait promis de la laisser en paix, et était bien résolu à tenir sa promesse. Il avait déjà trop souvent manqué à sa parole.

Il embrassa légèrement sa joue et, même si cela le tuait, la laissa partir en disant :

— Je crois que c'est le moment d'aller retrouver mon sommier défoncé et mon matelas de fortune.

— Mon pauvre bébé, tu aurais dû profiter que j'étais en

veine de générosité pour prendre le grand lit, fit-elle avec un sourire timide.

— Je survivrai. Fais de beaux rêves, lança-t-il, doutant de fermer l'œil, avec elle dans la pièce à côté.

— Bonne nuit, répondit-elle en se dirigeant vers la porte qui menait à sa chambre.

Soudain, elle se retourna à l'improviste et annonça :

— Je vais dormir dans la chambre d'amis. Je peux faire ça pour toi.

— Rachel, le lit est épouvantable. Dans ton état, tu as besoin d'être à l'aise.

— Pardon ?

Il aurait juré avoir senti un soupçon de panique dans sa voix, mais il se faisait sûrement des idées...

— Tu as conduit toute la journée et tu dois être courbaturée, reprit-il. Je te l'ai dit : je survivrai.

— Enfin, c'est ridicule, protesta-t-elle, après être restée figée quelques secondes sur place. Laissons tomber ces simagrées. Nous avons dormi dans le même lit toute notre vie depuis nos dix-huit ans. Je ne vois pas la raison de ne pas le faire ce soir.

— Marché conclu.

Les mots étaient sortis tout seuls.

Comme il se dirigeait séance tenante vers la porte, elle le retint en pressant sa main sur son torse.

— Matt, crois-tu franchement pouvoir faire ça ? Peux-tu partager mon lit sans espérer autre chose que dormir ?

Pourquoi avait-il l'impression qu'elle cherchait à le tester ?

— Je te promets que tu ne sauras même pas que je suis là.

En revanche, lui saurait qu'elle était là, toute proche, mais pas encore assez à son goût. N'importe, c'était parfait. Depuis des semaines il mourrait d'envie de l'avoir auprès de lui. Pour cela, il était prêt à accepter n'importe quelle condition. Et puis, qui sait ? Peut-être qu'il arriverait enfin à dormir un peu...

Quand elle ouvrit la porte, il la suivit à l'intérieur et se posta de son côté du lit — le plus proche de la porte. Pendant qu'il ôtait sa chemise, elle se glissa vivement sous les couvertures.

— Garde ça, veux-tu, lança-t-elle, comme il commençait à dénouer le lacet de son pyjama.

Comme si ce n'était pas assez dur de ne pas pouvoir la toucher, voilà qu'elle exigeait qu'il déroge à son habitude de dormir nu.

— Tu sais que je déteste me coucher en pyjama, protesta-t-il.

— Désolée, mais je préfère que tu gardes ton arme au fourreau.

— Mon arme ?

— Ton missile à tête chercheuse.

Tiens tiens, Rachel ne se souciait peut-être pas juste du partage de leurs biens...

— Sentirais-je une légère envie de servir de cible ? lança-t-il ironiquement.

— Tu sais très bien ce que je veux dire, répliqua-t-elle en le gratifiant malgré tout d'un sourire.

Oh ! oui ! Tu cherches à me torturer.

— Je te promets que tu n'as rien à craindre de moi, comme de mon artillerie, se récria-t-il.

En revanche, il ne pouvait garantir de ne pas se dresser au garde-à-vous si elle le frôlait de trop près durant la nuit.

Il rejeta l'édredon et s'allongea sur le dos au-dessus des draps, pendant que Rachel se couvrait jusqu'au menton. Au bout de quelques secondes, elle redressa la tête pour demander :

— Tu vas laisser la lumière allumée ?

Certaines choses ne changeaient jamais.

— Bien sûr, répliqua-t-il. Pendant que j'y suis, tu veux que je te prépare un casse-croûte, ou que je te fasse des tours de magie ?

— Non, simplement la lumière, merci.

Il se leva, alla éteindre le plafonnier près de la porte et retourna prendre sa position sur le dos. Elle remua doucement et les effluves de son shampooing titillèrent ses narines. Ce parfum lui rappela l'époque où ils se douchaient ensemble et éveilla en lui moult pensées plus qu'osées. Aussi resta-t-il étendu dans le noir, raide comme un passe-lacet. Tout raide, même. Désespérant de se détendre, il empoigna l'oreiller et se tourna vers le mur.

Peu de temps après, une main lui effleura l'épaule.

— Matt ?

Est-ce que par miracle elle aurait révisé sa politique de non-intervention ? C'était fort peu probable.

— Oui ? soupira-t-il.

— J'ai froid.

Si seulement il avait pu dire la même chose ! Surtout quand il roula sur le côté pour découvrir qu'elle s'était rapprochée.

— Tu veux que je monte le chauffage, ou préfères-tu que je sorte couper du bois pour faire une flambée ? demanda-t-il.

Quel que soit son choix, son pyjama finirait par terre, missile ou pas missile.

— Tu pourrais simplement me tenir dans tes bras.

C'était bien cela, elle voulait le torturer, tout en lui infligeant un ultime test. Eh bien, il le surmonterait. Il allait lui prouver qu'il était digne de sa confiance. Qu'il pouvait la réchauffer sans chercher à abuser de la situation. Mais avant, il allait la taquiner un peu.

— Tu t'es rasée les jambes ? lança-t-il.

— Tais-toi donc !

— Je disais seulement que…

— Bon, tu te décides ou il faut qu'on en discute ?

— Viens ici, répondit-il, ayant toujours préféré les actes aux paroles.

Quand elle se glissa près de lui et lui tourna le dos, il l'enveloppa dans ses bras. Elle se tortilla un moment contre lui, tel un écureuil creusant son terrier pour l'hiver. Bon sang ! Elle ne savait donc pas qu'on était au printemps, et que son joli petit derrière frôlait de trop près l'armurerie ?

Enfin, elle s'immobilisa et son souffle prit un rythme régulier. Au moins, elle était détendue et prête à dormir. Alors que lui n'arrivait pas à chasser les pensées qui tourbillonnaient dans sa tête.

Il n'empêche que c'était délicieux de la tenir dans ses

bras. Il n'arrivait plus à se souvenir de la dernière fois où il l'avait enlacée ainsi. Si, il s'en souvenait, en fait. C'était en décembre dernier, une semaine, à peu près, avant son accouchement. Il avait massé ses reins qui la faisaient souffrir et elle s'était endormie pendant ce temps. Il l'avait serrée contre lui, la main sur son ventre rebondi pour sentir le bébé cogner contre sa paume.

Cette nuit-là, il s'était permis d'imaginer ce que ce serait d'élever un fils. Il s'était laissé aller à croire qu'il pouvait être un bon père. Qu'il avait le pouvoir de protéger son enfant — ce en quoi il se trompait sur toute la ligne. Il avait été incapable de sauver son fils, tout comme il avait été incapable de sauver sa mère. Il avait déçu Rachel sur de nombreux plans. Trop nombreux.

Peut-être que vouloir à tout prix préserver leur mariage, parce qu'il n'avait ni le cran ni le cœur de repartir de zéro, n'était pas juste pour elle. Mais il ne supportait pas l'idée de la perdre pour de bon. Autant s'en tenir à cela et réfléchir plus tard. A cet instant, il voulait simplement la garder pour lui aussi longtemps que possible.

8

Durant la nuit, Matt avait lâché Rachel qui, à son réveil, se sentit presque démunie sans ses bras autour d'elle. Bizarre, alors que, même avant de le quitter, cela faisait des mois qu'elle dormait sans lui. Elle aurait dû être habituée.

Le matelas s'affaissa soudain et elle se retourna pour voir s'il était parti. Non, il avait simplement changé de position et roulé de nouveau sur le dos. Il avait aussi ôté son pyjama, comme le prouvait la bosse sous le drap qui drapait négligemment ses hanches, découvrant une jambe nue à partir de la taille. Ce n'était pas vraiment une surprise. S'il l'avait pu, il se serait promené toute la journée à poil.

Sa main gauche traînait sur son bas-ventre et son bras droit effleurait presque Rachel. Ses cheveux ébouriffés et son visage pas rasé étaient terriblement attirants. Trop pour qu'elle reste aussi près de lui — du moins physiquement. Car, depuis leur dernière conversation, elle se sentait de nouveau connectée à lui sur le plan émotionnel. Même si elle ne pensait pas avoir réussi à forcer totalement la citadelle qu'il s'était évertué toute sa vie à ériger... Ils avaient encore beaucoup de points à éclaircir, et peu de temps pour le faire.

Elle sortit du lit, rassembla ses vêtements et alla dans la salle de bains pour effectuer son rituel matinal. Quand elle retourna dans la chambre, Matt n'avait pas bougé d'un pouce, mais il s'était arrangé pour se retourner — et sans le drap. Super ! Rien de mieux que de commencer la journée par une leçon d'anatomie. Qu'importe ! Ce n'était pas la première fois qu'elle voyait ses fesses et elle n'aurait aucune difficulté à les ignorer. Après tout ce n'était qu'un joli petit postérieur bronzé et bien galbé de mec, comme beaucoup d'autres.

Non franchement, qui cherchait-elle à abuser ? Si elle ne sortait pas en vitesse, elle allait succomber à la tentation d'explorer le terrain, comme si on venait de lui offrir un jouet tout neuf. *Encore la faute de ces fichues hormones si j'ai de ces désirs insensés !* pesta-t-elle en s'asseyant dans le fauteuil pour enfiler ses baskets. C'est alors que le berceau attira son attention, puissant rappel du secret qu'elle gardait précieusement. Un secret qu'il lui faudrait révéler à son mari. Ce qu'elle n'était pas encore prête à le faire. Pas avant de savoir ce qu'il pensait d'avoir un *autre* bébé. *Un pas à la fois*, se rappela-t-elle. D'abord, elle devait sortir d'ici avant que Matt ne se réveille et l'empêche de s'en aller.

— Où vas-tu, mon cœur ?

Aïe ! Cette voix matinale rugueuse et profonde qu'elle connaissait si bien. Ces accents familiers, à la fois tendres et terriblement sensuels, et qui pouvaient se révéler extrêmement persuasifs. Son regard bondit de ses lacets au propriétaire de la voix, qui s'était arrangé, entre-temps, pour se remettre sur le dos sans qu'elle le remarque. A présent, difficile de l'ignorer. Son aversion pour les draps était patente, décidément, tout comme le reste exposé, hum… dans toute sa gloire. Leçon d'anatomie, chapitre deux.

— Aurais-tu l'obligeance de te couvrir ? lança-t-elle d'une voix moins déterminée qu'elle ne l'aurait souhaité, comme si elle n'était pas sûre de ce qu'elle voulait.

— Il n'y a rien là que tu ne connaisses déjà, répliqua-t-il en croisant les mains sous sa nuque, comme pour démontrer qu'il n'avait nullement l'intention d'accéder à sa requête.

Même si c'était vrai, elle ne voulait tout de même pas voir. Correction : elle n'avait pas *besoin* de voir. Pour éviter de le lorgner, elle se remit à lacer ses chaussures et annonça :

— Je pars à l'épicerie.

— D'abord, qu'est-ce que tu dirais de…

— Non, ça ne me dit rien !

En fait, si, cela lui disait beaucoup. C'était bien pour cela qu'il fallait qu'elle décampe.

— Bon sang ! Rachel ! Peux-tu cesser d'anticiper à tout bout de champ ce que je vais dire ?

Elle se leva et constata, avec reconnaissance, que le drap avait retrouvé sa place stratégique.

— Désolée, mais quand tu commences une phrase par « qu'est-ce que tu dirais de… » et que tu as… ça, je suis en droit de me méfier, dit-elle en désignant le petit promontoire en coton.

— *Ça* étant communément appelé une érection. D'aussi loin que remontent mes souvenirs, j'en ai une le matin.

Son emploi du terme anatomique correct était aussi surprenant que, pour quelque obscure raison, absurdement érotique.

— Comme si je l'ignorais ! répliqua-t-elle. Vu que tu as toujours été très doué pour me persuader de m'occuper de *ça,* que voulais-tu que je m'imagine ?

— Je ne sais pas. Peut-être quelque chose du genre, « Que dirais-tu d'aller prendre un bon petit déjeuner au café ? » Depuis des années tu déformes mes pensées et ça me rend dingue.

— Tu exagères, se défendit Rachel.

— Pas du tout. Tu as la déplorable habitude de ne pas me laisser finir mes phrases.

Si c'était parfois arrivé, et elle n'en était pas convaincue, elle aurait dû avoir des remords, non ?

— Je termine seulement tes phrases quand elles sont ambiguës, se récria-t-elle.

— Ce qui veut dire qu'à tes yeux, tous les mots qui sortent de ma bouche sont suspects ?

Bon, en effet, peut-être qu'elle avait tendance à avoir trop de préjugés…

— D'accord, à partir de maintenant, je t'accorderai le bénéfice du doute et j'arrêterai de te couper. Mais merci pour ton offre. Je vais faire les courses et ensuite, je passerai chez Helen et Jack. Va au café sans moi.

— Tu prends notre seul moyen de transport, soupira-t-il lourdement.

— C'est à moins d'un kilomètre, tu n'as qu'à marcher, répliqua-t-elle en repoussant son siège, avant d'aller se brosser les cheveux devant le miroir. Peut-être qu'une petite balade à pied te fera lâcher un peu de vapeur.

— Une douche aurait le même effet, tu sais.

— Tu n'en as pas pris une, hier soir ? demanda-t-elle en le dévisageant dans la glace, tout en nouant ses cheveux en queue-de-cheval.

— Si, dit-il en s'étirant comme un chat. Mais puisque tu refuses de t'occuper de mon *problème*, je vais devoir en prendre une autre, et glacée celle-là.

— Tu vois pourquoi je refusais de te laisser parler, reprocha-t-elle en se retournant.

— Tu m'as coupé le sifflet par peur de ce que je pouvais te demander et surtout par peur d'avoir envie de m'exaucer, répliqua-t-il avec un sourire provocateur.

Ça, oui ! *Elle en mourrait d'envie.* Elle brûlait d'envoyer valser ses baskets, d'ôter son T-shirt et son jean, d'arracher ses dessous et de sauter sur son mari. Mais pas question. Elle ne se laisserait pas toucher par ses mains — même si ces mains pouvaient jouer sur son corps, elle le savait, comme un virtuose sur son piano.

Il fallait qu'elle file avant de se laisser aller à une quelconque pulsion irréfléchie.

— Je reviens bientôt, lança-t-elle.

— Conduis prudemment, s'écria-t-il, comme elle s'engageait dans le couloir.

Oh oui, la prudence était de mise. Une prudence extrême, même. Alors qu'ils avaient encore tant de problèmes à résoudre, voilà qu'elle était au bord de jeter sa retenue aux orties. Cependant, elle avait l'intuition qu'ils avançaient dans la bonne direction et envisageait le reste de la journée avec de grands espoirs.

Jusqu'à présent, la journée avait débuté à merveille. Le soleil brillait dans un ciel sans nuage et Matt avait pris un bon petit déjeuner au café du coin. Plus important encore, il venait de passer la nuit dans les bras de sa femme. Oui, c'était un bon jour. Et s'il arrivait à ses fins, il n'en deviendrait que meilleur.

Il planta le dernier clou dans la planche branlante du perron, se redressa et examina son œuvre. Rien de mieux qu'un peu de travail manuel pour apaiser un trop-plein d'énergie. Dès que Rachel serait de retour, il lui proposerait d'aller se balader sur un des sentiers qu'ils n'avaient pas encore exploré. D'ici ce soir, il trouverait bien le moyen de lui demander de l'accompagner au bal hebdomadaire pour une petite danse, afin de rester dans l'ambiance. Et quand ils rentreraient à la maison… alors, tout serait possible.

Quand son portable sonna, il posa le marteau sur la rambarde et le tira de sa poche. Persuadé que c'était un appel de sa femme, il fut déçu en reconnaissant le numéro de son interlocuteur. Sa belle journée, si bien commencée, risquait fort d'être gâchée.

— Salut, Chase, lança-t-il.

— Bonjour, excuse-moi de te déranger, mais ça ne pouvait pas attendre.

— C'est un appel officiel ou personnel ? demanda-t-il plus sèchement qu'il ne l'aurait voulu.

— Un peu les deux.

Aussi fou que cela puisse paraître, Matt espéra l'espace d'un instant que la clinique avait été vandalisée ou qu'on avait cambriolé son domicile — au moins dans ce cas l'assurance prendrait les dégâts en charge. Malheureusement, il sentait que cela n'avait rien à voir.

— Que se passe-t-il ? demanda-t-il, angoissé.

— C'est ton père.

Exactement ce qu'il redoutait.

— Qu'est-ce qu'il a encore fait ?

— Il a été arrêté la nuit dernière parce qu'il était ivre et faisait du tapage.

— Il était de nouveau chez Scuffy ? s'enquit Matt.

Si Mo n'avait pas tenu compte de ses recommandations, il allait lui en cuire.

— Non. Il n'était pas dans un bar. Buck l'a trouvé en train d'errer dans la ville, soûl comme un cochon.

C'était une première.

— J'imagine qu'il est toujours sous les verrous, puisque je suis le seul cinglé prêt à payer sa caution.

— Oui, il est en taule et n'a pas encore dessoûlé. Il en tient une sévère.

Et dire qu'il devait passer un moment agréable avec Rachel !

— Il va me falloir sept heures pour revenir, soupira-t-il.

— Et si tu le laissais mariner ici quelques jours, au lieu de le faire sortir ? suggéra Chase.

Matt y avait souvent pensé — sans avoir le cran de le faire.

— Je pourrais, bien sûr, mais c'est dangereux, répliqua-t-il. S'il est sevré trop brusquement, il risque une crise de delirium tremens.

— Pour ce genre de situation, il existe un protocole. Nous avons une infirmière de garde qui viendra l'examiner régulièrement, et s'il est en danger, elle le fera hospitaliser.

— Je n'avais pas prévu de rentrer avant lundi, ce qui signifie qu'il va être privé d'alcool pendant trois nuits, sans compter celle-ci.

— D'ici là, il devrait être remis d'aplomb et sobre. Quand tu reviendras, peut-être que tu réussiras à le convaincre de se faire soigner.

Un nouveau choix qu'il ne voulait pas faire.

— Oui, mais s'il lui arrive quoi que ce soit, je me sentirai responsable, lâcha-t-il. Je suis sûr que Rachel comprendra la situation.

— Tu crois, Matt ? Vous marchez déjà au bord du précipice. Et tu ne penses pas qu'il est temps de laisser ton père nager tout seul ou couler ? S'il veut un jour remonter la pente, il faut qu'il atteigne le fond du trou. Sans que tu viennes toujours le repêcher.

Il avait le choix entre sauver son père et sauver son mariage. En fait, le premier avait influencé le second, et pas dans le bon sens. Pendant des années, il avait exigé de sa femme qu'elle tolère les débordements de son père, ce qu'elle avait fait, aux dépens de leur relation. Il lui avait fallu frôler le divorce pour le réaliser — entre autres choses.

Une fois encore, il choisit Rachel. Parce que c'était le choix qui le rendait heureux.

— S'il arrive un pépin, tu m'appelles, d'accord ? dit-il.

— Compte sur moi. Normalement, nous ne sommes pas censés surveiller Ben tout le temps, mais je vais m'assurer qu'il soit continuellement tenu à l'œil, même si je dois m'en charger moi-même.

— Très bien. Alors gardez-le. Je m'occuperai de lui mardi matin.

— Matt, tu as pris la bonne décision.

Probablement, mais ce n'était pas plus facile pour autant. Comme Rachel le lui avait fait remarquer, il maternait son père depuis des années, et le temps était venu d'arrêter.

— Merci, Chase, dit-il. Je te revaudrai ça.

— Si tu veux vraiment faire un truc pour moi, sauve ton mariage, répliqua Chase. Jess se fait un sang d'encre à cause de vous, et ça m'inquiète. A propos, comment ça se passe avec Rachel ?

— Bien. Mieux que je ne l'espérais en tout cas.

Pourvu qu'en disant cela, il ne s'attire pas la poisse.

— Moi, j'espère que vous reviendrez du chalet, résolus à enterrer ce divorce. Et qui sait ? Rachel pourrait attendre un bébé…

C'était bien la dernière chose dont ils avaient besoin !

— Rachel Boyd ! Ça fait un siècle que je ne vous ai pas vue !

La voix haut-perchée résonna dans le parking, aussi grinçante qu'une fourchette frottée contre le fond d'une casserole. Elle pouvait soit jeter ses courses dans son coffre et sauter au volant en affectant de ne pas avoir entendu, soit se plier à l'inévitable interrogatoire.

Après avoir posé son sac sur le plancher, devant la banquette, elle se tourna donc pour voir l'imposante Rita Kendrick, dans son sempiternel jogging en éponge mauve, se ruer vers elle aussi vite que le lui permettaient ses courtes jambes, armée d'un énorme sac en faux daim bleu ciel et pas une mèche ne dépassant de sa stricte tresse noir corbeau. L'infirmière était à Wayhurst ce que Pearl Allworth était à Placid : la reine des casse-pieds.

— Salut, Rita ! lança Rachel, un sourire factice sur le visage, en refermant la portière.

— Mon chou, vous êtes magnifique ! Cela m'a pris plus d'un an pour retrouver ma silhouette après la naissance de Lila. Non : en réalité, je n'y suis jamais arrivée !

Elle aboya un rire, puis se pencha derrière Rachel pour lorgner l'intérieur du pick-up, avant de lancer :

— C'est votre séduisant mari qui garde le bébé ?

— Euh, non…

— C'est très bien de l'avoir laissé à la maison. Les jeunes couples ont besoin d'intimité. Alors, c'est un garçon ou une fille ? Quel est son prénom ? Il est sûrement beau, j'imagine…

— Mon bébé est mort, réussit à articuler Rachel, pour mettre fin à cette litanie insupportable.

— Oh ! non ! s'exclama Rita en portant la main à son cœur. Que s'est-il passé ?

— Il était prématuré, résuma-t-elle, n'ayant aucune envie de raconter en détail la naissance difficile de Caleb.

— Quel malheur, ma chérie ! Mais vous savez, parfois, la nature résout certains problèmes à sa manière. C'était peut-être une bénédiction déguisée.

Un sursaut de colère saisit Rachel par surprise, si puissant qu'elle ne le maîtrisa qu'au prix d'un terrible effort de volonté.

— Désolée, Rita, mais Matt m'attend, coupa-t-elle. Ravie de vous avoir rencontrée.

Tu parles !

— Haut les cœurs, mon chou ! s'exclama l'infirmière en la serrant si fort qu'elle craignit pour ses côtes. Je suis sûre que le prochain bébé sera en pleine forme. Passez mon bonjour à Matt. J'espère vous revoir bientôt.

— Pareil pour moi.

Si un orage éclatait à l'instant, elle serait sûrement foudroyée sur l'asphalte.

Elle remonta dans le pick-up aussi vite qu'elle le pouvait. Bien que Rita ait été animée des meilleures intentions, malgré son manque total de tact, comment pouvait-on croire que perdre un enfant puisse être une bénédiction, et surtout être assez irréfléchie pour exprimer cette opinion à une mère en deuil ?

Elle avait bien besoin d'une oreille attentive ainsi que d'une épaule secourable, et, heureusement, savait parfaitement où les trouver. Elle continua sa route et, un peu plus loin, tourna dans une allée familière. Le cottage jaune et blanc formait un violent contraste avec les chalets rustiques de ce village de montagne. N'importe, la maisonnette était charmante et totalement adaptée à une dame du Sud telle qu'Helen Van Alsteen.

Avant qu'elle ait eu le temps de sonner, la porte s'ouvrit sur une femme souriante aux cheveux gris avec des reflets cuivrés dont les yeux étaient aussi vifs et expressifs que quatorze ans auparavant. Celle-ci se planta sur le seuil en ouvrant grand les bras.

— Rachel Boyd, ça me fait chaud au cœur de te voir !

— C'est bon de vous voir, aussi, Helen, répondit celle-ci avec un sourire, après s'être prêtée à sa chaleureuse étreinte. Désolée d'être passée à l'improviste, si vous êtes occupée…

— Allons, je ne suis jamais trop occupée pour toi. Entre et assieds-toi un peu.

Rachel la suivit dans le salon rempli de bibelots et de meubles anciens et vint la rejoindre sur le divan à fleurs où elles avaient tenu maintes conversations.

— D'abord, merci d'avoir préparé le chalet pour nous, et

pour toute la nourriture au frais, dit-elle. Hier soir, vous nous avez sauvé la vie, vraiment.

— Bonté divine, ma petite, j'en doute, répliqua Helen en portant sa main parcheminée à sa gorge. Je vous aurais bien apporté un ragoût, mais vous n'y auriez pas survécu. Je suis une piètre cuisinière.

Comment le dire délicatement ?

— Voyons, Helen, c'est faux, se récria-t-elle. Vous n'êtes pas si mauvaise que vous le prétendez.

— Et toi, tu es trop gentille, ma chérie. Hélas, Jack peut en attester, le pauvre homme. Heureusement qu'il n'a jamais rechigné à dîner dehors.

— Puisqu'on parle du juge, où est-il ? demanda-t-elle en posant les yeux sur un vieux fauteuil inclinable en cuir marron, le siège de prédilection de Jack Van Alsteen.

— Il fait un somme, répondit Helen, que la question semblait mettre mal à l'aise.

— Il ne se sent pas bien ?

— Pas du tout, il va très bien. Veux-tu une tasse de café et un muffin ?

Elle faillit décliner l'offre quand elle se souvint qu'elle n'avait pas pris de petit déjeuner.

— Ce serait parfait, si ce n'est pas trop vous demander. Vous avez du déca ?

— En ce moment, je ne bois que ça, et ça ne m'ennuie absolument pas, répondit Helen en se levant du petit canapé. Les muffins ne sont pas maison, ce qui est une chance pour toi. Deux sucres et de la crème, c'est ça ?

— Exactement.

— Je reviens dans une seconde.

Rachel repensa à la note que son hôtesse avait laissée sur le frigidaire. *Et si elle avait eu raison, finalement, de s'inquiéter à propos de Jack ?* Jamais elle n'avait vu le juge à la retraite rester oisif, et encore moins faire la sieste au beau milieu de la matinée. En même temps, il avait près de quatre-vingts ans… Elle devait se faire des idées.

Peu de temps après, Helen réapparut avec un plateau qu'elle posa sur la table basse. Elle lui tendit une délicate tasse liserée d'or et lui indiqua le plateau de muffins.

— Sers-toi.

— J'en prendrai un tout à l'heure, répondit-elle, constatant que c'était ses préférés, aux graines de pavot.

— A présent, raconte-moi comment tu as tenu le coup, après la perte de ton petit ange, dit Helen en reposant sa tasse, après avoir siroté une gorgée de café.

Son ton, tout comme son expression, reflétait une affliction sincère.

Rachel n'avait pas parlé à Helen depuis son accouchement. Cela ne laissait qu'un seul scénario possible.

— Rita vous a appelée ?

— Mon Dieu, non, ma chérie ! se récria Helen avec l'air d'avoir avalé une giclée de vinaigre. J'évite cette femme comme la peste.

— Si seulement j'avais pu faire comme vous ! soupira Rachel. Elle m'a prise en embuscade sur le parking pour finir par me dire que la mort de Caleb était une bénédiction déguisée.

— La langue de Rita fonctionne à la vitesse de la lumière et son cerveau à l'allure d'un escargot, observa son amie, la mine dégoûtée. Je suis navrée que tu aies eu à endurer ça.

Puisque Rita était éliminée, il ne restait plus qu'une personne susceptible d'avoir fourni l'information.

— C'est Matt qui vous a parlé du bébé ?

— Oui, quand il m'a téléphoné, hier, pour m'annoncer votre arrivée, avoua Helen. Ma chérie, je suis tellement désolée. Je sais d'expérience comme c'est difficile de surmonter une épreuve pareille.

— Ah bon ? fit Rachel, stupéfaite.

— Oui, dit Helen en s'essuyant délicatement les lèvres, après une nouvelle gorgée de café. Un an avant la naissance de J.W, j'ai fait une fausse couche. Je n'étais enceinte que de trois mois… Pourtant, j'ai été anéantie. Je n'imagine pas comme ça doit être dur de perdre un bébé au stade de la grossesse où tu étais.

— C'est la chose la plus terrible qui me soit arrivé.

A part la séparation avec Matt.

— Comment avez-vous repris le dessus ? reprit Rachel après un blanc.

— Un jour après l'autre. Il n'empêche qu'après quarante-six ans, il m'arrive encore de penser à cet enfant. Dans mon esprit, le bébé était une fille que j'aurais nommée Hannah, comme ma grand-mère. Je m'étais même imaginé qu'elle serait devenue procureur, comme son père. Bien sûr, elle aurait tout concilié de front : mariage, carrière, enfants. C'est un peu idiot, je suppose, mais c'est ainsi que je l'ai gardée vivante dans mon cœur et que le chagrin n'a pas détruit ma vie.

— Je ne me suis jamais permis de penser à Caleb de cette façon, dit Rachel en reposant sa tasse sans y avoir touché. Si je le fais, j'ai peur de ne jamais surmonter sa perte.

— Il faut te donner du temps, ma chérie, dit Helen en lui tapotant la main. Même si la douleur ne disparaît jamais totalement, elle s'apaise petit à petit. Et puis, tu es une femme solide et tu auras d'autres enfants.

Dans huit mois, fut-elle tentée de dire, mais elle choisit de garder l'information pour elle. Cela n'aurait pas été juste de l'annoncer à quelqu'un d'autre avant d'en avoir parlé à Matt. C'était d'ailleurs la raison pour laquelle elle n'avait pas téléphoné à Jess et Savannah pour leur confirmer sa grossesse.

Il était urgent de changer de sujet. Elle était en demande de conseils matrimoniaux. Et qui pouvait mieux l'éclairer qu'une femme heureuse en ménage depuis près de cinquante ans ?

— Après la disparition de Caleb, les choses ne se sont pas très bien passées entre Matt et moi, avoua-t-elle. En fait, nous avons été séparés pendant plus d'un mois.

— Oh ! ma chérie, ça me fait de la peine pour vous.

— J'aurais voulu l'éviter, mais nos problèmes semblaient insurmontables, dit Rachel, le cœur serré par la déception dans la voix d'Helen.

— En tout cas, aujourd'hui, vous êtes ensemble, j'en déduis donc que tout espoir n'est pas perdu, reprit son amie, ragaillardie. Et si vous vous aimez encore, aucun problème ne sera insurmontable.

— Oui, je l'aime, Helen, mais depuis le drame, tout s'est écroulé entre nous.

Voilà, c'était dit.

— Malheureusement, une tragédie met parfois en lumière des problèmes que nous avons tendance à ignorer quand tout va bien. Même insignifiantes, les difficultés sont amplifiées par le chagrin. Et puis, c'est dans la nature humaine de chercher un coupable — ne serait-ce que soi-même.

Helen avait peut-être mis le doigt sur quelque chose à quoi elle n'avait pas pensé jusque-là... Et si Matt se blâmait lui-même — ou s'il la blâmait, elle ?

— Il semble vouloir esquiver toute occasion de conflit en se plongeant dans le travail.

Et, accessoirement, dans la bouteille. Mais elle préféra le garder pour elle.

— Ma chérie, soupira sa vieille amie. Au cours des ans, j'ai appris une chose ou deux à propos des hommes. La plupart sont des créatures simples avec des besoins simples. Un ventre plein, la télé par câble, une femme qui soit un ange le jour et — excuse ma grossièreté — une vraie tigresse la nuit suffisent à faire leur bonheur. Ils détestent parler de leurs sentiments — à part si tu leur demandes quelles sont les chances que leur équipe de foot favorite remporte le championnat.

— Vous avez tellement raison ! s'esclaffa Rachel, néanmoins un peu choquée.

— Et puis, ils n'ont pas de mémoire, ajouta Helen. Nos époux ne voient pas ce qui nous rend folles. En fait, tant qu'on ne leur met pas les points sur les i, ils sont complètement sourds et aveugles. Voilà pourquoi c'est important de mettre les choses en lumière pour régler le problème une bonne fois pour toutes. Après, on se sent bien mieux et notre époux sait à quoi s'en tenir. Il ne peut pas changer s'il ne sait pas ce qui ne va pas.

— Cela ne risque-t-il pas de créer encore plus de frictions ? objecta Rachel, dubitative.

— Les problèmes sont comme les boutons, répliqua Helen en lui prenant la main. Ils suppurent jusqu'à être prêts à éclater. Mieux vaut les laisser éclater que de se laisser infecter par le ressentiment. C'est la seule façon de guérir votre relation.

Cela ne manquait pas de sens, effectivement.

— D'accord, admit Rachel. Disons que je joue cartes sur table et expose à Matt ce qui me déplaît dans notre union. Et s'il refuse de faire la même chose ?

— C'est une possibilité, mais tu ne peux pas le forcer. N'empêche qu'il pourrait bien te surprendre. Les hommes peuvent aussi se révéler très imprévisibles, parfois.

— Je savais que vous seriez de bon conseil, dit Rachel en la serrant dans ses bras. Vous êtes vraiment la mère qui m'a manqué.

— Je suis très honorée, ma douce, dit la vieille dame, aussi radieuse que si elle lui avait offert les clés du paradis. C'est comme si tu étais devenue la fille que je n'ai jamais eue.

— Est-ce que ça signifie que je peux vous emprunter votre jolie veste en cashmere ? répliqua Rachel avec un sourire taquin.

— Pourquoi pas ? Tant que je peux t'emprunter tes escarpins noirs à talons aiguilles et les cors aux pieds qui vont avec.

Elles rirent de bon cœur, puis après un nouveau câlin et quelques minutes de conversation animée, Rachel regarda sa montre.

— Je dois vraiment y aller, annonça-t-elle, pressée d'entamer la thérapie préconisée par Helen. Matt doit se demander où je suis passée.

— Mais tu n'as pas mangé de muffin, protesta son amie, dépitée, en désignant le plateau.

— Je vais en emporter un, dit-elle pour être polie. Quand Jack se réveillera, embrassez-le pour moi.

— Tu pourras le faire toi-même, ce soir, au centre communautaire, dit Helen en emballant un gâteau dans une serviette en papier qu'elle lui tendit. C'est samedi et tout le clan des habitués de longue date sera là, vous y compris. On a besoin de la jeunesse pour mettre de l'animation.

— On viendra si c'est possible.

La conversation qui l'attendait avec son mari déterminerait si oui ou non ils se rendraient à leur lieu de rassemblement habituel.

— Avant que tu ne t'en ailles, j'ai encore un conseil à te donner, déclara Helen dont le visage s'était soudain assombri.

— Croyez-moi, j'accueillerai avec plaisir toute l'aide que vous pourrez m'apporter.

Ce qui était on ne peut plus vrai !

— Quand tu te réveilles le matin, imagine quelle serait ta vie si l'espace à côté de toi était vide à jamais. Cela te fera mieux apprécier ce que t'apporte Matthew et ce que tu risques de perdre.

Depuis qu'elle connaissait Helen, elle n'avait jamais vu que de la joie pétiller dans ses yeux. Les larmes qui roulaient à présent sur ses joues prouvaient que quelque chose n'allait pas du tout.

— Helen, qu'est-ce qui se passe ? Jack a des problèmes ?

— Oui, j'en ai peur.

C'était bien ce qu'elle avait soupçonné.

— Qu'est-ce qu'il a ? demanda-t-elle, tout en redoutant la réponse.

— Un Alzheimer.

9

Quand le pick-up apparut, Matt interrompit sur-le-champ ses occupations pour accueillir sa femme. Bien que tenté de lui parler de la situation de son père, il choisit de reporter à plus tard, afin d'éviter un conflit supplémentaire alors qu'ils commençaient tout juste à combler le fossé qui les séparait.

— Tu veux un coup de main ? lança-t-il en voyant Rachel sortir du véhicule et s'engager dans l'allée, les bras encombrés de deux gros sacs en toile.

— Non, répondit-elle, avant de jeter un œil sur la planche qu'il venait de reclouer sur le perron. Eh bien, il était temps que tu t'y mettes !

— Ravi moi aussi de te voir, marmonna-t-il, tandis qu'elle le dépassait sans s'arrêter et rentrait dans la maison.

Il jeta son marteau dans la boîte à outils et entra sur ses talons pour découvrir Rachel en train de sortir rageusement ses courses, comme si elle voulait se venger de quelque chose. Manifestement, elle était d'une humeur massacrante. *Qu'est-ce que j'ai encore fait ?* se demanda-t-il, perplexe. Qu'importe ! Il le saurait bien assez tôt.

Comme elle s'obstinait à l'ignorer, il s'assit sur un tabouret autour de l'îlot, se préparant à se faire sonner les cloches.

— Rachel, qu'est-ce qui ne va pas ?

— Pourquoi n'avons-nous pas de chien ? lança-t-elle en fourrant un sachet de pop-corn dans le garde-manger.

C'était la question la plus saugrenue qui soit sortie de sa

bouche depuis longtemps. A lui de trouver la réponse adéquate, ou de s'abstenir de répondre.

— Je te demande pardon ?

— Matt, tu es vétérinaire, dit-elle en claquant la porte du placard avant de s'y adosser pour lui faire face. Tu es censé aimer les animaux. Or, après la mort de Buddy, tu n'as jamais proposé d'adopter un autre chien. Et ça fait trois ans.

Elle lui en voulait encore d'avoir piqué Buddy ? Pourtant, elle ne raffolait pas de l'animal !

— Si mes souvenirs sont bons, tu ne m'as jamais dit que tu désirais un nouveau chien, rétorqua-t-il. Si je ne m'abuse, tu n'arrêtais pas de te plaindre que Buddy avait la mauvaise habitude de mâchonner tout ce qui passait à sa portée.

— En effet, je n'appréciais pas qu'il mette mes chaussures en charpie, n'empêche que je l'aimais, répliqua-t-elle en lui lançant un regard noir. J'ai pleuré pendant des jours, après que *tu as abrégé ses souffrances.* C'est bien comme ça que tu dis ?

Nous y voilà !

— Rachel, Buddy souffrait, c'est un fait, argumenta-t-il. Ses articulations étaient bloquées, il ne pouvait plus marcher. Sans compter que ses reins étaient en train de lâcher.

— Parce que, si mes articulations étaient bloquées, tu « mettrais fin à mes souffrances » ? répliqua-t-elle en posant avec brusquerie un cœur de laitue et une tomate sur le comptoir.

Si seulement elle pouvait décider d'abréger les siennes, de souffrances, en disant franchement ce qui l'irritait !

— C'est une question plutôt bizarre, observa-t-il.

— Alors, je suis bizarre, maintenant ? assena-t-elle en le foudroyant sur place.

Il se força à garder un ton neutre :

— Non, mais tu agis bizarrement.

— Désolée de ne pas me conduire comme Monsieur estime que je le devrais, répliqua-t-elle en ouvrant le réfrigérateur à la volée.

Puis le tiroir à légumes et jeta violemment ses achats dedans.

Oh ! il n'aurait pas aimé être à la place de cette tête de laitue.

— Quelque chose qui t'a chiffonnée ? hasarda-t-il.

— J'en ai simplement marre de refouler ma rancœur, répliqua-t-elle en pliant méthodiquement un des sacs.

— Ta rancœur ? répéta-t-il, ahuri.

— Oui, ma rancœur, renchérit-elle en posant le sac replié pour s'emparer du deuxième, les doigts crispés, comme si elle voulait le déchirer en deux. Depuis des années, je garde pour moi un tas de choses qui m'énervent au plus haut point. Pour m'apaiser l'esprit, j'ai besoin de vider mon sac, justement.

Si Matt avait jamais eu besoin d'une bière, c'était bien à cet instant. Mais cela aurait été pire que jeter du kérosène sur un brasier. Il devait se tenir à carreaux et la laisser s'exprimer.

— Vas-y, lâche ce que tu as sur le cœur, soupira-t-il. Je t'écoute.

Elle jeta le sac de côté, prit une boîte de conserve qu'elle rangea brutalement dans un placard, avant de se retourner vers lui.

— D'abord, je n'apprécie pas que tu ne portes pas d'alliance.

Ça, ce n'était pas une surprise.

— Rachel, nous en avons déjà discuté. Je ne peux pas porter de bague au travail.

— Et pour quelle obscure raison ne peux-tu pas non plus en porter à la maison ?

Matt savait reconnaître une bataille perdue d'avance. Et celle-ci en était une.

— Très bien, dit-il. Si ça peut te faire plaisir, j'en achèterai une dès demain.

— Tu sais ce qui me ferait *vraiment* plaisir ? lança-t-elle en se campant devant lui, une main sur la hanche. Que tu admettes que le sexe n'est pas un remède miracle.

D'accord, il allait entrer dans son jeu.

— Un remède miracle ?

— Oui. Je ne sais pourquoi, tu sembles persuadé que le sexe est la solution à tous nos problèmes. Chaque fois que j'essaye de discuter sérieusement, tu me sors ton cinéma

« Viens ici, bébé, déshabille-toi et laisse-moi t'emmener au septième ciel ».

C'était trop fort ! Jamais il n'avait utilisé ces vieux clichés dignes d'un adolescent attardé, quand même !

— Eh bien ! Si c'est comme ça que je te drague, je comprends que tu ne veuilles plus m'approcher.

Elle se remit à malmener les provisions en prenant pour cible, cette fois, un sachet en papier blanc qu'elle enfourna dans le congélateur en continuant l'offensive :

— Ah, j'oubliais ! Ce besoin continuel que tu as de ranger mes chaussures. Ça aussi, ça me rend dingue.

Lui, c'était cette conversation absurde qui le rendait cinglé.

— Excuse-moi de chercher à rendre service, répliqua-t-il vertement.

— Ce n'est pas sous cet angle que je vois les choses, figure-toi. En fait, le jour où je suis partie, je n'avais jamais envisagé de te quitter. Jusqu'à ce que j'aille dans la salle de bains chercher mes chaussons, que tu avais fourrés dans le placard.

C'était la seconde déclaration saugrenue qui sortait de sa bouche en quelques minutes. Ou bien était-ce la troisième ?

— Tu m'as quitté à cause d'une paire de pantoufles ? articula-t-il, médusé.

— Ce n'était pas la seule raison, seulement la goutte qui a fait déborder le vase, répliqua-t-elle en le toisant comme s'il méritait une camisole de force. Je devrais avoir le droit de laisser mes chaussures où je veux. Sur le toit, pourquoi pas ? S'il m'en prend la fantaisie.

— Au risque que je me brise la nuque en grimpant pour les récupérer ?

— Voilà que tu exagères une fois de plus !

Pas tant que cela.

— Bon, d'accord, concéda-t-il. Je promets de ne plus toucher à tes chaussures.

— Très bien. Et, au cas où ça t'intéresse — ce dont je

doute fort — tu as eu raison de poser la question. Pour toi, j'ai sacrifié un de mes rêves.

Pour le coup, cela lui en boucha un coin.

— Mais, hier soir, tu m'as affirmé que…

— Je sais ce que je t'ai dit, mais c'était parce que j'avais du mal à admettre l'étendue de ce que j'avais laissé tomber pour toi. En fait, j'aurais voulu retourner à la fac pour obtenir un MBA.

Une Maîtrise en Administration des Affaires, rien que ça ? Eh bien, elle se révélait pleine de surprises !

— Alors, retournes-y, répliqua-t-il. Personne ne t'en empêche, surtout pas moi ! Je soutiendrai tes projets quels qu'ils soient.

— Je ne veux pas reprendre mes études, du moins, pas dans l'immédiat, répliqua-t-elle, l'air perplexe, comme si elle s'était attendue à plus d'opposition de sa part.

Bien sûr qu'elle ne voulait pas, ç'aurait été trop simple !

— Tu feras comme tu voudras.

— Je veux que tu répondes à une autre question.

— Vas-y, lança-t-il, se préparant au choc.

— Pourquoi ne m'as-tu plus touchée après la mort de notre bébé ?

Voilà qui était beaucoup plus sérieux que des rêves sacrifiés, des chaussures rangées ou un chien piqué.

— Rachel, je te jure que ce n'est pas l'envie qui me manquait, mais tu semblais me rejeter, ne plus vouloir que je t'approche. Que je te touche ou que je m'abstienne, j'avais de toute façon tort.

— Tu n'as même pas essayé !

Là, elle marquait un point.

— Peut-être que j'avais peur de te blesser ou que tu interprètes mal mon geste.

— Il ne t'est pas venu à l'idée que je pouvais avoir simplement besoin de me blottir dans tes bras ? demanda-t-elle, ses yeux sombres étincelants de larmes. Tu n'as jamais pensé que je pouvais m'en vouloir de la mort de Caleb ?

Il avait beau brûler de la prendre dans ses bras, il redoutait qu'elle le rejette une fois de plus. Cependant, le besoin de la réconforter surmonta sa peur d'être repoussé. Il fit le tour de l'îlot et l'attira contre lui. A sa grande surprise, elle se laissa faire et posa simplement la joue sur son cœur, mouillant sa chemise de ses larmes.

— Ma chérie, je ne t'ai jamais rien reproché. D'après les médecins, la pré-éclampsie était indétectable avant la survenue des troubles. Comment aurais-tu pu t'en douter à l'avance ?

— La vie est si injuste parfois, soupira-t-elle en levant vers lui son visage baigné de larmes. A un moment, tout est merveilleux, et le suivant, les bébés naissent prématurés, des gens merveilleux souffrent de maladies incurables. Je n'arrive pas à comprendre.

Intuitivement, il comprit qu'elle ne faisait pas seulement allusion à la mort de leur fils et que sa colère n'avait que peu à voir avec leurs problèmes. Résolu à connaître le fin mot de l'histoire, il la prit par la main, la guida jusqu'au canapé où il la fit asseoir à côté de lui.

— Rachel, qu'est-ce qui t'arrive, mon cœur ?

Elle se pencha pour prendre un mouchoir en papier dans le présentoir au bout de la table et s'essuya les yeux.

— C'est le juge Jack. Helen vient de m'apprendre qu'on lui a diagnostiqué un début d'Alzheimer.

Il comprenait mieux son attitude — même si cela le rendait malade.

— Depuis combien de temps le savent-ils ? s'enquit-il.

— Depuis novembre dernier. Quand il célébrait les mariages, Jack commençait à oublier les prénoms. C'est ce qui a mis la puce à l'oreille d'Helen — à juste raison. Le juge n'oubliait jamais un nom ou un visage, en particulier ceux des couples qu'il unissait.

— Tu as raison, c'est profondément injuste, dit-il, pensif, en la pressant contre lui. Jack ne méritait pas ça. Pas plus qu'Helen.

— Tu ne méritais pas non plus le savon que je viens de te passer, admit-elle en posant sa tête sur son épaule. Pardonne-moi.

Son comportement lunatique lui donnait le tournis. Il avait l'impression d'être continuellement ballotté sur des montagnes russes. Une minute, Rachel ne supportait pas sa vue, la suivante, elle s'excusait platement. Dans le passé, elle avait déjà connu des sautes d'humeur, en particulier quand elle était enceinte, mais rien qui s'apparente à cela.

— Inutile de t'excuser, dit-il. Tu n'avais pas tout à fait tort.

— Non, c'est ma faute, insista-t-elle. Je voulais parler sereinement de mes revendications, de manière civilisée et argumentée, et je m'y suis prise comme un manche. La maladie de Jack m'a tellement anéantie, que je me suis laissé déborder par la colère.

— Je suis content que tu m'aies avoué ce qui te tourmentait, la rassura-t-il. Surtout ton désir de reprendre des études. Je trouve que c'est une idée géniale.

— Ce n'est pas à l'ordre du jour, répliqua-t-elle, crispée.

— Qu'est-ce qui t'arrête ? On a suffisamment d'argent et, à présent, j'ai quelqu'un pour s'occuper du bureau. Ce serait le moment idéal pour que tu retournes à la fac !

— Je vais y réfléchir, éluda-t-elle en se tournant vers lui. Maintenant que je t'ai dit ce qui me chiffonnait chez toi, à présent, c'est ton tour. Ne me cache rien.

Il aurait pu compléter la liste de ses fautes en lui révélant que cela faisait des mois qu'il lui cachait un fait crucial. Mais c'était trop grave pour se régler au cours d'une conversation anodine, au beau milieu du catalogue de ses imperfections.

D'abord, il fallait qu'elle sache à quel point elle comptait pour lui. Qu'ils aient réussi à rebâtir leur mariage sur des bases solides. Avant d'implorer son pardon, il devait déjà l'avoir reconquise.

— Voyons voir, commença-t-il. Je déteste quand tu viens me sourire dans mon bureau, parce qu'après, il m'est impossible de me concentrer sur mon travail. Et je déteste encore plus que tu te sentes obligée de te maquiller alors que tu es bien plus belle au naturel. Oh ! j'oubliais ta sale habitude de baisser la lunette après moi, et de ne jamais t'en plaindre. Ça me rend dingue.

— Est-ce que tu te fiches de moi ? demanda-t-elle avec un sourire nerveux.

— Ce que j'essaye de te dire, c'est que je n'attends pas que tu sois parfaite, dit-il en repoussant une mèche de cheveux derrière son oreille. Quand je t'ai épousée pour le meilleur ou pour le pire, j'étais sincère.

— Là tu viens de me voir à mon pire.

— Ton pire est meilleur que le meilleur de beaucoup, fit-il avec un sourire.

— Voilà que je suis honteuse de t'avoir causé du chagrin…

Il l'attira contre lui et passa un bras par-dessus son épaule.

— Tu n'as aucune raison de t'en vouloir. Tu as dit ce qu'il fallait dire. Au moins, maintenant, je sais que si je range tes chaussures, tu risques de me couper les mains ou autre chose.

— Je te promets d'épargner l'« autre chose ». Ce serait du gâchis, fit-elle, l'air taquin.

— Ravi que vous le pensiez, m'dame.

— Je ne comprends pas pourquoi je suis si fatiguée, dit-elle en s'étirant avec un bâillement. J'ai mieux dormi cette nuit que depuis une éternité.

Lui aussi, bien mieux que depuis un an, au moins.

— Il se trouve qu'il était assez tard quand nous nous sommes couchés et que nous nous sommes levés tôt, observa-t-il.

— Tu as raison. Je ferai bien une sieste.

— Moi aussi.

Comme elle semblait s'apprêter à protester, il se récria :

— Avant de me soupçonner des pires intentions, je voulais dire une vraie sieste, un vrai dodo, quoi ! Qu'est-ce que tu dirais de piquer un somme sur le canapé, comme on en avait l'habitude ?

Ce n'était qu'un pis-aller, comparé aux siestes qu'ils avaient connues dans le grand lit — sans fermer l'œil celles-ci — mais il lui faudrait s'en contenter.

— Ça me paraît un bon plan, dit-elle en se levant. Je reviens tout de suite.

En attendant que Rachel revienne, Matt ouvrit les fenêtres de chaque côté de la cheminée pour laisser entrer l'air frais des montagnes et inséra le CD favori de Rachel dans le lecteur. En temps normal, il aurait ouvert la télé pour suivre un match de base-ball ou opté pour de la musique country, mais il voulait que le séjour lui soit entièrement consacré.

Il s'assit au bord du canapé pour retirer ses bottes avant de s'allonger sur le dos. Quelques minutes plus tard, Rachel réapparut vêtue d'un pantalon de jogging éculé qui lui découvrait le nombril et d'un T-shirt fin en coton blanc sans soutien-gorge.

Manifestement, elle bénéficiait d'un avantage déloyal qui le mettait en position de faiblesse. Qu'importe ! Il allait lui prouver qu'il pouvait garder une totale maîtrise de lui-même — à moins qu'elle ne se décide à faire le premier pas, bien sûr. Les paris restaient ouverts.

Il s'écarta vivement pour lui faire de la place. Elle s'installa à côté de lui, la tête coincée entre sa mâchoire et son épaule, un bras posé mollement sur son ventre.

— Tu te sens à l'aise ? demanda-t-il.

— Très, et toi ?

Pas vraiment.

— Ça va. Mais, je trouve qu'on devrait changer ce canapé contre un ensemble convertible en daim. On aurait plus de place.

Elle ne répondit pas. Matt tiqua. *Il venait de suggérer un projet d'avenir* — alors que leur futur dans ce chalet était encore compromis. Rachel n'avait toujours pas parlé d'emballer leurs affaires, et c'était plutôt de bon augure, mais peut-être prenait-il ses rêves pour la réalité.

— Matt ?

— Oui ?

— Tu as refusé de dire ce qui t'énervait chez moi et j'ai besoin de le savoir pour pouvoir me corriger. Ce ne serait que justice.

Il avait bien de petites choses à lui reprocher, mais rien de significatif.

— Bon, si tu y tiens… Quand tu as tort et que tu t'entêtes à affirmer que tu as raison, par exemple, ou que tu nous mets en retard parce que tu n'arrives pas à choisir ta tenue… Mais je me dis toujours que je préfère supporter tes petites manies que de me réveiller, chaque matin, sans toi à mon côté. C'est moins dur.

— Merci, souffla-t-elle en lui prenant la joue pour l'embrasser tendrement.

— Pourquoi ?

— Parce que tu es toi, dit-elle en posant son visage sur sa poitrine. Et pour tes fabuleux dons de diplomate !

La diplomatie n'avait rien à voir avec cela. Il n'avait dit que la stricte vérité. Il ne savait pas comment il pourrait aller de l'avant si jamais Rachel le quittait définitivement. D'ailleurs, il préférait l'ignorer.

Rachel se réveilla pour découvrir que Matt était parti. Elle se redressa et attendit que le brouillard se dissipe pour recouvrer ses esprits. Les rais de lumière inondant la pièce s'étaient assombris, indiquant que le crépuscule était proche. Quand s'était-elle assoupie ? Combien de temps avait-elle dormi ? Elle se souvint de la merveilleuse déclaration de Matt suivie du silence, de la caresse apaisante de ses doigts sur son bras nu, et d'avoir fermé les yeux. Qu'ils fassent ou non l'amour, il avait toujours su la faire plonger dans l'oubli.

Les haut-parleurs au-dessus de sa tête laissaient échapper son concerto de Rachmaninov préféré. En plus d'avoir su trouver les mots exacts qu'elle attendait, son mari semblait déterminé à combler ses désirs en tout point. Mais peut-être n'avait-il fait que débiter ce qu'il pensait qu'elle voulait entendre…

Elle se sentait partagée entre le doute et de brèves lueurs d'espoir, consciente qu'elle ne devait pas se bercer d'illusions, tant que Matt n'aurait pas accepté la venue du bébé. Au fait, elle n'avait pas avalé une miette depuis le muffin offert par Helen.

Sur le chemin de la cuisine, le son du marteau l'attira vers la fenêtre la plus proche. Elle regarda dehors et trouva son mari disparu en train de réparer un morceau de la barrière longeant l'allée. Elle aurait dû savoir qu'il ne resterait pas en place longtemps. C'était le genre d'homme qui ne supportait pas l'oisiveté. Il aimait travailler de ses mains dont il usait avec dextérité — *en particulier sur son corps.* Encore une chose qu'elle aimait chez lui.

Elle se prépara une assiette de pommes et de fromage agrémentée de quelques crackers. Pas le goûter le plus roboratif, mais il faudrait s'en contenter jusqu'au dîner. Comme Matt jouait les charpentiers, à quelle heure allait-il passer à table ?

Après avoir fini de grignoter, elle remarqua que le martèlement s'était tu, ce qui l'incita à regarder de nouveau par la fenêtre pour voir si Matt rentrait. Au lieu de quoi, elle le trouva adossé à la rambarde, en train de téléphoner. Son visage préoccupé indiquait qu'il se passait quelque chose — et pas pour le mieux, apparemment.

Sans se préoccuper de ses pieds nus, elle sortit sur le perron.

— D'accord, tiens-moi au courant, merci, conclut Matt en rempochant son portable.

— Un problème ? lança-t-elle en s'approchant prudemment, comme il restait soucieux et renfermé sur lui-même.

— Oui, on peut dire ça, soupira-t-il en se frottant la nuque. C'est mon père.

— Qu'est-ce que Ben a encore ?

A part son alcoolisme chronique.

— Si tu veux venir te balader avec moi, je te l'expliquerai, fit-il en s'écartant de la rambarde.

— Bien sûr, j'arrive tout de suite, bredouilla-t-elle, stupéfaite par sa réponse, si spontanée pour une fois.

Miracle des miracles, il ne l'avait pas rabrouée. Il semblait même prêt à parler !

Elle fonça à l'intérieur, enfila son sweat-shirt et ses baskets, se rua dehors et dévala les marches du perron. Elle retrouva Matt en haut de l'allée où une brèche dans la clôture s'ouvrait sur un sentier serpentant à travers bois. Un sentier qu'ils avaient maintes fois exploré. Elle fut aux anges quand il lui prit la main en s'engageant sur le chemin, geste qui évoquait des jours meilleurs, une époque heureuse.

Environnés par l'odeur des pins et protégés par les frondaisons des arbres, ils parcoururent quelques mètres pour atteindre la clairière barrée de deux troncs abattus qu'ils considéraient comme *leur* lieu magique. Ils y avaient connu des moments enchanteurs, allongés sur une couverture à contempler le firmament, à faire l'amour aussi, parfois, jusqu'à l'aube.

Matt la conduisit jusqu'au banc improvisé où ils s'assirent côte à côte. Elle mourrait d'envie de lui poser des questions, mais elle préféra attendre sagement qu'il parle de lui-même.

— Ce matin, durant ton absence, Chase m'a téléphoné, commença-t-il en posant les bras sur ses genoux, les mains nouées. Mon père est en prison pour ivrognerie et tapage nocturne.

— Pourquoi ne m'en as-tu pas parlé plus tôt ? demanda-t-elle, ébahie qu'il n'ait pas décidé de retourner à Placid séance tenante.

— Parce que je ne voulais pas t'ennuyer avec ses problèmes. Cela fait trop longtemps que tu les supportes.

— C'est vrai, admit-elle, mais Ben est toujours mon beau-père, que je sache et, moi aussi, je m'inquiète pour lui. Est-ce qu'on doit rentrer ? demanda-t-elle, voyant se profiler la fin anticipée de leur séjour.

— Non, cette fois, je ne paierai pas sa caution.

Alors là… C'était une nouvelle plutôt stupéfiante. Une de plus. Elle lui avait suggéré la même chose un nombre incalculable de fois et s'était toujours vu opposer une fin de non-recevoir.

— Tu es certain que c'est ce que tu veux ? risqua-t-elle.

— Pour être honnête, au début, j'étais contre, à cause des risques d'un sevrage sauvage, mais Chase m'a assuré qu'il serait sous surveillance médicale, dit-il en baissant les yeux par terre, après lui avoir jeté un regard en coin. Il vient de me téléphoner pour m'informer que, bien que le vieux lui donne du fil à retordre, il contrôlait la situation.

— C'est une chance que tu aies les épaules larges, observa-t-elle en effleurant son bras. Toute ta vie, tu as eu un sacré fardeau à porter avec ta mère, ton père — sans parler de moi.

— Pas toi, répliqua-t-il avec sincérité. En fait, tu m'as soutenu à bout de bras plus souvent qu'à ton tour.

— Ce n'est pas l'impression que j'ai eue, répliqua Rachel, qui l'avait toujours vu comme le plus solide des deux, la pierre angulaire de leur couple.

— Et bien, c'est vrai, tu peux me croire. C'est grâce à tes encouragements si j'ai eu ma licence en trois ans.

— On s'est stimulés réciproquement, lui rappela-t-elle.

— Oui, mais sans toi, je n'aurais jamais réussi l'examen d'entrée.

— Et je n'aurais jamais eu la moyenne à cet horrible cours de sciences si tu n'avais pas été là.

— Tu oublies que je t'ai enlevée à ton père et que je t'ai exilée pendant quatre ans, le temps de finir l'école vétérinaire.

— Oui, mais ç'a été une période formidable, répliqua-t-elle encore en glissant la main sous son bras. Dure peut-être, mais géniale. D'ailleurs, c'était bien plus dur pour toi que pour moi. Chaque jour, il te fallait plus d'une heure de transport jusqu'à Knoxville. Alors qu'il me suffisait d'une demi-heure de voiture pour rejoindre Gatlinburg.

— Où tu t'échinais dans cette maudite boutique de sports d'hiver pour cette ordure de Grimsly, tout ça pour que nous puissions joindre les deux bouts.

— Alors je suppose qu'on est quittes, conclut Rachel, qui avait presque oublié son ex-patron aux mains baladeuses. En tout cas, on a fini par être récompensés avec ce chalet. J'ai toujours pensé que c'était le destin qui t'avait poussé à choisir cet endroit pour notre lune de miel et qu'ensuite on ait pu le louer pendant quatre ans. Une véritable bénédiction.

— Qui nous serait passée sous le nez, si tu ne t'étais pas montrée aussi obstinée avec Harvey Minor, répliqua Matt.

On n'aurait peut-être jamais eu l'opportunité de l'acheter. Tu sous-estimes ton pouvoir de persuasion.

C'était la seule et unique fois où Matt lui avait permis d'utiliser l'argent de son héritage pour un achat d'importance.

— Je ne pouvais me résoudre à abandonner le chalet, le jour où tu aurais fini tes études, expliqua-t-elle d'une voix douce.

D'ailleurs, l'idée de le vendre aujourd'hui lui brisait le cœur. Et la perspective de perdre Matt encore plus.

Comme il s'abîmait dans le silence, elle soupçonna que ses pensées étaient de nouveau tournées vers le présent.

— Tu es sûr que tu ne veux pas aller voir comment va ton père ? demanda-t-elle. Nous pourrions revenir ici un autre week-end…

Voilà qu'elle parlait comme si elle cherchait à gagner du temps.

— Je suis venu au chalet pour être avec toi jusqu'à demain et j'ai l'intention de m'y tenir, dit-il en se redressant pour lui prendre la main.

Il s'était trahi sans s'en rendre compte, mais, vu que sa motivation était la même, elle ne pouvait lui jeter la pierre.

— Je pensais que nous étions ici pour empaqueter nos affaires, fit-elle remarquer.

— J'étais prêt à le faire, mais seulement si j'y étais forcé, avoua-t-il. J'espérais que ce serait inutile…

— Eh bien, il se trouve que nous n'avons rien emballé du tout, répliqua-t-elle. Mais je ne crois pas que nous soyons sortis d'affaire pour autant. Enfin, je pense que nous en saurons plus demain soir.

— Comme ça, j'aurais acheté tous ces cartons pour des clopinettes ? lança-t-il d'un air ironique.

— C'est bien possible.

— C'est la meilleure nouvelle que j'aie entendue depuis un bail, s'exclama-t-il avec un sourire jusqu'aux oreilles.

Il fallait espérer qu'il se montrerait aussi enthousiaste quand il apprendrait la nouvelle qu'elle gardait pour elle. Si son père ne s'était pas trouvé en fâcheuse posture, elle lui aurait même révélée sur l'heure.

— Merci d'avoir choisi de rester ici avec moi, dit-elle simplement.

— Puisque je t'ai choisie comme compagne pour la vie, c'est normal que je te choisisse aujourd'hui, non ? commenta-t-il, le visage sombre. Tu passeras toujours en premier.

C'était une des choses les plus gentilles qu'il lui ait jamais dite. Petit à petit, elle commençait à croire que Matt l'aimait encore. Elle avait peut-être eu tort de douter de lui. Tort de croire qu'ils seraient incapables de surmonter la tragédie qui avait failli les séparer.

Elle se pencha pour l'embrasser une deuxième fois, un baiser qu'elle avait voulu léger, mais que Matt lui rendit en l'embrassant *vraiment*, comme quand ils étaient encore passionnément épris l'un de l'autre. Avant que leurs baisers ne se transforment en manifestations d'affection de routine ou en simple prélude à l'amour. Un baiser pour le pur plaisir de l'embrasser.

Elle savait que, si elle n'y mettait pas le holà, cela risquait de dégénérer. Et malgré ça, elle n'eut pas envie d'arrêter, même quand Matt glissa sa paume calleuse sous son sweat-shirt pour caresser son dos nu. Même quand il la serra contre lui tellement fort. Ce fut lui qui se ressaisit le premier et s'écarta d'elle.

— On devrait rentrer avant de perdre complètement le contrôle, dit-il en pressant son front contre le sien.

En vérité, Rachel se fichait comme d'une guigne que la situation leur échappe. En fait, elle désirait Matt. Pire, elle avait *besoin* de lui. Mais quel serait le prix à payer pour cette intimité retrouvée si tant de choses restaient inexprimées ? Aussi, elle se recula en tirant sur son T-shirt et annonça :

— C'est bientôt l'heure du dîner. J'ai acheté des steaks. On reprendra la discussion après.

— J'ai une meilleure idée, répliqua-t-il. Qu'est-ce que tu dirais de grignoter quelque chose au snack, puis d'aller rejoindre nos amis à la salle communale pour une petite danse ?

Cela aurait été si facile de dire oui, mais leur week-end était trop court.

— Nous avons beaucoup de points à éclaircir avant mardi matin, rappela-t-elle.

— On ne pourrait pas oublier nos problèmes, le temps d'une soirée, et se contenter d'être ensemble ? soupira-t-il, dépité.

Leurs problèmes étaient trop graves pour être pris à la légère… Néanmoins, elle était tentée d'accepter sa proposition. Passer une soirée insouciante avec son mari ne pouvait pas faire de mal, après tout. Et puis, ils le méritaient bien.

10

A la minute où Rachel pénétra avec Matt dans le centre communautaire de Wayhurst, elle remarqua que l'endroit était moins bondé qu'à l'ordinaire. Mais la saison touristique ne commencerait pas avant un bon mois, quand les estivants de passage s'arracheraient les locations du coin. En revanche, la plupart des habitués étaient là. Tous ces retraités qui avaient choisi de se retirer dans les Smoky Mountains plutôt que dans une résidence sur le front de mer de Miami. Selon leurs critères, Matt et elle n'étaient que des adolescents — et il lui arrivait de souhaiter que cela soit vrai. La vie était tellement plus simple alors.

Elle observa la salle et jeta un regard sur sa gauche où Helen leur faisait signe. Tout à côté de celle-ci, se trouvait un homme débonnaire aux cheveux argentés qui portait une tenue de golf. Personne n'aurait pu deviner que sous cette carrure intimidante se dissimulait une infinie tendresse pour les jeunes couples d'amoureux.

— Je les ai vus, ils sont à cette table là-bas, dit-elle en tirant sur la manche de Matt pour attirer son attention.

— Je ne sais pas à quoi je m'attendais, mais le juge paraît en pleine forme, observa-t-il.

Pourtant, sous cette bonne santé apparente, un mal terrible attaquait son esprit acéré.

— Helen dit que, surtout, il faut le traiter normalement.

— C'est entendu, assura-t-il en lui prenant la main.

Main dans la main, ils traversèrent la piste où quelques

couples dansaient sur les standards choisis par A.W., le DJ de quatre-vingts printemps. A leur approche, Helen chuchota quelque chose à l'oreille de Jack.

Après quelques secondes de confusion, la compréhension illumina le visage du juge qui se leva en leur adressant un grand sourire :

— Eh bien, ne dirait-on pas mon petit couple favori ?

— Bonjour, Juge, répliqua Matt en lui tendant la main, pendant qu'Helen et sa femme s'embrassaient. Vous êtes très élégant, dites-moi. C'est une nouvelle montre ?

— Oui, répondit Helen, comme Jack hésitait. Je la lui ai offerte pour notre cinquantième anniversaire de mariage, il y a deux mois.

Matt tira une chaise pour Rachel. Dès qu'ils furent assis, Jack ôta ses lunettes et demanda en posant les mains sur la table :

— Dites-moi un peu, quand donc vous ai-je mariés vous deux ?

— Il y aura quatorze ans en août, répondit Rachel. Difficile de croire que ça fait si longtemps, n'est-ce pas ?

— J'ai l'impression que c'était hier que je vous ai vus entrer dans ma chapelle, complètement fauchés et nerveux comme des chats en cage, renchérit Jack. Pourtant, à la minute où j'ai posé les yeux sur vous, j'ai su que vous n'auriez pas besoin du traitement spécial.

— Le *traitement spécial* ? répéta Rachel, interloquée.

— Un genre de consultation matrimoniale, précisa Helen. Jack avait l'habitude de… Pourquoi n'expliques-tu pas toi-même ? demanda-t-elle en se tournant vers son mari.

— Avec plaisir, très chère, répliqua-t-il sur un ton affecté. D'autant plus que tu ne sais pas raconter comme il faut.

— Oh ! tais-toi, Jackson, et va droit au but, fit-elle, faussement vexée.

— Oui, femme, si tu me laisses parler.

Rachel échangea un sourire avec Matt. Pour eux, leur dispute était aussi familière et réconfortante qu'un chocolat chaud en hiver. Elle n'avait jamais rencontré deux personnes aussi bien assorties, et l'idée qu'à une époque elle avait pensé la même chose de Matt et elle l'attristait.

— D'habitude les deux fiancés planifient leur mariage de longue date, reprit Jack. Aussi, quand ils viennent me voir pour discuter de la cérémonie, je leur donne deux ou trois conseils. Ne fichez pas l'argent de vos parents en l'air pour une union qui durera quinze jours. Souvenez-vous qu'un divorce coûte beaucoup plus cher qu'un mariage, alors ne prenez pas vos noces à la légère, à moins que vous soyez prêts à casquer. Ne trichez pas, ne vous trompez pas. Et… Je n'arrive pas à me rappeler ce maudit quatrième point, marmonna-t-il, un peu perdu.

— *Attendez-vous à en voir des vertes et des pas mûres au cours des années à venir, alors, apprenez à vous en accommoder parce que personne n'est parfait*, continua Helen, avant de se tourner vers eux. Le jour où vous êtes entrés dans la chapelle, si jeunes et si épris l'un de l'autre, Jack m'a dit : « Helen, ces deux gosses… »

— « Vont y arriver », conclut le juge. Et j'avais raison.

— Jack, vous êtes un as quand il s'agit de juger des caractères, affirma Matt en serrant la main de Rachel qui tenta en vain d'avaler la boule qui lui bloquait la gorge.

— Oui, c'est vrai, acquiesça Helen en s'emparant de celle de son mari. C'est incroyable, mais à part six couples, tous ceux que mon mari a mariés ces vingt dernières années sont encore ensemble.

— Et les six autres ? s'enquit Rachel, tentant de masquer sa nervosité.

— Il y a eu cinq divorces et, malheureusement, un décès, répondit son amie. Ç'aurait été absurde d'imaginer qu'ils résisteraient tous, ajouta-t-elle très vite.

— Et vous, quel est votre secret ? fit Rachel, elle aussi soucieuse de détourner la conversation.

— De vieilles ficelles qui ont fait leurs preuves, gloussa Jack. Si nous nous disputons avant d'aller au lit, nous faisons une trêve et reprenons les hostilités le lendemain matin, à tête reposée. Nous disposons de deux téléviseurs et nous nous chargeons chacun de notre linge. Elle me laisse jouer au golf et je la laisse fréquenter son club de poker. Nous avons élevé la conciliation au rang d'une science, n'est-ce pas, mon chou ?

— Tout à fait, mon cœur.

Bouleversée par l'amour manifeste qu'ils se portaient, Rachel se sentait au bord des larmes. Est-ce que ces émotions incontrôlables qui la submergeaient étaient provoquées par les hormones ou par la tâche titanesque d'essayer de sauver son mariage ?

— Voulez-vous manger ou boire quelque chose ? demanda Helen.

— Merci, pas maintenant, répondit-elle. Mais tout à l'heure, je prendrai bien des croquettes au fromage.

— Après tout ce que tu viens d'ingurgiter ? s'étonna Matt.

— Je me suis contentée du muffin qu'Helen m'a offert, éluda-t-elle d'un haussement d'épaule. Et puis, si je mange autant, c'est parce que…

Je mange pour deux.

Ouf ! Elle s'était retenue avant que les mots ne sortent de sa bouche.

— C'est l'air de la montagne, décréta Helen. Il ouvre l'appétit.

Tout comme le manque de sexe — autre remarque que Rachel préféra garder pour elle.

— Vous avez raison, dit-elle. Quand je suis ici, j'ai un appétit d'ogre.

— Et moi, j'en ai marre de rester assis, annonça Matt en repoussant son siège. Jack, que diriez-vous d'une partie de billard ?

— Bonne idée, J.W, répliqua le juge en se levant aussi frétillant qu'un chiot.

— C'est Matt, chéri, rectifia sa femme. Cependant, quand j'y pense, c'est vrai qu'il ressemble un peu à Jackson Wayne.

— Enfin, Helen, je sais qui c'est ! répliqua le juge, vexé.

— Bien sûr, mon chou. Tu as confondu. C'est tout.

— Venez, Jack, lança Matt, qui se mit à côté de lui, mettant fin au malaise. Si vous me battez, j'ai dans la poche un billet de cinq dollars qui porte votre nom, au cas où... Et un de dix, si vous me laissez gagner au moins une fois. Pendant ce temps, ces dames pourront bavarder à loisir.

— Mon gars, j'espère que tu n'es pas trop attaché à tes cinq dollars, répliqua le juge en lui décochant un coup de coude dans les côtes. Je ne suis peut-être qu'un vieux croûton, mais je peux encore te mettre quelques boules en plein dans le mille.

Matt adressa un clin d'œil à Rachel, avant de s'éloigner en compagnie du juge.

— J'ai l'impression qu'on ne va pas revoir ces deux-là avant un moment, observa-t-elle en se tournant vers Helen.

— Ça me fait chaud au cœur de savoir que Jack va pratiquer une activité qu'il adore, déclara son amie. Matthew est vraiment un homme bon et prévenant.

— Oui, c'est vrai.

En effet, Matt était quelqu'un de bien, et il avait été un bon mari. Si seulement il pouvait redevenir cet homme-là... Et se mettre dans la tête qu'il avait l'étoffe d'un père formidable, par la même occasion. La mélancolie qui accablait soudain Rachel la fit soupirer, ce qui alerta Helen.

— Ma chérie, tu vas bien ?

La question la fit émerger de son accès de découragement.

— Oui, très bien, merci. Je suis juste un peu fatiguée.

— C'est vrai, tu as l'air fatigué, il n'empêche que tu es toujours aussi jolie.

— Merci.

Décidément, la diplomatie d'Helen n'avait d'égale que celle de Matt... Le jean éculé et le polo noir qu'elle portait ce soir n'avaient rien de seyant, mais comme au départ ils ne comptaient pas quitter le chalet, elle avait négligé de prendre une tenue habillée. Tout comme elle n'avait pas prévu de gérer tant d'impulsions contradictoires. *Devait-elle parler du bébé à Matt dès ce soir ? Attendre le lendemain, avant leur retour chez eux ?* Elle balançait encore.

— Je vais me chercher une bière, annonça Helen en se

levant. Tu veux ton vin habituel ou tu préfères quelque chose de plus fort ?

Rachel aurait eu bien besoin d'un verre pour se détendre. Malheureusement, c'était hors de question.

— Ni l'un ni l'autre, merci, répondit-elle. Je me contenterai d'un peu d'eau.

— De l'eau, très bien. Je reviens tout de suite, fit Helen.

Restée seule, elle posa son coude sur la table et, le menton dans sa main, observa, songeuse, les couples qui tourbillonnaient sur un air de valse country. Elle se surprit à rêver d'être à leur place dans quarante ans. Elle espérait que Matt et elle seraient toujours ensemble, aussi amoureux et attachés l'un à l'autre qu'avant. Que, côte à côte, ils verraient leurs cheveux blanchir, avec des enfants et petits-enfants pour continuer la ronde après leur disparition. Mais cela, c'était son rêve à elle, et non le sien.

Helen revint avec un pichet de liquide ambré et une bouteille d'eau qu'elle posa devant elle.

— Désolée, je me suis souvenue que tu désirais des croquettes au fromage, mais ce soir il n'y en a pas, dit-elle.

— Ne vous inquiétez pas, répondit-elle, l'appétit subitement coupé. Si je mange une bouchée de plus, je vais devoir déboutonner mon jean !

— On dirait que les garçons prennent du bon temps, observa Helen en jetant un œil à la table de billard.

Rachel tourna la tête. Le juge tapa dans le dos de Matt et les deux hommes s'esclaffèrent de bon cœur, comme s'ils n'avaient aucun souci.

— Jack a l'air en forme, dit-elle. On ne dirait jamais qu'il est malade.

— A part ses pertes de mémoire, soupira Helen. Son nouveau médicament remédie un peu au problème, mais il est toujours sujet à de brusques sautes d'humeur. Parfois, j'ai l'impression qu'il me déteste.

Pour Rachel, il était inconcevable que Jack puisse détester quiconque, a fortiori sa femme.

— Voyons, Helen, il ne vous déteste pas, se récria-t-elle. Jack vous adore.

— C'est ce que je croyais, avoua son amie, et pourtant, ces derniers temps, il m'agresse continuellement. Je suppose que c'est en partie dû à la maladie mais aussi à l'ennui. Même s'il jure le contraire, ça lui manque terriblement de ne plus célébrer de mariages.

— Quand a-t-il officié pour la dernière fois ?

— A l'automne dernier. Quand le diagnostic est tombé, j'ai fermé les portes de la chapelle. Néanmoins, je ne peux me résoudre à la vendre.

Rachel, qui ressentait la même chose à propos du chalet, la comprenait fort bien.

— Quelqu'un d'autre ne pourrait pas célébrer les mariages en prenant Jack, disons, comme assistant, tant qu'il en est encore capable ? suggéra-t-elle.

— Ce serait la meilleure solution, en effet, et j'ai contacté des gens de Gatlinburg dans ce but. Malheureusement, jusqu'à présent, je n'ai trouvé aucun candidat disposé à faire le trajet jusqu'ici, même pour les week-ends.

Rachel eut subitement une idée. Une idée géniale.

— Et J.W. ? lança-t-elle. Votre fils étant procureur, il doit être autorisé à célébrer les mariages, non ?

— J'y ai pensé, soupira Helen. Malheureusement, J.W. est très pris par sa famille. Notre petit-fils passe son bac cette année et notre petite-fille est entrée en fac. C'est très prenant d'avoir des enfants de cet âge.

— Il ne serait pas d'accord, même pour deux week-ends par mois ?

— J'en doute, répondit Helen en secouant la tête. Ce n'est pas seulement un problème d'emploi du temps chargé. Il se trouve que notre fils n'a jamais approuvé notre décision d'ouvrir la chapelle.

Ça alors ! Comment pouvait-on y trouver à redire ?

— Et pourquoi donc ? demanda Rachel, très étonnée.

— Parce qu'il estime qu'un professeur d'économie à

la retraite et ancien juge de paix reconnu par tous devrait passer ses vieux jours au soleil de la Floride, à jouer au golf et à courir les mondanités, et non gaspiller ses économies à célébrer des mariages dans une chapelle minable et rien moins que rentable.

Rachel ne pouvait imaginer Helen et Jack ailleurs que dans leurs montagnes.

— Votre fils devrait se réjouir que vous soyez restés près de chez lui, plutôt qu'à des milliers de kilomètres ! s'exclama-t-elle.

— C'est ce que tu crois. Il n'empêche qu'il n'a jamais compris pourquoi nous avons décidé d'acheter la chapelle.

— C'est vrai, au fait, pourquoi ? demanda-t-elle, curieuse elle aussi de connaître le fin mot de l'histoire.

— C'est tout simple : pour être ensemble. Du temps où j'enseignais et où Jack était encore au tribunal, nous nous voyions trop rarement. C'était notre rêve de travailler côte à côte dans une activité qui nous plaise à tous les deux. Cela a renforcé notre mariage.

Aux yeux de Rachel, cela semblait logique. Alors que la plupart des gens pensaient que Matt et elle se lasseraient de travailler ensemble, cela n'avait jamais constitué un problème.

— J.W. ne comprend donc pas l'importance de respecter les choix de son père — d'autant plus dans les circonstances présentes ?

— Il n'est pas au courant pour l'Alzheimer, répondit Helen en triturant son alliance.

— Vous ne lui avez pas dit ? souffla-t-elle, stupéfaite.

— Jack m'a demandé de ne rien dire tant que ce ne serait pas absolument nécessaire. D'ailleurs, même si nous avions décidé de révéler son état à J.W., je ne sais pas quand nous aurions pu le faire. Bien sûr, je pourrais lui annoncer au téléphone, mais je m'y refuse absolument.

— Quand avez-vous vu votre fils pour la dernière fois ? s'enquit Rachel, bouleversée par le chagrin qui perçait dans la voix de son amie.

— Il y a des mois. Depuis, je les ai invités pour Pâques, mais ils partaient en croisière avec les enfants pour les vacances. A Noël dernier, ils allaient skier dans le Vermont. Tous les week-ends de leur calendrier sont bouclés des mois à l'avance.

Rachel n'avait rencontré le fils Van Alsteen et sa femme qu'une seule fois. Au premier abord, ils lui avaient plu. Des gens bien, un peu réservés peut-être, mais polis et relativement sympathiques. Manifestement, les premières impressions n'étaient pas toujours les bonnes.

— Helen, c'est affreux. Votre fils vit à moins d'une heure d'ici !

— Ce serait faux de penser que J.W. ne se soucie pas de nous, se récria-t-elle. Il téléphone tous les samedis et n'oublie jamais nos anniversaires. Que veux-tu, c'est la vie ! Même si c'est regrettable, un jour, les enfants s'en vont et leur vie continue sans nous. C'est pour ça que je chéris ce qui nous lie, Jack et moi. Nous sommes là l'un pour l'autre. Ça rend plus tolérable l'absence de notre fils.

Rachel se réjouissait d'autant plus d'être restée proche de son père. Et cela expliquait pourquoi elle refusait d'élever son enfant toute seule. Réussir à arranger les choses avec Matt était plus important que jamais.

— Je souhaite de tout cœur que vous puissiez garder la chapelle, dit-elle. Elle a toujours fait partie intégrante de cette communauté.

— Même si je pouvais trouver quelqu'un pour assumer les cérémonies, le bâtiment nécessite des travaux, expliqua Helen. Le toit doit être réparé et tout le bâtiment, l'intérieur comme la façade, a besoin d'un sérieux coup de peinture. Oh ! J'oubliais la plomberie en piteux état.

— Vous devriez trouver quelqu'un dans le coin pour s'en charger.

— Dès qu'il s'agit d'argent, Jack a des oursins dans les poches. Il veut tout faire lui-même pour économiser quelques dollars. Nos revenus passent pour l'essentiel dans l'entretien de la chapelle. Le reste va à un fonds de pension destiné aux études de nos petits-enfants, car il tient à s'assurer qu'à l'inverse de lui, Luke et Mindy auront tout l'argent nécessaire pour aller en fac. Même s'ils ont un père qui gagne très bien sa vie.

De toute évidence, Jack et Matt étaient faits du même bois.

— Je suis désolée, Helen, souffla Rachel. J'aimerais pouvoir faire quelque chose…

— Tu peux, ma chérie. En me disant pour quand tu attends ton bébé.

Rachel en resta la bouche ouverte.

— Comment le savez-vous ? Je n'en ai même pas parlé à Matt !

— Jusqu'à présent, je n'avais que de vagues soupçons. Mais, premier indice : tu n'as jamais été une grosse mangeuse. Ensuite, tu as refusé ton verre de vin habituel. Plus révélateur encore, ce matin, tu n'as cessé de toucher ton ventre, et ce soir tu recommences.

Elle ne s'en était pas rendu compte. Est-ce que Matt l'avait remarqué, lui aussi ? Non, s'il avait soupçonné quelque chose, il aurait posé la question sans attendre.

— En fait, je ne suis pas sûre de la date, dit-elle. Je n'ai eu la confirmation que la veille avant de venir ici. Je n'ai même pas vu de médecin.

— Tu dis que Matt l'ignore encore, répliqua Helen, visiblement préoccupée. Tu as une raison particulière pour attendre de le lui dire ?

Il y en avait tellement qu'elle aurait pu passer le reste de la nuit à les énumérer !

— Oui, j'ai peur qu'il le prenne mal, et comme jusqu'ici notre week-end s'est bien passé, je ne voudrais pas le gâcher par une nouvelle susceptible de réduire à néant nos progrès, avoua-t-elle.

— Enfin, Rachel, Matt sera aux anges. Quel homme ne le serait pas ?

Justement l'homme qu'elle avait épousé.

— N'empêche que j'ai l'impression qu'il vaut mieux attendre le bon moment, insista-t-elle.

Quand viendrait ce fameux « bon moment », cela restait à déterminer.

— Est-ce que vous étiez angoissée de tomber enceinte si peu de temps après votre fausse couche ? demanda-t-elle franchement à Helen.

— Bien sûr, mais pas seulement parce que je craignais de perdre le bébé, répondit celle-ci. Je redoutais de chercher à remplacer mon enfant disparu par un autre. Mais ne crois pas ça une minute ! Bien sûr, la vie continue, mais ton futur bébé ne remplacera jamais le premier. Le petit chéri viendra simplement prendre sa place dans ton cœur, tout à côté du fils que tu as perdu.

— Merci de m'aider à mettre les choses en perspective, Helen. Ça me fait beaucoup de bien.

Rachel rassembla tout son courage pour résister au déluge d'émotions qui menaçait de l'engloutir depuis le début de la soirée. Elle arbora un sourire tremblotant, en espérant qu'il n'aurait pas l'air trop forcé, pour proposer :

— Puisque nos hommes ne semblent pas pressés de venir nous rejoindre, que diriez-vous d'aller les retrouver ?

— Je dirai que c'est une bonne idée, fit joyeusement Helen. Je ne serais pas contre faire une partie ou deux pour leur en remontrer. A nous deux, je suis sûre que nous pouvons les écraser.

— Rien n'empêche d'essayer, lança Rachel en se levant, mais son amie la retint par le bras.

— Ma chérie, puis-je te demander une faveur ?

— Vous n'avez qu'à demander.

— Profite de la soirée pour chercher un coin paisible dans ton âme. Oublie tous tes regrets, tout ce qui aurait pu être, et surtout ta colère. Essaye de retrouver ce que tu as partagé pendant si longtemps avec ton mari que tu aimes. Et accroche-toi à ses sentiments comme si c'était ta dernière chance.

— Tu es en état de conduire ?

Pas du tout surpris par cette question, Matt tourna la clé de contact en lançant :

— Tu m'as vu boire ?

— Non, c'est vrai. Excuse-moi.

S'il s'était attendu à ses doutes, ses excuses le prirent par contre au dépourvu.

— Qu'à cela ne tienne ! Si tu t'inquiètes, tu peux me faire souffler dans le ballon, dit-il, ravi d'avoir marqué un point.

— Zut ! J'ai oublié l'éthylotest, répliqua-t-elle en claquant dans ses doigts.

— Ce n'est pas grave. On peut improviser.

Sans lui laisser le temps de protester, il se pencha et l'embrassa avec tant d'ardeur qu'au bout d'un moment, il faillit proposer de continuer ce petit test sur la banquette arrière. Mais il ne voulait pas pousser trop loin sa chance.

— Alors, tu estimes que je suis en état de conduire ? s'enquit-il en se reculant.

— J'en suis convaincue, répondit-elle, après s'être éclairci la gorge. J'allais te demander de monter le chauffage, mais je ne suis plus sûre que ce soit nécessaire.

— Madame n'a qu'à se dire que je suis son chauffage personnel, lança-t-il avec un sourire en coin.

Il allait l'embrasser de nouveau quand son portable se mit à sonner. Il le sortit de sa poche et le lui passa en disant :

— Regarde qui c'est, s'il te plaît. Si c'est Chase, je répondrai.

— C'est Helen, dit-elle, perplexe, après avoir regardé le numéro.

Il faillit s'emparer du portable, au cas où les nouvelles seraient mauvaises, mais se ravisa. Il préférait s'éviter des problèmes.

— Tu peux décrocher et voir ce qu'elle veut ?

— Bonsoir, Helen, lança Rachel, qui ajouta au bout de quelques secondes : oui, nous aussi, nous avons passé une merveilleuse soirée. Je lui dirai, reprit-elle en riant, après un silence, comme si leur amie l'avait régalée d'une bonne blague. Passez une bonne nuit. Je viendrai vous voir lundi, avant notre départ, promis.

— Qu'est-ce qu'il y a de si drôle ? demanda Matt, qui

appréciait moyennement qu'on lui rappelle que la date du retour approchait.

— Helen dit qu'elle veut sa revanche parce qu'elle est sûre que Jack et toi avez triché, dit-elle en lui tendant le téléphone. Elle dit aussi que Jack était plus heureux ce soir que depuis des mois et qu'elle t'en est reconnaissante.

— Je n'ai rien fait d'extraordinaire, éluda-t-il en rempochant son portable. J'ai toujours joué au billard avec le juge.

— C'est bien la question. Tu l'as traité normalement, ce qui a beaucoup touché Helen. Et moi aussi, d'ailleurs.

Voilà qu'il avait fait quelque chose de bien ! Et sans même essayer.

— Pas de problème, répliqua-t-il. De quoi avez-vous parlé pendant notre partie, dis-moi ?

— De choses et d'autres. Elle m'a appris que leur fils n'était pas au courant de la maladie de Jack.

— Pourquoi ? demanda-t-il, trouvant cela bizarre.

— Jack préfère qu'il l'ignore encore. Pire, Helen m'a avoué que cela faisait des mois que J.W. ne leur avait pas rendu visite. Elle essaye de le défendre, mais pour moi il n'a pas d'excuses. Jack et Helen habitent ici depuis des années. Leur fils ferait bien de passer les voir de temps en temps, avant qu'il ne soit trop tard.

— Je suis d'accord, malheureusement, les gens se laissent déborder par des occupations futiles et ont tendance à négliger les choses importantes, observa Matt, qui culpabilisait pour sa propre négligence passée. Je suis persuadée qu'une fois que J.W sera au courant pour Jack, il trouvera le temps de venir le voir.

— C'est possible, admit-elle. N'empêche que chaque moment avec son père serait précieux. D'après Helen, le juge déprime depuis qu'il a dû arrêter de célébrer les mariages. Non seulement, elle n'arrive pas à lui trouver un remplaçant, mais la chapelle est délabrée. Je n'arrive pas à imaginer qu'après toutes ces années, elle puisse fermer définitivement.

Matt non plus. Pas l'endroit où tout avait commencé pour

eux deux. Cela aurait signifié la fin d'une époque, et pire, un mauvais présage pour l'avenir de leur mariage — ce qu'il ne pouvait accepter.

— Tu sais, j'ai une idée, annonça-t-il. Pourquoi n'irions-nous pas, demain, à la chapelle voir s'il n'y a pas moyen de la nettoyer un peu ?

Non seulement c'était une occasion de venir en aide à des amis, mais aussi de grappiller du temps supplémentaire avec sa femme. Peut-être même une journée entière.

— Nettoyer ne suffira pas, Matt, répondit-elle. Il faut repeindre, réparer la plomberie et je ne sais quoi d'autre.

— Alors, nous appellerons d'autres gens à la rescousse ! Cette communauté a toujours été soudée. Leurs amis seraient heureux de faire ça pour Jack et Helen.

— Tu as raison, répondit Rachel, après avoir mûrement réfléchi. En quelques coups de fil on peut réunir une foule de gens à la chapelle, demain, après le déjeuner. Enfin, peut-être pas une foule, mais suffisamment pour entamer la restauration. Dès que nous serons de retour au chalet, j'appellerai des amies pour qu'elles préparent un buffet improvisé. Toi de ton côté, tu demanderas aux hommes d'apporter leurs outils et des pots de peinture.

Ce n'était pas exactement ce qu'il avait envisagé de faire à leur retour au chalet...

— Tu oublies qu'il est presque minuit. C'est trop tard pour organiser quoi que ce soit.

— Presque tous ceux que je compte appeler étaient dans la salle ce soir, répliqua-t-elle en fronçant son joli nez.

— En effet, et la plupart sont rentrés chez eux il y a des heures. Souviens-toi : c'est nous qui avons fait la fermeture. Harry et Barb Sanders sont partis bons derniers, parce qu'ils attendaient notre départ pour fermer la salle.

— Tu as raison, admit-elle. Il faudra s'y mettre demain, à la première heure, afin de coincer les gens avant qu'ils ne partent à l'église. Matthew Benjamin Boyd, vous êtes génial, conclut-elle en le gratifiant d'un sourire rayonnant.

— Et toi, tu es glacée, répliqua-t-il en la voyant se frictionner les bras.

Ce qui lui procura une autre idée brillante. Il releva l'accoudoir qui divisait la banquette et tapota l'espace à côté de lui.

— Tu devrais te glisser ici et te coller contre moi, suggéra-t-il.

— Tu es sérieux ? répliqua-t-elle en le dévisageant comme s'il lui était poussé un deuxième nez.

— Tout à fait. Je te rappelle qu'avant, tu le faisais sans même y penser.

— Oui, mais quand j'étais adolescente. Je ne me souviens même plus de la dernière fois où je me suis assise comme ça.

Il y avait trop longtemps à son goût.

— Que je sache, il n'existe pas de règle interdisant à des trentenaires de s'asseoir côte à côte en voiture, donc nous ne transgresserons aucune loi, déclara-t-il. Cependant, si je te demandais de te mettre à poil et de te coller contre moi, là, nous pourrions nous faire arrêter. Même si on rigolerait bien.

Ce dernier commentaire était un peu risqué. A tous les coups, elle allait bondir hors du véhicule et rentrer au chalet à pied.

— D'accord, répondit Rachel et, sans sourciller, elle se glissa à côté de lui et boucla sa ceinture.

Quoi ? Juste comme ça, sans discuter ou émettre la moindre remarque sur sa proposition absurde de se déshabiller ? Matt n'en revenait pas.

En passant la première, il effleura sa jambe par inadvertance. Il restait trois vitesses à passer. Rachel allait sûrement s'écarter pour éviter que cela ne se reproduise. Bizarrement, elle n'en fit rien, ce qui lui donna le courage de poser la main sur sa cuisse au moment où ils atteignaient la grand-route.

Non contente d'être blottie contre lui, elle glissa la main sous son bras et appuya la tête sur son épaule. Matt n'aurait pu être plus heureux. Et plus désarçonné quand, à mi-parcours, elle posa un baiser furtif sur sa nuque. Il se mit à frotter son pouce à l'intérieur de sa cuisse dans un mouvement lent et régulier, ce qui la fit réagir légèrement. *Donc, sa caresse ne la laissait pas indifférente ?*

Il avait l'impression d'être de nouveau un gamin et, tel un ado en chaleur, il brûlait de se garer dans un chemin écarté pour une séance de pelotage en règle. Mais il ne leur restait qu'un kilomètre à parcourir, avec au bout, un chalet doté d'un grand lit qui leur tendait les bras. Si sa chance durait, peut-être qu'ils finiraient par faire autre chose que dormir dans ce satané lit, après tout.

Dès qu'il se fut garé dans l'allée, il coupa le moteur et sauta du pick-up. Rachel se glissa dehors à sa suite. Aussitôt qu'il eut claqué la portière, elle se jeta contre lui pour l'embrasser passionnément. Il se retint de la soulever dans ses bras pour l'emporter dans la chambre, car il se souvenait qu'elle l'avait accusé de toujours utiliser le sexe comme remède à leurs problèmes. Cela le poussa à envisager un plan B, bien plus romantique celui-ci, et qui lui prouverait qu'il n'était pas un homme de Neandertal, gouverné par ses instincts primitifs — même s'il n'excluait pas de l'emporter sur son épaule à un moment ou à un autre.

Tiens-toi au plan, se conjura-t-il, comme ils marchaient enlacés vers la maison. Au moment d'atteindre le perron, il la lâcha en disant :

— Attends-moi ici.

— Matt, je meurs de froid.

Ça n'allait pas durer.

— Tiens le coup, répliqua-t-il. Je reviens.

Il fonça à l'intérieur, empoigna un pull au portemanteau de l'entrée, puis se retourna pour le lui jeter à travers la porte en ordonnant.

— Enfile ça et ne bouge pas.

Elle ouvrit la bouche, mais il ne s'attarda pas à écouter ce qu'elle avait à dire. Il marcha droit sur la chaîne Hi-fi et s'empara du CD adéquat qu'il inséra sans attendre dans le lecteur. Puis, persuadé qu'elle trouverait que le jeu en valait la chandelle, il prit quelques secondes de plus pour ajuster les réglages, afin que la musique passe par les haut-parleurs extérieurs.

Il sortit sur le perron pour trouver Rachel adossée à la rambarde, les bras crispés sur sa poitrine pour se réchauffer. C'était étonnant de ne pas l'entendre claquer des dents — mais il n'y avait rien là que son plan ne soit susceptible d'arranger.

Il lui dénoua les bras et lui prit les mains pour l'attirer contre lui en disant :

— Puisqu'on n'a pas dansé ce soir, j'ai pensé qu'on pourrait le faire maintenant.

— Chercherais-tu à me séduire ? lança-t-elle en lui souriant, après avoir encerclé sa taille.

— J'essaye juste d'être romantique. Tu y vois une objection ?

— Du tout, tant que tu me tiens chaud !

— J'en suis tout à fait capable.

Si elle le lui permettait, il ne demandait pas mieux que de la garder au chaud et en sécurité à jamais, en l'aimant tout son soûl.

Ils se balancèrent au rythme de sa chanson favorite, une ballade country qui parlait de s'écarter du monde, car la seule chose qui comptait était d'être avec la personne qu'on aimait. Jusqu'ici, il n'avait jamais prêté attention aux paroles, tout comme il s'était rendu maintes fois coupable de manque d'attention à l'égard de Rachel. Tout cela était terminé. A partir de maintenant, il jurait de s'améliorer de jour en jour… si tant est qu'elle acceptait de lui accorder une nouvelle chance.

Elle posa sa tête sur sa poitrine et il pressa les mains dans son dos puis, quand elle leva le visage vers lui, il inclina la tête pour l'embrasser. Ils restèrent ainsi un long moment, comme s'ils étaient revenus à une époque où s'embrasser suffisait à leur bonheur. D'ailleurs, ce soir, il devrait peut-être s'en contenter. Peut-être était-ce tout ce qu'elle était disposée à lui accorder.

Elle se recula pour l'observer, avec ce regard songeur qu'il ne connaissait que trop bien, et dit :

— Allons au lit.

— Pour dormir ? demanda-t-il, préférant savoir à quoi s'en tenir et ne pas se bercer d'illusions.

— Non.

Avait-il mal entendu ?

— Donc, je n'aurai pas à jouer à pile ou face pour savoir qui prend quel lit ? insista-t-il.

— Non, tu peux directement me conduire dans le nôtre. A moins que tu ne préfères accomplir tes polissonneries ici, sous le porche.

— C'est une idée à creuser, dit-il avec un sourire. Sauf qu'on risque d'attraper des échardes. On essayera une autre fois.

Mais, avant de l'entraîner à corps perdu vers la chambre, il avait une question cruciale à lui poser :

— Si on fait l'amour, tu es sûre de ne pas le regretter demain ?

— Helen m'a dit une chose qui m'a paru pleine de bon sens, soupira-t-elle. Que parfois, il faut savoir oublier le mauvais et faire l'amour comme s'il n'y avait pas de lendemain.

Helen avait vraiment utilisé ces termes ? Ce que Rachel lui proposait n'était peut-être pas le sexe « remède miracle », mais il se demanda l'espace d'un instant si ce n'était pas le sexe en guise d'adieu.

— Helen est une femme avisée, dit-il.

— Indéniablement.

Sans ajouter un mot, il la prit par la main et l'entraîna à l'intérieur, ne la lâchant que le temps de verrouiller la porte. Il refusait de se presser. C'est pourquoi il musarda en chemin, s'arrêtant à l'entrée du couloir pour l'embrasser, puis une fois encore sur le seuil de la porte.

Arrivés au pied du lit, il l'attira dans ses bras, mais elle ne se laissa pas faire et se recula en lançant :

— Ne bouge pas d'ici.

Comme s'il allait partir, alors qu'il était au bord de l'explosion !

— Où vas-tu ? protesta-t-il.

Sans se soucier de lui répondre, elle se dirigea vers le

bureau pour ouvrir un tiroir où elle s'empara de quelque chose qu'elle dissimula dans ses bras. Tout ce qu'il pouvait dire, c'était que c'était noir et que son imagination commençait à battre la campagne. Alors qu'elle passait devant lui, il tenta de l'attraper pour satisfaire sa curiosité, mais elle s'arrangea pour se dérober et battit en retraite dans la salle de bains.

— Un peu de patience, Matthew. Tu ne le regretteras pas.

Peut-être, mais il serait mort par manque d'oxygénation cérébrale bien avant, vu que tout son sang s'était accumulé sous sa ceinture. Après qu'elle eut fermé la porte derrière elle, il envoya valser ses bottes et ses chaussettes au bout du lit, puis tâtonna sur les boutons de sa chemise qu'il finit par arracher pour les punir de leur manque de coopération. Il s'arrangea pour s'extraire de son jean et de ses sous-vêtements en un temps record en projetant habilement ses vêtements dans le fauteuil.

Se couvrir ou pas ? C'était la question. Il choisit la deuxième solution et, après avoir rejeté l'édredon et les couvertures, s'assit au bord du matelas pour attendre qu'elle revienne. Il attendit, et attendit encore.

Mais qu'est-ce qu'elle fichait ? Peut-être que le truc noir dans le tiroir était une combinaison de plongée. Si c'était le cas, la déshabiller représenterait un vrai défi. Qu'à cela ne tienne ! Ce n'était pas ça qui allait l'arrêter. Il était un homme plein de ressources. Un homme qui, manifestement, était en train de perdre les pédales. Une combinaison de plongée ? C'était du délire.

Eh bien mon vieux, tu étais loin du compte, fut sa première pensée, quand Rachel émergea de la salle de bains dans un mini-déshabillé en dentelle qui dissimulait à peine son anatomie. La deuxième fut : *Qu'ai-je bien pu faire dans ma vie pour mériter une femme pareille ?*

— Qu'est-ce que tu en penses ? lança-t-elle, souriante, en pivotant sur elle-même.

Sa voix comme ses pensées s'étaient dispersées au vent.

— Tu l'avais apporté avec toi ? souffla-t-il, éberlué.

— Tu ne te souviens pas ? C'est toi qui me l'as offert, il y a deux ans, pour mon anniversaire. Malheureusement, cette nuit-là, tu t'es montré trop impatient. Je n'ai jamais eu l'occasion de le mettre. Depuis, il était resté dans le tiroir.

Oh oui ! Il se souvenait très bien de ce moment. Son désir avait été si pressant qu'ils n'avaient jamais atteint la chambre. Encore une nuit passée sur le sofa.

— Aujourd'hui, je vais me montrer un modèle de patience, promis, dit-il en lui prenant les mains pour l'attirer entre ses cuisses écartées. Je vais te laisser le porter pour m'en rassasier les yeux. Du moins, pendant quelques minutes.

Il tint sa promesse en s'allongeant avec elle dans les bras sans se soucier d'éteindre la lumière. C'était aussi bien. Il voulait qu'elle puisse suivre en détail la suite des opérations. Dans ce but, il prit deux oreillers qu'il glissa sous sa tête pour qu'elle bénéficie d'un large champ de vision.

Il commença par un baiser léger sur ses lèvres, puis abaissa une bretelle pour lui embrasser l'épaule. Puis il continua plus bas, repoussant l'impalpable voile de dentelle à mesure qu'il progressait, et s'attarda un moment sur ses seins. Après avoir retroussé le déshabillé sur ses hanches, il posa le menton sur son sternum et leva les yeux pour demander :

— Tu te souviens la première fois où j'ai fait ça ?

— Oui, haleta-t-elle. La deuxième nuit de notre lune de miel. J'étais morte de peur.

— Tu tremblais aussi fort qu'à présent. Crois-le ou non, j'étais aussi terrorisé que toi, avoua-t-il en traçant du bout du doigt une ligne de sa gorge à son nombril.

— Vraiment ?

— J'avais peur de te faire mal.

Aujourd'hui encore, il avait le moyen de la blesser, en lui révélant cette vérité qu'elle exigeait depuis des mois, mais il refusa d'y penser.

— Tu ne m'as pas fait mal, au contraire, dit-elle, le souffle court. Jamais, je n'avais éprouvé ça.

— Je suis encore surpris que tu m'aies laissé faire, la première fois.

— Matt, j'avais confiance en toi.

— C'est toujours le cas ?

— Oui, souffla-t-elle, après avoir hésité plus longtemps qu'il ne l'aurait voulu.

C'était tout ce qu'il avait besoin d'entendre. Il la débarrassa de son déshabillé qu'il jeta par terre et baisa l'intérieur de ses cuisses. Au fil des années, ils avaient appris beaucoup l'un sur l'autre, d'abord en étant attentifs aux signaux, puis, quand ils avaient été suffisamment à l'aise, en se parlant ouvertement.

Cette nuit-là, ils n'échangèrent pas un mot. Ce n'était pas nécessaire. Il savait ce qu'elle aimait. Il avait appris à la toucher, la caresser, la boire, l'ouvrir pour lui donner le maximum de plaisir, fruit de leur degré d'intimité. Il savait quand et comment augmenter la pression, jusqu'à ce qu'elle ondule à l'approche du plaisir. Exactement ce qu'elle était en train de faire. Il connaissait aussi le moment précis où il devait se retirer pour attendre qu'elle ait chevauché la vague.

Il refit le chemin inverse en piquant son corps de baisers, sa peau moite sous ses lèvres. Avant d'aller plus loin, il devait absolument poser la question qu'il avait oubliée la dernière fois qu'ils avaient fait l'amour. La question qui avait mis le feu aux poudres.

— Est-ce qu'il y a un risque…

— Que je tombe enceinte ? Crois-moi, c'est impossible.

Ouf ! Rachel ne paraissait pas en colère. Et il lui faisait confiance. Heureusement, parce qu'il n'était pas sûr de pouvoir s'arrêter, même s'il l'avait voulu. Or, il ne le voulait pas.

Il noua ses doigts aux siens et lui tendit les bras au-dessus de la tête, puis il se glissa en elle et regarda naître son sourire. *Tout doux ! Vas-y doucement*, s'enjoignit-il, en faisant appel à toute sa maîtrise pour faire durer les choses. Il était en train de gagner la bataille quand Rachel lâcha brusquement ses mains pour presser ses paumes sur ses reins. Elle roula sur elle-même en l'entraînant avec elle, puis se dressa sur lui et prit le contrôle des opérations, qu'il lui abandonna avec délice. A son sourire triomphant, il était évident qu'elle était consciente qu'il gisait à sa merci.

Cette prise de pouvoir était si excitante que Matt doutait de tenir encore longtemps. Un dernier tour de hanches déloyal vint à bout de sa résistance et il jouit comme jamais auparavant.

Quand son corps s'apaisa et qu'il eut rassemblé ses esprits, il lui chuchota à l'oreille les mots qui lui brûlaient les lèvres.

— Je t'aime, bébé.

Il attendit en retenant son souffle, craignant qu'elle ne réponde pas. Ou pire, qu'elle ne ressente plus les mêmes sentiments pour lui.

C'est alors qu'elle ouvrit grand ses yeux et lui décocha son plus beau sourire.

— Moi aussi, je t'aime, Matt.

11

Tandis que Matt engageait le pick-up dans le chemin escarpé, Rachel eut l'impression de voir les années s'écouler à reculons. Pas seulement parce qu'ils s'approchaient de l'endroit où leur vie conjugale avait débuté, mais parce qu'elle pensait — elle le sentait — qu'ils étaient sur le point d'entamer un nouveau départ. La nuit précédente avait été incroyable et, d'une certaine façon, miraculeuse. Son mari l'aimait encore. Il le lui avait dit et elle aussi. La façon dont il lui avait démontré son attachement aurait fait rougir un régiment de hussards. Evoquer ces moments la rendait euphorique, lui donnait envie de rester éternellement au chalet, là où leur histoire semblait puiser une énergie nouvelle. Malheureusement, ce n'était pas la réalité. Il leur faudrait un jour ou l'autre retourner chez eux — en espérant que, d'ici là, leur mariage serait sauvé.

— Ça prendra plus d'un jour pour réparer les dégâts, observa Matt en coupant le moteur.

Rachel reporta son attention sur la pittoresque chapelle que baignait le soleil du matin. Devant la peinture écaillée de la façade et les massifs montés en graine étouffés par les mauvaises herbes, elle ne put qu'acquiescer.

— Avec un peu de jardinage et de peinture il n'y paraîtra plus, conclut-elle, optimiste.

— Ce n'est que l'extérieur, répliqua-t-il. Attendons de voir ce qu'on va trouver dedans.

Exact, mais si le coup de fil qu'elle avait donné ce matin portait ses fruits, ils devraient bientôt recevoir des renforts.

— Est-ce que Brody a dit à quelle heure il nous retrouvait ici ? demanda-t-elle.

— Il a laissé la clé sous le paillasson de l'entrée.

Ce n'était pas ainsi qu'elle envisageait des mesures de sécurité efficaces, mais Wayhurst n'était pas vraiment réputé pour son fort taux de criminalité. En fait, une fois franchies les frontières du Tennessee, personne ne connaissait la bourgade. Ce qui participait grandement à son charme.

— Que le spectacle commence ! lança-t-elle en posant la main sur la poignée de la portière, mais Matt ne réagit pas.

— Tu viens ? insista-t-elle, comme il gardait les yeux rivés au-delà du pare-brise, une expression d'intense concentration sur le visage.

— Quoi ? répliqua-t-il en sursautant.

— Je crois qu'on devrait prendre de l'avance. Je n'attends pas de volontaire avant cet après-midi.

— D'accord.

— Qu'est-ce qui ne va pas ? demanda-t-elle, étonnée par son manque d'enthousiasme.

— Vers 4 heures du matin, Chase a téléphoné pour me donner des nouvelles de mon père, soupira-t-il en posant le bras sur le volant.

Pourvu que le pire ne soit pas arrivé. Si c'était le cas, jamais Matt ne lui pardonnerait.

— Je n'ai même pas entendu ton téléphone sonner, dit-elle.

— Tu dormais comme une masse.

Grâce à la façon inoubliable dont il lui avait fait l'amour.

— Qu'a-t-il dit ? s'enquit-elle timidement.

— Il m'a annoncé que, cette nuit, ils avaient dû le faire hospitaliser, mais qu'il allait mieux et qu'il avait été de nouveau incarcéré. J'ai demandé à Chase de me le passer pour m'en assurer.

— Tu t'es senti rassuré après lui avoir parlé ?

— Oui. Il semblait plus cohérent que depuis des lustres. Je pensais qu'il serait furieux contre moi, mais pas du tout. Au contraire, il m'a remercié, et puis s'est excusé et m'a promis qu'à partir de maintenant, les choses allaient radicalement changer.

En ce qui la concernait, c'était une bonne nouvelle !

— Cela devrait te réjouir, observa-t-elle.

— Il m'a déjà affirmé la même chose à maintes reprises et, ensuite, il a replongé. J'espère juste que cette fois sera la bonne.

Manifestement, ses craintes — totalement justifiées, il fallait bien le dire — obscurcissaient sa journée.

— Matt, si tu ressens le besoin d'être avec lui, nous pouvons partir tout de suite, proposa-t-elle.

— Il est là où il doit être, réaffirma-t-il en lui prenant la main. Et moi aussi.

— Mais tu détestes le laisser en prison, hasarda-t-elle, car son ton attristé manquait de conviction.

Matt se mit à hocher la tête d'un air navré.

— Je déteste ce qu'il a fait de sa vie. Je déteste qu'il ait fallu en arriver là pour qu'il accepte l'aide dont il a besoin. *S'il l'accepte*. Comme ça me rend dingue qu'il ait abdiqué son rôle de père, après la mort de ma mère. Il ne saura jamais à quel point m'a manqué le père qui m'emmenait pêcher et m'apprenait à lober mes balles au base-ball.

— Il peut redevenir ce père-là, assura-t-elle en l'embrassant sur la joue. Je sais que ce n'est pas facile pour toi de t'accrocher à cet espoir, mais laisse-lui au moins le bénéfice du doute.

— J'essayerai, dit-il en lui tapotant la cuisse. Tu te sens prête à jouer les peintres en bâtiment ?

— Je te laisse la peinture, pour m'attaquer au reste, dit-elle, souhaitant discrètement faire l'impasse sur la peinture à cause des vapeurs nocives. Devant un pinceau, j'ai l'air d'une poule qui a trouvé un couteau.

— Pourtant, tu as peint ces chevaux sur les murs de… à la maison, hésita-t-il en détournant le regard.

Il n'arrivait toujours pas à prononcer les mots *chambre de bébé* — un rappel qu'ils avaient encore beaucoup de pain sur la planche s'ils voulaient que les choses s'arrangent.

— Pour la frise, j'ai utilisé des pochoirs et de la gouache

— *un produit inoffensif parce qu'elle était enceinte* — ça n'a rien à voir avec badigeonner un mur entier, rétorqua-t-elle. Je vais cirer les bancs et les sols et nettoyer tout ce qui en aura besoin. Marché conclu ?

— O.K. ! Bon, on ne connaîtra l'étendue du boulot qu'après être entrés. Alors, allons-y.

Des ombres du passé faisaient écho dans les paroles de Matt et, dès que Rachel entra dans la petite chapelle, ce passé lui sauta à la gorge. A part le fait qu'ils avaient pris de l'âge, tout paraissait semblable au jour où ils y avaient pénétré pour unir leur vie. Le tapis rouge, à peine plus fané, ouvrait la voie vers l'arche où avait présidé Jack. Et sur la droite, se trouvait toujours le piano où Helen avait joué pour saluer l'entrée de la mariée.

Elle se dirigea droit sur l'instrument, s'assit sur le tabouret et remonta le couvercle pour découvrir les touches. Bien que cela fasse des siècles qu'elle n'ait pas joué, elle ne put résister à la tentation. Le *canon de Pachebel* lui vint aussitôt à l'esprit. Un morceau qui s'harmonisait parfaitement avec une chapelle matrimoniale. C'était d'ailleurs celui qu'Helen avait joué tout au long de cette journée. Elle dut s'y reprendre à trois fois, mais petit à petit la partition lui revint sous les doigts. Bientôt, le silence s'emplit d'une musique solennelle et émouvante faisant rejaillir un flot de bons souvenirs.

— C'est magnifique !

Elle n'avait pas remarqué que Matt était entré. Elle leva les yeux et le découvrit debout sur le seuil, une caisse de produits d'entretien dans une main et une boîte à outils dans l'autre.

Quand il s'approcha d'elle pour jeter un œil par-dessus son épaule, cela perturba sa concentration et elle abandonna.

— Continue, dit-il.

— Je ne peux pas si tu me regardes, dit-elle, prise de court.

Elle rabaissa le couvercle, avant de se retourner sur le tabouret pour lui faire face.

— En plus, mes doigts sont rouillés…

— Eh bien, on ne dirait pas, observa-t-il en posant la caisse à ses pieds. Tu devrais jouer plus souvent, tu sais.

— Je n'ai pas de piano à ma disposition, à moins que tu ne m'en offres un, le mois prochain, pour mon anniversaire.

— J'avais un autre cadeau en tête, mais je serai ravi de changer mon fusil d'épaule. Où veux-tu que je le fasse livrer ?

Il voulait la forcer à dire qu'elle rentrait à la maison, un pas qu'elle n'était pas encore prête à effectuer.

— Oublie ça, répliqua-t-elle. Si j'ai envie de jouer, je peux toujours le faire sur mon vieux piano, chez mon père.

— Oui, c'est sûrement plus simple, admit-il, sans chercher à déguiser son désappointement.

— Mettons-nous au travail si nous voulons avoir fini à temps pour faire la surprise à Jack et Helen aujourd'hui même, lança-t-elle en sautant du tabouret avec une bonne humeur un peu forcée. Je vais m'attaquer aux bancs.

— Et moi, je vais vérifier l'état de la plomberie.

Il semblait si dépité qu'elle éprouva le besoin de le réconforter :

— Je crois qu'un piano ferait très joli dans le coin du salon, dans l'espace vide près de la baie vitrée.

Si elle s'attendait à voir son visage s'éclairer, elle en fut pour ses frais.

— Non, avant de décider où mettre le piano, mieux vaut attendre de savoir si tu as toujours ta place dans cette maison, dit-il sèchement.

Rachel tiqua mais ne répondit rien à Matt. Sa mauvaise humeur était sans doute liée aux problèmes de son père et au fait de se retrouver plongé dans cette atmosphère qui lui rappelait tout ce qu'ils avaient, un jour, partagé… Peut-être avait-il aussi réalisé qu'il leur restait un vaste territoire à explorer avant de prétendre avoir réglé leurs différends. Cependant, ils ne pourraient s'y mettre qu'après avoir terminé la tâche qu'ils s'étaient fixée.

Le bruit d'un camion brinquebalant dans l'allée l'attira vers un des fenestrons découpés dans la porte de bois. Derrière le camion se déroulait une procession hétéroclite de véhicules allant des berlines aux 4x4.

— Matt, viens voir ! s'exclama-t-elle.

— Bon sang ! Quelqu'un a rameuté la cavalerie, lança-t-il, après avoir jeté un regard à travers la deuxième fenêtre.

— J'ai téléphoné à Rita. C'est elle qui a appelé les renforts.

Elle sortit au moment où Brody Engle sautait de son camion pour aller détacher une échelle de son support. Puis apparut Rita, armée de deux cocottes et suivie de son mari LeRoy trimbalant une table pliante. Sa choucroute enveloppée d'un fichu à fleurs et sa chemise flottante maculée de peinture contrastaient avec le sautoir en or attaché autour de son cou et les boucles d'oreilles fantaisie qui se balançaient à ses oreilles. Bref, c'était tout Rita.

— LeRoy, pose la table dans le vestibule ! aboya-t-elle en se dirigeant vers Rachel. Bonjour, mon chou.

Rachel lança un regard derrière elle sur la foule des gens de tous âges qui se dirigeait vers la chapelle, convoyant nourriture et matériel.

— Ouah ! Je n'aurais jamais cru que vous réussiriez à embrigader une telle troupe pour nous donner un coup de main, observa-t-elle, sidérée.

— Si vous promettez aux gens bonne chair et bonne cause, vous êtes sûre de les voir rappliquer, déclara Rita en lui tendant une cocotte.

— Je n'attendais personne avant la fin de l'office, fit Rachel, toujours sous le coup de la surprise.

— Mon chou, ce n'est pas en restant les fesses collées dans une église qu'on peut faire son devoir de bon samaritain.

Pour une fois, cette femme n'avait pas tort.

— Merci, Rita. Helen et Jack apprécieront certainement votre générosité.

— Jack peut-être, Helen, j'en doute. Elle ne m'a toujours pas pardonné notre petit différend d'il y a cinq ans.

Bien que rongée par la curiosité, Rachel n'avait pas le temps d'écouter les explications à rallonge de Rita.

— Avant de décider par quoi commencer, allons poser ça dans la cuisine, proposa-t-elle.

Leur commère locale fourra sa casserole dans les mains du premier qui passait par là et, dans une envolée de boucles d'oreilles, fit volte-face pour lancer d'une voix de stentor :

— Par ici, les gars !

Rachel ne put s'empêcher de rire de ses bouffonneries. Avec Rita, on pouvait se passer de mégaphone. A la fois toute étourdie et exaltée, elle avait l'impression de vivre un pur moment de bonheur. C'était un grand jour. Peut-être le meilleur qu'elle ait connu depuis des mois.

Matt venait juste de fixer le dernier bardeau du toit, quand il s'entendit interpeller :

— Hé, beau blond, là-haut, tu veux de la limonade ?

Il baissa les yeux et découvrit Rachel debout à l'angle de la chapelle, un verre de plastique rouge à la main. Des mèches folles échappées de sa queue-de-cheval en bataille encadraient son visage maculé de terre. Son T-shirt rose n'était pas plus reluisant. Pourtant, elle était aussi resplendissante qu'une débutante en collier de perles et robe du soir. Il faut dire que le négligé lui sied toujours à merveille.

Il descendit l'échelle et la rejoignit au coin de la chapelle, à l'écart des volontaires affairés à replanter des fleurs dans les massifs.

— Merci, dit-il en prenant le verre qu'il avala d'un trait. Tout est fini ?

— A part les aménagements du jardin, oui. J'ai aidé au désherbage presque toute la journée.

— Ça se voit, observa-t-il en ôtant un brin d'herbe de ses cheveux.

— Tu devrais jeter un œil à l'intérieur. C'est magnifique.

Tout comme sa femme. Il ne se souvenait plus de la dernière fois où il avait vu briller une telle excitation dans ses yeux. En fait, si, il le pouvait. Ce jour même, vers 6 heures du matin, quand ils avaient fait l'amour pour la troisième fois.

— C'est parfait, parce que nous allons manquer de lumière, dit-il. La nuit commence à tomber.

— Je n'arrive pas à croire que nous en soyons venus à bout. Tout est propre et repeint à neuf. Même la cuisine et la zone de réception à l'arrière sont terminées, alors que j'étais persuadée qu'on n'en aurait pas le temps. Les planchers sont cirés, et oh ! le type qui possède la quincaillerie de Townsend — je crois qu'il s'appelle Frank — a apporté de nouvelles canalisations et des toilettes neuves.

— Je sais. Je l'ai aidé à les installer avant de m'attaquer au toit.

— En plus, ce Frank connaît un type nommé Buster qui a amené une équipe pour carreler de neuf la cuisine et installer un lave-mains. Et par chance ce Buster connaît un marchand d'électro-ménager qui, lui, a remplacé le four. Il n'est pas tout neuf, mais il est plus vaste et de meilleure qualité que l'ancien et…

Matt lui coupa le sifflet avec un baiser. Un baiser plein d'ardeur qui ne dura pas assez longtemps à son goût, car Rachel y mit fin pour demander :

— On peut savoir pourquoi tu as fait ça ?

— Pour essayer de te faire taire. J'avais peur que tu t'asphyxies.

— Désolée, mais tu ne m'as pas vraiment aidée à respirer, répliqua-t-elle en lui enserrant la taille. Regarde, je suis toute pantelante.

— Et moi, je me sens comme un gros dégoûtant.

Dans tous les sens du terme…

— Est-ce que l'idée de prendre…, commença Rachel.

— Une douche quand on sera rentrés ?

— Tu vois, maintenant, c'est toi qui termines mes phrases, reprocha-t-elle en le fusillant du regard.

Zut ! Voilà que d'un mot, il avait ruiné leur entente

retrouvée. Tout cela parce qu'il était incapable de maîtriser sa libido débordante.

— Je voulais simplement dire que, puisque nous en avons tous les deux grand besoin, on pourrait prendre une douche ensemble, se récria-t-il.

— Avant que tu ne m'interrompes grossièrement, j'allais te proposer de plonger tous les deux dans le bain à remous dont nous nous servons trop rarement, susurra-t-elle en nouant ses bras autour de son cou.

— C'est plutôt un truc de nana, mais je suis prêt à faire des concessions. Je pourrais jouer avec mon canard en caoutchouc ?

— Sans lui, la fête ne serait pas complète, répliqua-t-elle, amusée.

Cette fois, ce fut elle qui l'embrassa passionnément — à la vue de tous, comme s'ils avaient jeté leur pudeur aux orties.

— Vous deux, arrêtez de vous piquer vos chewing-gums et dépêchez-vous de rappliquer, piailla Rita. Les Van Alsteen arrivent !

Sa voix suraiguë, aussi crispante qu'une craie grinçant sur un tableau noir, saisit Rachel qui fit un bond en arrière.

— On arrive, Rita, lança-t-elle en s'arrachant des bras de Matt.

Au regard furieux que lui jeta ce dernier, l'exaspérante créature préféra se carapater hors de sa portée.

— On finira plus tard, dit-il en se tournant vers sa femme.

— J'y compte bien.

Tendrement enlacés, ils rejoignirent le devant de la chapelle pour prendre place dans une des files qui s'étaient formées de chaque côté de l'allée. Matt choisit un emplacement proche du parking pour disposer d'une vue dégagée sur la route.

— Tu crois qu'ils seront surpris ? demanda Rachel.

— C'est qui le meilleur amant du monde ? répliqua-t-il avec un clin d'œil.

— Matt, arrête. Je suis sérieuse. Et si quelqu'un avait vendu la mèche ?

Il ne connaissait qu'une seule personne capable de le faire — Rita — et pour une fois elle avait bien voulu jurer le secret.

— Détends-toi, dit-il. Ils ne soupçonneront rien avant leur arrivée.

Qui d'ailleurs n'allait pas tarder, car leur 4x4 noir venait de s'engager dans l'allée. Le crépuscule était tombé, mais le visage radieux d'Helen, sortie la première du véhicule, illumina la pénombre. Jack en émergea à son tour, suivi de son clone en plus jeune — sauf que les cheveux de l'homme étaient châtains et non argentés — d'une jolie blonde et de deux adolescents, un garçon et une fille.

— Mais, c'est J.W. et sa famille, souffla Rachel, stupéfaite, en se tournant vers Matt.

— En effet.

— Comment ont-ils pu savoir ?

— J'ai appelé J.W. ce matin, quand tu étais sous la douche. J'ai lui ai révélé ce que nous avions l'intention de faire en lui demandant de s'arranger pour tenir Helen et Jack occupés.

— Bonne action, Matthew Boyd, déclara-t-elle, avant de prendre un air un peu préoccupé. Tu lui as parlé de…

— De l'Alzheimer ? Non, ce n'était pas mon rôle.

— Alors, J.W. est venu de sa propre initiative ?

— Oui, on peut dire ça — du moins après avoir allégué qu'il avait une partie de golf. Ce à quoi j'ai rétorqué que venir soutenir ses parents était peut-être plus important que d'améliorer son swing.

— Parfait, acquiesça-t-elle en lui pressant le bras. Il faut qu'il comprenne l'importance de passer du temps avec eux.

— Ma chérie, mais qu'est-ce que vous avez fait ? lança Helen, qui s'approchait en ouvrant grand les bras à Rachel.

— Matt et moi nous sommes dits que l'endroit avait besoin d'un petit coup de neuf, répondit celle-ci en la serrant sur son cœur. J'ai téléphoné ce matin à Rita qui a rameuté tout l'Est du Tennessee. L'équipe a travaillé toute la journée durant et je pense que vous serez contente du résultat.

— Mes chéris, vous êtes des amours, conclut Helen en

embrassant Matt à son tour. Je n'ai pas de mots pour exprimer ce que ça représente pour nous. Si j'ai bien compris, c'est vous aussi qui avez demandé à mon fils de venir ?

— En fait, c'est Matt. J.W. a accepté avec plaisir de nous aider à garder le secret.

— Un merveilleux secret, renchérit Helen, tout épanouie. Je vais récupérer Jack des mains de Brody et rassembler les enfants pour une petite visite guidée. Il me tarde de voir ce que vous avez fait à l'intérieur.

— Vous n'en croirez pas vos yeux, assura Rachel en l'accompagnant.

Matt attendit à l'extérieur avec quelques traînards, tandis que la foule pénétrait dans l'édifice derrière le vieux couple et leur famille. Il avait été heureux d'aider à la rénovation, mais la vision de la chapelle ne lui rappelait que trop qu'à l'instar de cet édifice, son mariage nécessitait une restauration de grande envergure.

Quand, quelques minutes plus tard, Jack émergea par la grande porte, Rita tapa énergiquement dans ses mains, puis, ne parvenant pas à attirer l'attention de tous, elle émit un sifflement retentissant.

— Hé, vous autres, écoutez tous ! hurla-t-elle, alors même que la foule avait déjà commencé à se taire. Jack a quelque chose à nous dire, continua-t-elle sur le même registre, au risque de briser les tympans de toute l'assistance.

— J'espère que le juge va bien s'en tirer, souffla Rachel en prenant la main de Matt.

— Il s'en tirera à merveille. Je le sens.

Avec les lumières extérieures en toile de fond, Jack, environné de sa famille, avait retrouvé toute la majesté d'un juge quand il examina la foule.

— D'abord, Helen et moi souhaitons vous remercier pour cette surprise extraordinaire, lança-t-il. Maintenant, et malheureusement pour vous, mon épouse espère que vous allez vous atteler à notre salle de bal. Sérieusement : ce sens du bien commun est la raison pour laquelle nous avons pris tant de plaisir à vivre à Wayhurst pendant près de vingt ans, reprit-il, après avoir attendu que cessent les rires. Nous apprécions sincèrement votre soutien, d'autant que nous allons en avoir grand besoin dans les jours qui viennent.

Le juge jeta un regard à Helen qui lui prit le bras. Après un moment de silence, il s'éclaircit la gorge et passa la main dans ses cheveux d'argent.

— Alors que j'ai passé toute ma carrière à chercher la vérité, j'en étais pourtant arrivé à la dissimuler — certainement par peur, mais aussi un peu par orgueil. Votre geste m'a fait comprendre que, même si cette vérité était dure à admettre, les gens qui m'aimaient avaient le droit de la connaître.

Comme il s'interrompait pour prendre une profonde inspiration, Rachel resserra son étreinte sur la main de Matt.

— Il y a quelque mois, je suis allé chez le médecin parce que je souffrais de troubles qui faisaient craindre une dégénérescence cérébrale, reprit Jack. Malheureusement, c'est bien de ça qu'il s'agit.

Comme la foule émettait un hoquet d'horreur, il leva la main pour réclamer le silence.

— Bien qu'être frappé de la maladie d'Alzheimer puisse sembler terrible, il y a des choses bien pires, comme d'être privé de l'honneur de vous avoir connus ou de la chance d'aider de jeunes couples à entamer leur vie conjugale. Et par-dessus tout : ne pas connaître l'amour d'une femme, d'autant plus quand elle frise la sainteté, comme la mienne, conclut-il en baissant les yeux sur Helen.

— Sainte Helen, c'est mon portrait craché, ironisa celle-ci en lui décochant un petit coup de coude.

Jack l'embrassa sur la joue avant de retourner son attention sur la foule des volontaires.

— Aussi, s'il vous arrive de me croiser dans la rue et que j'ai oublié votre nom, dites-vous que je suis malade. A moins que je vous ignore exprès, parce que je vous ai emprunté votre perceuse électrique et ne sache plus où j'ai pu la fourrer.

Il y eut de nouveau des rires, mais bien moins fournis que la première fois.

— Pour terminer : le chemin sera beaucoup plus pénible pour Helen qu'il ne le sera pour moi. Aussi, je vous demande humblement de veiller sur elle quand je ne serai plus en mesure de le faire. Elle est la meilleure chose qui me soit jamais arrivée.

Il se pencha sur son épouse pour lui donner un nouveau baiser, sur les lèvres celui-ci, puis se redressa et lança en souriant :

— A présent, à table !

Le respect que Matt éprouvait pour le juge s'en trouva grandement renforcé — si c'était encore possible. Ses mots sur l'importance de la vérité avaient atteint leur cible. Mais la vérité que lui-même dissimulait était susceptible de réduire à néant le bond en avant que Rachel et lui avaient effectué ces deux derniers jours.

Il jeta un regard à sa femme dont les joues dégoulinaient de larmes.

— Tout va bien, la rassura-t-il. Leur mariage est solide. Ils seront deux pour traverser cette épreuve.

Si seulement il avait pu dire la même chose de leur union.

— Ça me brise le cœur de penser que la prochaine fois que nous le verrons, Jack ne sera plus le même, bredouilla Rachel en s'essuyant les joues du bout des doigts.

La question était : y aurait-il une prochaine fois ?

Matt était déterminé à en avoir le cœur net.

Ils effectuèrent le voyage de retour sans échanger un mot, et le silence s'appesantit après qu'ils furent rentrés au chalet. Rachel comprenait la réticence de Matt à parler, elle-même n'étant pas d'humeur à discuter. Aussi satisfaisante qu'ait été cette journée, elle s'était terminée par le rappel que le fardeau de la vie échappait à tout contrôle et que le temps était une denrée précieuse.

Elle le suivit dans la chambre, espérant atténuer leur tristesse par la trempette qu'ils s'étaient promise. Mais quand, accablé, il se laissa tomber au bord du matelas, la tête basse, elle en vint à douter que celle-ci ait lieu de sitôt.

— Dure fin de journée, hein ? soupira-t-elle en posant la main dans son dos, après s'être assise à côté de lui.

— J'en ai connu de pire. Par exemple, le jour où tu es partie, dit-il de but en blanc.

— Est-ce que j'ai fait, aujourd'hui, quelque chose qui t'a déplu ? demanda-t-elle, heurtée par ses mots aussi cinglants que des coups de fouet.

— J'ai simplement besoin de connaître la suite du programme, répliqua-t-il en fourrageant à deux mains dans sa chevelure déjà bien ébouriffée. Est-ce qu'on va emballer nos affaires ou pas ? Et, à notre retour à Placid ? J'aimerais savoir si les choses resteront en l'état, avec toi chez ton père et moi dans la maison que nous avons bâtie ensemble.

— Franchement, à l'instant présent, je ne sais plus trop où j'en suis.

C'était la vérité, à part qu'elle désirait désespérément sauver son mariage. Or, elle ne pourrait y arriver si son mari ne coopérait pas.

— Qu'en est-il de la nuit dernière ? demanda-t-il en levant les yeux sur elle. Est-ce que tu as fait l'amour avec moi parce que tu me voulais vraiment, ou parce que j'étais le seul disponible pour te gratter où ça te démangeait ?

Rachel peina à déglutir.

C'étaient les paroles les plus blessantes qu'il lui ait jamais dites.

— Matt, je t'ai dit que je t'aimais et j'étais sincère. Mais ça ne résout pas tout.

— Sans blague !

— C'était de la folie d'imaginer qu'on pourrait tout arranger en un week-end, renchérit-elle, détestant ses sarcasmes autant que la douleur abjecte qui ternissait ses yeux.

— Je me fiche que ça prenne toute la nuit ! Réglons les choses tout de suite. Rachel, dis-moi ce que tu veux. Explique-moi ce que je dois faire pour que ça s'améliore entre nous. Je te promets que je ferai tout mon possible pour y arriver.

Puisque c'est ce qu'il voulait... Après avoir rapidement réfléchi à ses diverses exigences, elle choisit de débuter par la plus facile :

— Tu pourrais m'accompagner aux séances de thérapie conjugale.

Malheureusement, son expression renfrognée lui fit comprendre qu'elle avait déjà perdu ce premier round.

— Ce sera suffisamment difficile de convaincre mon père de se rendre aux réunions des Alcooliques Anonymes, répliqua-t-il. Il va peut-être falloir que je l'y traîne de force.

— Je comprends que ce soit pénible pour toi. Mais notre bien-être psychologique ne compte-t-il pas autant ? lui demanda-t-elle sans baisser les yeux. Si tu refuses d'affronter ta douleur, tu pourrais finir par avoir besoin toi-même de l'accompagner aux réunions.

Il la coupa sur-le-champ :

— Moi, je n'ai pas besoin de boire pour noyer mon chagrin. Au cas où tu ne l'aurais pas remarqué, je n'ai pas avalé une goutte d'alcool depuis que nous sommes ici. N'empêche que si j'avais besoin d'une raison pour m'envoyer un verre, l'état d'incertitude que tu m'imposes le justifierait, tu ne crois pas ?

Son déni perpétuel l'inquiétait presque autant que le refus clair et net qu'il venait d'opposer à sa requête.

— D'accord, si tu veux savoir ce dont j'ai vraiment besoin, c'est d'un bébé, assena-t-elle. Est-ce que tu es prêt à jouer le jeu ?

— De nombreux couples, qui décident de ne pas avoir d'enfants, s'en passent très bien.

C'était bien la première fois qu'il lui sortait cet argument !

— Matt, pourquoi as-tu si peur d'être père, alors que tu as toutes les qualités pour réussir ? Je me souviens du jour où Sam essayait d'apprendre à mettre une couche à Jamie. Tu lui as assuré que ce n'était pas sorcier et tu t'es exécuté en quinze secondes. Tu es la coqueluche des enfants de tous nos amis.

— Justement, parce que ce sont *les enfants de nos amis*, répliqua-t-il. Je n'ai pas la responsabilité de leur bien-être.

— Ecoute, je sais qu'en grandissant, tu as dû prendre en charge ton père. Mais là, ça n'aurait rien à voir. Ce serait notre enfant.

— J'échouerai probablement de la même façon.

— Enfin, tu n'as pas échoué avec ton père ! protesta-t-elle, consciente qu'ils touchaient au nœud du problème. Ben s'est détruit tout seul.

— Tu n'as donc pas la moindre crainte ? demanda-t-il, après l'avoir scrutée un long moment. Tu ne redoutes pas le risque que te ferait courir une nouvelle grossesse ?

— D'après mon médecin, ce risque est minime. Et c'est vrai, oui, j'ai un peu peur, mais pas au point de refuser de tenter ma chance. Je refuse de laisser la peur me paralyser au point de m'empêcher de vivre !

Elle avait presque crié. Il se leva du lit et, les mains nouées derrière la nuque, se mit à faire les cent pas dans la chambre.

— Tu n'as pas idée de ce que j'ai vécu le matin où tu as donné naissance à Caleb, dit-il d'une voix glaciale. Si tu le savais, jamais tu ne me demanderais de revivre cet enfer.

— Comment pourrais-je le savoir, alors que tu as toujours refusé de m'en parler ?

— Crois-moi, tu n'as pas envie de savoir ce qui s'est passé, assena-t-il, le dos tourné, en se plantant devant la porte-fenêtre. Si tu le savais, tu me haïrais.

Une sonnette d'alarme retentit dans la tête de Rachel. Alors que son instinct lui criait de renoncer, elle ne put s'y résoudre.

— Matt, je veux savoir. Je *dois* savoir. Tu me dois bien ça.

Tout le corps de Matt sembla se crisper.

— Très bien, dit-il en tournant vers elle un visage résigné. Je vais te dire la vérité. Même si ça me rend malade, je vais tout te raconter.

Elle aurait voulu qu'il s'asseye à côté d'elle, pour la soutenir au cas où cette vérité serait trop dure à supporter. Mais, quelque chose dans son ton et son attitude lui fit comprendre qu'il pourrait ne pas vouloir être auprès d'elle quand les choses auraient été dites.

— Je suis prête, souffla-t-elle.

Après s'être laissé tomber sur une chaise, Matt se pencha en arrière pour fixer le plafond.

— Tu te souviens que je t'ai dit que l'hélicoptère d'évacuation avait été retardé ?

— Vaguement. Si j'ai bien compris, c'est à cause de ce retard qu'ils ont décidé de pratiquer l'accouchement à l'hôpital du comté. Parce que le bébé était en danger.

— Tu étais plus en danger que lui, lâcha-t-il en croisant enfin son regard. C'est pour ça qu'ils m'ont demandé de décider de la marche à suivre. Soit pratiquer un accouchement immédiat sur place pour éviter que l'éclampsie n'empire ou attendre vingt minutes, au moins, que vous soyez tous les deux transférés à Jackson, où ils sont mieux équipés pour prendre en charge un prématuré.

Alors qu'elle essayait de décrypter son aveu, la tête de Rachel se mit à tourner.

— Matt, qu'est-ce que tu tentes de me dire ?

— Que c'est toi que j'ai choisi de sauver.

12

— Espèce d'ordure !

S'il ne fut pas surpris par le venin dans sa voix, il ne s'était pas préparé au dégoût qui irradiait dans ses yeux.

— Je sais que tu es furieuse, mais…, bredouilla-t-il.

— Il n'y a pas de *mais* ! Tu m'avais promis, Matt. Tu m'avais promis de sauver notre fils à tout prix !

Il n'avait pas pu lui faire comprendre et, pire, il doutait d'y arriver un jour.

— J'ai fait la seule chose que je pouvais, Rachel, martela-t-il. Je n'ai eu que quelques minutes pour décider.

Les minutes les plus dures et les plus longues de sa vie.

— Oh ! mon Dieu ! souffla-t-elle, les poings serrés sur sa poitrine, les yeux baignés de larmes. Si seulement tu avais attendu l'hélicoptère, patienté vingt minutes de plus, notre fils serait encore vivant.

— En revanche, tu serais peut-être morte, répliqua Matt. Je ne pouvais pas prendre ce risque. Je ne supportais pas l'idée de te perdre.

Malheureusement, il l'avait probablement perdue.

Comme elle blêmissait et commençait à flancher, il se précipita vers elle pour la soutenir, mais elle recula brutalement hors de sa portée en hurlant :

— Ne… me… touche pas !

— Très bien, très bien, dit-il en battant en retraite, mains écartées. Reste assise. Je vais te chercher de l'eau.

— Je ne veux pas d'eau, répondit-elle en se carrant au

bord du lit, les épaules affaissées, comme si toute énergie l'avait désertée. Ce que je veux, c'est savoir comment tu as pu me cacher si longtemps la vérité. Ce qui t'a donné le droit de décider du destin de notre enfant sans me consulter, moi, *sa mère.*

Il était clair que Rachel n'avait aucun souvenir de la gravité de son état.

— Tu étais sous calmants et ne pouvais pas donner ton consentement. La responsabilité m'incombait.

— Et nous savons tous deux comme tu apprécies les responsabilités, répliqua-t-elle avec un rire sarcastique. Maintenant que j'y pense, la décision a dû être facile à prendre pour toi, puisque tu ne voulais pas d'enfant.

Ce fut comme un coup en plein dans l'estomac. Non. C'était sa colère qui s'exprimait. *Rachel ne pouvait croire qu'il puisse être aussi dénué de cœur !*

— Facile ? s'exclama-t-il. Ç'a été la pire chose qui me soit arrivé ! Si seulement tu savais…

Non, il ne pouvait lui en parler maintenant. Sinon, il allait perdre pied.

— Si je savais quoi, Matthew ?

— Depuis cet instant, je n'ai pas cessé de me torturer. Je me suis reproché de ne pas t'avoir emmenée à Jackson dès le début du travail, de ne pas avoir été un bon mari, un bon fils, un être humain digne de ce nom. Puis, j'ai fini par comprendre que, quelle que soit la décision que j'aurais pu prendre ce jour-là, le temps jouait contre nous.

— Comme il est temps que tu t'en ailles, assena-t-elle en empoignant son sac qu'elle lui jeta à la figure. Je ne peux plus te supporter. Je ne peux même plus te regarder. Je veux que tu me laisses seule. Tu m'entends ?

Que faire ? A quoi s'accrocher ? Cette nuit, il allait la laisser tranquille, en espérant qu'elle recouvrirait suffisamment son calme pour reprendre cette conversation le lendemain.

— Très bien, soupira-t-il. On se voit demain matin.

— Non, je veux que tu sois parti à la première heure.

— Je ne vais pas t'abandonner ici sans aucun moyen de retourner à Placid, insista Matt.

Elle le gratifia d'une moue méprisante.

— Oh, ne t'inquiète pas, je trouverai le chemin.

Mais pas celui qui menait jusqu'à lui.

— Chérie, il faut que tu m'accordes une nouvelle chance, implora-t-il en se levant, son sac à la main et ses espoirs dévastés.

— Matthew, je ne te dois rien, riposta-t-elle, le menton dressé. Tu as déjà dit tout ce que j'avais à savoir.

Et, comme il l'avait prédit, elle le haïssait pour cela.

Au moment où il tournait les talons, elle le rappela. Il fit volte-face pour la voir ôter son alliance d'une main tremblante. Puis, elle se leva, s'approcha et lui tendit l'anneau qui n'avait pas quitté son doigt depuis quatorze ans.

— Prends-la, je n'en veux plus, ordonna-t-elle.

Ce qui signifiait qu'elle ne voulait plus de lui. Pour de bon. Que tout ce qu'ils avaient accompli ce week-end, chaque mot prononcé, chaque geste échangé en faisant l'amour, tout n'avait été que des coups d'épée dans l'eau. Il avait échoué sur toute la ligne.

Sans un mot, Matt quitta la chambre et, un poids écrasant sur la poitrine, il dépassa le salon sans s'arrêter. Maintenant que les pires souvenirs avaient perverti les bons, il ne pouvait rester une minute de plus dans ce chalet. Avant de partir, il prit un papier et un stylo sur l'îlot de la cuisine et griffonna quelques mots d'adieu pour sa femme.

Puis il sortit la clé de l'entrée de son trousseau, la posa sur le message en adressant une dernière pensée au passé qu'ils avaient partagé. Si Rachel ne changeait pas d'avis, il pouvait dire adieu à jamais à leur avenir commun.

Après une nuit presque blanche, Rachel s'était réveillée au petit matin pour découvrir que Matt était parti. A part la clé et le mot qu'il avait laissés derrière lui, c'était comme s'il n'avait jamais été là, comme si tous ces moments qu'ils avaient vécus ensemble n'avaient été qu'une illusion. Pourtant, la terrible et froide vérité était bien réelle, tout comme la douleur qui lui tordait le cœur.

Elle avait préparé son sac, quelques heures plus tôt. D'abord tentée de téléphoner à Helen pour lui demander de la conduire à Knoxville afin d'y louer une voiture, elle s'était ravisée. Ne supportant pas la honte de devoir annoncer à son amie que ses bons conseils n'avaient servi à rien, elle avait préféré se livrer pieds et poings liés à Rita Kendrick. Pendant l'heure qu'avait duré le trajet, Rita s'était lancée dans une diatribe interminable d'où il ressortait qu'Helen lui avait « volé » sa recette de haricots beurre pour l'inclure dans le livre de cuisine de la paroisse. Heureusement, la veille, les deux ennemies avaient fini par se réconcilier. Comme elle aurait aimé pouvoir en dire autant de Matt et elle !

Malgré la douleur infligée à ses tympans, le monologue de Rita avait détourné son esprit de ses problèmes, mais, à la seconde où elle s'était engagée sur l'autoroute intercontinentale, les mots que lui avaient adressés Matt s'étaient mis à tourner dans sa tête.

« Le chalet t'appartient ainsi que tout ce qu'il contient. Quoi qu'il se passe à présent, que tu arrives ou non à me pardonner un jour, sache que je t'aime et t'aimerai toujours. M. »

Elle aussi l'aimait. Quant à lui pardonner ? Même au bout de sept heures de réflexion, elle ignorait si elle y arriverait un jour.

Aux alentours de 18 h 30, elle se gara enfin dans l'allée de la maison d'amis, totalement épuisée et déchirée par la décision qu'elle avait prise. Un repas chaud, un bon bain et un livre l'aideraient à apaiser son chagrin — du moins jusqu'à ce qu'elle se mette au lit, toute seule.

Elle déverrouilla la porte, pénétra dans le living... et manqua défaillir à la vue d'une silhouette assise dans le fauteuil, près de la lampe qu'elle avait laissé allumée. Elle pressa la main sur sa poitrine pour calmer l'affolement de son cœur qui battait la chamade. Il ne ralentit que lorsqu'elle eut identifié le mystérieux intrus.

— Papa, tu as failli me faire mourir de peur, reprocha-t-elle.

— Désolé, princesse, lança ce dernier en se levant. J'aurais dû te rejoindre à ta voiture quand je t'ai vue arriver.

Elle se débarrassa de ses clés et de son sac à main sur la table basse et posa son bagage sur le sol, avant de demander :

— Comment savais-tu que je serais là ?

— Zelda m'a appris que tu vivais ici depuis quelques semaines. Et Matthew m'a téléphoné ce matin.

Si elle en voulait à l'espionne de son père, elle en voulait davantage encore à son mari de son intervention. Certainement une manœuvre pour gagner ses proches à sa cause.

— Qu'est-ce qu'il t'a dit ? s'enquit-elle d'une voix qu'elle espérait assurée.

Son père redressa sa cravate, signe infaillible de malaise, avant de glisser les mains dans ses poches.

— Pas grand-chose, à part qu'il pensait que tu reviendrais ce soir. Il m'a demandé aussi de m'assurer que tu irais bien. Alors ? Est-ce que tu vas bien ?

— Non, pas du tout, dit-elle sèchement. Et je doute que ça s'arrange un jour.

— Ma chérie, si tu as besoin de parler, je suis là.

A l'intérieur, ce fut comme si une digue se fissurait puis craquait. Rachel traversa la pièce pour quêter le réconfort de son père comme elle l'avait fait si souvent autrefois — quoique rarement quand elle avait des problèmes avec son mari, et pour cause.

Il lui ouvrit les bras et la serra contre lui, tandis qu'elle s'abandonnait à son chagrin en trempant les revers de sa veste de yachtman. Elle pleura à chaudes larmes, jusqu'à ce qu'elle n'en puisse plus et que ses sanglots se transforment en reniflements.

— Allons nous asseoir et débrouiller tout ça, dit-il en lui tendant le mouchoir qu'il venait de tirer de sa poche, quand elle releva la tête de son épaule.

— Désolée, soupira-t-elle en s'essuyant les yeux et le nez, avant de le rejoindre sur le canapé. La crise menaçait depuis ce matin.

Depuis bien plus longtemps, en fait.

— Inutile de t'excuser, dit-il en étendant son bras sur le dos du sofa. Je voudrais bien savoir la cause de ton chagrin. Qu'est-ce que Matthew t'a encore fait ?

Toujours sa sempiternelle théorie selon laquelle Matt ne pouvait que lui nuire !

— C'est une longue histoire et très compliquée, éluda-t-elle.

— J'ai tout le temps qu'il faut pour t'écouter.

Alors, elle rassembla ses forces et prit sur elle pour lui dresser l'historique des derniers mois. Elle raconta les excès de boisson de Matt, la menace de divorce, la réconciliation avortée et, choc final : la décision prise par son mari le jour de la mort de leur fils.

Son père garda longuement le silence. Elle était prête à parier que, comme d'habitude, il méditait quelques sages paroles incluant certainement le conseil de quitter au plus vite l'homme qu'elle avait épousé sans sa permission…

— Je ne peux en vouloir à Matt de son choix, soupira-t-il enfin, la prenant totalement au dépourvu. C'est d'ailleurs ce que je lui ai dit au téléphone, ce matin-là.

— Tu étais au courant ? souffla-t-elle, bouche bée.

— Oui.

Rachel faillit s'étrangler.

— Pourquoi ne me l'as-tu jamais dit ? Mieux encore, pourquoi n'as-tu pas dissuadé Matthew de faire une chose pareille ?

Son père sembla se crisper.

— Il ne m'a appelé qu'après les faits. Cependant, s'il m'avait demandé mon avis, j'aurais soutenu sa décision.

Les deux hommes qu'elles aimaient le plus au monde l'avaient trahie. Leur instinct de protection à son égard avait coûté la vie à son enfant, le plus précieux cadeau de toute son existence.

— Tu aurais été d'accord avec lui, contre ma volonté ? demanda-t-elle d'une voix blanche.

Son père croisa les jambes et, les yeux rivés sur la baie vitrée donnant sur la piscine, dit d'un air résigné :

— Ce que je vais dire pourra te sembler cruel, il n'empêche que ça doit être dit.

— Vas-y. Ça ne peut pas être plus cruel que d'apprendre que mon mari et toi m'avez dissimulé la vérité pendant si longtemps.

— Je n'ai jamais eu la possibilité de sauver ta mère, soupira-t-il. Son anévrisme s'est rompu pendant l'accouchement et, le temps qu'il soit détecté, elle était déjà morte.

Il marqua une pause, et inspira avant de reprendre :

— Malgré l'amour que je te porte, à l'époque, je t'en ai voulu de sa mort. Au point que, pendant les trois premiers mois de ta vie, j'ai refusé de te toucher.

La tête de Rachel lui tournait. *Est-ce que cette succession de révélations traumatisantes allait enfin s'arrêter ?*

— Qu'est-ce qui t'a fait changer d'avis ? s'enquit-elle, une boule dans la gorge.

— Pas *quoi*. Qui. Ta première nurse, Betty. Un jour, elle t'a tendue vers moi en affirmant qu'il était grand temps que j'assume mon rôle de père. Puis, sans crier gare, elle a annoncé qu'elle partait au parc avec Dalton et m'a laissé en plan avec un mioche dans les bras — ce qui m'a énervé au plus haut point. J'étais persuadé que tu allais te mettre à hurler pour me punir de mes fautes, reprit-il, après un autre silence, comme s'il avait du mal à continuer. Mais tu t'es contentée de me fixer, avec ces yeux qui ressemblent tant à ceux de ta mère, et tu m'as souri. A cette seconde, j'ai réalisé que, pour toi, je serais capable de soulever des montagnes.

Rachel fut submergée de nouveau par l'émotion. Peut-être avait-elle été trop dure à l'égard de son père.

— Est-ce que tu te sentiras mieux si je te jure que cet abandon passager ne m'a laissé aucune cicatrice ? dit-elle en le serrant dans ses bras et en posant un baiser sur sa joue.

— Je me sentirais mieux si tu pardonnais à ton mari. Si tu l'avais vu, l'après-midi où il s'occupait des obsèques ! La torture qu'il endurait se lisait sur son visage. Surtout quand il a annoncé au directeur des pompes funèbres qu'il voulait que le bébé soit enterré auprès de sa mère.

Dire qu'elle pensait être la seule à avoir souffert !

— Papa, je lui ai dit des choses terribles, souffla-t-elle. Des choses que je ne pourrai jamais rattraper. J'avais trop mal. J'ai perdu la tête. J'ai honte d'avoir accablé mon mari, alors qu'il ne le méritait pas.

— Matt t'aime. Il laissera le passé ensevelir le passé. Lui aussi serait prêt à faire n'importe quoi pour toi.

A part lui donner l'enfant qu'elle désirait.

En même temps, il le lui avait donné — sans le savoir. C'était d'ailleurs le plus épineux problème dont ils avaient encore à débattre.

— Il ne veut pas d'autre enfant, et moi si.

Son père la regarda droit dans les yeux.

— Matt a peur et je ne saurais l'en blâmer, répondit son père. Quand j'ai appris que tu étais enceinte, au début, j'étais terrifié à l'idée qu'il puisse t'arriver quelque chose. Ton mari a besoin de temps pour comprendre que pour gagner, il faut prendre des risques mais que le résultat en vaut le coup. La preuve : vois quelle femme extraordinaire tu es devenue — et ce, en dépit de moi.

A cet instant, elle se sentait tout sauf une femme remarquable…

— Le temps est un luxe dont nous ne disposons pas, fit-elle. Je suis déjà enceinte, papa.

Son père, aussi imperturbable et maître de lui qu'il fût d'ordinaire, parut sous le choc.

— Est-ce que Matthew est au courant ?

— Pas encore, répondit-elle en secouant la tête. J'avais prévu de lui annoncer la nouvelle hier soir, au chalet, mais, quand je lui ai demandé s'il serait d'accord pour avoir un autre enfant, il m'a répliqué qu'il se sentait incapable de revivre la même épreuve. C'est ce qui m'a incitée à me taire et à couper court. J'ai refusé d'en entendre davantage. Je lui ai rendu son alliance et lui ai ordonné de partir.

— Princesse, il va falloir tout lui dire, et vite.

— Je sais, mais j'ai besoin de quelques jours pour m'y préparer, éluda-t-elle.

— N'attends pas trop longtemps. Cela pourrait te coûter cher.

— D'accord, c'est compris. Comment s'est passé ton séjour ? demanda-t-elle, désirant passer à un sujet plus léger.

Son père sourit comme elle ne l'avait jamais vu sourire auparavant. Malgré ses cheveux argentés, il avait l'air d'un jeune homme.

— Très fructueux, dit-il. J'ai acheté une résidence où je compte me retirer l'année prochaine.

Non, ça suffisait avec les révélations ! Là, elle arrivait à saturation.

— Tu vas t'en aller de Placid ? gémit-elle. Pourquoi si vite ?

— Parce que j'ai rencontré quelqu'un, répondit son père en détournant les yeux. C'est l'administratrice de la résidence. Elle s'appelle June.

Cela expliquait son sourire de collégien.

— C'est sérieux ? s'enquit Rachel.

— On peut le dire. Je retourne en Floride dans deux jours et la ramène ici avec moi, la semaine prochaine.

Si elle s'attendait à ça… Il lui tardait de voir la femme qui avait réussi à attendrir le cœur d'un dur à cuire comme son père.

— J'ai hâte de la rencontrer, dit-elle.

— Elle dit la même chose à ton égard, s'esclaffa-t-il. Tu ne trouves pas ça ironique, qu'il m'ait fallu trente et un an pour retomber amoureux ?

— Papa, je suis ravie pour toi. Après tout ce qui t'est arrivé, tu mérites d'être heureux.

— Certains de nos concitoyens ne seront pas du même avis, dit-il en retrouvant sa solennité coutumière. J'ai passé la plus grande partie de ma vie d'adulte à acheter tous les bâtiments disponibles, au point de posséder la majeure partie de cette ville. Certainement pour combler le vide laissé par le décès de ta mère, mais, dans l'opération, j'ai fait pas mal de victimes. Avant de quitter Placid, je vais m'employer à réparer les dégâts.

Si l'amour pouvait faire retrouver son humanité à un milliardaire, alors, tout était possible !

— Tu vas vendre la banque ? s'enquit Rachel.

— Non, je veux la garder pour mes futurs petits-enfants. En attendant, j'espère que tu accepteras de surveiller les opérations en tant que présidente.

Jamais Rachel n'avait envisagé de diriger la banque ! Une tâche fort intimidante, d'autant plus quand on devait faire front à un divorce et à une grossesse.

— Papa, j'y ai travaillé comme caissière l'été précédant mon entrée en fac. Voilà toute l'expérience que je possède de la banque. Je ne suis pas du tout qualifiée pour le poste.

— Rachel, tu es ma fille, insista-t-il d'un ton ferme. Tu as étudié la gestion et tu as la tête sur les épaules. Je suis persuadé que tu feras du bon boulot.

Même si elle ne pouvait refuser d'emblée sa proposition, elle avait au moins une bonne excuse à lui opposer.

— En ce moment, je dois me concentrer sur mon bébé.

— Bien sûr, ma chérie, acquiesça son père en lui prenant les mains. Je n'ai jamais caché mon mépris pour le jeune homme qui t'avait arrachée à moi avant que j'y sois préparé, mais, à la longue, Matthew a prouvé à quel point il t'aimait. Il aimera aussi son enfant à la minute où il le tiendra dans ses bras. Il suffit d'un sourire pour gagner le cœur d'un homme.

Ces bonnes paroles méritaient bien un câlin.

— Merci, mon petit papa.

— Je crois que la dernière fois où tu m'as appelé « mon petit papa », tu portais encore un appareil dentaire, observa son père, totalement interloqué.

— Parfois, les petites filles ont besoin de leur papa, même quand elles ont grandi, répliqua Rachel en souriant.

Et parfois, celles qui avaient grandi avaient aussi besoin de leur mari — qu'elles le veuillent ou non. Elle brûlait de voir Matt immédiatement. De lui annoncer l'arrivée du bébé, de lui dire qu'elle était désolée. Cependant, auparavant, elle devait se rendre quelque part. Un endroit où on apprenait à surmonter la douleur de la perte. Ce soir, elle devait réviser sa leçon, au cas où elle aurait perdu son mari pour de bon.

Après avoir conduit toute la nuit, Matt avait passé le plus gros de la journée à essayer de dormir. Mais, chaque fois qu'il s'était assoupi, le souvenir des paroles impitoyables de Rachel l'avait réveillé en sursaut. En plus des cauchemars qui le tourmentaient depuis des mois. Des images de son fils qu'il n'arrivait pas à oublier.

Après avoir appelé le bureau du shérif pour annoncer qu'il arrivait, il prit une douche très chaude et engloutit un sandwich au beurre de cacahuète. Il ignora courageusement la bouteille de whisky qui lui faisait signe — telle une amie animée de mauvaises intentions. Il ne pouvait décemment pas sermonner son père sur les méfaits de la boisson avec une haleine chargée d'alcool.

Avant d'arriver sur le parking de la prison du comté, il avait eu le temps de répéter ce qu'il comptait dire à ce dernier et de dresser sa liste d'exigences accompagnée d'un ultimatum de poids : que son père reste sobre ou sorte de sa vie.

Dès qu'il ouvrit la porte vitrée, il tomba sur le shérif qui l'attendait à l'accueil.

— Désolé de te rencontrer dans ces tristes circonstances, Matt, dit Buck en lui tendant son énorme main à serrer.

Pas autant que lui !

— Où est-il ?

— Dans le parloir, répondit le shérif en désignant un couloir sur sa droite. Il n'y a personne, vous devriez être tranquilles.

— Il va bien ?

— Mieux que depuis longtemps. Il en a traversé de dures, mais il a survécu.

— Chase m'en a parlé, fit Matt, un peu plus détendu. Merci d'avoir veillé sur lui.

— C'est mon fils qu'il faut remercier. Chase ne l'a pas quitté de l'œil pendant au moins vingt-quatre heures.

C'était réconfortant de pouvoir compter sur ses amis. Il en aurait sacrément besoin par la suite, si le divorce se confirmait.

— Puis-je le voir ? demanda-t-il.

— Bien sûr.

Il suivit Buck jusqu'à une lourde porte blindée. Le shérif tapa un code sur le clavier puis, au moment où ils pénétraient dans le couloir, il se tourna vers lui pour annoncer :

— Le plus dur ne fait que commencer. A partir de maintenant, ton père va avoir besoin d'être soutenu à bout de bras. Il doit se rendre régulièrement aux réunions des Alcooliques Anonymes. Pour ça, il lui faut un parrain. S'il est d'accord, je veux bien m'en charger.

D'après ce que Matt en savait, un parrain était généralement un ancien alcoolique…

— Je ne veux pas vous offenser, mais… êtes-vous qualifié pour le rôle ? demanda-t-il.

— Plus que qualifié, répliqua Buck en se passant la main dans la nuque. Quand j'étais militaire, je me suis cassé le dos durant un entraînement. A mon retour, on m'a donné un nouveau type de calmants contre la douleur auquel je suis très vite devenu accro. Je savais que j'aurais dû arrêter, tout en ignorant totalement comment y arriver. C'est mon meilleur ami qui m'a fait toucher du doigt mon problème. Il m'a aidé à me désintoxiquer et à rester clean. Même si ce type est devenu par la suite un salaud arrogant de première, il n'a pas toujours été comme ça. C'est après la mort de sa femme qu'il s'est transformé en nabab. Et son caractère ne s'est pas arrangé quand sa gamine s'est enfuie pour épouser un garçon sans le sou.

Non, Buck ne voulait pas parler de…

— Ce ne serait pas de mon beau-père dont vous parlez ?

— Le seul et unique, déclara le shérif en ouvrant la porte. C'est lui qui m'aidait à organiser les réunions et, jusqu'à aujourd'hui, il permet aux anciens drogués de se réunir dans une arrière-salle de la banque.

— Première nouvelle ! Je n'ai jamais entendu parler de ça.

— Motus et bouche cousue, hein ? Je te fais confiance. Nous sommes une petite bande très soudée, qui se réunit depuis pas mal de temps. Nous sommes tous très liés les uns aux autres, et ça me ferait mal qu'après tant d'années, le groupe se disperse parce la nouvelle s'est ébruitée.

Eh bien ! Voilà qu'il s'en passait des choses ! Des drogués hantaient Placid, juste sous son nez. Mais peut-être valait-il mieux n'en rien savoir, après tout.

— C'est un petit monde au cœur d'un petit patelin, observa-t-il.

— Tu as raison, sourit Buck. Dans cette ville, nous sommes reliés les uns aux autres inextricablement. C'est pourquoi je refuse d'étudier mon arbre généalogique. J'aurais trop peur de découvrir que ma femme est ma cousine germaine.

— Aucune chance que ça soit le cas pour Rachel et moi, s'esclaffa Matt. Mon sang est rouge alors que le sien est bleu.

— Vous avez eu une sacrée chance que ces barrières sociales n'aient pas détruit votre mariage. Il faut un couple sacrément uni pour surmonter ces différences. Je suis fier de vous, les enfants.

Manifestement, Buck ignorait tout de leur situation précaire et Matt n'avait pas l'intention de l'éclairer.

— Alors, votre groupe fonctionne bien ? demanda-t-il.

— Oui, ça va. Pouvoir s'épancher avec des gens qui connaissent par expérience ce qu'on a traversé, c'est la meilleure des choses.

Même si Matt comprenait mieux pourquoi Rachel tenait tant à se rendre au groupe de soutien, il continuait à douter que cela puisse marcher pour lui.

— Je vais faire de mon mieux pour persuader mon père d'essayer, dit-il. A propos de lui, finissons-en.

— Je reste dehors au cas où tu aies besoin de renfort, annonça Buck en ouvrant une porte au bout du couloir. Même si je doute qu'il te pose des problèmes.

Ça, c'était encore à voir.

Matt entra dans la pièce où son père l'attendait, prostré à une petite table, les mains croisées sur le plateau métallique.

— Comment tu te sens, demanda Matt en s'installant en face de lui, stupéfait de voir ses yeux bleus plus clairs que depuis des années — même s'ils étaient comme éteints.

— J'ai été mieux, mais j'ai été pire, répondit son père en levant lentement la tête. Fiston, tu sais, tu aurais toutes les raisons de me haïr.

Drôle de réflexion, alors qu'il s'attendait à ce que ce dernier lui reproche aigrement d'avoir refusé de payer sa caution.

Matt prit une profonde inspiration.

— Papa, je ne te hais pas, mais je ne te ferai plus jamais sortir de prison. Je refuse de rester les bras ballants à te regarder te détruire.

— Je sais, répondit doucement Ben. Ta mère ne serait pas d'accord non plus.

C'était déjà un progrès.

— Je ne te le fais pas dire. Pas alors qu'elle a lutté si courageusement pour vivre.

— Jusqu'au dernier jour, quand elle a finalement baissé les bras et m'a abandonné.

L'abandonner ? Comme égoïste, son père se posait là !

— Papa, maman était malade. Elle souffrait de la pire forme de sclérose en plaques. Comment voulais-tu qu'elle contrôle quoi que ce soit ?

— Fiston, elle y arrivait, je te jure, seulement le jour où elle a…

Son père s'interrompit pour se frotter le visage à deux mains. Vu que celui-ci était sobre — pour une fois ! — il était tout à fait capable de finir sa phrase.

— Quand elle a *quoi* ? insista Matt, intrigué.

— Aucune importance. C'est du passé. Je n'ai pas pu l'arrêter.

— Et tu vas en rester là ! Non, tu ne vas pas me laisser mariner dans mon jus ! protesta-t-il, après avoir réfléchi en vain à ce que son père avait cherché à insinuer. Bon sang ! Tu en as trop dit. Maintenant, tu vas aller jusqu'au bout !

Les yeux assombris par un chagrin déchirant, son père se recula dans sa chaise.

— Quand ta mère m'a demandé de laisser les cachets sur la table de chevet, j'ai compris ce qu'elle allait faire, murmura-t-il. Dieu ait pitié de moi ! Cet après-midi-là, quand je suis rentré du boulot, je savais qu'elle serait morte.

Un nœud horrible serra le ventre de Matt.

Un suicide ? C'était trop incroyable, trop choquant pour qu'il l'accepte.

— Papa, tu te trompes. Maman ne se serait jamais suicidée. Jamais elle ne nous aurait fait ça !

— Si, Matt, dit son père en fuyant son regard. Quelques semaines plus tôt, elle m'avait supplié de l'aider à mettre fin à ses souffrances. Mais comme un salaud que j'étais, j'ai continué à m'accrocher à elle, parce que je ne pouvais pas supporter l'idée de la perdre. Ce matin-là, alors qu'on ne pouvait même plus l'effleurer sans qu'elle hurle, j'ai compris que ce n'était qu'une question de jours avant qu'elle meure de toute façon. Alors, je l'ai embrassée pour lui faire mes adieux, je lui ai dit que je l'aimais et je l'ai laissée s'en aller.

Et donc depuis, le remords rongeait son père comme un acide... Un remords qu'aucune bouteille ne pouvait apaiser. Matt en savait quelque chose.

— Pourquoi ne me l'as-tu pas dit plus tôt ? demanda-t-il.

— Parce que je ne voulais pas que tu en veuilles à ta mère de t'avoir laissé. Parce que tu n'étais qu'un gosse et que je voulais t'épargner la vérité.

La seule protection que son père lui ait jamais apportée depuis le décès de sa mère.

— Si seulement j'étais resté à la maison, cet été-là, au lieu de partir au camp, peut-être que maman aurait changé d'avis, dit-il, accablé de regrets, tout en hochant la tête comme un robot.

Mais est-ce que cela aurait été juste ? D'un côté, il reprochait à son père de n'avoir pas suffisamment lutté pour la survie de son épouse, d'un autre, il comprenait les raisons qui avaient poussé sa mère à reprendre le contrôle de sa vie en abrégeant ses souffrances — même s'il n'approuvait pas son choix. Savoir ce qu'elle avait fait lui brisait le cœur.

Son père portait un très lourd fardeau depuis trop longtemps. Serait-il trop pesant pour qu'il puisse bénéficier de l'aide dont il avait besoin ?

— Je sais que ce que tu as traversé avec maman était atroce, dit-il. Buck va te fournir des informations sur les réunions des Alcooliques Anonymes et, de mon côté, je vais m'assurer que tu ne touches plus à la bouteille, même si, pour ça, je dois te fliquer continuellement.

Comme s'il n'avait rien de mieux à faire ! Mais il le devait...

— Si je te laisse aujourd'hui, tu crois que tu peux rentrer chez toi sans replonger dans tes travers ? demanda Matt.

— Je ne veux pas que tu me fasses libérer, dit son père d'un ton ferme. Je veux accomplir ma peine.

— Papa, tu pourrais pourrir en prison pendant des semaines, répliqua-t-il, absolument pas préparé à cette réponse.

— Peut-être, mais au moins je resterai sobre.

Et tu pourrais fuir la réalité.

— Ce n'est pas en restant bouclé dans une cellule que tu régleras tes problèmes, répliqua Matt. Si tu ne veux pas que la prison du comté devienne ta résidence principale, tu as intérêt à les affronter, et dès maintenant.

— Je voudrais rester ici le temps de me remettre la tête à l'endroit et pouvoir retrouver un boulot stable. Buck me laissera peut-être sortir pour assister aux réunions. Est-ce que tu pourrais emmener Rachel me rendre visite. Elle me manque, cette petite.

— Je lui dirai que tu es là, mais c'est à elle de décider si elle veut venir te voir, répondit Matt qui n'avait pas le cœur — ou les tripes — de lui avouer qu'ils étaient séparés.

— Est-ce que la pauvre souffre beaucoup de la perte de son bébé ?

— Oui, c'est très dur, répondit-il, pas peu surpris que son père se souvienne du drame.

— J'imagine ce que Rachel endure, mais elle est solide. Elle surmontera l'épreuve. Et, un jour, vous aurez enfin le marmot que vous méritez.

— Peut-être, il faut qu'on y réfléchisse, éluda Matt qui n'avait pas l'impression de mériter grand-chose, et encore moins un enfant.

— Tu devrais le faire et vite, affirma son père avec un regain d'énergie inattendu. Je te le dis tout net : si au cours des années, j'ai fait pas mal d'erreurs, tu ne fais pas partie du lot. Merci d'être un fils aussi formidable qui n'a jamais laissé tomber son paternel. Je t'aime, fiston.

Tout revint alors à la mémoire de Matt : le père que celui-ci avait été autrefois, celui qu'il redeviendrait, peut-être, un jour, s'il restait sobre. Maintenant qu'il avait avoué son secret, on pouvait espérer que cela faciliterait les choses.

— Merci, papa. Je t'aime moi aussi.

En fait, tout le monde gardait des secrets — pour protéger les autres ou se protéger soi-même. Lui-même avait révélé la plupart des siens, mais il lui en restait un à dévoiler. Un secret crucial, qui pourrait éventuellement lui permettre de regagner la femme qu'il aimait. Malheureusement, au point où ils en étaient, il n'était pas sûr que Rachel lui fournisse l'occasion de le faire.

Pouvoir s'épancher avec des gens qui connaissent par expérience ce qu'on a traversé, c'est la meilleure des choses…

Tout en se remémorant les paroles de Buck, Matt se creusa la tête pour retrouver les informations que Rachel lui avait dispensées sur le groupe de soutien. S'il se souvenait bien, elle avait mentionné le centre communautaire de Trimble Oaks, dans le comté voisin, et des réunions le lundi soir. S'il n'était pas sûr de l'heure, il allait faire de son mieux pour s'en informer.

Il vérifia brièvement sa montre. Il lui restait très peu de temps pour se préparer. Il ignorait si Rachel était revenue en ville, et si c'était le cas, si elle serait présente. Pas plus qu'il ne savait ce qu'il allait dire ou même s'il ouvrirait la bouche. Peut-être se contenterait-il d'abord d'écouter et d'apprendre, pour un jour parvenir à évoquer cet épisode douloureux. Ces instants auxquels il se refusait à penser et, encore moins, à formuler. En réalité, ce n'était pas seulement pour Rachel qu'il en éprouvait le besoin, mais pour lui-même.

Ce soir pouvait être celui de son sauvetage… ou de sa défaite cuisante.

13

Rachel, arrivée quelques minutes en avance, installa sa chaise pliante au centre de la pièce, face au siège réservé à l'animatrice. Les autres participants arrivèrent à leur tour et prirent place derrière et tout autour, dans un désordre symbolisant parfaitement l'anarchie qui régnait dans leurs vies. Parmi l'assistance, certains étaient venus en couple, d'autres seuls, comme elle ; certains étaient très assidus, d'autres se contentant de venir de temps en temps avant de disparaître. C'était un refuge où le statut social ne comptait pas plus que la race ou le passé, et où tous étaient liés par un but commun : rétablir un semblant de normalité dans leurs quotidiens, après la perte d'un être cher.

Durant les séances, Rachel avait beaucoup appris sur la façon de mener le processus de deuil. Par exemple, qu'il pouvait correspondre à une danse — deux pas en avant, trois pas en arrière. Elle avait aussi appris que personne ne souffrait de la même façon et que les cœurs guérissaient à leurs rythmes, certains lentement, certains jamais — d'après ce qu'elle supposait. Elle avait découvert qu'elle pouvait venir ici et rire sans se sentir coupable, pleurer sans craindre d'être jugée. Qu'elle pouvait parler ou simplement écouter. Ce soir, elle était d'humeur à écouter, tout en n'excluant pas les larmes toutefois.

Pendant que tout le monde finissait de s'installer, elle ouvrit son journal intime sur ses genoux et commença à griffonner ses pensées sur les événements des derniers jours, notant ses sentiments à propos de la fragilité de son mariage et des révélations de son père.

Soudain, elle leva les yeux. April, la femme d'une quarantaine d'années qui dirigeait le groupe, venait de s'installer à sa place.

— Bienvenue à tous ! lança celle-ci. Nous allons commencer la réunion de ce soir par un moment d'échange. Tous ceux qui le désirent disposeront de cinq minutes pour parler à cœur ouvert, avant qu'on passe à la personne suivante. Comme d'habitude, je vous demanderai de vous abstenir de tout commentaire ou conseil jusqu'à la discussion informelle qui suivra. Rachel, c'est ton tour.

Elle aurait eu tant de choses à partager avec eux, qu'elle n'avait ni le temps ni l'énergie de les évoquer toutes.

— Je suis partie pour le week-end et j'ai revu de vieux amis, commença-t-elle. J'ai réussi à parler de la mort de Caleb sans être anéantie. Donc, je considère ça comme un grand progrès. *Et ce, même si ma relation avec mon mari s'est détériorée davantage.* C'est tout.

— Nancy, c'est à toi, dit April, après lui avoir souri, en s'adressant à la femme assise à côté d'elle.

Tandis que ses compagnons d'infortune évoquaient successivement qui une nouvelle épreuve, qui une minuscule victoire, Rachel, obsédée par l'ultime conversation avec Matt, se retrouva incapable de se concentrer sur leurs récits. Les mots cinglants et les accusations qu'elle avait proférés tournaient en boucle dans sa tête. Elle était hantée par la douleur qu'elle avait surprise dans ses yeux quand il avait franchi la porte.

Il fallait absolument qu'elle se reprenne et lui avoue qu'elle était enceinte. Elle le ferait demain, à tête reposée, après une bonne nuit de sommeil. Promis.

— Ce soir, nous accueillons un nouveau membre, annonça soudain April, ce qui attira l'attention de Rachel. Pouvez-vous vous présenter et nous dire ce qui vous amène ?

— Mon nom est Matt. Il y a quelques mois, j'ai perdu mon fils nouveau-né.

Rachel serra son stylo si fort qu'elle faillit le casser net. Elle avait reconnu la voix avant même d'entendre le prénom ou d'avoir jeté un coup d'œil en arrière.

Elle ignorait ce que son mari allait dire ou même s'il dirait quelque chose. Cela n'avait aucune importance. Elle lui était reconnaissante d'être venu, d'avoir fait cet effort, tout en se demandant ce qui pouvait bien l'y avoir poussé.

— Nous t'écoutons, Matt, l'encouragea April. Sens-toi libre de dire ce que tu as envie, ni plus ni moins.

Rachel hasarda un regard par-dessus son épaule. Son mari avait la tête baissée et ses mains nouées étaient crispées sur ses cuisses. Elle se retourna pour attendre la suite. Allait-elle enfin apprendre ce qui était arrivé à Matt, ce matin-là ?

— Il paraît que l'hélicoptère d'évacuation avait été retardé à cause d'un accident sur l'autoroute, commença-t-il. Résultat, mon fils est né à l'hôpital du comté qui n'était pas équipé pour les prématurés. Bien que l'équipe médicale ait tout fait pour le sauver, il était trop mal en point. Lorsqu'on m'avait annoncé qu'il n'y avait plus d'espoir, une infirmière m'a apporté une chaise et m'a demandé si je voulais le prendre dans mes bras. En vérité, tout ce que je voulais, c'était m'enfuir à toutes jambes, mais l'idée que mon fils meure entre des mains étrangères m'était insupportable. Je devais bien ça à sa mère. Je le devais à mon fils.

Comme il continuait, les larmes de Rachel se mirent à dégouliner sur les pages de son journal intime.

— L'infirmière m'a tendu mon petit et m'a informé de ce qui allait se passer : qu'il allait d'abord arrêter de respirer, puis que son cœur allait cesser de battre. Quand j'ai posé ma main sur sa poitrine, je me souviens m'être dit qu'il était minuscule. En revanche, il était parfait. Il avait les cheveux bruns de sa mère et la fossette au menton de son grand-père. J'ai commencé à lui raconter tout ce que j'allais lui apprendre : à sculpter un cheval dans un vieux bout de bois, attraper un veau au lasso — en précisant bien que ça, il faudrait le faire en cachette de sa mère.

Il rit. Un petit rire sinistre qui recelait un monde d'émotions déchirantes.

— Je l'ai appelé « fiston », comme mon père le faisait avec moi. Je lui ai dit que je l'emmènerais pêcher à l'étang et lui montrerais comment lancer un lob au base-ball. Même quand je me suis rendu compte que son cœur ne battait plus, j'ai continué à lui parler. Je voulais qu'il sache que, quelque brève qu'ait été sa vie, elle avait de la valeur. Je lui ai expliqué à quel point sa mère l'avait désiré, à quel point elle l'aimait. Et j'ai ajouté que moi aussi je l'aimais.

Si Rachel n'entendait que vaguement les reniflements de l'assistance, elle avait parfaitement conscience de la douleur qui serrait la voix de son mari. Une douleur qui lui allait droit au cœur.

— Merci, Matt, lança April, après s'être éclairci la gorge, brisant le silence pesant qui plombait la salle.

Rachel resta figée sur sa chaise, déchirée entre l'envie de s'élancer vers Matt et celle de lui laisser — de leur laisser à tous deux — le temps de se ressaisir. Cependant, savoir que son mari avait assisté leur enfant jusqu'à son dernier souffle lui offrait enfin le réconfort qu'elle avait tant attendu. Tout en l'accablant de honte.

Comment avait-elle pu se méprendre à ce point sur Matt en s'imaginant qu'il avait été facile pour lui de prendre cette décision ? Elle aurait dû savoir qu'un homme capable de donner son dernier *cent* à un nécessiteux, de consoler pendant des heures un enfant de la perte de son animal favori, n'aurait jamais, jamais rejeté son fils. Submergée par la colère et le ressentiment, elle n'avait pas pris le temps de comprendre que la seule faute de son mari était d'avoir cherché à la protéger. Elle avait refusé de voir qu'il se battait pour surmonter son chagrin. Cette percée décisive qu'il venait d'accomplir, c'était sans son aide qu'il l'avait faite.

— Je pense qu'avant de commencer la discussion, nous aurions besoin d'une petite pause, déclara April, la faisant émerger du passé.

Soulevée par une nouvelle envie folle de rejoindre son mari, Rachel bondit sur ses pieds. Elle désirait se retrouver seule un moment avec lui pour le remercier d'avoir veillé leur bébé quand elle en était incapable. Pour lui dire qu'elle était désolée, tellement désolée, et que, jamais, jamais, elle ne l'avait tant aimé.

Elle tendit le cou pour examiner le fond de la pièce où les membres du groupe s'étaient regroupés près de la table des rafraîchissements, sans voir aucun signe de lui. Elle laissa tomber son journal dans son sac et fonça droit au buffet.

— Le nouveau membre, tu sais où il est parti ? demanda-t-elle en tirant April par le bras pour retenir son attention.

— Non, désolée, Rachel, répliqua l'animatrice en remontant ses lunettes sur son nez. Il a appelé vingt minutes avant la réunion pour se faire confirmer l'horaire. Habituellement, j'insiste toujours pour discuter avec les nouveaux venus avant qu'ils assistent à leur première réunion, mais il semblait si pressé que j'ai craint qu'il ne soit en crise, c'est pourquoi j'ai transgressé les règles. Comme il n'a pas rempli les formulaires, je ne sais même pas où le joindre.

— Moi, si.

— Tu le connais ? s'étonna April.

— Oui. C'est mon mari.

Et, effectivement, il était en pleine crise.

Sans attendre la réaction d'April, elle se rua à travers les portes battantes et, dans la nuit chaude et moite, scruta le parking. Comme le pick-up de Matt n'y était pas, elle rejoignit sa voiture en réfléchissant aux différents endroits où il avait pu se rendre. *Des endroits qu'elle s'arrangeait généralement pour éviter comme la peste.* Qu'importe ! Ce soir, elle se sentait prête à tout pour le retrouver — même à explorer tous les bouges du comté, si c'était le prix à payer. Car elle devait absolument lui ouvrir son cœur.

— Tu n'aurais pas pu attendre mon arrivée ?

Quand Matt avait examiné la jument, juste avant d'aller

visiter son père en prison, il avait constaté qu'elle était proche de pouliner. Mais manifestement, le travail était plus avancé qu'il ne l'avait cru. En effet, le poulain noir de jais aux jambes interminables était tout sec et avait tété, preuve qu'il était né depuis au moins deux heures. En se passant très bien de ses services. La nature avait une manière bien à elle de s'occuper de ces choses, sans qu'il ait généralement besoin d'intervenir.

Alors qu'il pénétrait dans la stalle, la jument hennit deux fois, comme pour dire : « Qui a besoin de toi, ici ? » Une question qu'il s'était posée durant tout le trajet vers la clinique. Il aimait à penser que Rachel avait encore besoin de lui autant qu'il avait besoin d'elle, même si ce n'était qu'un vœu pieux.

Satisfait de bénéficier d'une occupation pour détourner son esprit des événements de la journée, il examina le poulain sous toutes les coutures et lui fit une prise de sang à destination du laboratoire. Malheureusement, les souvenirs étaient encore tout frais et douloureux à sa mémoire. Une fois qu'il avait commencé à parler, il lui avait été impossible de s'arrêter. Ensuite, il s'était arrangé pour disparaître avant que Rachel puisse l'alpaguer. Il ne se sentait pas encore prêt à lui faire face. Pas avant d'avoir retrouvé le contrôle de ses émotions. Pas avant de savoir précisément ce qu'il allait lui dire.

Une fois qu'il eut fini de soigner la pouliche, il prit un balai et se mit à balayer l'allée en béton qui n'en avait pas vraiment besoin. Il envisagea un moment de changer les litières des box, de ranger l'entrepôt, peut-être d'aller au bureau vérifier, une fois de plus, son emploi du temps du lendemain. Tout plutôt que rentrer dans sa maison désertée, seul avec ses souvenirs et la tentation de noyer ses soucis dans l'alcool.

Soudain, il aperçut un éclat de phares à travers la porte vitrée. Qui pouvait bien débarquer à cette heure tardive ? Si la berline ne lui disait rien, il n'eut aucun mal à reconnaître son conducteur à sa descente de voiture. Eh bien ! Lui qui désirait attendre avant d'avoir une explication avec sa femme, c'était réussi !

Malgré la chaleur de la nuit, Rachel portait un pull blanc léger sur sa blouse bleue et paraissait mal à l'aise.

— Salut ! lança-t-elle en entrant.

— Salut. C'est une nouvelle voiture ?

Bien qu'il ait beaucoup de choses à lui dire, il préférait la laisser conduire la discussion — du moins pour l'essentiel.

— Je l'ai louée, répondit-elle. Alors, autant en avoir pour mon argent avant de la rendre demain.

— Ton père a appelé, annonça-t-il en reposant son balai pour prendre appui contre le mur le plus proche de l'entrepôt. Il m'a appris que tu étais bien rentrée de Wayhurst.

— Oui, j'ai roulé à bonne allure. Un trajet sans histoire.

— Parfait.

Bon, maintenant qu'ils avaient échangé des banalités, qu'est-ce qui allait suivre ?

— Je suis heureuse que tu sois venu à la réunion, dit-elle en tripotant le bord de son pull, après s'être adossée au mur opposé. C'était une agréable surprise.

Il n'avait rien vu d'agréable là-dedans. Nécessaire, cela l'était sûrement, mais certainement pas agréable.

— Après avoir discuté avec mon père, tout à l'heure, j'ai compris qu'il était temps de le faire, expliqua-t-il.

— Comment se porte Ben ?

— Il est resté en prison, de sa propre volonté. Il veut purger sa peine pour rester sobre un moment, avant de retourner à la vie réelle.

— Qu'est-ce qu'il t'a dit, exactement ?

Instinctivement, il regimbait à lui révéler la vérité, préférant attendre une autre occasion. Ce soir, côté révélation, il avait suffisamment donné.

— Comme d'habitude, il m'a parlé de ma mère et de ce qui s'était passé le jour de sa mort, dit-il. Je commence à comprendre ce qui l'a amené à boire. C'est ce qui m'a fait réaliser que tu avais raison.

— Sur l'importance de se confronter à son chagrin ?

— Oui, et sur les risques que j'emprunte le même chemin

que lui. La nuit qui a suivi la mort de Caleb, je me suis rendu au bar favori de mon paternel et je me suis soûlé à mort. Sam a dû me ramener à la maison et me mettre au lit, comme je le fais pour mon père depuis des années. Tout ce que je voulais, c'était m'abrutir pour ne plus penser. Malheureusement, quand on dessoûle et qu'on émerge de son abrutissement, on doit toujours affronter les raisons qui vous ont poussé à boire.

— Matt, ce soir, tu les as affrontées et avec courage. Je suis consciente du prix que ça t'a coûté. Peut-être qu'à présent, tu es prêt à avancer.

Il fixa un moment le plafond pour se préparer à lâcher un dernier aveu :

— Rachel, je ne sais pas si, sans toi, j'en serai capable. Dis-moi franchement si je dois faire le deuil de notre vie commune.

— Ce n'est pas parce que nous sommes capables de progresser l'un sans l'autre, que nous devons tirer un trait dessus. D'abord, il faut décider si c'est bien ce que nous voulons.

C'était la dernière chose qu'il voulait, cependant, il ne pouvait se montrer égoïste.

— Mon seul souhait, c'est que les choses s'arrangent entre nous, affirma-t-il. Maintenant, si c'est ce que tu désires, je t'aime assez pour te laisser partir.

— Je n'en ai pas du tout envie, lança-t-elle en se jetant dans ses bras. Mon chéri, pardonne-moi d'avoir osé douter de toi.

Il la serra tendrement, puis se recula pour l'observer dans les yeux et souffla :

— Ma chérie, si tu savais comme je t'aime. Je ne peux pas imaginer ma vie sans toi.

— Moi aussi, je t'aime, Matt. Je t'aime d'autant plus d'avoir dit adieu à notre fils quand j'en étais incapable.

— Même si c'était atroce, je ne regrette pas ces minutes. Mais je regretterai toujours de n'avoir rien pu faire pour le sauver. Les pères sont censés protéger leurs enfants. Ce jour-là, je vous ai fait défaut, à tous les deux.

— Non, Matt, tu ne nous as pas fait défaut. C'est mon corps

qui m'a trahie, on ne sait pourquoi. Pourtant, à force d'efforts, j'ai réussi à arrêter de culpabiliser, et je veux que tu m'imites.

— J'essaye, ma douce, dit-il, résolu à prendre un engagement auquel il s'était refusé jusqu'à ce jour. J'ai décidé de tout faire pour te rendre heureuse. Ce qui signifie t'offrir la chose que tu désires le plus au monde.

— Un nouveau placard à chaussures ? ironisa-t-elle, avec un sourire tremblotant.

— Un bébé, dit-il en embrassant sa joue humide. Si, après tout ce que tu as enduré, tu es prête à retenter ta chance, je dois pouvoir faire la même chose. J'ai fini par me convaincre qu'avec ton aide, je finirai par devenir un bon père.

— Tu en es absolument sûr ? insista-t-elle, alors que l'éclat qui avait déserté ses yeux les illuminait de nouveau.

— Oui, absolument. Si tu penses que je le mérite.

— Tu le mérites amplement ! C'est moi qui pourrais t'en paraître indigne, après ce que j'ai fait.

— De quoi parles-tu ? demanda-t-il, ne voyant pas du tout ce qui pourrait l'empêcher de lui pardonner.

Elle détourna les yeux quelques secondes, avant de les river sur lui et souffla :

— Quand je suis tombée enceinte de Caleb, ce n'était pas un accident. J'avais fait exprès d'oublier ma pilule.

— Je m'en doutais.

Rachel fit volte-face.

— Ah bon ?

— En fait, je n'y ai pas vu d'inconvénient. Je crois que, si tu ne m'avais pas forcé la main, jamais je ne me serais décidé. Au début, bien sûr, ça m'a un peu assommé, mais à force de sentir notre enfant grandir dans ton ventre, à force de contempler ton bonheur, j'ai commencé à m'accoutumer à l'idée. Je me suis même surpris à imaginer comment serait notre bébé.

— Il aurait été à ton image, dit-elle en lui caressant la mâchoire. Fort, compatissant et, bien sûr, incroyablement craquant.

— Craquant, hein ?

— Oui, craquant.

— Qu'est-ce que tu dirais d'aller passer le week-end au chalet pour en fabriquer un autre ? proposa-t-il, après avoir posé un baiser furtif sur ses lèvres.

— Eh bien, il se trouve que Sam et Savannah se marient samedi.

Leurs amis n'auraient pas pu choisir un autre moment !

— C'est vrai qu'ils comptent sur nous, acquiesça-t-il. Je suppose qu'on ne peut pas faire l'impasse.

— Certainement pas. Et pour ce qui est de fabriquer un bébé, je t'annonce que nous avons pris une légère avance.

Matt, soupçonneux, n'était pas sûr de comprendre où elle voulait en venir.

— Tu veux dire que tu penses que tu pourrais être enceinte ? demanda-t-il.

— Non, je ne pense pas. J'en suis sûre. J'ai fait le test, la veille de notre départ à Wayhurst. L'autre soir, au chalet, j'ai voulu t'en informer, mais quand tu m'as soutenu que…

— Que je ne pourrais pas revivre la même épreuve, la coupa-t-il, étonné du calme qui l'habitait en lieu et place de son angoisse habituelle. Non seulement je pourrais la revivre, mais j'en ai très envie. Enfin, façon de parler, bien sûr. En revanche, je t'avertis que je vais te pourrir la vie à force de me ronger d'inquiétude et que tu vas aller directo à Jackson voir un gynécologue.

— J'ai prévu de prendre un rendez-vous demain, à la première heure, dès que j'aurais repris mon travail à la clinique.

— Rien ne t'oblige à le reprendre, tu sais.

— Ne sois pas si archaïque, répliqua-t-elle, les sourcils froncés. Je veux me remettre à travailler.

— Alors, permets-moi de garder Tina pour te seconder.

— Tiens donc ! Ça te plaît tant d'avoir une belle blonde au bureau ?

— Mon chou, tu te fourres le doigt dans l'œil. Je n'aime

que les brunes. Et une brune en particulier. Qui vient de faire de moi le plus heureux des hommes.

Sur ces mots, il l'embrassa pour lui prouver sa gratitude, pour lui faire comprendre que, même après tant d'années, elle était la seule femme qu'il ait jamais désirée, et qu'il désirait encore.

— J'ai une autre question, dit Rachel quand ils rompirent leur étreinte. Est-ce qu'on peut prendre un nouveau chien ?

— J'ai encore mieux ! s'exclama Matt, épanoui, tout en la prenant par la main pour la guider jusqu'au box de la jument. J'avais prévu de te donner cette petite pouliche pour ton anniversaire, mais si tu reviens travailler ici, je ne vois pas comment te la dissimuler jusqu'au mois prochain.

— Oh ! Matt, elle est sublime, souffla Rachel, éblouie. Comment s'appelle-t-elle ?

— Quand nous l'enregistrerons, il faudra certainement lui donner un nom à rallonge, mais je pense qu'on peut lui en attribuer un plus familier. Si elle ressemble à sa mère, on devrait l'appeler Bavarde. Cette jument jacasse tellement qu'elle vous brise les tympans.

— Tiens, ça me donne une idée. Puisque la robe de la pouliche est noire et qu'elle promet d'être une pipelette, je vais l'appeler Rita.

— Va pour Rita ! lança-t-il avec un rire sonore qui résonna dans la grange.

Effrayé, le poulain sauta se réfugier près de sa mère.

— Bien, maintenant que ce point est réglé, quelle est la suite du programme ? demanda Rachel en souriant, après avoir posé un baiser léger sur ses lèvres.

— On rentre à la maison.

Comme c'était bon de rentrer chez soi pour retrouver son lit et les bras de l'homme qu'on aime !

La petite brise qui filtrait par la fenêtre ouverte caressait sa peau nue aussi délicatement que Matt, tout à l'heure. Ils venaient de faire l'amour avec une douceur et une tendresse bouleversantes, comme s'ils avaient tout l'avenir devant eux. Rachel en était convaincue, même s'ils avaient un long chemin à parcourir avant de résoudre tous leurs problèmes et guérir leurs blessures.

La lampe de chevet qu'ils avaient laissé allumée lui permettait d'observer le visage de son mari. A sa manière de fixer le plafond, il était flagrant que quelque chose le préoccupait.

— Vingt-cinq cents pour connaître tes pensées, lança-t-elle.

— Normalement, on n'en offre qu'un seul, observa Matt.

— Je tiens compte de l'inflation.

— Je repensais à tous les événements de cette journée, dit-il pensivement. Aujourd'hui, les planètes qui gouvernent la confession devaient toutes s'aligner dans le bon ordre.

Cela rappela à Rachel qu'il lui restait une dernière révélation à faire, qui, celle-ci, risquait d'alléger son humeur.

— J'ai oublié de te dire que mon père s'est trouvé une bonne amie.

— Sans blague ? répliqua-t-il avec un sourire jusqu'aux oreilles.

— Oui. Crois-moi, j'ai été stupéfaite de la nouvelle, même si, après trente et un ans, il méritait d'avoir quelqu'un de bien dans sa vie.

— En effet, pour supporter Edwin Wainwright, cette femme doit être exceptionnelle !

— Ce n'est pas gentil, protesta-t-elle, amusée, en lui décochant un coup de poing dans l'épaule.

Elle récapitula intérieurement sa conversation avec son père : l'annonce de son déménagement imminent pour la Floride, son approbation de la décision de Matt, son projet de réparer les dommages causés aux habitants de la ville spoliés dans ses manipulations financières, en terminant par sa proposition de poste. Offre qui risquait de prendre son mari à rebrousse-poil.

— Il veut que je reprenne son poste de directeur à la banque, annonça-t-elle.

— Tu vas accepter ? demanda-t-il avec un calme surprenant.

— Pas dans le futur immédiat. J'ai un bébé en route, je te rappelle.

— Si tu décides d'accepter, nous trouverons une solution, fit-il, rassurant. Les bons citoyens de Placid seront ravis de t'avoir de leur côté.

Tout comme elle était ravie que son mari l'encourage. Elle leva la tête de l'oreiller pour la poser sur son cœur et dit :

— Merci de ta compréhension. Mais, dans les huit prochains mois, prendre soin du bébé et de ma petite personne sera ma priorité absolue. Toutefois, je m'arrangerai pour combler tes besoins, ça va sans dire.

— Nous prendrons soin l'un de l'autre, dit-il avant de soupirer. Si on y pense, ton père et le mien ne sont pas si différents. Le mien a cherché à noyer son deuil dans la bouteille, le tien en achetant toutes les maisons et terrains de la ville.

— C'est vrai. Au moins, ils ont aimé les femmes de leur vie, on ne peut pas leur enlever ça. Et ils nous aiment tous les deux.

— Mon père a aimé ma mère au-delà du raisonnable. Au point qu'il a fait une chose dont je ne l'aurais jamais cru capable, commença Matt.

Dire que la curiosité de Rachel avait été aiguillonnée aurait été bien en dessous de la réalité. Cependant, elle avait compris la leçon, aussi s'abstint-elle de le presser comme elle l'avait trop souvent fait, se contentant de dire :

— Si tu as envie d'en parler… je t'écoute.

— C'est plutôt dur à entendre, reprit Matt. Du moins, ça l'a été pour moi.

— Je n'en mourrai pas !

Mais, après tout ce qu'il venait de traverser ce soir, serait-il, lui, en mesure de le raconter ?

— Mon père m'a donné des détails sur les circonstances de la mort de ma mère, commença-t-il. Des détails qu'il avait laissés de côté. Il faut dire que je m'étais abstenu de l'interroger… Quelque part, je devais soupçonner que son histoire comportait des zones d'ombre.

— Continue, l'encouragea Rachel, avec la pénible impression qu'elle avait deviné la suite.

— Ma mère s'est suicidée, et il connaissait son intention, avoua-t-il, après un silence. En fait, c'est lui qui l'a aidée en laissant à sa portée un flacon d'antidouleurs.

— Oh ! Matt, dit-elle d'une voix blanche, sachant que rien ne pouvait lui faire plus mal. Pourquoi a-t-il attendu si longtemps pour te révéler une telle chose ?

— D'après lui, c'était pour me protéger.

Pourtant, Ben n'avait pas su protéger son fils, l'obligeant à devenir adulte prématurément.

— Et tu le crois ? s'enquit-elle.

— Oui, parce que c'est ce que j'ai cru faire pour toi. Te protéger de la vérité.

— Tout en te protégeant toi-même de la douleur, acheva-t-elle. Je le comprends à présent.

— Tu as raison. Franchement, je suis heureux que mon père ait attendu pour me dire la vérité. Je ne suis pas sûr qu'à treize ans, je l'aurais supportée. C'est déjà suffisamment dur de la digérer à trente-deux.

Comme le prouvait amplement le choc qu'elle lisait sur son visage.

— Maintenant que tu sais, comment prends-tu sa décision ? s'enquit-elle en lui embrassant la joue.

— C'est difficile à dire. Dans ma profession, il est tout à fait admis de piquer un animal malade pour abréger ses souffrances. Et, à une époque, il m'est arrivé de penser que les gens en phase terminale devraient avoir le même choix.

— Mais plus maintenant ?

— Je ne sais pas... Depuis que j'ai regardé mon fils rendre son dernier souffle, je n'arrive pas à me faire à l'idée qu'on puisse délibérément mettre fin à ses jours. Moi, j'aurais tout fait pour qu'il vive. Comme j'aurais tout donné pour que ma mère revienne. Mais c'était impossible.

Il ferma les yeux et Rachel observa un phénomène qu'elle n'avait encore jamais vu. Une larme dévala sur sa joue, suivie d'une autre, puis d'une nouvelle. Soudain, il se colla contre elle, en sanglots. Elle le serra dans ses bras et le berça comme un enfant, mêlant ses larmes aux siennes.

Son cœur se brisait quand elle songeait au jeune garçon qu'il avait été et qui n'était jamais parvenu à faire le deuil de sa maman. A l'homme qui s'efforçait de faire le deuil de son fils.

Elle continua à le presser sur son cœur, longtemps après que leurs larmes se furent taries et que le sommeil se fut appesanti sur elle. Maintenant, elle pouvait dormir tranquille. Son mari allait mieux.

A partir de maintenant, elle le sentait, tout allait s'arranger.

Vêtue d'une robe de demoiselle d'honneur en satin lilas, Rachel prit le bras de Matt pour suivre le cortège qui quittait le pont de bois pour se rendre à la ferme fraîchement rénovée où avait lieu la réception du mariage.

— Qui donc a envie de se marier sur un pont au beau milieu de nulle part ? marmonna son mari, comme ils s'engageaient sur le sentier herbeux menant droit au buffet.

— Deux amoureux qui se sont rencontrés sur ce même pont, répliqua joyeusement Rachel. Un pont magnifique, tu ne peux le nier.

En effet. Tout le long de la rambarde étaient noués des rubans de satin blanc, mêlés à des orchidées pourpres, et un velum blanc avait été tendu pour assurer la protection de l'assistance en cas d'averse.

— Parfois, quand il s'agit d'amour, vous les hommes, vous êtes vraiment obtus, fit-elle en hochant la tête d'un air entendu.

— Oui, il paraîtrait même que, dans ce domaine, nous ne sommes qu'une bande de primates bornés.

— Peut-être, mais tu es mon primate borné adoré, dit-elle en lui posant un baiser furtif sur ses lèvres.

Quand ils arrivèrent enfin dans la cour, où une tente gigantesque avait été dressée pour la fête, Rachel n'aspirait qu'à un verre d'eau et une chaise pour reposer ses pieds en compote.

Elle n'avait réussi à se procurer ni l'un ni l'autre quand Jess l'arracha du bras de Matt pour l'entraîner manu militari vers la ferme en lançant :

— Viens par ici et fissa.

Sa collègue demoiselle d'honneur ne connaissait que deux allures : rapide et plus vite. Au moment de s'engager dans l'escalier, Rachel se libéra de son étreinte de peur de trébucher sur les marches, au risque de tomber en arrière.

— Enfin, Jess, ralentis un peu ! Toutes les deux, nous sommes enceintes et portons des talons. C'est aller droit à la catastrophe.

— Très bien, mais le temps nous est compté, lui rétorqua son amie par-dessus son épaule en grimpant quatre à quatre.

— Le temps de quoi ?

Est-ce qu'un incendie s'était déclaré ailleurs que dans la flamboyante chevelure auburn de sa copine ?

— Tu verras, répliqua Jess, qui, une fois arrivée sur le palier, s'engagea dans le couloir de droite. Entre, ordonna-t-elle en ouvrant la porte de la chambre de jeune fille de Savannah.

Dans la pièce, Rachel découvrit leur amie debout près de son lit, un sac de teinturier plié sur le bras. Apparemment, la mariée avait besoin qu'on l'aide à ôter sa robe de cérémonie pour passer une nouvelle tenue pour la réception.

Dès qu'elle l'aperçut, Savannah posa le sac sur le lit et ouvrit la fermeture Eclair, révélant une longue robe blanche en mousseline au corset constellé de petites perles.

— Laisse tomber ton bouquet, enlève ta robe de demoiselle d'honneur et enfile ça, commanda-t-elle en lui tendant la robe.

Hein ?

— Je ne te suis pas très bien, là, fit Rachel, perplexe.

— Tu ne discutes pas, assena Jess en se portant à la rescousse de la mariée. Tu te maries dans quelques minutes. Enfin, tu te remaries, plutôt.

Rachel, déconcertée, scruta son amie et ex-avocate avec un étonnement non feint.

— Quoi, Savannah ! Tu n'as donc pas déchiré les papiers du divorce ?

Tout ce qu'elle y gagna fut que ses copines lui éclatèrent de rire au nez.

— Bien sûr que si, répliqua Savannah. Si nous agissons ainsi, c'est à la requête de quelqu'un.

— Qui ? fit Rachel, un peu sonnée.

— Le traiteur ! s'exclama Jess en roulant des yeux exaspérés. Il avait suffisamment de pâte pour deux pièces montées, alors il a insisté pour qu'on lui dégotte une deuxième mariée.

Savannah lui jeta un regard de reproche, avant de reporter son attention sur Rachel.

— En fait, c'est ton mari qui a tout arrangé, expliqua-t-elle. Il voulait que tu aies enfin le mariage dont tu avais rêvé, avec une vraie robe, des fleurs et, en effet, une pièce montée. Quand il m'a parlé de son idée, j'ai suggéré que nous partagions notre mariage. Tout est fin prêt. Nos amis doivent piaffer d'impatience, alors, pourquoi les faire attendre ?

Dire qu'elle venait d'accuser Matt d'être un rustre sur le plan romantique...

— Mais, c'est censé être votre grand jour à Sam et à toi, protesta-t-elle. Je ne veux pas vous en priver.

— Regarde plutôt les choses d'un autre côté : non seulement nous recyclons une robe de mariée mais également des décorations, rétorqua son amie. Je me réjouis de faire un geste en faveur de l'écologie. A part ça, je ne vois pas ce qui pourrait me faire plus plaisir que de partager ce moment avec deux des êtres qui me sont les plus chers. D'autant plus quand ces deux personnes ont été si proches de la rupture.

— Chase et moi nous serions bien joints à la fête pour renouveler nos vœux, mais nous ne sommes mariés que depuis six mois et, comme je suis enceinte jusqu'aux yeux, il vaut peut-être mieux s'abstenir, intervint Jess pour alléger l'atmosphère. Il y a suffisamment de mariées comme ça qui mettent la charrue avant les bœufs.

Toutes trois rirent aux éclats, un bon rire qui leur rappela leur jeunesse, quand elles n'étaient que des gamines dont le seul rêve était de trouver, un jour, l'homme de leur vie. Elles avaient eu de la chance et l'avaient trouvé, non dans un quelconque endroit exotique, mais au sein de leur petit groupe, « le pack de six », comme ils se surnommaient autrefois.

— Bon, dépêchons-nous d'expédier la cérémonie, pour que je puisse manger, dit Jess en ôtant la robe du cintre pour la lui tendre. Je suis tellement affamée que, pendant qu'on poireautait sur le pont, j'en arrivais à trouver les fleurs appétissantes.

— Savannah, est-ce qu'elle ne vient pas de la boutique où nous avons pris nos robes ? demanda Rachel en examinant le tissu.

— Non, du placard de ton père. C'était celle de ta mère. Jess et moi l'avons un peu retouchée pour lui donner une allure plus contemporaine. Comme elle est de forme Empire, elle devrait t'aller sans problème.

Ces derniers temps, les hormones avaient transformé Rachel en fontaine. Soit elle était au bord des larmes… soit en train de pleurer. Pendant l'échange de vœux de Sam et Savannah, elle avait bien réussi à se retenir, mais, là, le déluge menaçait d'éclater.

— Les filles, vous êtes les meilleures, souffla-t-elle, une boule dans la gorge.

Après un gros câlin collectif, Jess l'aida à enfiler la robe pendant que Savannah, de son côté, passait une courte tenue blanche de cocktail. Alors que Rachel inspectait son allure dans la psyché, elle eut l'impression de revoir la photo de mariage de ses parents. A part les longues manches en dentelle qui avaient été retirées, la robe était identique, depuis le décolleté en forme de cœur jusqu'à la traîne. *Elle était magnifique en mariée.* Quel bonheur de porter quelque chose ayant appartenu à sa mère au moment de renouveler ses vœux !

Satisfaite de constater qu'elle lui allait parfaitement, elle se tourna pour lancer :

— Je suis prête.

— Pas encore, répliqua Savannah en ouvrant un écrin posé

sur le bureau pour en tirer un rang de perles. C'était celles de ma grand-mère. Avec elles, on va faire d'une pierre deux coups. Elles serviront à la fois pour une chose empruntée et une chose ancienne. C'est la tradition.

— Ne pas oublier qu'il faut quelque chose de bleu, intervint Jess, qui se mit à fouiller dans le sachet en plastique au bout du lit, dont elle tira une jarretière.

— Enfile ça ! ordonna-t-elle, tirant dessus comme sur un élastique pour la lui projeter.

Dès que Savannah eut fini d'attacher son collier, Rachel s'assit au bord du lit et s'exécuta.

— Alors, on est prêtes, maintenant ? demanda-t-elle en se relevant.

— Encore une chose, dit Savannah en ouvrant une boîte blanche sur la table de chevet qui contenait un bouquet de magnolias, les fleurs préférées de Rachel. Matt tient à ce que tu aies ton propre bouquet.

— Elles sont magnifiques, bredouilla-t-elle.

Si elle ne retenait pas les larmes qui lui montaient aux yeux, elle risquait d'avoir la vue brouillée et de trébucher en remontant l'allée.

Comme des coups se firent entendre, Jess se dirigea vers la porte en lançant :

— Si c'est la personne que j'imagine, cette fois, nous sommes parées.

Quand elle ouvrit le battant, Rachel, qui s'attendait à voir Matt sur le seuil, vit son espoir déçu. Néanmoins, elle fut aussi stupéfaite que charmée de découvrir son père, debout dans le couloir. Particulièrement élégant dans son costume noir de soie, ce dernier ne put cacher son émotion à sa vue.

— Princesse, tu es sublime, dit-il en lui décochant un sourire affectueux. Ta mère aurait été fière de toi. J'aimerais tellement qu'elle soit là.

Et moi donc, papa !

— Tu n'étais pas censé être en Floride ? demanda Rachel, après l'avoir pressé dans ses bras.

— Quand Matt m'a annoncé ce qu'il préparait, j'ai sauté dans un avion ce matin, expliqua-t-il en redressant sa cravate et en lissant son plastron.

— Papa, si tu savais comme ça me fait plaisir que tu sois là. *Et comme elle était reconnaissante à son mari.* N'empêche que je m'en veux que tu aies dû interrompre ton séjour à cause de moi.

— Pour rien au monde je n'aurais raté l'occasion de donner enfin ma fille en mariage ! J'ai dit à Matt que je lui accordais ta main, à condition qu'il te traite bien, et surtout, qu'entre vous deux ça dure.

— Ne t'inquiète pas, il est coincé avec moi pour un bon moment.

— On y va ? lança son père en lui présentant son bras.

— Allons-y, répondit Rachel avec un grand sourire.

Comme ils longeaient le couloir pour rejoindre l'escalier, elle remarqua une femme aux cheveux châtains et aux yeux bleus qui attendait sur le palier. Elle portait un ensemble jaune pâle et d'impressionnantes boucles d'oreilles en diamant, et posait sur eux un regard bienveillant.

Son père s'arrêta devant l'inconnue et, souriant comme un lycéen au bal de promotion, annonça :

— June, je te présente ma fille, Rachel.

— Ma chère, c'est un plaisir de vous rencontrer enfin, dit la femme en tendant sa main à Rachel. J'espère que ma présence ne vous dérange pas ?

Comment aurait-elle pu la déranger, alors qu'elle brûlait de curiosité à son endroit ?

— Pas du tout, June. Je suis ravie que vous soyez avec nous. J'étais pressée de vous connaître.

— Bon, je vais en bas prendre une chaise, répondit cette dernière avec un sourire épanoui.

Dès qu'elle fut descendue, Rachel et son père lui emboîtèrent le pas, suivis de Jess et de Savannah. Quand ils atteignirent le porche, les demoiselles d'honneur prirent la direction de la tente. Tandis qu'elle foulait le sentier pavé, un piano se mit à jouer le *canon de Pachebel*, exactement comme le jour où Matt et elle s'étaient mariés pour la première fois.

Son mari avait vraiment pensé à tout dans les moindres détails. Et ce fut quand elle entra dans la tente qu'elle comprit jusqu'où s'étendait sa prévenance. Un homme très digne aux cheveux argentés se tenait au bout de l'allée bordée de chaises décorées de magnolias blancs. Le même homme qui les avait unis des années plus tôt. Et, à la droite du juge, c'était sa chère Helen qui, assise au piano, jouait avec virtuosité son air favori.

Rachel croisa le regard de Matt, souriant, qui lui adressa un clin d'œil en douce. Si elle s'était écoutée, elle aurait envoyé valser ses talons et se serait élancée vers lui en courant à perdre haleine. Au lieu de quoi, elle ralentit le pas en réprimant ses larmes, tandis que son père la menait à l'autel.

Dès qu'ils arrivèrent devant le juge, elle tendit son bouquet à Savannah.

Jack chaussa ses lunettes et tira un papier de la poche de sa jaquette.

— Mesdames, messieurs, bienvenue pour le deuxième round du double mariage de ce jour, proclama-t-il, arrachant quelques rires à l'assistance. Qui présente cette femme au moment où elle désire s'engager de nouveau avec son mari ?

— Sa mère, que Dieu ait son âme, et moi, répondit le père de Rachel, ému, avant d'embrasser sa fille sur la joue.

Il tendit la main de celle-ci à Matt, puis alla rejoindre la nouvelle femme de sa vie au premier rang.

Jack déplia son papier et le parcourut des yeux, avant de le laisser de côté.

— J'ai tendance à oublier des trucs de temps en temps, expliqua-t-il en levant les yeux sur la foule. N'importe, jamais je n'oublierai les deux amoureux qui sont entrés dans ma chapelle, il y a treize ans. Ils étaient très jeunes, fauchés comme les blés, et terriblement épris l'un de l'autre. Ça crevait les yeux à l'époque et ça semble toujours vrai aujourd'hui. Je suis donc aux anges de reconfirmer cet amour. S'il vous plaît, veuillez vous faire face comme vous l'avez fait autrefois, quand vous vous êtes juré votre foi.

Après qu'ils eurent obéi, le juge continua d'une voix aussi claire qu'une cloche d'église :

— Vous vous êtes déjà juré fidélité pour le pire, comme pour le meilleur, dans les bons moments comme dans les épreuves, dans la santé comme dans la maladie. A présent, souhaitez-vous renouveler ce serment devant vos témoins ?

— Nous le voulons, affirmèrent-ils en chœur, après avoir échangé un regard radieux.

— Il est temps d'échanger vos alliances.

Un seul anneau. Bien que Rachel acceptât l'argument de Matt pour n'en pas porter, elle ne pouvait nier sa déception, mais elle refusait de laisser une ombre gâcher cet heureux moment.

Sam lui tendit la bague qu'elle avait portée tout au long de son mariage avec Matt. Quand elle la lui avait réclamée, deux jours plus tôt, il avait prétendu l'avoir portée chez le bijoutier pour la faire nettoyer. C'était certainement une demi-vérité, mais pour la bonne cause, donc elle passerait l'éponge sur ce petit mensonge.

— Matthew, répète après moi, ordonna Jack, comme son mari glissait la bague à son annulaire, là où était sa place. Je t'offre ce symbole de fidélité pour célébrer ce que tu es et ce que tu représenteras toujours pour moi.

Après qu'il eut répété son vœu, Rachel pensa qu'ils en avaient terminé. Elle réalisa qu'elle se trompait quand Savannah lui prit la main pour laisser tomber dans sa paume un lourd anneau en argent. Quand elle se tourna vers son mari, il murmura :

— Il n'est que temps, tu ne crois pas ?

— Rachel, répète après moi, dit Jack. Matt, je t'offre ce symbole de mon amour, un cercle parfait qui ne connaîtra pas de fin.

Ses mains tremblèrent quand elle glissa l'alliance au doigt de son mari, tout comme sa voix quand elle récita son serment.

Jamais elle ne s'était sentie aussi amoureuse de l'homme qui se tenait à son côté.

— Matt, Rachel, avant de vous proclamer officiellement mari et femme, laissez-moi vous rappeler que, dans le mariage, il ne s'agit pas de s'oublier soi-même, mais d'offrir à l'autre ce qu'on a de meilleur. A présent, Matthew, tu peux embrasser la mariée.

Le temps qu'il prit pour déposer un baiser sur ses lèvres put sembler à d'aucuns un peu exagéré dans de telles circonstances, car il ne s'interrompit que quand s'éleva un tonnerre d'applaudissements, agrémenté de hululements de joie et des encouragements des garçons d'honneur.

— Je t'aime, Rachel Ellen.

— Je t'aime, Matthew Benjamin.

— Maintenant, allez, dit Jack en posant sa paume sur leurs mains jointes, un grand sourire aux lèvres. Et faites-nous de beaux enfants, pendant que vous êtes encore assez jeunes pour vous lancer dans l'aventure !

— Sur ce coup-là, on a déjà assuré, répondit Matt en décochant de nouveau un clin d'œil à sa femme.

Épilogue

Matt était assis sur une chaise dans la chambre de bébé, sauf que cette fois, il n'était pas seul. Au creux d'un de ses bras, il tenait un marmot aux boucles brunes et aux grands yeux noirs et, dans l'autre, un nouveau-né aux cheveux blonds et aux yeux bleus. Son regard suivit la frise de chevaux multicolores qui galopaient sur les murs lilas, chacun peint avec enthousiasme par son épouse, puis se posa sur les lettres noires suspendues au-dessus des berceaux assortis qu'avait artistiquement fabriqués son père : Ellie et Meg. Les noms attribués à leurs filles en l'honneur de leurs grand-mères.

Dix-huit mois plus tôt, ils avaient accueilli Ellie, après une naissance intense en émotions, mais sans histoire, précédée d'une grossesse beaucoup plus stressante, qui leur avait infligé autant de joies que d'inquiétudes et avait nécessité plusieurs visites chez le spécialiste. Rachel et lui n'avaient réussi à se détendre qu'au moment où ils avaient entendu le premier cri vigoureux de leur bébé et vu ses grands yeux ouverts.

Cinq semaines auparavant, sans qu'elle ait vraiment été programmée, Meg, la paisible de la bande, avait rejoint la famille, après une naissance qui s'était déroulée comme une lettre à la poste. Même maintenant, elle dormait comme une marmotte, alors que sa grande sœur n'arrêtait pas de gigoter en répétant sans cesse son mot favori : « liv'e, liv'e, liv'e… ».

Matt jeta un regard au visage d'ange de son aînée. Au fond de ses grands yeux noirs brillait une lueur malicieuse.

— Nous lirons un livre au coucher, c'est promis, dit-il. Avant, qu'est-ce que tu dirais d'aller jouer dehors ?

Ellie sourit en fourrant deux doigts dans sa bouche. Son sourire l'avait fait fondre à la seconde où il l'avait vue pour la première fois. Fort heureusement pour sa femme, il avait plongé dans la paternité comme un canard dans une mare et, après avoir passé les premiers mois à surveiller Ellie comme le lait sur le feu, il avait fini par se relaxer. Enfin, un peu.

Il entendit la sonnette de l'entrée, puis un bruit de pas qui approchaient. Quelques secondes plus tard, sa troisième fille préférée fit son apparition. Sa *femme* adorée.

— Mama, s'écria Ellie en ôtant ses doigts baveux de sa petite bouche avec un « plop » retentissant pour pointer Rachel, comme si elle découvrait sa mère pour la première fois.

— Oui, c'est maman, dit-il. Une maman super bien roulée en plus.

En s'approchant d'eux, Rachel effleura au passage une plaque sur l'étagère, à côté d'un gant de base-ball miniature. Une plaque où était inscrit : « *Caleb, notre ange bien aimé* », qui entretenait le souvenir du petit garçon dont le bref passage dans leurs vies les avait marqués à jamais.

— La première de la bande de petits voyous est arrivée, annonça-t-elle en souriant au trio. Tu devrais voir le bébé de Sam et Savannah. C'est le portrait de sa mère.

A choisir, il préférait regarder sa femme. Et, si possible, ne pas se contenter de cela.

— Que t'a dit le médecin ? s'enquit-il.

— Que j'étais en pleine forme et que je pouvais reprendre mes activités. En revanche, je dois reposer mon utérus, ajouta-t-elle avec un sourire moqueur.

— Il a vraiment dit ça ?

— En fait, non. C'est une réflexion de mon cru. N'empêche que j'ai beau adorer ces deux mini-monstres, une petite pause serait la bienvenue. Je préférerais perdre le surpoids laissé par la grossesse, avant de replonger.

En ce qui le concernait, ces quelques kilos lui allaient à

ravir. En particulier ce soir, avec cette blouse fluide jaune sur son short blanc découvrant haut ses longues jambes bronzées. Aucun doute, Rachel était toujours la fille de ses rêves.

— L'écueil, c'est que, tu nous connais, dès qu'il s'agit de bébés, nous sommes comme le pop-corn, observa-t-il. Une fois qu'on a commencé, on n'arrive plus à s'arrêter.

— C'est vrai, dit-elle en prenant Meg dans ses bras pour la poser sur son épaule. Maintenant, j'apprécierai que papa et sa jolie poupée veuillent bien se lever gentiment pour aller accueillir les invités. Pendant ce temps, je pourrais nourrir celle-ci tranquillement — si j'arrive à la réveiller.

— Combien de temps va durer cette petite sauterie ? demanda Matt en se levant, Ellie campée sur la hanche.

— Jusqu'à ce que le dernier invité soit reparti chez lui, dit-elle en se laissant tomber dans le fauteuil à bascule. Pourquoi, tu as d'autres projets ? s'enquit-elle en prenant un air innocent.

Oh ! oui !

— Entre 11 heures et 2 heures du matin, j'ai l'intention de t'avoir toute à moi, dit-il d'un air entendu.

— Très bonne idée ! s'exclama-t-elle. C'est important de profiter à fond de chaque moment disponible. Le temps est une denrée si précieuse…

— Quelque chose ne va pas ? demanda Matt, alarmé par son ton attristé.

— J'ai parlé à Helen aujourd'hui. Je lui ai annoncé qu'on serait là dans deux semaines.

Il comprenait mieux l'origine de son brusque changement d'humeur.

— Comment va Jack ?

— Aussi bien qu'on peut l'espérer. Helen dit qu'ils coulent des jours plus paisibles. Parfois, il ne reconnaît pas les gens, même pas J.W. ou ses petits-enfants. Enfin, le plus important, c'est que, jusqu'à présent, il ne l'ait pas oubliée, elle.

— Ça n'arrivera pas, assura-t-il. Si c'était moi, je ne t'oublierais jamais.

— Même si je continue à laisser traîner mes chaussures ? répliqua-t-elle avec un petit sourire triste.

— Même si tu laissais toutes tes paires dispersées dans toutes les pièces de la maison, affirma-t-il en l'embrassant.

Comme Meg laissait échapper un petit cri affamé, Rachel déboutonna son corsage.

— C'est le signal, dit-elle. Allez-y tous les deux. Je vous rejoins dans quelques minutes.

Matt porta sa fille jusque dans le salon où patientaient les invités.

— Rachel nourrit le bébé, annonça-t-il. Elle arrive dans cinq minutes.

A la seconde où Ellie aperçut la fille de Sam, Jamie, accompagnée de Savannah et Ethan, le bébé de deux mois et dernier-né de la famille McBriar, elle se débattit dans ses bras. Quand il la posa par terre, elle se rua vers le trio en chantonnant : « bébé, bébé, bébé », ses boucles brunes sautillant au rythme de ses pas. Comme sa fille s'installait près de Jamie, Matt entra dans la cuisine adjacente où Sam, assis devant l'îlot, buvait une bière sans alcool.

— J'ai apporté un pack de douze, dit-il en lui tendant une bouteille. C'est super ! On peut le boire en entier sans risquer de se faire arrêter par Chase.

Matt pouvait compter sur ses amis pour respecter sa politique du régime sec. Il prit une bouteille dans le frigo, dévissa la capsule et s'appuya au comptoir pour demander :

— Quelqu'un sait quand Jess et Chase sont supposés nous rejoindre ?

— Jess a téléphoné il y a une minute pour annoncer qu'ils arrivaient, lança Savannah du canapé. Apparemment, Jake s'est renversé une bouteille de sirop sur la tête au moment de monter en voiture. Mon Dieu ! Comme il me tarde qu'Ethan entre dans cette horrible période des deux ans !

— C'est vrai ce que dit Rachel, observa Matt après avoir jeté un œil sur le dernier McBriar. Ton fils est ton portrait craché, Savannah.

Montry le 04.01.2020

— Oui, mais son gène de l'impatience, il l'a hérité de son père, répliqua-t-elle.

— Quoi ! Je suis *très* patient, protesta Sam en les rejoignant dans le salon. La preuve, je t'ai attendue une bonne douzaine d'années.

— Je peux emmener Ellie jouer dans la cour ? demanda Jamie.

— Je vais vous accompagner, décréta Savannah en s'emparant du couffin de son fils. Sam, va allumer le barbecue ; Matt, apporte les hamburgers, ordonna-t-elle en pointant les deux hommes. Et dit à Jess, dès qu'elle sera arrivée, de prendre de la nourriture ou un gosse sous le bras et de me retrouver là-bas.

— De vraies dictatrices, ces avocates, marmonna son mari, comme elle s'éloignait. Mais je dois avouer que ça me plaît assez quand elle s'empare des rênes au lit.

— Bon sang ! s'exclama Matt. Si seulement je pouvais déjà y être avec ma femme !

— Comment s'est passée ta période de chasteté ?

— Justement, elle s'achève ce soir, grogna Matt, renfrogné. Alors, sitôt la fin du dîner et les filles couchées, tu as intérêt à prendre tes cliques et tes claques et à rentrer chez toi.

— Tu n'auras pas à me le répéter.

Sur ces entrefaites, la sonnerie de l'entrée ayant retenti, Matt alla ouvrir. Dès qu'il fit entrer les retardataires, Jake fonça comme un dard dans le salon et se glissa illico sous la table basse, au grand dam de son père. Quant à Jess, qui semblait lessivée, elle tendit le sac à langer à son mari et hurla :

— Sors de là, tout de suite !

Le garçonnet ne broncha pas. Chase posa le sac sur une chaise et marcha calmement vers la table.

— Je compte jusqu'à dix… un… deux… trois…

— Z'voulais zouer, lança le petit en émergeant de sous la table en souriant à son papa.

— Ça marche chaque fois, observa Jess, dépitée, en

traversant la pièce pour récupérer son rejeton. Où sont passés les autres ?

— Savannah est dans le jardin avec Ellie, Jamie et le bébé, répondit Matt. Et Rachel donne la tétée à Meg. Elle ne devrait pas tarder.

— Nous allons donc dehors pour dépenser notre énergie, conclut-elle en tirant son fils par le bras.

— Comment te débrouilles-tu pour qu'il t'obéisse aussi bien ? demanda Matt, après leur départ, en se tournant vers Chase.

— Je le soudoie, avoua son ami, l'air penaud. Si Jack obtempère avant que j'arrive à cinq, il a droit à un rab de cookie après le dîner. Mais, motus ! Pas un mot à ma femme. Je tiens à ma réputation.

Danny entra dans la cuisine, les bras encombrés de sacs qu'il déposa sur le comptoir.

— J'ai apporté ma balle et mon gant de base-ball pour faire quelques passes, lança-t-il.

Depuis la dernière fois que Matt l'avait vu, non seulement la voix du garçon avait mué mais il avait pris deux bons centimètres.

— Eh bien, Danny, avant tes treize ans, tu risques d'être aussi grand que ton père, lança-t-il.

— Je projette de le dépasser avant d'en avoir dix-huit, répliqua le gamin.

— Que tu crois ! intervint Chase. Maintenant, va rejoindre ta mère dans le jardin pour l'aider à dompter ton petit frère.

— Papa, je dois vraiment ? gémit le gamin, renfrogné.

— Oui, si tu as envie qu'on échange des balles.

— D'accord…

Une fois Danny parti, Chase s'empara d'une bière et rejoignit Sam et Matt au bar de la cuisine.

— A nos belles épouses et aux barbecues d'été, lança-t-il en levant sa bouteille. Et, plus important encore : à nos trois garçons et nos trois filles, le pack de six du futur.

— Au pack de six du futur, entonnèrent Sam et Matt, avant de toquer leurs bouteilles à la sienne.

Après qu'ils eurent tous les trois rejoint le jardin pour entamer les festivités, Matt prit son poste devant le gril, pendant que ses hôtes profitaient de leur statut d'invités. Soudain, deux bras l'enlacèrent par-derrière, lui donnant du fil à retordre pour se concentrer sur sa tâche.

— Je suis amoureuse d'un homme qui manie la spatule de main de maître, susurra une voix à son oreille.

— Aurais-tu vendu notre bébé pendant que j'avais le dos tourné ? s'enquit-il en faisant volte-face, après avoir retourné un hamburger.

— Si Chase la laissait faire, Jess ferait probablement une offre, répliqua-t-elle.

Vu l'expression tendue de son copain, il semblait douteux qu'il soit prêt à surenchérir...

— Tout le monde a besoin d'une ou de deux filles chez soi, observa Matt.

— Si, dans un an ou deux, tu veux qu'on essaye un garçon, je suis partante, dit-elle en reprenant son sérieux. D'ici là, mon utérus aura retrouvé sa forme normale.

— Si nous décidons d'avoir un autre enfant, je n'aurai rien contre une fille de plus, tu sais. D'ailleurs, j'ai déjà un garçon. *Un garçon qui avait laissé une empreinte indélébile dans son cœur.* Personne ne pourra jamais remplacer Caleb. Que me vaut cet honneur ? s'étonna-t-il, comme Rachel l'embrassait par surprise.

— Le fait que tu comptes plus pour moi que tu ne le sauras jamais.

Et lui l'aimait aujourd'hui plus qu'hier et bien moins que demain. Et tant pis si ça faisait cliché.

Il abaissa le couvercle du barbecue et, enlacés, tous deux rejoignirent leur groupe d'amis.

A la tombée de la nuit, ils partagèrent ensemble un bon repas, agrémenté d'histoires évoquant le bon vieux temps. Ils célébrèrent la rentrée imminente de Rachel à l'université, la récolte exceptionnelle de Sam et le triomphe de Chase, premier des fils Reed à être élu shérif, tout en se félicitant d'avoir contribué à l'accroissement de la population de Placid, où ils avaient vu le jour. Ensuite, ils jouèrent aux fers à cheval et au base-ball et à des jeux avec les enfants, jusqu'à ce que les petits monstres soient cuits.

Quand tous les invités furent partis et les bébés fourrés dans leurs berceaux — en espérant que ce serait pour le plus longtemps possible — Matt emmena Rachel se coucher et lui fit l'amour avec douceur. Puis, comme ils restaient blottis dans les bras l'un de l'autre, il se mit à compter ses bonheurs en guise de moutons :

Il avait une femme sublime, deux petites filles en bonne santé, il était capable d'apprécier à leur juste valeur les petites choses de la vie — telles que les premiers pas d'un bébé, ou un « papa » balbutié par une tendre petite bouche. Pour la première fois en vingt ans, son père était sobre, et son beau-père, heureux en ménage, passait une retraite heureuse au soleil de la Floride.

Plus important encore, il avait appris non seulement à se montrer reconnaissant envers les autres, mais aussi envers lui-même, ainsi qu'à s'ouvrir un peu plus et avec moins de réticence. Par la même occasion, il avait aussi découvert que laisser couler une larme de temps en temps — comme, par exemple, à la naissance de ses enfants — n'entamait en rien sa virilité. Tout au contraire.

Tout cela l'avait amené à la conclusion que chaque instant de la vie était un cadeau — triste leçon apprise d'un juge respecté de tous dont la vie allait bientôt toucher à sa fin — comme les vies de sa mère et de celle de Rachel s'étaient terminées prématurément.

Il n'aspirait ni à la richesse ni à la célébrité. Pour lui, un bon fauteuil à bascule sous une véranda — où paresser agréablement quand il aurait pris sa retraite, dans trente ans et quelques — et l'amour d'une famille qu'il avait mis si longtemps à fonder, suffisait à son bonheur. Il planait déjà au-dessus des nuages et n'avait certainement pas besoin d'une bouteille pour apaiser ses angoisses ou amplifier ses joies.

En revanche, il aspirait à être l'homme que Rachel avait toujours cru qu'il était. L'homme qu'il avait toujours voulu être pour elle. Le seul homme dont sa femme, aussi aimante que remarquable, aurait à jamais besoin.

Retrouvez prochainement, dans votre collection SAGAS

Tétralogie intégrale : SURPRISES SOUS LA NEIGE, de Jules Bennett - N°164

Entre les bras de son patron

Bloquée dans un chalet perdu au milieu de nulle part... avec son patron pour seule compagnie. Alors qu'au-dehors une tempête de neige fait rage, Zara ne sait que penser de la situation. Car Braden se comporte parfois de façon étrange, comme s'il éprouvait du désir pour elle...

Un week-end au paradis

Quand Jenna, sa plus proche amie, lui demande de se faire passer pour son fiancé lors d'un mariage, Mac n'en revient pas. Lui qui souhaite depuis toujours la serrer dans ses bras et l'embrasser va voir son vœu se réaliser. Un vœu hélas éphémère, au grand dam de Mac...

Un désir impossible

Lorsque Ryker lui annonce qu'il la quitte, Laney a l'impression que le monde s'écroule autour d'elle. Car, depuis qu'elle a partagé une nuit torride avec cet homme, elle n'imagine plus faire sa vie sans lui. Et plus important encore, il est le père de l'enfant qu'elle porte...

Une délicieuse trahison

Vivianna lui a menti ? Jack ne décolère pas. Meurtri, il prend alors la décision de quitter Vivianna, bien qu'elle soit la femme de ses rêves. Car, après cette trahison, jamais plus il ne pourra ôter de son esprit ce doute terrible – elle agit peut-être pour le compte de son ennemi...

Trilogie intégrale : LE FEU SOUS LA GLACE, de Debbi Rawlins - N°165

Un défi très sexy

Cole McAllister : l'homme le plus parfait sur lequel Jamie ait jamais posé les yeux... Et même s'il ne fait rien pour dissimuler son irritation quand son ranch se voit envahi par de jeunes citadines en quête d'aventure, Jamie n'en est pas moins décidée à le convaincre de s'abandonner au désir entre ses bras.

Brûlant Montana

Noah ne décolère pas. Quelle idée a-t-il eue d'inviter cette femme à s'installer chez lui ? Car depuis qu'Alana est entrée dans sa vie, il brûle de désir pour elle. Entre eux, il ne peut s'agir que d'une histoire sans lendemain. Mais, s'il doit s'en contenter, il fera tout pour être son plus inoubliable souvenir...

L'amant du Montana

Lorsqu'elle s'est réfugiée dans le Montana pour échapper à l'effervescence des fêtes de Noël, Shea n'imaginait pas que ce séjour inclurait une nuit dans une cabane glaciale avec le très sexy Jesse McAllister. Une nuit qui promet d'être une véritable torture car Jesse ne cache pas le désir qu'elle lui inspire.